Harper
Collins

Zum Buch:

Christopher Keller kommen seine alten Kontakte zum korsischen Verbrecherclan der Orsatis wie gerufen. In seinem ersten Einsatz als offizieller MI6-Agent soll er eine Spur von den London-Anschlägen durch die französische Unterwelt verfolgen. Dafür benötigt er den einen oder anderen Gefallen, den er sich in seiner langjährigen Tätigkeit als professioneller Killer für Don Orsati verdient hat. Und so kommt es, dass Keller sich schließlich in der Identität des Nicolas Carnot zwischen den Schönen und Zwielichtigen an der Côte d'Azur tummelt …

»*Der Drahtzieher* ist ein absolutes Muss für alle Silva-Fans. Und für alle, die es noch nicht sind, sowieso!«

medianet

Zum Autor:

Daniel Silva ist der preisgekrönte New-York-Times-Bestsellerautor von einundzwanzig Romanen, darunter *Die Attentäterin* und *Der Drahtzieher*. Seine Bücher sind weltweit von Kritikern gelobte Bestseller und erscheinen in über 30 Sprachen. Er lebt mit seiner Frau, TV-Journalistin Jamie Gangel, und ihren beiden Zwillingen Lily und Nicholas in Florida.
www.danielsilvabooks.com

Lieferbare Titel:

Die Attentäterin
Der englische Spion
Der Raub

Daniel Silva

Der Drahtzieher

Ein Gabriel-Allon-Thriller

Aus dem Amerikanischen von
Wulf Bergner

HarperCollins

HarperCollins®

1. Auflage: August 2019
Ungekürzte Ausgabe im HarperCollins Taschenbuch

Originaltitel: »House of Spies«
Erschienen bei: Harper,
an imprint of HarperCollins *Publishers*, US

Published by arrangement with
HarperCollins *Publishers*, US

Umschlaggestaltung: HarperCollins Germany / Birgit Tonn,
Artwork / büropecher, Köln
Umschlagabbildung: Alan Copson / Getty Images
Lektorat: Thorben Buttke
Satz: GGP Media GmbH, Pößneck
Printed in Germany
Dieses Buch wurde auf FSC®-zertifiziertem Papier gedruckt.
ISBN 978-3-95967-337-2

www.harpercollins.de

Wieder für meine Frau Jamie
und meine Kinder Nicholas und Lily

Hütet euch vor dem Zorn eines geduldigen Mannes.

JOHN DRYDEN, *Absalom und Achitophel*

TEIL EINS

DER LOSE FADEN

1

KING SAUL BOULEVARD, TEL AVIV

Für etwas noch nie Dagewesenes, das mit solchen institutionellen Risiken behaftet war, ging alles ohne viel Aufhebens über die Bühne. Und nahezu geräuschlos. Das war das Bemerkenswerte daran: die operative Stille, in der alles stattfand. Gewiss, es hatte eine dramatische Ankündigung gegeben, die das Fernsehen live übertragen hatte, eine Aufsehen erregende erste Kabinettssitzung und eine opulente Party in Ari Schamrons Villa am See Genezareth, zu der alle Freunde und Mitstreiter aus seiner bewegten Vergangenheit gekommen waren – Geheimdienstchefs, Politiker, ein Monsignore aus dem Vatikan, ein Londoner Galerist und sogar ein unverbesserlicher Kunstdieb aus Paris –, um ihm alles Gute zu wünschen. Aber ansonsten verlief alles erstaunlich glatt. An einem Tag saß Uzi Navot im Büro des Direktors an seinem riesigen Schreibtisch aus Rauchglas, und am Tag darauf hatte Gabriel Allon seinen Platz eingenommen. Verschwunden war jedoch auch Navots moderner Schreibtisch, denn Glas war nicht Gabriels Stil.

Holz gefiel ihm besser. Liebevoll poliertes, altes Holz. Und natürlich Gemälde: Er merkte sehr bald, dass er nicht zehn, zwölf Stunden pro Tag in einem Raum ohne Gemälde zubringen konnte. Außer zwei unsignierten eigenen Bildern hängte er mehrere Werke seiner Mutter auf, die zu ihrer Zeit eine der prominentesten Künstlerinnen Israels gewesen war. Dazu kam ein großes abstraktes Gemälde seiner ersten Frau Leah, das sie während ihrer gemeinsamen Studienzeit an der Bezalel Academy of Arts and Design in Jerusalem gemalt hatte. Am späten Nachmittag konnten Besucher des obersten Stockwerks Opernklänge hören – Puccinis *La Bohème* war ein besonderer

Favorit –, die unter seiner Tür hervordrangen. Diese Musik konnte nur eines bedeuten: Gabriel Allon, der Fürst des Feuers, der Racheengel, Ari Schamrons Ziehsohn, hatte endlich seinen rechtmäßigen Platz als Direktor des israelischen Geheimdiensts eingenommen.

Aber sein Vorgänger blieb in der Nähe. Tatsächlich bezog Uzi Navot das auf dem Flur gegenüberliegende Büro, das einst Schamrons geschützter kleiner Schlupfwinkel gewesen war. Bisher war noch kein verabschiedeter Direktor unter demselben Dach wie sein Nachfolger geblieben. Die neue Regelung verstieß gegen einen der heiligsten Grundsätze des Diensts, der alle paar Jahre einen Neuanfang forderte. Natürlich gab es ehemalige Direktoren, die nicht loslassen konnten. Sie kreuzten gelegentlich am King Saul Boulevard auf, erzählten Geschichten aus dem Krieg, erteilten unerbetene Ratschläge und waren allgemein lästig. Und dann gab es natürlich Schamron, den Unzerstörbaren, den brennenden Busch. Schamron hatte den Dienst von Anfang an nach eigenen Vorstellungen aufgebaut. Er hatte ihm seine Identität, sogar seine eigene Sprache gegeben und hielt es für sein angestammtes Recht, sich dort einzumischen, wie's ihm passte. Es war Schamron gewesen, der Navot zum Direktor gemacht hatte, und der »Alte« hatte ihm den Posten wieder weggenommen, als seine Zeit um war.

Aber es war Gabriel, der darauf bestand, dass Navot mit allen Privilegien seiner bisherigen Stellung blieb. Sie teilten sich eine Sekretärin – die energische Orit, am King Saul Boulevard wegen ihrer Fähigkeit, unerwünschte Besucher abzuwimmeln, als Eiserne Lady bekannt –, und Navot behielt seinen Dienstwagen und so viele Personenschützer wie bisher, was zu leisem Protest in der Knesset führte, aber als friedenstiftende Maßnahme unerlässlich war. Sein genauer Titel war ziemlich vage, was jedoch für den Dienst typisch war. Schließlich waren seine Mitarbeiter von Beruf Lügner, die nur untereinander die Wahrheit sprachen. Allen anderen gegenüber – ihren Frauen, ihren Kindern, den Bürgern, die zu beschützen sie geschworen hatten – tarnten sie sich sorgfältig.

Standen ihre Bürotüren offen, was im Allgemeinen der Fall war, konnten Gabriel und Navot sich über den Flur hinweg sehen. Sie telefonierten jeden Morgen miteinander, trafen sich zum Lunch – manchmal im Kasino, manchmal unter vier Augen in Gabriels Büro – und kamen jeden Abend zu einer kurzen Besprechung zusammen, die bei Gabriels Opernmusik stattfand, die Navot verabscheute, obwohl er aus einer guten Wiener Familie stammte. Navot hatte keinen Sinn für Musik, und die bildenden Künste langweilten ihn. Ansonsten stimmten Gabriel und er in allen Dingen völlig überein, zumindest wenn es um den Dienst und die Sicherheit des Staates Israel ging. Navot hatte durchgesetzt, jederzeit Zugang zu Gabriel zu haben, und bestand darauf, an allen wichtigen Besprechungen auf der Führungsebene teilzunehmen. Im Allgemeinen schwieg er einer Sphinx gleich und saß mit verschränkten muskulösen Armen und schwer zu deutendem Gesichtsausdruck am Tisch. Gelegentlich beendete er jedoch einen von Gabriel begonnenen Satz, als wolle er demonstrieren, dass zwischen sie kein Blatt Papier passte. Sie glichen Boas und Jachin, den beiden Säulen am Eingang von Salomos Tempel, und wer auch nur daran dachte, sie gegeneinander auszuspielen, würde einen hohen Preis zahlen. Gabriel war ein beliebter Direktor, aber trotzdem der Chef des Diensts, der an seinem Hof keine Intrigen duldete.

Intrigen waren allerdings unwahrscheinlich, denn die Männer und Frauen seines Führungsstabs bildeten eine verschworene Gemeinschaft. Alle stammten aus der Eliteeinheit Barak, die einige der spektakulärsten Unternehmen in der Geschichte des an Superlativen nicht armen Diensts durchgeführt hatte. Sie hatten jahrelang in einem Kellerraum gearbeitet, der eigentlich ein Lagerraum für alte Möbel gewesen war. Jetzt arbeiteten sie in Büros, die sich an Gabriels Suite anschlossen. Selbst Eli Lavon, einer der prominentesten Bibelarchäologen Israels, hatte seine Dozentenstelle an der Hebrew University aufgegeben, um in den Dienst zurückzukehren. Normalerweise beaufsichtigte Lavon die Beschatter, die Taschendiebe und die Lauscher, die mit versteckten Kameras und Mikrofonen arbeiteten. In der Praxis setzte Gabriel ihn für alle möglichen Aufgaben ein, wie er's für richtig hielt. Lavon, der beste Überwacher, den der Dienst je hervorgebracht hatte, arbeitete seit dem Unternehmen »Zorn Gottes« mit Gabriel zusammen. Sein kleines Büro mit Ausgrabungsfunden in einer Vitrine war eine Oase der Stille, in der Gabriel sich manchmal für ein paar Minuten erholte. Lavon war nie sehr redselig gewesen. Wie Gabriel arbeitete er am besten geräuschlos im Dunkel.

Einige Veteranen fragten sich, ob Gabriel gut beraten sei, wenn er so viele Loyalisten und Relikte aus seiner ruhmreichen Vergangenheit in den Führungsstab holte. Aber sie behielten ihre Bedenken für sich. Außer Schamron hatte kein anderer Direktor sein Amt mit mehr Erfahrung und einem größeren Vertrauensvorschuss angetreten. Gabriel war schon länger in der Branche als jeder andere und hatte in dieser Zeit ungewöhnliche Freunde und Komplizen gewonnen. Der britische Premierminister verdankte ihm seine Karriere, der Papst sein Leben. Trotzdem war er kein Mann, der rücksichtslos alte Schulden einforderte. Der wirklich Mächtige, sagte Schamron, braucht nie um einen Gefallen zu bitten.

Aber er hatte auch Feinde, die das Leben seiner ersten Frau zerstört und später versucht hatten, seine zweite Frau zu ermorden. Feinde in Moskau und Teheran, für die er das einzige Hindernis bei der Verwirklichung ihrer Pläne war. Vorläufig waren sie besiegt, aber sie würden zweifellos wieder auferstehen. Das galt auch für den Mann, mit dem er sich zuletzt duelliert hatte. Tatsächlich stand dieser Mann auf der To-do-Liste des neuen Direktors ganz oben. Die Computer des Diensts hatten ihm einen willkürlich erzeugten Decknamen zugewiesen. Aber hinter den elektronisch gesicherten Türen am King Saul Boulevard benutzten Gabriel und sein Stab den glorreichen Kampfnamen, den er angenommen hatte. *Saladin* … Sie sprachen mit Respekt und gewisser Besorgnis von ihm. Er hatte es auf sie abgesehen. Wann er zuschlagen würde, war nur eine Frage der Zeit.

Bei befreundeten Geheimdiensten machte ein Foto die Runde. Es war von einem CIA-Agenten in der paraguayischen Stadt Ciudad del Este in dem berüchtigten Dreiländereck Südamerikas gemacht worden. Es zeigte einen arabisch aussehenden Mann, groß, kräftig gebaut, mit einem Libanesen, der angeblich Verbindungen zum internationalen Dschihadismus hatte, auf der Terrasse eines Cafés. Der ungünstige Aufnahmewinkel verhinderte den Einsatz von Software zur Gesichtserkennung. Aber für Gabriel, der selten scharfe Augen besaß, war dieser Mann Saladin. Zwei Tage vor dem schlimmsten Terroranschlag auf amerikanischem Boden seit dem 11. September hatte er Saladin mit eigenen Augen in der Halle des Hotels Four Seasons in Washington, D. C., gesehen. Gabriel wusste, wie Saladin aussah, wie er roch, wie die Luft reagierte, wenn er einen Raum betrat oder verließ. Und er wusste, wie Saladin ging. Wie sein Namensvetter hinkte er stark: als Folge einer Verletzung durch Bombensplitter, die in einem Haus mit vielen Zimmern und Innenhöfen in der Nähe von Mossul im Nordirak unter primitiven Umständen behandelt worden war. Dieses Hinken war jetzt sein Markenzeichen. Die äußere Erscheinung eines Mannes ließ sich auf vielerlei Weise verändern; Haare konnten geschnitten oder gefärbt werden, Gesichtszüge ließen sich operativ korrigieren. Aber ein Hinken wie Saladins blieb ewig.

Wie er's geschafft hatte, aus den USA zu flüchten, wurde intensiv diskutiert, und alle Versuche, ihn erneut aufzuspüren, waren fehlgeschlagen. Berichten nach sollte er in Asunción, Santiago oder Buenos Aires gesehen worden sein. Es gab sogar ein Gerücht, er habe in Bariloche, dem bei NS-Kriegsverbrechern so beliebten argentinischen Wintersportort, Zuflucht gefunden. Diese Idee verwarf Gabriel sofort. Trotzdem konnte er sich vorstellen, Saladin halte sich irgendwo öffentlich sichtbar auf und plane dort seinen nächsten Anschlag. Davon war er sogar überzeugt.

Seit dem kürzlichen Anschlag in Washington mit seinen zerstörten Gebäuden und Denkmälern und der katastrophalen Opferzahl war Saladin als das neue Gesicht des islamischen Terrors etabliert. Aber was plante er als Nächstes? In einem seiner letzten Interviews, bevor er aus dem Amt schied, behauptete der US-Präsident, Saladin könne kein ähnlich großes Unternehmen mehr planen, weil das US-Militär sein früher so effizientes Netzwerk zerschlagen habe. Saladins Antwort bestand daraus, dass er einem Selbstmordattentäter befahl, sich vor der US-Botschaft in Kairo in die Luft zu sprengen. »Peanuts«, konterte das Weiße Haus. Nur ein halbes Dutzend Tote, kein Amerikaner unter den Opfern. Die Verzweiflungstat eines Mannes auf dem Weg in die Bedeutungslosigkeit.

Vielleicht, aber es gab noch weitere Angriffe. In der Türkei schlug Saladin anscheinend nach Belieben zu – Hochzeiten, Busse, öffentliche Plätze, der belebte Flughafen Istanbul –, und seine Gefolgsleute in Westeuropa, die seinen Namen fast andächtig sprachen, verübten als Einzeltäter eine Serie von Attentaten, die eine Spur des Todes durch Frankreich, Belgien und Deutschland zogen. Zugleich war zu ahnen, dass etwas Großes bevorstand: ein koordiniertes Unternehmen, ein spektakulärer Terroranschlag, der es mit dem in Washington würde aufnehmen können.

Aber wo? Ein weiterer Anschlag auf die USA erschien wenig wahrscheinlich. Bestimmt, sagten die Experten, würde der Blitz nicht zweimal an derselben Stelle einschlagen. Letzten Endes war die Stadt, die Saladin für seinen nächsten Auftritt wählte, für niemanden eine Überraschung, vor allem nicht für berufsmäßige Terroristenjäger. Trotz seiner Geheimhaltungssucht liebte Saladin das Rampenlicht. Und wo hätte er eine bessere Bühne finden können als im Londoner West End?

2

ST. JAMES'S, LONDON

Vielleicht stimmt es tatsächlich, dachte Julian Isherwood, während er beobachtete, wie der Wind unter dem fast schwarzen Himmel dichte Regenschleier vor sich hertrieb. Vielleicht ist unser Planet wirklich kaputt. Ein Hurrikan in London – und noch dazu Mitte Februar! Für solche Verhältnisse war Isherwood, der groß und schlaksig war, nicht gut gewappnet. Im Augenblick hatte er im Eingang seines Stammlokals – Wiltons Restaurant in der Jermyn Street – Zuflucht gesucht. Er schob den Ärmel seines Regenmantels zurück und sah stirnrunzelnd auf seine Armbanduhr. Schon 19.40 Uhr; er war zu spät dran. Er suchte die Straße nach einem Taxi ab. Natürlich war keines zu sehen.

Aus der Bar des Wiltons drang halbherziges Lachen, dann war der dröhnend laute Bariton des dicklichen Oliver Dimbleby zu hören. Das Wiltons war jetzt das Stammlokal einer kleinen Gruppe von Kunsthändlern, die auf alte Meister spezialisiert waren und ihre Galerien in den verwinkelten Gassen von St. James hatten. Früher war Green's Restaurant & Oyster Bar in der Duke Street ihr Favorit gewesen, aber das Green's hatte nach Auseinandersetzungen mit der Gesellschaft, die den riesigen Londoner Immobilienbesitz der Königin verwaltete, schließen müssen. Das war symptomatisch für die Veränderungen in diesem Viertel und der Londoner Kunstwelt insgesamt. Altmeister waren völlig aus der Mode. Die heutigen Sammler, mit sozialen Medien und Apps für iPhones über Nacht zu Geld gekommene globale Milliardäre, interessierten sich nur für moderne Kunst. Selbst die Impressionisten waren allmählich passé. Seit Neujahr hatte Isherwood nur zwei

Gemälde verkauft. Beide Durchschnittsware, Schule von soundso, in der Manier von soundso. Oliver Dimbleby hatte seit einem halben Jahr nichts mehr verkauft. Auch Roddy Hutchinson nicht, der als der aggressivste Londoner Kunsthändler galt. Aber sie versammelten sich allabendlich im Wiltons an der Bar, um einander zu versichern, der Sturm werde sich bald legen. Allein Julian Isherwood glaubte nicht daran, sondern fürchtete mehr denn je das Gegenteil.

Er hatte schon früher schlimme Zeiten erlebt. Seine englische Erscheinung, seine englische Eleganz und sein urenglischer Name tarnten die Tatsache, dass er eigentlich gar kein Engländer war. Gewiss, er hatte einen britischen Pass in der Tasche, aber er war als Kind deutscher Juden in Frankreich aufgewachsen. Nur eine Handvoll verlässlicher Freunde wusste, dass Isherwood 1942 als unbegleitetes Flüchtlingskind nach London gelangt war, nachdem zwei baskische Hirten ihn über die verschneiten Pyrenäen getragen hatten. Oder dass sein Vater, der bekannte Pariser Galerist Samuel Isakowitz, mit seiner Frau im Todeslager Sobibór ermordet worden war. Obwohl Isherwood die Geheimnisse seiner Vergangenheit sorgfältig hütete, hörte der israelische Geheimdienst von seiner dramatischen Flucht aus dem von den Deutschen besetzten Europa. Und als es Mitte der siebziger Jahre zahlreiche palästinensische Anschläge auf israelische Einrichtungen in Europa gab, war er als *Sajan*, als freiwilliger Helfer, angeworben worden. Isherwood hatte nur einen einzigen Auftrag ausgeführt: Er hatte mitgeholfen, einen jungen Restaurator und Berufskiller namens Gabriel Allon mit einer glaubhaften Legende auszustatten und sie aufrechtzuerhalten. In den letzten Jahren hatten ihre Karrieren sich bemerkenswert unterschiedlich entwickelt. Als Direktor des israelischen Geheimdiensts war Gabriel jetzt einer der mächtigsten Spione der Welt. Und Isherwood? Der stand leicht angeheitert in der Jermyn Street im Eingang von

Wiltons Restaurant, fröstelte im Westwind und wartete auf ein Taxi, das nie kommen würde.

Er sah erneut auf seine Armbanduhr. 19.43 Uhr. Weil er keinen Schirm bei sich hatte, hielt er sich seine alte lederne Aktentasche über den Kopf und hastete zum Piccadilly hinüber, wo er nach weiteren fünf Minuten im Regen dankbar auf den Rücksitz eines Taxis sank. Er nannte dem Fahrer eine ungefähre Adresse – sein wahres Ziel zu nennen wäre ihm zu peinlich gewesen – und sah sorgenvoll auf die Uhr, als das Taxi in Richtung Piccadilly Circus kroch. Dort bog es auf die Shaftesbury Avenue ab und erreichte um Punkt acht Uhr die Charing Cross Road. Damit war Isherwood für seine Reservierung offiziell zu spät dran.

Vermutlich hätte er anrufen und sagen sollen, er sei aufgehalten worden, aber damit hätte er riskiert, dass das Restaurant seinen Tisch anderweitig vergab. Dabei hatte er einen Monat lang betteln und Leute bestechen müssen, um überhaupt einen zu bekommen. Isherwood hatte keine Lust, das alles mit einem panikartigen Anruf aufs Spiel zu setzen. Außerdem war Fiona vielleicht schon da. Das gehörte zu den Dingen, die Isherwood am meisten an Fiona Gardner schätzte: Sie war pünktlich. Außerdem gefielen ihm ihr blondes Haar, ihre blauen Augen, ihre langen Beine und ihre sechsunddreißig Jahre. Im Augenblick fand er tatsächlich nichts, was ihm an Fiona nicht gefiel – und nur deshalb hatte er sich intensiv um einen Tisch in einem Restaurant bemüht, in das er normalerweise keinen Fuß gesetzt hätte.

Weitere fünf Minuten verstrichen, bevor das Taxi Isherwood endlich vor dem St Martin's Theatre, dem Dauerspielort von Agatha Christies *Mausefalle*, absetzte. Er überquerte rasch die West Street zu dem berühmten Ivy, das sein wahres Ziel war. Der Maître d'hôtel teilte ihm mit, Miss Gardner sei noch nicht da, aber sein Tisch sei wie durch ein Wunder noch frei. Isherwood gab seinen Regenmantel an der Garderobe ab und wurde zu einer Sitznische mit Blick auf die Litchfield Street geleitet.

Dort saß er allein und betrachtete missbilligend sein Spiegelbild im Fenster. Mit seinem Anzug aus der Savile Row, der scharlachroten Krawatte und der grauen Lockenmähne war er eine ziemlich elegante, wenn auch leicht zweifelhafte Erscheinung: ein Look, den er als würdevolle Verderbtheit bezeichnete. Trotzdem ließ sich nicht leugnen, dass er das Stadium erreicht hatte, das Vermögensberater gern den »Lebensherbst« nannten. Nein, dachte er trübselig, du bist *alt*. Viel zu alt, um Frauen wie Fiona Gardner nachzustellen. Wie viele andere hatte es schon gegeben? Die Kunststudentinnen, die Junior-Kuratorinnen, die Rezeptionistinnen, die hübschen Girls, die bei Christie's und Sotheby's Telefongebote entgegennahmen. Isherwood war nicht wählerisch; er hatte sie alle geliebt. Er glaubte an die Liebe, wie er an die Kunst glaubte. Liebe auf den ersten Blick. Ewige Liebe. Liebe, bis der Tod uns scheidet. Das Problem war nur, dass er sie nie gefunden hatte.

Plötzlich musste er an einen nicht lange zurückliegenden Nachmittag in Venedig denken: ein Ecktisch in Harry's Bar, ein Bellini, *Gabriel* … Der hatte ihm versichert, er könne noch heiraten und ein, zwei Kinder bekommen. Sein verwüstetes Spiegelbild sagte etwas anderes. Er hatte sein Verfallsdatum überschritten. Er würde, mit seiner Galerie verheiratet, allein, kinderlos sterben.

Isherwood sah nochmals auf seine Armbanduhr. 20.15 Uhr. Jetzt hatte Fiona Verspätung, was ihr nicht ähnlich sah. Er zog sein Smartphone aus der Innentasche seines Jacketts und sah, dass er eine SMS bekommen hatte: SORRY, JULIAN, ABER ICH KANN LEIDER NICHT … Er las nicht weiter. Vielleicht war das nur gut. Es würde ihm ein gebrochenes Herz ersparen. Und vor allem würde es verhindern, dass er sich wieder einmal zum Narren machte.

Er steckte sein Smartphone ein und überlegte, was er tun sollte. Er konnte bleiben und allein dinieren, oder er konnte gehen. Er entschied sich für Letzteres, denn im Ivy dinierte man nicht allein. Isherwood stand auf, holte sich seinen Mantel, ging mit einer gemurmelten Entschuldigung an dem Maître d'hôtel vorbei und trat auf die Straße hinaus, als eben ein weißer Ford Transit vor dem St Martin's Theatre hielt. Der Fahrer, der einen weit geschnittenen dunkelblauen Kolani trug und etwas in der Hand hielt, das wie eine Waffe aussah, sprang sofort heraus. Nicht irgendeine Waffe, dachte Isherwood, sondern eine Kriegswaffe! Vier weitere Männer, alle mit weiten dunkelblauen Jacken und Sturmgewehren, kletterten durch die Hecktür aus dem Laderaum. Isherwood wollte seinen Augen nicht trauen. Dies sah wie eine Szene aus einem Film aus, den er aus Paris und Washington kannte.

Die fünf Männer marschierten in eng geschlossener Formation zum Eingang des Theaters. Isherwood hörte Holz zersplittern, dann fielen Schüsse. Nur wenige Sekunden später waren die ersten Schreie zu hören: gedämpft, aus weiter Ferne. Schreie aus Isherwoods Albträumen. Er dachte wieder an Gabriel und fragte sich, was *er* in dieser Situation getan hätte. Er wäre sofort ins Theater gestürmt, um möglichst viele Menschenleben zu retten. Aber Isherwood besaß nicht Gabriels Mut, auch nicht seine Fähigkeiten. Er war kein Held. Tatsächlich war er eher das Gegenteil.

Die albtraumhaften Schreie wurden lauter. Isherwood zog sein Smartphone heraus, wählte mit zitternden Fingern die 999 und meldete einen Terroranschlag aufs St Martin's Theatre. Dann machte er auf dem Absatz kehrt und starrte das Luxusrestaurant an, das er soeben verlassen hatte. Die reichen Gäste darin schienen nichts von dem Massaker zu ahnen, das ganz in ihrer Nähe stattfand. Isherwood fürchtete jedoch, die Terroristen würden sich nicht mit nur einem

Überfall begnügen. Das angesagte Ivy konnte ihr nächstes Ziel sein.

Er überlegte, welche Optionen ihm offenstanden. Wieder waren es zwei: Er konnte flüchten – oder versuchen, möglichst viele Menschenleben zu retten. Dies war die leichteste Entscheidung seines Lebens. Als er zum Eingang des Restaurants stolperte, hörte er von der Charing Cross Road her eine Detonation. Dann eine weitere. Dann eine dritte. Du bist kein Held, dachte er, als er wie ein Verrückter die Arme schwenkend ins Ivy stürmte, aber du kannst dich wenigstens ein paar Augenblicke lang wie einer benehmen. Vielleicht hatte Gabriel recht. Vielleicht war's doch noch nicht zu spät für ihn.

3

VAUXHALL CROSS, LONDON

Sie waren zu zwölft, ihrer Abstammung nach Araber und Afrikaner, ihren Reisepässen nach Europäer. Alle hatten einige Zeit im Kalifat des Islamischen Staats verbracht – auch in dem jetzt zerstörten Ausbildungslager am Rand der alten syrischen Stadt Palmyra – und waren unentdeckt nach Westeuropa zurückgekehrt. Später würde festgestellt werden, dass sie ihre Befehle über Telegram Messenger, einem cloudbasierten kostenlosen Messaging-Dienst mit Ende-zu-Ende-Verschlüsselung, erhalten hatten. Sie bekamen nur mitgeteilt, wann sie an einem bestimmten Ort sein sollten. Sie wussten nicht, dass andere denselben Befehl erhalten hatten und auf welche Weise sie zu einer größeren Verschwörung gehörten. In Wirklichkeit wussten sie nicht einmal, dass sie Akteure einer Verschwörung waren.

Sie sickerten mit dem Zug und auf Kanalfähren einzeln nach Großbritannien ein. Zwei oder drei wurden bei der Einreise kurz befragt; die anderen wurden mit offenen Armen empfangen. Vier von ihnen reisten in die Kleinstadt Luton weiter, vier nach Harlow und vier nach Gravesend. Dort wurden sie jeweils von einem örtlichen Vertreter des Netzwerks erwartet, der auch ihre Ausrüstung – Sturmgewehre und Sprengstoffwesten – bereithielt. In jeder Weste steckte ein Kilogramm TATP, ein hochexplosiver kristalliner Sprengstoff aus Nagellackentferner und Wasserstoffperoxid. Ihre Sturmgewehre waren AK-74 aus weißrussischer Produktion.

In Einsatzbesprechungen informierten die örtlichen Kontaktpersonen des Netzwerks die Viererzellen über ihre Angriffsziele und ihren Auftrag. Sie waren keine Selbstmordattentäter, sondern Selbstmordkrieger. Sie sollten möglichst viele Ungläubige erschießen und sich erst in die Luft sprengen, wenn sie von der Polizei umzingelt waren. Zweck ihres Angriffs war nicht die Zerstörung von Gebäuden oder Denkmalen, sondern möglichst viel Blutvergießen. Sie sollten keinen Unterschied zwischen Männern und Frauen, Erwachsenen und Kindern machen. Gnade durfte es nicht geben.

Am Spätnachmittag setzten sich Männer der drei Zellen in Luton, Harlow und Gravesend zu einem Abschiedsmahl zusammen. Anschließend bereiteten sie ihren Leib rituell auf den Tod vor, bevor sie um 19 Uhr drei identische weiße Ford Transit bestiegen. Gefahren wurden sie von den örtlichen Kontaktpersonen des Netzwerks; die Selbstmordkrieger mit ihren Westen und Sturmgewehren saßen im Laderaum. Keine der Zellen wusste von den anderen, aber alle drei waren nach West London unterwegs, wo sie zur selben Zeit angreifen würden. Ein exakter Zeitpunkt war Saladins Markenzeichen. Bei Terroranschlägen sei Timing, wie im Leben, alles, fand er.

Das altehrwürdige Garrick Theatre hatte zwei Weltkriege, den Kalten Krieg, eine Weltwirtschaftskrise und die Abdankung eines Königs erlebt. Aber es hatte noch nie etwas mitgemacht wie um 20.20 Uhr an diesem Abend, als fünf IS-Terroristen das Theater stürmten und in die Menge zu schießen begannen. Über hundert Menschen würden in den ersten dreißig Sekunden des Überfalls sterben, und weitere hundert würden in den folgenden fünf Minuten sterben, als die Terroristen das Theater systematisch Reihe für Reihe, Sitz für Sitz durchkämmten. Rund zweihundert Zuschauer konnten sich durch die seitlichen und rückwärtigen Ausgänge retten, was auch dem Ensemble und allen Bühnenarbeitern gelang. Viele von ihnen würden niemals mehr ein Theater betreten.

Sieben Minuten nach ihrem Eindringen verließen die Terroristen das Garrick wieder. Draußen liefen ihnen zwei unbewaffnete Beamten der Metropolitan Police über den Weg.

Nachdem sie die beiden erschossen hatten, rannten sie zur Irving Street weiter und schossen in einem Restaurant nach dem anderen um sich, bis ihnen am Rand des Leicester Square zwei bewaffnete Polizeibeamte entgegentraten. Obwohl sie nur mit 9-mm-Pistolen Glock 17 bewaffnet waren, gelang es ihnen, zwei Terroristen zu erschießen, bevor die ihre Sprengstoffwesten zünden konnten. Zwei der überlebenden Terroristen sprengten sich im belebten Foyer des Odeon Cinemas in die Luft, der dritte in einem gut besetzten italienischen Restaurant. Insgesamt starben allein bei diesen Angriffen fast vierhundert Menschen – mehr als bei jedem anderen Anschlag in der Geschichte Großbritanniens, mehr als im Jahr 1988 bei dem Bombenanschlag auf Pan-Am-Flug 103 über dem schottischen Lockerbie.

Unglücklicherweise operierte diese Fünfmannzelle jedoch nicht allein. Ebenfalls um Punkt 20.20 Uhr drang eine weitere Zelle – die Luton-Zelle, wie sie später genannt wurde – während einer Vorstellung von *Miss Saigon* ins Prince Edward Theatre ein. Weil das Prince Edward mit 1600 zu 656 Plätzen weit größer war als das Garrick, lag die Zahl der Toten und Verletzten entsprechend höher. Außerdem zündeten alle fünf Terroristen ihre Sprengstoffwesten in Bars und Restaurants entlang der Old Compton Street. So gab es in nur sechs Minuten über fünfhundert Tote.

Das dritte Ziel war das St Martin's Theatre, in das fünf Terroristen um Punkt 20.20 Uhr eindrangen. Diesmal intervenierte jedoch ein Sondereinsatzkommando der Metropolitan Police. Später wurde gemeldet, ein nur als »bekannter Londoner Galerist« bezeichneter Mann habe die Polizei schon in den ersten Sekunden des Überfalls alarmiert. Dieser Kunsthändler hatte auch mitgeholfen, das benachbarte Luxusrestaurant Ivy zu räumen. So blieb es bei diesem dritten Überfall bei »nur« vierundachtzig Toten. In jeder anderen Stadt wäre diese Zahl undenkbar gewesen; hier war sie Grund zur Dankbarkeit. Saladin hatte London in Angst und Schrecken versetzt. Es würde nie mehr so sein wie früher.

Am Morgen danach war das Ausmaß der Katastrophe deutlich erkennbar. Die meisten Toten lagen dort, wo sie zusammengebrochen waren; viele saßen noch in ihren Theatersitzen. Der Londoner Polizeipräsident hatte das gesamte West End zum Tatort erklärt und Einheimische und Touristen aufgefordert, das Viertel zu meiden. Die dortigen U-Bahn-Stationen wurden nicht angefahren, und alle Geschäfte und öffentlichen Einrichtungen blieben geschlossen. Der Handel an der Londoner Börse begann pünktlich, aber als die Kurse ins Bodenlose stürzten, wurde er eingestellt. Die wirtschaftlichen Verluste waren wie die an Menschenleben katastrophal.

Aus Sicherheitsgründen wartete Premierminister Jonathan Lancaster bis Mittag, bevor er die Tatorte besichtigte. Mit seiner Gattin Diana ging er zu Fuß vom Garrick zum Prince Edward und zuletzt zum St Martin's. Vor der improvisierten Einsatzzentrale der Met auf dem Leicester Square gab er anschließend eine kurze Pressekonferenz. Blass und sichtlich betroffen versicherte er, die Verantwortlichen würden zur Rechenschaft gezogen. »Der Feind ist entschlossen«, sagte er, »aber wir sind es auch.«

Der Feind blieb jedoch eigenartig still. Gewiss, auf den bekannten extremistischen Webseiten wurden Gratulationen gepostet, aber es gab keine amtliche Mitteilung des IS-Oberkommandos. Erst um 17 Uhr Londoner Zeit übernahm der IS auf Twitter die Verantwortung für die Terroranschläge und veröffentlichte Fotos der fünfzehn Attentäter. Einige Terrorismusanalysten zeigten sich erstaunt, dass der Name Saladin nicht erwähnt wurde. Ihre besser informierten Kollegen wunderte das nicht. Saladin, sagten sie, sei ein Meister. Und wie viele Meister zog er es vor, seine Werke nicht zu signieren.

War der erste Tag durch Trauer und Solidarität gekennzeichnet gewesen, wurde der zweite von Zwiespalt und Schuldzuweisungen geprägt. Im Unterhaus kritisierten Abgeordnete der Opposition den Premierminister und seine Geheimdienste scharf, weil sie die Verschwörung nicht rechtzeitig entdeckt und vereitelt hatten. Vor allem fragten sie, wie die Terroristen sich in einem Staat, der eines der restriktivsten Waffengesetze der Welt hatte, Sturmgewehre hatten beschaffen können. Der Leiter der Abteilung Terrorismusbekämpfung der Metropolitan Police verteidigte seine Handlungsweise ebenso in einer Pressemitteilung wie Amanda Wallace, die Generaldirektorin des Inlandsgeheimdienstes MI5. Aber Graham Seymour, der Generaldirektor des als MI6 bekannten Secret Intelligence Service, zog es vor, sich nicht zu äußern. Bis vor Kurzem hatte die britische Regierung die Existenz des MI6 nie erwähnt, und kein Minister wäre auf die Idee gekommen, den Namen seines Chefs öffentlich zu nennen. Seymour waren die alten Methoden lieber gewesen als die neuen. Er war der geborene Spion und als solcher ausgebildet. Und ein Spion ließ sich nie mit einer Äußerung zitieren, wenn der Tipp einer geplant undichten Stelle an einen wohlgesinnten Journalisten ausreichte.

Die Verantwortung für die Terrorismusabwehr in Großbritannien lag in erster Linie beim MI5, der Metropolitan Police und dem Gemeinsamen Analysezentrum für Terrorismus. Trotzdem hatte auch der Secret Intelligence Service eine wichtige Rolle dabei zu spielen, Anschlagspläne im Ausland zu entdecken, bevor sie in Großbritannien in die Tat umgesetzt wurden. Graham Seymour hatte den Premierminister mehrfach gewarnt, ein IS-Anschlag stehe unmittelbar bevor, aber seine Spione hatten keine belastbaren Beweise beschaffen können, um ihn zu verhindern. Deshalb betrachtete er die Londoner Anschläge mit ihren erschreckenden Opferzahlen als den einzigen großen Misserfolg in seiner langen ruhmreichen Karriere.

Zum Zeitpunkt der Anschläge war Seymour in seinem prächtigen Büro über Vauxhall Cross gewesen – er hatte die Detonationsblitze von seinem Fenster aus gesehen –, das er in den folgenden dunklen Tagen nur selten verließ. Seine engsten Mitarbeiter redeten ihm zu, er brauche mehr Schlaf, und machten sich insgeheim Sorgen, weil er ungewohnt erschöpft wirkte. Seymour beschied sie knapp, sie sollten ihre Zeit lieber darauf verwenden, wichtige Informationen zu sammeln, die den nächsten Anschlag verhindern würden. Was er wollte, war ein loser Faden: ein Angehöriger von Saladins Netzwerk, der sich anwerben und »umdrehen« ließ. Niemand aus der Führungsriege; diese Männer waren viel zu loyal. Der Mann, den Graham Seymour suchte, war ein kleines Rädchen, ein Wasserträger, ein Mann aus der dritten Reihe. Vielleicht wusste er nicht mal, dass er einer Terrororganisation angehörte. Möglich war sogar, dass er den Namen Saladin nie gehört hatte.

In Krisenzeiten genießen Polizeien, geheime oder andere, bestimmte Vorteile: Sie führen Razzien durch, sie nehmen Verhaftungen vor, sie laden zu Pressekonferenzen ein, um der Öffentlichkeit zu versichern, dass sie alles Menschenmögliche zum Schutz der Bürger tun. Spione dagegen können nicht auf solche Mittel zurückgreifen. Per Definition arbeiten sie im Geheimen, in finsteren Gassen, Hotelzimmern und sicheren Häusern und an allen anderen gottverlassenen Orten, an die Agenten sich freiwillig oder gezwungenermaßen wagen müssen, um wichtige Informationen über auswärtige Mächte zu beschaffen. Zu Beginn seiner Karriere hatte auch Graham Seymour so gearbeitet. Jetzt konnte er die Bemühungen anderer nur noch aus dem vergoldeten Käfig seines Büros beobachten. Seine größte Angst war, ein anderer Dienst könnte ihm zuvorkommen, einen losen Faden entdecken und seine Organisation wieder zu einer lediglich unterstützenden Rolle verdammen. Der MI6 konnte Saladins Netzwerk nicht allein zerschlagen; dafür würde er die Hilfe befreundeter Dienste in Westeuropa, dem Nahen Osten und jenseits des Großen Teichs in Amerika brauchen. Aber wenn er rechtzeitig die richtigen Informationen beschaffte, würde Graham Seymour der Erste unter Gleichen sein. Auf mehr konnte man als Chefspion in der heutigen Welt nicht hoffen.

Und so blieb er in seinem Büro, Tag für Tag, Nacht für Nacht, und beobachtete neiderfüllt, wie Met Police und MI5 dic restlichen Agenten Saladins in Großbritannien aushoben. Sein MI6 lieferte dagegen kaum Erkenntnisse. Tatsächlich erfuhr Seymour mehr von seinen Freunden in Langley und Tel Aviv als von den eigenen Mitarbeitern. Genau eine Woche nach den Anschlägen fand er schließlich, eine Nacht im eigenen Bett würde ihm guttun. Die Überwachungskameras zeichneten auf, dass sein Jaguar die Tiefgarage zufällig genau um 20.20 Uhr verließ. Als die Limousine auf der Fahrt nach Belgravia jedoch die Themse überquerte, summte sein abhörsicheres Smartphone leise. Er erkannte die angezeigte Rufnummer und erst recht die Frauenstimme, die im nächsten Augenblick zu hören war. »Hoffentlich störe ich nicht«, sagte Amanda Wallace, die Generaldirektorin des MI5, »aber ich habe etwas, das dich interessieren dürfte. Willst du nicht auf einen Drink vorbeikommen? Ich gebe einen aus.«

4

THAMES HOUSE, LONDON

Thames House, die MI5-Zentrale am Fluss, war ein Gebäude, das Seymour gut kannte: Er hatte hier fast dreißig Jahre lang gearbeitet, bevor er die Leitung des MI6 übernommen hatte. Auf dem Weg zu Amanda Wallace' Bürosuite machte er an der Tür des Dienstzimmers halt, in dem er als stellvertretender Generaldirektor gearbeitet hatte. Miles Kent, der jetzige Stellvertreter, saß noch an seinem Schreibtisch. Er war vermutlich der einzige Mann in London, der schlechter aussah als Seymour.

»Graham«, sagte Kent und sah von seinem Computer auf. »Was führt dich in unseren stillen Winkel des Reichs?«

»Das möchte ich von dir erfahren.«

»Würde ich's dir sagen«, antwortete Kent ruhig, »würde die Bienenkönigin mich rausschmeißen.«

»Wie hält sie sich?«

»Hast du das nicht gehört?« Kent winkte Seymour herein und schloss die Tür. »Charles ist mit seiner Sekretärin durchgebrannt.«

»Wann?«

»Ein paar Tage nach den Anschlägen. Er hat mit ihr im Ivy gegessen, als die dritte Zelle das St Martin's überfallen hat. Angeblich hat ihn das dazu bewogen, sich kritisch im Spiegel zu betrachten. Er hat sich gesagt, so könne er nicht weiterleben.«

»Er hatte eine Ehefrau *und* eine Geliebte. Was wollte er noch mehr?«

»Offenbar eine Scheidung. Amanda ist bereits aus dem Haus ausgezogen. Sie schläft hier im Büro.«

»Das kommt heutzutage öfter vor.«

Diese Nachricht überraschte Seymour. Er hatte Amanda erst an diesem Morgen in der Nummer 10 Downing Street gesehen, und sie hatte keinen Ton davon gesagt. Tatsächlich war er erleichtert darüber, dass Charles' indiskretes Liebesleben endlich ans Tageslicht gekommen war. Die Russen verstanden sich sehr gut darauf, solche Schwächen aufzuspüren, und waren nie zimperlich, wenn es galt, sie zu ihrem Vorteil zu nutzen.

»Wer weiß sonst noch davon?«

»Ich hab's nur zufällig erfahren. Du kennst Amanda – sie hält ihr Privatleben streng geheim.«

»Schade, dass Charles nicht ebenso diskret war.« Seymour griff nach der Türklinke, ging aber noch nicht. »Hast du eine Ahnung, weshalb sie mich so dringend sprechen will?«

»Weil es ihr Spaß macht, mit dir zu reden?«

»Unsinn, Miles!«

»Ich weiß nur«, sagte Kent, »dass es irgendwas mit Waffen zu tun hat.«

Seymour trat auf den Korridor hinaus. Über Amanda Wallace' Tür brannte das grüne Lämpchen. Trotzdem klopfte er leicht an, bevor er eintrat. Amanda blätterte, an ihrem großen Schreibtisch sitzend, in einem aufgeschlagenen Dossier. Sie blickte auf und bedachte Seymour mit einem kühlen Lächeln. Es war so perfekt, dass er vermutete, sie habe es vor dem Spiegel eingeübt.

»Graham«, sagte sie und stand auf. »Wie schön, dass du kommen konntest.«

Amanda kam langsam hinter dem Schreibtisch hervor. Wie immer trug sie einen maßgeschneiderten Hosenanzug, der ihrer großen, hageren Gestalt schmeichelte. Ihre Annäherung war vorsichtig. Graham Seymour und Amanda Wallace waren ungefähr zur selben Zeit vom MI5 rekrutiert worden und hatten sich fast dreißig Jahre lang erbittert bekämpft. Jetzt bekleideten sie zwei der wichtigsten Geheimdienstposten der westlichen Welt, aber ihre Rivalität hatte kaum abgenommen. Der Gedanke, die Terroranschläge könnten ihre Beziehung auf eine neue Grundlage stellen, war verlockend, aber Seymour glaubte nicht recht daran. Der unvermeidliche parlamentarische Untersuchungsausschuss würde schwere Fehler und Versäumnisse des MI5 aufdecken. Amanda würde sich erbittert ihrer Haut wehren und auch dafür sorgen, dass Seymour und der MI6 einen guten Teil der Verantwortung übernahmen.

Am Ende von Amandas poliertem Konferenztisch stand ein Tablett mit Gläsern, Flaschen und einem Cocktailshaker. Sie mixte für Seymour einen Gin Tonic und für sich selbst einen Martini mit einer Olive und Perlzwiebeln. Nachdem sie sich wortlos zugetrunken hatten, führte sie Seymour zu der Sitzgruppe hinüber und bot ihm mit einer Handbewegung einen der modernen Ledersessel an. Auf einem wandgroßen Flachbildschirm liefen die BBC World News. Britische und amerikanische Flugzeuge griffen IS-Stellungen in der Nähe der syrischen Stadt Raqqa an. Den irakischen Teil des Kalifats hatte die Zentralregierung in Bagdad größtenteils zurückerobert. Aber die Gebietsverluste hatten die Fähigkeit des Islamischen Staats, Terroranschläge im Ausland zu verüben, keineswegs beeinträchtigt. Das bewiesen die jüngsten Anschläge in London.

»Wo ist er deiner Ansicht nach?«, fragte Amanda.

»Saladin?«

»Wer sonst?«

»Wir haben keine gesicherten Erkenntnisse über …«

»Du redest nicht mit dem Premierminister, Graham.«

»Ich vermute ihn irgendwo außerhalb des rapide schrumpfenden Kalifats.«

»Wo genau?«

»Vielleicht in Libyen oder einem der Emirate am Persischen Golf. Oder er könnte in Pakistan oder einem vom IS kontrollierten Teil Afghanistans sein. Oder«, sagte Seymour, »er ist näher, als wir denken. Er hat Geld und Freunde. Und denk daran, dass er mal einer von uns war. Vor dem zweiten Irakkrieg war er beim irakischen Muchabarat, hat in Saddams Auftrag palästinensische Terroristen unterstützt. Er kennt sich in der Szene aus.«

»Das ist gewaltig untertrieben«, sagte Amanda Wallace. »Saladin lässt fast Sehnsucht nach der guten alten Zeit mit KGB-Spionen und IRA-Bombenlegern aufkommen.« Sie nahm Seymour gegenüber Platz und stellte ihr Glas auf den Couchtisch. »Ich muss dir etwas erzählen, Graham. Charles hat mich wegen seiner Sekretärin verlassen. Sie ist halb so alt wie er. Welch banales Klischee!«

»Das tut mir sehr leid, Amanda.«

»Wusstest du, dass er eine Affäre hatte?«

»Es hat allerlei Gerüchte gegeben«, antwortete Seymour taktvoll.

»Mir sind sie nicht zu Ohren gekommen – dabei leite ich den MI5! Anscheinend haben die Leute recht: Die Ehefrau erfährt immer als Letzte davon.«

»Gibt's keine Chance auf eine Aussöhnung?«

»Keine.«

»Die Scheidung wird bestimmt unangenehm.«

»Und teuer«, fügte Amanda hinzu. »Vor allem für Charles.«

»Du wirst zum Rücktritt gedrängt werden.«

»Genau deswegen«, sagte Amanda, »werde ich deine Unterstützung brauchen.« Sie schwieg einen Augenblick. »Ich weiß, dass unsere Privatfehde hauptsächlich von mir ausgegangen ist, Graham, aber nun wird's Zeit, sie zu beenden. Wenn die Berliner Mauer fallen konnte, müssten wir's schaffen können, wie Freunde miteinander umzugehen.«

»Ich bin völlig deiner Meinung.«

Diesmal wirkte Amandas Lächeln fast echt. »Und jetzt zu dem wahren Grund, weshalb ich um deinen Besuch gebeten habe.« Als sie einen Knopf der Fernbedienung drückte, erschien auf dem Flachbildschirm das Gesicht eines Mannes ägyptischer Abstammung Anfang dreißig mit Dreitagebart. Es gehörte Omar Salah, dem Anführer der sogenannten Harlow-Zelle, den ein bewaffneter Polizeibeamter vor dem St Martin's Theatre erschossen hatte, bevor er seine Sprengstoffweste hatte zünden können. Seymour kannte die Akte Salah sehr gut. Er gehörte zu den Tausenden von europäischen Muslimen, die nach Syrien oder in den Iran gereist waren, nachdem der IS im Juni 2014 sein Kalifat ausgerufen hatte. Nach seiner Rückkehr nach Großbritannien war Omar Salah vom MI5 über ein Jahr lang überwacht worden. Gut ein halbes Jahr vor den Anschlägen hatte der MI5 ihn jedoch von der Liste akuter Gefährder gestrichen. A4, die Überwacher, waren heillos überlastet, und Salah schien sich nicht mehr für den radikalen Islam und den Dschihad zu interessieren. Die Einstellungsverfügung trug Amandas Unterschrift. Weder sie noch ihre britischen Geheimdienstkollegen ahnten, dass Salah weiter mit dem IS-Oberkommando in Verbindung stand und dabei eine Verschlüsselung benutzte, die selbst die mächtige amerikanische National Security Agency nicht knacken konnte.

»Das war nicht deine Schuld«, sagte Seymour ruhig.

»Vielleicht nicht«, antwortete Amanda. »Aber vermutlich werde ich den Sündenbock spielen müssen – außer es gelingt mir, den bedauerlichen Fall Salah zu meinem Vorteil zu nutzen.« Sie machte eine Pause, dann fügte sie hinzu: »Oder besser gesagt zu unserem Vorteil.«

»Und wie wäre das möglich?«

»Omar Salah hat nicht nur eine islamistische Mörderbande ins St Martin's Theatre geführt. Er war auch der Mann, der die Waffen ins Land geschmuggelt hat.«

»Wo hat er sie herbekommen?«

»Von einem IS-Agenten in Frankreich.«

»Sagt wer?«

»Sagt Omar.«

»Bitte, Amanda«, sagte Seymour müde, »es ist schon spät.«

Sie nickte zu dem Gesicht auf dem Bildschirm hinüber. »Er war gut, unser Omar, aber er hat einen kleinen Fehler gemacht. Er hat den Laptop seiner Schwester für IS-Zwecke benutzt. Wir haben ihn am Tag nach dem Attentat beschlagnahmt und seither ausgewertet. Heute Nachmittag haben wir eine gelöschte verschlüsselte Nachricht gefunden, die Omar angewiesen hat, nach Calais zu fahren und sich mit einem Mann zu treffen, der sich ›Skorpion‹ nennt.«

»Klangvoll«, meinte Seymour düster. »Aber ist auch die Rede von Waffen?«

»Die Nachricht ist verschleiert, aber eindeutig. Außerdem stimmt sie mit einer Mitteilung überein, die wir letztes Jahr von der DGSI erhalten haben. Anscheinend haben die Franzosen diesen Skorpion seit einiger Zeit auf dem Radar. Leider wissen sie nicht allzu viel über ihn, auch seinen wahren Namen nicht. Ihrer Theorie nach gehört er einer Bande von Drogenschmugglern an, vermutlich aus Marokko.«

Klingt logisch, dachte Seymour. Die Verbindungen zwischen dem IS und kriminellen Netzwerken in Europa waren nicht zu leugnen.

»Hast du den Franzosen das alles schon mitgeteilt?«, fragte er.

»Ich habe nicht die Absicht, die Sorge für unsere nationale Sicherheit in die Hände der DGSI zu legen. Außerdem möchte ich den Skorpion vor den Franzosen aufspüren. Aber das kann ich leider nicht«, fügte sie rasch hinzu. »Mein Mandat endet an den Küsten.«

Seymour schwieg.

»Ich will mir nicht anmaßen, dir gute Ratschläge zu erteilen, Graham. Aber an deiner Stelle würde ich gleich morgen früh einen Mann nach Frankreich schicken. Jemanden, der gut Französisch spricht. Der sich mit kriminellen Organisationen auskennt. Der keine Angst davor hat, sich die Hände schmutzig zu machen.« Sie lächelte. »Du hast nicht zufällig einen Mann dieser Art, was, Graham?«

5

HAMPSHIRE, ENGLAND

In die Hafenstadt im Süden Englands war er wie viele andere vor ihm gekommen: auf dem Rücksitz eines Dienstwagens mit getönten Scheiben. Der Van hatte in rascher Fahrt den Jachthafen und die Klinkerbauten der alten viktorianischen Lagerhäuser passiert, bevor er auf einen schmalen Weg abgebogen war, der über den ersten Fairway eines Golfplatzes führte, der an diesem Vormittag den Möwen überlassen blieb. Gleich nach dem Fairway kam ein ehemaliger Burggraben, hinter dem eine alte Festung mit grauen Steinmauern aufragte. Dieser von Heinrich VIII. im Jahr 1545 errichtete Bau diente jetzt als zentrale MI6-Ausbildungsstätte für Spione.

Der Van hielt kurz an dem Wachhäuschen, bevor er auf den Innenhof fuhr, auf dem die Wagen der Ausbilder in drei ordentlichen Reihen parkten. Der Fahrer des Vans, der sich nur als Reg vorgestellt hatte, bedeutete dem Mann auf dem Rücksitz mit einem Nicken, er solle aussteigen. Das Fort ist kein Hotel, hätte er hinzufügen können, aber das sparte er sich. Der Neue sei ein Spezialfall, war den Ausbildern von Vauxhall Cross mitgeteilt worden. Wie alle frisch Angeworbenen würde er bei jeder Gelegenheit hören, er sei in einen exklusiven Club aufgenommen worden. Die Mitglieder dieses Clubs lebten nach anderen Regeln als ihre Landsleute. Sie wussten Dinge, taten Dinge, die andere niemals taten. Aber der Kerl auf dem Rücksitz kam Reg nicht wie jemand vor, der sich dadurch geschmeichelt fühlen würde. Tatsächlich machte er den Eindruck eines Mannes, der schon sehr lange nach anderen Regeln lebte.

Das Fort bestand aus dem Ostflügel, dem Westflügel und dem Hauptgebäude, in dem der größte Teil der Ausbildung stattfand. Direkt über dem Wachhäuschen lag die Wohnung des Direktors, und hinter den Wällen gab es einen Tennisplatz, Squashcourts, einen Krocketparcours, einen Hubschrauberlandeplatz und eine Schießbahn. Es gab auch einen Schießstand in der Halle, aber Reg hatte den Verdacht, der Neue würde nicht viel Ausbildung mit Schusswaffen oder anderen Waffen brauchen. Er war Soldat in einer Eliteeinheit gewesen. Das merkte man an seinem durchtrainierten Körper, seiner straffen Haltung und der Art und Weise, wie er seinen Seesack schulterte, bevor er über den Hof davonging. Ohne einen Laut, wie Reg auffiel. Er war definitiv ein schweigsamer Typ. Er war an Orten gewesen, die er lieber vergessen hätte, und hatte Aufträge ausgeführt, über die man nur in abhörsicheren Räumen sprach. Ein gefährlicher Mann, mit dem man sich besser nicht anlegte.

Gleich hinter dem Eingang des Westflügels lag die kleine Loge, in der George Halliday, der Portier, den Neuankömmling erwartete. »Marlowe«, sagte der Neue wenig überzeugend. »Peter Marlowe«, fügte er nach kurzer Pause hinzu. Und Halliday, der dienstälteste hiesige MI6-Mitarbeiter – angeblich ein Relikt aus der Zeit König Heinrichs –, fuhr mit seinem blassen, spinnenartigen Zeigefinger eine Namensliste hinunter. »Ah, richtig, Mr. Marlowe. Wir haben Sie schon erwartet. Schade, dass das Wetter so schlecht ist, aber an Ihrer Stelle würde ich mich daran gewöhnen.«

Während Halliday das sagte, bückte er sich, um einen Schlüssel unter der Theke hervorzuholen. »Erster Stock, letztes Zimmer links. Sie haben Glück, es ist ein Zimmer mit Meerblick.« Er legte den Schlüssel auf die Theke. »Sie kommen mit Ihrem Gepäck zurecht?«

»Ich denke schon«, sagte der Neue mit einem angedeuteten Lächeln.

»Oh«, sagte der Alte plötzlich, »den hätte ich fast vergessen.« Er drehte sich um und zog aus einem der Brieffächer einen kleinen Umschlag. »Der ist gestern Abend für Sie gekommen. Er ist von ›C‹.«

Der Neue griff nach dem Umschlag, steckte ihn in eine Tasche seiner Barbour-Jacke. Dann schulterte er seinen Seesack – wie ein Soldat, fand Halliday – und trug ihn die Treppe zur Unterkunft hinauf. Die Tür seines Zimmers öffnete sich knarrend. Er ließ den Seesack von der Schulter gleiten und musterte seine Umgebung mit dem scharfen Blick eines geschulten Beobachters. Ein Einzelbett, ein Nachttisch mit Leselampe, ein kleiner Schreibtisch, Kommode und Kleiderschrank für seine Sachen, ein Bad mit Toilette. Irgendein Graduierter, der eben von einer guten Universität kam, hätte das Apartment vermutlich mehr als ausreichend gefunden, aber den Neuen beeindruckte es nicht sonderlich. Als Besitzer eines beträchtlichen Vermögens – illegal erworben, aber trotzdem beträchtlich – wohnte er im Allgemeinen komfortabler.

Er schlüpfte aus seiner Jacke, warf sie aufs Bett und zog dabei den Umschlag aus der Tasche. Er riss ihn widerstrebend auf und zog ein Kärtchen heraus. Es trug keinen Absender, und die Mitteilung bestand lediglich aus einem Satz in auffälliger grüner Tinte.

Großbritannien ist besser dran, seit Du hier bist, um es zu beschützen …

Eine Mitteilung dieser Art hätte ein gewöhnlicher Berufsanfänger vermutlich als kostbare Erinnerung an seinen ersten Tag bei einem der ältesten und stolzesten Geheimdienste der Welt aufbewahrt. Aber der als Peter Marlowe bekannte Mann war kein gewöhnlicher Berufsanfänger. Darüber hinaus hatte er an Orten gearbeitet, an denen eine Mitteilung dieser Art einen das Leben kosten konnte. Deshalb verbrannte er sie – nachdem er sie wie üblich zweimal gelesen hatte – im Waschbecken im Bad und spülte die Asche weg. Dann trat er an das schmale Fenster und blickte übers Meer zur Isle of Wight hinüber. Und fragte sich wieder einmal, ob er vielleicht den größten Fehler seines Lebens gemacht hatte.

Sein richtiger Name war natürlich nicht Peter Marlowe. In Wirklichkeit hieß er Christopher Keller, was wiederum rätselhaft war, weil Keller nach Überzeugung Ihrer Majestät Regierung seit über fünfundzwanzig Jahren tot war. Folglich galt er seit Glyndwr Michael, dem obdachlosen Waliser, dessen Leichnam Hitlerdeutschland im Rahmen des Unternehmens Mincemeat gefälschte Dokumente geliefert hatte, als erster Verstorbener, der bei einem britischen Geheimdienst arbeitete.

Von alledem wusste das Ausbildungspersonal im Fort jedoch nichts. Tatsächlich wusste es fast gar nichts über den Neuen. Beispielsweise wusste es nicht, dass er ein Veteran der Eliteeinheit Special Air Service war, noch immer den Regimentsrekord für den vierzig Meilen langen Gepäckmarsch über die schroffen Brecon Beacons in South Wales hielt und im Killing House, dem berüchtigten SAS-Häuserkampftrainingsgebäude, die höchste Punktzahl erzielt hatte. Ein weiterer Blick in seine Akte – die auf persönliche Anweisung des Premierministers versiegelt worden war – hätte gezeigt, dass er Ende der achtziger Jahre, auf dem Höhepunkt der Unruhen in Nordirland, nach West Belfast eingeschleust worden war, wo er unter Katholiken lebte und Agenten in der Irish Republican Army führte. Weniger detailliert geschildert wurde ein Vorfall in einem Farmhaus in South Armagh, als Keller enttarnt worden war und verhört und hingerichtet werden sollte. Die genauen Umstände seiner Flucht waren ungewiss; fest stand nur, dass dabei vier erfahrene IRA-Kämpfer umgekommen waren, zwei von ihnen buchstäblich in Streifen geschnitten.

Nach seiner hastigen Evakuierung aus Nordirland kam Keller ins SAS-Hauptquartier in Hereford zurück, um sich lange zu erholen und als Ausbilder eingesetzt zu werden, wie er glaubte. Aber nachdem die Iraker im August 1990 in Kuwait einmarschiert waren, wurde er einer auf Wüstenkrieg spezialisierten Sabre-Einheit zugeteilt und in den westlichen Irak verlegt, um Saddam Husseins tödliche Scud-Raketen aufzuspüren. In der Nacht zum 29. Januar 1991 entdeckten Keller und sein Team ungefähr hundert Meilen nordwestlich von Bagdad eine Abschussrampe, deren Koordinaten sie über Funk meldeten. Eineinhalb Stunden später kam eine Kette alliierter Jagdbomber im Tiefflug herangedonnert. Aber dann gab es eine tragische Verwechslung, und die Maschinen griffen statt der Scud-Stellung das SAS-Team an. Das britische Oberkommando nahm an, das gesamte Team sei mit seinem Anführer gefallen.

In Wirklichkeit war Keller ohne einen Kratzer davongekommen, was seine Spezialität war. Anfangs wollte er sich bei seiner Einheit melden, um sich abholen zu lassen. Stattdessen begann er aus Zorn über die Unfähigkeit seiner Vorgesetzten loszumarschieren. Mit der Kandura und der Ghutra eines Wüstenbewohners getarnt und in der Kunst geübt, unentdeckt zu bleiben, gelangte er durch die Linien der Koalitionstruppen und unerkannt nach Syrien. Von dort aus zog er durch die Türkei, Griechenland und Italien weiter, bis er auf die wilde Insel Korsika gelangte, wo ihn Don Antonio Orsati aufnahm – ein Gangsterboss, dessen Familie korsischer Banditen auf Auftragsmorde spezialisiert war.

Der Don gab Keller eine Villa und eine Frau, um seine Wunden zu heilen. Als Keller sich dann erholt hatte, gab er ihm Arbeit. Mit seinem nordeuropäischen Aussehen und seiner SAS-Ausbildung konnte Keller Kontrakte erfüllen, für die Orsatis *Taddunaghiu* – seine korsischen Berufskiller – nicht infrage kamen. Als angeblicher Vertreter für Orsatis Olivenöl reiste Keller fast fünfundzwanzig Jahre lang kreuz und quer durch

Westeuropa und mordete auf Anweisung des Dons. Die Korsen akzeptierten ihn als einen der ihren, und er revanchierte sich für ihre Großzügigkeit, indem er ihre Sitten annahm. Er kleidete sich wie ein Korse, aß und trank wie ein Korse und betrachtete den Rest der Welt mit der fatalistischen Geringschätzung eines Korsen. Er trug sogar einen korsischen Talisman an einer Halskette – eine Hand aus roter Koralle –, um den bösen Blick abzuwehren. Nun war er endlich wieder heimgekehrt – in eine alte Festung aus grauem Stein über einem kalten, granitgrauen Meer. Hier sollte er lernen, ein richtiger britischer Spion zu sein. Aber als Erstes würde er wieder lernen müssen, ein Engländer zu sein.

Die zur gleichen Zeit wie Keller angeworbenen zukünftigen Agenten entsprachen mehr den traditionellen MI6-Kriterien: weiß, männlich, aus der Mittel- oder Oberschicht. Außerdem hatten sie gerade ihr Studium in Oxford oder Cambridge abgeschlossen. Alle außer Thomas Finch, der die London School of Economics absolviert und als Investmentbanker gearbeitet hatte, bevor er sich dann doch hatte anwerben lassen. Finch sprach fließend Mandarin und hielt sich für besonders clever. Beim ersten Kamingespräch der Neuen hatte er nur halb im Scherz darüber geklagt, er bezahle die Ehre, seinem Vaterland zu dienen, mit einer spürbaren Gehaltskürzung. Keller hätte das auch behaupten können, aber er war vernünftig genug, es nicht zu tun. Er erzählte den anderen, er komme aus dem Lebensmittelgroßhandel und mache in seiner Freizeit gern Bergtouren, was beides stimmte. Auf sein Alter angesprochen – er war viel älter als die anderen, vielleicht der älteste Rekrut, der je angeworben worden war –, behauptete er, ein Spätentwickler zu sein, was ganz und gar nicht stimmte.

Ihr Lehrgang wurde offiziell als IONEC – Intelligence Officers New Entry Course – bezeichnet. Er sollte die Neuen auf einfache Tätigkeiten in Vauxhall Cross vorbereiten, wo sie eine Zusatzausbildung erhalten würden, bevor sie im Feld eingesetzt werden konnten, ohne ihrem Land oder ihrer Karriere unwiderruflich zu schaden. Es gab zwei Hauptausbilder: Andy Mayhew, groß, rothaarig, geschwätzig, und Tony Quill, ein hagerer ehemaliger Agentenführer, der angeblich einer Nonne den Habit abschwatzen und ihr den Rosenkranz stehlen konnte, wenn sie nicht aufpasste. Vauxhall Cross hatte beider Personalakten unter die Lupe genommen, um festzustellen, ob sie jemals einem SAS-Offizier namens Christopher Keller begegnet sein konnten. Das war nicht der Fall. Mayhew hatte hauptsächlich in der Zentrale gearbeitet; Quill kannte den Ostblock und den Nahen Osten. Keiner von ihnen war jemals in Nordirland gewesen.

Der erste Teil des Lehrgangs handelte vom MI6 selbst – von seiner Geschichte, seiner Struktur, seinen großen Erfolgen, seinen katastrophalen Misserfolgen. Obwohl er viel kleiner als die entsprechenden russischen und amerikanischen Dienste war, schlug er sich dank des Einfallsreichtums und der angeborenen Gerissenheit seiner Führenden recht gut, wie Quill gern sagte. Während die Amerikaner auf Technologie setzten, spezialisierte der MI6 sich auf von Menschen gewonnene Erkenntnisse, und seine Agenten galten als die besten Anwerber und Führungsoffiziere der Branche. Die harte Arbeit, Männer und Frauen dazu zu bringen, ihr Land oder ihre Organisation zu verraten, fiel der Intelligence Branch (IB) zu. Sie hatte etwa dreihundertfünfzig Mitarbeiter, von denen die meisten als Diplomaten getarnt in britischen Botschaften arbeiteten. Ungefähr achthundert Mitarbeiter hatte die Abteilung General Services (GS), die für technische Angelegenheiten zuständig und in den geografischen MI6-Hauptverwaltungen tätig war. Jede Hauptverwaltung wurde von einem Controller geleitet, der dem Generaldirektor unterstand. Obwohl Mayhew und

Quill das nicht wussten, hatte »C« bereits festgelegt, dass Peter Marlowe keiner der bestehenden Hauptverwaltungen zugeteilt werden würde. Er würde eine eigene bilden. Gewissermaßen eine Einmann-Hauptabteilung.

Nachdem das Fundament gelegt war, konzentrierten Mayhew und Quill sich auf die praktischen Fertigkeiten, die jeder Spion beherrschen musste – wirksame Tarnung, Überwachung entdecken und abschütteln, Geheimschriften, tote Briefkästen, Übergaben im Vorbeigehen, Gedächtnisübungen. Denn das Gedächtnis eines Spions, sagte Quill, sei sein einziger Freund auf der Welt. Und dann gab es natürlich die langen, detaillierten Vorträge darüber, wie man Informanten ausfindig machte und erfolgreich anwarb. In diesem Punkt genoss Keller einen unfairen Vorteil gegenüber den anderen Lehrgangsteilnehmern: Er hatte in einer Umgebung, in der der kleinste Fehler zu einem grausamen Tod führen konnte, Agenten angeworben und geführt. Tatsächlich war er sich sicher, Mayhew und Quill ein paar Tipps dazu geben zu können, wie man einen Treff so organisierte, dass Agent und Führungsoffizier ihn überlebten. Stattdessen spielte er in den Unterrichtsräumen im Hauptgebäude die Rolle eines stillen, aufmerksamen Kursteilnehmers, der lernen wollte, statt zu versuchen, sich einzuschmeicheln oder zu imponieren. Das überließ er Finch und Baker, einem Literaturwissenschaftler aus Oxford, der sich bereits Notizen für seinen ersten Spionageroman machte. Keller sprach nur, wenn er angesprochen wurde, und hob nie die Hand, um sich mit einer Antwort zu melden. Er war so unsichtbar, wie man es in einem beengten Raum mit zwölf Lehrgangsteilnehmern sein konnte. Andererseits war das sein besonderes Talent – sich in jeder Umgebung unsichtbar zu machen.

Auf den Straßen der nächsten Stadt Portsmouth, auf denen die meisten praktischen Übungen stattfanden, waren Kellers überragende Fähigkeiten schwieriger zu tarnen. Er leerte seine toten Briefkästen, ohne aufzufallen, und seine Kontakte im Vorbeigehen hätten aus dem Lehrbuch stammen können. Nach sechs Wochen fand eine ganztägige Übung statt, zu der das MI5 ein A4-Überwachungsteam schickte. Es sollte demonstrieren, dass eine professionelle Überwachung – durch wirkliche Spezialisten, nicht die Bananenrepublik-Variante – fast unmöglich zu entdecken war. Während die anderen keinen einzigen ihrer Überwacher entdeckten, gelang es Keller, alle vier Mitglieder eines Eliteteams zu identifizieren, das ihn im Einkaufszentrum Cascades beschattet hatte. Das MI5 verlangte ungläubig eine zweite Chance, aber das Ergebnis blieb gleich. Am Tag darauf ging es nicht darum, Beschatter zu entdecken, sondern abzuschütteln. Keller schaffte das in nur fünf Minuten und verschwand spurlos. Später an diesem Abend wurde er im Druid's Arms in der Binstead Road aufgefunden, wo er mit französischem Akzent Karaokesongs mitgrölte. Er verließ den Pub mit den Namen und Telefonnummern aller übrigen Gäste – und einem Heiratsantrag. Am folgenden Morgen rief Quill die Personalabteilung in Vauxhall Cross an und fragte, wo sie diesen Peter Marlowe gefunden habe.

»Wir haben ihn nicht gefunden«, sagte die Personalabteilung. »Er gehört ›C‹ persönlich.«

»Schickt mir noch zehn solcher Kerle«, sagte Quill, »dann herrscht das Empire wieder über die Welt.«

Die eigentliche IONEC-Arbeit fand abends im Speisesaal mit privater Bar statt. Die Lehrgangsteilnehmer wurden zum Trinken animiert – Alkohol spiele im Leben eines Spions eine wichtige Rolle, hieß es – und konnten alle zwei, drei Tage einen speziellen Gast zum Abendessen begrüßen: Controller, Strategen, legendäre Agenten. Einige wenige waren noch im Dienst. Die meisten waren weißhaarige Gestalten in verknitterten Anzügen, die von ihren Duellen mit dem KGB in Berlin, Wien und Moskau erzählten. Russland war erneut der Hauptfeind, das MI6-Primärziel – das große Spiel, sagte ein vertrockneter Kalter Krieger, sei wieder aufgelebt. Quill warnte sie, dass die Russen sich irgendwann um jeden von ihnen bemühen würden: mit Schmeichelei, mit Geld oder mit Erpressung. Von ihrer Reaktion, wenn der Bär sie aufsuchte, würde abhängen, ob sie nachts schliefen oder in einer selbst geschaffenen Hölle schmorten. Dann spielte er ihnen Kim Philbys berühmte Pressekonferenz aus dem Jahr 1965 vor, in der er bestritt, ein KGB-Spion zu sein. Quill nannte Philby den raffiniertesten Lügner, den er je gehört habe.

James Bond mochte eine Lizenz zum Töten gehabt haben, aber im wirklichen Leben hatten MI6-Agenten keine. Mord als Werkzeug war streng verboten, und die meisten britischen Spione trugen selten eine Waffe, die sie noch seltener benutzten. Trotzdem waren sie nicht nur Champagnerspione, jedenfalls nicht alle, und die Welt wurde zunehmend gefährlicher. Das bedeutete, dass sie Grundkenntnisse im Umgang mit Schusswaffen erwerben mussten – wie man das Magazin einsetzte, wie man eine Pistole durchlud, wie man das Ding hielt, damit man weder sich selbst noch einen Kollegen erschoss, solche Sachen. Auch dabei ließ Kellers Können sich schwer verbergen. Am ersten Tag der Schießausbildung drückte der Ausbilder ihm eine 9-mm-Browning in die Hand und wies ihn an, auf eine fünfzehn Meter entfernte Mannscheibe zu schießen. Keller hob rasch die Waffe, schien kaum zu zielen und jagte alle dreizehn Schuss durch den Kopf der Mannscheibe. Als er aufgefordert wurde, das zu wiederholen, saßen alle Schüsse im linken Auge der Mannscheibe. Danach war Keller von der Schießausbildung befreit. Auch an dem rudimentären IONEC-Selbstverteidigungskurs brauchte er nicht mehr teilzunehmen, nachdem er einem Ausbilder, der mit einer ungeladenen Waffe auf ihn zielte, fast eine Schulter ausgerenkt hatte. Danach traute sich niemand mehr – nicht mal Mayhew, der die

Statur eines Rugbyspielers hatte –, gegen ihn anzutreten.

Obwohl sie von der sie umgebenden Zivilbevölkerung weitgehend isoliert waren, versuchten Mayhew und Quill keineswegs, sie von der Außenwelt abzuschotten, ganz im Gegenteil. Beim Frühstück lag ein Stapel britischer und ausländischer Zeitungen aus, und auf den großen Flachbildfernsehern in der Lounge liefen BBC World News und CNN. Während der Terroranschläge in London drängten die Neuen sich davor zusammen – zornig, verzweifelt und in dem Bewusstsein, dass sie bald in diesem Krieg würden kämpfen müssen. Einer von ihnen früher als alle anderen.

In der Woche darauf ging der IONEC zu Ende. Alle zwölf Lehrgangsteilnehmer bestanden die Abschlussprüfung mühelos – Marlowe mit Bestnoten, Finch weit abgeschlagen auf dem ehrenvollen zweiten Platz. An diesem Abend dinierten sie ein letztes Mal mit Mayhew und Quill. Und am Morgen danach legten sie ihre Zimmerschlüssel bei dem alten George Halliday auf die Theke und trugen ihr Gepäck auf den Hof hinaus, auf dem Reg der Fahrer mit einem kleinen Bus wartete, um die frischgebackenen Spione nach London zu bringen. Einer fehlte jedoch. Sie suchten ihn überall, in allen Räumen der West- und Ostflügel und des Hauptgebäudes, auf dem Schießplatz, auf den Tennis- und Krocketplätzen und in der Turnhalle, bis Reg schließlich mit elf statt zwölf Jungspunden nach London abfuhr. Es war Quill, der das unter seinem Fenster hängende Seil ebenso entdeckte wie den winzigen Stofffetzen am Stacheldrahtzaun und die frischen Fußabdrücke am Strand, die von einem Mann stammten, der gut hundert Kilo wog und es eilig hatte. Wie schade! dachte Quill. Noch zehn Kerle wie er, dann hätte das Empire wieder die Welt beherrscht.

6

WORMWOOD COTTAGE, DARTMOOR

Ähnlich wie Saladins Fluchtroute aus Amerika ließ sein genauer Fluchtweg sich später nicht rekonstruieren. Es gab jedoch Hinweise wie den hellblauen VW Jetta, der an diesem Morgen um 10.15 Uhr auf dem Parkplatz von Morrisons Supermarkt gestohlen wurde. Aufgefunden wurde er am selben Nachmittag hundert Meilen weiter westlich in Devon – in dem Weiler Coldeast vor dem Lebensmittelgeschäft mit Postagentur abgestellt. Der Tank war voll, und auf dem Fahrersitz lag eine Karte mit einigen handschriftlichen Zeilen, die den Autobesitzer um Entschuldigung für eventuelle Unannehmlichkeiten baten. Die zuständige Hampshire Constabulary nahm Ermittlungen wegen des Autodiebstahls auf. Sie endeten ziemlich abrupt, als Tony Quill mit dem Chief Constable telefonierte, der prompt die handschriftliche Mitteilung herausrückte. Später konnte man jedoch hören, wie der Chief äußerte, er habe die Mätzchen der Jungs aus König Heinrichs alter grauer Festung allmählich satt. Auf den Straßen von Portsmouth Räuber und Gendarm zu spielen war eine Sache. Aber irgendeinem armen Kerl das Auto zu stehlen – auch wenn's nur zu Übungszwecken war – gehörte sich einfach nicht.

Die Kleinstadt Coldeast war nur deshalb bemerkenswert, weil sie am Rand des Nationalparks Dartmoor lag. An dem bewussten Tag regnete es so stark, dass es vorzeitig dunkel wurde. Deshalb achtete niemand auf Christopher Keller, als er mit einem Rucksack über einer Schulter die Old Liverton Road in Angriff nahm. Als er die Village Hall in Liverton erreichte, herrschte stockfinstere Nacht, aber das hatte nichts zu sagen, denn er kannte den Weg. Er bog auf eine zwischen Hecken verlaufende schmale Straße ab und folgte ihr an der Old Leys Farm vorbei nach Norden. Einmal musste er zur Seite treten, um einen klapprigen Kleinlaster vorbeizulassen, aber ansonsten hätte er der letzte Mensch der Welt sein können.

Großbritannien ist besser dran, seit Du hier bist, um es zu beschützen …

In Brimley bog er nach Westen ab und gelangte auf Fußwegen nach Postbridge. Aus dem Dorf führte eine Straße hinaus, die auf keiner Karte eingezeichnet war und an einem abweisend massiven Stahltor endete. Der Hausmeister Parish hatte vergessen, es aufzusperren. Keller erklomm es geräuschlos und marschierte die lange Zufahrt zu dem Cottage hinauf, das in dem kahlen Hochmoor auf einem kleinen Hügel stand. Über der unversperrten Haustür brannte eine gelbliche Lampe wie eine Kerze. Bevor Keller eintrat, putzte er sich sorgfältig die Stiefel an der Fußmatte ab. In der Diele roch es appetitanregend nach Fleisch, Kartoffeln und Gewürzen. Er warf einen Blick in die Küche und sah Miss Coventry – wie immer sorgfältig zurechtgemacht und vage Ehrfurcht gebietend – mit einer Schürze um ihre stattliche Taille am offenen Backrohr stehen.

»Mr. Marlowe«, sagte sie und drehte sich nach ihm um. »Wir hatten Sie früher erwartet.«

»Ich bin verspätet weggekommen.«

»Aber hoffentlich ohne Probleme?«

»Ohne.«

»Aber wie Sie aussehen! Sie Ärmster. Sind Sie die ganze Strecke marschiert?«

»Nicht ganz«, sagte Keller lächelnd.

»Sie tropfen Wasser auf meinen sauberen Fußboden.«

»Können Sie mir das jemals verzeihen?«

»Unwahrscheinlich.« Sie nahm ihm die Jacke ab. »Ich habe Ihnen Ihr altes Zimmer hergerichtet. Auf dem Bett liegen frische Sachen, im Bad finden Sie, was Sie an Toilettenartikeln brauchen. Bis ›C‹ eintrifft, haben Sie noch Zeit für ein schönes heißes Bad.«

»Was gibt's zum Abendessen?«

»Cottage Pie.«

»Mein Leibgericht.«

»Darum habe ich ihn gemacht. Eine schöne Tasse Tee, Mr. Marlowe? Oder möchten Sie lieber etwas Stärkeres?«

»Vielleicht einen Whiskey, um die Knochen zu wärmen.«

»Ich kümmere mich darum. Gehen Sie jetzt hinauf, bevor Sie sich den Tod holen.«

Keller ließ seine Stiefel in der Diele zurück und stieg die Treppe zu seinem Zimmer hinauf. Auf dem Bett lagen frische Sachen bereit: eine beige Cordsamthose, ein olivgrüner Pullover, Unterwäsche und ein Paar fester Wildlederschuhe, alles in passender Größe. Dazu eine Packung Marlboro und ein goldenes Feuerzeug. Keller las die Gravur. *Auf die Zukunft …* Keine Anrede, kein Name. Keller wusste auch so, von wem es stammte.

Er streifte seine nassen Klamotten ab und stellte sich lange unter eine kochend heiße Dusche. Als er wieder ins Zimmer kam, stand auf dem Nachttisch ein Glas Whiskey auf einem weißen Untersetzer mit dem MI6-Logo. Er zog sich an und nahm sein Glas mit ins Wohnzimmer im Erdgeschoss, in dem er Graham Seymour am Kaminfeuer sitzend antraf – wie immer elegant in Tweed und Flanell. Seymour hatte das uralte Bakelit-Radio eingeschaltet und hörte Nachrichten.

»Das gestohlene Auto«, sagte er, indem er aufstand, »war ein hübscher Touch.«

»In solchen Fällen ist's besser, ein bisschen Lärm zu machen. Hast du mir das damals nicht beigebracht?«

»Habe ich das?« Seymour lächelte spitzbübisch. »Ich bin nur froh, dass die Sache ohne Gewalt abgegangen ist.«

»Ein MI6-Agent«, sagte Keller gespielt ernst, »wendet niemals Gewalt an. Und sieht er sich doch gezwungen, zuzuschlagen oder eine Waffe zu ziehen, liegt das nur daran, dass er seine Arbeit nicht richtig getan hat.«

»Vielleicht sollten wir über dieses Prinzip mal nachdenken«, meinte Seymour. »Mir tut's nur leid, einen Mann wie Peter Marlowe zu verlieren. Wie ich höre, waren seine Prüfungsergebnisse recht eindrucksvoll. Andy Mayhew hat sich dein Verschwinden so zu Herzen genommen, dass er seinen Rücktritt angeboten hat.«

»Aber nicht Quill?«

»Nein«, antwortete Seymour. »Quill ist aus härterem Holz geschnitzt.«

»Hoffentlich warst du mit dem armen Andy nicht zu streng.«

»Ich habe die Verantwortung selbst übernommen, aber auch eine gründliche Überprüfung der Sicherheitsmaßnahmen im Fort veranlasst.«

»Wer weiß noch von unserer kleinen List?«

»Der Controller für Westeuropa und seine beiden Stellvertreter.«

»Wie steht's mit Whitehall?«

»Der Vereinte Geheimdienstausschuss«, antwortete Seymour kopfschüttelnd, »weiß überhaupt nichts.«

Der Geheimdienstausschuss beaufsichtigte MI5 und MI6 und erteilte ihnen Aufträge. Er setzte Prioritäten fest, beurteilte das Produkt, beriet den Premierminister und achtete darauf, dass die Spione sich an ihre Vorschriften hielten. Graham Seymour war jedoch zu dem Schluss gelangt, der Secret Intelligence Service brauche mehr Bewegungsfreiheit und müsse in einer immer gefährlicheren Welt zupackender reagieren können. Daher seine erneuerte Bekanntschaft mit Christopher Keller.

»Weißt du«, sagte Seymour, während sein Blick über Kellers muskulöse Gestalt glitt, »du siehst fast wieder wie einer von uns aus. Schade, dass du bald fortmusst.«

In der Küche setzten sie sich an den Tisch in dem gemütlichen kleinen Erker, dessen Fenster mit den bleigefassten Scheiben aufs Hochmoor hinausführten. Miss Coventry trug den Cottage Pie mit gemischtem Salat und einer Flasche Bordeaux aus dem gut sortierten Weinkeller auf. Seymour verbrachte einen großen Teil des Abendessens damit, Keller über den IONEC auszufragen. Vor allem interessierten ihn die Qualitäten der übrigen Lehrgangsteilnehmer.

»Bekommst du denn nicht alle Beurteilungen und Testergebnisse auf den Tisch?«, fragte Keller.

»Doch, natürlich. Aber mich interessiert *dein* Urteil.«

»Im Vergleich zu Finch sieht jede Schlange alt aus«, sagte Keller. »Das heißt, dass er das Zeug zu einem erstklassigen Spion hat.«

»Bakers Testergebnisse waren auch ziemlich gut.«

»So gut wie das erste Kapitel des Thrillers, an dem er arbeitet.«

»Und der Lehrgang selbst?«, fragte Seymour. »Haben sie's geschafft, dir irgendwas Neues beizubringen?«

»Kommt darauf an.«

»Worauf?«

»Wie du mich einsetzen willst.«

Mit dem zurückhaltenden Lächeln eines Spions ging Seymour nicht auf Kellers Aufforderung ein, seine zukünftige Verwendung als ausgebildeter MI6-Agent wenigstens zu skizzieren. Während Regen an die Erkerfenster trommelte, sprach er stattdessen von seinem Vater. Arthur Seymour hatte über dreißig Jahre lang für England spioniert. Aber gegen Ende seiner Karriere, als Philby und die übrigen Maulwürfe und Verräter ihn bloßgestellt hatten, schickte der MI6 ihn in die graue Festung am Meer, wo er die nächste Generation britischer Spione für ihre Aufgabe begeistern sollte. »Und er hat jede Minute seines Exils gehasst«, sagte Seymour, »denn er wusste genau, dass er in eine Sackgasse geraten war. Mein Vater hat das Fort immer als Krypta gesehen, in die der MI6 seine zerschlagenen alten Leichname geworfen hat.«

»Schade, dass dein Vater dich nicht jetzt sehen kann.«

»Ja«, sagte Seymour distanziert. »Wirklich schade.«

»Er war streng zu dir, der Alte?«

»Er war zu jedermann streng, vor allem zu meiner Mutter. Zum Glück hat er sich nie viel um mich gekümmert. In den sechziger Jahren war ich mit ihm in Beirut, als Philby auch dort war. Dann hat er mich ins Internat gesteckt. Danach war er nur jemand, den ich einige Male im Jahr gesehen habe.«

»Er muss von dir enttäuscht gewesen sein, als du zum MI5 gegangen bist.«

»Er hat mir gedroht, mich zu enterben. Wie alle beim MI6 war er der Überzeugung, der MI5 bestünde nur aus Polizisten und Proleten.«

»Wieso bist du also hingegangen?«

»Weil ich nach meinen eigenen Leistungen beurteilt werden wollte. Oder vielleicht«, fügte Seymour nach kurzem Zögern hinzu, »weil ich zu keinem Dienst wollte, der von Verrätern ausgeweidet worden war. Vielleicht wollte ich Spione *fangen*, statt welche anzuwerben. Vielleicht wollte ich dazu beitragen, dass keine IRA-Bomben mehr auf unseren Straßen detonieren.« Er machte eine Pause. »Das hat uns letztlich zusammengeführt.«

Keller nickte schweigend.

»Wir haben in Belfast gute Arbeit geleistet, du und ich. Wir haben viele Anschläge verhindert, unzählige Leben gerettet. Und was hast du gemacht? Du bist abgehauen und hast dich Orsatis kleiner Mörderbande angeschlossen.«

»Das ist eine sehr verkürzte Darstellung.«

»Nur aus zeitlichen Gründen.« Seymour schüttelte langsam den Kopf. »Ich habe um dich getrauert, du Dreckskerl. Und deine Eltern natürlich auch. Beim Gedenkgottesdienst habe ich versucht, deinen Vater zu trösten, aber er war untröstlich. Du hast ihnen etwas Schreckliches angetan.«

Keller zündete sich eine Zigarette an, dann legte er Seymour sein neues goldenes Feuerzeug hin. »Du erinnerst dich an die eingravierte Widmung?«

»Schön, du hast recht. Halten wir uns nicht mit vergangenen Dingen auf. Du bist völlig wiederhergestellt, Christopher. So gut wie neu. Jetzt brauchst du nur noch eine nette Frau, die dein schönes Haus in Kensington mit Leben erfüllt.« Seymour wollte nach Kellers Zigaretten greifen, tat es dann aber doch nicht. »Acht Millionen Pfund, ein stolzer Kaufpreis. Nach meiner Rechnung bleiben dir nur noch fünfundzwanzig Millionen, die du bei Don Antonio verdient hast. Wenigstens liegt das Geld jetzt auf einer erstklassigen britischen Bank, nicht mehr in der Schweiz und auf den Bahamas. Es ist heimgekehrt – genau wie du.«

»Wir haben eine Vereinbarung«, sagte Keller ruhig.

»Und ich halte mich natürlich daran. Keine Sorge, du darfst dein unrecht Gut behalten.«

Keller äußerte sich nicht dazu.

»Und die Frau?«, fragte Seymour. »Hast du schon eine im Auge? Wir müssten sie natürlich genau überprüfen.«

»Ich war ziemlich beschäftigt, Graham. Ich hatte wenig Gelegenheit, jemanden kennenzulernen.«

»Was ist mit der, die dir im Druid's Arms einen Heiratsantrag gemacht hat?«

»Sie war ziemlich angeheitert. Außerdem hat sie geglaubt, ich sei Franzose.«

Seymour lächelte. »Sie wird nicht die Letzte bleiben, die das glaubt.«

7

LONDON – KORSIKA

Es war fünfzehn Jahre her, dass Christopher Keller sich zuletzt freiwillig hatte fotografieren lassen. Bei dieser Gelegenheit hatte er in einem Dorf im korsischen Zentralmassiv in einem kleinen Fotoatelier auf einem wackeligen Hocker gesessen. An den Wänden hatten zahlreiche Porträts gehangen – Brautpaare, Witwen, Patriarchen –, keiner lächelnd, denn die Dorfbewohner waren ernsthafte Leute, die gegenüber Fremden und modernen Dingen wie Kameras, die angeblich mit dem bösen Blick behaftet waren, misstrauisch waren. Der Fotograf war ein entfernter Verwandter von Don Antonio Orsati, irgendein angeheirateter Cousin zweiten Grades. Trotzdem war er in Gegenwart des harten, schweigsamen Engländers, der Orsatis Aufträge übernahm, die für gewöhnliche *Taddunaghiu* zu schwierig waren, ängstlich befangen gewesen. An diesem Tag hatte er sechs verschiedene Aufnahmen gemacht, auf denen Keller sich kaum wiedererkannte. Diese Fotos kamen in sechs gefälschte französische Pässe, die Keller in seinen Jahren als Berufskiller benutzte. Zwei dieser Reisepässe waren noch immer gültig. Einer lag in einem Bankschließfach in Zürich, der andere in einer Bank in Marseille, was er seinen neuen Arbeitgebern beim Secret Intelligence Service jedoch verschwiegen hatte. Man weiß nie, hatte er sich gesagt, wann man einen Trumpf im Ärmel brauchen kann.

Auch der Techniker, der Keller für den MI6 fotografierte, war in seiner Gegenwart nervös gewesen und hatte daher ungewöhnlich hastig gearbeitet. Die Aufnahmen wurden nicht in Vauxhall Cross gemacht – Keller sollte das Dienstgebäude möglichst selten betreten –, sondern in einem behelfsmäßigen

Atelier in Bloomsbury. Das fertige Produkt zeigte einen ernsten Mann von etwa fünfzig Jahren, der aussah, als komme er gerade von einem langen Badeurlaub im Süden zurück. Laut dem Reisepass, für den das Foto gemacht wurde, hieß er Nicholas Evans und war nicht fünfzig, sondern achtundvierzig Jahre alt. Der MI6 stattete Keller mit einem britischen Führerschein auf den gleichen Namen, drei verschiedenen Kreditkarten und einem Aktenkoffer voller Unterlagen aus, die seine Legende als Reisevertreter betrafen. Außerdem erhielt Keller ein MI6-Smartphone für abhörsichere Gespräche mit Vauxhall Cross. Er vermutete ganz richtig, dass der MI6 ihn damit jederzeit orten und notfalls auch belauschen konnte. Deshalb hatte er vor, sich bei nächster Gelegenheit von diesem Mobiltelefon zu trennen.

Keller verließ London am folgenden Morgen mit dem Eurostar um 5.40 Uhr nach Paris. Nach seiner Ankunft um 9.15 Uhr hatte er gut zwei Stunden Zeit, um sich zu vergewissern, dass er nicht beschattet wurde. Mithilfe einiger Tricks, die er im Fort von Mayhew und Quill gelernt hatte – und verschiedener anderer, die sich auf den Straßen von West Belfast bewährt hatten –, stellte er zweifelsfrei fest, dass ihm niemand folgte.

Sein nächster Zug, der TGV nach Marseille, fuhr um 11.30 Uhr vom Gare de Lyon ab. Seiner Legende entsprechend arbeitete er unterwegs fleißig am Laptop, während draußen die Cézanne-Farben des Südens – Chromgelb, gebrannte Siena, Veronesegrün, Ultramarin – wie angenehme Kindheitserinnerungen am Rand seines Gesichtsfelds vorbeizogen. Nach seiner Ankunft in Marseille gegen 14 Uhr verbrachte er eine Stunde damit, durch die vertrauten schmutzigen Straßen der Stadt zu streifen, bis er bestimmt wusste, dass seine Ankunft nicht bemerkt worden war. Dann betrat er an der Place de la Joliette eine Privatbank, in der Monsieur Laval, sein Kundenbetreuer, ihn zu seinem Schließfach geleitete. Keller nahm seinen gefälschten französischen Pass und fünftausend Euro heraus und legte dafür sein MI6-Handy, Reisepass, Führerschein, Kreditkarten und Laptop hinein.

Draußen ging Keller auf dem Quai du Lazaret in wenigen Minuten zum Fährterminal, wo er ein Erste-Klasse-Ticket für die Nachtfähre nach Korsika kaufte. Der Mann an der Kasse wunderte sich nicht darüber, dass er bar zahlte. Schließlich war dies Marseille, und die Fähre verkehrte nach Ajaccio. In einem benachbarten Café bestellte er eine Flasche Bandol Rosé, von der er gut zwei Drittel trank, während er den *Figaro* las – erstmals seit Monaten entspannt und zufrieden. Wieder eine Stunde später stand er leicht angeheitert, aber hellwach am Bug der Fähre, als sie nach Süden durchs Mittelmeer pflügte. Dabei ging ihm eine alte Redensart durch den Kopf: Wer zwei Frauen hat, verliert seine Seele. Aber wer zwei Heimaten hat, verliert den Verstand.

Kurz vor Tagesanbruch wachte Keller auf, weil er glaubte, durchs offene Kabinenfenster wehe korsischer Rosmarin- und Lavendelduft herein. Er stand auf, zog seine grau-weißen englischen Sachen an und ging zwanzig Minuten später in Begleitung korsischer Familien, die wegen der frühen Tageszeit noch mürrischer waren als sonst, von Bord der Fähre. In einer Bar gegenüber dem Terminal fragte er, ob er das Telefon für ein Ortsgespräch benutzen dürfe. Unter normalen Umständen hätte der Barbesitzer diese Bitte eines Ausländers mit einem Schulterzucken abgetan. Oder er hätte sich als Ausrede einfallen lassen, das Telefon funktioniere seit dem letzten *Scirocco* nicht mehr. Aber Keller brachte seinen Wunsch in akzentfreiem Inseldialekt vor. Und der Barbesitzer war so perplex, dass er sogar lächelte, als er das Telefon auf die Theke stellte. Dann bereitete er für Keller unaufgefordert einen starken

Kaffee zu und schenkte ihm einen Cognac ein, denn in diesen kalten Morgen sollte sich niemand ohne eine kleine Stärkung hinauswagen müssen.

Die von Keller gewählte Telefonnummer kannten nur wenige Einheimische, und sie war vor allem den französischen Behörden unbekannt. Der Mann, der sich meldete, schien erfreut zu sein, Kellers Stimme zu hören, und wirkte seltsamerweise keineswegs überrascht. Er forderte Keller auf, in der Bar zu bleiben, und versprach, ihm einen Wagen zu schicken. Der kam etwa eine Stunde später mit einem jungen Mann namens Giancomo am Steuer. Keller kannte ihn seit seiner Kindheit. Giancomo wollte ein *Taddunaghiu* wie Keller werden, den er vergötterte. Vorläufig war er der Laufbursche des Dons. Auf Korsika gab es schlechtere Beschäftigungen für einen Fünfundzwanzigjährigen.

»Der Don hat gesagt, du würdest nie zurückkommen.«

»Sogar der Don«, meinte Keller philosophisch, »irrt sich manchmal.«

Giancomo machte ein finsteres Gesicht, als sei das eine Gotteslästerung gewesen. »Der Don ist wie der Heilige Vater. Er ist unfehlbar.«

»Jetzt und immerdar«, sagte Keller ruhig.

Sie fuhren die Westküste der Insel entlang. In Porto nahmen sie eine mit Olivenhainen und Schwarzkiefern gesäumte Straße ins Inselinnere und begannen den langen, kurvenreichen Aufstieg in die Berge. Keller öffnete sein Fenster. Da war er wieder, der vertraute Duft von Rosmarin und Lavendel, der Geruch der *Macchia*. Sie bedeckte Korsika von Nord bis Süd, von Ost bis West: ein dichter, verfilzter Buschwerkteppich, der geradezu die Identität der Insel definierte. Die Korsen würzten ihr Essen mit Produkten der *Macchia*, heizten im Winter damit und nutzten sie in Vendetta- und Kriegszeiten als Zufluchtsort. Nach hiesiger Überzeugung konnte ein Gejagter sich in die *Macchia* flüchten und dort unbegrenzt lange unentdeckt bleiben. Keller wusste, dass das stimmte.

Zuletzt erreichten sie das Dorf der Orsatis, eine Ansammlung geduckter sandfarbener Häuser mit roten Ziegeldächern, die sich um den Glockenturm einer Kirche drängten. Angeblich ging es auf die Zeit der Vandalen zurück, als Küstenbewohner vor den Invasoren in die Berge geflüchtet waren. Jenseits des Dorfs, in einem kleinen Tal mit Olivenhainen, die das beste Öl Korsikas lieferten, lag Don Antonio Orsatis Landgut. An der Einfahrt hielten zwei bewaffnete Männer Wache. Sie berührten respektvoll ihre korsischen Mützen, als Giancomo durchs Tor rollte und die lange Auffahrt in Angriff nahm.

Er parkte im Schatten vor dem Herrenhaus. Keller betrat es allein und stieg die kühlen Steinstufen zu Orsatis Büro hinauf. Don Antonio saß an dem riesigen Eichenschreibtisch und machte Eintragungen in seinem in Leder gebundenen Hauptbuch. Für korsische Begriffe war er hünenhaft: über einen Meter achtzig groß und breitschultrig. Er trug eine bequeme Leinenhose, staubige Ledersandalen und ein blütenweißes Hemd, das seine Frau ihm jeden Morgen bügelte – und jeden Nachmittag, wenn er von seinem Mittagsschlaf aufstand. Sein Haar war so schwarz wie seine Augen. Auf dem Schreibtisch stand eine Zierflasche mit Olivenöl aus eigener Herstellung. Diesen als Tarnung dienenden Geschäftszweig benutzte der Don dazu, seine Gewinne aus Auftragsmorden zu waschen.

»Wie gehen die Geschäfte?«, fragte Keller zuletzt.

»Welcher Teil? Blut oder Öl?« In Don Antonios Welt waren Blut und Öl untrennbar miteinander verbunden.

»Beides.«

»Öl nicht so gut. Die Niedrigzinspolitik ist schlecht fürs Geschäft. Und die Briten mit ihrem unsinnigen Brexit!« Er wedelte mit der Hand, als wolle er einen üblen Geruch vertreiben.

»Und Blut?«, fragte Keller.

»Hast du zufällig von dem deutschen Geschäftsmann gelesen, der letzte Woche aus dem Hotel Carlton in Nizza verschwunden ist?«

»Wo ist er?«

»Fünf Seemeilen westlich von Ajaccio.« Der Don lächelte. »So ungefähr.«

»Eben noch mitten im Leben«, zitierte Keller ein korsisches Sprichwort, »und in der nächsten Stunde tot.«

»Denk daran, Christopher, das Leben währt so lange, wie man braucht, um an einem Fenster vorbeizugehen.« Der Don klappte das schwere Hauptbuch wie einen Sargdeckel zu und musterte Keller nachdenklich. »Ich hätte nicht erwartet, dass du so bald auf die Insel zurückkommen würdest. Gefällt dir dein neues Leben vielleicht doch nicht so gut?«

»Bei Weitem nicht«, antwortete Keller.

Das gefiel Don Antonio, der ihn weiter kritisch beäugte. Der Engländer kam sich vor, als mustere ihn ein Raubtier.

»Deine Freunde im britischen Geheimdienst wissen hoffentlich nicht, dass du hier bist.«

»Vielleicht doch«, bekannte Keller freimütig. »Aber sei unbesorgt, dein Geheimnis ist bei ihnen sicher.«

»Ich kann mir den Luxus, unbesorgt zu sein, nicht leisten. Und was die Briten angeht«, sagte der Don, »ist ihnen nicht zu trauen. Du bist der einzige Bewohner dieser grässlichen Insel, aus dem ich mir jemals etwas gemacht habe. Wenn sie nur aufhören würden, bei uns Urlaub zu machen, wäre mit der Welt alles in Ordnung.«

»So fördern sie die Wirtschaft der Insel.«

»Sie trinken zu viel.«

»Das ist kulturell bedingt, fürchte ich.«

»Und nun«, sagte Don Antonio, »bist du wieder einer von ihnen.«

»Beinahe.«

»Sie haben dir einen neuen Namen gegeben?«

»Peter Marlowe.«

»Dein alter Name gefällt mir besser.«

»Der war nicht verfügbar. Der arme Kerl ist tot, weißt du.«

»Und deine neuen Arbeitgeber?«, fragte der Korse.

»Läuse gibt's in jedem Bett«, antwortete Keller.

»Nur der Löffel«, sagte Don Antonio, »kennt den Kummer des Topfes.«

Danach entstand geselliges Schweigen zwischen ihnen. Zu hören waren nur der Wind in den Schwarzkiefern und das Knacken des aromatischen Holzfeuers in dem offenen Kamin in dem großen Büro. Schließlich fragte er, wozu Keller auf die Insel zurückgekehrt sei, und der Engländer deutete ausweichend an, sein Besuch hänge mit seiner neuen Arbeit zusammen.

»Der britische Geheimdienst hat dich hergeschickt?«

»Mehr oder weniger.«

»Sprich nicht in Rätseln zu mir, Christopher.«

»Ich weiß nur gerade kein passendes Sprichwort.«

»Unsere Sprichwörter«, sagte der Don, »sind heilig und korrekt. Erzähl mir jetzt, wozu du hier bist.«

»Ich bin auf der Suche nach einem Mann. Nach einem Marokkaner, der sich ›Skorpion‹ nennt.«

»Und wenn ich dir dabei behilflich bin?« Der Korse schlug mit der flachen Hand leicht auf sein in Leder gebundenes Hauptbuch.

Keller sagte nichts.

»Mit Singen verdient man kein Geld, Christopher.«

»Ich hatte gehofft, du würdest mir einen persönlichen Gefallen tun.«

»Du lässt mich sitzen und erwartest dann, dass ich umsonst für dich arbeite?«

»Ist das auch ein Sprichwort?«

Der Don runzelte die Stirn. »Und wenn ich diesen Mann finde? Was dann?«

»Meine Freunde beim britischen Geheimdienst möchten, dass ich mit ihm ins Geschäft komme.«

»In welcher Branche ist er tätig?«

»Offenbar im Drogenhandel. Aber in seiner Freizeit beliefert er den IS mit Waffen.«

»Den IS?« Don Antonio schüttelte ernst den Kopf. »Die Sache hat wohl etwas mit den Londoner Anschlägen zu tun?«

»Das liegt nahe.«

»In diesem Fall«, sagte der Don, »mache ich's umsonst.«

8

KORSIKA

Die durchschnittliche Lebenserwartung der *Capra aegagrus hircus*, auch als Hausziege bekannt, beträgt fünfzehn bis achtzehn Jahre. Also hatte der alte Ziegenbock von Don Ettore Casabianca, dem ein großer Teil des benachbarten Tals gehörte, die ihm zustehende Zeit längst überschritten. Nach Kellers Rechnung verbrauchte er seit über vierundzwanzig Jahren wertvollen Sauerstoff, viel davon im Schatten unter den drei uralten Olivenbäumen an der scharfen Linkskurve vor der unbefestigten Zufahrt zu Kellers Villa. Das isabellfarbene Tier mit dem rötlichen Bart blockierte die Straße, wenn es ihm passte, und ließ keinen durch, der ihm nicht gefiel. Gegen Keller, in dessen Adern kein korsisches Blut floss, hegte der Ziegenbock besondere Abneigung.

Keller hatte schon oft mit dem Gedanken gespielt, ihre Auseinandersetzungen mit einem gut gezielten Schuss zwischen die bösartigen Augen zu beenden. Aber das wäre ein schwerer Fehler gewesen. Das Tier stand unter Don Ettores Schutz. Hätte Keller ihm auch nur ein Haar auf seinem hässlichen Kopf gekrümmt, wäre das ein Fehdegrund gewesen. Wie sich eine Fehde entwickeln würde, konnte niemand vorhersagen. Manche wurden bei einem Glas Wein freundschaftlich mit einer Entschuldigung oder einer finanziellen Entschädigung beigelegt. Andere dauerten Monate oder sogar Jahre an. Folglich blieb Keller nichts anderes übrig, als darauf zu warten, dass der Ziegenbock eingehen würde. Er kam sich vor wie ein verarmter Sohn, der auf sein Erbe hoffte, während sein reicher Vater sich aus Bosheit ans Leben klammerte.

»Ich hatte gehofft«, sagte Keller, »diese Szene ließe sich vermeiden.«

»Im Oktober ist's ihm richtig schlecht gegangen.« Giancomos Finger trommelten ungeduldig aufs Lenkrad. »Oder vielleicht im November.«

»Wirklich?«

»Krebs. Oder vielleicht nur eine Blasenentzündung. Don Ettore hat ihm vom Pfarrer die Letzte Ölung erteilen lassen.«

»Und was ist dann passiert?«

»Ein Wunder«, sagte Giancomo schulterzuckend.

»Pech!« Keller und der Ziegenbock starrten einander unverwandt an. »Versuch's mal mit der Hupe.«

»Im Ernst?«

»Vielleicht funktioniert es diesmal.«

»Man merkt«, sagte Giancomo, »dass du lange fort warst.«

Keller schnaubte frustriert und stieg aus. Der Ziegenbock hob trotzig den Kopf und hielt die Stellung, während Keller, der sich den Nasenrücken knetete, über seine Optionen nachdachte. Seine übliche Taktik war ein Frontalangriff, bei dem er, die Arme schwenkend und laut fluchend, auf den Bock losstürmte, worauf dieser das Feld räumte und in die Macchia – das Versteck von Schurken und Banditen – flüchtete. Aber an diesem Morgen hatte Keller keine Lust auf eine Konfrontation. Er war von der Reise müde, von der Überfahrt leicht seekrank. Außerdem hatte der Ziegenbock, dieser alte Mistkerl, es in letzter Zeit mit Krebs, Blasenproblemen und der Letzten Ölung nicht leicht gehabt. Und seit wann gestattete die katholische Kirche das Spenden der heiligen Sakramente an ziegenartige Hornträger? Nur auf Korsika, dachte Keller.

»Hör zu«, sagte er schließlich an der Motorhaube lehnend, »das Leben ist zu kurz für solchen Quatsch.« Er hätte hinzufügen können, es sei nur so lang, wie es brauche, um an einem Fenster vorbeizugehen, aber er glaubte nicht, dass eine

Ziege diese Analogie verstehen würde. Stattdessen sprach Keller über die Wichtigkeit von Freunden und Angehörigen. Er bekannte, in seinem Leben viele Fehler gemacht zu haben, und sagte, nach vielen Jahren in der Wildnis sei er nun wieder daheim und fast glücklich. Er habe nur noch eine nicht harmonische Beziehung, diese hier, die er korrigieren wolle, bevor es zu spät sei. Die Zeit als unerbittliche Eroberin lasse sich nicht ewig aufhalten.

Darauf legte der Ziegenbock den Kopf schief, wie es ein Mann getan hatte, den Keller vor vielen Jahren in Don Antonios Auftrag erschossen hatte. Dann machte er ein paar Schritte vorwärts, leckte kurz über Kellers Handrücken und zog sich in den Schatten der drei Olivenbäume zurück. Kellers Villa stand im Sonnenschein vor ihnen, als Giancomo auf die Einfahrt abbog. In der Luft lag Rosmarin- und Lavendelduft.

Drinnen fand Keller seine Besitztümer – seine große Bibliothek, seine bescheidene Sammlung französischer Impressionisten – exakt so vor, wie er sie zurückgelassen hatte, nur mit einer feinen Staubschicht bedeckt. Saharastaub, vermutete er, den Höhenwinde übers Mittelmeer getragen hatten. Aus Tunesien, Algerien, vielleicht Marokko, genau wie der Mann, den Don Antonio aufzuspüren versprochen hatte.

In der Küche entdeckte er, dass Kühlschrank und Speisekammer gut gefüllt waren. Irgendwie hatte der Don frühzeitig von seiner Rückkehr erfahren. Keller goss sich ein Glas blassen korsischen Rosé ein und nahm es nach oben in sein Schlafzimmer mit. Auf dem Nachttisch lag eine geladene 9-mm-Pistole von Tanfoglio auf einem Roman von Ian McEwan. Im Kleiderschrank hingen mehrere Geschäftsanzüge, die der frühere Vertriebsleiter Nordeuropa der Orsati Olive Oil Company getragen hatte, und hinter einer Geheimtür wartete eine vollständige Garderobe für jede Gelegenheit, für jeden Auftragsmord.

Die zerrissenen Jeans und schäbigen Pullover eines umherstreifenden Bohemiens, die Seide und das Gold eines internationalen Investors, die Vliesjacke und der Gore-Tex-Anorak eines Bergsteigers. Dort hing sogar der dunkle Anzug eines katholischen Geistlichen samt Brevier und Rosenkranz.

Keller überlegte sich, dass diese Verkleidungen für seinen neuen Beruf ebenso nützlich sein konnten wie seine gefälschten französischen Pässe. Er dachte an sein MI6-Smartphone und seinen Laptop, die in einem Marseiller Bankschließfach allmählich den Geist aufgaben. Vauxhall Cross würde inzwischen bemerkt haben, dass die Geräte seit über zwölf Stunden nicht mehr bewegt worden waren. Irgendwann würde er Graham Seymour wissen lassen müssen, dass er gesund und munter war. Irgendwann, sagte er sich.

Keller zog frisch gebügelte Chinos und einen grob gestrickten Pullover an und nahm seinen Wein und den McEwan nach unten auf die Terrasse mit. Auf der schmiedeeisernen Liege las er dort weiter, wo er mitten im Satz aufgehört hatte, als habe die Unterbrechung nicht viele Monate, sondern nur wenige Minuten gedauert. Die Story handelte von einer jungen Frau, einer Studentin in Cambridge, die Anfang der siebziger Jahre vom britischen Geheimdienst angeworben wurde. Auch wenn Keller wenig mit der Heldin gemein hatte, genoss er den Roman. Wenig später fiel ein Baumschatten über seine Liege. Er zog sie an den Rand der Terrasse und blieb dort, bis Dunkelheit und Kälte ihn ins Haus trieben. In dieser Nacht wehte ein eisiger *Tramontana* aus Nordost, der ein paar Dachziegel lockerte. Das war Keller nicht unwillkommen. So hatte er etwas zu tun, während er darauf wartete, dass Don Antonio den Skorpion aufspürte.

Die folgenden Tage verbrachte er ohne festen Plan. Die Dachreparatur dauerte nur einen Vormittag lang – inklusive der zwei Stunden in einem Baumarkt in Porto, in dem er mit einigen Männern über die in letzter Zeit häufigeren Stürme diskutierte. Alle stimmten darin überein, nicht nur der *Tramontana* aus der Po-Ebene, sondern auch der *Maestrale* aus dem Rhônetal träten vermehrt auf. Alle waren sich darüber einig, dies sei ein harter Winter gewesen, der jedoch einen milden Frühling verspreche. Christopher Keller, dessen Zukunft ungewiss war, äußerte sich nicht dazu.

An anderen Tagen bestieg er die zerklüfteten Gipfel des Zentralmassivs – Monte Rotondo, Monte d'Or, Monte Renoso – und wanderte durch sonnige *Macchia*-Täler. Abends aß er meistens mit Don Antonio im Gutshaus. Saßen sie danach mit einem Cognac in Orsatis Arbeitszimmer, versuchte Keller herauszubekommen, welche Fortschritte die Suche nach dem Skorpion machte. Der Don äußerte sich nur in Sprichwörtern, und Keller, der in die Disziplin eines Geheimdiensts eingebunden war, antwortete mit eigenen. Hauptsächlich horchten sie auf das Heulen des Windes um die Dachvorsprünge, was die liebste Abendbeschäftigung korsischer Männer war.

Am sechsten Morgen von Kellers Aufenthalt kam es zu einem Anschlag in Deutschland: ein Selbstmordattentäter auf dem Stuttgarter Hauptbahnhof – ein Selbstmordattentäter, zwei Tote, zwanzig Verletzte. Der Anschlag warf die üblichen Fragen auf. War der Attentäter ein Einzelgänger gewesen? Oder hatte er sich im Auftrag des IS in die Luft gesprengt? Hatte er den Befehl dazu von Saladin erhalten? Keller blieb bis zum frühen Nachmittag vor dem Fernseher, dann stieg er in seinen klapprigen Renault Kombi und fuhr ins Dorf hinunter. Der große Platz am höchsten Punkt des Dorfs war auf drei Seiten von Cafés und Geschäften gesäumt; die vierte Seite nahm die alte Kirche ein. Keller setzte sich vor ein Café und beobachtete die Boulespieler, bis die Kirchturmuhr fünf schlug. Im nächsten Augenblick öffnete sich das Kirchenportal, und mehrere Gemeindemitglieder, fast nur Frauen, kamen die Stufen heruntergetapert. Eine alte Frau, ganz in Schwarz, sah kurz zu Keller hinüber, bevor sie in dem ärmlichen Häuschen neben dem Pfarrhaus verschwand. Keller trank seinen Wein aus, als die Abenddämmerung über das Dorf niedersank. Dann ließ er ein paar Münzen auf dem Tisch liegen und machte sich auf den Weg über den Platz.

Sie begrüßte ihn wie immer mit besorgtem Lächeln und einer warmen, gewichtslosen Hand an seiner Wange. Ihr Teint war mehlig blass; ein schwarzer Schal bedeckte ihr strohiges weißes Haar. Eigenartig, dachte Keller, wie die Zeit ethnische und nationale Merkmale auslöscht. Wären ihr korsischer Dialekt und ihre mystisch katholische Art nicht gewesen, hätte man sie leicht mit seiner Tante Beatrice in Ipswich verwechseln können.

»Du bist seit einer Woche wieder auf der Insel«, sagte sie zuletzt, »und kommst mich erst jetzt besuchen?« Sie sah ihm tief in die Augen. »Das Böse ist wieder da, mein Kind.«

»Wo habe ich's mir geholt?«

»In der Burg am Meer, im Land der Druiden und Zauberer. Dort war ein Mann mit dem Namen eines Vogels. Nimm dich zukünftig vor ihm in Acht. Er wünscht dir nichts Gutes.«

Die Hand der Alten blieb an Kellers Wange gedrückt. Im Dialekt der Inselbewohner war sie eine *Signadora*. Ihre Hauptaufgabe war es, vom bösen Blick Befallene zu heilen, aber sie besaß auch die Gabe, in Vergangenheit und Zukunft zu blicken. Als Keller noch für Orsati gearbeitet hatte, war er nie ins Ausland gereist, ohne zuvor die Alte zu konsultieren. Und bei jeder Rückkehr hatte ihr Häuschen am Rand des Platzes zu seinen ersten Zielen gehört.

Sie nahm die Hand von Kellers Wange und umfasste das schwere Kreuz an ihrer Halskette. »Du bist auf der Suche nach jemandem, nicht wahr?«

»Weißt du, wo er ist?«

»Alles der Reihe nach, mein Lieber.«

Sie forderte Keller mit einer Handbewegung auf, sich an den kleinen Holztisch im Wohnzimmer zu setzen. Dann stellte sie ihm eine Wasserschale und eine kleine Karaffe Olivenöl hin. Keller tauchte die Spitze seines Zeigefingers in das Öl und ließ drei Tropfen davon ins Wasser fallen. Allen Naturgesetzen nach hätte das Öl sich zu einem einzigen Tropfen zusammenballen sollen. Stattdessen zerstob es in tausend Tröpfchen und hatte sich bald spurlos aufgelöst.

»Wie ich vermutet habe«, sagte die Alte stirnrunzelnd. »Und schlimmer als gewöhnlich. Die Welt jenseits der Insel ist ein Unruheherd, ein Hort des Bösen. Du hättest hier bei uns bleiben sollen.«

»Für mich war's Zeit, fortzugehen.«

»Warum?«

Keller wusste keine Antwort.

»Daran war dieser Israelit schuld. Der mit dem Namen eines Engels.«

»Das war meine Entscheidung, nicht seine.«

»Du hast noch immer nichts dazugelernt, nicht wahr? Es hat keinen Zweck, mich belügen zu wollen.« Sie starrte in die Wasserschale mit dem Öl. »Du solltest wissen, dass dein Weg dich zu ihm zurückführen wird.«

»Zu dem Israeliten?«

»Ja, das fürchte ich.«

Ohne ein weiteres Wort ergriff sie Kellers Hand und begann zu beten. Nach wenigen Augenblicken brach sie in Tränen aus – das Zeichen dafür, dass das Böse aus seinem Körper in ihren übergegangen war. Dann schloss sie die Augen und schien zu schlafen. Als sie erwachte, forderte sie Keller auf, die Probe mit Wasser und Öl zu wiederholen. Diesmal vereinigte das Öl sich zu einem einzigen Tropfen.

»Warte nächstes Mal nicht wieder so lange«, mahnte sie. »Am besten lässt man das Böse nicht so lange im Blut.«

»Ich brauche jemanden in London.«

»Ich weiß von einer Frau im Stadtteil Soho. Sie ist Griechin, eine Ketzerin. Geh nur in Notfällen zu ihr.«

Keller schob die Schale in die Tischmitte. »Erzähl mir von dem Mann, der sich ›der Skorpion‹ nennt.«

»Don Antonio wird ihn in einer Stadt am Ende einer unserer Fährlinien finden. In welcher, kann ich dir nicht sagen. Er ist nicht wichtig, dieser Mann. Aber er kann dich zu jemandem führen, der wichtig ist.«

»Zu wem?«

»Das kann ich dir nicht sagen«, wiederholte sie.

»Wie lange werde ich noch warten müssen?«

»Wenn du heimkommst, solltest du gleich packen. Du wirst uns bald verlassen.«

»Bestimmt?«

»Du zweifelst an mir?« Sie betrachtete ihn lächelnd. »Bist du glücklich, Christopher?«

»So glücklich, wie ein Mann wie ich sein kann.«

»Aber du trauerst noch um das Mädchen, das du in Belfast verloren hast?«

Er sagte nichts.

»Das ist verständlich, mein Kind. Sie ist einen schrecklichen Tod gestorben. Aber du hast den Mann getötet, der sie dir geraubt hat – diesen Quinn. Du hast deine Rache bekommen.«

»Kann Rache solche Wunden wirklich heilen?«

»Das darfst du mich nicht fragen. Schließlich bin ich Korsin. Früher warst auch du einer von uns.« Ihr Blick streifte den dünnen Lederriemen um Kellers Hals. »Wenigstens trägst du weiterhin deinen Talisman. Du wirst ihn brauchen. Sie übrigens auch.«

»Wer?«

Ihre Augen begannen zuzufallen. »Ich bin müde, Christopher. Ich muss mich jetzt ausruhen.«

Keller küsste ihr die Hand und schloss ihre Finger um mehrere gefaltete Geldscheine.

»Das ist zu viel«, sagte sie leise, als er sich abwandte. »Du gibst mir immer zu viel.«

9

KORSIKA – NIZZA

Später an diesem Abend, am Kaminfeuer in Orsatis Arbeitszimmer, erfuhr Keller, dass der Mann, der sich ›der Skorpion‹ nannte, ihn in zwei Tagen in der Bar Saint Étienne in der Rue Dabray in Nizza erwartete. Keller heuchelte Überraschung. Und der Don, der natürlich wusste, dass Keller bei der *Signadora* gewesen war, gab sich wenig Mühe, seinen Ärger darüber zu verbergen, dass die mystische Alte, die er seit seiner Kindheit kannte, ihm wieder mal die Schau gestohlen hatte.

Viele Einzelheiten des geplanten Treffs hätte selbst die *Signadora* mit ihren außerordentlichen hellseherischen Fähigkeiten nicht vorhersagen können. So wusste sie beispielsweise nicht, dass der Skorpion in Wirklichkeit Nouredine Zakaria hieß, dass er einen französischen und einen marokkanischen Pass in der Tasche hatte, dass er sein Leben lang ein Kleinkrimineller gewesen war und in Frankreich im Gefängnis gesessen hatte und dass er mehrere Monate im Kalifat, wahrscheinlich in Raqqa, gewesen sein sollte. Das bedeutete vermutlich, dass die Direction générale de la Sécurité intérieure ihn überwachte, auch wenn die Leute des Dons keine Anzeichen dafür hatten entdecken können. Zakaria sollte um 14.15 Uhr allein in die Bar Saint Étienne kommen, um sich mit einem Franzosen namens Yannick Ménard, einem auf Waffenhandel spezialisierten Berufsverbrecher, zu treffen. Ménard würde allerdings nicht kommen können, denn er lag fünf Seemeilen westlich von Ajaccio auf dem Unterwasserfriedhof der Orsatis. Und die Waffen, die er Zakaria hatte verkaufen wollen – zehn Sturmgewehre der Marke Kalaschnikow und zehn Maschinenpistolen MP7 von Heckler & Koch mit Schalldämpfern und ELCAN-

Reflexvisieren –, lagen jetzt in einem Lagerhaus Orsatis am Rand der provenzalischen Stadt Grasse.

»Wie viel wäre das deinen Freunden in London wert?«, fragte der Don.

»Ich dachte, wir hätten vereinbart, dass du umsonst arbeitest.«

»Tu mir den Gefallen.«

»Ménards Tod könnte die Sache komplizieren«, meinte Keller nachdenklich.

»Wie das?«

»Die Briten mögen kein Blutvergießen.«

»Hast du denn keine Lizenz zum Töten?«

Nein, erklärte Keller ihm, die habe er nicht.

Die Bar Saint Étienne nahm das Erdgeschoss eines dreieckigen Gebäudes mit zwei Stockwerken an der Ecke zur Rue Vernier ein. Ihre Markise war grün, ihre Stuhle und Tische waren aus Aluminium und von Eiscreme fleckig. Sie gehörte zu diesem Viertel: ein Lokal, in dem man rasch einen Café Crème oder ein Glas Wein trank und vielleicht ein Sandwich aß. Touristen kamen selten hierher, außer sie hatten sich verlaufen.

Auf der gegenüberliegenden Straßenseite stand das La Fantasia. Dort gab es vor allem Pizza, aber die Einrichtung war identisch. Keller traf um 13.30 Uhr ein, bestellte an der Theke einen Kaffee und setzte sich an einen der Tische auf dem Gehsteig. Gekleidet war er wie ein Mann aus dem Süden. Nicht wie ein Reicher, dem eine Villa in den Bergen oder ein Apartment am Meer gehörte, sondern wie jemand, der ganz auf sich selbst gestellt auf der Straße überlebte. Heute ein Tagelöhner, morgen ein Schankkellner, nachts ein Dieb. Er hatte einige Zeit gesessen, diese Version von Keller, und konnte sich mit Messer und Fäusten seiner Haut wehren. In schwierigen Zeiten war er ein zuverlässiger Freund und ein gefährlicher Feind.

Er zog eine Marlboro aus seiner Packung und zündete sie mit einem Wegwerffeuerzeug an. Auch sein Mobiltelefon war ein Wegwerfhandy. Durch den ausgeatmeten Rauch hindurch studierte er die stille Straße und die geschlossenen Fenster der umliegenden Apartmentgebäude. Von der Gegenseite war nichts zu sehen. Allerdings hätten Mayhew und Quill, seine Ausbilder im Fort, ihn daran erinnert, dass Überwachungsprofis fast nicht zu entdecken waren. Keller vertraute jedoch auf seine Instinkte. Er hatte über zwanzig Jahre lang als Berufskiller in Frankreich gearbeitet und war für die hiesige Polizei trotzdem kaum mehr als ein Gerücht geblieben. Das verdankte er nicht etwa seinem Glück, sondern der Tatsache, dass er sehr gute Arbeit leistete.

Ein kleiner Kastenwagen von Peugeot, verbeult und staubig, fuhr mit einem Nordafrikaner am Steuer und einem weiteren auf dem Beifahrersitz auf der Straße vorbei. So viel zu der Zusicherung, der Skorpion werde allein kommen. Aber auch Keller war nicht allein. Obwohl das gegen sämtliche MI6-Vorschriften verstieß, steckte hinten in seinem Hosenbund eine illegale 9-mm-Pistole von Tanfoglio. Sollte aus dieser Waffe ein Schuss fallen, der noch dazu einen Menschen traf, konnte es passieren, dass Keller die kürzeste Karriere in der Geschichte Ihrer Majestäts Geheimdienstes hinlegte.

Nachdem der Peugeot auf der Rue Dabray geparkt hatte, hielt ein zweiter Wagen, ein viertüriger Citroën, vor der Bar Saint Étienne. Auch in ihm saßen zwei nordafrikanisch aussehende Männer. Der Beifahrer stieg aus und setzte sich an einen Tisch auf dem Gehsteig, während der Fahrer auf der Suche nach einem Parkplatz die Rue Vernier entlangrollte.

Keller drückte die Marlboro aus und analysierte seine Lage. Vom französischen Geheimdienst war nichts zu sehen, glaubte er, nur vier Mitglieder einer marokkanischen Bande, die vermutlich Kontakte zum IS hatte. Er erinnerte sich an die vielen

Vorträge beim IONEC über die Regeln, nach denen ein Treffen angenommen oder abgebrochen werden sollte. Unter den gegenwärtigen Umständen empfahl der MI6 einen hastigen Rückzug. Mindestens hätte Keller bei seinem Führungsoffizier in London nachfragen müssen. Nur lag sein abhörsicheres MI6-Handy leider in einem Marseiller Bankschließfach.

Mit seinem Wegwerfhandy machte Keller ein Foto von dem Mann, der in der Bar Saint Étienne auf ihn wartete. Dann ließ er ein paar Münzen auf dem Tisch liegen, stand auf und überquerte die Straße. Er ist nicht wichtig, hatte die *Signadora* gesagt. Aber er kann dich zu jemandem führen, der wichtig ist.

10

RUE DABRAY, NIZZA

Er war ein Bürger des vergessenen Frankreichs, der riesigen Wohnanlagen der Banlieues, die Großstädte wie Paris, Lyon und Toulouse umgaben. Ihre Bewohner lebten überwiegend in heruntergekommenen Sozialwohnungsblöcken, die Brutstätten für Verbrechen, Drogenmissbrauch, Unzufriedenheit und mehr und mehr radikalen Islam waren. Die überwältigende Mehrheit der wachsenden muslimischen Einwohnerschaft Frankreichs wollte nur in Frieden leben und für ihre Angehörigen sorgen. Aber eine kleine Minderheit hatte sich vom Sirenengesang des IS betören lassen. Und manche von ihnen waren wie Nouredine Zakaria bereit, im Namen des Kalifats zu morden.

Viele Männer wie ihn – Mitglieder nordafrikanischer Banden – hatte Keller bei seiner Arbeit für Don Antonio kennengelernt. Vermutlich wusste Zakaria nicht viel über den Islam, die Gebote des Dschihads oder die Lebensweise der Salafisten, der ursprünglichen Gefolgsleute Mohammeds, die der IS zu imitieren versuchte. Aber der Marokkaner besaß etwas, das für den IS wichtiger war als Koranwissen. Als Berufsverbrecher war er ein Naturtalent, das wusste, wie man sich Waffen und Sprengstoff beschaffte, Autos und Mobiltelefone klaute und Unterkünfte fand, in denen Terroristen sich vor und nach einem Anschlag verstecken konnten. Kurz gesagt, er wusste, wie man Dinge erledigt, ohne die Polizei auf sich aufmerksam zu machen. Für eine Terrororganisation – oder auch einen Geheimdienst – war das ein unerlässliches Talent.

Zakaria war vier bis fünf Zentimeter kleiner als Keller und auffallend kräftig gebaut. Dies war kein im Sportstudio geformter Körper, sondern der durch endlose Gymnastik auf beengtem Raum gestählte Körper eines Häftlings. Er schien ungefähr Mitte dreißig zu sein, aber was das Alter von Nordafrikanern betraf, war Keller sich nie ganz sicher. Äußerlich war er geradezu prototypisch: hohe Stirn mit leicht eingesunkenen Schläfen, schmale Nase, breite Wangenknochen, volle, dunkle Lippen. Obwohl er eine Pilotenbrille mit gelben Gläsern trug, hatte Keller den Eindruck, seine Augen seien fast schwarz. Am rechten Handgelenk hatte er eine teure Schweizer Uhr, zweifellos gestohlen. Dass er sie rechts trug, bedeutete vermutlich, dass er Linkshänder war. Also würde er mit der linken Hand nach der Waffe greifen, die er unter seiner Lederjacke trug. Die Ausbeulung war unübersehbar. Und bewusst zur Schau gestellt, vermutete Keller.

Im nächsten Augenblick fuhr ein Streifenwagen der Police Nationale langsam an ihnen vorbei: ein umweltfreundlicher Peugeot 308, ein auffällig lackiertes Gokart mit Blinkleuchten. Der Uniformierte am Steuer musterte die beiden vor der Bar Saint Étienne sitzenden Männer. Keller zündete sich eine Zigarette an, während er beobachtete, wie der Wagen um die Ecke fuhr. Als er schließlich sprach, tat er's auf korsische Art, damit Nouredine Zakaria wusste, dass mit ihm nicht zu spaßen war.

»Sie hatten Anweisung, allein zu kommen«, sagte er.

»Sehen Sie hier noch jemanden sitzen, mein Freund?«

»Ich bin nicht Ihr Freund. Nicht einmal annährungsweise.« Keller sah zu dem Citroën auf der Rue Vernier, dann zu dem Peugeot auf der Rue Dabray hinüber. »Was ist mit den beiden Autos?«

»Jungs aus der Nachbarschaft«, sagte Zakaria mit einer wegwerfenden Handbewegung.

»Sagen Sie ihnen, dass sie ein bisschen spazieren fahren sollen.«

»Kann ich nicht.«

Keller begann aufzustehen.

»Warten Sie!«

Keller hielt in der Bewegung inne, setzte sich nach kurzem Zögern wieder. Mayhew und Quill wären stolz auf ihren besten Schüler gewesen, der es mühelos geschafft hatte, einen Informanten zu unterwerfen. Dabei war diese Technik so alt wie der Basar: die demonstrierte Bereitschaft, Verhandlungen abzubrechen. Aber auch Nouredine Zakaria war ein Mann des Basars. Marokkaner waren geborene Verhandler.

Er begann, in seine Jacke zu greifen.

»Langsam«, sagte Keller mahnend.

Die braune Hand brachte ein Mobiltelefon zum Vorschein – ein Wegwerfhandy wie Kellers. Der Marokkaner benutzte es, um eine kurze SMS zu schreiben. *Ping*, dachte Keller, als die Nachricht durchs französische Mobilfunknetz flitzte. Zehn Sekunden später wurden zwei Motoren angelassen, dann fuhren zwei Beispiele für erfolgreiche französische Autos fast gleichzeitig davon.

»Zufrieden?«, fragte Nouredine Zakaria.

»Überglücklich.«

Der Marokkaner zündete sich ebenfalls eine Zigarette an, eine Gauloise. »Wo ist Yannick?«

»Unabkömmlich.«

»Also sind Sie der Boss?«

Keller ließ diese Frage unbeantwortet. Dass er der Boss war, lag auf der Hand, fand er.

»Ich mag keine Veränderungen«, sagte der Marokkaner. »Die machen mich nervös.«

»Veränderungen sind immer gut, Nouredine. Sie halten jedermann auf Trab.«

Über dem Rand der Pilotenbrille erschien eine Augenbraue. »Woher kennen Sie meinen richtigen Namen?«

Keller tat so, als beleidige ihn die Frage. »Ich wäre nicht hier«, sagte er ruhig, »wenn ich den nicht wüsste.«

»Sie reden wie ein Korse«, sagte Zakaria, »aber Sie sehen nicht wie einer aus.«

»Der äußere Schein kann trügen.«

Der Marokkaner äußerte sich nicht dazu. Der Tanz ist fast zu Ende, dachte Keller – der Tanz, den zwei erfahrene Verbrecher aufführten, bevor sie zur Sache kamen. Er hatte kein Interesse daran, ihn schon zu beenden, noch nicht. Er war kein Berufskiller mehr, sondern hatte den Auftrag, Informationen zu sammeln. Und die bekam man nur, indem man redete. Er beschloss, eine weitere Münze in die Musikbox zu werfen und noch etwas länger auf der Tanzfläche zu bleiben.

»Von Yannick weiß ich, dass Sie sich für den Kauf von zwanzig Artikeln aus unserem Angebot interessieren.«

»Sind zwanzig ein Problem?«

»Keineswegs. Tatsächlich handelt meine Organisation im Allgemeinen mit weit größeren Posten.«

»Wie groß?«

Keller sah zu den Wolken auf, als wolle er sagen, der Himmel sei die Obergrenze. »Für zwanzig lohnen Zeit und Aufwand sich ehrlich gesagt kaum. Vor irgendwelchen Zusagen hätte Yannick bei mir nachfragen sollen. Er bringt es sicher mal weit, aber er ist noch jung. Und manchmal«, fügte Keller hinzu, »stellt er nicht genügend Fragen.«

»Zum Beispiel?«

»Meine Organisation funktioniert ein bisschen wie eine Behörde«, erklärte Keller ihm. »Wir wollen wissen, wer unsere Käufer sind und wie sie die gelieferte Ware einsetzen wollen. Verkaufen die Amerikaner beispielsweise ihren saudischen Freunden Flugzeuge, müssen die Saudis versprechen, sie nicht gegen Israel einzusetzen.«

»Zionistische Schweine«, murmelte der Marokkaner.

»Trotzdem«, sagte Keller stirnrunzelnd, »verstehen Sie hoffentlich, was ich meine. Wir nehmen Ihren Auftrag nur mit bestimmten Einschränkungen an.«

»Unter welchen?«

»Wir bräuchten Ihre Zusicherung, dass nichts hier in Frankreich oder gegen französische Bürger eingesetzt wird. Wir sind Verbrecher, aber wir sind auch Patrioten.«

»Das sind wir auch.«

»Patrioten?«

»Verbrecher.«

»Ach, tatsächlich?« Keller rauchte einen Augenblick lang schweigend. »Hören Sie, Nouredine, was Sie in Ihrer Freizeit machen, ist mir egal. Wollen Sie in den Dschihad ziehen, können Sie's meinetwegen tun. An Ihrer Stelle wäre ich wahrscheinlich versucht, das auch zu tun. Aber wenn Sie die Waffen auf französischem Boden einsetzen, ist die Gefahr groß, dass sie zu meinem Boss zurückverfolgt werden. Und das würde ihn extrem unglücklich machen.«

»Ich dachte, Sie wären der Boss.«

Zigarettenrauch waberte über den Tisch. Kellers Augen tränten unwillkürlich. Er hatte sich nie viel aus dem Geruch von Gauloises gemacht.

»Versichern Sie's mir, Nouredine. Schwören Sie mir, dass Sie meine Waffen nicht gegen meine Landsleute einsetzen. Versprechen Sie mir, mir keinen Grund zu geben, Sie aufzuspüren und zu liquidieren.«

»Sie drohen mir doch nicht etwa?«

»Oh, das würde mir nicht im Traum einfallen. Ich will nur verhindern, dass Sie etwas tun, das Sie später bereuen könnten. Benehmen Sie sich dagegen anständig, kann mein Boss Ihnen alles beschaffen, was Sie wollen. Haben Sie verstanden?«

Der Marokkaner drückte langsam seine Zigarette aus. »Hören Sie, *Habibi*, allmählich verliere ich die Geduld. Können wir ins Geschäft kommen – oder muss ich mir einen anderen Waffenhändler suchen? Einen, der nicht so beschissen viele Fragen stellt.«

Keller sagte nichts.

»Wo lagern sie?«

Keller sah nach Westen.

»Spanien?«

»Nicht ganz so weit entfernt. Ich kann mit Ihnen hinfahren, nur wir beide.«

»Kommt nicht infrage.« Zakaria griff nach seinem Handy und beorderte mit einer zweiten SMS den Citroën zurück. »Eine kleine Abänderung des Plans.«

»Ich mag keine Veränderungen.«

»Veränderungen sind immer gut, *Habibi.* Sie halten jedermann auf Trab.«

11

GRASSE, FRANKREICH

Keller saß wie angewiesen rechts vorn, hatte Nouredine Zakaria direkt hinter sich. Der Marokkaner überlegte laut, ob Keller vielleicht Lust habe, die Hände auf die Ablage vor der Frontscheibe zu legen – eine Idee, die Keller mit einigen ausgesuchten korsischen Flüchen und einem gemurmelten Sprichwort zurückwies. Die Frage, ob Keller bewaffnet sei, sparte Zakaria sich. Schließlich gab er sich als Waffenhändler aus. Zakaria nahm vermutlich an, Keller habe eine RPG-7 in der Gesäßtasche.

Am Stadtrand von Nizza hielt der Citroën einmal lange genug, um einen weiteren Nordafrikaner hinten einsteigen zu lassen. Er war eine kleinere Version von Zakaria, vielleicht ein paar Jahre jünger, mit einer tiefen Narbe auf der rechten Wange. Somit war Keller jetzt vermutlich von drei Berufsverbrechern umgeben, die Verbindungen zum IS hatten. Deshalb verbrachte er mehrere Minuten damit, sich die komplexe Choreografie der Bewegungen zurechtzulegen, mit denen er sich aus dem Wagen befreien konnte, falls der geplante Deal platzte.

Als Nächstes gab es eine kleine Meinungsverschiedenheit wegen der besten Route von Nizza nach Grasse. Zakaria wollte die Autoroute A8 nehmen, aber Keller überzeugte ihn davon, die Fernstraße D4 sei die bessere Option. Sie benutzten sie ab ihrem Ausgangspunkt an einem Strand in Flughafennähe und folgten ihr in die Ausläufer der Seealpen, durch Biot und Valbonne, zuletzt bis in die Außenbezirke von Grasse. Unterwegs sah Keller mehrmals unauffällig in den rechten Außenspiegel. Anscheinend folgten ihnen keine weiteren Mitglieder

der Bande, aber das war nur ein schwacher Trost. Der bevorstehende Tausch »Geld gegen Ware« war der gefährlichste Teil jedes kriminellen Deals. Dabei kam es oft genug vor, dass eine Seite, der Käufer oder Verkäufer, mit einer Kugel im Kopf liegen blieb.

Das Lagerhaus der Orsati Olive Oil Company in Grasse diente als Verteilerzentrum für die gesamte Provence. Trotzdem war es wie seine Nachbarn leicht zu übersehen. Es stand am Chemin de la Madeleine, einer staubigen Straße in einem Gewerbegebiet nordöstlich des historischen Stadtzentrums. Keller gab den Zugangscode auf dem Tastenfeld am Tor ein und betrat das Gelände zu Fuß, während der Citroën ihm folgte. Als Nächstes öffnete er das Hallentor und führte Zakaria und den Mann mit der Narbe ins Lagerhaus. Zakaria brachte einen Aktenkoffer aus Edelstahl mit, der vermutlich sechzigtausend Euro enthielt – dreitausend Euro für jede Schwarzmarktwaffe. Keller hielt das für einen ziemlich fairen Preis. Als er einen Schalter betätigte, flammten lange Reihen von Leuchtstoffröhren an der Decke auf. Sie beleuchteten mehrere Hundert große Holzkisten. Nur drei davon enthielten Waffen, die übrigen Orsatis Olivenöl in Flaschen.

»Gut gemacht«, sagte der Marokkaner.

»Dies ist der Augenblick«, antwortete Keller, »in dem Sie mir das Geld zeigen.«

Er hatte die übliche Diskussion über den weiteren Ablauf erwartet. Stattdessen legte Zakaria wortlos den Aktenkoffer auf den Betonboden, öffnete die Zahlenschlösser und klappte den Deckel auf. Zehner, Zwanziger, Fünfziger und Hunderter, alle mit Gummibändern gebündelt. Keller griff nach einem der Bündel und hob es an die Nase. Es verströmte schwachen Haschischduft.

Keller klappte den Aktenkoffer zu und nickte zur hintersten Ecke des Lagerhauses hinüber. Zakaria und der zweite

Marokkaner zögerten, dann setzten sie sich in Bewegung, während Keller, der den Aktenkoffer in der linken Hand trug, mit einigen Schritten Abstand folgte. Zuletzt machten sie vor einem ordentlichen Stapel rechteckiger Kisten halt. Keller bedeutete Zakaria mit einem Nicken, den Deckel der obersten Kiste abzunehmen. Sie enthielt fünf AK-74 aus weißrussischer Produktion. Der Marokkaner nahm eines der Sturmgewehre heraus, um es genau zu inspizieren. Dass er sich mit Schusswaffen auskannte, war deutlich zu sehen.

»Wir brauchen natürlich auch Munition. Ich bin daran interessiert, fünftausend Schuss zu kaufen. Reicht das Ihrer Organisation?«

»Ich denke schon.«

»Ich habe gehofft, dass Sie das sagen würden.«

Zakaria legte die Kalaschnikow in die Kiste zurück. Dann gab er Keller ein zusammengefaltetes Stück Papier.

»Was ist das?«

»Nennen wir's eine kleine Goodwill-Demonstration.«

Keller faltete den Zettel auseinander und sah einen rot geschriebenen kurzen französischen Text. Er hob ruckartig den Kopf.

»Wozu?«, fragte er.

»Um mir zu beweisen, dass Sie kein Polizeibeamter sind.« Der Marokkaner machte eine Pause, bevor er hinzufügte: »Und auch kein Spion.«

»Finden Sie, dass ich wie ein Spion aussehe?«

»Äußerlichkeiten«, sagte Zakaria, »können täuschen.« Er sah kurz zu Narbengesicht hinüber. »Beweisen Sie's mir, Monsieur. Beweisen Sie mir, dass Sie ein Waffenhändler, kein französischer Spion sind.«

»Und wenn ich mich weigere?«

»Dann ist's höchst unwahrscheinlich, dass Sie hier lebend rauskommen.«

Der zweite Marokkaner stand nur eineinhalb Meter von Kellers rechter Schulter entfernt. Zakaria, der neben den Kisten stand, hatte er direkt vor sich. Keller grinste, als er das Blatt Papier aus seinen Fingern gleiten ließ. Bis es zu Boden gesegelt war, hatte er die Tanfoglio hinten aus seinem Hosenbund gezogen. Er zielte damit auf Nouredine Zakarias Gesicht.

»Sehr eindrucksvoll«, sagte der Marokkaner. »Noch dazu mit dem Geld in der Hand. Aber vielleicht können Sie nicht so gut lesen.«

»Ich kann sehr gut lesen. Und ich höre auch gut. Daher weiß ich, dass Sie mir gedroht haben. Ein großer Fehler, *Habibi.*« Keller machte eine Pause, dann fügte er hinzu: »Ein tödlicher Fehler.«

Zakaria sah nervös zu seinem Begleiter hinüber, der unbeholfen versuchte, seine unter der Jacke getragene Waffe zu ziehen. Kellers Arm mit der Tanfoglio schwenkte fünfundvierzig Grad nach rechts, und er drückte ohne zu zögern zweimal ab. Der Doppelschlag eines erfahrenen Profis. Beide Schüsse trafen Narbengesicht in der Stirnmitte. Dann schwenkte der Arm in die Ausgangsposition zurück. Hätte Zakaria unbeweglich verharrt, hätte Keller überlegen müssen, wie er weiter vorgehen wollte. Stattdessen versuchte der andere jedoch, seine Pistole zu ziehen. Noch ein Doppelschlag ... Wieder ein Marokkaner tot.

Keller steckte seine Tanfoglio in den Hosenbund zurück. Dann hob er den Zettel vom Boden auf und las noch mal, was Nouredine Zakaria mit rotem Filzstift geschrieben hatte:

Erschieße meinen Freund, sonst erschieße ich dich.

Hat nicht ganz geklappt, sagte Keller sich. Er stellte den Aktenkoffer neben den beiden Leichen auf den Betonboden und ging nach draußen, wo der dritte Marokkaner am Steuer des Citroëns saß. Als Keller an die Seitenscheibe klopfte, glitt das Glas nach unten.

»Ich dachte, ich hätte Schüsse gehört«, sagte der Marokkaner.

»Ihr Freund Nouredine hat darauf bestanden, die Ware zu testen.« Keller öffnete die Fahrertür. »Kommen Sie mit, mein Freund. Er möchte Ihnen etwas zeigen.«

Keller blieb über Nacht in einem kleinen Hotel am Vieux Port und nahm sich am folgenden Morgen einen Leihwagen, um nach Marseille zu fahren. Kurz nach zehn Uhr betrat er das Gebäude der Société Générale an der Place de la Joliette und verlangte Zugang zu seinem Bankschließfach. Die Akkus seines Laptops und des MI6-Smartphones waren längst entladen. Als er beide im TGV nach Paris auflud, stellte er fest, dass in der Sprachbox mehrere nicht abgehörte Anrufe gespeichert waren, die zunehmend besorgter und dringender klangen. Er wartete, bis er sicher im zweiten Zug saß, dem Eurostar nach London, bevor er seinem Führungsoffizier mitteilte, er sei auf der Heimreise. Er bezweifelte, dass er freundlich empfangen werden würde.

Von Vauxhall Cross gingen keine weiteren Nachrichten ein, bis der Zug in den Bahnhof St Pancras International einfuhr. Dann erhielt Keller eine aus nur sechs Worten bestehende nüchterne Mitteilung, er werde in der Bahnhofshalle abgeholt. Das Empfangskomitee bestand lediglich aus Nigel Whitcombe, Graham Seymours jungenhaft wirkendem Assistenten, Vorkoster und Mädchen für alles. Whitcombe sprach kein Wort, als er mit Keller von der Euston Street zu einer heruntergekommenen Reihenhaussiedlung aus der Nachkriegszeit in der Nähe des U-Bahnhofs Stockwell fuhr. Während Keller mit dem Aktenkoffer, der sechzigtausend Euro vom IS enthielt, durch den ungepflegten Vorgarten ging, legte er sich den Bericht zurecht, den er gleich seinem Direktor würde erstatten müssen. Er hatte es geschafft, den als ›der Skorpion‹ bekannten

IS-Agenten aufzuspüren, und weisungsgemäß versucht, mit ihm ins Geschäft zu kommen. Leider hatte die erste Transaktion nicht wie geplant geklappt, sodass jetzt drei IS-Terroristen tot waren. Ansonsten war sein erster Auftrag als Agent von Her Majesty's Secret Intelligence Service ziemlich ereignislos verlaufen.

12

STOCKWELL, LONDON

»Hättest du nicht danebenschießen können?«

»Ich hab's versucht«, antwortete Keller. »Aber die Kerle sind mir vor die Pistole gesprungen.«

»Wieso warst du überhaupt bewaffnet?«

»Ich habe überlegt, ob ich einen Blumenstrauß mitbringen sollte, aber dann ist mir eine Pistole doch glaubhafter erschienen. Schließlich sollten die Marokkaner glauben, dass ich vom Waffenhandel lebe.«

»Wo ist sie jetzt?«

»Die Pistole? Wieder auf Korsika, nehme ich an.«

»Und die Leichen?«

»Ein paar Seemeilen weiter westlich.«

Seymour sah sich betreten in dem kleinen Wohnzimmer um, das mit dem ganzen Charme einer Flughafenlounge möbliert war. Dieses sichere Haus gehörte keineswegs zu den Kronjuwelen des MI6 – im schicken Mayfair oder Belgravia besaß er weit luxuriösere Objekte –, aber Seymour benutzte dieses häufig, weil es von Vauxhall Cross schnell zu erreichen war. Das automatische Abhörsystem war schon vor langer Zeit stillgelegt worden. Trotzdem kontrollierte er die Stromversorgung, um sicherzugehen, dass es nicht versehentlich eingeschaltet worden war. Das kleine Steuergerät befand sich in einem der Hängeschränke der Einbauküche. Alle Kontrollleuchten und Anzeigen waren dunkel und leblos.

Er schloss die Schranktür und sah zu Keller hinüber. »Mussten sie wirklich sterben?«

»Sie waren nicht gerade Stützen der Gesellschaft, Graham.

Außerdem hatte ich eigentlich keine andere Wahl. Überleben konnten nur sie oder ich.«

»Ich würde deinem Freund Orsati empfehlen, das Lagerhaus gründlich putzen zu lassen. Blut lässt sich auch in kleinsten Mengen nachweisen.«

»Hast du wieder CSI Miami geguckt?«

Seymour gab keine Antwort.

»Die örtliche Polizei würde es nie wagen, sein Lagerhaus zu durchsuchen«, sagte Keller, »weil sie auf der Gehaltsliste des Dons steht. So funktioniert das im richtigen Leben. Deshalb werden die bösen Kerle nie gefasst. Zumindest die cleveren nicht.«

»Aber manchmal«, sagte Seymour, »werden sogar Spione geschnappt. Und wenn Mord im Spiel ist, kommen sie manchmal ins Gefängnis.«

»Deine Definition von Mord?«

»Die ungesetzliche Tötung eines anderen …«

»›Hätten wir bei den Pfadfindern sein wollen, wären wir zu den Pfadfindern gegangen.‹«

Seymour zog eine Augenbraue hoch. »T.S. Eliot?«

»Richard Helms.«

»Mein Vater hat ihn gehasst.«

»Hättest du den Fall streng nach Vorschrift behandeln wollen«, sagte Keller, »hättest du ihn einem ambitionierten Berufsspion übertragen. Aber stattdessen hast du mich losgeschickt.«

»Du hattest den Auftrag, die Zelle zu unterwandern, indem du dich als korsischer Waffenhändler ausgibst. Ich weiß sicher, dass ich nie davon gesprochen habe, drei IS-Terroristen auf französischem Boden zu liquidieren.«

»Das hatte ich nicht von Anfang an vor. Aber du solltest nicht so tun, als seist du über meine Methoden entsetzt, Graham. Darüber sind wir lange hinaus. Unsere Bekanntschaft geht weit, weit zurück.«

»Allerdings«, bestätigte Seymour ruhig. »Bis zu einem Farmhaus in South Armagh.«

Er öffnete einen weiteren Schrank und nahm eine Flasche Tanqueray und eine Flasche Tonicwater heraus. Dann sah er in den Kühlschrank, der bis auf zwei vertrocknete Limonen leer war. Ihre Schale war hellbraun verfärbt.

»Schlimm!«

»Was denn?«

»Ein Gin Tonic ohne Limone.« Seymour holte eine kleine Eisschale aus dem Gefrierfach und verteilte ihren Inhalt auf zwei Gläser. »Was du in Grasse angerichtet hast, bleibt leider nicht ohne Folgen. Am wichtigsten ist die Tatsache, dass das einzige Bindeglied zwischen Saladins Netzwerk und den Anschlägen in London jetzt tot auf dem Boden des Mittelmeers liegt.«

»Wo Zakaria niemanden mehr ermorden kann.«

»Manchmal ist ein lebender Terrorist nützlicher als ein toter.«

»Manchmal«, stimmte Keller widerstrebend zu. »Worauf willst du hinaus?«

»Darauf«, sagte Seymour und stellte Keller seinen Drink hin, »dass uns jetzt nichts anderes übrig bleibt, als den Namen Nouredine Zakarias mit unseren Freunden im französischen Geheimdienst zu teilen.«

»Und was willst du den Franzosen über Nouredines gegenwärtigen Aufenthaltsort erzählen?«

»So wenig wie möglich.«

»Wenn's recht ist«, sagte Keller, »lasse ich diese Besprechung lieber aus.«

»Tatsächlich habe ich auch nicht die Absicht, selbst mit ihnen zu reden.«

»Wen willst du also hinschicken?«

Keller grinste, als Graham Seymour den Namen nannte.

»Weiß er schon irgendwas von dieser Sache?«

»Noch nicht.«

»Du bist ein raffinierter Dreckskerl.«

»Das liegt uns im Blut.« Seymour trank einen Schluck, dann runzelte er die Stirn. »Haben Sie dir im Fort denn nichts beigebracht?«

13

KING SAUL BOULEVARD, TEL AVIV

Hätte es ein offizielles Protokoll der Affäre gegeben, was natürlich nicht der Fall war, hätte es festgehalten, dass Gabriel Allon einen großen Teil dieses Abends im Operationszentrum am King Saul Boulevard verbrachte. Von Kellers Aufenthalt in Südfrankreich – oder dem Treffen in dem sicheren Haus in Stockwell – wusste er nichts. Er hatte nur Augen für die großen Bildschirme, auf denen eine Kolonne aus vier Lastwagen westlich von Damaskus zur libanesischen Grenze unterwegs war. Ein Monitor zeigte, wie ein hoch über Syrien stehender israelischer Spionagesatellit Ofek 10 die Kolonne sah. Auf einem anderen erschien das Bild einer Überwachungskamera der israelischen Armee hoch auf dem Mount Hermon. Beide arbeiteten mit Infrarottechnologie, sodass die heißen LKW-Motoren sich weiß vor einem schwarzen Hintergrund abhoben. Der Dienst wusste aus zuverlässiger Quelle, dass die Kolonne chemische Waffen für die Hisbollah transportierte – als Gegenleistung für die Unterstützung des angeschlagenen syrischen Regimes durch diese radikal schiitische Gruppierung. Aus naheliegenden Gründen durften die Waffen ihren Bestimmungsort, das Hisbollah-Depot in der Bekaa-Ebene, nicht erreichen.

Das Operationszentrum war viel kleiner als vergleichbare amerikanische und britische Einrichtungen, spartanischer und militärischer, ein Befehlsstand für Geheimkrieger. Für den Direktor und seinen Stellvertreter war je ein Sessel reserviert, aber im Augenblick standen beide Männer. Navot hatte die muskulösen Arme verschränkt, und Gabriel umfasste mit einer Hand sein Kinn, wobei er den Kopf leicht zur Seite neigte. Seine grünen Augen fixierten das Satellitenbild. Er hatte keine Agenten in dem beobachteten Gebiet, also konnte niemand zu Schaden kommen. Trotzdem war er unruhig und nervös. Das bedeutet es, der Boss zu sein, sagte er sich. Die schwere Last der Verantwortung. Dazu kam, dass er sich nicht sehr viel aus dieser Art Hightech-Kriegsführung machte. Als Kampfentfernung war ihm ein Meter immer lieber als ein Kilometer.

Plötzlich ging ihm eine Erinnerung durch den Kopf. Oktober 1972, die Piazza Annibaliano in Rom, sein erster Einsatz. Ein Racheengel, der an dem Münzaufzug wartete, und ein palästinensischer Terrorist, der das Blut von elf Israelis – Sportler und Trainer – an den Händen hatte.

»Entschuldigung, sind Sie Wadal Zwaiter?«

»Nein! Bitte nicht!«

Der spezielle Klingelton des Telefons des Direktors holte Gabriel in die Gegenwart zurück. Navot wollte instinktiv danach greifen, ließ aber die Hand wieder sinken. Gabriel nahm lächelnd den Hörer ab, hörte kurz zu, legte wieder auf. Dann standen Navot und er wieder nebeneinander, Boas und Jachin, jeder vor seinem Bildschirm.

Schließlich sagte Gabriel: »Die Luftwaffe greift an, sobald sie die Grenze überqueren.«

Navot nickte nachdenklich. Indem sie warteten, bis die Kolonne im Libanon war, schalteten sie das Risiko aus, syrische oder russische Einheiten zu treffen, was zum Dritten Weltkrieg führen konnte.

»Woran hast du vorhin gedacht?«, fragte Navot.

»An das Unternehmen«, sagte Gabriel überrascht.

»Bockmist.«

»Woran hast du das gemerkt?«

»Du hast mit dem rechten Zeigefinger den Abzug einer Waffe betätigt.«

»Wirklich?«

»Elfmal.«

Gabriel schwieg einige Sekunden lang. »Rom«, sagte er dann. »Ich habe an Rom gedacht.«

»Wieso jetzt?«

»Wieso jemals?«

»Ich dachte, du hättest ihn mit der linken Hand erschossen.«

Gabriel beobachtete, wie die vier Lastwagen in gleichmäßigem Tempo nach Westen weiterrollten. Um 21.10 Uhr Ortszeit überquerten sie die libanesische Grenze.

»Oh, oh«, sagte Navot.

»Hätten auf ihr Navi sehen sollen.«

Über das sichere Kommunikationsnetz war ein Feuerbefehl zu hören, und wenige Sekunden später rasten zwei Lenkwaffen von links nach rechts über den Bildschirm. Die von IR-Kameras aufgezeichneten Detonationen waren so gleißend hell, dass Gabriel sich kurz abwenden musste. Als er wieder hinsah, rannte ein einzelner brennender Mann von den vernichteten LKWs weg. Er wünschte sich, das wäre Saladin. Nein, dachte er kalt, als er unauffällig das Zentrum verließ. Lieber aus einem Meter, als einer Meile.

Gabriel holte noch Mantel und Aktenkoffer aus seinem Büro, bevor er in die Tiefgarage hinunterfuhr und hinten in sein gepanzertes SUV stieg. Auf der Fahrt nach Westjerusalem klingelte sein abhörsicheres Smartphone. Der Anruf kam aus der Kaplan Street; der Ministerpräsident wollte ihn bei sich sprechen. In den folgenden eineinhalb Stunden, in denen es Frühlingsrollen und Kung-Pao-Huhn gab, nahm er Gabriel in Beschlag, fragte ihn über gegenwärtig laufende Unternehmen aus und wollte seine Einschätzung der zukünftigen Entwicklungen im Nahen Osten hören. Vor allem beschäftigte ihn der Iran, aber auch die neue Regierung in Washington. Sein Verhältnis zu dem letzten US-Präsidenten war katastrophal gewesen. Der neue Präsident hatte sich vorgenommen, die Beziehungen zu Israel zu vertiefen und sogar angedacht, die US-Botschaft aus Tel Aviv nach Jerusalem zu verlegen, was bei den Palästinensern und in der arabischen Welt Proteststürme auslösen würde. Bei den Koalitionspartnern des Ministerpräsidenten gab es Bestrebungen, die Gunst der Stunde zu nutzen und im Westjordanland beschleunigt weitere jüdische Siedlungen zu bauen. Eine Annexion lag in der Luft. Gabriel riet zur Zurückhaltung. Als Direktor des Diensts brauchte er die Unterstützung der Geheimdienste in Amman und Kairo, um Israels Peripherie zu sichern. Außerdem machte er wichtige Fortschritte bei den Saudis und den sunnitischen Emiraten am Golf, die die Perser mehr fürchteten als die Juden. Was er gegenwärtig am wenigsten brauchen konnte, war ein einseitiger Vorstoß Israels.

»Wann haben Sie vor, nach Washington zu reisen?«, fragte der Ministerpräsident.

»Ich bin bisher nicht eingeladen worden.«

»Seit wann brauchen Sie eine Einladung?« Der Regierungschef versuchte, ein Stück Frühlingsrolle mit Stäbchen zu essen, schaffte es nicht und spießte es einfach auf. »Wollen Sie wirklich keine?«

»Nein, vielen Dank.«

»Wie wär's mit etwas Huhn?«

Gabriel winkte dankend ab.

»Aber das ist Kung-Pao-Huhn«, sagte der Ministerpräsident ungläubig.

Es war fast Mitternacht, als Gabriels SUV auf die Narkiss Street abbog. Hatte die Straße früher zu den stillsten Jerusalems gehört, glich sie jetzt eher einem Militärlager. An beiden Enden waren Kontrollpunkte eingerichtet, und vor dem alten Apartmentgebäude mit der Nummer 16 stand Tag und Nacht ein Wachposten. Ansonsten hatte sich nicht viel verändert. Das Vorgartentor quietschte noch immer, wenn es geöffnet wurde, ein zu groß gewordener Eukalyptus verdeckte weiter die drei kleinen Balkone, das Licht im Treppenhaus leuchtete wie früher in seekrankem Grün. Oben im zweiten Stock fand Gabriel die Wohnungstür einen Spaltbreit offen vor. Er trat leise ein und sah Chiara mit einem aufgeschlagenen Buch auf den Knien an einem Ende des Sofas sitzen. Er zog ihr das Buch sanft aus den Händen und begutachtete den Umschlag. Sie las die italienische Übersetzung eines amerikanischen Spionagethrillers.

»Kriegst du im richtigen Leben nicht genug davon ab?«

»Alles wirkt viel glanzvoller, wenn er darüber schreibt.«

»Was für ein Typ ist sein Held?«

»Ein Killer mit Gewissen, ein bisschen wie du.«

»Ist er auch Restaurator?«

Sie verzog das Gesicht. »Wer würde so was erfinden?«

Gabriel zog Mantel und Jackett aus und warf beide Kleidungsstücke provokativ auf einen Sessel. Chiara schüttelte missbilligend den Kopf, befeuchtete ihren Zeigefinger mit der Zungenspitze und blätterte um. Sie trug eine gewöhnliche graue Jogginghose und eine Fleecejacke gegen die winterliche Kühle. Trotzdem sah sie mit ihrer kastanienbraunen Lockenmähne über einer Schulter erstaunlich schön aus. Chiara ging auf die vierzig zu, aber weder die Jahre noch der Stress durch Gabriels Beruf hatten Spuren auf ihrem Gesicht hinterlassen. Gabriel sah darin Spuren von Arabien, Nordafrika, Spanien und allen anderen Gebieten, durch die ihre Vorfahren gezogen waren, bevor sie sich in Venedig im alten jüdischen Getto niedergelassen hatten. Aber es waren ihre Augen, die ihn immer am meisten bezauberten. Sie waren karamellfarben mit goldenen Einsprengseln, die er auf der Leinwand nie hatte reproduzieren können. Und wenn sie enttäuscht waren oder zornig blitzten, kam er sich wie die wertloseste Kreatur auf Erden vor.

»Wie geht's den Kleinen?«, fragte er.

»Wehe dir, wenn du sie weckst …«

Gabriel streifte seine Schuhe ab und ging auf Strumpfsocken lautlos ins Kinderzimmer. Dort standen zwei Kinderbetten an einer Wand, die Gabriel mit Wolken bemalt hatte. Die vierzehn Monate alten Zwillinge, ein Junge und ein Mädchen, schliefen Kopf an Kopf wie im Mutterleib. Gabriel streckte eine Hand aus, um Irene, die nach ihrer Großmutter hieß, über den Kopf zu streichen, berührte sie dann aber doch nicht. Sie war ein Nachtwesen, leicht aufzuwecken, eine geborene Spionin. Raphael dagegen wachte nie auf, nicht einmal, wenn die Hand seines Vaters ihm mitten in der Nacht über den Kopf strich.

Plötzlich wurde Gabriel klar, dass drei Tage vergangen waren, seit er seine Kinder zuletzt wach gesehen hatte. In den etwas über drei Monaten seit seiner Ernennung zum Direktor des Diensts hatte er bereits wichtige Meilensteine verpasst: Raphaels erstes Wort, Irenes erste wacklige Schritte. Er hatte sich selbst versprochen, dass das nicht so sein würde, dass er nicht zulassen würde, dass die Arbeit sein Privatleben beeinträchtigte. Das war natürlich eine verrückte Idee gewesen: Der Direktor des Diensts hatte kein Privatleben. Keine Ehefrau, keine Familie, nur das Land, das zu schützen er geschworen hatte. Aber das war keine Verurteilung zu lebenslänglich, tröstete er sich. Nur zu sechs Jahren. Wenn seine Amtsperiode endete, würden die Zwillinge erst sieben sein. Reichlich Zeit, um alles wiedergutzumachen. Außer der Ministerpräsident verpflichtete ihn zum Weitermachen. Gabriel überschlug, wie alt er nach zwei Amtsperioden sein würde. Das Ergebnis deprimierte ihn. Es ließ ihn an Abraham denken, an Noah …

Er schloss lautlos die Tür hinter sich und ging in die Küche, in der auf einem kleinen Bistrotisch sein Abendessen stand: Tagliatelle mit Favabohnen und Käse, eine Bruschetta-Auswahl und ein Omelett mit Kräutern und Tomaten, alles wie auf

Fotos für ein Kochbuch angerichtet. Gabriel setzte sich und legte sein Smartphone vorsichtig, als sei es eine scharfe Handgranate, mitten auf den Tisch. Nach seiner Ernennung zum Direktor hatte er kurz mit dem Gedanken gespielt, mit seiner Familie in einen der säkularen Vororte von Tel Aviv zu ziehen, um dem King Saul Boulevard näher zu sein. Aber seither hatte er gemerkt, dass es besser war, in Jerusalem zu bleiben – dem Amtssitz des Ministerpräsidenten möglichst nahe. Dreimal war er mitten in der Nacht in die Kaplan Street gerufen worden; einmal offenbar nur deshalb, weil der Ministerpräsident ruhelos war und Gesellschaft brauchte. Sie hatten über den Zustand der Welt diskutiert, während im Fernsehen ein amerikanischer Actionfilm lief. Gabriel war eingenickt, hatte den dramatischen Höhepunkt verschlafen und war mit verquollenen Augen ins Büro gefahren worden. »Wein?«, fragte Chiara und hielt eine Flasche Rotwein aus Galiläa hoch.

Gabriel schüttelte dankend den Kopf. »Es ist schon spät«, sagte er.

Chiara stellte die Flasche ab. »Wie war der Ministerpräsident?«

»Sehr an asiatischen Angelegenheiten interessiert.«

»Wieder chinesisches Essen?«

»Frühlingsrollen und Kung Pao.«

»Er ist sehr konsequent.«

Chiara setzte sich Gabriel gegenüber und beobachtete zufrieden, wie er sich den Teller füllte.

»Willst du nicht mitessen?«, fragte er.

»Ich habe vor fünf Stunden gegessen.«

»Iss eine Kleinigkeit mit, damit ich mir nicht wie ein Schuft vorkommen muss.«

Sie nahm sich ein Stück Bruschetta mit gewürfelten Oliven und italienischer Petersilie und knabberte den Rand ab. »Wie war's in der Arbeit?«

Er zuckte nichtssagend mit den Schultern und wickelte mit der Gabel Nudeln auf.

»Glaub ja nicht, dass du damit durchkommst!«, sagte sie warnend. »Du bist meine einzige Verbindung zur realen Welt.«

»Der Dienst ist nicht gerade die reale Welt.«

»Der Dienst«, widersprach sie, »ist so real wie nur möglich. Alles andere ist Talmi.«

Er schilderte ihr in groben Zügen den nächtlichen Angriff auf die Lastwagenkolonne, aber Chiaras schöne Augen wirkten bald gelangweilt. Viel lieber als Berichte über erfolgreiche Unternehmen hörte sie Klatsch aus dem Dienst. Die politischen Ränke, die internen Fehden, die romantischen Affären. Obwohl sie den aktiven Dienst schon vor vielen Jahren verlassen hatte, wäre sie augenblicklich bereit gewesen, ins Feld zurückzukehren. Aber dafür hatte Gabriel zu viele Feinde, die schon früher einen Anschlag auf seine Familie verübt hatten. Deshalb musste Chiara sich mit der Rolle der First Lady zufriedengeben. Im Gegensatz zu der Frau des vorigen Direktors, der intriganten Dr. Bella Navot, war sie bei der Truppe sehr beliebt.

»Soll das sechs Jahre lang so weitergehen?«, fragte sie.

»Was denn?«

»Abendessen um Mitternacht. Du isst, ich sehe zu.«

»Wir wussten, dass es schwierig werden würde.«

»Ja«, sagte sie vage.

»Für einen Rückzieher ist's zu spät, Chiara.«

»Daran denke ich gar nicht. Ich will nur meinen Mann wiederhaben.«

»Du fehlst mir auch. Aber dagegen lässt sich nichts …«

»Die Schamrons haben uns für morgen Abend zum Essen eingeladen«, sagte sie plötzlich.

»Morgen Abend ist schlecht.« Gabriel erklärte nicht, weshalb.

»Vielleicht können wir am Samstag nach Tiberias fahren.«

»Vielleicht«, sagte er, aber das klang nicht sehr überzeugend.

Danach herrschte zunächst Schweigen.

»Weißt du, Gabriel, Gott hat es nicht immer gut mit dir gemeint.«

»Allerdings nicht.«

»Aber er hat dir eine zweite Chance gegeben, Vater zu sein. Lass sie nicht ungenutzt verstreichen. Sei kein Mann, der in der Dunkelheit kommt und geht. Das soll nicht das Einzige sein, woran sie sich erinnern. Und versuche nicht, es zu rechtfertigen, indem du dir sagst, dass du ihre Sicherheit garantierst. Das genügt nicht.«

In diesem Augenblick blinkte sein Smartphone. Er gab widerstrebend sein Passwort ein, las die Textnachricht.

»Der Ministerpräsident?«, fragte Chiara.

»Graham Seymour.«

»Was will er?«

»Ein Gespräch unter vier Augen.«

»Hier oder dort?«

»Dort«, sagte Gabriel.

Ohne weiteren Kommentar rief er den King Saul Boulevard an, um die Reisestelle die nötigen Vorbereitungen für seine erste Auslandsreise als Direktor des Diensts treffen zu lassen. Vom Flughafen Ben Gurion gab es um sieben Uhr einen Morgenflug, der um 10.30 Uhr in London war. Die El Al würde in der ersten Klasse Platz für Gabriel und seine Personenschützer schaffen. Am anderen Ende würden die Briten seine Sicherheit garantieren.

Als Gabriel auflegte und den Kopf hob, war Chiara verschwunden. Er telefonierte nochmals, rief Uzi Navot an und informierte ihn über die bevorstehende Reise. Dann stellte er den Fernseher an und aß sein Abendessen auf. Mit etwas Glück würde er zwei, drei Stunden Schlaf bekommen. Er würde seine Kinder bei Dunkelheit verlassen und bei Dunkelheit zurückkehren. Er würde dafür sorgen, dass ihnen nichts passierte. Und als Belohnung würden sie sich später vielleicht an die mitternächtliche Berührung seiner Hand erinnern.

14

JERUSALEM – LONDON

Und so kam es, dass Gabriel Allon, der wenig oder gar nicht geschlafen hatte, aus dem Bett kommend in den schützenden Kokon seines SUV schlüpfte. Er traf wenige Minuten vor dem Abflug der El-Al-Maschine auf dem Ben Gurion Airport ein und ging, von zwei Personenschützern begleitet, auf dem Vorfeld an Bord. Er hatte kein Ticket, und sein Name stand auf keiner Passagierliste. Im Allgemeinen reiste der *Ramsad*, der Direktor des Diensts nie unter seinem wirklichen Namen ins Ausland, nicht mal in einigermaßen befreundete Länder wie Großbritannien. Auch Gegner wie die Iraner oder die Russen hatten Zugang zu den Datenbanken von Fluggesellschaften. Und die Amerikaner sowieso.

Er verbrachte den fünfstündigen Flug damit, Zeitungen zu lesen, ein ziemlich sinnloses Unterfangen für einen Mann, der zu viel wusste, und wurde nach der Ankunft auf dem Flughafen Heathrow von einem MI6-Team in Empfang genommen. Als er hinten in dem Jaguar saß, der ihn nach London brachte, bedauerte er einen Augenblick lang, keine Krawatte in seinen Aktenkoffer geworfen zu haben. Vor allem sah er jedoch aus dem Fenster und erinnerte sich daran, wie oft er schon heimlich in diese Stadt gekommen war – unter verschiedenen Namen, unter verschiedenen Flaggen, verschiedene Kriege führend. Für Gabriel war die Geografie Londons die eines Schlachtfelds: *Hyde Park, Westminster Abbey, Covent Garden, Brompton Road …* Er hatte in London geblutet, in London getrauert und in einem sicheren Haus des Diensts an der Bayswater Road ein für Chiara bestimmtes geheimes Ehegelöbnis abgelegt, weil er befürchtet hatte, er werde den kommenden Tag nicht überleben. Seine Dankesschuld bei den britischen Geheimdiensten war gewaltig hoch. Großbritannien hatte ihm in der dunkelsten Zeit seines Lebens Zuflucht gewährt und ihn beschützt, wo ein anderer Staat ihn vielleicht den Wölfen vorgeworfen hätte. Als Gegenleistung hatte er nicht wenige Probleme für Ihrer Majestät Regierung lösen können. Nach Gabriels Einschätzung war die Bilanz inzwischen ungefähr ausgeglichen.

Die Limousine bog auf die Vauxhall Bridge ab und überquerte in rascher Fahrt die Themse, um zu dem Spionagetempel am anderen Ufer zu gelangen. Im obersten Stock durchquerte Gabriel ein als englischen Garten angelegtes Atrium und betrat die luxuriöseste Bürosuite im Reich der Spionage, in der Graham Seymour ihn, von einigen Mitgliedern seines Führungsstabs umgeben, erwartete.

Als Erstes kamen die Vorstellungen – kurz, nüchtern, sachlich –, dann verließen die anderen den Raum, sodass Seymour und Gabriel allein zurückblieben. Die beiden musterten sich einige Sekunden lang schweigend. Was Größe, Körperbau, Ausbildung und Religion betraf, waren sie so unterschiedlich, wie zwei Männer überhaupt sein konnten, aber trotzdem waren sie untrennbar miteinander verbunden. Ihre tiefe Bindung war bei unzähligen gemeinsamen Unternehmen gegen eine Vielzahl von Feinden und Zielen entstanden. Gotteskrieger und Terroristen, das iranische Atomprogramm, ein russischer Waffenhändler namens Iwan Charkow. Sie misstrauten einander nur ein wenig. In der Spionagebranche machte sie das zu besten Freunden.

»Na«, fragte Seymour schließlich, »wie fühlst du dich als Mitglied des Clubs?«

»Unsere Sektion ist nicht so großartig wie eure«, sagte Gabriel, indem er sich in der Luxussuite umsah. »Und natürlich nicht so alt.«

»Hat nicht schon Moses einen Trupp von Spähern entsandt, um das Land Kanaan auskundschaften zu lassen?«

»Das erste fehlgeschlagene Geheimdienstunternehmen der Geschichte«, sagte Gabriel. »Stell dir vor, was den Juden vielleicht erspart geblieben wäre, wenn Moses ein anderes Stück Land gewählt hätte.«

»Und nun hast du dieses Land zu beschützen.«

»Was erklärt, warum mein Haar von Tag zu Tag grauer wird. In meiner Jugend im Jesreel-Tal hatte ich manchmal Albträume, in denen unser Land von seinen Feinden überrannt wurde. Jetzt habe ich solche Träume jede Nacht. Und in meinen Träumen«, fügte Gabriel hinzu, »ist das immer meine Schuld.«

»Ähnlich habe ich in letzter Zeit auch geträumt.« Seymour sah über den Fluss in Richtung West End. »Und wenn man bedenkt, wie viel schlimmer alles hätte kommen können, hätte nicht ein bekannter Londoner Kunsthändler beobachtet, wie die Terroristen das Theater gestürmt haben …«

»Irgendjemand, den ich kenne?«

»Durchaus möglich«, sagte Seymour. »Besitzt eine Galerie für alte Meister in St. James's. Er ist fünfundsiebzig, stellt aber noch immer viel jüngeren Frauen nach. An dem bewussten Abend war er mit einer halb so alten Frau im Ivy verabredet, aber sie hat ihn versetzt. Was Besseres ist ihm in seinem Leben nicht passiert.« Seymour sah zu Gabriel hinüber. »Hat er dir das nicht erzählt?«

»Wir bemühen uns, unsere Kontakte auf ein Minimum zu beschränken.«

»Du musst auf ihn abgefärbt haben. Er hat sich heldenhaft benommen.«

»Weißt du bestimmt, dass wir von demselben Julian Isherwood reden?«

Seymour musste unwillkürlich lächeln. »Eines muss man

deinem Freund Saladin lassen«, sagte er nach kurzer Pause. »Sein Unternehmen war sehr straff organisiert. Bisher haben wir nur einen weiteren Mann identifizieren können, der direkt mit den Anschlägen zu tun hatte – jemanden in Frankreich, der die Sturmgewehre beschafft hat. Ich habe einen meiner Leute losgeschickt, damit er diesen Mann aufspürt, aber leider ist ein kleines Malheur passiert.«

»Was für eine Art Malheur?«

»Ein Todesfall. Um ehrlich zu sein, sogar drei.«

»Ah, ich verstehe«, sagte Gabriel. »Und der Name deines Mannes?«

»Peter Marlowe. Hat früher in Nordirland für uns gearbeitet. War zuletzt im Olivenölgeschäft auf Korsika tätig.«

»Dann kannst du von Glück sagen«, stellte Gabriel fest, »dass es nur drei Tote gegeben hat.

»Ich bezweifle sehr, dass die Franzosen das auch so sehen werden.« Seymour machte eine Pause, dann fügte er hinzu: »Deshalb musst du bei ihnen ein gutes Wort für mich einlegen.«

»Wieso ich?«

»Trotz deiner schaurigen Bilanz auf französischem Boden hast du's verstanden, in französischen Geheimdienstkreisen wichtige Freunde zu gewinnen.«

»Aber die sind nicht mehr lange meine Freunde, wenn ich mit deinem Murks in Verbindung gebracht werde.«

Seymour sagte nichts.

»Und wenn ich bereit bin, dir zu helfen?«, fragte Gabriel. »Was ist für mich drin?«

»Die ewige Dankbarkeit von Her Majesty's Secret Intelligence Service.«

»Komm schon, Graham, ich weiß, dass du mehr zu bieten hast.«

Seymour lächelte. »Das habe ich allerdings.«

Es wurde schon dunkel, als Gabriel endlich das Dienstgebäude Vauxhall Cross verließ. Diesmal nicht hinten in einem Jaguar, sondern auf dem Beifahrersitz eines kleinen Ford Kombis, der von Nigel Whitcombe gefahren wurde. Der junge Engländer fuhr sehr schnell; er raste mit der entspannten Lässigkeit eines Wochenend-Rallyefahrers. Gabriel balancierte seinen speziell gesicherten Aktenkoffer auf den Knien und hielt sich an der Armlehne fest.

»Wo wohnt er heutzutage?«

»Tut mir leid, das ist geheim«, antwortete Whitcombe ohne jede Ironie.

»Vielleicht solltest du mir dann die Augen verbinden.«

»Wie bitte?«

»Schon gut, Nigel. Aber könntest du etwas langsamer fahren? Ich möchte nicht der erste Direktor des Diensts sein, der im Einsatz umkommt.«

»Ich dachte, du *seist* tot«, sagte Whitcombe. »Auf der Brompton Road vor Harrods umgekommen. Das hat der *Telegraph* berichtet.«

Whitcombe gab geringfügig weniger Gas. Er folgte der Grosvenor Road die Themse entlang und fuhr dann durch Chelsea und Kensington nach Norden zur Queen's Gate Terrace. Dort hielt er schließlich vor einem großen mattweißen Stadthaus im georgianischen Stil.

»Gehört das *alles* ihm?«, fragte Gabriel.

»Nur die beiden unteren Geschosse. Ein Schnäppchen für acht Millionen.«

Gabriel suchte die Fenster im Erdgeschoss ab. Die Vorhänge waren zugezogen, und in keinem der Räume brannte Licht. »Wo kann er sein?«

»Darüber möchte ich lieber nicht spekulieren.«

»Ruf ihn auf dem Handy an.«

»Er versucht noch, damit zurechtzukommen.«

»Was soll das heißen?«

Whitcombe wählte die Nummer. Als sich nach mehrmaligem Klingeln niemand meldete, versuchte er's zum zweiten Mal. Wieder keine Antwort.

»Glaubst du, dass unter dem Fußabstreifer ein Schlüssel liegt?«

»Das bezweifle ich.«

»Dann müssen wir stattdessen meinen nehmen.«

Gabriel stieg aus und ging die wenigen Stufen zu der im Tiefparterre liegenden Haustür hinunter. Er rüttelte an der Klinke. Aber die Tür war abgesperrt. Whitcombe runzelte die Stirn.

»Ich dachte, du hättest einen Schlüssel.«

»Stimmt.« Gabriel zog ein schlankes Metallinstrument aus der Innentasche seines Mantels.

»Das kann nicht dein Ernst sein!«

»Alte Gewohnheiten legt man nicht so leicht ab.«

»Du wirst's vielleicht nicht glauben«, sagte Whitcombe, »aber ›C‹ hat nie einen Dietrich in der Tasche.«

»Vielleicht sollte er sich's mal überlegen.«

Gabriel steckte den Dietrich ins Zylinderschloss und bewegte ihn sanft vor und zurück, bis der Mechanismus nachgab.

»Was ist, wenn er eine Alarmanlage hat?«, fragte Whitcombe.

»Dann fällt dir bestimmt etwas ein.«

Gabriel drückte die Klinke hinunter und öffnete die Tür einen Spaltbreit. Im Haus blieb es still.

»Du kannst Graham ausrichten, dass ich heute Abend selbst heimfinde. Sag ihm, dass ich ihn aus Paris anrufe, sobald die Sache mit den Franzosen ins Reine gebracht ist.«

»Was ist mit deinen Personenschützern?«

»Ich habe nicht nur einen Dietrich in der Tasche«, sagte Gabriel und ging hinein.

Gleich hinter der geräumigen Diele lag eine Küche wie aus Chiaras Träumen. Meilenweit geschmackvoll beleuchtete Arbeitsflächen, eine Kücheninsel mit einem großen Doppel-Spülbecken, zwei Heißluftherden und einem Gasherd unter einem riesigen Dunstabzug. Der Kühlschrank war ein Sub-Zero aus Edelstahl. Er enthielt mehrere Flaschen Rosé aus Korsika und ein großes Stück Käse, der mit Rosmarin, Lavendel und Thymian aromatisiert war. Die Rückverwandlung des Hausbesitzers in einen Engländer schien noch anzudauern.

Gabriel nahm ein Weinglas aus einem Schrank und schenkte sich von dem Rosé ein. Dann machte er das Licht in der Küche aus und nahm den Wein mit nach oben ins Wohnzimmer. Die Einrichtung bestand lediglich aus einem Sessel, einer Ottomane und einem wandgroßen Plasmafernseher. Gabriel trat ans Fenster, öffnete den Vorhang einen Spalt weit und spähte auf die Straße hinunter, wo in diesem Augenblick ein elegant gekleideter Mann aus einem Taxi stieg. Der Mann wollte zur Haustür hinaufgehen, machte dann jedoch ruckartig halt und sah zu dem Fenster auf, hinter dem Gabriel stand. Im nächsten Augenblick wandte er sich ab und ging die kleine Treppe zum Tiefparterre hinunter.

Einige Sekunden später war zu hören, wie die Küchentür geöffnet und geschlossen wurde. Dann wurde ein Schalter betätigt, und Gabriel hörte einen geflüsterten korsischen Fluch. Die aufgeschnittene Schutzfolie über dem Korken der Weinflasche! Er hatte sie deutlich sichtbar auf der Arbeitsfläche liegen lassen. Ein Amateurfehler, sagte er sich.

Etwas Licht fiel aus der Küche ins Treppenhaus und ließ die Umrisse eines Mannes erkennen, der mit einer Pistole in den ausgestreckten Händen im nächsten Augenblick an der Wohnzimmertür erschien. Aber die Ecke, in der Gabriel stand, war stockfinster. Er beobachtete, wie der Mann mit den sparsamen Bewegungen eines Nahkämpfers, der darauf gefasst ist, auf einen Raum voll gut bewaffneter Gegner zu stoßen, seine Waffe von links nach rechts schwenkte. Dann trat er vor, streckte eine Hand aus und machte Licht. Beim nächsten Schwenk zielte seine Pistole auf Gabriel, bevor er sie rasch senkte.

»Verdammter Idiot!«, knurrte Christopher Keller. »Du kannst von Glück sagen, dass ich dich nicht erschossen habe.«

»Allerdings«, bestätigte Gabriel lächelnd. »Und das nicht zum ersten Mal.«

15

KENSINGTON, LONDON

»Eine Walther PPK«, sagte Gabriel, der Kellers Pistole bewunderte. »Wie bondmäßig von dir.«

»Sie lässt sich leicht verbergen und ist enorm durchschlagskräftig.« Keller grinste. »Ein Ziegelstein durch eine Fensterscheibe.«

»Ich wusste gar nicht, dass MI6-Agenten Schusswaffen tragen dürfen.«

»Das dürfen wir nicht.« Keller schenkte sich ein Glas Rosé ein und bot Gabriel die Flasche an. »Du?«

»Danke, ich muss fahren.«

Keller runzelte die Stirn und füllte Gabriels Glas bis knapp unter den Rand.

»Wie bist du hier reingekommen?«

»Du hattest vergessen abzuschließen.«

»Bullshit.«

Gabriel antwortete ehrlich.

»Irgendwann«, sagte Keller, »musst du mir das auch beibringen.«

Er zog seinen Mantel von Crombie aus und warf ihn achtlos auf eine Arbeitsfläche. Zu einem anthrazitschwarzen Anzug trug er eine blau-silbern gestreifte Krawatte. Er sah fast seriös aus.

»Wo warst du?«, fragte Gabriel. »Auf einer Beerdigung?«

»Ich hatte einen Termin bei meinem Vermögensberater. Er hat mich zum Lunch in die Börse eingeladen und mir mitgeteilt, dass mein Portfolio über eine Million an Wert verloren hat. Der verfluchte Brexit hat mir in letzter Zeit ziemliche Verluste beschert.«

»Die Welt ist ein gefährlicher, unberechenbarer Ort.«

»Was du nicht sagst.«

»Was du nicht sagst», antwortete Keller ironisch. »Deine Ecke fängt allmählich an, wie eine Insel des Friedens und der Stabilität zu wirken, vor allem, seit du jetzt am Ruder bist. Tut mir leid, dass ich nicht zu deiner Antrittsparty kommen konnte. Aber ich war beschäftigt und konnte gerade nicht weg.«

»Wegen des Lehrgangs?«

Keller nickte. »Ein Vierteljahr tödliche Langeweile an der See.«

»Aber erfolgreich«, sagte Gabriel. »Du hast die Überwacher von A4 zur Verzweiflung gebracht. In der Abschlussprüfung Bestnoten erzielt. Nur das in Frankreich war schade. Kein guter Einstieg in eine erfolgreiche Karriere.«

»Da redet der Richtige! Deine Karriere war eine Serie von Katastrophen, die mit Missgeschicken durchsetzt war. Und sieh dich jetzt an! Du hast's wahrhaftig zum Direktor gebracht.«

»Schamron sagt, dass eine Karriere ohne Kontroversen keine richtige Karriere ist.«

»Wie geht's dem Alten?«

»Er macht einiges mit.«

»Ganz ähnlich wie Israel, nicht wahr?«

»Schamron? Er *ist* Israel.«

Keller zündete sich eine Zigarette an und blies den Rauch in Richtung Decke.

»Ein neues Feuerzeug?«, fragte Gabriel.

»Dir entgeht nicht viel.«

Gabriel nahm ihm das Feuerzeug aus der Hand und las die Widmung. »Die muss ihn viel Überlegung gekostet haben.«

»Auf den Gedanken kommt's an«, sagte Keller. Dann fragte er: »Wie viel hat er dir erzählt?«

»Dass du in Frankreich warst, um den Marokkaner aufzuspüren, der die Kalaschnikows für die Londoner Anschläge geliefert hat. Er hat gesagt, dass es dir gelungen ist, diesen Kerl binnen weniger Tage aufzuspüren, obwohl die DGSI nicht mal seinen Namen rauskriegen konnte. Seiner Überzeugung nach hatte dein früherer Arbeitgeber, der unvergleichliche Don Antonio Orsati, daran entscheidenden Anteil. Ins Detail ist er nicht gegangen.«

»Aus gutem Grund.«

»Du hast dich offenbar mit dem Marokkaner, der Nouredine Zakaria hieß, in einem Café in Nizza getroffen und dich erfolgreich als korsischer Waffenhändler ausgegeben. Um deine Glaubwürdigkeit zu beweisen, hast du zugestimmt, ihm zehn Kalaschnikows und zehn MP5 von Heckler & Koch für äußerst preiswerte sechzigtausend Euro zu verkaufen. Leider hat der Deal nicht wie vorgesehen geklappt, und du musstest Zakaria und zwei seiner Leute erschießen, wodurch die einzig bekannte Verbindung zwischen Saladin und den Londoner Anschlägen gekappt war. Insgesamt«, schloss Gabriel, »würde ich sagen, dass du deine Kompetenzen überschritten hast.«

»Shit happens.«

»Ganz recht. Und jetzt soll ich versuchen, die Scherben zu kitten.«

»Eines möchte ich klarstellen«, warf Keller ein. »Es war nicht meine Idee, dich mit dem Hut in der Hand zu den Franzosen zu schicken.«

»Du verwechselst mich offenbar mit jemandem.«

»Mit wem denn?«

»Mit jemandem, der mit dem Hut in der Hand als Bittsteller auftritt.«

»Was hast du also vor?«

»Als Erstes werde ich von den Franzosen alles verlangen, was sie über Nouredine Zakaria haben. Und dann«, sagte

Gabriel, »lade ich sie ein, sich an unserer Suche nach Saladin zu beteiligen.«

»An eurem Unternehmen? Darauf lassen die Franzosen sich niemals ein. Graham übrigens auch nicht.«

»Graham hat heute Nachmittag zugestimmt. Außerdem ist er damit einverstanden, dich an mich auszuleihen. Ab sofort arbeitest du für mich.«

»Dreckskerl«, sagte Keller und drückte seine Zigarette aus. »Ich hätte dich umbringen sollen, als ich Gelegenheit dazu hatte.«

An diesem Abend aßen sie in einer zum Sloane Square führenden kleinen Straße bei einem Italiener, wo sie niemand kannte. Anschließend nahm Gabriel ein Taxi zur israelischen Botschaft, die unweit der High Street in einem ruhigen Winkel von Kensington lag. Der Botschafter und der Stationsleiter waren ebenso erfreut, ihn zu sehen, wie seine beiden Personenschützer. Im abhörsicheren Kommunikationszentrum im Keller – dem »Allerheiligsten«, wie es beim Dienst hieß – wählte er die Privatnummer des Mannes, den er in Paris aufsuchen wollte. Als der Anruf kam, lag er in seiner traurigen kleinen Junggesellenwohnung in der Rue Saint-Jacques schon im Bett. Trotz der späten Stunde freute er sich, Gabriels Stimme zu hören.

»Ich wollte fragen, ob Sie morgen vielleicht einen Augenblick Zeit für mich haben.«

»Den ganzen Vormittag bin ich bei meinem Minister.«

»Mein Beileid. Und wie sieht's nachmittags aus?«

»Nach vierzehn Uhr bin ich frei.«

»Wo?«

»In der Rue de Grenelle.«

Als Nächstes rief Gabriel den King Saul Boulevard an und teilte dem Wachhabenden mit, er werde seinen Auslandsaufenthalt um mindestens einen Tag verlängern. Die Reisestelle traf die nötigen Arrangements. Er war versucht, die Nacht in der alten sicheren Wohnung in der Bayswater Road zu verbringen, aber seine Personenschützer überredeten ihn dazu, in der Station zu bleiben. Wie in den meisten Außenstellen des Diensts gab es hier für Notfälle ein kleines Schlafzimmer. Gabriel streckte sich auf dem verhassten Feldbett aus, konnte aber nicht einschlafen. Er stand im Bann eines neuen Unternehmens, spürte das kleine Hochgefühl, wieder im Feld zu sein, auch wenn das »Feld« in diesem Fall ein Botschaftsgebäude in einem der exklusivsten Viertel der Welt war.

Wenige Stunden vor Tagesanbruch fand er endlich Schlaf. Er stand um acht Uhr auf, frühstückte mit dem Personal der Station London und stieg um neun Uhr in einen MI6-Jaguar, um sich zum Flughafen Heathrow fahren zu lassen. Nach Paris flog er mit British Airways, Flug BA 314. Mit seinen Personenschützern ging er im letzten Augenblick an Bord und nahm seinen Fensterplatz in der ersten Klasse ein. Während die Maschine im Steigflug den Südosten Englands überflog, betrachtete er die unter ihm wegsinkenden graugrünen Felder. Vor seinem inneren Auge stand jedoch ein großer, kräftiger Mann, augenscheinlich Araber, der durch eine Hotelhalle in Washington hinkte. Haar ließ sich schneiden oder färben, ein Gesicht konnte durch plastische Operationen verändert werden. Aber ein solches Hinken, dachte Gabriel, bleibt einem für immer.

16

RUE DE GRENELLE, PARIS

Paul Rousseau wurde nachgesagt, er habe mehr Bombenanschläge geplant als Osama bin Laden. Obwohl er das nicht bestritt, beeilte er sich hinzuzufügen, keine *seiner* Bomben sei tatsächlich detoniert. Rousseau, der ein Meister der Täuschung war, hatte den Auftrag erhalten, »aktive Maßnahmen« zu ergreifen, um potenzielle Terroristen aus dem Verkehr zu ziehen, bevor diese Terroristen aktiv gegen die Republik oder ihre Bürger vorgehen konnten. Die vierundachtzig Agenten der Alphagruppe, Rousseaus Eliteeinheit innerhalb der Direction générale de la Sécurité intérieure vergeudeten keine wertvollen Ressourcen damit, dass sie mutmaßliche Terroristen beschatteten, ihre Telefone abhörten oder ihre wirren Posts im Internet verfolgten. Stattdessen schüttelten sie den Baum und warteten darauf, dass die vergiftete Frucht ihnen in die Hände fiel. In einem anderen Land, zu anderen Zeiten hätten Bürgerrechtler ihre Methoden vielleicht als In-die-Falle-Locken verurteilt. Auch dem hätte Paul Rousseau nicht widersprochen.

In den ersten sechs Jahren ihrer Existenz gehörte die Alphagruppe zu den bestgehüteten Staatsgeheimnissen Frankreichs, und ihre Agenten konnten ungestraft agieren. Das änderte sich nach den IS-Anschlägen in Washington, als amerikanische Medien berichteten, Rousseau sei bei dem Bombenanschlag auf das National Counterterrorism Center im suburbanen Northern Virginia verletzt worden. Weitere Berichte, vor allem in französischen Medien, schilderten einige der anstößigen Methoden der Alphagruppe. Unternehmen wurden verraten, Agenten identifiziert. Innenminister und DGSI-Direktor dementierten nachdrücklich, dass es die sogenannte Alphagruppe überhaupt gab. Aber ihr Dementi kam zu spät; der Schaden war bereits angerichtet. Die beiden drängten Rousseau, seinen anonymen Sitz in der Rue de Grenelle aufzugeben und in die Zentrale der DGSI in Levallois-Perret zu verlegen. Rousseau gab jedoch nicht nach. Er hatte sich nie viel aus den Pariser Vororten gemacht. Und seine Agentenführer konnten ihre Arbeit nicht tun, wenn man sie dabei beobachten konnte, wie sie einen von Mauern umgebenen Komplex mit einem Schild MINISTÈRE DE L'INTÉRIEUR betraten und verließen.

Und so führten Paul Rousseau und die Alphagruppe ihren stillen Kampf gegen den radikalen Islam trotz ihrer erhöhten Gefährdung weiter von einem eleganten cremeweißen Gebäude aus dem 19. Jahrhundert in dem exklusiven 7. Arrondissement aus. Ein diskretes Messingschild identifizierte es als SOCIÉTÉ INTERNATIONALE POUR LA LITTÉRATURE FRANÇAISE – ein für Rousseau typischer Touch. Drinnen hörten jedoch alle Täuschungsversuche auf. Dem technischen Unterstützungsstab gehörte der Keller, den Überwachern das Erdgeschoss. Im ersten Stock befand sich die überquellende Registratur der Alphagruppe – Rousseau zog altmodische Papierdossiers digitalen Datensätzen vor –, und der zweite und dritte Stock waren das Reservat der Agentenführer. Die meisten kamen und gingen oder fuhren durch das massive schwarze Tor an der Rue de Grenelle. Andere betraten das Gebäude durch einen Geheimgang, der es mit dem schäbigen kleinen Antiquitätengeschäft nebenan verband, dessen Besitzer, ein älterer Franzose, im Algerienkrieg in geheimer Mission eingesetzt gewesen war. Als einziger Angehöriger der Alphagruppe hatte Rousseau das schockierende Dossier des Ladenbesitzers lesen dürfen.

Die Atmosphäre im vierten Stock war ernst, düster und still bis auf die Chopinklänge, die manchmal aus Rousseaus offener Tür kamen. Im Vorraum saß Madame Treville, seine Kummer gewohnte Sekretärin, an ihrem ordentlich aufgeräumten Schreibtisch, und am anderen Ende des schmalen Flurs hatte Christian Bouchard, Rousseaus ehrgeiziger junger Stellvertreter sein Büro. Im französischen Geheimdienstestablishment galt es als ausgemacht, dass Bouchard die Führung der Alphagruppe übernehmen würde, wenn Rousseau sich einmal dazu entschloss, in Pension zu gehen. Das hatte er nach dem Tod seiner geliebten Colette schon einmal versucht. Sein geplantes Buch, eine mehrbändige Proust-Biografie, bestand nur aus einem Stapel handschriftlicher Notizen. Inzwischen hatte er sich damit abgefunden, dass der Kampf gegen den radikalen Islamismus sein Lebenswerk sein würde. Das war kein Krieg, den Frankreich verlieren durfte. Nach Rousseaus Überzeugung stand das Überleben der Republik auf dem Spiel.

In Gabriel Allon hatte er einen bereitwilligen, wenn auch unwahrscheinlichen Partner gefunden. Ihre Allianz war nach Saladins Pariser Debüt, dem Bombenanschlag auf das Isaac-Weinberg-Zentrum für das Studium des Antisemitismus in Frankreich, geschmiedet worden. Saladin hatte sein Ziel nicht zufällig gewählt, sondern von Gabriels geheimer Verbindung zu der Leiterin des Zentrums gewusst. Paul Rousseau, der ebenfalls davon wusste, hatte gemeinsam mit Gabriel eine Agentin in Saladins Gefolge eingeschleust. Ihr Unternehmen hatte die Anschläge in Washington nicht verhindern können, aber es hatte Jahrzehnte voller Feindseligkeit und Misstrauen zwischen dem israelischen Dienst und den französischen Geheimdiensten beendet.

Eine willkommene Folge dieser neuen Allianz war die Tatsache, dass Gabriel nun ganz Frankreich bereisen konnte, ohne Verhaftung und Strafverfolgung befürchten zu müssen. Sein Sündenregister auf französischem Boden, die Morde, die Kollateralschäden, war offiziell vergessen. Er war so legitim, wie man's als Berufsspion überhaupt sein konnte.

Wegen der strengen neuen Sicherheitsvorschriften der Alphagruppe musste Gabriel seine kleine Autokolonne und die Personenschützer am Eiffelturm zurücklassen und die restliche Strecke zu Fuß gehen. Normalerweise betrat er das Gebäude durch das Tor in der Rue de Grenelle, aber diesmal kam er auf Rousseaus Wunsch durchs Antiquitätengeschäft herein. Im vierten Stock erwartete Rousseau ihn in dem verglasten, abhörsicheren Besprechungsraum. Er trug das verknitterte Tweedsakko, in dem Gabriel ihn schon oft gesehen hatte, und rauchte wie gewöhnlich eine Pfeife, ohne sich um das französische Rauchverbot am Arbeitsplatz zu scheren. Der überzeugte Nichtraucher Gabriel fand Rousseaus private Rebellion irgendwie beruhigend.

Er nahm ein Foto aus seinem Aktenkoffer und schob es über die Schreibtischplatte. Nach einem Blick aufs Gesicht des Abgebildeten hob Rousseau ruckartig den Kopf.

»Nouredine Zakaria?«

»Sie kennen ihn?«

»Nur seinem Ruf nach.« Rousseau hielt das Foto hoch. »Wo haben Sie diese Aufnahme her?«

»Das ist unwichtig.«

»Oh, ganz im Gegenteil!«

»Von den Briten«, gab Gabriel zu.

»Von welchem Dienst?«

»MI6.«

»Und wieso interessiert der MI6 sich plötzlich für Nouredine Zakaria?«

»Weil Nouredine die Kalaschnikows für die Anschläge in London geliefert hat. Er ist der Mann, den alle als ›der Skorpion‹ kennen.«

Für einen professionellen Spion gibt es nichts Peinlicheres, als von einem Agenten eines anderen Diensts etwas zu erfahren, das er eigentlich selbst hätte wissen müssen. Paul

Rousseau ertrug diese Demütigung, während er langsam seine Pfeife neu stopfte.

»Wie viel wissen Sie über ihn?«, fragte Gabriel.

»Er arbeitet für den größten Drogenschmugglerring Europas.«

»Als was?«

»Höflicherweise könnte man sagen, dass er für Sicherheitsfragen zuständig ist.«

»Und in Wirklichkeit?«

»Er ist ein Schläger und Berufskiller. Die Police Nationale glaubt, dass er mindestens zwölf Menschen auf dem Gewissen hat. Nur kann sie ihm leider nichts nachweisen«, fügte Rousseau hinzu. »Nouredine ist eben verdammt vorsichtig – genau wie sein Boss.«

»Wer ist der?«

»Alles der Reihe nach.« Rousseau hielt das Foto erneut hoch. »Wo haben Sie das her?«

»Von den Briten, wie ich schon gesagt habe.«

»Ja, ich weiß. Aber wo haben es die Briten her?«

»Das ist nicht wichtig.«

»Oh«, sagte Rousseau, »ganz im Gegenteil.«

17

RUE DE GRENELLE, PARIS

»Von wie vielen Schusswaffen reden wir genau?«

»Zwanzig, glaube ich.«

»Und woher hatte dieser britische Geheimdienstmann zwanzig Kalaschnikows und Maschinenpistolen?«

Aus Gabriels Miene sprachen Unwissenheit und Gleichgültigkeit oder irgendetwas dazwischen.

»Und er hat sich als Korse ausgegeben?«, fragte Rousseau. »Wissen Sie das bestimmt?«

»Spielt das eine Rolle?«

»Schon möglich. Um den korsischen Dialekt nachahmen zu können, muss man viele Jahre auf der Insel gelebt haben, wissen Sie.«

Gabriel sagte nichts.

»Dieser britische Agent ist ein Freund von Ihnen?«

»Wir sind Bekannte.«

»Er muss sehr gute Verbindungen haben, wenn er so was planen und durchziehen konnte. Und recht talentiert sein.«

»Er muss noch viel lernen.«

»Welches Interesse haben Sie an dieser schäbigen Affäre?«, fragte Rousseau.

»Mich interessiert Saladin«, sagte Gabriel.

»Mich auch. Deshalb werde ich bis zehn zählen und meinen Zorn beherrschen. Weil es durchaus möglich ist, dass Ihr britischer Freund es geschafft hat, etwas zu beweisen, das ich seit Langem vermutet habe.«

»Und das wäre?«

Rousseau gab jedoch keine Antwort, zumindest nicht direkt. Stattdessen schlüpfte er in die Rolle eines Professors und ging weit ausholend in den hoffnungsvollen Winter des Jahres 2011 zurück. Die Unrechtsregimes in Tunesien und Ägypten waren durch eine plötzliche Woge aus Volkszorn und Demokratiebestrebungen weggeschwemmt worden. Dann war Libyen an der Reihe. Im Januar kam es zu vereinzelten Protesten wegen Wohnungsnot und politischer Korruption, die sich bald zu einem Volksaufstand ausweiteten. Rasch wurde jedoch klar, dass Muammar al-Gaddafi, der libysche Diktator, nicht dem Beispiel seiner Kollegen in Tunis und Kairo folgen und still in die arabische Nacht verschwinden würde. Er hatte Libyen über vier Jahrzehnte lang mit eiserner Faust regiert, den Ölreichtum des Landes geplündert und seine Gegner ermorden lassen – manchmal nur zur eigenen Unterhaltung. Als Mann aus der Wüste war ihm klar, welches Schicksal ihn erwartete, wenn er stürzte. Und so verwickelte er sein rückständiges Land in einen grausamen Bürgerkrieg. Weil der Westen ein Blutbad fürchtete, intervenierte er militärisch, wobei Frankreich die Führung übernahm. Im Oktober war al-Gaddafi tot und Libyen befreit.

»Und was haben wir gemacht? Haben wir Libyen mit Geld und sonstigen Hilfeleistungen überflutet? Haben wir seine Hand gehalten, während es versuchte, den Übergang von einer Stammesgesellschaft zu einer Demokratie nach westlichem Vorbild zu schaffen? Nein«, sagte Rousseau, »das alles haben wir nicht gemacht. Tatsächlich haben wir fast nichts getan. Und was waren die Folgen unserer Untätigkeit? Mit Libyen ist ein weiterer Staat gescheitert, und der IS hat sich im dortigen Machtvakuum festgesetzt.«

Die von einem sicheren Zufluchtsort für den Islamischen Staat in Nordafrika ausgehende Gefahr liege auf der Hand, fuhr Rousseau fort. Von dort aus konnten die Terroristen Kämpfer und Waffen nach Westeuropa schleusen und praktisch uneingeschränkt Anschläge verüben. Aber innerhalb weniger Monate nach der Ankunft des IS in Libyen machten

Polizeien von Spanien bis Griechenland eine weitere beunruhigende Entdeckung: Der Drogenschmuggel aus Nordafrika, speziell von Haschisch aus Marokko, erreichte neue Rekordhöhen. Darüber hinaus gab es Veränderungen bei den traditionellen Schmugglerrouten. Während die Banden sich bisher damit begnügt hatten, Drogen in kleinen Mengen mit Jetskis oder Booten über die Straße von Gibraltar zu transportieren oder die Balkanroute zu benutzen, waren im Mittelmeer jetzt ganze Drogenfrachter unterwegs.

»Nehmen Sie zum Beispiel die *Apollo*, ein unter griechischer Flagge fahrender Seelenverkäufer, der kurz nach der Ankunft des IS in Libyen von der italienischen Marine vor Sizilien aufgebracht wurde. Die Italiener hatten aus Nordafrika den Tipp bekommen, an Bord befinde sich eine ungewöhnlich große Menge Haschisch. Trotzdem war die Größe ihres Fundes ein Schock: siebzehn Tonnen, eine absolute Rekordmenge.«

Aber die *Apollo*, erklärte Rousseau, sei erst der Anfang gewesen. In den folgenden drei Jahren beschlagnahmten die europäischen Behörden mehrmals riesige Drogenmengen. Alle Schiffe hatten eines gemeinsam: Sie kamen aus libyschen Häfen. Und alle Aufgriffe erfolgten nach Tipps von gut informierten nordafrikanischen Informanten. Insgesamt wurden über dreihundert Tonnen Drogen mit einem geschätzten Verkaufswert von drei Milliarden Dollar vom Markt genommen. Dann jedoch verstummten die Informanten plötzlich, und die Zahl der Beschlagnahmen ging drastisch zurück.

»Aber warum? Woher dieser plötzliche Wechsel im Verhalten der Schmuggler? Wieso wurden plötzlich Unmengen von Drogen in die Märkte gedrückt? Und was hatte die Informanten zum Verstummen gebracht?«, fragte Rousseau. »Hier in Frankreich sind wir zu dem Schluss gelangt, in der Drogenszene gebe es einen mächtigen neuen Akteur. Jemand, der die Kontrolle über die Schmuggelrouten an sich reißen konnte.

Jemand, dessen Vorgehen die eingeschüchterten Informanten verstummen ließ. Jemand, der bereit war, den Verlust wertvoller Ladungen zu riskieren, nur um rasch möglichst viel Geld zu machen. Wir haben festgestellt, dass nur eine Gruppe alle diese Kriterien erfüllte.«

»Der Islamische Staat?«

Rousseau nickte langsam. »Das Bündnis zwischen Haschisch und Terrorismus«, sagte er, »existiert seit undenklichen Zeiten. Wie Sie wissen, kommt das Wort *Assassine* von der arabischen Bezeichnung *Haschaschin* für die Schia-Meuchelmörder, die unter dem Einfluss von Haschisch mordeten. Die Hisbollah, ihre Nachfolgerin im Libanon, finanziert sich teilweise durch den Verkauf von Haschisch, von dem viel nach Israel geht. Und der IS ist praktisch seit seiner Gründung ein Akteur in der Drogenwelt – vor allem durch die Erhebung von Abgaben auf Drogentransporte über sein Territorium. Wir vermuten jetzt, dass der IS einen Großteil des Drogenschmuggels nach Europa kontrolliert. Und die meisten dieser Drogen schmuggelt die Organisation eines einzigen Mannes. Des Mannes, für den Ihr Freund hier arbeitet«, fügte er hinzu und tippte auf das Foto, das Nouredine Zakaria zeigte.

Rousseaus Pfeife war ausgegangen. Sehr zu Gabriels Enttäuschung griff der Franzose gleich wieder nach seinem Tabaksbeutel.

»Meine größte Sorge war«, fuhr Rousseau fort, »die Beziehung könnte übers Finanzielle hinausgehen, sodass der IS die Infrastruktur des Verteilernetzes dieses Mannes dazu benutzen könnte, Anschläge in Europa zu verüben. Hat Ihr britischer Freund mit der Behauptung recht, Nouredine Zakaria habe die in London benützten Waffen beschafft, scheint eingetreten zu sein, was wir befürchtet haben. Die Frage ist nur: Hat Nouredine selbstständig gehandelt? Oder mit Einverständnis seines Bosses?«

»Vielleicht sollten wir *ihn* fragen.«

»Nouredines Boss? Leichter gesagt als getan. Er ist hier in Frankreich sehr beliebt«, erläuterte Rousseau, »vor allem bei den Schönen und Reichen. Sie dinieren in seinen Restaurants, trinken und tanzen in seinen Nachtclubs. Sie schlafen in seinen Hotels, shoppen in seinen Boutiquen und behängen sich mit teurem Schmuck aus seiner exklusiven Kollektion. Und ja, sie rauchen oder schnupfen oder spritzen sich manchmal seine Drogen. Unser Staatspräsident ist ebenso mit ihm befreundet wie der Innenminister und hohe Beamte aus dem Justizministerium. Sie sorgen dafür, dass ihm keine unangenehmen Fragen gestellt werden und Ermittlungen nie zu nahe an sein Firmenimperium herankommen.«

»Hat er auch einen Namen?«

»Jean-Luc Martel.«

»JLM?«

Rousseau wirkte ehrlich überrascht. »Sie kennen seinen Namen?«

»Ich war im Laufe der Jahre oft in Frankreich. Jean-Luc Martel ist ziemlich schwer zu übersehen.«

»Er ist richtig berühmt, das muss man ihm lassen. Einer unserer erfolgreichsten Unternehmer. Zumindest berichten das die Medien. Aber das ist alles Schwindel. Martels wahres Geschäft ist der Drogenhandel.« Rousseau schwieg einen Augenblick. »Aber wenn ich das meinem Minister erzählen würde, würde er mich nur auslachen. Und dann würde er zum Dinner in Martels neuem Restaurant am Boulevard Saint-Germain fahren. Das ist momentan schwer angesagt.«

»Ja, das habe ich gehört.«

Rousseau musste unwillkürlich lächeln.

»Vielleicht lässt Martel mit sich reden«, meinte Gabriel. »Ein Appell an seinen Patriotismus.«

»Bei Jean-Luc Martel? Aussichtslos.«

»Dann müssen wir ihm auf die altmodische Art beikommen, denke ich.«

»Wie?«

»Überlassen Sie das mir.«

Eine kurze Pause.

»Und wenn wir's schaffen?«, fragte Rousseau zuletzt.

»Dann kann er uns vielleicht zu dem führen, nach dem wir beide fahnden.«

»Ja«, sagte Rousseau. »Das könnte er vielleicht. Aber das genehmigt mein Minister nie.«

»Was Ihr Minister nicht weiß, macht ihn nicht heiß.«

Der Franzose lächelte spitzbübisch. »Und die Grundregeln?«, fragte er.

»Genau wie beim letzten Mal. Eine gleichberechtigte Partnerschaft. Im Ausland entscheide ich, und Sie können gegen alles, was auf französischem Boden geplant ist, Ihr Veto einlegen.«

»Was ist mit den Briten?«

»Sie leihen mir den Mann aus, der Französisch spricht wie ein Korse.«

»Wie viel weiß ich darüber, wie die Sache mit Nouredine Zakaria und diesen Waffen wirklich abgelaufen ist?«

»Ungefähr fünfzig Prozent.«

»Will ich auch den Rest erfahren?«

»Niemals!«

»Dann«, sagte Rousseau, »sind wir uns einig, denke ich.«

Rousseau telefonierte mit dem Innenministerium und forderte Kopien von zwei Akten an, von denen eine den Namen Nouredine Zakaria und die andere den seines Bosses trug. Der Leiter der Registratur, ein Beamter in bester französischer Tradition, erhob sofort Einwände. Wozu interessierte Rousseau, der *Dschihadis* bekämpfen sollte, sich plötzlich für einen gewöhnlichen marokkanischen Verbrecher und einen der bekanntesten französischen Unternehmer? Das sei, fand der Registerbeamte, eine recht seltsame Kombination – wie Austern mit Rotwein. Rousseau beherrschte sich, statt ihm mitzuteilen, er finde seine Analogie bestenfalls kindisch. Er begnügte sich damit, ihm zu erklären, als Chef einer DGSI-Abteilung – selbst einer, die offiziell nicht existiere – habe er Zugang zu *allen* in Frankreich gespeicherten Akten. Der Registerbeamte kapitulierte rasch, deutete aber an, die Zustellung werde sich um einige Stunden verzögern, weil die Akten sehr umfangreich seien. Die wertvolle Zeit anderer zu vergeuden, dachte Rousseau, ist die letzte Rache eines Bürokraten.

Wie sich dann zeigte, dauerte es weniger als eine Stunde, um die angeforderten Akten herauszusuchen und zu kopieren. Ein Motorradkurier der Alphagruppe holte die Dokumente um 16.52 Uhr ab und schaffte es wie durch ein kleines Wunder, sie um 17.11 Uhr in der Rue de Grenelle abzuliefern. Der Wachmann an der Einfahrt notierte die Zeit in seiner Kladde und inspizierte flüchtig die Akten – etwa fünfhundert, von großen Metallklammern zusammengehaltene Seiten –, bevor er den Kurier passieren ließ. Um fit zu bleiben, benutzte er statt des oft unzuverlässigen Aufzugs die Treppe und legte die Dokumente um 17.14 Uhr auf Madame Trevilles Schreibtisch. Auch diese Zeit wurde notiert: Treville vermerkte sie in ihrem Kalender, der später gefunden wurde.

Wenig später streckte Christian Bouchard, der immer ein Gespür für Gefahr oder Chancen hatte, seinen gut frisierten Kopf zur Tür herein, sah die Akten auf Madame Trevilles Schreibtisch und kam neugierig herein, um einen Blick darauf zu werfen.

»JLM? Wer hat die angefordert?«

»Monsieur Rousseau.«

»Wozu?«

»Das müssen Sie ihn selbst fragen.«

»Wo ist er?«

»Im Besprechungsraum.« Sie senkte die Stimme. »Mit dem Israeli.«

»Allon?«

Madame Treville nickte ernst.

»Wieso bin ich dazu nicht eingeladen worden?«

»Als er gekommen ist, waren Sie beim Mittagessen.« Aus ihrem Mund klang das vorwurfsvoll. »Monsieur Rousseau hat mich gebeten, ihm die Akten sofort zu bringen. Vielleicht sind Sie so freundlich, das für mich zu übernehmen?«

Bouchard griff sich den Papierstapel und nahm ihn zu dem abhörsicheren Besprechungsraum mit, hinter dessen Panzerglasscheiben er Allon und Rousseau ins Gespräch vertieft sitzen sah. Er gab seinen Zugangscode auf dem Tastenfeld ein, betrat den Raum und ließ die schweren Akten wie den Beweis für eine Verschwörung auf den Tisch plumpsen.

In genau diesem Augenblick, als fünfhundert Blatt Papier auf den Tisch klatschten, detonierte die Bombe. Tatsächlich war das Timing so exakt, dass Gabriel ursprünglich glaubte, irgendwie seien die Dokumente selbst detoniert. An die folgenden Ereignisse konnte er sich später zum Glück kaum erinnern. Er spürte, dass er durch einen Blizzard aus Glassplittern und Ziegeltrümmern und Menschenblut stürzte und dass Paul Rousseau und Christian Bouchard mit ihm fielen. Als er endlich zur Ruhe kam, hatte er den Eindruck, im eigenen Sarg eingeschlossen zu sein. Sein letzter bewusster Gedanke galt seiner Beerdigung: eine kleine Gruppe von Trauernden an einem offenen Grab auf dem Ölberg, zwei kleine Kinder, ein Mädchen, das den Namen ihrer Großmutter Irene trug, und ein Junge mit dem Namen eines großen Malers. Sie würden keine Erinnerungen an ihn haben, seine Kinder. Für sie war er ein Mann, der im Dunkeln gekommen und gegangen war. Und ins Dunkel kehrte er nun zurück.

TEIL ZWEI

EINE FRAU WIE DIESE

18

PARIS – JERUSALEM

Es war das viele Papier – Dossiers, Überwachungsberichte, abgefangene E-Mails und Textnachrichten, Ermittlungsakten –, das die wahre Natur der Geheimorganisation preisgab, die sich in dem eleganten Gebäude in der Rue de Grenelle eingenistet hatte. Noch mehrere Stunden nach dem Anschlag wirbelte es vom Wind getrieben durch die Straßen des 7. Arrondissements: vom Eiffelturm bis zu den Invalides und zum Park des Musée Rodin. Zahlreiche Berichte schilderten, wie uniformierte Polizisten und Agenten in Zivil verzweifelt Jagd auf Dokumente machten, noch während Feuerwehr und Sanitäter benommene Überlebende aus den Trümmern zogen.

Am frühen Abend begannen jedoch Fotos von gefundenen Dokumenten, alle mit dem DGSI-Emblem, auf Twitter und in anderen sozialen Netzwerken aufzutauchen. Die Zeitung *Le Monde* brachte die Story als Erste, und die übrigen Mainstream-Medien folgten wenig später. Weil schließlich nichts anderes übrig blieb, als die Wahrheit zu sagen, bestätigte der Innenminister das Offenkundige. Das Ziel des zweiten großen Bombenanschlags in Paris binnen eines Jahres war keine obskure Gesellschaft zur Förderung der französischen Literatur, sondern eine Eliteeinheit der DGSI gewesen, deren Existenz der Minister noch vor Kurzem bestritten hatte. Anschließend forderte er alle verantwortungsbewussten Bürger auf, gefundene Dokumente bei den Behörden abzuliefern und keine mehr im Internet zu veröffentlichen. Seine Aufforderung fand ein beschämend geringes Echo.

Leider würden der nun folgende politische Skandal und die zahllosen Fragen nach den Methoden der Alphagruppe die kalt berechnende Präzision und Brutalität des Bombenanschlags selbst überschatten. Es gab einen auffälligen Symbolismus, der nicht nur in dem Anschlagsziel, sondern auch in dem Transportmittel für die Sprengladung lag – ein weißer Renault Trafic, wie er beim Anschlag auf das Isaac-Weinberg-Zentrum verwendet worden war. Mir nur zweihundert Kilogramm war sie jedoch beträchtlich kleiner als die damalige Autobombe. Trotzdem war ihre Wirkung vergleichbar, was die Fachleute vermuten ließ, Saladins Bombenbauer, wer immer er sein mochte, habe erheblich dazugelernt. Die Detonation legte die Zentrale der Alphagruppe in Trümmer und beschädigte zahlreiche Häuser in mehreren Hundert Metern Umkreis. Vier Passanten, die im Augenblick der Detonation auf der Rue de Grenelle an dem Kastenwagen vorbeigegangen waren, waren auf der Stelle tot, ebenso eine Mutter und ihre sechsjährige Tochter, die aus der Apotheke gegenüber gekommen waren. Alle übrigen Todesopfer waren Mitglieder der Alphagruppe.

Von dem Renault blieb praktisch nichts übrig. Eine abgerissene Tür landete vor einer *Boucherie* in der Rue Cler, ein Stück Dachblech auf einem Kinderspielplatz am Marsfeld. Später zeigte sich, dass der Wagen drei Wochen zuvor in einem Brüsseler Vorort als gestohlen gemeldet worden war und auf der A14 aus Nordwesten kommend Paris erreicht hatte. Wo die Sprengladung eingebaut worden war, ließ sich nachträglich nicht mehr feststellen. Den französischen Sicherheitsbehörden gelang es auch nicht, den Mann zu identifizieren, der das Fahrzeug direkt unter Paul Rousseaus Dienstzimmer im vierten Stock geparkt hatte. Zuletzt erfasste ihn eine Überwachungskamera, als er ein auf dem Square de la Tour-Maubourg bereitstehendes Motorrad bestieg. Danach blieben Mann und Motorrad spurlos verschwunden.

Zum Glück hatte die Hälfte der Mitarbeiter der Alphagruppe dienstfrei oder war im Einsatz unterwegs, als die Autobombe detonierte. Am schlimmsten traf es die Techniker und die Überwacher an ihren Arbeitsplätzen im Keller und im Erdgeschoss. Zwei junge Frauen aus der Registratur gehörten ebenso zu den Opfern wie neun der erfahrensten Agentenführer der Alphagruppe. Paul Rousseau und Christian Bouchard erlitten nur mittelschwere Verletzungen, was auch darauf zurückzuführen war, dass sie sich zum Zeitpunkt des Anschlags in dem speziell gesicherten Besprechungsraum aufgehalten hatten. Madame Treville, die leider die Gelegenheit genutzt hatte, im Büro ihres Chefs etwas Ordnung zu schaffen, wurde von der vollen Wucht der Detonation getroffen. Sie wurde lebend aus den Trümmern geborgen, starb aber noch in derselben Nacht, während in Frankreich politische Auseinandersetzungen losbrachen.

Der Fall hielt weitere Überraschungen bereit. So erhob sich am Tag nach dem Anschlag die Frage, ob die Toten und Verletzten in dem Gebäude ausschließlich Mitglieder der Alphagruppe gewesen seien. Anlass zu dieser Kontroverse gab ein Bericht, Zeugen hätten zwei Männer gesehen – jung, kräftig, mit Pistolen bewaffnet –, die gleich nach der Detonation die Trümmer durchsucht und dabei immer wieder einen Namen gerufen hätten. Der Name war »Gavriel«, zufällig die hebräische Version des Vornamens des neuen Direktors des israelischen Geheimdiensts. Daraufhin wurde spekuliert, dieser Mann, der auf eine lange, wenig erfreuliche Geschichte in Frankreich zurückblicken konnte, sei während des Anschlags in dem Gebäude gewesen. Das bestritten der Innenminister und sein DGSI-Chef, die sogar behaupteten, Allon sei überhaupt nicht in Frankreich gewesen. Weil sie in letzter Zeit oft gelogen hatten, wurde ihr Dementi mit der Skepsis aufgenommen, die es verdiente.

Tatsächlich war der bewusste Mann zum Zeitpunkt des Bombenanschlags in der Zentrale der Alphagruppe gewesen und hatte eine Dreiviertelstunde wie ein Schlangenmensch verkrümmt und verrenkt unter Trümmern begraben gelegen, bis er von seinen Leibwächtern und einer französischen Rettungsmannschaft ausgegraben worden war. Blutend und mit Staub bedeckt war er ins nahe gelegene Militärkrankenhaus Val-de-Grâce eingeliefert und dort wegen mehrerer Rippenbrüche, zwei angebrochenen Rückenwirbeln und einer schweren Gehirnerschütterung behandelt worden. Die Ärzte würden sich später daran erinnern, dass er mit leichtem Akzent fließend Französisch gesprochen hatte, ziemlich benommen, aber unfehlbar höflich gewesen war und alle Schmerzmittel abgelehnt hatte, obwohl seine Verletzungen sehr schmerzhaft sein mussten. Später, nach einem Besuch französischer Geheimdienstler, leugneten die behandelnden Ärzte und Schwestern jedoch, ihn jemals gesehen zu haben.

Tatsächlich blieb er drei Tage im Krankenhaus: in einem Einzelzimmer neben dem Zimmer, in dem Paul Rousseau und Christian Bouchard lagen, von einem französisch-israelischen Ärzteteam betreut und von einem ähnlich zusammengesetzten Team von Personenschützern bewacht. Als Röntgenaufnahmen und eine MRT bestätigten, dass er transportfähig war, bekam er neue Kleidung und wurde zum Pariser Flughafen Charles de Gaulle gefahren. Dort lehnte er alle Hilfsangebote ab, stieg – mit mehreren Pausen, um sich auszuruhen und sein Gleichgewicht wiederzufinden – die steile Fluggasttreppe zu einer El-Al-Maschine hinauf und verschwand in der ersten Klasse. Sie war leer bis auf eine schöne Frau mit kastanienbrauner Lockenmähne. Er sank in den Sessel neben ihr, lehnte den Kopf an ihre Schulter und schloss die Augen. Das Haar der Frau duftete nach Vanille. Erst jetzt wusste er bestimmt, dass er noch lebte.

Nach seiner Rückkehr nach Israel ließ Gabriel sich direkt in die Narkiss Street fahren, in der er sich bis Mitte der folgenden Woche verkroch. Anfangs hielt er die verordnete Bettruhe strikt ein und stand immer nur für wenige Minuten auf, um auf dem kleinen Balkon in der Spätwintersonne zu sitzen. Seine Schmerzen waren stark, gerade noch erträglich. Jeder Atemzug war schmerzhaft, jede Bewegung trieb glühende Stacheln in sein Rückgrat. Dazu kamen die anhaltenden Symptome seiner Gehirnerschütterung: chronische Kopfschmerzen, Licht- und Lärmempfindlichkeit, ungewohnte Konzentrationsschwäche. Am wohlsten fühlte er sich in einem abgedunkelten Raum mit geschlossener Tür. War er mit seinen konfusen Gedanken als einziger Gesellschaft allein, fürchtete er, sein Zustand sei permanent, weil er eine Verletzung zu viel erhalten und das ihm zugeteilte Heilungsvermögen überzogen habe. Keine noch so umfangreiche Restaurierung konnte ihn retten. Er war eine irreparabel beschädigte Leinwand.

Der Rest Israels ahnte zum Glück nicht, dass sein legendärer Geheimdienstchef außer Gefecht gesetzt mit vier gebrochenen Rippen, zwei angeknacksten Rückenwirbeln und nicht enden wollenden katastrophalen Kopfschmerzen zu Hause im Bett lag. Gewiss, es gab auf französischen Pressemeldungen basierende Gerüchte, die jedoch durch ein vierzehn Sekunden langes Video widerlegt wurden, das im israelischen Fernsehen gesendet wurde. Es zeigte angeblich eine Besprechung in der Kaplan Street. Darin trug der Ministerpräsident ein zufriedenes Lächeln und eine blaue Krawatte; Gabriel trug Grau und wirkte gesund und munter. Dieses Video war nicht lange nach seiner Ernennung zum Direktor aufgezeichnet und für eine Gelegenheit wie diese eingelagert worden. Für den Fall, dass Gabriel es nötig finden würde, für längere Zeit aus der öffentlichen Wahrnehmung zu verschwinden, gab es weitere Videos in anderen Umgebungen, mit verschiedener Kleidung, unter wechselnden Lichtverhältnissen. Er fand, dieser Zeitpunkt sei jetzt gekommen – allerdings viel früher in seiner Amtszeit, als ursprünglich erwartet.

Der Direktor des Diensts hatte bei einem eiskalt geplanten Bombenanschlag auf die Zentrale eines bewährten Freundes und Verbündeten im Kampf gegen den Terror beinahe den Tod gefunden. Folglich blieb dem Direktor nichts anderes übrig, als den Anschlag mit gleicher Münze heimzuzahlen. Das gehörte zum ungeschriebenen Gesetz der Straße, nach dem Geheimdienste kämpften. Gabriel wollte seinen Rachefeldzug nicht an andere delegieren. Noch wollte er bedeutungslose Ziele in den Wüsten des Iraks oder Syriens angreifen. Sein Ziel war ein Mann. Ein Mann, der ein Netzwerk des Todes geknüpft hatte, das die großen Städte der Welt mit Terroranschlägen überzog. Ein Mann, der seine Unternehmen durch den Verkauf von Rauschgiften in Westeuropa finanzierte. Er würde diesen Mann aufspüren und vom Angesicht der Erde tilgen. Und er würde diese Sache sehr sorgfältig, penibel genau angehen. Denn es gibt nichts Gefährlicheres, dachte er, als einen geduldigen Mann.

Aber ohne einen gesunden Körper und einen funktionierenden Verstand konnte er keinen Krieg gegen seinen Feind führen. Die Schmerzen ebbten allmählich ab wie nach einer Springflut, aber er konnte weiter nicht klar denken. Das Unternehmen wartete irgendwo dort draußen, das wusste er, aber seine Handlungsstränge und Hauptdarsteller blieben im Nebel von Gabriels Gehirnerschütterung schemenhaft verschwommen. Weil er glaubte, nur viel Übung könne helfen – geistige, nicht körperliche Übung –, spielte er Schamrons alte Memory-Spiele und las in Gedanken komprimierte Biografien von Tizian, Bellini, Tintoretto und Veronese. Das ermüdete ihn, weil es Arbeit war, aber das Unternehmen trat ihm allmählich deutlicher vor Augen. Nur die Auflösung war ihm nicht ganz klar. Er sah einen reichen Mann, gebrochen, exponiert und bereit, seine Befehle auszuführen. Aber wie würde er ihn an seinen Platz manövrieren? Langsam, ermahnte er sich. Hüte dich vor dem Zorn eines geduldigen Mannes.

Schmerzen störten seinen Schlaf ebenso wie Albträume von einem Sturz durch einen Mahlstrom aus Ziegelbrocken und Glassplittern und Blut. Trotzdem stellte er beim Aufwachen am vierten Morgen fest, dass die Kopfschmerzen verschwunden waren und er wieder klar denken konnte. Er stand vor Chiara und den Kindern auf und machte sich in der Küche Kaffee, den er trank, während er die Fernsehnachrichten verfolgte. Dann schlich er ins Bad und betrachtete sich im Spiegel. Nach allen objektiven Maßstäben war sein Spiegelbild beunruhigend. Die linke Gesichtshälfte war einigermaßen heil, was man von der rechten Hälfte – die der Detonation zugewandt gewesen war – keineswegs behaupten konnte. Das Auge war verfärbt und fast zugeschwollen, und er hatte unzählige kleine Schnitte und Schürfwunden von herumfliegenden Glas- und Mauersplittern. Das ist nicht das Gesicht des Direktors, dachte er, sondern eines Fremden. Er ließ heißes Wasser einlaufen und schabte vorsichtig seinen Siebentagebart von Kinn und Wangen. Das war eine schmerzhafte Prozedur: Bei jeder Abwärtsbewegung des Rasierers schmerzte sein Rücken, und als er einmal niesen musste, hing er sekundenlang schmerzverzerrt am Waschbecken.

Als Gabriel nach dem Duschen ins Schlafzimmer zurückkam, war Chiara schon aufgestanden. Ohne große Schmerzen zog er eine Gabardinehose und ein Oberhemd an, aber das Bücken, um seine Oxfords zu schnüren, war so schmerzhaft, dass er fast wieder ins Bett geflüchtet wäre. Mit aufgesetztem Lächeln, um sich nichts anmerken zu lassen, betrat er die Küche, in der Chiara Kaffee gekocht hatte.

»Alles besser?« Sie stellte ihm eine Tasse Kaffee hin und musterte ihn von Kopf bis Fuß. »Sag mir bitte, dass du nicht daran denkst, zum King Saul Boulevard zu fahren.«

Tatsächlich hatte er genau das vorgehabt. Aber Chiaras Tonfall bewog ihn zum Umdenken. »Weißt du«, sagte er, »ich wollte etwas Zeit mit den Kindern verbringen und nicht mehr wie ein Patient, sondern wie ein halbwegs normaler Mensch aussehen.«

»Eine Wunderheilung«, sagte Chiara skeptisch. In diesem Augenblick war aus dem Kinderzimmer helles Lachen zu hören. Sie flüsterte lächelnd: »Dann also los!«

Gabriel hielt sich tapfer. Er half Chiara, die Zwillinge anzuziehen, was für ihn nicht wenig schmerzhaft war, und überwachte den anderswo als Frühstück bezeichneten chaotischen Kampf ums Essen. Den restlichen Vormittag verbrachte er damit, Spiele zu spielen, Märchen vorzulesen, sich kindgerechte Videos anzusehen und endlos viele Windeln zu wechseln. Vor allem fragte er sich, wie Chiara es schaffte, die Kinder Tag für Tag allein zu betreuen, ohne erschöpft zusammenzubrechen oder durchzudrehen. Einen der kompetentesten Geheimdienste der Welt zu führen erschien ihm im Vergleich dazu als ziemlich trivialer Zeitvertreib.

Der Mittagsschlaf war eine Erholung. Gabriel schlief ebenfalls, und als er aufwachte, ging er auf den Balkon, um seinen müden Leib in der Sonne Jerusalems zu wärmen. Dieses Mal hatte er jedoch Lesestoff: das mehrere Hundert Seiten starke Dossier über Jean-Luc Martel, das er als Kopie aus Frankreich mitgebracht hatte. Martel war von den französischen Diensten über ein Jahrzehnt lang immer mal wieder überwacht worden. Trotzdem genoss er einen untadeligen Ruf, wenn man von zwei kleinen Steuervergehen absah, die unter strikter Geheimhaltung geregelt worden waren. Die letzte Überprüfung seines Firmenimperiums lag erst zwei Jahre zurück. Sie war veranlasst worden, nachdem ein mittelgroßer Drogenhändler angeboten hatte, gegen Martel auszusagen, wenn dafür seine Haftstrafe reduziert werde. Die Ermittlungen wurden letzten Endes aus Mangel an Beweisen eingestellt, nachdem der als unbestechlich geltende Chefermittler aus Protest vorzeitig in den Ruhestand getreten war. Kein Zufall war es vielleicht, dass der Drogenhändler, der die Ermittlungen ausgelöst hatte, später mit durchschnittener Kehle in seiner Gefängniszelle aufgefunden wurde.

Bei den Ermittlungen waren Unmengen von E-Mails und Telefonmitschnitten – einige anzüglich, manche prosaisch, alle unwichtig – und mehrere Hundert Überwachungsfotos angefallen. Rousseau hatte eine Auswahl der besten Fotos beigelegt. Sie zeigten Jean-Luc Martel auf dem Filmfestival in Cannes, Jean-Luc Martel auf der Biennale in Venedig, Jean-Luc Martel bei der Fashion Week in New York, Jean-Luc Martel auf seiner Sechzigmeterjacht im Mittelmeer, Jean-Luc Martel auf der Rue du Rhône in Genf und Jean-Luc Martel bei der Eröffnungsgala seines neuen Restaurants in Paris, die sensationell gewesen war, weil er einer Schätzung nach glatte fünf Millionen Euro ausgegeben hatte, um sicherzugehen, dass die gesamte französische Prominenz sich bei ihm drängte – neben einem US-Fernsehstar, der dafür berühmt war, berühmt zu sein, und zwei New Yorker Rappern, die ein paar sehr unfreundliche Dinge über den Umgang Frankreichs mit ethnischen Minderheiten zu sagen hatten.

Auf keiner dieser Aufnahmen war Martel allein; die Frau war seine ständige Begleiterin. Eine ungewöhnlich große, langgliedrige Frau mit leuchtend blauen Augen und nordisch blondem glatten Haar, das bis auf ihre geraden Schultern fiel. Sie war Engländerin, keine Französin – seltsam, weil Martel sonst alles bevorzugte, was gallisch war. Ihr Name sagte Gabriel nichts, aber ihr makelloses Gesicht kam ihm vage bekannt vor. Eine kurze Internetsuche förderte über viertausend hochprofessionelle Fotos zutage. Werbung für Kleidung. Für Schmuck. Für exklusive Armbanduhren. Für Parfüm. Für Bademode. Für einen italienischen Sportwagen, der als unzuverlässig verrufen war. Aber das alles lag hinter ihr. Sie war jetzt offiziell

Inhaberin einer bekannten Galerie an der Place de l'Ormeau in Saint-Tropez, gegen die bei den französischen Behörden nichts vorlag. Wie aus Pressemeldungen hervorging, war sie eine schreckliche Autofahrerin, war zweimal wegen kleiner Drogenvergehen verhaftet worden und hatte viele fragwürdige Liebesaffären hinter sich – mit Fußballern, Schauspielern, Unterhausabgeordneten und einem alternden Rockstar, der schon mit praktisch jedem anderen Model in England liiert gewesen war. Sie war nie verheiratet gewesen und hatte weder Kinder noch Eltern, noch Geschwister. Sie ist wirklich allein auf der Welt, dachte Gabriel.

Auf den meisten französischen Überwachungsfotos sah sie zur Seite oder hatte den Kopf gesenkt. Aber auf einem, das auf der Île Saint-Louis gemacht worden war, blickte sie direkt ins Objektiv. Diese Aufnahme zeigte Gabriel spät an diesem Abend an dem kleinen Tisch in seiner Küche Uzi Navot. Es war kurz vor Mitternacht, und Navot, der im vergangenen Jahrzehnt auf Bellas Drängen eine Modediät nach der anderen gemacht hatte, verschlang langsam die Reste von Chiaras Dinner. Er studierte das Foto sorgfältig, während er kaute. Als ehemaliger Anwerber und Agentenführer hatte er einen guten Blick für Talente.

»Schwieriger Typ«, sagte er. »Meiden.«

»Glaubst du, dass sie weiß, woher das Geld ihres berühmten Freundes wirklich kommt?«

»Eine Frau wie sie …« Navot zuckte mit den breiten Schultern. »Klar weiß sie's. Sie wissen's immer.«

»Die Galerie läuft auf ihren Namen.«

»Denkst du daran, sie in die Mangel zu nehmen?«

»Nicht meine bevorzugte Methode, aber man sollte seine Optionen nie einschränken.«

»Was hast du also vor?«

Gabriel erklärte es ihm, während Navot aufaß.

»Dazu brauchst du einen russischen Waffenhändler«, stellte Navot fest.

»Ich habe einen.«

»Ist er verheiratet oder hurt er rum?«

»Verheiratet«, sagte Gabriel. »Fest verheiratet.«

»Hetero?«

»Mit einer netten Französin.«

»Kenne ich ihn?«

Gabriel gab keine Antwort. Navot starrte das Foto der blonden nordischen Schönheit an. »Eine Frau wie sie kommt nicht billig«, sagte er dann. »Du wirst Geld brauchen.«

»Ich weiß, wo ich Geld herbekommen kann, Uzi.« Gabriel lächelte. »Haufenweise Geld.«

19

KING SAUL BOULEVARD, TEL AVIV

Es sollte noch weitere zweiundsiebzig Stunden dauern, bevor der Dienst damit begann, Jean-Luc Martel, Hotelier, Restaurateur, Modezar, Juwelier und internationaler Drogenhändler, sowie seine Lebensgefährtin Olivia Watson Tag und Nacht zu überwachen. Die Verzögerung hing mit ihrem Aufenthaltsort und der Jahreszeit zusammen. Ihr Aufenthaltsort war die bezaubernde Antilleninsel Saint-Barthélemy, und die Jahreszeit war Spätwinter, was bedeutete, dass auf der gesamten Insel kein Ferienhaus, kein Hotelzimmer mehr zu haben war. Weil Gabriel unablässig Druck machte, gelang es der Reisestelle schließlich, eine bescheidene Hütte mit Blick auf die Salzmarschen des Bezirks Grande Saline zu mieten. Mordechai und Orded, zwei vielseitig einsetzbare Allrounder des Diensts, quartierten sich dort mit zwei Agentinnen ein, die amerikanisches Englisch sprachen. Die Franzosen entsandten niemanden, obwohl das Unternehmen eigentlich auf ihrem Territorium stattfand. Paul Rousseaus Alphagruppe war noch nicht wieder einsatzfähig; sie betrauerte noch ihre Toten und war in Paris auf der Suche nach einer neuen geheimen Zentrale. Und was das restliche offizielle Frankreich betraf – die verschiedenen Minister, die Chefs der Geheim- und Sicherheitsdienste, die Polizeien und Staatsanwaltschaften –, gab es gar kein Unternehmen.

Die Zielperson dieses nicht existenten Unternehmens hatte jedoch keine Mühe bei der Quartiersuche auf Saint-Barthélemy gehabt. Martel gehörte eine große Villa in den Hügeln über dem Dorf Saint-Jean, von der aus er sein Luxushotel, seine auf Strandmode für Damen spezialisierte Boutique und sein Luxusrestaurant Chez Olivia sehen konnte. Auf den ersten Überwachungsfotos sonnte sie sich hüllenlos am Pool von Martels Villa. Die nächste Lieferung zeigte sie bei verschiedenen Gelegenheiten mehr oder weniger bekleidet. Gabriel wies das Team an, sich auf wichtigere Dinge als Pin-up-Fotos zu konzentrieren. Wie Olivia Watson aussah, wusste er bereits; er brauchte verwertbare Erkenntnisse. Daraufhin bekam er ein Foto, das Martel in flagranti mit einer Verkäuferin aus seiner Boutique zeigte. Gabriel speicherte die Aufnahme zur späteren Verwendung, obwohl er an ihrer potenziellen Wirkung zweifelte. Ließ eine Frau sich mit einem Franzosen ein, vor allem mit einem Beau wie Jean-Luc Martel, gehörte Untreue zu den Geschäftsgrundlagen. Er fragte sich nur, ob Olivia Watson nach denselben Regeln spielte.

Die beiden blieben noch zehn Tage auf Saint-Barthélemy, ohne zu ahnen, dass ihr Leben Tausende von Kilometern entfernt in einem anonymen Bürogebäude in Tel Aviv unauffällig, aber gründlich unter die Lupe genommen wurde. Eli Lavon, ein erfahrener Finanzermittler, nahm sich die Holding JLM Enterprises vor, deren Zentrale wider Erwarten nicht in Frankreich, sondern im benachbarten Genf stand. Mit Unterstützung durch Einheit 8200, Israels ultrageheimer elektronischer Aufklärungseinheit, hatte Lavon ungehindert Zugang zu den Bilanzen und Steuerunterlagen der Holding. Dabei zeigte sich, dass sie hohe Gewinne machte – überhöhte Gewinne, wie Lavon fand, der ein gutes Auge für schmutziges Geld hatte. Daraufhin analysierte er die Holding nach Geschäftszweigen: die Restaurants, die Hotels, die Nachtclubs, die Boutiquen und die Schmuckgeschäfte. Alle schrieben tiefschwarze Zahlen, was angesichts der von schwachem Wachstum geprägten Weltwirtschaft sehr bemerkenswert war. Das galt auch für die Galerie Olivia Watson in Saint-Tropez. Während der übrige Kunstmarkt unter den Spätfolgen der großen Rezession stöhnte, hatte die Galerie allein in den vergangenen eineinhalb Jahren Kunstwerke für über zweihundert Millionen Dollar verkauft.

»Calder, Pollock, Rothko, Basquiat, drei Werke von Roy Lichtenstein, drei von de Kooning, einige Rauschenbergs und mehr Warhols, als ich zählen konnte.«

»Sehr eindrucksvoll«, sagte Gabriel.

»Vor allem, wenn man bedenkt, welche Preise sie erzielt. Ich habe sie mit Auktionspreisen in New York und London verglichen.«

»Und?«

»Nicht annähernd so hoch.«

»Vielleicht verhandelt sie geschickt«, sagte Gabriel.

»Eines kann ich dir sagen: Sie ist sehr diskret. Fast alle Verkäufe werden privat abgewickelt.«

»Hast du Versandunterlagen finden können?«

»Zumindest einige.«

»Und?«

»Im letzten halben Jahr hat sie vier Gemälde an dieselbe Adresse im Zollfreilager Genf geschickt.«

Begonnen hatte Lavon seine Ermittlungen in seinem Büro im obersten Stock. Aber sobald der Haken saß, raffte er seine Unterlagen zusammen und wanderte durchs Gebäude nach unten, bis er Raum 456C erreichte. Dort stießen binnen Kurzem die übrigen Mitglieder des alten Barak-Teams zu ihm: Jossi Gavisch, hochgewachsen, mit Stirnglatze und britischem Akzent professoral wirkend, und Rimona Stern, Schamrons Nichte mit rotblondem Haar, breiten Hüften und scharfer Zunge. Jaakov Rossman, ein pockennarbiger ehemaliger Agentenführer, jetzt Chef der Special Ops, nahm seinen alten Platz an dem langen Tisch ein – neben der letzten Wandtafel in der Zentrale am King Saul Boulevard. Dina Sarid, die wandelnde Datenbank des Diensts über palästinensischen und islamischen Terrorismus, saß wie früher in der hintersten Ecke.

An der kahlen Wand über ihrem Schreibtisch hing das letzte bekannte Foto Saladins, das ihn im südamerikanischen Dreiländereck zeigte. Seine Botschaft war unüberhörbar: Jean-Luc Martel und Olivia Watson waren nur Trittsteine. Die wirkliche Zielperson war Saladin.

Mit seinen Rippen- und Rückenschmerzen brauchte Gabriel keine Erinnerung dieser Art. Er steckte gelegentlich den Kopf zur Tür herein, um sich zu erkundigen, welche Fortschritte das Team machte, aber die meiste Zeit führte er im obersten Stock seinen administrativen Drahtseilakt fort, bei dem er zwischen Direktor und Agent/Planer hin- und herwechselte. Seit Ari Schamron hatte kein Direktor das Steuer des Diensts so locker in der Hand gehalten. Trotzdem ging das Alltagsgeschäft – die zahllosen kleinen Unternehmen, die Anwerbungen, die Lageeinschätzungen und Gefahrenanalysen – ganz normal weiter, was Uzi Navot im Büro gegenüber zu verdanken war. Dies war die Feuerprobe ihrer neuen Partnerschaft, die sich glänzend bewährte. Navot begleitete Gabriel sogar zu einer Besprechung mit dem Ministerpräsidenten, konnte dem angebotenen Hähnchen Kung Pao jedoch nicht widerstehen. »Das kommt vom Salz», erklärte er Gabriel, als sie das Gebäude in der Kaplan Street verließen. »Ich würde meinen Schuh essen, wenn er frittiert und mit Sojasauce serviert würde.«

Während Eli Lavon tiefer in das als JLM Enterprises bekannte zweifelhafte Firmenkonglomerat vordrang, konzentrierten Jossi Gavisch und Rimona Stern ihre Bemühungen auf Jean-Luc Martel, den Mann. Die Geschichte seiner bescheidenen Anfänge war schon oft erzählt worden. Er leugnete sie keineswegs; sie waren wie seine fast schwarze Mähne ein Bestandteil seines persönlichen Appeals. Seine Kindheit hatte er in einem Nest in der Provence verbracht: in einem Ort, wie er später erzählte, durch den die Schönen und Reichen fuhren, um ans Meer zu gelangen. Sein Vater war Fliesenleger, seine

Mutter Putzfrau gewesen. Im Dorf hatte es geheißen, sie sei eine halbe Algerierin. Jean-Lucs Vater hatte sie oft geschlagen – und den Jungen auch. Er verschwand, als Jean-Luc siebzehn war. Erst Monate später wurde sein Leichnam auf dem Boden einer nahe gelegenen Schlucht aufgefunden. Sein Schädel war zerschmettert, vermutlich als Folge eines Hammerschlags. In französischen Polizeikreisen galt dies gemeinhin als Jean-Lucs erster Mord.

In Interviews sprach Martel oft davon, was für ein Störenfried und schlechter Schüler er gewesen sei. Ein Studium kam nicht infrage, deshalb ging er mit achtzehn Jahren nach Marseille, wo er in einem Restaurant am Vieux Port kellnerte. Er studierte den ganzen Betrieb sorgfältig – so hieß es jedenfalls – und kratzte genug Geld zusammen, um ein eigenes Restaurant eröffnen zu können. Schon bald kam ein zweites dazu, dann ein drittes. Und so entstand ein Imperium.

Das fünfhundert Seiten starke französische Dossier schilderte Jean-Luc Martels Zeit in Marseille jedoch ziemlich anders. Gewiss, er arbeitete einige Zeit als Kellner, aber das Restaurant war kein gewöhnliches Restaurant, sondern eine Geldwaschanlage, die von Philippe Renard, einem auf Drogenschmuggel und -handel spezialisierten, prominenten Gangster betrieben wurde. Renard fand sofort Gefallen an dem aufgeweckten jungen Mann, vor allem, als er erfuhr, dass Jean-Luc seinen eigenen Vater umgebracht hatte. Er brachte seinem Lehrling alles bei, was es übers Geschäft zu wissen gab. Er stellte ihm Lieferanten in Nordafrika und der Türkei vor. Er brachte ihm bei, Konflikte mit anderen Banden gewaltlos beizulegen, um sinnloses Blutvergießen und schlechte Publicity zu vermeiden. Und er lehrte ihn, legale Firmen zur Geldwäsche einzusetzen. Der junge Martel revanchierte sich für Renards Vertrauen, indem er ihn wie damals seinen Vater umbrachte – mit einem Hammer – und sein Imperium übernahm.

So wurde Jean-Luc Martel über Nacht einer der wichtigsten Drogenbarone Frankreichs. Aber er gab sich nicht damit zufrieden, nur einer von vielen zu sein, sondern wollte den Markt beherrschen. Dazu stellte er eine Truppe aus kampferprobten Killern auf, hauptsächlich Algerier und Marokkaner, und hetzte sie auf seine Konkurrenten. Als das Blutvergießen endlich aufhörte, lebte nur noch Martel. Parallel zu seinem Aufstieg im Drogenhandel war er mit seinen Firmen erfolgreich. Die beiden Geschäftszweige bedingten einander. JLM Enterprises war ein durch und durch kriminelles Unternehmen, eine gigantische Geldwaschanlage, die jedes Jahr Hunderte von Millionen saubere Euro produzierte.

Martel war einmal kurz mit einer schönen Schauspielerin verheiratet gewesen, die kleine Rollen in unbedeutenden Filmen spielte. Als die Scheidung lief, drohte sie, der Polizei alles zu erzählen, was sie über die wahren Einnahmequellen ihres Mannes wusste. Eine Überdosis aus Alkohol und Schlaftabletten war ihr Los. Anschließend verzichtete er viele Monate lang darauf, sich öffentlich mit Frauen zu zeigen, was die Medien liebenswert fanden. Die Polizei war weniger beeindruckt, sondern versuchte insgeheim, Martel eine Mitschuld am Tod seiner Frau nachzuweisen. Aber ihre Ermittlungen verliefen im Sande.

Als er seine demonstrative Trauerzeit beendete, erschien er mit Olivia Watson am Arm. Sie war damals dreiunddreißig: ein Mitglied des verlorenen Stammes von im Ausland lebenden Briten, die in der Provence hängen geblieben waren. Weil sie für ein Model zu alt war, führte sie eine kleine Galerie, die den im Sommer einfallenden Touristenhorden weniger bedeutende Werke – »Und das ist noch wohlwollend ausgedrückt«, sagte Rimona Stern – anzudrehen versuchte. Mit finanzieller Unterstützung Martels eröffnete sie eine eigene Galerie. Außerdem entwarf sie eine Kollektion von Bademoden und ließ nach eigenen Entwürfen provenzalische Möbel bauen. Wie die Galerie trugen Mode und Möbel ihren Namen.

»Wie man hört«, fügte Rimona hinzu, »soll bald ein Parfüm herauskommen.«

»Mit welcher Duftnote?«, fragte Gabriel.

»Haschisch«, sagte sie lachend.

Aber gab es einen weiteren Aspekt von JLM Enterprises? Eine Seite, die nichts mit den Firmen oder Drogenhandel zu tun hatte? Der Fall Nouredine Zakaria schien das zu suggerieren. Dem Marokkaner war es gelungen, mindestens fünfzehn Kalaschnikows nach Großbritannien zu schmuggeln – eine beeindruckende logistische Leistung. Bestimmt hatte er dazu auch Martels Netzwerk genutzt, das Drogen nach Großbritannien schmuggelte. Aber war Nouredine eine Ausnahme gewesen oder gab es andere wie ihn? Zum Glück besaß der Dienst mehrere Tausend Seiten französischer Geheimdienstdokumente, die Paul Rousseau ihm nach dem Anschlag auf das Weinberg-Zentrum in Paris überlassen hatte. Gemeinsam mit einem Analysten der Alphagruppe verglich Dina Sarid die in der Datenbank gespeicherten Namen mit bekannten oder mutmaßlichen Dealern und Schlägern in Jean-Luc Martels Diensten, von denen die meisten Nordafrikaner waren. Sechs Namen standen auf beiden Listen: drei Marokkaner, zwei Algerier und ein Tunesier. Vier der Männer hatten in Frankreich Haftstrafen wegen Drogenvergehen verbüßt; zwei von ihnen sollten als IS-Kämpfer in Syrien gewesen sein. Aber als Dina den Suchbereich vergrößerte, sodass er weiter entfernte Verbindungen einschloss, waren die Ergebnisse noch beunruhigender. »Bei JLM Enterprises«, lautete ihre Schlussfolgerung, »liegt ein IS-Bataillon auf der Lauer.«

Gabriel leitete Dinas Analyse an Paul Rousseau in Paris weiter, und Rousseau ließ die Schlimmsten von der Alphagruppe überwachen. Am selben Abend traf der noch fehlende Mann des Barak-Teams mit dem Flugzeug aus Zürich ein, wo er mehrere Tage wegen einer ganz anderen Sache gewesen war. Als er Raum 456C betrat, blieb er kurz vor dem Foto Saladins stehen, wünschte ihm einen schlimmen Abend und setzte sich dann an seinen alten Schreibtisch, auf den Gabriel persönlich zwei hohe Aktenstapel gelegt hatte. »Er schlug die erste Akte auf und runzelte die Stirn. »Iwan Charkow«, murmelte er. »Lange nicht mehr gesehen, du Scheißkerl.«

Es war Ari Schamron gewesen, der Michail Abramow einmal als »Gabriel ohne Gewissen« charakterisiert hatte. Das war eine nicht ganz faire, aber doch ziemlich zutreffende Beschreibung. Vor seinem Eintritt in den Dienst war Michail, der in Moskau geborene Sohn eines Akademikerpaars, das in der sowjetischen Dissidentenszene aktiv gewesen war, Offizier der Eliteeinheit Sajeret Matkal – dem Gegenstück zum britischen SAS – gewesen. Weil seine zahlreichen Talente sich keineswegs nur auf Waffengebrauch beschränkten, hatte Gabriel ihm zwei Aktenstapel hingelegt.

Äußerlich war er das genaue Gegenteil von Gabriel. Groß und schlaksig, auffällig blass, mit fast farblos grauen Augen war er der Fürst des Eises, wenn Gabriel der Fürst des Feuers war. In seiner intensiven Vorbereitungszeit ignorierte er Jean-Luc Martel und Olivia Watson weitgehend. Für ihn waren sie nur Lichter an einer fernen Küste. Michail hatte lediglich einen Auftrag: Er sollte sich auf die Rolle vorbereiten, die er bald spielen würde. Dabei war es kein Zufall, dass der Typ, den er verkörpern würde, viel Ähnlichkeit mit der Zielperson hatte. Wie Jean-Luc Martel war er ein Mann mit zwei Gesichtern – einem, das er der Welt zeigte, und einem anderen, das er sorgfältig verbarg.

Einen großen Teil seiner neuen Kenntnisse eignete Michail sich im Selbststudium an, denn sie betrafen russische Waffen, mit denen er sich gut auskannte. Aber Gabriel, der damit gegen eine weitere Tradition des Diensts verstieß, überwachte den Rest persönlich. An dem Abend, an dem Jean-Luc Martel und Olivia Watson von Saint-Barthélemy abflogen, ließ er Michail zu einem Abschlussexamen in seine Bürosuite kommen. Gabriel stand mit einer Fernbedienung in der Hand neben einem Videomonitor, während Michail sich auf dem Ledersofa fläzte: die Füße auf dem Couchtisch hochgelegt, die Augen mit affektierter Langeweile, seinem üblichen Gesichtsausdruck, halb geschlossen.

»Tintoretto«, sagte er.

Gabriel rief das nächste Bild auf.

»Tizian«, sagte Michail und unterdrückte ein Gähnen.

Das Bild wechselte.

»Rembrandt, um Himmels willen. Nächstes.«

Als das Bild erschien, legte er eine Hand an die Stirn, als denke er angestrengt nach. »Ist das ein Parmigianino oder ein Perugino?«

»Das möchte ich von dir hören«, sagte Gabriel.

»Parmigianino.«

»Wieder richtig.«

»Warum zeigst du mir nicht etwas Schwierigeres?«

»Wie wär's mit dem hier?«

Auf dem Monitor erschien ein anderes Bild. Diesmal kein Gemälde, sondern das Gesicht einer jungen Frau.

»Natalie Mizrahi«, sagte Michail.

»Ich wollte etwas anderes hören.«

»Ist sie bereit? Wolltest du das wissen?«

»Ja.«

»Soll ich mit ihr reden?«

Gabriel schaltete den Videomonitor aus und schüttelte langsam den Kopf. Das ist kein Job für einen Liebhaber, dachte er. So etwas kann nur ein Chef verlangen.

20

JESREEL-TAL, ISRAEL

Nachdem Gabriel die eingegangenen Vorfälle abgearbeitet und die nötigen Telefongespräche geführt hatte, stieg er früh am folgenden Nachmittag hinten in sein gepanzertes SUV und ließ sich ins Tal seiner Jugend fahren. Die Landschaft vor seinem Fenster war sepiabraun wie auf einem alten Foto. Über Nacht hatte ein palästinensischer Brandstifter im Karmelgebirge Feuer gelegt. Die von stürmischen Winden angefachten Flammen hatten zwölfhundert Hektar leicht brennbarer Aleppo-Pinien vernichtet und bedrohten jetzt die Außenbezirke von Haifa. Weil die israelischen Feuerwehren überfordert waren, hatte der Ministerpräsident um internationale Hilfe bitten müssen. Das wirtschaftlich am Boden liegende Griechenland hatte zweihundert Mann entsandt; Russland hatte ein Löschflugzeug zugesagt. Sogar der syrische Gewaltherrscher, der ums eigene Überleben kämpfte, hatte sich spöttisch erboten, Israel zu Hilfe zu kommen. Gabriel fand diese Hilflosigkeit seines Landes zutiefst beunruhigend. Das jüdische Volk hatte die Malariasümpfe trockengelegt, die Wüste bewässert und sich in drei existenzgefährdenden Kriegen gegen weit überlegene Gegner behauptet. Und trotzdem konnte ein Palästinenser mit einer Schachtel Streichhölzer die Nordwestecke des Landes in Brand setzen und seine drittgrößte Stadt bedrohen.

Die Ausfahrt Iron der Fernstraße 6, Israels Nord-Süd-Autobahn, war gesperrt, deshalb fuhr Gabriels kleine Wagenkolonne auf dem Highway 65 nach Osten in Richtung Megiddo, wo Christus und Satan nach der Apokalypse des Johannes dereinst zu einem Zweikampf aufeinandertreffen würden, der das

Ende der Welt bringen würde. Der alte Hügel wirkte friedlich, obwohl er in sepiabraune Rauchschleier von den Bränden im Gebirge gehüllt war. Sie fuhren nach Norden ins Jesreel-Tal weiter und blieben auf Nebenstraßen, um dem umgeleiteten Verkehr auszuweichen, bis sie ein elektronisch gesichertes massives Tor erreichten. Dahinter lag der Moschaw Nahalal – ein auf genossenschaftlicher Basis organisiertes Dorf –, den osteuropäische Juden schon 1921 gegründet hatten, als Palästina noch unter britischer Herrschaft gestanden hatte. Dies war nicht das erste Nahalal, sondern das zweite. Die erste jüdische Siedlung auf diesem Stück Land war bald nach der Eroberung Kanaans gegründet worden. Wie das Buch Josua in Kapitel 19 berichtete, gehörte es dem Stamm Sebulon, einem der zwölf Stämme des alten Israels.

Gabriel beugte sich aus dem Fenster und gab auf einem Tastenfeld seinen Zugangscode ein, damit das elektrische Tor zur Seite rollte. Oleander und Eukalyptus säumten die in einer sanften Kurve verlaufende Zufahrt vor ihnen. Das heutige Nahalal war kreisförmig angelegt. Die Bungalows standen an der Straße, und hinter ihnen breiteten sich fächerförmig die Felder und Weiden aus. Die Kinder, die aus der einzigen Schule der Kooperative kamen, achteten kaum auf Gabriels Wagenkolonne. Nicht wenige der hiesigen Einwohner arbeiteten bei den Sicherheitsbehörden oder in den Streitkräften. Mosche Dajan, vermutlich Israels berühmtester General, war in Nahalal beigesetzt.

Am Südende des Moschaws bog Gabriels SUV in die Einfahrt eines modernen Hauses ab. Auf der schattigen Veranda erschien sofort ein Wachmann in Kaki, der grüßend eine Hand hob, als er Gabriel langsam aussteigen sah. In der anderen Hand hielt er eine Maschinenpistole.

»Sie haben sie knapp verpasst.«

»Wo ist sie?«

Der Leibwächter nickte zu den Feldern hinüber.

»Wie lange ist sie schon weg?«

»Zwanzig Minuten. Vielleicht eine halbe Stunde.«

»Doch hoffentlich nicht allein?«

»Sie wollte allein los, aber ich habe ihr zwei der Jungs mitgegeben. Sie haben ein Quad genommen, weil keiner von uns mit ihr mithalten kann.«

Gabriel betrat lächelnd den Bungalow, der sparsam und funktional eingerichtet mehr einem Büro als einem Heim glich. An den Wänden hatten einst große Schwarzweißfotos von den Leiden der Palästinenser gehangen – der lange staubige Marsch ins Exil, die primitiven Lager, die von Wind und Wetter gegerbten Gesichter der Alten, die von einem verlorenen Paradies träumten. Jetzt hingen dort Gemälde. Einige stammten von Gabriel, Jugendarbeiten, tastende Versuche. Die übrigen von seiner Mutter. Kubistische und abstrakt expressionistische Werke voller Feuer und Schmerz, von einer Künstlerin im Zenit ihres Könnens geschaffen. Eines davon stellte eine Frau im Halbprofil dar: hager, leblos, in Lumpen gehüllt. Er erinnerte sich an die Woche, in der sie dieses Bild gemalt hatte – die Woche von Eichmanns Hinrichtung. Die Anstrengung hatte sie erschöpft und bettlägerig zurückgelassen. Viele Jahre später hatte Gabriel die auf Tonband gesprochenen Erinnerungen seiner Mutter entdeckt, die im Archiv der Gedenkstätte Jad Waschem aufbewahrt wurden. Erst dann hatte er begriffen, dass die kubistische ausgemergelte Frau in Lumpen ein Selbstporträt war.

Er ging in den Garten hinaus. Über dem Karmelgebirge stieg Rauch auf, als sei dort ein Vulkan aktiv, aber der Himmel über dem Tal war blau, und die Luft roch nach frisch umgepflügter Erde. Gabriel sah sich um und stellte fest, dass er allein war; seine Personenschützer schienen ihn vergessen zu haben. Er folgte einem staubigen Fußweg an der eingezäunten

Weide vorbei, von der ihn Milchkühe stumm anglotzten, und erreichte die zu der Farm gehörende tortenstückartige Parzelle. Das erste Drittel war mit irgendetwas bepflanzt – aus alten Ressentiments heraus wollte Gabriel nichts von Landwirtschaft verstehen –, aber der Rest war frisch umgepflügt und wartete auf neue Saat. Jenseits dieses Ackers lag der Kibbuz Ramat David, in dem Gabriel zur Welt gekommen und aufgewachsen war. Er war fünf Jahre nach Nahalal gegründet worden und nicht nach König David, sondern nach dem britischen Premierminister David Lloyd George benannt, dessen Regierung die Idee, in Palästina einen jüdischen Nationalstaat zu gründen, befürwortet hatte.

Die Kibbuzim von Ramat David kamen nicht aus dem Osten, sondern waren überwiegend deutsche Juden. Gabriels Mutter – damals noch Irene Fränkel – war im Herbst 1948 angekommen. Sie hatte dort bald einen Mann aus München kennengelernt, einen Schriftsteller und Intellektuellen, der den hebräischen Namen Allon angenommen hatte. Sie hatte gehofft, sechs Kinder zu bekommen, eines für jede im Holocaust ermordete Million, aber sie hatte nur einen Jungen bekommen können, der den Namen Gabriel erhielt: der Bote Gottes, der Verteidiger Israels, der Deuter von Davids Visionen. Wie der größte Teil von Ramat David war ihr Heim ein Ort der Trauer, der für ermordete Eltern und Geschwister brennenden Kerzen, der nächtlichen Angstschreie, und so hatte Gabriel viel Zeit damit verbracht, durchs alte Tal des Stammes Sebulon zu wandern. Als Kind hatte er es für *sein* Tal gehalten. Und nun hatte er die Pflicht, über das Jesreel-Tal zu wachen und es zu beschützen.

Die Sonne war hinter der brennenden Bergkette untergegangen; der Tag ging zur Neige. Dann hörte Gabriel etwas, das wie ein ferner Hilfeschrei klang. Das waren nur die ersten Noten des Gebetsrufs, die aus dem arabischen Dorf auf den

Hügeln im Osten herabkamen. Als Kind hatte er einen Jungen namens Jussuf aus diesem Dorf gekannt. Jussuf hatte ihn auf Arabisch Jibril genannt und ihm erzählt, wie das Leben im Tal vor der Rückkehr der Juden gewesen war. Ihre Freundschaft war ein streng gehütetes Geheimnis gewesen. Gabriel war nie in Jussufs Dorf, Jussuf nie in seinem. Der Graben war unüberbrückbar gewesen. Er war es noch immer.

Als die Abenddämmerung herabsank, verhallte der Gebetsruf allmählich. Gabriel blickte über die dunkler werdenden Felder zu dem Bungalow hinüber. Wo zum Teufel steckten seine Leibwächter? Er war für diese Auszeit dankbar, konnte sich nicht daran erinnern, wann er zuletzt so völlig allein gewesen war. Plötzlich hörte er eine Frauenstimme seinen Namen rufen. Im ersten Augenblick glaubte er, seine Mutter rufe ihn. Als er sich dann umdrehte, sah er eine schlanke Gestalt, die von zwei Männern auf einem Quad gefolgt herangejoggt kam. Plötzlich spürte er einen stechenden Schmerz im Kreuz. Oder waren das Schuldgefühle? Das tun wir eben, versicherte er sich, während er den Schmerz wegmassierte. Das ist unsere Strafe für das Überleben in diesem Land.

21

NAHALAL, ISRAEL

Wie Gabriel hatte Dr. Natalie Mizrahi das zweifelhafte Vergnügen gehabt, Saladin in Person zu sehen. Gabriels Bekanntschaft mit dem Ungeheuer war nur flüchtig gewesen, aber Natalie hatte in der nordirakischen Stadt Mossul wochenlang mit ihm in einem großen Haus mit vielen Zimmern und Innenhöfen leben müssen. Dort hatte sie Saladin behandelt, der bei einem amerikanischen Luftangriff zwei schwere Verletzungen, an der Brust und dem rechten Bein, erlitten hatte. Bedauerlicherweise waren Natalie und Saladin sich später erneut begegnet: in einer kleinen Hütte im ländlichen Norden Virginias. In Gabriels Kabinett gruseliger Erinnerungen hing ein Gemälde wie von Caravaggio, das den letzten Augenblick vor ihrer Rettung zeigte. Obwohl er sich sehr bemüht hatte, hatte er es nicht wieder abhängen können. Auch das war etwas, das Natalie und er gemeinsam hatten.

Die Story ihrer Reise ins finstere Herz des IS-Kalifats gehörte zu den bemerkenswertesten in den Annalen des Diensts. Tatsächlich hatte sogar Saladin, der sie nur teilweise kannte, vorhergesagt, eines Tages werde jemand ein Buch darüber schreiben. In Frankreich geboren und aufgewachsen, fließend algerisches Arabisch sprechend, war sie mit ihren Eltern auf der Flucht vor dem zunehmenden Antisemitismus in ihrem Heimatland nach Israel ausgewandert und hatte eine Stelle als Ärztin in der Notaufnahme des Hadassah Medical Center in Westjerusalem angenommen. Ihre Ankunft in Israel blieb von den Talentscouts des Diensts nicht unbemerkt. Und als Gabriel eine Agentin suchte, die er in Saladins Netzwerk einschleusen konnte, hatte er sich an Natalie gewandt. In dem kleinen Bungalow in Nahalal hatte er die vielen Schichten ihrer Identität abgetragen und sie in die Palästinenserin Leila Hadawi verwandelt: eine nach Rache dürstende Attentäterin. Mit Unterstützung von Paul Rousseau und der Alphagruppe hatte er sie in den Strom von Muslimen aus Europa eingeschleust, die nach Syrien wollten, um dort für den IS zu kämpfen.

Sie hatte fast einen Monat im Kalifat verbracht: in einem Apartmenthaus am Raschidpark mitten in Raqqa, in einem Ausbildungslager am Rand der alten Stadt Palmyra und zuletzt in dem Haus bei Mossul, in dem sie unter Todesdrohungen dem gefährlichsten Terroristen seit Osama bin Laden das Leben gerettet hatte. Während seiner Rekonvaleszenz hatte er sie sehr freundlich behandelt. Er hatte sie stets nur Maimonides genannt – nach dem Philosophen und Talmudgelehrten, der einst Sultan Saladins Leibarzt in Kairo gewesen war – und ihr gestattet, in seiner Gegenwart unverschleiert zu bleiben. Sie war keinen Augenblick von seiner Seite gewichen. Sie hatte seine Lebensfunktionen überwacht, seine blutigen Verbände gewechselt und seine Schmerzen mit Morphiumspritzen gedämpft. Dabei hatte sie oft mit dem Gedanken gespielt, ihn mit einer Überdosis ins Jenseits zu befördern. Aber weil sie sich an ihren hippokratischen Eid als Ärztin gebunden fühlte und es für wichtig hielt, über ihre Beobachtungen zu berichten, hatte sie Saladin stattdessen gesund gepflegt – ein Akt der Barmherzigkeit, für den er sich damit revanchiert hatte, dass er sie als Selbstmordattentäterin nach Washington geschickt hatte.

Obwohl seit jener Nacht über ein Vierteljahr vergangen war, erkannte Gabriel noch jetzt in Natalies Benehmen und ihren dunklen Augen kleine Reminiszenzen an Leila Hadawi. Sie hatte Leilas Kopftuch und Leilas Zorn abgelegt, aber nicht ihre stille Frömmigkeit oder ihre Würde. Ansonsten hatten ihre

Leiden im islamischen Kalifat oder in der Hütte in Virginia, in der Saladin persönlich sie einem grausamen Verhör unterzogen hatte, keine sichtbaren Spuren hinterlassen. Der Terrorist hatte Natalie enthaupten wollen, wie es der IS bevorzugt tat, und ihr unmittelbar bevorstehendes Ende hatte ihm die Zunge gelockert. Er hatte gestanden, unter Saddam Hussein dem irakischen Muchabarat angehört zu haben, dass er radikale palästinensische Terroristen wie Abu Nidal mit Waffen und logistischer Unterstützung gefördert hatte und dass er nach der US-Invasion im Jahr 2003 in den irakischen Untergrund gegangen war. Diese drei Elemente seines Lebenslaufs verkörperten alles, was die westlichen Geheimdienste über ihn wussten. Selbst sein richtiger Name blieb ein Geheimnis. Natalie hatte jedoch in seinem innersten Zirkel gelebt, als er körperlich geschwächt gewesen war. Sie kannte jeden Zentimeter seines großen, starken Körpers, jeden Leberfleck und jedes Muttermal, jede Narbe. Das war einer der Gründe für Gabriels Besuch in Nahalal, im Tal seiner Kindheit.

Wie immer in Galiläa wurde es abends rasch kühl. Trotzdem saßen sie draußen im Garten an demselben Tisch, an dem Gabriel vor zehn Monaten das erste Anwerbungsgespräch mit Natalie geführt hatte. Wie damals saß sie ihm sehr aufrecht und mit im Schoß gefalteten Händen gegenüber. Sie trug einen gut geschnittenen Jogginganzug und neongrüne Laufschuhe, die von den Feldwegen staubig waren. Ihr schwarzes Haar war zurückgekämmt und wurde im Nacken von einem einfachen Gummiband zusammengehalten. Ein kleines Lächeln spielte um ihre vollen, sinnlichen Lippen. Sie wirkte erstmals seit vielen Monaten glücklich. Gabriel spürte plötzlich einen weiteren stechenden Schmerz. Dieser war echt.

»Hör zu«, sagte Natalie ernsthaft, »du wärst schneller wieder schmerzfrei, wenn du etwas nehmen würdest.«

»Merkt man das so deutlich?«

»Du lehnst dich nach einer Seite, um die angeknacksten Wirbel zu entlasten.«

Gabriel verzog das Gesicht und versuchte, Natalies aufrechte Sitzhaltung zu imitieren.

»Und deine Atmung«, sagte sie, »ist sehr flach.«

»Weil mir jeder Atemzug wehtut. Und wenn ich huste oder niese, sehe ich Sterne.«

»Kannst du einigermaßen schlafen?«

»Genug.« Dann fragte er ruhig: »Und du?«

Natalie entkorkte einen galiläischen Weißwein und schenkte zwei Gläser ein. Sie nahm nur einen sehr kleinen Schluck, bevor sie ihr Glas wieder abstellte. In den vielen Monaten, in denen sie eine radikalisierte Muslimin gespielt hatte, hatte sie fast keinen Alkohol mehr getrunken. Ihr täglicher Weißweinkonsum – den die Talentscouts des Diensts als ihre einzige Schwäche ausgemacht hatten – war seit ihrer Rückkehr nach Israel drastisch gesunken.

»Und du?«, wiederholte Gabriel.

»Ob ich schlafe? Ich habe nie sehr gut geschlafen, auch vor dem Unternehmen nicht. Außerdem«, fügte sie hinzu, indem sie zu dem Bungalow hinübernickte, »ist dies kein Haus, das Geheimnisse bewahrt, nicht wahr? Alle Räume sind verwanzt, und jede Bewegung, die ich mache, wird aufgezeichnet und von deinen Psychiatern analysiert.«

Gabriel machte sich nicht die Mühe, das zu leugnen. Der Bungalow war tatsächlich für lückenlose Überwachung eingerichtet, und ein Team von Psychiatern des Diensts hatte die Einzelheiten von Natalies Rehabilitation genau beobachtet. Ihre Beurteilungen zeichneten das Bild einer Agentin, die noch mit den Nachwirkungen einer post-traumatischen Belastungsstörung kämpfte. Die Agentin litt unter periodischer Schlaflosigkeit, Albträumen und anfallsartigen schweren Depressionen. Ihr Lauftraining trug dazu bei, ihren Allgemeinzustand zu verbessern und die Stimmungsschwankungen zu dämpfen. Das tat auch ihre Liebesbeziehung zu Michail Abramow, der sie regelmäßig in Nahalal besuchte. Insgesamt urteilten ihre Ärzte – und Michail –, Natalie sei wieder bedingt einsatzbereit. Aber damit wollte Gabriel sich nicht zufriedengeben. Er hatte Saladin im Visier.

Natalie runzelte die Stirn, als Gabriel unbehaglich seine Sitzhaltung veränderte.

»Trink wenigstens etwas von deinem Wein. Vielleicht hilft er gegen die Schmerzen.«

Das tat er. Die Wirkung blieb aus.

»Er war genauso«, sagte Natalie.

»Wer?«

»Saladin. Auch er wollte keine Schmerzmittel. Ich musste sie ihm förmlich aufzwingen. Und bei jeder Morphiumspritze hat er darum gekämpft, bei Bewusstsein zu bleiben. Hätte ich ihm nur ...«

»Du hast das Richtige getan.«

»Ich weiß nicht, ob die Londoner Anschlagsopfer das unterschreiben würden. Oder die in Paris«, fügte sie hinzu. »Du kannst von Glück sagen, dass du mit dem Leben davongekommen bist. Und das alles wäre nicht passiert, wenn ich ihn umgebracht hätte, als ich Gelegenheit dazu hatte.«

»Wir sind nicht wie sie, Natalie. Wir schicken keine Selbstmordattentäter los. Außerdem«, fuhr Gabriel fort, »hätte ein anderer seinen Platz eingenommen.«

»*Niemand* ist wie Saladin. Er ist singulär. Das weiß ich aus persönlicher Erfahrung.«

Sie wärmte sich die Hände an der zwischen ihnen stehenden Kerze. Der leichte Nachtwind drehte, brachte plötzlich beißenden Rauchgeruch mit sich. Der war Gabriel lieber als der Geruch der vielen Viehställe im Tal. Den hatte er schon als Kind gehasst.

Natalie ließ die Hände sinken. »Ich dachte schon, du hättest mich vergessen.«

»Keine Minute lang. Aber ich habe auch nicht vergessen, was du durchgemacht hast.«

»Damit sind wir zu zweit.«

Sie griff nach ihrem Weinglas, trank dann aber doch nicht. Leilas Enthaltsamkeit schien sich wieder durchgesetzt zu haben.

»Michail versichert mir, dass ich mich eines Tages kaum noch daran erinnern werde, dass es wie ein unangenehmes Erlebnis aus meiner Kindheit sein wird – wie damals, als ich mir mit einem Küchenmesser fast den Zeigefinger abgeschnitten habe.« Sie hob im Kerzenschein die Hand. »Die Narbe habe ich noch heute.«

Der Wind schlief ein, die Kerze brannte wieder ruhig.

»Bist du mit ihm einverstanden?«, fragte sie.

»Michail?«

»Ja.«

»Was ich denke, ist unwichtig.«

»Unsinn! Du bist der Direktor.«

Gabriel lächelte. »Ja, Natalie, ich bin einverstanden. Vorbehaltlos.«

»Warst du auch mit dieser Amerikanerin einverstanden, mit der er befreundet war? Die für die CIA gearbeitet hat? Ihr Name«, fügte Natalie kühl hinzu, »fällt mir gerade nicht ein.«

»Sie hat Sarah geheißen.«

»Sarah Bancroft«, fügte sie hinzu, wobei sie den patrizierhaft klingenden Nachnamen auf der ersten Silbe betonte.

»Ja«, sagte Gabriel. »Sarah Bancroft.«

»Klingt nicht jüdisch, Bancroft.«

»Aus gutem Grund. Und nein«, sagte Gabriel, »ich war mit ihrer Beziehung nicht einverstanden. Zumindest anfangs nicht.«

»Weil sie keine Jüdin war?«

»Weil Beziehungen zwischen Geheimdienstagenten von Haus aus kompliziert sind. Und Beziehungen zwischen Agenten verschiedener Dienste gibt es praktisch nicht.«

»Aber sie hat dem Dienst nahegestanden.«

»Sehr.«

»Und du hattest sie gern.«

»Das stimmt.

»Wer hat mit wem Schluss gemacht?«

»Ich war nicht in alle Einzelheiten eingeweiht.«

»Bitte!«, sagte sie ablehnend.

»Ich glaube«, sagte er vorsichtig, »dass die Initiative von Michail ausgegangen ist.«

Natalie schien seine Antwort sorgfältig zu analysieren. Gabriel konnte nur hoffen, nichts Falsches gesagt zu haben. Was unter Liebenden vorging, war schwer zu beurteilen – vor allem, wenn es um alte Beziehungen ging. Möglicherweise hatte Michail sich als die gekränkte Partei hingestellt. Nein, sagte er sich, das ist nicht sein Stil. Michail hat viele gute Eigenschaften, aber sein Herz ist aus Gusseisen.

»Er reist bald ab, nehme ich an«, sagte sie.

»Ich muss noch ein paar Vorbereitungen treffen.«

»Das Fundament legen?«

Gabriel lächelte.

»Und wie lange bleibt er vermutlich fort?«

»Schwer zu sagen.«

»Wie ich höre, machst du einen Waffenhändler aus ihm.«

»Einen sehr reichen.«

»Er braucht eine Frau an seiner Seite. Sonst hält Jean-Luc Martel ihn nicht für echt.«

»Weißt du viel über ihn?«

»JLM?« Sie zuckte mit den Schultern. »Nur was in den Zeitungen zu lesen steht.«

»Glaubst du, dass er mit Drogen handelt?«

»Darüber hat's Gerüchte gegeben. Ich bin in Marseille aufgewachsen, weißt du.«

»Ja«, sagte Gabriel ausdruckslos. »Das steht irgendwo in deiner Akte, glaube ich.«

»Und ich habe dort reichlich viele Patienten wegen Heroinüberdosen behandelt«, fuhr Natalie fort. »Auf der Straße hat's geheißen, das sei Martels Heroin. Aber man darf bestimmt nicht alles glauben.«

»Manche Dinge schon.«

Zwischen ihnen entstand eine Pause.

»Wer ist also die Glückliche?«, fragte Natalie zuletzt.

»Michails Mädchen? Ich denke an eine bestimmte Frau«, sagte Gabriel, »aber ich weiß nicht, ob sie die Rolle will.«

»Hast du sie schon gefragt?

»Noch nicht.«

»Worauf wartest du?«

»Auf Vergebung.«

Im nächsten Augenblick ließ ein jäher Windstoß die Kerze erlöschen. Die beiden saßen schweigend im Dunkeln und beobachteten, wie die Berge brannten.

Natalie brauchte nur ein paar Minuten, um ihre wenigen Sachen in eine Reisetasche zu werfen. Dann stieg sie – noch immer in ihrem Jogginganzug – hinten in Gabriels SUV ein, das sie nach Tel Aviv brachte. Üblicherweise hätte sie einen »Absprungpunkt« beziehen müssen: eine sichere Wohnung, in der Agenten des Diensts die Identitäten annahmen, die sie anschließend im Ausland benutzen würden. Stattdessen setzte Gabriel sie vor Michails Wohnung in einer Seitenstraße der HaYarkon Street ab. Er fand, das sei kein wirklicher Verstoß gegen die Vorschriften – schließlich würden Michail und Natalie als Ehepaar auftreten. Mit etwas Glück würden sie sogar lernen, sich ein bisschen nicht zu mögen. Dann würde wirklich niemand mehr ihre Legende anzweifeln.

Es war fast 21 Uhr, als Gabriels SUV den langen Anstieg den Bab al-Wad hinauf nach Jerusalem begann. Wenn es unterwegs keine Staus oder Sicherheitswarnungen gab – und keinen Anruf des Ministerpräsidenten –, konnte er spätestens um halb in der Narkiss Street sein. Die Kinder würden längst schlafen, aber er konnte wenigstens noch mit Chiara essen. Aber als sie sich dem Westrand der Großstadt näherten, blinkte sein Smartphone, weil eine Nachricht eingegangen war. Er starrte sie sekundenlang an und überlegte, ob er so tun konnte, als sei die Nachricht irgendwie bei der Übermittlung verloren gegangen. Aber das konnte er leider nicht. Er war kurz davor, seine zweite Auslandsreise als Direktor des Diensts zu machen. Diesmal würde er jedoch nach Amerika fliegen.

22

LINCOLN MEMORIAL, WASHINGTON

Langley schickte ihm ein Flugzeug, nie ein gutes Zeichen. Es war eine Gulfstream G650 mit Leder-und-Teak-Ausstattung, einer großen Auswahl an Spielfilmen und Körbchen voller ungesunder Snacks. Im Heck des Flugzeugs gab es eine Privatkabine. Gabriel streckte sich auf dem schmalen Bett aus, konnte aber keine Stellung von Rumpf und Gliedmaßen finden, die nicht schmerzte. Der Himmel vor dem Kabinenfenster wurde nie hell, weil die Gulfstream der Nacht gen Westen folgte. Da er nicht schlafen konnte, hatte er viel Zeit, darüber nachzudenken, weshalb er nach Washington zitiert worden war. Er bezweifelte, dass es ihnen um ein freundliches Kennenlernen ging. Die neuen Leute im Weißen Haus legten es nicht darauf an, nett zu sein.

Die Gulfstream landete um 3.30 Uhr auf dem Dulles Airport und rollte zu einem Privathangar, vor dem drei gepanzerte Suburbans mit in der feuchten, kalten Luft schwach qualmendem Auspuff standen. Zu dieser frühen Morgenstunde war der Verkehr ausnahmsweise schwach. Als sie den Capitol Beltway überquerten, sah Gabriel zum Liberty Crossing Intelligence Campus hinüber, der ehemaligen Zentrale des Director of National Intelligence und des National Counterterrorism Center. Die Verwüstungen blieben hinter einem Waldstreifen verborgen. Der Kongress hatte die für den Wiederaufbau von Liberty Crossing – einst ein strahlendes Symbol für das chaotische Wachstum des US-Sicherheitsstaats nach dem 11. September – notwendigen Milliarden Dollar noch nicht bewilligt. Wie die Leute von Paul Rousseaus Alphagruppe hatten die Mitarbeiter von ODNI und NCTC anderswo unterkommen müssen. So hatte Saladin einen Haufen Spione und Analysten heimatlos gemacht.

Die kleine Kolonne aus drei SUVs bog auf die Route 123 ab und erreichte McLean. Gabriel fürchtete, in die CIA-Zentrale gebracht zu werden, die er nach Möglichkeit mied, aber die Wagen rasten am Tor vorbei, ohne auch nur langsamer zu werden, und fuhren zum George Washington Memorial Parkway weiter. Dieser brachte sie, in Virginia dem Potomac River folgend, zu den Türmen aus Stahl und Glas von Rosslyn. Jenseits des Flusses ragten die eleganten Türme der Georgetown University auf, aber Gabriel hatte nur Augen für den hässlichen Klotz des Key Bridge Marriott, das Hotel, in dem Natalie viele Stunden lang mit der französisch-algerischen Terroristin Safia Bourihane gefangen gewesen war. Eine Überwachungskamera hatte ihm gezeigt, wie Natalie ein Selbstmordvideo aufnahm und dann eine Sprengstoffweste anlegte. Erst später, in der Hütte in Virginia, würde sie erfahren, dass ihre Weste nicht funktionsfähig war. Saladin hatte sie getäuscht. Und Gabriel auch.

Sie fuhren den Fluss entlang nach Süden weiter, passierten die Ausläufer des Friedhofs Arlington und bogen auf die Memorial Bridge ab. Normalerweise wurde der aus Virginia kommende Verkehr über die Twenty-Third Street geleitet. Aber die drei SUVs von Gabriels Kolonne holperten langsam über den Fahrbahnteiler aus Beton und parkten dann auf der Esplanade vor der Südflanke des Lincoln Memorials. Im Halbdunkel standen mehrere uniformierte Beamten der U.S. Park Police, aber sonst war niemand zu sehen. Sekunden später blinkte Gabriels Smartphone, um eine Nachricht anzuzeigen. Er stieg aus, ging zu den Stufen des Denkmals hinüber und begann mit einer ins Kreuz gedrückten Hand den Aufstieg.

Eine schwere Plane, die der schwache Wind nur sacht bewegte, war über den Eingang gespannt. Gabriel zwängte sich durch den Spalt in der Mitte und betrat zögernd den Hauptraum. Lincoln blickte nachdenklich von seinem Marmorthron herab, als sei er wegen der Verwüstungen bekümmert. Der Denkmalssockel war ebenso mit winzigen Kratern übersät wie die Wandgemälde von Jules Guérin und die ionischen Säulen zwischen dem Hauptraum und den im Norden und Süden anschließenden Nebenräumen. Der Fuß einer der Säulen war schwer beschädigt. Dort hatte ein Terrorist aus Saladins Netzwerk einen Rucksack mit Sprengstoff und Kugellagern abgestellt. Die Detonation war so stark gewesen, dass das Weiße Haus erzittert war. In dem Denkmal hatte es dreiundzwanzig Tote gegeben – und sieben weitere auf den Stufen, als der Terrorist um sich geschossen hatte. Und das war erst der Anfang gewesen.

Gabriel ging zwischen zwei durch Splitter beschädigten Säulen hindurch und betrat den Nordraum, in dem Adrian Carter mit erhobenem Kopf Lincolns Rede zu seiner Amtseinführung las. Er senkte den Kopf, betrachtete Gabriel prüfend und runzelte die Stirn.

»Die Gerüchte stimmen offenbar doch«, sagte er.

»Welche Gerüchte?«

»Dass du in der Zentrale der Alphagruppe warst, als die Autobombe hochgegangen ist.«

»Schlechtes Timing meinerseits.«

»Deine Spezialität.«

Carter hob wieder den Kopf, um seine Lektüre fortzusetzen. Er trug einen Dufflecoat, verknitterte Khakihosen und feste Schuhe, mit denen er durch die Wälder New Englands hätte streifen können. In dieser Aufmachung und mit seinem zerzausten schütteren Haar und dem unmodernen Schnauzer sah er wie ein Professor einer kleinen Universität aus, der für edle Ziele kämpft und ein ständiger Dorn im Fleisch seines Dekans ist. In Wirklichkeit war Carter Chef der Operationsabteilung der CIA, die noch niemand länger geleitet hatte als er. Dass er Gabriel zu sich zitiert hatte, war ein Protokollverstoß, denn der *Ramsad* traf im Allgemeinen nicht mit Stellvertretern zusammen. Adrian Carter war jedoch ein Sonderfall. Er war ein Spion nach dem Herzen jedes Spions, der in den dunklen Tagen nach dem 11. September geplant hatte, wie die CIA die Terrororganisation al-Qaida zerschlagen und ihr globales Netzwerk aufrollen würde. Die Geheimgefängnisse, die Entführungen, die verschärften Verhörmethoden – sie alle trugen Carters Handschrift. Eineinhalb Jahrzehnte lang hatte er sich – und seinen Kritikern – sagen können, ihm sei es gelungen, Amerika vor einem weiteren Anschlag auf heimischem Boden zu schützen. Und dann hatte Saladin ihn sekundenschnell als Lügner bloßgestellt.

»Dreiundsechzig war mein Vater mit mir hier, um Dr. King zu hören«, sagte Carter. »Er war in der Bürgerrechtsbewegung aktiv, mein Vater. Er war Geistlicher der Episkopalkirche.« Er sah zu Gabriel hinüber. »Hab ich das schon mal erwähnt?«

»Ein- oder zweimal.«

»Ich weiß noch, dass ich an jenem Tag sehr stolz auf mein Land war«, fuhr Carter fort. »Ich hatte das Gefühl, alles sei möglich. Und trotz all der hässlichen Dinge, die er im Wahlkampf über die Agency gesagt hatte, war ich stolz, als wir unseren ersten afroamerikanischen Präsidenten gewählt haben. Er und ich hatten im Lauf der Jahre einige Meinungsverschiedenheiten, aber ich habe nie vergessen, was er verkörperte. Seine Wahl war ein Wunder. Und ohne die Worte, die Martin Luther King an jenem Tag gesprochen hat, wäre es nie dazu gekommen. Dies ist unser Heiligtum, unser geheiligter Boden. Schon deshalb werde ich Saladin nie verzeihen, was er getan hat.«

Carter wandte sich von dem Schriftband ab und ging langsam in den Hauptraum hinüber, in dem er zu Lincolns Füßen stehen blieb.

»Du bist der Experte. Lässt er sich restaurieren?«

»Marmor ist nicht mein Medium«, antwortete Gabriel. »Aber ja, fast alles lässt sich restaurieren.«

»Und wie steht's mit meinem Land?«, fragte Carter plötzlich. »Lässt es sich reparieren?«

»Eure Differenzen sind Haarrisse im Vergleich zu unseren. Amerika wird seinen Weg finden.«

»Glaubst du? Da bin ich mir nicht so sicher.« Carter fasste Gabriel am Arm. »Komm, ich möchte dir etwas zeigen.«

23

GEORGETOWN, WASHINGTON

Für den Direktor des Diensts und den stellvertretenden Direktor der Central Intelligence Agency war es selbst in der Stunde vor Tagesanbruch nicht einfach, unbeobachtet durch Washington zu schlendern, aber die beiden taten ihr Bestes. Nur ein einzelner Personenschützer folgte ihnen auf dem Fußweg am Potomac River entlang; die übrigen Leibwächter blieben in der Konstellation aus schwarzen Suburbans gefangen, die sie weiträumig abschirmte. Carter marschierte langsam, wie in Gedanken verloren. Zumindest dafür war Gabriel ihm dankbar. Sein Rücken brannte wie Feuer, was er seinem alten Freund nicht verheimlichen konnte.

»Wie schlimm ist's?«, fragte Carter.

»Leider sagen die Ärzte, dass ich durchkomme.«

»Der Flug war hoffentlich nicht allzu schlimm für dich?«

»Die Gulfstream hat ihn erträglich gemacht.«

»Sie gehört meinem alten Freund Bill Blackburn. Bill war früher bei unserer Abteilung Spezielle Aktivitäten. Als unser Mann fürs Grobe. Hauptsächlich in Mittelamerika. War nach dem 11. September in Afghanistan eingesetzt. Dann hat er einen privaten Sicherheitsdienst aufgebaut. Nennt ihn Black Ops.«

»Clever.«

»Ja, das ist er. Bill ist in seinem neuen Beruf ziemlich erfolgreich. Ich setze ihn für Jobs ein, die etwas Diskretion erfordern.«

»Ich dachte, dafür hättest du mich?«

»Bill und seine Leute kennen nur Gewalt und schmutzige Tricks«, erklärte Carter ihm. »*Dich* hebe ich mir für Fälle auf, die Finesse erfordern.«

»Immer nett, für seine Arbeit gelobt zu werden.«

Sie gingen eine Minute lang schweigend weiter. Überall um sie herum murmelte und ächzte die erwachende Stadt.

»Bill ist seit Jahren hinter mir her, weil er möchte, dass ich in seine Firma eintrete«, sagte Carter zuletzt. »Ich soll ein siebenstelliges Anfangsgehalt bekommen. Dabei hätte ich anscheinend nicht mal viel zu tun. Bill will mich als ›Regenmacher‹ haben, der dafür sorgt, dass weitere lukrative Aufträge eingehen. Der globale Krieg gegen den Terrorismus hat in dieser Stadt viele Leute sehr reich gemacht. Ich bin der einzige Idiot, der nicht abkassiert hat.«

»Du hättest's verdient, Adrian.«

»Würdest du einen Job dieser Art annehmen?«

»Nicht in einer Million Jahren.«

»Ich auch nicht. Außerdem habe ich wichtigere Dinge zu erledigen, bevor sie mich in Langley vor die Tür setzen.«

»Zum Beispiel?«

»Zum Beispiel den Mann zu fassen, der *dafür* verantwortlich ist.«

Carter sah zu dem Kennedy Center auf. Wenige Minuten nach dem Anschlag aufs Lincoln Memorial hatte ein Selbstmordattentäter sich in der Hall of States in die Luft gesprengt. Dann hatten drei weitere Terroristen den restlichen Komplex – das Eisenhower-Theater, die Oper, den Konzertsaal – durchkämmt und alle erschossen, die nicht rechtzeitig flüchten konnten.

»Ich habe zwei der Opfer gekannt«, sagte Carter. »Ein junges Paar, das draußen in Herndon um die Ecke von uns gewohnt hat. Er war irgendeine Art IT-Spezialist, sie Kundenberaterin bei einer Bank. Die beiden hatten es wirklich geschafft. Gute Berufe, eigenes Haus, zwei reizende Kinder. Jetzt steht das Haus zum Verkauf, und die Kids leben bei ihrer Tante in Baltimore. Das passiert, wenn Leute wie wir Fehler machen. Menschen sterben. Viele Menschen.«

»Wir haben getan, was wir konnten, um die Anschläge zu verhindern, Adrian.«

»Das sieht mein neuer Direktor nicht so. Er ist ein echter Hardliner, ein wahrhaft Gläubiger. Ich hab's immer für gefährlich gehalten, Ideologie und Geheimdiensttätigkeit zu vermengen«, sagte Carter. »Das trübt die klare Überlegung und lässt einen genau das sehen, was man sehen möchte. Mein neuer Direktor tickt anders als sein Vorgänger. Das gilt auch für die ernsthaften jungen Männer, die er in die Agency mitgebracht hat. Sie halten mich für einen Loser, was in ihrer Welt das Schlimmste ist, was ein Mann sein kann. Wenn ich bei einem Unternehmen zur Vorsicht rate, werfen sie mir vor, schwach zu sein. Und wenn ich eine Einschätzung äußere, die ihrer Weltsicht widerspricht, nennen sie mich disloyal.«

»Wahlen haben eben Folgen«, sagte Gabriel.

»Erfolgreiche Terroranschläge auf amerikanischem Boden aber auch. An denen bin offenbar ich schuld, obwohl ich alle, die hören wollten, gewarnt habe, der IS plane einen Großangriff auf uns. In der Gerüchteküche heißt es, meine Tage seien gezählt.«

»Wie viel Zeit bleibt dir noch?«

»Ein paar Wochen, vielleicht weniger. Es sei denn«, fügte Carter ruhig hinzu, »mir gelingt etwas, das die Landschaft dramatisch verändert.«

Gabriel wurde schlagartig klar, weshalb Adrian Carter ihn mit einer privaten Gulfstream, die einem ehemaligen CIA-Mann namens Bill Blackburn gehörte, nach Washington hatte holen lassen.

»Weiß dein Direktor, dass ich hier bin?«

»Das habe ich vielleicht zu erwähnen vergessen«, sagte Carter.

Inzwischen hatten sie das Thompson Boat Center erreicht. Sie überquerten den Rock Creek auf einer Fußgängerbrücke und gingen an der schwedischen Botschaft vorbei zum Harbor Place weiter. Vielleicht zufällig war dies in jener Nacht die Route der drei IS-Attentäter gewesen, nachdem sie das Kennedy Center verlassen hatten. Spuren ihres Anschlags waren hier noch immer sichtbar. Nick's Riverside Grill, ein beliebtes Touristenziel, war mit Brettern verschalt und bis auf Weiteres geschlossen. Das galt auch für die vornehmeren Restaurants Sequoia und Fiola Mare.

»Hält dein Rücken durch?«, fragte Carter, als sie unter dem Whitehurst Freeway die K Street entlanggingen.

»Kommt darauf an, wie lange du mich noch marschieren lassen willst.«

»Nicht mehr weit. Ich möchte dir nur etwas zeigen.«

Sie bogen auf die Wisconsin Avenue ab, die zur M Street hinauf anstieg. Einen Block weiter nördlich lag die Prospect Street. Sie bogen um die Ecke und blieben nach wenigen Schritten vor dem Café Milano stehen, das ebenfalls bis auf Weiteres geschlossen war. Hier waren neunundvierzig Menschen gestorben. Trotzdem wäre die Zahl der Opfer weit höher gewesen, hätte Michail Abramow nicht im Alleingang vier IS-Terroristen getötet. Dieses Restaurant war auch aus einem weiteren Grund bemerkenswert: Es war der einzige Ort, an dem Saladin persönlich aufgekreuzt war.

»Ein ziemlich tragisches Symbol unserer bewährten Partnerschaft, sagte Carter. »Michail hat in der bewussten Nacht viele Menschenleben gerettet. Aber dazu hätte es nie kommen müssen, wenn ich deine Warnung vor dem Mann, dem du zufällig in der Halle des Four Seasons begegnet warst, beherzigt hätte.«

»Im Nachhinein ist man immer klüger, Adrian.«

»Ja, ich weiß. Und ich weiß auch, wie oft mit dieser Redensart Misserfolge beschönigt werden.«

Carter wandte sich ohne ein weiteres Wort ab und führte

Gabriel ins Herz des Wohnbezirks von Georgetown. Das Viertel begann allmählich zu erwachen. Hinter Küchenfenstern brannte Licht; auf den mit Ziegelsteinen gepflasterten Gehsteigen führten Hunde ihre verschlafenen Besitzer spazieren. Zuletzt erreichten sie die geschwungene Treppe vor dem Eingang eines altehrwürdigen Stadthauses in der N Street: das exklusivste sichere Haus der Agency. Drinnen glich der prächtige Bau einem begehbaren Kühlschrank – ein weiterer Beweis dafür, dass Gabriels Besuch in Washington strikt privat war.

»Hat jemand vergessen, die Stromrechnung zu bezahlen?«, fragte er.

»Neue Vorschriften. Die Agency will grün werden. Ich würde dir einen Kaffee anbieten, aber …«

»Schon gut, Adrian. Ich muss wirklich weiter.«

»Dringende Angelegenheiten daheim?«

»Die Arbeit eines Direktors ist nie getan.«

»Das kann ich nicht beurteilen.« Carter trat an den Wandthermostat und studierte die Anzeige mit verständnislos zusammengekniffenen Augen.

»Erzähl mir bitte, dass du mich nicht den weiten Weg nach Washington hast machen lassen, um mit mir in Erinnerungen zu schwelgen, Adrian. Ich war dabei, weißt du noch? Ich hatte eine Agentin in Saladins Unternehmen.«

»Du hast verdammt gute Arbeit geleistet«, bestätigte Carter. »Aber letztlich war alles vergebens. Saladin hat dich besiegt. Und ich weiß, wie sehr du Niederlagen hasst – vor allem gegen eine Bestie wie ihn.«

»Worauf willst du hinaus?«

»Wie man hört, kochst du gemeinsam mit den Franzosen etwas aus, das mehr als nur ein guter Coq au Vin ist. Angeblich betrifft es Saladin. Ich möchte dich daran erinnern, dass im November mein Land angegriffen wurde, nicht deines. Und wenn ihn irgendwer liquidiert, bin ich dieser Mann.«

»Hast du irgendwelche Unternehmen laufen?«

»Mehrere.«

»Rechnest du mit baldigen Ergebnissen?«

»Leider nicht. Du?«

Gabriel gab keine Antwort.

»Ich habe bei fremden Unternehmen schon oft den Partycrasher gespielt«, fuhr Carter fort. »Ich bräuchte nur mit dem DGSI-Direktor zu telefonieren, um es unter meine Kontrolle zu bringen.«

»Er weiß nichts davon.«

»Dann muss es wirklich gut sein.«

»Das muss es wohl«, bestätigte Gabriel.

»Vielleicht kann ich etwas dazu beitragen.«

»Und dadurch deine Position als Chef der Operationsabteilung stärken?«

»Absolut.«

»Ich weiß deine Ehrlichkeit zu schätzen, Adrian. In unserer Branche eine erfrischende Abwechslung.«

»Verzweifelte Zeiten …«, sagte Carter.

»Wie viel brauchst du, um überleben zu können?«

»Im jetzigen Stadium kann mich nichts weniger als Saladin retten.«

»In diesem Fall«, sagte Gabriel, »kann ich dir vielleicht helfen.«

Eng in ihre Mäntel gewickelt sprachen sie im Wohnzimmer miteinander, ohne durch Erfrischungen abgelenkt zu sein. Gabriels Version des bisherigen Unternehmens war gestrafft, aber so weit ehrlich, dass bei seinem Vortrag nichts verloren ging. Carter verzog keine Miene, als der Name Jean-Luc Martel erwähnt wurde; Carter war ein Mann der realen Welt. Er bot seine Unterstützung an, wo er konnte – vor allem durch elektronische und digitale Überwachung, in der Amerika stark war. Gabriels Gegenleistung bestand daraus, dass er Carter gestattete, das Unternehmen im sechsten Stock in Langley als Gemeinschaftsunternehmen der Agency und ihrer Freunde in Tel Aviv zu präsentieren. Aus Gabriels Sicht war das ein hoher Preis, der noch dazu beträchtliche Risiken mit sich brachte. Aber wenn Carter dadurch seinen Job behielt, war kein Preis dafür zu hoch.

Sie verließen das sichere Haus kurz vor acht Uhr und fuhren zum Dulles Airport hinaus, wo Bill Blackburns Gulfstream aufgetankt startbereit stand. Die Piloten hatten schon einen Flugplan für den Rückflug zum Flughafen Ben Gurion in Tel Aviv aufgegeben, aber als Gabriel an Bord kam, bat er darum, nach London geflogen zu werden. Auf dem schmalen Bett in der Privatkabine ausgestreckt verfiel er in traumlosen Schlaf. Erstmals seit vielen Tagen war er mit sich und der Welt im Reinen. Er stand kurz davor, einen alten Freund ziemlich reich zu machen. Das war, fand er, das Mindeste, was er tun konnte.

24

MAYFAIR, LONDON

Julian Isherwood war ein Mann mit vielen Makeln, aber Geiz gehörte nicht dazu. Tatsächlich hatte er als Kunsthändler wie im Privatleben sein Geld immer viel zu großzügig ausgegeben. Er hatte immer wieder Gemälde gekauft, von denen er die Finger hätte lassen sollen – seine halb private, halb berufliche Sammlung gehörte zu den größten Englands –, und in der Bar im Wiltons lag jeden Abend unweigerlich seine Kreditkarte auf dem Sammelteller. So war es nicht überraschend, dass seine finanzielle Lage die meiste Zeit prekär war. In letzter Zeit hatte die Situation sich weiter verschlimmert. Sein nüchterner Buchhalter, der passenderweise auf den reizlosen Namen Blunt hörte, hatte einen Notverkauf von großen Teilen seiner Sammlung und eine drastische Reduzierung seiner Privatentnahmen empfohlen. Aber darauf hatte Isherwood sich nicht eingelassen. Was er an Altmeistergemälden zusammengetragen hatte, war heutzutage praktisch unverkäuflich. Totes Kapital. Und was die Idee betraf, sich persönlich einzuschränken … nun, das kam einfach nicht infrage. Man musste seinen Lebensstandard halten – vor allem in seinem Alter. Außerdem hatte sein Verhalten in der Nacht der Terroranschläge großen persönlichen Optimismus in ihm geweckt. Wenn Juicy Julian Isherwood sein Leben riskieren konnte, um das Leben anderer zu retten, war *alles* möglich.

Seine Überzeugung, alles werde sich bald zum Besseren wenden, bewog Isherwood dazu, Brady Boswell, den Direktor eines kleinen, aber angesehenen Museums im Mittleren Westen der USA, an diesem Spätnachmittag in seiner Galerie im Mason's Yard zu empfangen. Boswell war dafür berüchtigt, dass er sich viel zeigen ließ, aber nichts kaufte. Tatsächlich verbrachte er fast zwei Stunden damit, Isherwoods alte Meister zu besichtigen, bevor er eingestand, dass es um sein Ankaufsbudget schlechter bestellt sei, als um Isherwoods Bankkonto, sodass er sich nicht mal einen neuen Teppichboden für sein Museum leisten könne, von Gemäldekäufen ganz zu schweigen. Isherwood war versucht, ihm zu erklären, wenn er bei seinem nächsten Besuch in London alte Meister sehen wolle, solle er in die National Gallery gehen. Stattdessen ließ er sich von dem Amerikaner zum Abendessen einladen – auch weil er die Vorstellung nicht ertragen konnte, wieder einen Abend lang hören zu müssen, wie der rundliche Oliver Dimbleby mit seiner neuesten Eroberung angab.

Boswell schlug Alain Ducasse im Hotel Dorchester vor, und Isherwood, dem nicht gleich ein anderes Restaurant einfiel, stimmte zu. Sie dinierten mit Krabben aus Dorset und Scholle aus Dover und tranken dazu zwei Flaschen Chablis Grand Cru »Les Blanchots« der Domaine Billaud-Simon. Boswell verbrachte einen großen Teil des Abends damit, die schreckliche Politik seines Landes zu beklagen. Isherwood hörte aufmerksam zu. Insgeheim fragte er sich jedoch, was die meisten aufgeklärten Amerikaner dazu trieb, über ihr Land zu lästern, sobald sie einen Fuß in das Mutterland setzten.

»Ich überlege, ob ich auswandern soll«, behauptete Boswell indigniert. »Das tun alle.«

»Alle?«

»Na ja, nicht alle. Nur Leute wie ich.«

Nur die schlimmsten Langweiler. Amerika, dachte Isherwood, würde bald interessanter werden.

»Wohin würden Sie gehen?«

»Ich könnte die irische Staatsbürgerschaft beantragen.«

»Irland? Du meine Güte.«

»Oder ich könnte ein Häuschen in England mieten, bis alles vorüber ist.«

»Wir haben selbst genügend Probleme. Sie sind daheim besser aufgehoben.«

Die Idee, das heutige England könnte kein kulturelles Paradies sein, schien Brady Boswell zu schockieren. Er gehörte zu den Amerikanern, deren Englandbild durch zu viele Wiederholungen von *Masterpiece Theatre* geprägt war.

»Schrecklich, diese Terroranschläge«, sagte Boswell.

»Ja«, stimmte Isherwood vage zu.

»Ich hatte gehofft, mir im West End etwas ansehen zu können, aber jetzt weiß ich nicht recht, ob das sicher ist.«

»Unsinn.«

»Cognac?«

»Warum nicht?«

Boswell bestellte den teuersten Cognac auf der Karte, und als ihre Rechnung kam, imitierte er Oliver Dimlebys Lieblingspose – die eines verwirrten Überlebenden einer Naturkatastrophe.

»Wen besuchen Sie morgen?«, fragte Isherwood, während er diskret seine Kreditkarte in die kleine Ledermappe schob. Er konnte nur hoffen, dass die Karte sich nicht selbst zerstören würde, wenn sie ins Lesegerät gesteckt wurde.

»Vormittags bin ich bei Jeremy Crabbe, nachmittags bei Roddy Hutchinson. Ich verlasse mich darauf, dass Sie ihnen nichts von meiner Finanzklemme erzählen. Ich möchte nicht, dass sie glauben, ich spielte nicht mit offenen Karten.«

»Ihr Geheimnis ist bei mir sicher.«

Das stimmte natürlich nicht. Tatsächlich wollte Isherwood gleich morgens Roddy anrufen und ihm dringend raten, sich mit einem plötzlichen Malariaanfall ins Bett zu legen. Tat Roddy das nicht, würde er für Brady Boswells nächstes Abendessen aufkommen müssen.

Draußen bedankte Isherwood sich bei Boswell für den Abend, der in Wirklichkeit der am wenigsten erfreuliche gewesen war, seit er im Ivy den Helden gespielt hatte. Dann setzte er den Amerikaner in ein Taxi – er wohnte in irgendeinem Flohhotel am Russell Square – und schickte ihn los. Ein weiteres Taxi wartete schon. Isherwood nannte dem Fahrer seine Adresse in Kensington und stieg hinten ein. Aber als der Wagen auf die Park Lane abbog, spürte er sein Smartphone in der Brusttasche seines Jacketts vibrieren. Weil er glaubte, Boswell wolle sich für die Einladung bedanken, wollte er den Anruf im ersten Augenblick ignorieren. Aber dann zog er sein Handy doch heraus und starrte mit zusammengekniffenen Augen aufs Display. Die Nachricht war kurz, mehr ein Befehl als eine Bitte, und trug keinen Absender. Deshalb konnte sie nur von einem bestimmten Mann kommen. Isherwood lächelte zufrieden. Jetzt wird der Abend doch noch interessant, sagte er sich.

»Ich hab's mir anders überlegt«, erklärte er dem Taxifahrer. »Bringen Sie mich zum Mason's Yard.«

Isherwoods Galerie nahm drei Geschosse eines leicht baufälligen viktorianischen Lagerhauses ein, das früher Fortnum & Mason gehört hatte. Auf einer Seite lag die Vertretung einer kleinen griechischen Reederei, auf der anderen ein Pub, in dem hübsche Sekretärinnen verkehrten, die Motorroller fuhren. Die Eingangstür aus Panzerglas war mit drei Schlössern gesichert, die auf dem letzten Stand der Technik waren. Sie gab nach, als Isherwood sie leicht berührte.

»Verdammter Kerl!«, flüsterte er.

Aus Platzgründen hatte Isherwood sein Imperium übereinander anordnen müssen: Lagerräume im Erdgeschoss, Büros im ersten Stock, Ausstellungsraum im Obergeschoss. Dieser luxuriöse Raum war nach dem Vorbild der berühmten Galerie

Paul Rosenbergs in Paris ausgebaut, in der Isherwood als Kind so viele glückliche Stunden verbracht hatte. Als er jetzt eintrat, wollte er Licht machen.

»Nein«, sagte eine Stimme vom anderen Ende des Raums. »Lass es aus.«

Isherwood ging langsam weiter, machte einen Bogen um eine dekorative Ottomane und blieb bei dem Mann stehen, der eine große Landschaft von Claude Lorrain zu betrachten schien. Wie das Bild war der Mann in ungewisses Halbdunkel gehüllt. Aber seine grünen Augen, mit denen er Isherwood fixierte, schienen von innen heraus zu leuchten.

»Ich habe mich schon gefragt«, sagte Gabriel, »ob euer Dinner nie enden würde.«

»Ich mich auch«, antwortete Isherwood bedrückt. »Möchtest du mir verraten, wie du hier reingekommen bist?«

»Du wirst dich erinnern, dass wir dein Sicherheitssystem installiert haben.«

Das wusste Isherwood natürlich. Er erinnerte sich auch daran, dass das System nach einem Unternehmen gegen den russischen Waffenhändler Iwan Charkow mit hohem Aufwand ausgebaut worden war.

»Glückwunsch, Julian. Meine Freunde beim britischen Geheimdienst erzählen mir, dass du dich neulich echt heldenhaft benommen hast.«

»Ach, das.« Isherwood winkte verlegen ab.

»Sei nicht so bescheiden. Tapferkeit ist heutzutage selten geworden. Und wenn man bedenkt, dass es nicht dazu gekommen wäre, wenn deine schöne junge Freundin dich nicht versetzt hätte …«

»Fiona? Wie um Himmels willen hast du von ihr erfahren?«

»Die Briten haben mir die Nachricht gezeigt, die sie dir ins Restaurant geschickt hat.«

»Ist denn nichts mehr heilig?«

»Sie haben mir auch einige Minuten eines Videos einer Überwachungskamera gezeigt«, sagte Gabriel. »Ich bin stolz auf dich, Julian. Du hast an diesem Abend vielen Menschen das Leben gerettet.«

»Ich mag mir gar nicht vorstellen, wie ich ausgesehen haben muss. Ein alter Don Quichotte, der gegen Windmühlen anreitet.«

Über ihnen plätscherte leichter Nachtregen aufs Oberlicht der Galerie.

»Also, was führt dich nach London?«, fragte Isherwood. »Geschäft oder Vergnügen?«

»Ich reise nie zum Vergnügen, Julian. Zumindest jetzt nicht mehr.«

»Dann sind wir schon zu zweit.«

»Steht's so schlimm?«

»Ich sitze auf dem Trocknen, um das Mindeste zu sagen.«

»Wie trocken?«

»Wüstenartig«, sagte Isherwood.

»Vielleicht kann ich's ein bisschen regnen lassen.«

»Die Sache ist hoffentlich nicht zu gefährlich. Ich weiß nicht, ob ich noch mehr Aufregung vertragen kann.«

»Nein, Julian, hier geht's um nichts dergleichen. Ich brauche dich nur als Berater eines Freundes, der eine Gemäldesammlung aufbauen möchte.«

»Ein Israeli?«

»Russe.«

»Ach du meine Güte! Womit verdient er sein Geld?«

»Mit Geschäften, über die er nicht gern spricht.«

»Ich verstehe«, sagte Isherwood. »Das hat wohl nichts mit all den Bomben zu tun, die hier in letzter Zeit detoniert sind?«

»Vielleicht doch.«

»Und wenn ich zustimme, diesen Kerl zu beraten?«

»Dann gelten die Standardregeln für solche Geschäftsbeziehungen.«

»Damit meinst du, dass mir für jeden Kauf, den er mit meiner Hilfe abschließt, eine Provision zusteht?«

»Tatsächlich«, sagte Gabriel, »kannst du ordentlich hinlangen. Er wird nicht sonderlich darauf achten.«

»Er mag alte Meister, dein Mann?«

»Sogar sehr. Aber er weiß auch die Moderne zu schätzen.«

»Das nehme ich ihm nicht übel. Wie viel will er denn ausgeben?«

»Zweihundert«, antwortete Gabriel. »Vielleicht drei.«

Isherwood runzelte die Stirn. »Damit wird er nicht weit kommen.«

»*Millionen*, Julian. Zweihundert Millionen.«

»Das kann nicht dein Ernst sein!«

Gabriels Miene zeigte, dass das durchaus sein Ernst war. »Er kommt in ein paar Tagen nach London. Mach mit ihm einen Streifzug durch die Auktionshäuser und die Galerien. Kauf überlegt, aber ohne viel zu zögern ein. Und mach ein bisschen Show, Julian. Ich möchte, dass die Leute aufmerksam werden.«

»Allein mit Charme und gutem Aussehen ist das nicht zu machen«, sagte Isherwood. »Dazu brauche ich echt Geld.«

»Keine Sorge, Julian. Der Scheck ist in der Post.«

»Zweihundert Millionen Dollar?«, fragte Isherwood.

»Oder drei.«

»Drei wären entschieden besser als zwei.«

Gabriel zuckte mit den Schultern. »Gut, dann eben drei.«

25

LONDON – GENF

Um 8.30 Uhr am folgenden Morgen schlug Saladin erneut zu. Anschlagsziel war diesmal der Hauptbahnhof Antwerpen: zwei Selbstmordattentäter, zwei Terroristen mit Sturmgewehren, neunundsechzig Tote. Gabriel wartete zu diesem Zeitpunkt auf dem Londoner Bahnhof St Pancras, um den Eurostar nach Paris zu nehmen. Sein Zug fuhr mit vierzig Minuten Verspätung ab, ohne dass eine Erklärung dafür gegeben worden wäre. Saladin war es anscheinend bereits gelungen, in Westeuropa eine neue Normalität zu schaffen

»Wenn er so weitermacht«, sagte Christian Bouchard, »gehen ihm die Ziele aus.«

Bouchard hatte Gabriel vom Gare du Nord abgeholt. Jetzt saß er am Steuer eines Citroëns der Alphagruppe, der auf dem Boulevard de la Chapelle in flotter Fahrt nach Osten unterwegs war. Er trug keine sichtbaren Spuren der Verletzungen, die er bei dem Bombenanschlag in der Rue de Grenelle erlitten hatte. Der junge Franzose sah im Gegenteil besser aus als je zuvor.

»Übrigens«, sagte er, »muss ich mich noch dafür entschuldigen, wie ich mich vor dem Anschlag benommen habe. Ich bin froh, dass das nicht Ihr letzter Eindruck von mir war.«

»Ich kann mich ehrlich gesagt nicht erinnern, Sie an dem bewussten Tag gesehen zu haben, Christian.«

Bouchard grinste unwillkürlich.

»Wohin fahren wir?«

»Zu einer sicheren Wohnung im Zwanzigsten.«

»Noch immer keine neue Zentrale?«

»Leider nicht. Wir sind ein bisschen wie die alten Israeliten«, sagte Bouchard. »In alle vier Winde verstreut.«

Die sichere Wohnung lag in einem modernen Apartmentblock unweit eines koscheren Supermarkts. Paul Rousseau, der in der Küche an einem billigen Resopaltisch saß, ließ seine Pfeife während Gabriels Unterrichtung keinen Augenblick ausgehen. Rousseau hatte allen Grund unruhig zu sein. Er hatte einen ausländischen Geheimdienst auf einen prominenten französischen Geschäftsmann angesetzt und aß jetzt von den Früchten eines vergifteten Baums. Kurz gesagt, er bewegte sich auf sehr dünnem Eis.

»Dass die Amerikaner jetzt mitmachen, gefällt mir nicht. Sie scheinen es heutzutage nur auf Zusammenschlüsse und Übernahmen abgesehen zu haben.«

»Sie wissen, dass ich dafür einen Grund hatte – und nur diesen einen Grund.«

»Trotzdem …« Rousseau knabberte nachdenklich am Mundstück seiner Pfeife. »Wie sicher sind Sie sich in Bezug auf die Galerie?«

»Mehr müsste ich im Laufe des Tages erfahren.«

»Wenn Sie beweisen können, dass über die Galerie schmutzige Geschäfte abgewickelt werden …«

»Das ist der Plan, Paul.«

»Wann wollen Sie also loslegen?«

»Sobald die Finanzierung steht«, sagte Gabriel.

»Brauchen Sie sonst noch irgendwas von uns?«

»Eine Villa bei Saint-Tropez.«

»Dort gibt es viele zu mieten, vor allem um diese Jahreszeit.«

»Tatsächlich möchte ich keine mieten.«

»Sie wollen eine *kaufen*?«

Gabriel nickte. »Tatsächlich«, sagte er, »denke ich an ein ganz bestimmtes Anwesen.«

»Welches denn?«

Gabriel sagte es ihm. Rousseau machte ein ungläubiges Gesicht.

»Die Villa des berüchtigten ...«

»Ja, genau die.«

»Der Verkauf ist wegen Steuerschulden blockiert.«

»Dann lassen Sie die Blockade aufheben. Glauben Sie mir, ich kann mich erkenntlich erweisen. Der französische Steuerzahler wird dankbar sein.«

»Wie viel wollen Sie dafür ausgeben?«

Gabriel betrachtete nachdenklich die Decke. »Zwölf Millionen wären angemessen, glaube ich.«

»Das Anwesen scheint ziemlich verfallen zu sein.«

»Wir wollen es renovieren.«

»In der Provence?« Rousseau schüttelte den Kopf. »Na, dann viel Glück!«

Fünf Minuten später waren die letzten Fragen zu dem geplanten Unternehmen beantwortet, und Gabriel saß wieder in Bouchards Citroën. Diesmal fuhren sie vom 20. zum 12. Arrondissement und hielten auf dem Boulevard Diderot vor dem Gare de Lyon. Der Bahnhof wirkte wie militärisch besetzt. Ähnlich sah es auf allen französischen Bahnhöfen aus.

»Wollen Sie sich das wirklich antun?«, fragte Bouchard. »Wir können Ihnen ein Auto zur Verfügung stellen, wenn Ihnen das lieber ist.«

»Danke, ich komme schon zurecht.«

Vor den Bahnhofseingängen warteten lange Schlangen, weil schwer bewaffnete Polizisten Taschen, Rucksäcke und Koffer durchsuchten und alle Reisenden befragten – vor allem junge Männer, die entfernt arabisch oder nordafrikanisch aussahen. Die neue Normalität, sagte Gabriel sich, als er in die große Bahnhofshalle eingelassen wurde. Die berühmte Wanduhr zeigte 15.05 Uhr an; sein Zug stand auf Gleis D bereit. Gleis Dalet, dachte er. Wieso gerade dieses? Hätten sie kein anderes nehmen können?

Er ging den Bahnsteig entlang, stieg in einen Wagen der

ersten Klasse und ließ sich auf seinen reservierten Platz sinken. Erst als die Erinnerungen abgeklungen waren, zog er sein Smartphone heraus, um eine Nummer in Bern anzurufen. Der Angerufene sprach Schweizerdeutsch. Gabriel antwortete im berlinerisch gefärbten Deutsch seiner Mutter.

»Ich bin auf der Fahrt in Ihr schönes Land und wollte fragen, ob Sie Lust hätten, mich in Genf ein bisschen zu betreuen.«

Am anderen Ende herrschte Schweigen, dann atmete der andere geräuschvoll aus.

»Wann kommen Sie an?«

»Viertel nach sechs.«

»Wie?«

»TGV aus Paris.«

»Was wollen Sie diesmal?«

»Nichts anderes als letztes Mal. Ein kurzer Blick genügt mir.«

»Aber explodieren kann hoffentlich nichts?«

Gabriel trennte die Verbindung und beobachtete, wie der Bahnsteig langsam an seinem Fenster vorbeizugleiten schien. Wieder stiegen Erinnerungen in ihm auf. Er sah eine Frau, durch Narben entstellt und vorzeitig ergraut, in einem Rollstuhl sitzen, auf den ein Mann mit einer Waffe in der Hand zustürmte. Er schloss die Augen und umklammerte die Armlehne, damit seine Hand zu zittern aufhörte. Ich komme zurecht, dachte er.

Wie die Schweiz selbst war der Nachrichtendienst des Bundes klein, aber effizient. Der NDB, dessen Zentrale sich in einem nüchternen Verwaltungsgebäude in Bern befand, hatte dafür zu sorgen, dass die vielfältigen Probleme einer aus den Fugen geratenen Welt nicht die Grenzen der Helvetischen Konföderation überschritten. Er spähte die Spione aus, die auf Schweizer Territorium agierten, beobachtete die Ausländer, die ihr Geld auf Schweizer Bankkonten versteckten, und überwachte die Muslime, die sich in immer größerer Zahl in der Schweiz niederließen. Bisher war das Land von einem großen Terroranschlag durch al-Qaida oder IS verschont geblieben. Das war kein Zufall. Christoph Bittel, beim NDB Leiter der Abteilung Terrorismusbekämpfung, leistete ausgezeichnete Arbeit.

Er war auch pünktlich wie eine Schweizer Uhr. Seine große hagere Gestalt lehnte an der Motorhaube einer deutschen Limousine, als Gabriel um 18.25 Uhr aus dem Genfer Hauptbahnhof Cornavin kam. Der Schweizer Geheimpolizist runzelte die Stirn. In der Schweiz bedeutete Viertel nach sechs exakt 18.15 Uhr.

»Haben Sie die Adresse des Schließfachs?«

»Gebäude drei, Gang acht, Tresorraum neunzehn.«

»Wer ist der Mieter?«

»Die Firma TXM Capital. Aber ich vermute, dass der wahre Mieter JLM ist.«

»Jean-Luc Martel?«

»Der und kein anderer.«

Bittel fluchte leise. »Ich will keine Schwierigkeiten mit den Franzosen. Ich brauche die DGSI, damit sie meine Westflanke schützt.«

»Machen Sie sich keine Sorgen wegen der Franzosen. Aber um Ihre Westflanke sollten Sie sehr besorgt sein.«

»Stimmt es, was Martel nachgesagt wird? Dass sein wahres Geschäft der Drogenhandel ist?«

»Das wissen wir in ein paar Minuten.«

Sie fuhren über die Rhône und wenige Augenblicke später über ihren gletschergrünen Nebenfluss Arve. Südlich davon lag ein Genfer Viertel, in das Touristen und Diplomaten sich selten verirrten. Dies war das Industriequartier »La Praille« mit ordentlichen Lagerhäusern und niedrigen Bürogebäuden. Und es beherbergte den Geneva Freeport, das Genfer Zollfreilager, eine zoll- und steuerfreie Oase, in der die Superreichen der Welt Schätze aller Art lagerten; Goldbarren, Juwelen, alte Weine, Automobile und natürlich Kunstwerke. Keine Kunst, die gesehen und bewundert werden sollte, sondern Kunst als Ware, Kunst als Kapitalanlage in unsicheren Zeiten.

»Seit unserem letzten Besuch hat sich dort einiges verändert«, berichtete Bittel. »Den Ausschlag hat der Skandal um den Modigliani gegeben, der sich als Raubgut der Nazis erwies. Danach haben viele Kunstsammler ihre Bestände nach Delaware oder London verlegt. Die kantonalen Behörden haben einen neuen Direktor eingesetzt: einen ehemaligen Schweizer Finanzminister, einen richtigen Paragraphenreiter.«

»Dann gibt's vielleicht doch noch Hoffnung für Ihr Land.«

»Lassen wir das«, sagte Bittel. »Mir gefällt es besser, wenn wir auf derselben Seite stehen.«

Rechts von ihnen erschienen jetzt schmucklose weiße Gebäude hinter einem blickdichten Zaun, der mit Stacheldrahtrollen und Überwachungskameras gekrönt war. Wäre nicht das rot-weiße Schild PORTS FRANCS gewesen, hätte man den Komplex für ein Gefängnis halten können. Bittel bog auf die Einfahrt ab und wartete darauf, dass das Sicherheitstor sich öffnete. Dann fuhr er ein paar Meter weiter und hielt erneut.

»Gebäude drei, Gang acht, Tresorraum neunzehn.«

»Sehr gut«, sagte Gabriel.

»Wir finden darin keine Drogen, nicht wahr?«

»Nein.«

»Woher wollen Sie das wissen?«

»Weil Drogenhändler ihr Produkt nicht in sicheren Zollfreilagern bunkern. Sie verkaufen es Idioten, die es rauchen, schnupfen oder sich spritzen. Damit verdienen sie ihre Millionen.«

Bittel verschwand im Büro des Sicherheitsdienstes. Durch die halb geöffneten Jalousien konnte Gabriel beobachten, wie er mit einer attraktiven Brünetten sprach – vermutlich auf

Französisch, nicht auf Schweizerdeutsch. Nach einem lebhaften Gespräch erhielt der NDB-Mann einen Schlüssel ausgehändigt, den er in der Jackentasche hatte, als er sich wieder ans Steuer setzte.

»Läuft zwischen euch beiden wirklich nichts?«, fragte Gabriel.

»Fangen Sie nicht wieder damit an!«

»Vielleicht könnten Sie mich ihr vorstellen. Dann bräuchten Sie nicht immer aus Bern zu kommen, wenn ich einen Blick ins Schließfach eines Kriminellen werfen will.«

»Mir gefällt unser jetziges System besser.«

Bittel parkte vor Gebäude 3 und nahm Gabriel mit hinein. An den Eingangsbereich schloss sich ein langer Korridor mit unzähligen Türen an. Über eine Treppe gelangten sie in den ersten Stock und dort zu Gang 8. Die Tür von Tresorraum 19 bestand aus grauem Stahl. Bittel sperrte sie auf, trat ein und machte Licht. Der Tresorraum bestand aus zwei Kammern. Beide standen voller flacher rechteckiger Kisten, wie sie für den Transport wertvoller Gemälde verwendet wurden. Alle waren gleich groß, maßen ungefähr eineinhalb mal zwei Meter.

»Nicht schon wieder«, sagte Bittel.

»Nein«, bestätigte Gabriel. »Nicht schon wieder.«

Er untersuchte eine der Kisten. Der angeheftete Frachtbrief nannte als Absender die Galerie Olivia Watson in Saint-Tropez. Der Kistendeckel ließ sich nicht öffnen. Er war fest vernagelt.

»Sie haben nicht zufällig einen Klauenhammer in der Gesäßtasche?«

»Sorry.«

»Wie steht's mit einem Montiereisen?«

»Vielleicht habe ich eines im Kofferraum.«

Während Gabriel die übrigen Kisten begutachtete, ging Bittel wieder nach unten. Es waren achtundvierzig, alle von der

Galerie Olivia Watson. Siebenundzwanzig der Kisten waren an die Firma TXM Capital adressiert. Die übrigen trugen ebenso vage Namen – wie sie clevere Anwälte und Privatbankiers erfinden, dachte Gabriel.

Bittel kam mit einem Montiereisen zurück. Gabriel benützte es dazu, den ersten Kistendeckel aufzustemmen. Er arbeitete langsam und vorsichtig, weil er möglichst wenig Spuren hinterlassen wollte. Drinnen fand er eine in Pergamentpapier eingepackte Leinwand, die von einem schützenden Kunststoffrahmen umgeben war. Alles wirkte sehr professionell – bis auf die Leinwand selbst.

»Wie modern!«, sagte Bittel.

»Über Geschmack kann man nicht streiten«, antwortete Gabriel.

Er öffnete die nächste Kiste. Ihr Inhalt war identisch. Das galt auch für die dritte Kiste. Ebenso für die vierte. Eine in Pergamentpapier eingepackte Leinwand in einem schützenden Kunststoffrahmen. Alles sehr professionell bis auf die Leinwände selbst.

Sie waren weiß, unbemalt.

»Können Sie mir erklären, was das bedeutet?«, fragte Bittel verständnislos.

»Das bedeutet, dass Jean-Luc Martels eigentliches Geschäft der Drogenhandel ist – und dass er die Galerie seiner Freundin dazu benützt, einen Teil seiner Gewinne zu waschen.«

»Das ist genau, was das Zollfreilager braucht. Schon wieder ein Skandal!«

»Keine Sorge, Christoph. Dies bleibt unser kleines Geheimnis.«

26

TEL AVIV – SAINT-TROPEZ

Jetzt blieb nur noch die Geldfrage zu lösen. Geld, viel Geld wurde gebraucht, um Gabriels Unternehmen aus der Planungsphase auf die Bühne zu bringen. Die zwei- bis dreihundert Millionen Dollar für den Aufbau einer sehenswerten Kunstsammlung. Die zwölf Millionen für eine Luxusvilla an der französischen Côte d'Azur, dazu geschätzte fünf Millionen für die Renovierung. Und massenhaft Geld für all die Kleinigkeiten, die das Leben erst lebenswert machen: die Autos, die Kleidung, der Schmuck, die Restaurants, die Flüge mit dem Privatjet, die großzügigen Partys. Gabriel hatte eine Zahl im Kopf, auf die er für alle Fälle zwanzig Millionen aufschlug. Solche Unternehmen waren ungewiss wie das Leben selbst.

»Das ist eine Menge Geld«, sagte der Ministerpräsident.

»Für eine halbe Milliarde bekommt man nicht mehr so viel wie früher.«

»An welche Bank denken Sie?«

»Wir haben die Wahl zwischen mehreren, aber die panamaische Nationalbank ist unsere beste Option. Nur eine Abbuchung«, erläuterte Gabriel, »mit der wir kaum Vergeltungsmaßnahmen riskieren – nicht nach dem Skandal um die Panama Papers. Trotzdem legen wir ein paar falsche Fährten, um unsere Spuren zu verwischen.«

»Wem wollen Sie die Sache anhängen?«

»Den Nordkoreanern.«

»Warum nicht den Iranern?«

»Nächstes Mal«, versprach Gabriel.

Die Millionen, die Gabriel im Visier hatte, lagen auf acht Konten, die alle derselben Tarnfirma gehörten. Sie waren Teil eines riesigen Vermögens, das der syrische Diktator und seine engsten Freunde und Verwandten zusammengerafft hatten. Kurz vor seiner Ernennung zum Direktor hatte Gabriel dieses Geld aufgespürt und größtenteils beschlagnahmt, um zu versuchen, den Alleinherrscher zu einer moderateren Kriegsführung zu bewegen. Aber er hatte die über acht Milliarden Dollar im Tausch gegen ein einzelnes Menschenleben zurückgeben müssen. Dieses Lösegeld hatte er gern gezahlt – »der beste Deal meines Lebens«, sagte er oft –, aber er hatte immer auf eine Gelegenheit gewartet, das letzte Wort haben zu können. Jetzt lieferte die Suche nach Saladin ihm einen guten Grund dafür.

Gabriel hatte dem Syrer die acht Milliarden Dollar nicht direkt zurückgegeben. Er hatte sie, wie verlangt, auf die Moskauer Gazprombank überwiesen, wodurch sie in die Hände des Zaren gerieten, des besten Freundes und engsten Verbündeten des syrischen Alleinherrschers. Der Zar hatte die Hälfte für sich abgezweigt – als Servicepauschale, für Verwaltungskosten, als Aufbewahrungsgebühr. Das übrige Geld, etwas mehr als vier Milliarden, war auf Geheimkonten in der Schweiz, Luxemburg, Liechtenstein, Dubai, Hongkong und natürlich Panama City verteilt worden.

Das alles wusste Gabriel, weil er den Weg des Geldes mit Unterstützung einer streng geheimen Hacker-Einheit des Diensts genau verfolgt hatte. Die Einheit hatte keinen Namen, weil es sie offiziell nicht gab. Wer von ihrer Existenz wusste, bezeichnete sie nur als Minjan, weil sie aus zehn Männern bestand, womit das Quorum für die Abhaltung eines Gottesdienstes erreicht gewesen wäre. Mit einigen wenigen Klicks konnten sie die Lichter einer Großstadt erlöschen lassen, einen Flughafen lahmlegen oder die Zentrifugen einer iranischen Urananreicherungsanlage außer Kontrolle hochdrehen lassen. Kurz gesagt verstanden sie sich darauf, Maschinen gegen ihre

Herren einzusetzen. Das bewog Uzi Navot dazu, privat festzustellen, der Minjan liefere zehn gute Gründe dafür, weshalb kein vernünftiger Mensch einen Computer oder ein Smartphone nutzen sollte.

Der Minjan arbeitete in einem Raum auf demselben Korridor wie Raum 456C, in dem Gabriels Team die letzten Vorbereitungen vor dem Anlaufen des Unternehmens traf. Geleitet wurde er von einem jungen Mann namens Ilan, einem echten Computergenie: erstes eigenes Programm mit fünf, erster Hackerangriff mit acht, erster operativer Einsatz gegen die Iraner mit fünfzehn. Er war dünn wie eine Bohnenstange und teigig blass, weil er nur selten ins Freie ging.

»Ich brauche nur eine Taste zu drücken«, erklärte er Gabriel verschmitzt lächelnd, »und *zack!* … ist das Geld weg.«

»Ganz ohne Fingerabdrücke?«

»Nur nordkoreanische.«

»Und das Geld lässt sich auf keinen Fall von der Bank of Panama zur HSBC in Paris verfolgen?«

»Keine Chance.«

»Erinnern Sie mich daran«, sagte Gabriel, »mein Geld unter der Matratze aufzubewahren.«

»Bewahren Sie Ihr Geld unter der Matratze auf.«

»Das war rhetorisch gemeint, Ilan. Ich wollte nicht wirklich erinnert werden.«

»Oh.«

»Sie müssen ab und zu einen Ausflug in die reale Welt machen.«

»Dies *ist* die reale Welt.«

Gabriel starrte auf den Bildschirm. Das tat auch Ilan.

»Nun?«

»Nun was?«

»Worauf warten Sie noch?«

»Auf Ihre Erlaubnis, eine halbe Milliarde Dollar zu stehlen.«

»Wir stehlen nichts.«

»Ich bezweifle, dass die Syrer das so sehen werden. Oder die Panamaer.«

»Drücken Sie die Taste, Ilan.«

»Mir wär's lieber, wenn Sie's täten.«

»Welche?«

Ilan zeigte auf die Eingabetaste. Gabriel drückte sie kurz. Dann ging er den Korridor entlang, um sein Team zu informieren. Die nötigen Geldmittel standen bereit. Ihr Unternehmen konnte anlaufen.

Erstmals entdeckt wurde er eine Woche später, als er, von Julian Isherwood begleitet, aus dem Auktionshaus Bonhams in der New Bond Street kam. Wie es der Zufall wollte – oder nachträglich gesehen war das kein Zufall gewesen –, stand Amelia March von *ARTnews* in diesem Augenblick auf dem Gehsteig, weil sie in wenigen Minuten einen Termin beim Chef der Abteilung Gegenwartskunst von Bonhams hatte. Sie schrieb über Kunst, aber sie hatte eine Nase für Storys und einen Blick für Details. »Groß, schlank, sehr blond, auffällig blass, fast farblose Augen. Anzug und Mantel waren perfekt, sein Rasierwasser duftete nach Geld.« Sie fand es merkwürdig, dass er von einem Fossil wie Julian begleitet wurde, denn er sah aus, als sei ihm moderne Kunst lieber als Engel und Heilige und Märtyrer. Isherwood machte sie hastig miteinander bekannt, bevor er mit ihm in einen wartenden Jaguar mit Chauffeur stieg. Dmitri Soundso. Aber natürlich.

Im Auktionshaus brachte Amelia in Erfahrung, dass Isherwood und sein großer, blasser Freund einige Stunden bei Jeremy Crabbe, der für alte Meister zuständig war, verbracht hatten. Später an diesem Abend gabelte sie Jeremy im Wiltons auf. Die beiden steckten die Köpfe zusammen wie zwei Spione kurz nach dem Krieg in einem Wiener Kaffeehaus.

»Er heißt Antonow, Dmitri Antonow. Vermutlich Russe, aber davon war offiziell nicht die Rede. Er *besteht* praktisch aus Geld. Verdient es mit irgendwelchen Rohstoffen. Das tun sie doch *alle*«, meinte Jeremy spöttisch. »Julian klebt an ihm wie eine Miesmuschel an einem Bootsrumpf – offenbar als Händler und Berater zugleich. Finanziell bestimmt recht lukrativ. Antonow scheint ihm ein paar Gemälde abgekauft zu haben, und jetzt sind sie auf Großwildjagd. Aber damit möchte ich nicht zitiert werden. Ich möchte überhaupt nicht zitiert werden. Dies alles muss strikt *entre nous* bleiben, Darling.«

Amelia erklärte sich bereit, seine Informationen vertraulich zu behandeln, aber Jeremy selbst war weniger diskret. Er erzählte jedem in der Bar davon – auch Oliver Dimbleby. Im weiteren Verlauf des Abends wurde über nichts anderes mehr gesprochen.

Mitte März wurden die beiden auf Auktionen der Häuser Christie's und Sotheby's gesehen. Sie besuchten auch Olivers Galerie in der Bury Street, wo sie nach einstündigen freundlichen Verhandlungen vier alte Meister kauften: eine hügelige Dünenlandschaft des Holländers Jacob van Ruisdael, zwei venezianische Kanalszenen von Francesco Guardi und eine Grablegung Christi von Zelotti. Roddy Hutchinson verkaufte ihm insgesamt fünf Gemälde, darunter ein Stillleben mit Früchten und einer Eidechse von Ambrosius Bosschaert II. Am folgenden Tag veröffentlichte Amelia Marsh einen kurzen Artikel über einen jungen Russen, der den Londoner Kunstmarkt aufmischte. Julian Isherwood, der als sein Sprecher fungierte, verweigerte jeglichen Kommentar. »Etwaige Käufe meines Klienten waren privat«, sagte er, »und bleiben es auch.«

Ende April flogen Isherwood und sein russischer Freund nach New York, wo sie sehnlich erwartet wurden. Sie machten die Runde durch Auktionshäuser und Galerien, speisten in den richtigen Restaurants und sahen sich sogar ein Musical am Broadway an. Ein Klatschreporter der *Post* berichtete, sie hätten bei Otto Naumann Ltd. in der East Eightieth Street mehrere alte Meister gekauft, aber auch diesmal murmelte Isherwood etwas vom Wunsch seines Klienten nach Diskretion. Der schien allerdings nicht übermäßig ausgeprägt zu sein, denn wer ihn kennenlernte, hatte den Eindruck, er sei ein Mann, der sich gern zeigte. Erst recht galt das für die schöne junge Frau – anscheinend seine Ehefrau, obwohl das nie unwiderlegbar bewiesen wurde –, die ihn in die USA begleitete. Sie war Französin, zierlich, schwarzhaarig und auffällig unfreundlich. »Lässt keine Gelegenheit aus, sich im Spiegel zu bewundern«, sagte der Geschäftsführer eines exklusiven Juweliers in der Fifth Avenue im Vertrauen. »Anstrengend anspruchsvoll.«

Aber wer war dieser Dmitri Antonow? Und – vielleicht noch wichtiger – wo stammte sein Geld her? Um ihn rankten sich bald Gerüchte wie um den großen Gatsby, manche bösartig, andere bewusst platziert. Angeblich hatte er einen Mann umgebracht, viele Männer umgebracht und sein Vermögen auf unrechtmäßige Weise erworben, was zufällig alles stimmte. Außerdem machte es ihn für die vom Kunsthandel Lebenden nicht weniger attraktiv. Woher sein Geld stammte, war ihnen ziemlich egal, solange der Scheck rechtzeitig kam und es bei der Lieferung keine Probleme gab. Es gab keine. Seine Bank war die angesehene HSBC in Paris, aber seltsamerweise gingen alle Käufe ins Zollfreilager Genf. »Wieder einer von denen«, sagte eine Mitarbeiterin im Versand von Sotheby's. Ihr Vorgesetzter erinnerte sie ruhig daran, dass diese Leute dafür sorgten, dass Sotheby's im Geschäft blieb.

Der Tresorraum im Zollfreilager war gewissermaßen seine einzige feste Adresse. In London wohnte er im Dorchester, in Paris im Hôtel de Crillon. Und wenn er geschäftlich nach Zürich musste, tat es nur die Carezza Suite im Dolder Grand. Selbst Julian Isherwood, der in ständiger Handyverbindung mit ihm stand, wusste angeblich nicht immer, wo Antonow morgen oder übermorgen sein würde. Gerüchteweise hieß es, er habe sich irgendwo in Frankreich ein Schloss gekauft. »Er benutzt das Zollfreilager nur zur vorübergehenden Aufbewahrung«, flüsterte Isherwood in Oliver Dimblebys Ohr. »Anscheinend hat er Großes vor.« Danach verpflichtete er Dimbleby zu absoluter Geheimhaltung, womit garantiert war, dass bis zum nächsten Morgen ganz London davon wusste.

Aber wo in Frankreich? Die Gerüchteküche begann wieder zu kochen, denn an dem Tag, an dem Dmitri Antonow aus New York abreiste, brachte die Zeitung *Nice-Matin* eine kleine Meldung über ein berühmt-berüchtigtes Anwesen bei Saint-Tropez. Die Villa Soleil, eine weitläufige Strandvilla an der Baie de Cavalaire, hatte dem russischen Oligarchen und Waffenhändler Iwan Charkow gehört, der vor einem Luxusrestaurant in Saint-Tropez erschossen worden war. Fast ein Jahrzehnt lang hatte das Anwesen dem französischen Staat gehört, dem jetzt aus ungeklärten Gründen daran lag, es möglichst schnell zu veräußern. Offenbar war schon ein Käufer für die Villa Soleil gefunden, aber trotz intensiver Recherchen hatte die Zeitung ihn bisher nicht identifizieren können.

Mit der Renovierung der Villa wurde sofort begonnen. Schon am Tag nach dem Erscheinen der Meldung machte sich ein Heer von Malern, Installateuren, Tapezierern, Elektrikern, Maurern und Gärtnern über die Villa Soleil her und arbeitete ununterbrochen, bis der große Palast am Meer wieder bewohnbar war. Die unermüdliche Energie der Arbeiterschaft weckte nicht wenige Ressentiments bei den Nachbarn, die bei diversen Bauvorhaben üble Erfahrungen mit dem provenzalischen Schlendrian gemacht hatten. Selbst Jean-Luc Martel, der in seiner Luxusvilla auf der gegenüberliegenden Seite der Bucht lebte, fand das vorgelegte Tempo beeindruckend. Das wussten Gabriel und sein Team, weil sie dank der mächtigen amerikanischen NSA mithören und – lesen konnten, wenn er telefonierte oder Mails schrieb. Dazu gehörte auch eine zornige E-Mail an ein Bauunternehmen, das mit der Renovierung seines Poolhauses zwei Monate in Verzug war. »Ich verlange Fertigstellung bis Ende April«, schrieb er, »sonst entziehe ich Ihnen den Auftrag und gebe ihn der Firma, die Iwans alte Villa renoviert hat.«

Auch die Neueinrichtung der Villa Soleil durch einen der prominentesten Innenausstatter der Côte d'Azur lief in demselben unprovenzalischen Tempo ab. Es gab nur eine Verzögerung, als es um zwei identische Sofas ging, die bei Olivia Watsons Manufaktur in Saint-Tropez bestellt wurden. Durch eine Unachtsamkeit einer Angestellten – tatsächlich stand dahinter Absicht – erschien der Name des Besitzers der Villa auf dem Auftragsformular. Olivia Watson erzählte ihn Martel, der ihn seinerseits an eine Kolumnistin der Zeitung *Nice-Matin* weitergab, die mehrfach schmeichelhaft über ihn berichtet hatte. Das wussten Gabriel und sein Team, weil die mächtige amerikanische NSA es sagte.

Somit blieben nur noch die Gemälde übrig, die mit Julian Isherwoods fachmännischem Rat gekauft und in einem Tresorraum im Zollfreilager Genf zwischengelagert worden waren. Mitte Mai wurden sie mit mehreren Möbelwagen, die von Leuten eines privaten Sicherheitsdiensts und Agenten der Alphagruppe bewacht wurden, in die Provence transportiert. Von der Dame des Hauses unterstützt, überwachte Isherwood die Hängung der Bilder in der Villa Soleil. Dann flogen die Französin und er nach Paris, wo der Hausbesitzer in seiner gewohnten Suite im Crillon wohnte. An diesem Abend dinierten sie in Martels neuem Restaurant am Boulevard Saint-Germain in Gesellschaft eines athletischen Mannes, der Französisch mit korsischem Akzent sprach. Auch Martel war mit seiner glamourösen englischen Freundin da. Die Anwesenheit ihrer

Zielperson überraschte Gabriel und sein Team nicht: Sie kannten Martels Terminplan so gut wie er und hatten einen Vierertisch auf den Namen Dmitri Antonow reserviert. Binnen Minuten nach ihrer Ankunft erschien ein Ober mit einer Flasche Champagner und einem handgeschriebenen Briefchen. Der Champagner war ein 1998er Dom Pérignon, das Briefchen kam von Jean-Luc Martel. *Willkommen in der Nachbarschaft. Wir sehen uns in Saint-Tropez …* Insgesamt ein vielversprechender Anfang.

27

CÔTE D'AZUR

»Ich fahre später mal ins Dorf, denke ich.«

»Wozu denn?«

»Heute ist Markttag. Du weißt, wie sehr ich Märkte liebe.«

»Ah, ja, wunderbar.«

»Kannst du mitkommen?«

»Leider nicht. Muss mit ein paar Leuten telefonieren.«

»Na schön.«

Obwohl Michail und Natalie – sonst als Dmitri und Sophie Antonow bekannt – ihr neues Heim an der Baie de Cavalaire erst vor zehn Tagen bezogen hatten, schienen sie sich bereits zu langweilen. Aber das war keine operative, sondern angeordnete eheliche Langeweile. Gabriel hatte entschieden, die Antonows könnten keine ungetrübt glückliche Ehe führen. Nur wenige Ehen seien perfekt, argumentierte er, und in der Ehe zwischen einem russischen Kriminellen und einer Französin zweifelhafter Herkunft müsse es gelegentlich knirschen. Außerdem hatte er sie angewiesen, ihre neue Identität stets beizubehalten, selbst wenn sie hinter der dreieinhalb Meter hohen Parkmauer der Villa Soleil in Sicherheit waren. Daher dieser unterkühlte Dialog am Frühstückstisch.

Die beiden sprachen Englisch miteinander, denn Dmitri Antonows Französisch war grässlich, und seine Frau sprach kein Russisch. Das Hauspersonal, alles Agenten aus Paul Rousseaus Alphagruppe, sprach möglichst nur mit Madame Sophie. Monsieur Antonow ging man lieber aus dem Weg. In ihren Augen war er grob und ungehobelt, und er hielt sie mit einigem Recht für die schlechtesten Hausangestellten der gesamten Provence. Gabriel, der seiner Meinung war, drängte Rousseau, sie rasch nachschulen zu lassen. Sonst riskierten sie einen Misserfolg ihres Unternehmens.

Michail und Natalie saßen wie ein Filmpaar an einem Tisch auf der breiten Terrasse unter Kolonnaden mit Blick auf den Pool. Genau hier hatten sie schon an den ersten neun Morgen gefrühstückt, denn dies war Monsieur Antonows Lieblingsplatz. Er hatte seinen Tag mit einer halben Stunde Power-Schwimmen begonnen. Sein blasser Körper steckte jetzt in einem schneeweißen Frotteebademantel. Natalies Blick fiel auf einen Wasserfaden, der über seinen Waschbrettbauch zum Bund seiner Badehose lief. Sie sah rasch wieder weg. Madame Sophie, ermahnte sie sich, war sauer auf Monsieur Antonow. Es würde ihm nicht gelingen, sich durch zur Schau gestellte körperliche Vorzüge wieder bei ihr einzuschmeicheln.

Sie goss sich einen starken Kaffee aus der Silberkanne ein und gab reichlich aufgeschäumte Milch dazu. Während sie das tat, wirkte sie überzeugend französisch. Als Nächstes zog sie eine Gitane aus der Packung und zündete sie an. Wie ihre mürrische Art dienten die Zigaretten lediglich zur Tarnung. Als Ärztin, die oft genug gesehen hatte, welche Verheerungen das Rauchen im menschlichen Körper anrichtete, war sie eine überzeugte Nichtraucherin. Der erste Lungenzug erzeugte sofort einen Hustenreiz, den sie aber mit einem Schluck Kaffee unterdrücken konnte. Nahezu perfekt, dieser Kaffee, dachte sie, nur in Südfrankreich schmeckt er so. Der Morgen war hell und klar mit einer Brise, die die Zypressen an der Grundstücksgrenze zum Nachbarn leicht bewegte. Die Baie de Cavalaire war mit kleinen Wellen bedeckt, und in der Ferne konnte Natalie die Umrisse der Villa ausmachen, die Jean-Luc Martel – Hotelier, Restaurateur, Modezar, Juwelier und internationaler Drogenhändler – gehörte.

»Croissant?«, fragte sie.

»Wie bitte?« Michail studierte irgendwas auf seinem iPad mit solcher Konzentration, dass er sich nicht die Mühe machte, den Kopf zu heben und ihren Blick zu erwidern.

»Ich habe gefragt, ob du noch ein Croissant möchtest.«

»Nein.«

»Wie wär's mit Lunch?«

»Jetzt?«

»In Saint-Tropez. Du könntest dich dort mit mir treffen.«

»Ich will's versuchen. Wann?«

»Mittags. Darling. Das ist die Zeit, wann die meisten Leute lunchen.«

Er strich mit einem Zeigefinger über sein iPad, sagte aber nichts. Natalie drückte ihre Zigarette aus und stand ruckartig auf, wie es Sophie Antonows Art war. Dann beugte sie sich zu Michail hinunter, um in sein Ohr zu sprechen.

»Deine Rolle gefällt dir ein bisschen zu gut«, flüsterte sie auf Hebräisch. »An deiner Stelle würde ich sie mir lieber nicht angewöhnen.«

Sie verschwand nach drinnen und ging barfuß durch mehrere saalartige Räume, bis sie die nach oben führende prächtige Freitreppe erreichte. Diesmal bist du weit luxuriöser untergebracht als bei deinem ersten Einsatz, sagte sie sich und dachte an ihre schäbige Wohnung in Aubervilliers in der Pariser Banlieue, den schmuddeligen kleinen Raum in einer IS-Unterkunft in Raqqa, das Ausbildungslager in der Wüste am Rand von Palmyra, die Kammer in dem Haus bei Mossul, in dem sie Saladin gesund gepflegt hatte.

Sie sind mein Maimonides …

Im Schlafzimmer war das Bett mit Satinbettwäsche noch zerwühlt. Die Dienstmädchen aus der Alphagruppe hatten offenbar noch keine Zeit gefunden, hier aufzuräumen. Natalie lächelte schuldbewusst. Dies war der einzige Raum des Hauses, in dem Michail und sie nicht versuchten, ihre wahren Gefühle füreinander zu verbergen. Strenggenommen hatten sie letzte Nacht vorschriftswidrig gehandelt, weil der Dienst intime Beziehungen zwischen Agenten im Einsatz untersagte. Aber wie jeder wusste, gehörte das zu den am wenigsten durchgesetzten Dienstvorschriften. Schließlich war allgemein bekannt, dass sogar der jetzige Direktor und seine Frau viele Male dagegen verstoßen hatten. Außerdem, dachte Natalie, während sie die Laken glatt strich, lieben wir uns um unserer Legende willen. Auch streitende Ehepartner sind nicht immun gegen die dunkle Macht sexuellen Begehrens.

Der begehbare Kleiderschrank war voller Designermode, Schuhe und Accessoires, die alle der mörderische syrische Diktator bezahlt hatte. Nur das Beste für Madame Sophie. Aus einer Schublade nahm sie Leggings aus Lycra und einen Sport-BH. Als sie angezogen war, ging sie den Korridor entlang in den Fitnessraum, in dem auch ihr Laufband stand. Sie hasste es, in geschlossenen Räumen zu laufen, aber ihr blieb keine andere Wahl. Madame Sophie durfte nicht draußen laufen. Madame Sophie wäre gefährdet gewesen. Natalie Mizrahi übrigens auch.

Sie setzte Kopfhörer auf und begann in leichtem Joggingtempo, das sie jedoch mit jedem Kilometer steigerte, bis sie wie eine ausgezeichnete Zehntausendmeterläuferin unterwegs war. Ihre Atmung blieb dabei kontrolliert und gleichmäßig; nach den vielen Wochen auf der Farm in Nahalal war sie in Topform. Sie beendete ihr Laufpensum mit einem Schlussspurt und arbeitete noch eine halbe Stunde an einem Kabelzug-Trainer, bevor sie ins Schlafzimmer zurückkehrte, um zu duschen und sich anzuziehen. Weiße Caprihose, enger Stretchpullover, der ihren Busen und die schmale Taille betonte, flache, goldfarbene Sandalen. Vor dem Spiegel stehend dachte sie wieder an ihr erstes Unternehmen, den Hidschab und die verhüllende Kleidung von Dr. Leila Hadawi. Leila, dachte sie, wäre mit

Sophie Antonow nicht einverstanden gewesen. Darin war sie sich mit Natalie völlig einig.

Sie trat auf den Balkon und sah auf die Terrasse hinunter, auf der Michail in der Badehose auf einer Liege in der Morgensonne lag. Obwohl sie schon zehn Tage hier waren, hatte sich an seiner Blässe nichts geändert. Seine Haut wollte einfach nicht braun werden.

»Willst du wirklich nicht mitkommen?«, rief sie hinunter.

»Ich habe zu tun.«

Natalie ließ ihr vom Dienst gestelltes Smartphone in ihre Schultertasche fallen, ging die Treppe hinunter und trat aus dem Haus, vor dem der schwarze Maybach der Antonows mit einem Agenten der Alphagruppe am Steuer neben dem Springbrunnen wartete. Hinten in der Limousine saß ein weiterer Agent: Roland Girard, bei ihrem ersten Einsatz Direktor der kleinen Klinik in Auberville, in der Dr. Leila Hadawi als Ärztin gearbeitet hatte. Jetzt war er Madame Sophies bevorzugter Bodyguard. Angeblich hatten die beiden eine heiße Affäre miteinander. Entsprechende Gerüchte waren Monsieur Antonow zu Ohren gekommen. Er hatte mehrmals versucht, den Leibwächter zu entlassen, aber davon wollte Madame Sophie nichts wissen. Als der Maybach durch das massive Sicherheitstor hinausfuhr, zündete sie sich eine weitere Gitane an und starrte mürrisch aus dem Seitenfenster. Diesmal konnte sie ein Hüsteln nicht unterdrücken.

»Hör zu«, sagte Girard, »du brauchst dieses Zeug nicht zu rauchen, wenn wir unter uns sind.«

»Ich muss aber, sonst gewöhne ich mich nie daran.«

»Was hast du vor?«, fragte er.

»Ich will auf den Markt.«

»Und dann?«

»Ich hatte gehofft, mein Mann würde mit mir essen gehen, aber er hat anscheinend Wichtigeres zu tun.«

Girard lächelte nur, ohne etwas zu sagen. Im nächsten Augenblick kündigte Natalies Handy mit einem *Ping!* eine eingegangene Nachricht an. Nachdem sie den kurzen Text gelesen hatte, steckte sie das Smartphone wieder weg und rauchte die Gitane hustend zu Ende. Madame Sophie würde schon bald mit Madame Olivia zusammentreffen. Bis dahin musste sie noch üben.

28

SAINT-TROPEZ

Als sie an der Abzweigung zur Plage de Pampelonne vorbeifuhren, stiegen in Natalie alte Erinnerungen hoch, die jedoch nicht Leila, sondern ihr selbst gehörten. Ein herrlicher Tag Ende August. Natalie und ihre Eltern haben die zweistündige Fahrt von Marseille nach Saint-Tropez auf sich genommen, weil kein anderer Strand in Frankreich – auf der Welt! – mit diesem vergleichbar ist. Man schreibt das Jahr 2011. Natalie hat ihr Medizinstudium abgeschlossen und steht am Anfang einer lange geplanten Karriere im staatlichen Gesundheitswesen. Sie ist eine mustergültige Staatsbürgerin, die sich nicht vorstellen kann, jemals in einem anderen Land zu leben.

Aber unter ihren Füßen verändert Frankreich sich rasch. Es ist kein Land mehr, in dem man als Jude sicher ist. Jeder Tag scheint neue Schreckensnachrichten zu bringen. Wieder ein Kind geschlagen oder bespuckt, eine Schaufensterscheibe eingeschlagen, eine Synagoge mit Graffiti besprüht oder ein Grabstein umgeworfen. Und so tun Natalie und ihre Eltern an jenem Augusttag am Strand in Pampelonne ihr Bestes, sich nicht als Juden zu erkennen zu geben. Das misslingt jedoch, und der Tag vergeht nicht, ohne dass der Ober, der ihr Mittagessen serviert, sie verächtlich mustert und eine Verwünschung murmelt. Auf der Rückfahrt nach Marseille treffen Natalies Eltern eine schwerwiegende Entscheidung: Sie werden Frankreich verlassen, nach Israel auswandern. Natalie, ihr einziges Kind, soll mitkommen. Sie ist sofort einverstanden. Und nun, dachte sie mit einem Blick durch die getönte Scheibe des Maybachs, bin ich wieder hier.

Hinter den Stränden lagen neu angelegte Weingärten, in

denen kleine Villen im Schatten von Pinien und Zypressen standen. Sobald sie sich Saint-Tropez näherten, verschwanden die Villen jedoch hinter hohen Mauern, von denen blühende Ranken herabhingen. Dies waren die Häuser der lediglich Reichen, nicht der Superreichen wie Dmitri Antonow oder Iwan Charkow vor ihm. Als Kind hatte Natalie davon geträumt, in einem von Mauern umgebenen Herrenhaus zu leben. Gabriel hatte ihr diesen Wunsch erfüllt. Nicht Gabriel, dachte sie plötzlich. Das verdanke ich Saladin.

Der Chauffeur bog mit dem Maybach auf die Avenue Foch ab und folgte ihr in Richtung Zentrum. Es war erst Juni, noch nicht Hochsommer, deshalb war das Gedränge selbst auf der Place des Lices, dem lebhaften Markt unter freiem Himmel, noch nicht allzu schlimm. Als Nadine langsam an den Marktständen vorbeischlenderte, empfand sie überwältigende Verlustgefühle. Dies ist *mein* Land, dachte sie, und trotzdem hat meine Familie es wegen Ausbrüchen uralten Hasses verlassen müssen. Roland Girards Gegenwart bewirkte, dass sie sich auf ihren jetzigen Auftrag konzentrierte. Er ging nicht neben, sondern einige Schritte hinter ihr her. So konnte ihn niemand für ihren Ehemann halten. Seine einzige Aufgabe war es, Madame Sophie Antonow, die neue Bewohnerin der Skandalvilla an der Baie de Cavalaire, zu beschützen.

Plötzlich hörte sie, wie jemand aus einem Café am Boulevard Vasserot ihren Namen rief. »Madame Sophie, Madame Sophie! Ich bin's, Nicolas. Hier drüben, Madame Sophie.« Sie hob den Kopf und sah Christopher Keller, der ihr von einem Tisch vor dem Le Clemenceau zuwinkte. Sie lächelte, dann überquerte sie mit Roland Girard dicht hinter ihr die Straße. Keller stand auf und bot ihr einen Stuhl an. Während Natalie sich setzte, kehrte Girard auf die Place des Lices zurück und bezog einen Beobachtungsposten im gefleckten Schatten einer Platane.

»Was für eine angenehme Überraschung«, sagte Keller, als sie allein waren.

»Ja, nicht wahr?« Natalies Tonfall war kühl. So sprach Madame Sophie mit Leuten, die für ihren Mann arbeiteten. »Was führt Sie hierher?«

»Besorgungen. Sie?«

»Ich wollte ein bisschen shoppen.« Sie sah sich um. »Werden wir beobachtet?«

»Natürlich, Madame Sophie. Sie erregen überall Aufsehen.«

»Das war der Plan, nicht wahr?«

Keller trank Campari. »Haben Sie schon Gelegenheit gehabt, sich in ein paar Galerien umzusehen?«

»Noch nicht.«

»Am Vieux Port gibt es eine ziemlich gute. Ich zeige sie Ihnen gern. Nur fünf Minuten von hier.«

»Ist die Besitzerin anwesend?«

»Ich denke schon, ja.«

»Wie möchte unser Freund, dass ich mich verhalte?«

»Er scheint zu glauben, eine hochnäsige Abfuhr sei angebracht.«

Natalie lächelte. »Für Madame Sophie kein Problem, denke ich.«

Sie gingen auf der Rue Gambetta mit ihren vielen Geschäften in Richtung Vieux Port. Keller trug eine weiße Seglerhose, blaue Bootsschuhe und einen eng anliegenden schwarzen Pullover. Mit seinem dunklen Teint und Gel im Haar sah er leicht verrufen aus. Natalie, die wieder Madame Sophie spielte, wirkte zutiefst gelangweilt. Sie blieb vor einigen Schaufenstern stehen, auch vor dem einer Boutique, die den Namen Olivia Watson trug. Roland Girard, ihr Ersatz-Bodyguard, stand wachsam hinter ihr.

»Was halten Sie von dem da?«, fragte sie und zeigte auf ein fast durchsichtiges Kleid, das wie ein Negligé an einer kopflosen Schaufensterpuppe hing. »Glauben Sie, dass Dmitri mich darin bemerken würde? Oder wie wär's mit *diesem?* Das müsste sogar ihm auffallen.«

Als er mit professionellem Schweigen reagierte, ging sie weiter und schwang dabei ihre Schultertasche wie ein verzogenes Schulmädchen. Jossi Gavisch und Rimona Stern kamen ihnen Hand in Hand auf der engen Straße entgegen, lachten dabei über einen Scherz. Dina Sarid begutachtete ein Paar Sandalen im Schaufenster von Minelli, und etwas weiter die Straße entlang entdeckte Natalie Eli Lavon, der hastig eine Apotheke betrat wie ein Mann, der schlimme Verdauungsstörungen hat.

Schließlich erreichten sie die Place de l'Ormeau. Dies war kein richtiger Platz wie die Place des Lices, sondern nur ein kleines Dreieck am Schnittpunkt dreier Straßen. In seiner Mitte stand ein alter Brunnen im Schatten eines einzelnen Baums. Eine Seite nahm ein Modegeschäft, eine weitere ein Café ein. Und neben dem Café stand das elegante dreistöckige Gebäude – nach hiesigen Maßstäben groß, hellgrau statt beige – der Galerie Olivia Watson.

Die massive Holztür war geschlossen und abgesperrt. Daneben verkündete ein Messingschild auf Französisch und Englisch, die Galerie sei nur nach Vereinbarung geöffnet. Im Schaufenster waren drei Gemälde ausgestellt: ein Lichtenstein, ein Basquiat und ein Werk des französischen Malers und Bildhauers Jean Dubuffet. Natalie ging hinüber, um sich den Basquiat anzusehen, während Keller mit seinem Smartphone beschäftigt war. Wenig später merkte sie, dass hinter ihr jemand stand. Ein Hauch von Fliederduft zeigte, dass das nicht Roland Girard war.

»Schön, nicht wahr?«, fragte eine Frauenstimme auf Französisch.

»Der Basquiat?«

»Ja.«

»Eigentlich«, erklärte Natalie der Glasscheibe, »gefällt mir der Dubuffet besser.«

»Sie haben Geschmack.«

Natalie drehte sich langsam um und begutachtete das vierte Kunstwerk, das auf der Place de l'Ormeau hinter ihr stand. Die Blondine war unerwartet groß, sodass sie zu ihr aufsehen musste. Sie war nicht schön, sie war professionell schön. Bisher hatte Natalie nicht gewusst, dass es diesen Unterschied gab.

»Möchten Sie ihn sich genauer ansehen?«, fragte die Frau.

»Wie bitte?«

»Den Dubuffet. Ich habe vor meinem nächsten Termin ein paar Minuten Zeit.« Sie streckte lächelnd die Hand aus. »Entschuldigung, ich hätte mich vorstellen sollen. Ich bin Olivia. Olivia Watson«, fügte sie hinzu. »Dies ist meine Galerie.«

Natalie drückte die hingestreckte Hand. Sie war ungewöhnlich lang wie der dazugehörige Arm, der glatt und golden war. Leuchtend blaue Augen betrachteten sie aus einem Gesicht, das in seiner Perfektion fast unwirklich erschien. Es trug einen leicht neugierigen Ausdruck.

»Sie sind Sophie Antonow, nicht wahr?«

»Kennen wir uns?«

»Nein, aber Saint-Tropez ist eine kleine Stadt.«

»Sehr klein«, sagte Natalie kühl.

»Wir wohnen Ihnen und Ihrem Mann gegenüber an der Bucht«, erklärte Olivia Watson ihr. »Wir können Ihre Villa von unserer aus sehen. Vielleicht hätten Sie Lust, uns mal zu besuchen?«

»Tut mir leid, aber mein Mann ist immer sehr beschäftigt.«

»Das klingt ganz nach Jean-Luc.«

»Jean-Luc ist Ihr Mann?«

»Partner«, sagte Olivia Watson. »Er heißt Jean-Luc Martel.

Vielleicht haben Sie schon von ihm gehört. Ihr Mann und Sie waren vor ein paar Wochen in seinem neuen Restaurant in Paris. Er hat Ihnen eine Flasche Champagner servieren lassen.« Sie sah zu Keller hinüber, der angelegentlich das Display seines Smartphones studierte. »Er war auch dabei.«

»Er arbeitet für meinen Mann.«

»Und dieser da?« Olivia Watson nickte zu Roland Girard hinüber.

»Der arbeitet für mich.«

Die leuchtend blauen Augen konzentrierten sich wieder auf ihr Gegenüber. Obwohl Natalie Hunderte von Fotos von Olivia Watson studiert hatte, um sich auf die erste Begegnung mit ihr vorzubereiten, wirkte ihre Schönheit frappierend, wenn man sie live erlebte. Sie lächelte jetzt schwach: ein wissendes Lächeln, verführerisch, überlegen. Sie wusste recht gut, wie ihre Erscheinung auf andere Frauen wirkte.

»Ihr Mann ist Kunstsammler«, sagte sie.

»Er ist ein Geschäftsmann, der Kunst liebt«, sagte Natalie vorsichtig.

»Vielleicht hätte er Lust, sich mal in meiner Galerie umzusehen.«

»Mein Mann zieht alte Meister moderner Kunst vor.«

»Ja, ich weiß. In diesem Frühjahr hat er in London und New York ziemliches Aufsehen erregt.« Sie wühlte in ihrer Schultertasche und zog eine Geschäftskarte heraus, die sie Natalie hinhielt. »Meine Handynummer steht auf der Rückseite. Ich habe ein paar besondere Bilder, die Ihren Mann interessieren könnten. Und bitte kommen Sie an diesem Wochenende einmal zum Mittagessen zu uns. Jean-Luc möchte Sie gern beide kennenlernen.«

»Mein Mann und ich haben am Wochenende etwas anderes vor«, sagte Natalie rasch. »Schönen Tag noch, Mrs. Wilson. War mir ein Vergnügen, Sie kennenzulernen.«

»Watson«, rief sie ihr nach, als Natalie wegging. »Ich heiße Olivia Watson.«

Sie hielt weiter die Geschäftskarte zwischen Daumen und Zeigefinger. Keller trat auf sie zu und schnappte sich die Karte. »Madame Sophie ist manchmal ein bisschen launisch. Keine Sorge, ich lege beim Boss ein gutes Wort für Sie ein.« Er streckte ihr die Hand hin. »Ich bin übrigens Nicolas. Nicolas Carnot.«

Keller begleitete Natalie und Roland Girard zur Place des Lices zurück, wo der Maybach auf sie wartete. Sekunden später fuhr die Limousine unter den neidvollen Blicken von Touristen und Einheimischen an und glitt lautlos davon. Keller überquerte den Markt, um auf die andere Seite des Platzes zu gelangen, und bestieg dort seinen Motorroller Peugeot Satelis. Er fuhr auf der Küstenstraße den Golf von Saint-Tropez entlang nach Osten, dann nach Süden in die Hügel des Vars, bis er die Kleinstadt Ramatuelle erreichte. Sie hatte Ähnlichkeit mit dem Dorf der Orsatis auf Korsika: eine Ansammlung kleiner grauer Häuser mit roten Ziegeldächern, die sich trutzig auf einem Hügel zusammendrängten. In der bewaldeten Umgebung des Dorfs waren größere Villen versteckt. Eine davon hieß La Pastorale. Keller vergewisserte sich erneut, dass ihn niemand beobachtete, bevor er vor dem massiven Stahltor hielt. Es war grün gestrichen und fast unüberwindbar. Er drückte den Klingelknopf der Haussprechanlage.

»Oui?«, fragte eine metallisch klingende Stimme.

»C'est moi«, sagte Keller. »Mach das Scheißtor auf.«

Die lange Zufahrt schlängelte sich zwischen Pinien und Pappeln hindurch bis zu einer großen Natursteinvilla mit gelben Fensterläden. Keller betrat das Haus und ging in den Salon, der als provisorisches Operationszentrum diente. Gabriel und

Paul Rousseau saßen vor einem aufgeklappten Laptop. Rousseau nickte Keller zurückhaltend zu – er hatte weiter kein Vertrauen zu dem talentierten MI6-Agenten, der Französisch wie ein Korse sprach und sich in Gesellschaft von Kriminellen wohlfühlte –, aber Gabriel grinste breit.

»Gut gemacht, Monsieur Carnot. Die Geschäftskarte mitzunehmen war ein hübscher Touch.«

»Der erste Eindruck zählt.«

»Allerdings! Hör dir das an.«

Gabriel gab einen kurzen Tastenbefehl ein. Sekunden später hörten sie eine Frau auf Französisch schimpfen. Sie hatte einen großen Wortschatz, aber sie sprach mit unverkennbar englischem Akzent.

»Mit wem redet sie?«

»Natürlich mit Jean-Luc.«

»Wie hat er reagiert?«

»Das hörst du gleich.«

Keller zuckte zusammen, als Martels Stimme aus den Lautsprechern dröhnte.

»Er ist's offenbar nicht gewöhnt, dass ihm jemand einen Wunsch abschlägt«, sagte Gabriel.

»Was kommt als Nächstes?«

»Noch eine Abfuhr. Sogar mehrere.«

Die Aufzeichnung brach ab, als Olivia Watson nach einer weiteren Schimpfkanonade das Telefongespräch beendete. Keller trat an die Wand aus Bildschirmen und beobachtete, wie ein Maybach durchs Tor einer palastartigen Strandvilla fuhr. Eine Frau stieg aus, durchquerte saalartige Räume mit zahllosen Altmeistergemälden an den Wänden und gelangte schließlich auf die Terrasse mit Blick auf einen Pool von der Größe einer Lagune. Auf einer Liege döste dort ein Mann, dessen blasse Haut sich in der erbarmungslos brennenden Sonne allmählich rötete. Die Frau flüsterte ihm etwas direkt ins Ohr, das die Mikrofone nicht mitbekamen, und führte ihn nach oben in einen Raum, in dem es weder Kameras noch Mikrofone gab. Keller lächelte, als die Tür sich hinter den beiden schloss. Vielleicht gab es doch noch Hoffnung für Madame Sophie und Monsieur Antonow.

29

CÔTE D'AZUR

Tatsächlich hatten Madame Sophie und Monsieur Antonow an diesem Wochenende nichts vor. Aber irgendwie, vielleicht durch eine unsichtbare Hand oder Zauberei bewirkt, wurde doch noch ein Plan verwirklicht. An dem perfekten Freitagabend war kaum die Sonne untergegangen, als eine scheinbar endlose Perlenschnur von Autoscheinwerfern an der Baie de Cavalaire zur Villa Soleil unterwegs war, die strahlend hell beleuchtet war und im Rhythmus von Musik pulsierte, die weit übers Wasser schallte, was beabsichtigt war. Die Gäste kamen von nah und fern: Schauspieler und Autoren und unbedeutende Aristokraten und Diebe. Der Sohn eines italienischen Autobauers, der sich mit einem Harem aus halb nackten Frauen umgab, und ein Popstar, der keinen Hit mehr gehabt hatte, seit die CD erfunden war. Die halbe Londoner Kunstwelt war ebenso da wie ein starkes Kontingent aus New York, das der Gastgeber angeblich auf eigene Kosten hatte einfliegen lassen. Dazu kamen viele, die später zugeben würden, gar keine Einladung bekommen zu haben. Diese Promis zweiter Klasse hatten gerüchteweise und in den sozialen Netzwerken von der großen Party gehört und sich beeilt, Monsieur Antonows vergoldete Tür zu erreichen.

Falls er an diesem Abend persönlich anwesend war, ließ er sich nirgends blicken. Tatsächlich würde kein einziger Gast zuverlässig behaupten können, ihn mit eigenen Augen gesehen zu haben. Selbst sein Kunstberater Julian Isherwood konnte sich nicht erklären, wo er steckte. Für die Handvoll Gäste, die sich dafür interessierten, veranstaltete Isherwood eine Privatführung zu den sehenswerten Kunstschätzen der Villa. Danach betrank er sich wie alle anderen. Um Mitternacht war das Büfett geplündert, und im Pool schwammen nackte Frauen. Es gab eine Schlägerei, einen Sexualakt in aller Öffentlichkeit und einen angedrohten Rechtsstreit. Alte Rivalitäten kochten hoch, Ehen zerbrachen und viele schöne Autos erlitten Blechschäden. Alle waren sich darüber einig, man habe sich blendend amüsiert.

Die Party war jedoch nicht zu Ende, sondern hatte nur eine Verschnaufpause eingelegt. Am späten Vormittag gab es wieder Staus auf der Zufahrtsstraße, und am Bootssteg der Villa Soleil lag eine Flottille weißer Motorjachten. In der zweiten Nacht wurde noch zügelloser gefeiert als in der ersten, weil die meisten Gäste betrunken ankamen oder nach letzter Nacht noch betrunken waren. Monsieur Antonows Heer von Sicherheitsleuten wachte aufmerksam über seine Gemälde, und einige der rüpelhaftesten Gäste wurden unauffällig und effizient an die frische Luft gesetzt. Trotzdem konnte niemand behaupten, dem Gastgeber die Hand geschüttelt oder ihn auch nur gesehen zu haben. Oh, es gab eine reiche Amerikanerin mittleren Alters mit von der Sonne gegerbter Lederhaut, die behauptete, sie habe gesehen, dass Monsieur Antonow das Fest à la großer Gatsby von einem privaten Balkon aus beobachte. Aber sie war schon ziemlich angeheitert, und ihre Behauptung wurde mit Gelächter quittiert. Beschämt versuchte sie, mit einem gut aussehenden jungen Formel-1-Fahrer zu flirten, fing die Sache aber zu unbeholfen an und musste sich dann mit Oliver Dimblebys Gesellschaft zufriedengeben. Als sie zuletzt gesehen wurden, torkelten sie in die Nacht hinaus, und Oliver hatte seine Hand auf ihrem verlängerten Rücken.

Am Sonntag fand ein Champagner-Brunch statt, nach dem die letzten Gäste aufbrachen. Die marschfähigen Verwundeten verließen die Villa selbstständig, die Bewusstlosen und Komatösen wurden abtransportiert. Dann rückte ein Heer von

Handwerkern an und beseitigte sämtliche Spuren der Ausschweifungen dieses Wochenendes. Und am Montagmorgen saßen Monsieur Antonow und Madame Sophie wieder wie gewohnt auf ihrer Terrasse mit Blick auf den Pool – Monsieur Antonow mit seinem Tablet beschäftigt, Madame Sophie in Gedanken verloren. Mittags fuhr sie, von Roland Girard begleitet, in die Stadt und aß mit Monsieur Carnot in einem Jean-Luc Martel gehörenden Restaurant am Vieux Port. Zufällig aß dort nur wenige Tische entfernt auch Olivia Watson mit einer fast genauso schönen Freundin. Als sie ging, würdigte sie Madame Sophie keines Blickes, aber Monsieur Carnot war sich ziemlich sicher, dass er ein Schimpfwort gehört hatte, das nicht einmal er, ein Mann von zweifelhaftem Ruf, in den Mund genommen hätte.

Am folgenden Wochenende gab es wieder eine Party, kleiner, aber nicht weniger verrucht, und eine Woche darauf stieg ein rauschendes Fest, das eine Rekordflut von Anzeigen bei der Gendarmerie auslöste. Danach verkündeten die Antonows einen Waffenstillstand, und das Leben an der Baie de Cavalaire verfiel wieder in seinen gewohnten Trott. Die meiste Zeit blieben sie Gefangene der Villa Soleil, aber Madame Sophie fuhr mehrmals in der Woche nach ihrem morgendlichen Fitnessprogramm in dem Maybach nach Saint-Tropez, um Einkäufe zu machen oder zum Lunch zu gehen. Im Allgemeinen aß sie mit Roland Girard oder Monsieur Carnot, aber auch zweimal mit einem großen sonnenverbrannten Engländer, der in den Hügeln bei Ramatuelle eine Villa für den Sommer gemietet hatte. Er hatte eine mollige rothaarige Frau, deren sarkastischen Witz Madame Sophie bewunderte.

Das Paar bewohnte die Villa jedoch nicht allein. Außer den beiden gab es eine zierliche Schwarzhaarige, die leicht hinkte und den Eindruck einer früh Verwitweten machte. Und einen undefinierbaren älteren Mann, der jeden Tag andere Sachen zu tragen schien. Und ein hart wirkender Mann mit pockennarbigem Gesicht, der anscheinend ständig irgendwelche Gewalttaten plante. Und ein professorenhaft wirkender Franzose, der die ganze Villa mit seiner ständig brennenden Pfeife einräucherte. Und ein Mann mit grauen Schläfen und grünen Augen, der den Franzosen ständig drängte, sich ein anderes Laster zuzulegen, mit dem er seine Mitbewohner nicht vergiftete.

Die Bewohner der Villa taten nicht so, als wollten sie sich erholen oder ihre Freizeit genießen; sie waren wegen einer ernsten Sache in die Provence gekommen. Der professorenhafte Franzose und der Mann mit den grünen Augen waren offenbar gleichberechtigt, aber in der Praxis schloss der Franzose sich fast allen Entscheidungen seines Partners an. Beide Männer verbrachten viel Zeit außerhalb der Villa. Beispielsweise pendelte der Franzose zwischen der Provence und Paris, während der Mann mit den grünen Augen mehrmals heimlich nach Tel Aviv flog. Er reiste auch nach London, wo er die Bedingungen für die nächste Phase ihres Unternehmens aushandelte, und nach Washington, wo man ihm wegen seines langsamen Tempos Vorwürfe machte. Er hatte jedoch Verständnis für die schlechte Laue seines amerikanischen Partners. Die Amerikaner waren es gewöhnt, Probleme durch Knopfdruck zu lösen. Geduld war keine amerikanische Tugend.

Andererseits war der Mann mit den grünen Augen die Geduld in Person – vor allem in der Villa bei Ramatuelle. Was Monsieur Antonow und Madame Sophie Verrücktes trieben, kümmerte ihn wenig. Er konzentrierte seine Aufmerksamkeit ganz auf die schöne Engländerin, der die Galerie an der Place de l'Ormeau gehörte. Mit Unterstützung der übrigen Bewohner der Villa beobachtete er sie Tag und Nacht. Und mithilfe seines Freundes in Amerika hörte er alle ihre Telefongespräche ab, las jede Textnachricht und E-Mail mit.

Sie hasste das lärmende neue Paar, das jenseits der Baie de Cavalaire eingezogen war – so viel war erkennbar –, aber sie war zugleich von ihm fasziniert. Vor allem fragte sie sich, wieso die Antonows sie übergangen hatten, wenn sie schon alle B-Promis Südfrankreichs in ihre Villa eingeladen hatten. Ihr Lebensgefährte dachte ähnlich. Er war schließlich selbst eine Berühmtheit. Eine echte Berühmtheit, keiner dieser Hochstapler, die wie Trabanten um die zweifelhaften Antonows kreisten. Schon bald stellte er eigene Nachforschungen über seine neuen Nachbarn und deren Vermögensverhältnisse an, die dazu führten, dass er in Monsieur Antonow einen Seelenverwandten erkannte. Also wies er seine Partnerin an, eine weitere Einladung auszusprechen. Sie antwortete sinngemäß, sie würde sich lieber die Pulsadern aufschneiden, als noch mal eine Minute mit der hochnäsigen Gans dort drüben zu verbringen.

Und so wartete der Mann mit den grünen Augen den richtigen Zeitpunkt ab. Er beobachtete jede ihrer Bewegungen, hörte alles mit, was sie sagte, und las jede ihrer elektronischen Nachrichten. Und er fragte sich, ob sie's wert war, dass er sich so auf sie konzentrierte. War sie die Frau seiner Träume – oder würde sie ihm das Herz brechen, wenn sein Unternehmen ihretwegen scheiterte? Würde sie sich freiwillig ergeben oder würde er sie unter Druck setzen müssen? Druck konnte er notfalls reichlich machen – vor allem durch die vierundachtzig leeren Leinwände, die er im Zollfreilager Genf entdeckt hatte. Aber er hoffte, dass es nicht dazu kommen würde. In Gedanken verglich er die Engländerin mit einem Gemälde, das dringend restauriert werden musste. Dazu würde er seine Dienste anbieten. Und war sie so töricht, sein Angebot abzulehnen, konnte die Sache unter Umständen hässlich werden.

In der zweiten Juniwoche hatte er genug gehört und gesehen. Der französische Nationalfeiertag, mit dem die eigentliche Sommersaison beginnen würde, rückte rasch näher. Aber wie sollte er den Graben überwinden, den er selbst ausgehoben hatte? Das konnte nur mit einer förmlichen Einladung gelingen, fand er. Er schrieb sie selbst – mit gestochen präziser Schrift wie aus einem Laserdrucker – und übergab sie Monsieur Carnot, der sie in die Galerie an der Place de l'Ormeau bringen sollte. Das tat er um 11.15 Uhr an einem perfekten provenzalischen Morgen, und gegen Mittag des folgenden Tages ging die erhoffte Antwort ein. Jean-Luc Martel, Hotelier, Restaurateur, Modezar, Juwelier und internationaler Drogenschmuggler, würde zum Lunch in die Villa Soleil kommen. Und Olivia Watson, für Gabriel die Frau seiner Träume, würde ihn begleiten.

30

CÔTE D'AZUR

»Was denkst du, Darling? Pistole oder keine Pistole?«

Michail bewunderte sich in dem Wandspiegel im Ankleidezimmer. Er trug einen dunkelgrauen, fast schwarzen Leinenanzug – etwas zu dunkel für den Anlass und das Wetter, das selbst für die Riviera warm war –, dazu ein bis zum Brustbein aufgeknöpftes schneeweißes Oberhemd. Nur seine Schuhe, Slipper für fünfzehnhundert Euro, die er ohne Socken trug, waren wirklich passend. Ihre Goldspangen passten zu der protzigen goldenen Armbanduhr, die wie ein deplatziertes Barometer auf seinem Handgelenk lag. Sie war ein Unikat aus Genf, für eine halbe Million ein Schnäppchen.

»Keine Pistole«, entschied Natalie. »Die könnte ein falsches Signal aussenden.«

Sie stand neben ihm, sodass der Wandspiegel sie beide zeigte. Sie trug ein ärmelloses weißes Kleid und mehr Schmuck, als für einen Lunch auf der Terrasse angebracht gewesen wäre. Im Gegensatz zu Michail war sie von der Sonne dunkelbraun gebrannt. Sie fand, ihre Sonnenbräune passe nicht ganz zu ihrem Haar, das vor ihrer Abreise aus Tel Aviv um mehrere Nuancen aufgehellt worden war.

»Glaubst du, dass es jemals langweilig werden könnte?«

»Was denn?«

»So zu leben.«

»Kommt auf die Alternative an, denke ich.«

In diesem Augenblick vibrierte Natalies Handy.

»Was gibt's?«

»Martel und Olivia sind eben weggefahren.«

Michail runzelte die Stirn, sah auf seine Uhr. »Sie hätten vor zwanzig Minuten kommen sollen.«

»JLM-Zeit«, sagte Natalie nur.

Ihr Smartphone vibrierte erneut.

»Was ist jetzt schon wieder?«

»Er schreibt, dass wir ein gut aussehendes Paar sind.«

Natalie küsste Michail auf die Wange und ging nach unten. Auf der schattigen Terrasse deckten der Butler und zwei Dienstmädchen – alle drei Agenten der Alphagruppe – übertrieben sorgfältig den Tisch. An der Terrassenbrüstung stand Christopher Keller mit einem Glas Rosé in der Hand. Natalie zog eine Marlboro aus ihrer Packung und sprach ihn auf Französisch an.

»Kannst du nicht wenigstens so tun, als wärst du ein bisschen nervös?«

»Tatsächlich freue ich mich darauf, ihn endlich kennenzulernen. Da kommt er übrigens.«

Natalie beobachtete die Küstenstraße und sah zwei schwarze Range Rover die Bucht entlangfahren: einer für Martel und Olivia, der andere für ihre Personenschützer. »Mit Leibwächtern zum Lunch«, sagte sie verächtlich wie Madame Sophie. »Wie *gauche!*« Dann zündete sie ihre Zigarette an und rauchte, ohne zu husten.

»Das kannst du schon ganz gut.«

»Ein scheußliches Laster.«

»Besser als manche anderen. Ich wüsste sogar einige, die viel schlimmer sind.« Keller beobachtete die näher kommenden Range Rover. »Du musst dich entspannen. Schließlich ist dies eine Party.«

»Jean-Luc Martel stammt wie ich aus Südfrankreich. Ich habe Angst, er könnte mich ansehen und als Jüdin aus Marseille erkennen.«

»Keine Sorge, er sieht nur, was er sehen soll. Und denk

daran«, sagte Keller, »wenn du bei Saladin eine Palästinenserin sein konntest, kannst du jede Rolle spielen.«

Natalie unterdrückte ein Hüsteln und sah zu, wie das Personal die Tischdekoration abschloss.

»Wozu *Kerzen?*«, murmelte sie. »Wir sind verloren.«

In den letzten Stunden der Vorbereitungen auf die lange erwartete Begegnung zwischen Jean-Luc Martel und Dmitri Antonow hatte es zwischen Gabriel und Paul Rousseau eine ungewohnt hitzige Debatte über eine scheinbare Nebensächlichkeit gegeben. Sollte das imposante Tor der Villa Soleil offen stehen, wenn Martel kam, oder geschlossen sein, sodass er eine sprichwörtliche letzte Hürde würde überwinden müssen? Rousseau plädierte für einladende Offenheit – Martel, argumentierte er, habe genug gelitten. Aber Gabriel war weniger nachsichtig und setzte sich schließlich mit seiner Forderung durch, das Tor müsse geschlossen bleiben. »Und er soll klingeln müssen wie jeder andere«, sagte Gabriel. »Aus Dmitri Antonows Sicht steht Martel weit unter ihm. Es ist wichtig, dass er auch so behandelt wird.«

Und so kam es, dass Martels Fahrer um 13.29 Uhr nicht nur einmal, sondern zweimal klingeln musste, bevor das Tor der Villa Soleil sich wenig gastfreundlich ächzend öffnete. Auf dem sonnendurchglühten Vorhof stand Roland Girard mit einem Funkgerät am Ohr. So hatte Martel nicht den Gastgeber, sondern einen Agenten der Alphagruppe vor sich, als er aus seinem Range Rover stieg. Er trug einen cremeweißen Popelineanzug, und seine Mähne, die sein Markenzeichen war, wurde von den heißen Windwirbeln zerzaust, die sich um den plätschernden Springbrunnen bildeten und wieder erstarben. Sechs Kameras hielten seine Ankunft fest, und der Sender, den Girard trug, übermittelte eine kurze Diskussion, bei der es um die Personenschützer ging. Martel wollte sie offenbar mit hineinnehmen, was Girard höflich, aber bestimmt ablehnte. Zuletzt wandte Martel sich aufgebracht ab und stiefelte die Stufen zum Eingang hinauf wie ein Gangster-Unternehmer oder Rockstar-Ganove. An Olivia dachte er gar nicht mehr. Sie folgte ihm mit einigem Abstand, als formuliere sie bereits eine Entschuldigung für sein Benehmen.

Inzwischen standen die Antonows wie für ein Foto aufgestellt – was natürlich stimmte – im Schatten unter dem Säulenvordach. Die Begrüßung nach Geschlechtern getrennt: Madame Sophie empfing Olivia Watson, als habe es den unfreundlichen kleinen Auftritt vor der Galerie nie gegeben, während Martel und Antonow sich die Hand gaben wie vor einem Duell. Martel sagte schmallippig, er habe schon viel von Monsieur Antonow gehört und freue sich, endlich seine Bekanntschaft zu machen. Er sprach Englisch, als wisse er, dass sein Gegenüber nicht Französisch konnte.

»Ihr Haus ist wirklich prachtvoll. Aber Sie kennen bestimmt seine Vorgeschichte.«

»Ich weiß, dass es einem Angehörigen des englischen Königshauses gehört hat.«

»Ich meinte Iwan Charkow.«

»Tatsächlich war das einer der Gründe dafür, dass ich bereit war, es dem französischen Staat abzunehmen.«

»Sie haben Monsieur Charkow gekannt?«

»Iwan und ich haben uns in unterschiedlichen Kreisen bewegt, fürchte ich.«

»Ich habe ihn recht gut gekannt«, prahlte Martel, als er neben seinem Gastgeber durch das große Foyer der Villa ging. Madame Sophie und Olivia folgten ihnen, und alle vier wurden von nie blinzelnden Kameraobjektiven verfolgt. »Die Charkows waren oft in meinen Restaurants in Paris und Saint-Tropez zu Gast. Schrecklich, wie er gestorben ist, nicht wahr?«

»Dahinter haben die Israelis gesteckt. Wenn man den Gerüchten glauben will.«

»Das waren nicht nur Gerüchte.«

»Sie scheinen sich Ihrer Sache sehr sicher zu sein.«

»An der Côte d'Azur passiert nicht viel, von dem ich nichts weiß.«

Sie gingen auf die Terrasse hinaus, wo der letzte Mittagsgast unter den Kolonnaden wartete.

»Jean-Luc Martel, ich möchte Ihnen Nicolas Carnot vorstellen. Nicolas ist mein engster Mitarbeiter und Berater. Er ist Korse, aber das dürfen Sie ihm nicht verübeln.«

In der Villa außerhalb von Ramatuelle beobachtete Gabriel aufmerksam, wie Jean-Luc Martel die ausgestreckte Hand ergriff. Die Spannung war fast mit Händen zu greifen, als die beiden sich begutachteten, wie es nur Männer tun, die sich in Abstammung, Ausbildung und Ehrgeiz sehr ähnlich sind. In dem stahlharten Korsen erkannte Martel offenbar vertraute Züge. Er stellte ihn Olivia vor, die erwähnte, dass sie sich schon zweimal vor der Galerie gesehen hatten. Martel achtete jedoch nicht darauf; er bewunderte eine Flasche Château de la Rouvière rosé aus Bandol in einem Eiskübel. Dass ihm dieser Wein ins Auge fiel, war kein Zufall: Er ließ ihn in allen seinen Bars und Restaurants servieren. Gabriel hatte genügend Rosé geordert, um einen Frachtkahn voller Haschisch darauf schwimmen lassen zu können.

Auf Madame Sophies Vorschlag nahmen sie zunächst auf den Sofas und Sesseln am anderen Ende der Terrasse Platz. Sie wirkte kühl und distanziert, beobachtete nur wie Gabriel. Er stand vor der Videowand, hielt den Kopf leicht zur Seite geneigt und umfasste sein Kinn mit einer Hand. Die anderen drängten sich von hinten gegen ihn, was er nicht leiden konnte. Eli Lavon stand mit Paul Rousseau neben ihm. Sie verfolgten besorgt, wie ein Agent der Alphagruppe in makellos weißer Jacke eine leere Flasche Rosé abtrug und durch eine neue ersetzte. Madame Sophie wies ihn halblaut an, die Horsd'œuvres zu servieren. Auch das schaffte er ohne Verluste oder Kollateralschäden. Paul Rousseau zündete sich seine Pfeife neu an und blies den Rauch gegen die Bildschirme. Auch Madame Sophie wirkte erleichtert. Sie zündete sich eine Gitane an und entfernte mit Daumen und Zeigefinger diskret einen Tabakkrümel von ihrer Zunge.

Wie von Gabriel beabsichtigt, war die Konversation höflich, aber zurückhaltend. Wegen Dmitri Antonow wurde die meiste Zeit Englisch gesprochen, aber es gab Augenblicke, in denen alle auf Französisch durcheinanderredeten. Das verübelte er ihnen nicht. Tatsächlich war er für diese Pausen sogar dankbar, weil sie eine Erholung von Martels hartnäckigen Fragen nach seinen Geschäften bedeuteten. Er erläuterte, er habe viel Geld mit russischen Rohstoffen verdient und seine Beteiligungen rechtzeitig vor der Weltwirtschaftskrise und dem Verfall der Ölpreise abgestoßen. In den letzten Jahren habe er sich an vielen Firmen in Westeuropa, den USA und Asien beteiligt. Mehrere, sagte er, hätten sich als sehr lukrativ erwiesen.

»Offenbar«, sagte Martel mit einem Blick in die Runde.

Monsieur Antonow lächelte nur.

»Auf welchen Gebieten investieren Sie?«

»Auf den üblichen«, antwortete er ausweichend. »In letzter Zeit habe ich bevorzugt Kunst gesammelt.«

»Olivia und ich würden gern Ihre Sammlung besichtigen.«

»Vielleicht nach dem Essen.«

»Sie sollten sich wirklich ihren Bestand ansehen. Sie hat viele außergewöhnliche Werke im Angebot.«

»Ja, das täte ich gern mal.«

»Wann?«, fragte Martel.

»Morgen«, sagte Gabriel zu dem Bildschirm, und wenige Sekunden später sagte Dmitri Antonow: »Ich schaue morgen vorbei, wenn's recht ist.«

Damit setzten sie sich zum Essen an den Tisch. Auch hier hatte Gabriel keine Kosten gescheut und nichts dem Zufall überlassen. Tatsächlich hatte er eigens für diesen Anlass den Küchenchef eines bekannten Pariser Restaurants angeworben und in die Provence fliegen lassen. Das Menü hatte Madame Sophie mit ihm ausgewählt. Lauwarme, glasierte Kartoffeln mit Kaviar, Tapioka und Kräutern; Streifen von Gelbflossen-Thun mit Avocado, würzigem Rettich und Ingwermarinade; Jakobsmuscheln mit karamellisiertem Blumenkohl an einer Kapern-Rosinen-Sauce, Schwarzmeerbarsch in einem Mantel aus Nüssen und Chia-Samen an einem süßsauren Jus. Martel war beeindruckt und wünschte den Koch zu sprechen. Aber Madame Sophie, die sich eben eine weitere Gitane anzündete, schlug ihm den Wunsch ab. Die Kochbrigade dürfe die Küche nie verlassen.

Beim Dessert driftete die Unterhaltung ins Politische ab. Die Wahlen in den USA, der Krieg in Syrien, die IS-Terroranschläge in Europa. Sobald der Islam erwähnt wurde, lief Martel zu großer Form auf. Das Frankreich von früher existiere nicht mehr, knurrte er. Bald werde es nur noch ein weiterer Vorposten des islamischen Maghrebs sein. Gabriel fand seine Vorstellung ziemlich überzeugend, auch wenn Olivia anderer Meinung zu sein schien. Gelangweilt bat sie Madame Sophie um eine ihrer Gitanes.

»Jean-Luc hat sehr dezidierte Überzeugungen in Bezug auf die in Frankreich lebenden Minderheiten«, vertraute sie ihr an. »Ich erinnere ihn gern daran, dass er in seinen Restaurants keine Tellerwäscher und in seinen Hotels keine Zimmermädchen hätte, wenn die Araber und Afrikaner nicht wären.«

Madame Sophies Gesichtsausdruck ließ erkennen, dass sie

dieses Thema geschmacklos fand. Sie bat das von der Alphagruppe gestellte Personal, den Kaffee zu servieren. Inzwischen war es fast 17 Uhr geworden. Alle waren sich darüber einig, die Besichtigung der Gemälde müsse ein andermal stattfinden, obwohl sie auf ihrem von den Überwachungskameras beobachteten langsamen Weg durch die großen Salons und die rosa Korridore wenigstens einige zu sehen bekamen.

»Sind Sie wirklich daran interessiert, morgen in meine Galerie zu kommen?«, fragte Olivia, während sie stehen blieb, um zwei effektvoll angestrahlte venezianische Kanalszenen von Guardi zu bewundern.

»Absolut«, sagte Dmitri Antonow.

»Ich hätte ab elf Uhr Zeit.«

»Nachmittags ist besser«, sagte Gabriel zu den Bildschirmen, worauf Dmitri ihr erklärte, er erwarte vormittags einige wichtige Anrufe und würde lieber nach dem Mittagessen kommen. »Wenn Ihnen das passt.«

»Ja, natürlich.«

»Monsieur Carnot ruft Sie deswegen noch mal an. Er hat Ihre Nummer, glaube ich.«

Die Antonows verabschiedeten sich von ihren Gästen auf den Stufen unter dem Säulenvordach, die nicht mehr im Schatten, sondern in orangeroter Abendsonne lagen. Wenig später standen sie wieder auf ihrer Terrasse und beobachteten, wie die schwarzen Range Rover zu der Villa auf der anderen Seite der Baie de Cavalaire zurückrasten. Dann summte Madame Sophies Smartphone.

»Was schreibt er?«, fragte ihr Mann.

»Dass wir perfekt waren.«

»Hat's den Gästen gefallen?«

»Martel ist der Überzeugung, du seist ein Waffenhändler, der sich als legitimer Geschäftsmann ausgibt.«

»Und Olivia?«

»Sie freut sich schon auf morgen.«

Dmitri Antonow nickte zufrieden. Er ging zum Pool hinüber, zog sich um und schwamm ein paar Bahnen. Madame Sophie und Monsieur Carnot sahen ihm von der Terrasse aus zu, während sie den Rosé austranken. Madame Sophies Smartphone vibrierte, als eine weitere Nachricht einging.

»Was gibt's diesmal?«, fragte Monsieur Carnot.

»Martel findet offenbar, dass ich wie eine Jüdin aussehe.« Sie zündete sich eine weitere Gitane an und lächelte. »Das hat Saladin auch gesagt.«

31

SAINT-TROPEZ

Um zehn Uhr am folgenden Morgen war die Place de l'Ormeau noch menschenleer bis auf einen älteren Mann, der sich in dem dünnen Wasserstrahl eines öffentlichen Brunnens die Hände wusch. Olivia glaubte, ihn schon einige Male auf den Straßen gesehen zu haben, aber bei näherer Betrachtung merkte sie, dass sie sich getäuscht hatte. Als sie den Platz in Richtung Galerie überquerte, wärmten die Pflastersteine ihre Füße, an denen sie Sandalen trug. Sie angelte den Schlüssel aus ihrer Schultertasche, sperrte die Eingangstür auf und betrat den stickig heißen Vorraum. Als Nächstes öffnete sie die innere Tür aus Panzerglas, trat ein und schaltete die Alarmanlage aus. Die hinter ihr ins Schloss fallende Glastür verriegelte sich automatisch.

Das Innere der Galerie war im Vergleich zur Sonnenhitze draußen bei gedämpftem Licht angenehm kühl. In ihrem Privatbüro betätigte Olivia einen Schalter, um die Rollos hochzuziehen und die Jalousien zu öffnen. Dann ging sie wie jeden Tag nach oben in die Ausstellungsräume, um sich zu vergewissern, dass noch alles da war. Der Lichtenstein, der Basquiat und der Dubuffet in ihrem Schaufenster waren nicht einmal ihre besten Stücke. In ihrer beachtlichen Kollektion hatte Olivia auch Werke von Warhol, Twombly, de Kooning, Gerhard Richter, Pollock und vielen französischen und spanischen Gegenwartskünstlern. Sie hatte klug eingekauft und sich unter den Megareichen an der Côte d'Azur eine treue Klientel aufgebaut – aus Männern wie Dmitri Antonow, sagte sie sich. Nicht schlecht für eine Frau, die nicht studiert hatte und auf diesem Gebiet eine Autodidaktin war. Und wenn sie sich vorstellte, dass sie noch vor wenigen Jahren eine kleine Galerie geführt hatte, die Arbeiten lokaler Künstler an schwitzende Touristen verkaufte, die von Kreuzfahrtschiffen kamen oder mit Bussen herangekarrt wurden ... Manchmal gestattete sie sich zu denken, ihr Erfolg basiere auf ihrer Energie und Geschäftstüchtigkeit, aber in Wirklichkeit wusste sie, dass hinter alledem Jean-Luc stand. Olivia lieh der Galerie, die ihren Namen trug, ihr Gesicht, aber Jean-Luc hatte sie gekauft und bezahlt. *Sie* übrigens auch.

Nachdem sie sich davon überzeugt hatte, dass ihre Kollektion die Nacht unbeschadet überstanden hatte, ging sie wieder nach unten, wo ihre Rezeptionistin Monique am Kaffeeautomaten stand und sich einen Café crème machte. Sie war eine magere, fast knabenhaft schlanke Frau von vierundzwanzig Jahren: eine zum Leben erwachte Degas-Tänzerin. Abends arbeitete sie als Hostess in einem von Jean-Lucs Restaurants. Letzte Nacht schien es wieder spät geworden zu sein. Aber für Monique war das eigentlich normal.

»Du?«, fragte sie, als ihr Kaffee fertig war.

»Ja, bitte.«

Monique gab Olivia die Tasse und bereitete einen weiteren Café crème für sich selbst zu. »Heute Vormittag irgendwelche Termine?«

»Sollte ich das nicht von dir erfahren?«

Monique verzog das Gesicht.

»Wer war's diesmal?«

»Ein Amerikaner. Ganz reizend. Stell dir vor, er kommt aus Virginia.« Wie Monique das Wort aussprach, schien Virginia der exotischste und sinnlichste Ort der Welt zu sein. »Er züchtet Pferde.«

»Ich dachte, du hasst Amerikaner?«

»Natürlich. Aber dieser ist stinkreich.«

»Siehst du ihn jemals wieder?«

»Vielleicht heute Abend.«

Oder vielleicht nicht, dachte Olivia. Früher war sie eine Frau wie Monique gewesen. Vielleicht war sie das noch immer.

»Wenn du in deinen Terminkalender siehst«, sagte sie, »wirst du feststellen, dass um elf Herr Müller kommt.«

Monique runzelte die Stirn. »Herr Müller glotzt meine Titten an.«

»Meine auch.«

Tatsächlich betrachtete Herr Müller lieber Olivia als ihre Gemälde. Er war nicht der Einzige. Beruflich war ihr Aussehen ein Pluspunkt, aber manchmal lenkte es ab und war Zeitverschwendung. Reiche Männer – und ein paar weniger reiche – vereinbarten Termine in der Galerie, nur um einige Minuten mit ihr verbringen zu können. Manche fassten sich ein Herz und versuchten, mit ihr anzubandeln. Andere flüchteten, ohne ihre wahren Absichten gestanden zu haben. Olivia hatte schon lange gelernt, die Unnahbare zu spielen. Auch wenn sie ledig war, blieb sie JLMs Mädchen. In Frankreich wusste das jeder. Es hätte ihr auf die Stirn gestempelt sein können.

Monique setzte sich an den Glastisch, der ihr Arbeitsplatz als Rezeptionistin war. Vor sich hatte sie nur ein Telefon und den Terminkalender. Viel mehr vertraute Olivia ihr nicht an. Um alles Geschäftliche kümmerte sie sich mit Jean-Lucs Hilfe selbst. Monique war lediglich ein weiteres Kunstwerk, das aber telefonieren konnte, wenn sie gerade Lust dazu hatte. Ihren Job in der Galerie verdankte sie Jean-Luc, nicht Olivia, die sich ziemlich sicher war, dass Monique eine Affäre mit Jean-Luc hatte. Trotzdem war sie nicht sauer auf sie, sondern hatte sogar ein bisschen Mitleid mit ihr. Diese Sache würde nicht gut enden. Das tat sie nie.

Herr Müller kam zehn Minuten zu spät, was sonst nicht seine Art war. Er war dick und rotgesichtig und hatte von letzter Nacht eine Alkoholfahne. Seit er sich vor Kurzem in Zürich hatte liften lassen, trug sein Gesicht einen permanent erstaunten Ausdruck. Er interessierte sich für ein Gemälde des amerikanischen Malers Philip Guston. Ein vergleichbares Werk war vor Kurzem in New York für fünfundzwanzig Millionen Dollar versteigert worden. Für ihr Gemälde wollte Herr Müller fünfzehn Millionen Euro zahlen. Olivia wies ihn ab.

»Aber ich muss es haben!«, rief er aus, während er ungeniert in den Ausschnitt ihrer Bluse starrte.

»Dann müssen Sie weitere fünf Millionen auftreiben.«

»Lassen Sie mich eine Nacht darüber schlafen. Aber zeigen Sie das Bild bis dahin niemandem.«

»Tatsächlich will ich's heute Nachmittag jemandem zeigen.«

»Teufel! Wem denn?«

»Kommen Sie, Herr Müller, das wäre indiskret.«

»Doch nicht etwa diesem Antonow?«

Sie äußerte sich nicht dazu.

»Ich war neulich auf einer dieser Partys in seiner Villa. Wer die überlebt, kann von Glück sagen.« Er biss sich nachdenklich auf die Unterlippe. »Sechzehn. Aber das ist mein letztes Angebot.«

»Dann versuche ich mein Glück lieber mit Monsieur Antonow.«

»Ich hab's gewusst!«

Um halb eins komplimentierte Olivia ihn in die Mittagshitze hinaus. Als sie an ihren Schreibtisch zurückkam, sah sie, dass Jean-Luc ihr eine Textnachricht geschickt hatte. Er war eben dabei, sich mit seinem Hubschrauber nach Nizza fliegen zu lassen, wo er den ganzen Nachmittag Termine hatte. Sie wollte die Nachricht bestätigen, bekam aber keine Antwort. Vermutlich war er schon in der Luft.

Sie legte ihr Smartphone wieder auf den Schreibtisch. Sekunden später klingelte es, weil jemand anrief. Obwohl sie die angezeigte Nummer nicht kannte, nahm sie das Gespräch an und hob das Handy ans Ohr.

»*Bonjour.*«

»Madame Watson?«

»Ja.«

»Hier ist Nicolas Carnot. Wir haben uns gestern bei …«

»Ja, natürlich. Was kann ich für Sie tun?«

»Ich wollte fragen, ob Sie heute Zeit hätten, Monsieur Antonow ihre Kollektion zu zeigen.«

»Ich habe alle anderen Termine abgesagt«, log sie. »Wann will er kommen?«

»Zuerst müsste ich kommen und mich etwas umsehen.«

»Wie bitte?«

»Monsieur Antonow ist sehr vorsichtig, was seine Sicherheit betrifft.«

»Ich kann Ihnen versichern, dass er in meiner Galerie völlig sicher ist.«

Keine Antwort.

»Wann möchten Sie denn kommen?«, fragte Olivia entnervt.

»Ich hätte jetzt Zeit.«

»Schön, dann kommen Sie meinetwegen.«

»Wunderbar. Oh, und noch etwas, Madame Watson.«

»Ja?«

»Ihre Rezeptionistin …«

»Monique? Was ist mit ihr?«

»Schicken Sie sie bitte mit einem Auftrag fort, damit sie ein paar Minuten lang nicht in der Galerie ist. Können Sie mir diesen Gefallen tun, Madame Watson?«

Fünf Minuten vergingen, bevor die Rezeptionistin endlich aus der Galerie kam. Sie blieb in der Backofenhitze des Platzes stehen, sah nach links und rechts. Dann schlich sie matt an Kellers Tisch im Café nebenan vorüber, wobei ihre Arme wie lange blasse Blütenstängel an ihren Seiten herabhingen. Er schrieb eine kurze Textnachricht und schickte sie in das sichere Haus bei Ramatuelle. Die Antwort ging sofort ein. Martels Hubschrauber war östlich von Cannes. Weitermachen wie geplant.

Als erfahrener Agent hatte Keller im Voraus gezahlt. Jetzt stand er auf, ging zur Galerie hinüber, legte den Daumen auf den Klingelknopf und klingelte kräftig. Nichts rührte sich. Aha, eine Retourkutsche, dachte er amüsiert. Er klingelte nochmals. Die Schließbolzen wurden klackend zurückgezogen, und er trat ein.

Irgendwie hatte er sich verändert, dessen war Olivia sich ganz sicher. Äußerlich war er dasselbe aalglatte, indifferente Wesen, das sie bei den Antonows kennengelernt hatte – ein Mann weniger Worte und mit unspezifischen Aufgaben –, aber sein Benehmen hatte sich geändert. Plötzlich wirkte er sehr selbstsicher und vom Wert seiner Sache überzeugt. Als er durch die Galerie kam, schob er seine Sonnenbrille über die Stirn hoch. Sein Lächeln war freundlich, aber der Blick seiner blauen Augen blieb geschäftsmäßig. Er sprach Olivia an, ohne ihr erst die Hand zu geben.

»Entschuldigung, aber es hat eine kleine Änderung gegeben. Monsieur Antonow kann leider doch nicht kommen.«

»Wieso nicht?«

»Er muss sich um eine andere Sache kümmern. Nichts Schlimmes, wirklich nicht. Kein Grund zur Besorgnis.« Das alles sagte er auf Französisch mit korsischem Akzent, während er weiter freundlich lächelte.

»Wieso haben Sie mich dann angerufen? Und warum«, fügte Olivia hinzu, »sind Sie hier?«

»Weil Freunde von Monsieur Antonow sich für Ihre Galerie interessieren und Sie vertraulich sprechen möchten.«

»Was interessiert sie daran?«

»Einige Ihrer letzten Geschäfte. Die waren recht lukrativ, aber irgendwie unorthodox.«

»Die Geschäfte dieser Galerie sind privat«, wehrte sie kühl ab.

»Nicht so privat, wie Sie denken.«

Olivia merkte, dass ihr Gesicht zu brennen begann. Sie trat langsam an Moniques Schreibtisch und nahm den Telefonhörer ab. Ihre Hand zitterte, als sie wählte.

»Sparen Sie sich die Mühe, Ihren Mann anzurufen, Olivia. Er antwortet bestimmt nicht.«

Sie hob ruckartig den Kopf. Carnot hatte nicht mehr Französisch, sondern britisch gefärbtes Englisch gesprochen.

»Er ist nicht mein Mann«, hörte sie sich sagen.

»O ja, das hatte ich vergessen. Er ist noch in der Luft«, fuhr er fort. »Irgendwo zwischen Cannes und Nizza. Aber wir blockieren vorsichtshalber alle eingehenden Anrufe.«

»Wir?«

»Britischer Geheimdienst«, antwortete er ruhig. »Keine Sorge, Olivia, Sie sind in guten Händen.«

Sie drückte den Hörer ans Ohr, hörte aber nur Jean-Lucs Anrufbeantworter.

»Legen Sie den Hörer auf, Olivia, und atmen Sie ganz tief durch. Ich will Ihnen nichts tun, sondern Ihnen helfen. Betrachten Sie mich als Ihre letzte Chance. An Ihrer Stelle würde ich Sie ergreifen.«

Sie legte langsam auf.

»Braves Mädchen«, sagte er.

»Wer sind Sie?«

»Ich heiße Nicolas Carnot und arbeite für Monsieur Antonow. Das dürfen Sie auf keinen Fall vergessen. Suchen Sie jetzt bitte Ihre Tasche, Ihr Handy und die Schlüssel Ihres schönen Range Rovers zusammen. Und beeilen Sie sich bitte, Olivia. Uns bleibt nicht viel Zeit.«

32

RAMATUELLE, PROVENCE

Der Range Rover stand auf seinem gewohnten Platz: im Halteverbot vor Jean-Lucs Restaurant am Vieux Port. Olivia setzte sich ans Steuer und fuhr wie angewiesen den Golf von Saint-Tropez entlang nach Osten. Unterwegs forderte sie ihn zweimal auf, ihr zu erklären, weshalb ihre Galerie für den britischen Geheimdienst so wichtig sei, dass dieser Aufwand sich rechtfertigen lasse. Zweimal sprach er über die Landschaft und das Wetter wie Nicolas Carnot, der enge Mitarbeiter von Monsieur Dmitri Antonow.

»Wo haben Sie gelernt, so zu reden?«

»Wie denn?«

»Wie ein Korse.«

»Meine Tante Beatrice war Korsin. Nicht so schnell, sonst verpassen wir die Abzweigung.«

Er deutete auf den Wegweiser nach Gassin und Ramatuelle. Sie schlug scharf links ein, und im nächsten Augenblick waren sie nach Süden in das raue Hügelland zwischen dem Golf und der Baie de Cavalaire unterwegs.

»Wohin fahren wir?«

»Zu einem Gespräch mit einigen Freunden von Monsieur Antonow, versteht sich.«

Olivia gab auf und fuhr schweigend weiter. Keiner von ihnen sagte ein Wort, bis sie Ramatuelle hinter sich gelassen hatten. Er lotste sie auf eine schmalere Straße und zuletzt zur Einfahrt eines Villengrundstücks. Das Tor stand einladend offen. Sie parkte auf einer der markierten Flächen vor der Villa und stellte den Motor ab.

»Nicht so luxuriös wie die Villa Soleil«, sagte er, »aber durchaus behaglich, wie Sie sehen werden.«

Plötzlich stand jemand neben der Fahrertür. Olivia erkannte ihn als den älteren Mann, den sie an diesem Morgen auf der Place de l'Ormeau gesehen hatte. Er öffnete ihr die Tür und dirigierte sie mit einer knappen Handbewegung zum Eingang der Villa. Der andere Mann, den sie nur als Nicolas Carnot kannte – der Französisch wie ein Korse und Englisch mit elitärem West-End-Akzent sprach –, ging neben ihr her.

»Ist er auch beim britischen Geheimdienst?«

»Wer?«

»Der Mann, der mir die Tür geöffnet hat.«

»Ich habe niemanden gesehen.«

Olivia drehte sich um, aber der Mann war verschwunden. Vielleicht war er eine Halluzination gewesen. Das kommt von der Hitze, sagte sie sich. Die lastete schwer auf ihr.

Als sie näher kam, ging die Eingangstür auf, und Dmitri Antonow erschien in der Türöffnung. »Olivia!«, rief er aus, als seien sie uralte Freunde. »Tut mir leid, dass ich Ihnen die weite Fahrt zumuten musste, aber es ging nicht anders. Bitte kommen Sie herein, fühlen Sie sich wie zu Hause. Alle sind da und warten gespannt darauf, Sie in Person kennenzulernen.«

Das alles sagte er in seinem russisch gefärbten Englisch, von dem Olivia nicht wusste, ob es echt oder nur gespielt war. Im Augenblick war sie sich kaum des festen Bodens unter ihren Füßen sicher.

Sie folgte ihm durch die Eingangshalle und unter dem Bogen hindurch, der in ein geräumiges Wohnzimmer führte. Es war behaglich möbliert, und an den Wänden hingen viele gerahmte Bilder.

Alle Leinwände waren leer.

Olivia bekam weiche Knie. Monsieur Antonow legte ihr eine Hand unter den Ellbogen, schob sie sanft vorwärts.

Vor sich sah sie drei weitere Männer. Einer war groß, sehr gut aussehend und distinguiert – unverkennbar ein Engländer. Er sprach leise auf Französisch mit einem verknitterten kleinen Mann in einer Tweedjacke, der aussah wie aus einem Trödelladen entführt. Die beiden verstummten, als Olivia eintrat, und wandten ihr ihre Gesichter zu, wie Sonnenblumen sich der Sonne zuwenden. Der dritte Mann schien ihre Ankunft jedoch nicht wahrzunehmen. Er stand vor einer weißen Leinwand, hielt den Kopf leicht schief und umfasste sein Kinn mit einer Hand. Diese gerahmte Leinwand unterschied sich durch nichts von den anderen, außer dass sie auf einer Staffelei stand. Der Mann wirkte ganz entspannt, fand Olivia. Er war mittelgroß, eher klein, und sportlich schlank. Sein kurz geschnittenes Haar war an den Schläfen ergraut. Seine Augen, die auf die Leinwand gerichtet blieben, waren unnatürlich grün.

»Dieses hier ist mein Lieblingsbild, glaube ich«, sagte er zuletzt. »Die Komposition ist perfekt, die Farbgebung mit dem Wechsel zwischen Licht und Schatten unübertroffen. Ich beneide ihn um seine Palette.«

Das alles sagte er sehr schnell auf Französisch mit einem Akzent, den Olivia nicht recht einordnen konnte. Sie hörte eine seltsame Mischung mit deutschen Anklängen und einer Prise Italienisch. Dabei betrachtete er weiter die Leinwand. Auch seine Haltung blieb unverändert.

»Auf den ersten Blick«, fuhr er fort, »habe ich dieses Bild für ein wirkliches Einzelstück gehalten. Aber das war ein Irrtum. Solche Gemälde scheinen eine Spezialität Ihrer Galerie zu sein. Meines Wissens beherrschen Sie tatsächlich den Markt für leere Leinwände.« Endlich wandten die grünen Augen sich ihr zu. »Glückwunsch, Olivia. Das ist eine ziemliche Leistung.«

»Wer sind Sie?«

»Ein Freund von Monsieur Antonow.«

»Sind Sie auch vom britischen Geheimdienst?«

»Um Himmels willen, nein! Aber er kommt von dort«, sagte er und zeigte auf den distinguiert wirkenden Engländer. »Er ist sogar der Direktor des Secret Intelligence Service, der oft als MI6 bezeichnet wird. Sein Name war früher ein Staatsgeheimnis, aber die Zeiten haben sich geändert. Er gibt manchmal Interviews, lässt sich fotografieren. Früher wäre das Hochverrat gewesen, aber heute nicht mehr.«

»Und er?«, fragte sie und nickte zu der verknitterten Gestalt im Tweed hinüber.

»Franzose«, antwortete der Mann mit den grünen Augen. »Er leitet die Alphagruppe, von der Sie vielleicht schon gehört haben. Auf ihre Pariser Zentrale ist vor Kurzem ein Anschlag verübt worden, bei dem einige seiner Leute umgekommen sind. Wie Sie sich denken können, ist er daran interessiert, den Mann hinter dem Anschlag zu fassen. Und er möchte, dass Sie ihm dabei helfen.«

»Ich?«, fragte sie ungläubig. »Wie denn?«

»Darüber sprechen wir gleich. Was meine Herkunft betrifft«, sagte er, »bin ich das fünfte Rad am Wagen. Ich komme aus dem Land, über das wir nicht reden.«

Nun konnte sie seinen seltsamen Akzent endlich richtig einordnen. »Sie sind aus Israel.«

»Sie haben recht, fürchte ich. Aber bleiben wir beim Thema«, fuhr er rasch fort, »und das sind Sie und Ihre Galerie. Aber die ist keine richtige Galerie, nicht wahr, Olivia? Gewiss, Sie verkaufen gelegentlich ein Werk wie den Guston, den Sie heute Vormittag dem armen Herrn Müller für unverschämte zwanzig Millionen Euro anzudrehen versucht haben. Aber vor allem dient sie als Waschmaschine, um die Gewinne aus Jean-Luc Martels eigentlichem Geschäft, dem Drogenhandel, zu waschen.«

Danach herrschte drückendes Schweigen.

»Jetzt kommt der Augenblick«, sagte der Mann mit den grünen Augen, »in dem Sie mir erklären, dass Ihr …« Er machte eine Pause. »Entschuldigung, aber ich lege großen Wert auf Details. Wie nennen *Sie* Jean-Luc?«

»Er ist mein Partner.«

»Partner? Wie schade.«

»Warum?«

»Weil das Wort *Partner* immer eine Geschäftsbeziehung andeutet.«

»Ich glaube, ich möchte meinen Anwalt anrufen.«

»Tun Sie das, bringen Sie sich um die einzige Chance, sich zu retten.« Er machte eine Pause, um das Gesagte einwirken zu lassen. »Ihre Galerie ist ein kleiner, aber wichtiger Teil eines weit verzweigten Imperiums, dessen Hauptzweck der Drogenhandel ist. Drogen, die vor allem aus Nordafrika kommen. Drogen, die durch die Hände der Terrororganisation gehen, die sich Islamischer Staat nennt. Jean-Luc Martel vertreibt diese Drogen in Westeuropa. Er macht Geschäfte mit dem IS. Absichtlich oder unabsichtlich finanziert er dessen Kriegsführung. Folglich tun das auch Sie.«

»Viel Glück, wenn Sie das vor einem französischen Gericht beweisen wollen.«

Er lächelte zum ersten Mal – ein kaltes, flüchtiges Lächeln. »Demonstrative Tapferkeit«, sagte er mit gespielter Bewunderung, »aber sonst kein Widerspruch, was die Geschäfte Ihres Mannes angeht.«

»Er ist nicht mein Mann.«

»O ja«, sagte er ironisch, »das hatte ich vergessen.«

Das hatte auch der Mann, der sich Nicolas Carnot nannte, in ihrer Galerie gesagt.

»Was Ihren Anwalt betrifft«, fuhr der Israeli fort, »brauchen Sie ihn nicht zu verständigen. Zumindest noch nicht. Sehen Sie, Olivia, in diesem Raum ist kein einziger Polizeibeamter. Wir sind alle Geheimdienstler. Wir haben nichts gegen die Polizei. Sie hat ihre Aufgaben, und wir haben unsere. Sie klärt Verbrechen auf und verhaftet Straftäter, aber unser Geschäft sind Informationen. *Sie* haben welche, die wir brauchen. Das ist Ihre Gelegenheit, Olivia, Ihre einzige Chance! Wäre ich Ihr Anwalt, würde ich Ihnen dringend raten, sie zu nutzen. Dies ist der beste Deal, auf den Sie hoffen können.«

Danach herrschte wieder Schweigen, dieses Mal länger als zuvor.

»Tut mir leid«, sagte sie schließlich, »aber ich kann Ihnen nicht helfen.«

»Sie können oder wollen uns nicht helfen, Olivia?«

»Ich weiß nichts von Jean-Lucs Geschäften.«

»Die achtundvierzig leeren Leinwände, die ich im Genfer Zollfreilager entdeckt habe, beweisen das Gegenteil. Alle sind dort von der Galerie Olivia Watson eingelagert worden. Das bedeutet, dass man deswegen Sie, nicht ihn vor Gericht stellen wird. Und was tut Ihr Partner dann? Sprengt er hoch zu Ross heran, um Sie zu retten? Wirft er sich vor Sie, um Sie mit dem eigenen Leib zu decken?« Er schüttelte langsam den Kopf. »Nein, Olivia, das tut er nicht. Nach allem, was ich über Jean-Luc Martel in Erfahrung gebracht habe, ist er nicht dieser Typ Mann.«

Sie äußerte sich nicht dazu.

»Was soll's also sein, Olivia? Helfen Sie uns?«

Sie schüttelte den Kopf.

»Warum nicht?«

»Weil Jean-Luc mich umbringt, wenn ich das tue«, antwortete sie ruhig.

Er lächelte erneut. Diesmal wirkte sein Lächeln echt.

»Habe ich etwas Komisches gesagt?«, fragte sie.

»Nein, Olivia, Sie haben die Wahrheit gesagt.« Die grünen Augen betrachteten wieder die leere Leinwand. »Was sehen Sie darauf?«

»Ich sehe etwas, zu dem Jean-Luc mich gezwungen hat, wenn ich meine Galerie behalten wollte.«

»Interessante Auslegung. Wissen Sie, was ich sehe?«

»Was?«

»Ich sehe Sie ohne Jean-Luc.«

»Wie sehe ich aus?«

»Kommen Sie, Olivia.« Er trat von der Leinwand weg. »Überzeugen Sie sich selbst.«

33

RAMATUELLE, PROVENCE

Die leeren Leinwände wurden von den Wänden und der Staffelei genommen, und eine dunkelhaarige Frau Mitte dreißig servierte schweigend kalte Getränke. Olivia wurde gebeten, Platz zu nehmen. Der elegante Engländer und sein zerknitterter französischer Partner wurden ihr förmlich vorgestellt. Ihre Namen kamen ihr ebenso bekannt vor wie das kantige Gesicht des Israelis mit den grünen Augen. Olivia war sich ziemlich sicher, es schon einmal gesehen zu haben, aber ihr fiel nicht ein, wo das gewesen war. Er stellte sich nur als Gideon vor und ging an den Fenstern auf und ab, während alle anderen von der Hitze ermattet in ihren Sesseln hockten. In einer Ecke summte monoton ein wirkungsloser Standventilator; riesige Fliegen brummten durch die offenen Terrassentüren herein und hinaus. Plötzlich blieb der Israeli stehen und fing mit blitzschneller Bewegung eine aus der Luft.

»Hat's Spaß gemacht?«, fragte er.

»Was denn?«

»Ihr Gesicht in Hochglanzmagazinen und auf Werbetafeln zu sehen.«

»Das ist nicht so einfach, wie's aussieht.«

»Es ist nicht glamourös?«

»Nicht immer.«

»Was war mit den Partys und den Modeschauen?«

»Für mich waren Modeschauen Arbeit. Und die Partys«, sagte sie, »waren bald ziemlich langweilig.«

Er warf die tote Fliege in den Garten hinaus, drehte sich um und musterte Olivia nachdenklich. »Wieso haben Sie also dieses Leben gewählt?«

»Das habe ich nicht getan. Es hat mich gewählt.«

»Sie wurden entdeckt?«

»Gewissermaßen.«

»Damals waren Sie erst sechzehn, nicht wahr?«

»Sie haben offenbar Zeitungsartikel über mich gelesen.«

»Mit großem Interesse«, gab er zu. »Sie haben sich als Statistin in einem Historienfilm beworben, der an der Küste in Norfolk gedreht werden sollte. Die Rolle haben Sie nicht bekommen, aber jemand vom Film hat Ihnen geraten, es als Model zu versuchen. Und so haben Sie beschlossen, alles hinzuwerfen und nach New York zu gehen, um dort Karriere zu machen. Mit achtzehn waren sie eines der heißesten europäischen Models.« Er machte eine Pause, dann fragte er: »Habe ich etwas ausgelassen?«

»Sogar sehr viel.«

»Was denn?«

»New York.«

»Wollen Sie nicht ab dort weitererzählen? Ab New York?«

New York sei die Hölle gewesen, berichtete sie. Nachdem sie bei einer bekannten Agentur unterschrieben hatte, wurde sie mit acht weiteren Mädchen in einem Apartment auf der West Side untergebracht, in dem sie schichtweise in Stockbetten schliefen. Tagsüber wurde sie losgeschickt, um sich mit potenziellen Klienten und jungen Fotografen zu zeigen, die bekannt zu werden versuchten. Hatte sie Glück, machte der Fotograf ein paar Aufnahmen von ihr, die sie für ihre Sedcard brauchen konnte. Hatte sie Pech, kehrte sie mit leeren Händen in das beengte Apartment zurück, um weiter mit Kakerlaken und Ameisen zu kämpfen. Um sich etwas Taschengeld zu verdienen, ließen die Mädchen sich abends von Nachtclubs engagieren. Olivia wurde zweimal sexuell belästigt. Von dem zweiten Angriff blieb ein blaues Auge zurück, mit dem sie fast einen Monat lang nicht arbeiten konnte.

»Aber Sie haben durchgehalten«, sagte der Israeli.

»Das stimmt wohl.«

»Was ist nach New York passiert?«

»Freddie ist passiert.«

Freddie, erläuterte sie, war Freddie Mansur, der erfolgreichste Agent der Branche und einer ihrer berüchtigtsten Casanovas. Freddie nahm Olivia nach Paris und in sein Bett mit. Außerdem gab er ihr Drogen: Gras, Kokain und Barbiturate, damit sie schlafen konnte. Weil sie kaum noch aß, nahm sie dramatisch ab. Bald bestand sie nur noch aus Haut und Knochen. War sie hungrig, rauchte sie eine Zigarette oder zog eine Linie. Koks und Tabak – die Model-Diät, wie Freddie sagte.

»Und komischerweise hat das geklappt. Je dünner ich wurde, desto besser habe ich ausgesehen. Innerlich bin ich langsam gestorben, aber die Kameras haben mich geliebt. Die Werbekunden auch.«

»Sie waren ein Supermodel?«

»Nicht mal annähernd, aber ich habe recht gut verdient. Und Freddie natürlich auch. Er hat ein Drittel meiner Einnahmen kassiert. Dazu ein Drittel der Honorare aller Girls, die er außerdem vertreten hat.«

»Und mit denen er geschlafen hat?«

»Sagen wir einfach nur, dass unsere Beziehung nicht monogam war.«

Als sie sechsundzwanzig war, kam ihr abgemagerter, drogensüchtiger Look außer Mode, und ihr Stern begann zu sinken. Allerdings arbeitete sie vor allem auf dem Laufsteg, auf dem ihre große Gestalt mit langen Gliedmaßen sehr gefragt blieb. Aber ihr dreißigster Geburtstag war ein Wendepunkt. Es gab vor dreißig und nach dreißig, erläuterte sie, und nach dreißig bekam man praktisch keine Aufträge mehr. Sie hielt noch drei Jahre durch, bis sogar Freddie ihr zum Aussteigen riet. Er versuchte es zunächst auf die freundliche Art, aber als sie sich weigerte, kappte er alle geschäftlichen und privaten Beziehungen zu ihr und setzte sie auf die Straße. Sie war dreiunddreißig Jahre alt, ohne Bildung, ohne Job und erledigt.

»Aber Sie waren reich«, sagte der Israeli.

»Wohl kaum.«

»Was war mit dem vielen Geld, das Sie verdient hatten?«

»Geld kommt, Geld geht.«

»Drogen?«

»Und andere Dinge.«

»Sie mochten Drogen?«

»Ich habe sie gebraucht. Das ist ein Unterschied. Bei Freddie hatte ich mir ein paar teure Laster angewöhnt.«

»Was haben Sie also gemacht?«

»Was jede Frau in meiner Lage gemacht hätte. Ich habe meine Koffer gepackt und bin nach Saint-Tropez gereist.«

Mit ihrem letzten Geld mietete sie eine kleine Villa in den Hügeln – »Eigentlich nur eine Hütte nicht weit von hier« – und kaufte sich einen gebrauchten Motorroller. Sie verbrachte ihre Tage am Strand in Pampelonne und ihre Nächte in den Clubs von Saint-Tropez. Natürlich lernte sie dort viele Männer kennen – Araber, Russen, grau melierte Partylöwen. Mit einigen wenigen ging sie für Geld und Geschenke ins Bett, wobei sie sich sehr wie eine Prostituierte vorkam. Vor allem war sie jedoch auf der Suche nach einem passenden Partner, der ihr den Lebensstil bieten konnte, an den sie sich gewöhnt hatte. Nach jemandem, der halbwegs erträglich war. Aber sie musste bald konstatieren, dass dies nicht der rechte Ort für diese Suche war, und nahm aus Geldnot einen Job in einer kleinen Galerie an, die einem an der Riviera lebenden Briten gehörte. Und dann begegnete sie rein zufällig dem Mann, der ihr Leben verändern würde.

»Jean-Luc Martel?«

Sie nickte unwillkürlich lächelnd.

»Wo haben Sie ihn kennengelernt?«

»Auf einer Party – wo sonst? Jean-Luc war ständig auf irgendwelchen Partys, er *war* die Party.«

Tatsächlich war dies nicht das erste Mal, dass ihre Wege sich gekreuzt hatten. Erstmals waren Sie sich auf der Mailänder Modewoche begegnet, aber Jean-Luc war in Begleitung seiner Frau dort gewesen und hatte Olivia kaum angesehen, als er ihr die Hand gegeben hatte. Bei ihrer nächsten Begegnung war er ein Witwer gewesen, der bereits wieder auf Freiersfüßen ging. Und Olivia hatte sich sofort rettungslos in ihn verliebt.

»Ich war Rosemary, und er war Dick. Ich war ihm regelrecht verfallen.«

»Rosemary und Dick?«

»Rosemary Hoyt und Dick Diver, die Protagonisten in …«

»Ich weiß, wer die beiden sind, Olivia. Und Sie schmeicheln sich mit diesem Vergleich.«

Seine Worte waren wie ein Schlag ins Gesicht. Sie errötete heftig.

»Haben Sie von ihm Geld und Geschenke bekommen wie von den anderen?«

»Jean-Luc brauchte Frauen nicht mit Geld zu ködern. Er war charmant, sah unglaublich gut aus und war fabelhaft erfolgreich. Er war … Jean-Luc.«

»Und was hat er Ihrer Meinung nach in Ihnen gesehen?«

»Das habe ich ihn auch oft gefragt.«

»Und was hat er geantwortet?«

»Er fand, wir seien ein gutes Team.«

»Also waren Sie und er von Anfang an Partner?«

»Mehr oder weniger.«

»Haben Sie jemals überlegt, zu heiraten?«

»Ich schon, aber Jean-Luc hatte daran kein Interesse. Über diesen Punkt haben wir uns oft schrecklich gestritten. Ich habe ihm erklärt, ich hätte keine Lust, die besten Jahre meines

Lebens als seine Geliebte zu vergeuden; ich wollte ihn heiraten und Kinder bekommen. Zuletzt haben wir uns auf einen Kompromiss geeinigt.«

»Auf welchen Kompromiss?«

»Ich habe einen Ersatz für Ehe und Kinder bekommen.«

»Was haben Sie bekommen?«

»Die Galerie Olivia Watson.«

34

RAMATUELLE, PROVENCE

Olivia war es gewöhnt, dass Männer sie anstarrten. Atemlose Männer. Keuchende Männer. Männer mit feuchten, begehrlichen Blicken. Männer, die fast alles tun, fast jeden Preis zahlen würden, um sie in ihr Bett zu bekommen. Auch die drei Männer vor ihr – der britische Geheimdienstchef, der französische Geheimpolizist und der geheimnisvolle Israeli, dessen Gesicht ihr vage bekannt vorkam – starrten sie an, aber aus einem völlig anderen Grund. Der Zauber ihrer Schönheit ließ sie anscheinend unbeeindruckt. Für sie war sie keine begehrenswerte Frau, sondern ein Mittel zu einem Zweck, den sie noch nicht näher erläutert hatten. Sie wusste nicht recht, ob die drei sie überhaupt mochten. Trotzdem war sie erleichtert darüber, dass solche Männer noch existierten. Ihre Karriere als Model und zehn Jahre in der Scheinwelt von Saint-Tropez hatten ihr die meisten Illusionen in Bezug auf Männer geraubt.

Galerie Olivia Watson …

Dieser Name, erzählte sie, sei Jean-Lucs Idee, nicht ihre gewesen. Sie hatte das bewährte Markenzeichen JLM über dem Eingang anbringen wollen, aber Jean-Luc hatte darauf bestanden, dass die Galerie ihren Namen trug. Er gab ihr Geld, damit sie das alte Gebäude an der Place de l'Ormeau kaufen und renovieren konnte, und finanzierte dann den Ankauf einer Kollektion von Weltniveau, Olivia hatte ihren Lagerbestand langsam und allmählich vermehren und das Hauptgewicht auf Künstler aus dem Mittelmeerraum legen wollen. Aber davon wollte Jean-Luc nichts hören. Langsam und bescheiden sei nicht seine Art, erklärte er ihr, sondern groß und auftrumpfend. Und so wurde die Galerie mit so viel Glanz und Glamour eröffnet, wie nur JLM aufbieten konnte. Danach trat er jedoch beiseite und überließ Olivia die alleinige künstlerische und finanzielle Kontrolle.

»Aber nur bis zu einem gewissen Punkt«, sagte sie.

»Wie meinen Sie das?«, fragte der Israeli. »Man hat die alleinige Kontrolle oder hat sie nicht. Dazwischen gibt es nichts.«

»Doch, wenn Jean-Luc damit zu tun hat.«

Er forderte sie auf, das näher zu erläutern.

»Jean-Luc hat die Buchführung der Galerie übernommen.«

»Fanden Sie das nicht seltsam?«

»Nein, ich war sogar erleichtert. Ich war ein ehemaliges Model, und er war ein höchst erfolgreicher Geschäftsmann.«

»Wie lange haben Sie gebraucht, um zu merken, dass irgendwas nicht stimmte?«

»Zwei Jahre. Vielleicht etwas länger.«

»Was ist passiert?«

»Ich habe angefangen, mich selbstständig für die Buchhaltung der Galerie zu interessieren.«

»Und was haben Sie festgestellt?«

»Dass ich weit mehr Gemälde angekauft und verkauft habe, als ich je für möglich gehalten hätte.«

»Ihr Geschäft hat geboomt?«

»Das ist zurückhaltend ausgedrückt. Schon im zweiten Jahr ihres Bestehens hat die Galerie Olivia Watson über dreihundert Millionen Euro Gewinn gemacht. Hauptsächlich mit diskreten Verkäufen von Gemälden, die ich nie gesehen hatte, an anonyme Privatsammler.«

»Was haben Sie daraufhin gemacht?«

»Ich habe ihn zur Rede gestellt.«

»Und wie hat er reagiert?«

»Er hat mich aufgefordert, meine Nase nicht in Dinge zu stecken, die mich nichts angehen.«

»Haben Sie seinen Rat befolgt?«

Sie zögerte, dann nickte sie langsam.

»Weshalb?«

Als sie keine Antwort gab, lieferte ihr Befrager selbst eine Erklärung.

»Weil Ihr Leben perfekt war und sie alles vermeiden wollten, was es hätte gefährden können.«

»Jeder von uns schließt in seinem Leben Kompromisse.«

»Aber nicht jeder von uns findet Zuflucht in den Armen eines Drogenhändlers.« Er wartete einen Augenblick, bis seine Worte gewirkt hatten. »Sie wussten, dass Jean-Lucs eigentliches Geschäft der Drogenhandel ist, nicht wahr?«

»Davon weiß ich bis heute nichts.«

Der Israeli reagierte mit einer wegwerfenden Handbewegung. »Wir haben nicht viel Zeit, Olivia. Es wäre besser, sie nicht durch zweckloses Leugnen zu vergeuden.«

Danach herrschte Schweigen. Unterbrochen wurde es durch den Engländer, der sich Nicolas Carnot nannte. Er trat an das Bücherregal, zögerte kurz und zog dann ein Buch mit beschädigtem Schutzumschlag heraus: *The Sheltering Sky* des amerikanischen Schriftstellers Paul Bowles. Mit dem Buch unter dem Arm sah er kurz zu Olivia hinüber, bevor er hinausging. Sie sah wieder zu dem Israeli hinüber, der ihren Blick nüchtern neutral erwiderte.

»Sie wollten mir erzählen«, sagte er zuletzt, »wann Sie gemerkt haben, dass Ihr Lebensgefährte und Geschäftspartner ein Drogenhändler ist.«

»Ich habe Gerüchte gehört wie jedermann.«

»Aber im Gegensatz zu allen anderen Leuten konnten sie aus eigener Erfahrung beurteilen, ob sie zutrafen. Schließlich sind Sie offiziell die Besitzerin der Galerie, die eine seiner effektivsten Geldwaschanlagen ist.«

Sie lächelte. »Wie naiv von Ihnen.«

»Wieso?«

»Jean-Luc versteht sich sehr gut darauf, seine Geheimnisse zu bewahren.« Dann fügte sie hinzu: »Fast so gut wie Sie und Ihre Freunde.«

»Wir sind Profis.«

»Jean-Luc auch«, sagte sie düster.

»Haben Sie ihn jemals danach gefragt?«

»Ob er ein Drogenhändler ist?«

»Ja.«

»Nur einmal. Er hat gelacht. Und dann hat er mir geraten, ihn nie mehr nach seinen Geschäften zu fragen.«

»Haben Sie's noch mal getan?«

»Niemals.«

»Warum nicht?«

»Weil ich noch andere Gerüchte gehört habe«, antwortete sie. »Gerüchte über das Schicksal von Leuten, die ihn hintergangen haben.«

»Trotzdem sind Sie bei ihm geblieben«, stellte er fest.

»Ich bin geblieben«, antwortete sie, »weil ich Angst vor dem Gehen hatte.«

»Oder weil Sie Angst hatten, Sie würden Ihre Galerie verlieren?«

»Beides«, gestand sie ein.

Er lächelte schwach, wurde aber sofort wieder ernst. »Ich bewundere Ihre Aufrichtigkeit, Olivia.«

»Aber sonst nichts?«

»Wie Nicolas Carnot tendiere ich dazu, mir ein Urteil vorzubehalten. Vor allem wenn es um wertvolle Informationen geht.«

»Um was für Informationen?«

»Zum Beispiel über die Organisation von Jean-Lucs Geschäft. Sie müssen im Lauf der Zeit einiges über die Struktur seines Imperiums mitbekommen haben. Die ist, vorsichtig gesagt, ziemlich undurchsichtig. Von außen betrachtet haben wir einige seiner wichtigsten Leute identifizieren können. Für jede Abteilung – Restaurants, Hotels, Modelabel und so weiter – gibt es einen Chef, aber trotz aller Bemühungen haben wir den Chef von JLMs Drogenhandel bisher nicht identifizieren können.«

»Soll das ein Witz sein?«

»Eigentlich nicht. Wer ist dieser Chef? Etwa Jean-Luc persönlich?«

Sie sagte nichts.

»Die Zeit drängt, Olivia. Wir haben nicht viel Zeit. Wir müssen wissen, wie Jean-Luc seine Drogengeschäfte managt. Wie er seine Anweisungen erteilt. Wie er sich von allem so abkoppelt, dass die Polizei ihm nichts anhaben kann. Das passiert nicht durch Osmose oder Telekinese. Irgendwo gibt es einen Vertrauten, der seine Interessen wahrt. Ich meine jemanden, der sich in seinem Umfeld bewegen kann, ohne Verdacht zu erwecken. Jemanden, mit dem er nur unter vier Augen spricht – mit leiser Stimme, in einem Raum ohne Telefone. Sie wissen bestimmt, wer dieser Mann ist, Olivia. Vielleicht kennen Sie ihn. Vielleicht ist er Ihr Freund.«

»Er ist kein Freund«, sagte sie nach kurzem Zögern, »aber ich weiß, wer er ist. Und ich weiß, was mir zustoßen würde, wenn ich ihn verriete. Er würde mich ermorden. Und nicht mal Jean-Luc könnte ihn daran hindern.«

»Niemand tut Ihnen etwas, Olivia.«

Sie betrachtete ihn skeptisch. Er spielte den leicht Gekränkten.

»Bedenken Sie, welchen Aufwand wir getrieben haben, um Sie heute herzuholen. Haben wir nicht gezeigt, dass wir Profis sind? Haben wir nicht bewiesen, dass wir vertrauenswürdig sind?«

»Und wenn Sie nicht mehr hier sind? Wer beschützt mich dann?«

»Sie brauchen keinen Schutz«, antwortete er, »weil Sie dann auch nicht mehr hier sind.«

»Wo bin ich dann?«

»Das müssen Sie selbst und Ihr Landsmann entscheiden«, sagte er mit einem Nicken zu dem britischen Geheimdienstchef hinüber. »Ich könnte Ihnen in Tel Aviv ein hübsches Apartment mit Meerblick anbieten, aber ich vermute, dass Ihnen England besser gefallen würde.«

»Und wovon soll ich leben?«

»Von der Galerie, die Sie führen.«

»Welche?«

»Die Galerie Olivia Watson.« Er lächelte. »Obwohl Ihre Kollektion mit Drogengeldern zusammengekauft wurde, sind wir bereit, sie Ihnen zu lassen. Mit zwei Ausnahmen«, fügte er hinzu.

»Welchen?«

»Die Ausnahmen sind der Guston und der Basquiat. Monsieur Antonow möchte Ihnen einen Scheck über fünfzig Millionen Euro für beide ausstellen, damit Sie Jean-Luc gegenüber belegen können, wie Sie den Nachmittag verbracht haben. Und keine Sorge – anders als Monsieur Antonow ist sein Geld durchaus echt.«

»Sehr großzügig von Ihnen«, sagte sie. »Aber Sie haben mir noch immer nicht verraten, worum es hier geht.«

»Es geht um Paris«, sagte er. »Und London. Und Antwerpen. Und Amsterdam. Und Stuttgart. Und Washington. Und um mindestens hundert weitere Anschläge, von denen Sie nie gehört haben.«

»Jean-Luc ist kein Engel, aber auch kein Terrorist.«

»Ganz recht. Aber wir glauben, dass er mit einem Geschäfte macht, was bedeutet, dass er Terroranschläge finanziert. Mehr darf ich zu diesem Thema nicht sagen. Je weniger Sie wissen, desto besser für Sie. So funktioniert das in unserer Branche.

Und Sie brauchen nur zu wissen, dass wir Ihnen die Chance Ihres Lebens geben. Die Chance auf einen echten Neubeginn. Stellen Sie sich eine leere Leinwand vor, auf die Sie jedes beliebige Bild malen können. Und dafür müssen Sie uns nur einen Namen nennen.« Er fragte lächelnd: »Sind wir uns also einig, Ms. Wilson?«

»Watson. Ich heiße Olivia Watson. Und ja«, sagte sie nach kurzer Pause, »wir sind uns einig.«

Sie redeten bis zum späten Nachmittag, während die Hitze nachließ und die Schatten im Garten und dem Olivenhain auf dem Hügel hinter der Villa lang und dünn wurden. Über die Umstände ihrer Rückkehr nach Großbritannien. Über ihr Verhalten Jean-Luc gegenüber in den kommenden Tagen. Und über ihre Reaktion auf irgendeinen unvorhergesehenen Notfall. Der Israeli mit den grünen Augen sprach von einem Krisenplan, von einem »Notausstieg« und erklärte Olivia, er dürfe nur in äußerster Gefahr benutzt werden, weil er unweigerlich viel Zeit und Mühe entwerten und unzählige Millionen, die für das Unternehmen ausgegeben worden waren, vergeuden würde.

Erst dann fragte er Olivia nach dem Namen des Mannes, dem Jean-Luc Martel die Leitung seines milliardenschweren Drogenimperiums anvertraut hatte. Der für die schmutzige Seite von JLM Enterprises verantwortlich war, wie der Israeli es ausdrückte. Die Seite, die alles andere – die Restaurants, die Hotels, die Boutiquen und Shops, die Galerie an der Place de l'Ormeau – erst möglich machte. Als Olivia ihn erstmals nannte, sprach sie so leise, als drücke eine Hand ihr die Kehle zu. Der Israeli bat sie, den Namen zu wiederholen, und als Olivia seinem Wunsch nachkam, wechselte er einen langen fragenden Blick mit Paul Rousseau. Nach kurzer Pause nickte Rousseau und beschäftigte sich dann wieder mit seiner ausgegangenen Pfeife, während auf der anderen Seite des Raums Nicolas Carnot den Roman von Bowles ins Bücherregal zurückstellte.

Danach gab es keine Diskussion mehr über Drogen oder Terrorismus oder die wahren Gründe, aus denen Olivia in die Villa außerhalb vom Ramatuelle gebracht worden war, Monsieur Antonow erschien lächelnd, verströmte mit russischem Akzent gute Laune und vereinbarte mit Olivia, die keinen Scheck wollte, auf welches Konto die fünfzig Millionen überwiesen werden sollten. Um den Deal zu besiegeln, wurde eine Flasche Champagner geöffnet. Olivia trank keinen Schluck aus dem Glas, das man ihr in die Hand drückte. Auch der Israeli rührte seines nicht an. Sie fand seine Selbstdisziplin bewundernswert.

Kurz nach 18 Uhr gab Nicolas Carnot Olivia ihr Smartphone zurück. Wann er es an sich gebracht hatte, konnte sie nicht genau sagen. Vermutlich hatte er es auf der Fahrt von Saint-Tropez hierher aus ihrer Handtasche gezogen. Auf dem Display sah sie mehrere Textnachrichten, die während ihrer Befragung eingegangen waren. Die letzte stammte von Jean-Luc und war noch keine Minute alt. Er teilte ihr mit, er sei dabei, in seinen Hubschrauber zu steigen, und werde binnen einer Stunde zu Hause sein.

Olivia sah besorgt auf. »Was soll ich antworten?«

»Was würden Sie normalerweise schreiben?«, fragte der Israeli.

»Ich würde ihm einen guten Flug wünschen.«

»Dann tun Sie das bitte. Und Sie könnten erwähnen, dass Sie eine fünfzig Millionen schwere Überraschung für ihn haben. Das dürfte seine Laune verbessern. Aber geben Sie nicht zu viel preis. Wir wollen ihm die Überraschung nicht verderben.«

Olivia tippte eine Antwort und zeigte ihm, was sie geschrieben hatte.

»Ausgezeichnet.«

Sie drückte auf *Senden.*

»Sie sollten jetzt fahren«, sagte der Israeli. »Wir wollen nicht, dass Cinderellas Kutsche sich in einen Kürbis zurückverwandelt, nicht wahr?«

Draußen zogen vom Wind zerfaserte Wolken rasch über den Abendhimmel. Auf der Rückfahrt zur Baie de Cavalaire sprach Nicolas Carnot nur Französisch – und nur über Monsieur Antonow und die gekauften Gemälde. Sie sollten sofort nach Eingang der Überweisung in die Villa Soleil gebracht werden. Madame Sophie, sagte er, habe schon zwei Plätze für sie ausgesucht.

»Sie hasst mich«, sagte Olivia.

»Sie ist in Ordnung, wenn man sie erst besser kennt.«

»Ist sie Französin?«

»Was sollte sie sonst sein?«

Die Antonows wohnten am Westrand der Bucht, Jean-Luc und Olivia im Osten. Als sie sich dem kleinen Spar-Markt an der Ecke zum Boulevard Saint-Michel näherten, verlangte Monsieur Carnot, dort abgesetzt zu werden. Er drückte Olivia leicht die Hand und versicherte ihr auf Englisch, sie handele richtig und habe nichts zu befürchten. Dann wünschte er ihr einen schönen Abend, lächelte, als sei nachmittags nichts passiert, und stieg aus. Als sie ihn zuletzt im Rückspiegel sah, flitzte er auf einem Motorroller rasch in die Gegenrichtung davon. Auf der Flucht vom Tatort, dachte sie.

Olivia fuhr die Bucht entlang nach Osten weiter und betrat wenige Minuten später die Luxusvilla, in der sie mit dem Mann lebte, den sie soeben verraten hatte. Sie goss sich in der Küche ein großes Glas Rosé ein und nahm es auf die Terrasse mit. Vor dem Feuerball der untergehenden Sonne konnte sie eben noch die Umrisse von Monsieur Antonows monströser Villa ausmachen. Im nächsten Augenblick klingelte ihr Smartphone. Sie starrte aufs Display. BIN IN FÜNF MINUTEN DA … WAS IST DIE ÜBERRASCHUNG? »Die Überraschung besteht darin«, sagte Olivia laut, »dass dein russischer Freund und sein Miststück von einer Frau mir fünfzig Millionen Euro überweisen werden.« Das wiederholte sie so oft, bis sie's selbst glaubte.

35

MARSEILLE

Um 11.45 Uhr am folgenden Morgen erschien der Betrag von fünfzig Millionen Euro auf dem Bankkonto der Galerie Olivia Watson, 9 Place de l'Ormeau, Saint-Tropez, Frankreich. Das Geld hatte keinen weiten Weg zurückzulegen, weil Auftraggeber und Empfänger Kunden der HSBC am Boulevard Haussmann in Paris waren. Schon wenige Stunden später lag es sicher auf einem Konto von JLM Enterprises bei einer renommierten Schweizer Bank in Genf. Und um 17 Uhr an diesem Nachmittag wurden zwei Gemälde – eines von Guston, das andere von Basquiat – mit einem neutralen Kastenwagen an die Villa Soleil geliefert. Olivia Watson fuhr mit ihrem schwarzen Range Rover hinterher. In der Eingangshalle begegnete sie Christopher Keller. Er küsste sie überschwänglich auf beide Wangen, machte ihr Komplimente wegen ihres Aussehens, das wirklich hinreißend war, und entschuldigte sich, weil er es eilig habe. Er ging nach draußen und schwang sich auf seinen Motorroller Peugeot Satelis. Im nächsten Augenblick raste er das Mittelmeer entlang auf der Küstenstraße nach Westen davon.

Es wurde schon dunkel, als er die Außenbezirke von Marseille erreichte. Die gewalttätigen Drogenbanden hatten ihre Reviere in den nördlichen Stadtteilen, aber Keller fuhr durch die ruhigeren Wohnbezirke im Osten. Durch den Prado-Carénage-Tunnel erreichte er den Vieux Port und gelangte von dort aus zur Rue Grignan. In dieser schnurgeraden schmalen Straße hatten Boss, Vuitton, Armani und Konsorten ihre Boutiquen. Hier gab es sogar eine JLM Schmuckboutique. Im Vorbeigehen hätte Keller dem Geruch nach schwören können, dass darin gekifft wurde.

Als er das Stadtzentrum hinter sich ließ und das *Quartier* Le Camas erreichte, wurden die Straßen schmutziger und die Geschäfte, in denen Immigranten und Arbeiter einkauften, entschieden schäbiger. Eines dieser Geschäfte, der Elektronikmarkt im Erdgeschoss eines mit Graffiti verzierten Gebäudes an der Place Jean Jaurès verkaufte elektronische Geräte und Handys vor allem an Marokkaner und Algerier. Der Besitzer war jedoch ein Franzose namens René Devereaux. Ihm gehörten in Marseille mehrere Kleinunternehmen – alle auf Bargeldbasis betrieben, einige nur für Kunden ab 18 Jahren zugänglich –, aber der Handyladen war gewissermaßen seine Zentrale. In seinem Büro im ersten Stock gab es kein Telefon, keine sonstigen elektronischen Geräte, was für einen Mann, der angeblich vom Handel mit solchen Geräten lebte, seltsam war. René Devereaux machte sich nichts aus Telefonen und soll noch nie eine E-Mail oder SMS geschrieben haben. Mit seinen Geschäftspartnern oder Untergebenen sprach er nur persönlich, oft unten auf dem Platz oder an einem Tisch vor seinem Stammlokal, dem nur wenige Schritte entfernten Café Au Petit Nice.

Das alles wusste Keller, weil René Devereaux in der Welt, der einst auch er angehört hatte, eine prominente Gestalt war. In der französischen Unterwelt war allgemein bekannt, dass Devereaux in Wirklichkeit mit Drogen handelte. Nicht nur im Straßenverkauf, sondern europaweit. Das wusste vermutlich auch die französische Polizei, aber im Gegensatz zu vielen seiner Konkurrenten hatte Devereaux nie auch nur einen Tag hinter Gittern verbracht. Er war ein gemachter Mann, unberührbar. Bis heute Abend, dachte Keller. Denn in dem sicheren Haus bei Ramatuelle hatte Olivia Watson den Namen René Devereaux genannt. Er war der Mann, der dafür sorgte, dass die Transporte pünktlich ankamen, damit der Strom von Drogen aus südeuropäischen Häfen nach Paris, Amsterdam und

Brüssel nicht abriss. Der Mann, der alle Geheimnisse Jean-Luc Martels kennt, dachte Keller. Sie würden nur diese Gelegenheit haben, Devereaux im ersten Anlauf zu liquidieren. Zum Glück konnten sie dafür auf einige der besten Profis der Branche zurückgreifen.

Keller stellte den Motorroller am Rand der Place Jean Jaurès ab und ging zu dem Elektronikmarkt weiter. Als er sich die in dem überquellenden Schaufenster ausgestellten Geräte ansah, beobachteten ihn zwei Männer, anscheinend Franzosen, von ihrem Platz hinter dem Ladentisch aus. Im ersten Stock brannte Licht hinter der Tür, die auf einen baufällig wirkenden Balkon hinausführte.

Keller wandte sich ab und ging ungefähr fünfzig Meter weiter bis zu einem am Randstein geparkten Van. Giancomo, Don Antonios Mädchen für alles, saß am Steuer. Zwei von Orsatis Berufskillern hockten nervös rauchend hinten im Laderaum. Im Vergleich zu ihnen war Giancomo die Ruhe selbst, aber Keller vermutete, dass seine Gelassenheit gespielt war.

»Wann habt ihr ihn zuletzt gesehen?«

»Vor ungefähr zwanzig Minuten. Er war auf dem Balkon, um eine Zigarette zu rauchen.«

»Wisst ihr bestimmt, dass er noch im Haus ist?«

»Wir lassen die Rückseite von einem Mann beobachten.«

»Wo sind die anderen?«

Der junge Korse nickte zur Place Jean Jaurès hinüber. Auf dem Platz wimmelte es von Bewohnern dieses Quartiers, viele davon in traditioneller afrikanischer oder nordafrikanischer Kleidung. Selbst Keller konnte Don Antonios Leute nicht ausmachen.

Er sah wieder Giancomo an. »Keine Fehler, verstanden? Sonst kann's passieren, dass wir einen Bandenkrieg auslösen. Und ihr wisst, was der Don von Kriegen hält.«

»Kriege sind gut fürs Geschäft.«

»Aber nicht, wenn er ein Kombattant ist.«

»Keine Sorge, ich bin kein kleiner Junge mehr. Außerdem habe ich den hier.« Giancomo zupfte an dem Talisman, den er an einer Halskette trug. Er war mit Kellers Glücksbringer identisch. »Sie lässt dich übrigens grüßen.«

»Hat sie sonst noch was gesagt?«

»Irgendetwas von einer Frau.«

»Ja? Was ist mit ihr?«

Giancomo zuckte mit den Schultern. »Du weißt ja, wie die *Signadora* ist. Sie spricht in Rätseln.«

Auf dem Weg zum Au Petit Nice rauchte Keller eine Zigarette. Drinnen war es übervoll und laut – Marseille spielte gegen Lyon –, aber draußen waren noch einige Tische frei. An einem saß ein mittelgroßer Mann mit dichtem silbergrauen Haar und einer schwarzen Hornbrille. Am Tisch daneben beobachteten zwei schwarzhaarige junge Männer die Passanten ungewöhnlich aufmerksam. Keller ging zu dem Brillenträger und setzte sich unaufgefordert an seinen Tisch. Vor dem Mann standen eine Flasche Pastis und ein Glas. Keller machte dem Ober ein Zeichen, ihm ein zweites Glas zu bringen.

»Hör mal«, sagte er auf Französisch, »du solltest wirklich etwas davon trinken.«

»Es schmeckt wie Benzin mit Lakritzgeschmack«, behauptete Gabriel. Er beobachtete zwei Männer in Dschellabas, die Arm in Arm vorbeigingen. »Ich kann kaum glauben, dass wir wieder hier sind.«

»In diesem Café?«

»Marseille«, sagte Gabriel.

»Das war unvermeidlich. Versucht man, in ein europäisches Drogennetzwerk einzudringen, führen alle Straßen nach Marseille.« Auch Keller beobachtete die Passanten. »Glaubst du, dass Rousseau Wort gehalten hat?«

»Wieso sollte er das nicht tun?«

»Weil er ein Spion ist. Folglich lügt er gewohnheitsmäßig.«

»Du bist auch einer.«

»Aber bis vor Kurzem habe ich noch für Don Antonio Orsati gearbeitet. Für denselben Don Antonio«, fügte Keller hinzu, »der uns heute Abend bei einem kleinen schmutzigen Auftrag helfen soll. Und wenn Rousseau und seine Leute von der Alphagruppe zusehen, gerät der Don, Friede sei mit ihm, in eine ziemlich kitzlige Lage.«

»Rousseau will mit den Ereignissen von heute Abend absolut nichts zu tun haben. Und was den Don betrifft«, fuhr Gabriel fort, »hat er mit seiner Bereitschaft, uns zu helfen, die beste Entscheidung getroffen, seit er damals dich angestellt hat.«

»Wie das?«

»Weil ihm in Zukunft niemand mehr etwas anhaben kann. Er ist immun.«

»Du denkst wie ein Krimineller.«

»Das muss man in unserem Beruf.«

Der Ober kam mit dem zweiten Glas. Keller schenkte sich Pastis ein, während Gabriel auf sein Smartphone sah.

»Probleme?«

»Madame Sophie und Monsieur Antonow streiten darüber, wo die neuen Gemälde hängen sollen.«

»Schade. Dabei waren sie auf einem guten Weg.«

»Ja«, sagte Gabriel vage und steckte das Handy wieder ein.

»Glaubst du, dass sie's schaffen werden?«

»Ich habe meine Zweifel.«

Keller trank einen Schluck von dem Pastis. »Was willst du mit den vielen Gemälden anfangen, wenn dieses Unternehmen vorbei ist?«

»Ich habe das Gefühl, dass Monsieur Antonow sich an seine jüdischen Wurzeln erinnern und sie sehr großzügig dem Israel Museum schenken wird.«

»Und die fünfzig Millionen Euro, die du Olivia geschenkt hast?«

»Ich habe ihr nichts geschenkt. Ich habe zwei Gemälde aus Ihrem Bestand gekauft.«

»Kein großer Unterschied«, meinte Keller.

»Gut angelegtes Geld, wenn sie uns zu Saladin führt.«

»Wenn«, sagte Keller.

»Bilde ich mir das nur ein«, fragte Gabriel, »oder läuft da etwas zwischen dir und …«

»Reine Einbildung!«

»Sie ist wirklich eine Schönheit. Und wenn alles vorbei ist, dürfte sie ziemlich reich sein.«

»Ich versuche Frauen zu meiden, die mit reichen französischen Drogenhändlern liiert sind.«

»Hast du vergessen, womit du deine Millionen verdient hast?«

Keller runzelte die Stirn, trank noch einen Schluck Pastis. »Monsieur Antonow ist also Jude?«

»Sieht so aus.«

»Das hätte ich nie vermutet.«

Gabriel zuckte gleichgültig mit den Schultern.

»Ich habe auch etwas jüdisches Blut in den Adern. Habe ich das schon mal erwähnt?«

»Schon möglich.«

Danach herrschte Schweigen. Gabriel starrte mürrisch auf die Straße hinaus.

»Ich kann's nicht glauben, dass wir wieder hier sind.«

»Aber wenigstens nicht lange.«

Keller beobachtete, wie zwei Männer aus dem Van stiegen und in dem Elektronikmarkt verschwanden, der René Devereaux gehörte. Dann sah er auf seine Uhr.

»Noch höchstens fünf Minuten. Vielleicht weniger.«

Von ihrem Tisch vor dem Au Petit Nice aus konnten Keller und Gabriel die nun folgenden Ereignisse nur eingeschränkt beobachten. Wenige Sekunden nachdem die beiden Männer das Geschäft betreten hatten, blitzte es hinter der Schaufensterscheibe mehrmals. Die Lichtblitze waren schwach – sie hätten von einem flackernden Fernseher stammen können – und völlig geräuschlos. Zumindest erreichte kein Laut das belebte Café. Danach wurde es in dem Elektronikmarkt dunkel bis auf ein kleines Leuchtschild an der Tür, auf dem FERMÉ stand. Passanten gingen daran vorbei, ohne es eines zweiten Blickes zu würdigen.

Keller sah wieder zu dem Van hinüber, aus dem Giancomo jetzt einen riesigen rechteckigen Karton holte. Eine merkwürdig geformte Box, die eine korsische Papierfabrik nach Don Antonios genauen Angaben herstellte. Sie war offenbar leer, denn Giancomo hatte keine Mühe, sie über die Straße und in den Elektronikmarkt zu tragen. Aber als der riesige Karton wenige Minuten später wieder sichtbar wurde, trugen ihn die beiden Männer, die als Erste in den Laden gegangen waren, und Giancomo stützte ihn auf einer Seite wie ein Sargträger. Die beiden Männer schoben die Box in den Laderaum des Vans und kletterten hinterher, während Giancomo sich wieder ans Steuer setzte. Dann fuhr der Wagen an, bog um die nächste Ecke und war verschwunden. Aus dem Au Petit Nice drang lauter Jubel: Marseille hatte ein Tor gegen Lyon erzielt.

»Nicht schlecht«, sagte Gabriel.

Keller sah auf seine Uhr. »Vier Minuten zwölf Sekunden.«

»Nach den Maßstäben des Diensts inakzeptabel, aber für heute Abend völlig ausreichend.«

»Weißt du bestimmt, dass du nicht mitmachen willst?«

»Davon habe ich für ein ganzes Leben genug«, wehrte Gabriel ab. »Aber grüß den Don von mir – und sag ihm, dass der Scheck in der Post ist.«

Keller nickte ihm zu und ging. Wenig später flitzte er auf seinem Peugeot Satelis am Café Au Petit Nice vorbei, in dem ein Mann mit dichtem silbernen Haar und schwarzer Hornbrille allein saß und sich fragte, wie lange es dauern würde, bis Jean-Luc Martel entdeckte, dass der Leiter seiner Abteilung illegaler Drogenhandel verschwunden war.

36

AUF DEM MITTELMEER

Die Jacht *Celine* war eine Baia Atlantica 78 mit vier Kabinen, drei MTU-Dieseln, die 54 Knoten Höchstgeschwindigkeit garantierten, und einem langen schlanken Vorschiff, das Platz für einen zweisitzigen Hubschrauber bot. Keller erreichte die Jacht jedoch unauffälliger – mit einem Zodiac-Schlauchboot, das in der Nähe der Kleinstadt Saintes-Maries-de-la-Mer im Mündungsgebiet der Rhône für ihn bereitgelegen hatte. Er machte das Boot an der Badeplattform im Heck fest und stieg in den Salon hinauf, in dem Don Antonio Orsati die Partie Marseille-Lyon über Satellitenfernsehen verfolgte. In der schlichten Kleidung eines korsischen Bergbauern und mit staubigen Sandalen wirkte er in dieser luxuriösen Umgebung aus Edelhölzern und feinem Leder entschieden fehl am Platz. Sein Assistent Giancomo war bei dem Steuermann auf der Brücke.

»Marseille hat noch ein Tor geschossen«, sagte der Don enttäuscht. Er zielte mit der Fernbedienung auf den Bildschirm, der schwarz wurde.

Keller sah sich im Salon um. »Ich hätte etwas Bescheideneres erwartet.«

»Ich bin zu alt, um im Bauch eines Fischkutters durchs Mittelmeer zu schippern. Außerdem wirst du noch froh sein, fünfundzwanzig Meter Boot unter dir zu haben. Heute Nacht soll es stürmen.«

»Wem gehört die Jacht?«

»Dem Freund eines Freundes.«

»Und der Steuermann?«

»Der gehört mir.«

Kellers Blick fiel auf antrocknende Blutstropfen auf dem Fußboden.

»Er hatte eine Pistole auf dem Schreibtisch, als sie eingedrungen sind«, erklärte ihm der Don. »Hat einen Schuss in die Schulter abgekriegt.«

»Kommt er durch?«

»Ja, leider.«

»Hat er dein Gesicht gesehen?«

»Noch nicht.«

»Hast du einen Hammer mitgebracht?«

»Klar doch.«

»Wo ist Devereaux jetzt?«

»In der Einbettkabine. Ich wollte nicht, dass er eine der Zweibettkabinen ruiniert.«

Keller sah wieder zu Boden. »Das sollte wirklich jemand aufwischen.«

»Ich nicht«, sagte Don Antonio. »Ich kann kein Blut sehen.«

Vor der Tür der Einzelkabine hielt einer von Orsatis Männern Wache. Aus der Kabine drang kein Laut.

»Ist er bei Bewusstsein?«, fragte Keller.

»Die meiste Zeit.«

Keller trat ein und schloss die Tür hinter sich. Es roch nach Angst und Schweiß in dem dunklen Raum, doch darunter war ein leichter Blutgeruch auszumachen. Keller knipste die Leselampe an und richtete den Lichtstrahl auf die bewegungslose Gestalt in der Koje. Mund und Augen waren mit silbernem Gewebeband zugeklebt. Die mit Kabelbindern gefesselten Hände waren am Gürtel fixiert, die Beine an den Knöcheln gefesselt. Keller untersuchte die Schusswunde in der rechten Schulter. Der Blutverlust war beträchtlich gewesen, aber die Blutung war vorläufig zum Stillstand gekommen. Trotzdem war die Matratze mit Blut getränkt. Der Freund eines Freundes, dachte Keller, wird eine neue Matratze brauchen, wenn er seine Jacht zurückbekommt.

Er riss das Gewebeband von den Augen. René Devereaux blinzelte mehrmals heftig. Als Keller sich nach vorn beugte, ihm sein Gesicht zeigte, wich der Drogenhändler unwillkürlich erschrocken zurück. Die Bekanntschaft schien gegenseitig zu sein.

»Bon soir, René. Danke fürs Vorbeikommen. Wie geht's der Schulter?«

Die Augen wurden zusammengekniffen, die Angst verflog. Devereaux versuchte, dem Engländer aus Korsika die Botschaft zu vermitteln, er sei kein Mann, den man überfallen, anschießen, entführen und an Händen und Füßen fesseln dürfe. Keller riss das Gewebeband von seinem Mund ab, um ihm Gelegenheit zu geben, das alles auszusprechen.

»Du bist ein toter Mann! Du und der fette Korse, für den du arbeitest.«

»Sprichst du von Don Antonio?«

»Scheiß auf Don Antonio!«

»Das waren vier sehr unkluge Worte. Hättest du vielleicht Lust, sie ihm ins Gesicht zu sagen?«

»Ich würd auf den Don scheißen. Und auf seine Familie.«

»Ach, wirklich?«

Keller ging hinaus. Zu dem Korsen, der draußen Wache hielt, sagte er: »Ich lasse Seine Heiligkeit bitten, einen Augenblick runterzukommen.«

»Er guckt Fußball.«

»Er kann sich bestimmt einen Augenblick losreißen«, sagte Keller. »Und bring mir den Hammer mit.«

Der Korse stieg den Niedergang hinauf, und wenig später kam Don Antonio schnaufend heruntergeklettert. Keller nahm ihn in die Kabine mit, um ihn René Devereaux zu zeigen. Orsati grinste über die unbehagliche Miene des Drogenhändlers.

»Monsieur Devereaux möchte dir etwas mitteilen«, sagte Keller. »Also los, René! Erzähl Don Antonio, was du mir eben erklärt hast.«

Als der andere nur schwieg, geleitete Keller den Don wieder hinaus. Dann baute er sich drohend vor dem gefesselten Drogenhändler auf. »Hör zu, du weißt natürlich selbst, dass du schlechte Karten hast. Du kannst mir alles erzählen, was ich wissen will – oder ich kann dem Don all die hässlichen Dinge berichten, die du über ihn und seine geliebte Familie gesagt hast. Und dann …« Keller hob die Hände, um anzudeuten, wie ungewiss Devereaux' Schicksal unter solch emotional aufgeladenen Umständen sei.

»Seit wann interessierst du dich für Informationen?«, fragte der Drogenhändler.

»Seit ich einen anderen Beruf ergriffen habe. Ich bin jetzt beim britischen Geheimdienst. Hast du das noch nicht gehört, René?«

»Du? Ein britischer Spion? Niemals!«

»Manchmal glaube ich's selbst nicht. Aber es ist trotzdem wahr. Und du wirst mir helfen. Du wirst mein vertraulicher Informant, und ich werde dein Führungsoffizier.«

»Das kann nicht dein Ernst sein!«

»Stell dir deine jetzige Lage vor. Die ist so schlimm wie überhaupt möglich. Genauso schwierig wird dein Auftrag. Du wirst mir helfen, den Mann zu finden, der all die Terroranschläge in Europa und Amerika geplant hat.«

»Wie soll ich das können? Ich bin Drogendealer, verdammt noch mal!«

»Freut mich, dass das klargestellt ist. Aber du bist kein gewöhnlicher Dealer, stimmt's? *Dealer* ist ein zu bescheidener Ausdruck für dich. Von deinem schäbigen Büro an der Place

Jean Jaurès aus dirigierst du ein globales Handelsnetz. Und das tust du für Jean-Luc Martel.«

»Für wen?«, fragte Devereaux.

»Jean-Luc Martel. Den mit den Restaurants und den Hotels und den Boutiquen.«

»Und mit der schönen englischen Freundin«, sagte Devereaux.

»Du kennst ihn also.«

»Klar, ich war oft in seinem ersten Restaurant in Marseille. Damals war er ein Niemand. Jetzt ist er der große Star.«

»Mit Drogen reich geworden«, sagte Keller. »Vor allem durch Haschisch. Durch Haschisch, das aus Marokko eingeschmuggelt wird. Durch Haschisch, das du in ganz Europa vertreibst. Martels Imperium würde zusammenbrechen, wenn der Drogenschmuggel nicht wäre. Aber du kämst nie auf den Gedanken, dich von ihm loszusagen, weil du dann eine neue Methode finden müsstest, die fünf bis zehn Milliarden Gewinn aus dem Drogenhandel zu waschen. Deine sogenannten legitimen Geschäfte werfen eben genug Gewinn ab, damit die französischen Steuerbehörden dich für einigermaßen ehrlich halten, aber sie sind viel zu klein für die Gewinne eines weltweiten Drogennetzes. Dafür braucht man ein echtes Firmenkonglomerat, das Jahr für Jahr Hunderte von Millionen Dollar in bar einnimmt. Ein Konglomerat, das Immobilien kauft und entwickelt.«

»Und das Gemälde kauft und verkauft.« Nach einer Pause sagte Devereaux: »Ich hab gleich gewusst, dass sie mir Unglück bringen würde.«

»Wer?«

»Diese englische Schlampe.«

Keller ballte die rechte Hand zur Faust und traf Devereaux' blutige Schulter mit einer ansatzlos geschlagenen kraftvollen Geraden.

»Aber zurück zum Thema«, sagte er, während der Franzose sich in seiner Koje vor Schmerzen wand. »Du erzählst mir alles, was du über Jean-Luc Martel weißt. Die Namen eurer Lieferanten in Marokko. Die Routen, auf denen ihr die Ware nach Europa bringt. Die Methoden, mit denen JLM Enterprises die Gewinne wäscht. Einfach alles, René.«

»Und wenn ich's tue?«

»Dann machen wir ein Video davon«, sagte Keller.

»Und wenn ich's nicht tue?«

»Dann bekommst du die JLM-Behandlung. Und damit meine ich kein Luxusdinner oder eine Nacht in einem seiner Hotels.«

Devereaux rang sich ein Grinsen ab. Dann sammelte er blitzschnell Speichel und spuckte Keller ins Gesicht. Der Engländer wischte sich gelassen das Gesicht mit einem Zipfel des Bettlakens ab, bevor er hinausging, um sich von dem Korsen den Hammer zu holen. Damit schlug er mehrmals auf Devereaux ein, wobei er sich auf die rechte Schulter konzentrierte und Kopf und Gesicht ganz ausließ. Dann stieg er den Niedergang hinauf und betrat den Salon, in dem Don Antonio Orsati noch immer das Fußballspiel guckte.

»War's etwas, das er gesagt oder nicht gesagt hat?«

»Etwas, das er getan hat«, antwortete Keller.

»Ist Blut geflossen?«

»Ein bisschen.«

»Ich bin froh, dass du damit gewartet hast, bis ich draußen war. Ich kann kein Blut sehen.«

Aus dem Fernseher kam lautes Gebrüll.

»Ein haushoher Sieg«, sagte der Don bedrückt.

»Ja«, antwortete Keller, »das wollen wir hoffen.«

37

AUF DEM MITTELMEER

Christopher Keller suchte die kleinste Kabine der *Celine* noch dreimal auf: gegen 23 Uhr, kurz nach Mitternacht und dann wieder um halb drei – ein längerer Besuch, nach dem René Devereaux, ein abgebrühter Marseiller Verbrecher mit viel Blut an den Händen, unkontrollierbar weinte und um Gnade flehte. Keller gewährte sie, aber nur unter der Bedingung, dass Devereaux vor laufender Kamera auspackte. Sonst würde Keller ihm sämtliche Knochen im Leib brechen, langsam und mit planvoller Überlegung, mit Pausen für Erfrischungen und weitere Planungen.

Auf dem Weg dorthin war er schon ziemlich weit gekommen, Devereaux' rechte Schulter, in der das Geschoss steckte, war mehrfach gebrochen. Außerdem waren beide Ellbogen zersplittert, und seine Hände befanden sich in traurigem Zustand. Auch das rechte Knie hatte gelitten, und selbst wenn diese Verletzung gut ausheilte, würde Devereaux für den Rest seines Lebens hinken wie Saladin.

Ihn in den Salon hinaufzuschaffen, wo die Videokamera auf ihrem Stativ stand, erwies sich als eine Herausforderung. Giancomo zog ihn den Niedergang herauf, während Keller von unten nachschob und das verletzte rechte Bein stützte, was dringend nötig war. Im Salon gab es Cognac und ein starkes verschreibungspflichtiges Schmerzmittel, das einen fehlende Gliedmaßen vergessen lassen konnte. Keller half Devereaux, eine gelbe Öljacke anzuziehen, und kämmte ihm das schüttere strähnige Haar. Dann schaltete er die Kamera ein, überprüfte den Bildausschnitt und stellte seine erste Frage.

»Wie heißt du?«

»René Devereaux.«
»Womit verdienst du deinen Lebensunterhalt?«
»Ich habe einen Elektronikshop an der Place Jean Jaurès.«
»Womit handelst du in Wirklichkeit?«
»Drogen.«
»Wo hast du Jean-Luc Martel kennengelernt?«
»In einem Restaurant in Marseille.«
»Wem gehörte dieses Restaurant?«
»Philippe Renard.«
»Was war Renards wirkliches Geschäft?«
»Drogen.«
»Wo ist Philippe Renard jetzt?«
»Tot. Umgelegt.«
»Wer hat ihn ermordet?«
»Jean-Luc Martel.«
»Wie?«
»Mit einem Hammer erschlagen.«
»Was macht Jean-Luc Martel heutzutage?«
»Er besitzt mehrere Restaurants, Hotels und Läden.«
»Was ist sein eigentliches Geschäft?«
»Drogen«, sagte René Devereaux.

Gegen 8.30 Uhr legte die *Celine* in Ajaccio an. Vom Hafen aus war es nur ein kleiner Spaziergang die Küste entlang zum Flughafen. Die nächste Maschine nach Marseille würde mittags starten. Keller traf um 11.15 Uhr ein, nachdem er ausgiebig gefrühstückt und sich neue Kleidung gekauft hatte. Er zog sich auf einer Flugplatztoilette um und passierte dann die Sicherheitskontrolle mit nichts mehr in der Tasche als seiner Geldbörse, seinem britischen Pass und seinem MI6-Handy. Auf diesem Smartphone war das Video von René Devereaux' Vernehmung komprimiert und stark verschlüsselt gespeichert. In diesem Augenblick enthielt es vermutlich die weltweit wichtigsten Informationen für den globalen Krieg gegen den Terrorismus.

Keller schaltete das Smartphone vor dem Start aus und erst wieder ein, als er in Marseille durchs Terminal ging. Michail erwartete ihn draußen, auf dem Rücksitz von Dmitri Antonows Maybach mit Jaakov Rossman am Steuer. Die drei hörten sich die Vernehmung durch das wundervolle Soundsystem der Limousine an, während der Maybach auf der Autoroute nach Osten unterwegs war.

»Du hast deine wahre Berufung verfehlt«, sagte Michail. »Du hättest Fernsehinterviewer werden sollen. Oder Großinquisitor.«

»Bereue, mein Sohn.«

»Glaubst du, dass er's tut?«

»Martel? Nicht kampflos.«

»Gegen dieses Video kommt er niemals an. Jetzt haben wir ihn in der Tasche.«

»Warten wir's ab«, sagte Keller.

Es war fast 16 Uhr, als der Maybach durchs Tor des sicheren Hauses außerhalb von Ramatuelle abbog. Als Erstes speicherte Keller das Video in der Datenbank, auf die alle Zugriff hatten. Im nächsten Augenblick erschien René Devereaux' Gesicht auf den Bildschirmen.

»Wo ist Philippe Renard jetzt?«

»Tot. Umgelegt.«

»Wer hat ihn ermordet?«

»Jean-Luc Martel.«

»Wie?«

»Mit einem Hammer erschlagen.«

Und so ging es über zwei Stunden lang weiter. Namen, Daten, Orte, Routen, Methoden, *Geld* … Letztlich drehte sich alles um Geld. Weil Keller geschickt fragte – und wegen des im Film nicht sichtbaren Hammers, der neben ihm bereitlag –, packte René Devereaux rückhaltlos aus, gab viele der wichtigsten Geheimnisse seiner Organisation preis. Wie das Geld von den Straßendealern eingesammelt wurde. Wie das Geld zur Großwäscherei JLM Enterprises gelangte. Und wie es gewaschen und gebügelt wieder verteilt wurde. Kostbare Informationen, die sich zu einem belastenden farbigen Bild zusammensetzen ließen. Damit hatten sie Jean-Luc Martel im Visier. Aber wer sollte ihm eine Rettungsmöglichkeit anbieten? Paul Rousseau bestand darauf, dieser Mann zu sein. Martel, sagte er, sei ein französisches Problem. Folglich müsse eine französische Lösung her.

Und so produzierte Rousseau mit Gabriels Hilfe eine nur dreiunddreißig Sekunden lange gekürzte Fassung des Vernehmungsvideos. Es sollte Appetit machen auf mehr. Ein kleiner Anstoß, wie Gabriel sagte. Martel hielt Hof in seinem Marseiller Restaurant im Vieux Port, als es mit einem anonymen Text auf seinem Smartphone erschien. Über sein Handy konnten Gabriel, Rousseau und das restliche Team beobachten, wie er im Verlauf des Videos immer blasser und besorgter wurde. Einige Sekunden später erschien zur Vertiefung ein weiteres Video mit einer Bettszene, deren Hauptdarsteller Martel und Olivias Rezeptionistin Monique waren. Es war mit demselben Smartphone aufgenommen, das Martel jetzt in der Hand hielt – und das aus dem einzigartigen Blickwinkel des Teams unkontrollierbar zu zittern schien.

Im nächsten Augenblick rief Paul Rousseau Martel direkt an. Jean-Luc meldete sich nicht, was keine Überraschung war, sodass Rousseau sein Angebot auf den Anrufbeantworter sprechen musste. Er forderte nichts weniger als eine bedingungslose Kapitulation. Jean-Luc Martel sollte sofort ohne seine Leibwächter in die Villa Soleil kommen. Jeder Fluchtversuch, warnte Rousseau, würde verhindert werden. Seine Flugzeuge und die Hubschrauber und seine 35-Meter-Jacht würden an die Kette gelegt werden. »Wie Sie sich denken können«, schloss Rousseau, »werden Ihre Kommunikation und Ihre Bewegungen überwacht. Sie haben eine einzige Gelegenheit, Verhaftung und Ruin zu entgehen. Ich rate Ihnen dringend, sie zu ergreifen.«

Danach legte Rousseau auf. Fünf Minuten vergingen, bis Martel die Nachricht abhörte. Damit begann das große Warten. Gabriel stand vor den Bildschirmen, hielt den Kopf leicht schief und umfasste sein Kinn mit einer Hand, während Christopher Keller draußen im Garten sein MI6-Handy mit einem Hammer zertrümmerte. Rousseau beobachtete ihn von der Terrassentür aus. Er würde Martel eine Chance geben, sein Leben zu retten. Sie konnten nur hoffen, dass er klug genug sein würde, sie zu ergreifen.

38

CÔTE D'AZUR, FRANKREICH

Diesmal ließen sie das Tor für ihn offen, sperrten aber auf Gabriels Vorschlag die Straße jenseits der Villa Soleil für den Fall, dass er sich die Sache anders überlegte und entlang der Côte d'Azur nach Westen zu flüchten versuchte. Nach einer Serie hektischer Telefongespräche mit Paul Rousseau kam er am selben Abend um 22.20 Uhr allein, ohne Bodyguards. Sein Erscheinen in der Villa, behauptete er, sei kein Eingeständnis von irgendwas. Den Mann in dem Video kenne er nicht; seine Behauptungen seien ungeheuerlich. Sein Geschäft seien nicht Drogen, sondern Gastfreundschaft und Einzelhandel, und wer etwas anderes behaupte, müsse mit ernsten juristischen Konsequenzen rechnen. In seiner Antwort machte Rousseau ihm klar, hier gehe es nicht um juristische Fragen, sondern um etwas, das die nationale Sicherheit Frankreichs gefährde. Das führte zu einer kurzen Diskussion, in der Martel tatsächlich neugierig wirkte. Dann verlangte er seinen Rechtsanwalt. »Keine Anwälte«, wehrte Rousseau ab. »Die kommen einem nur in die Quere.«

Auch diesmal erwartete ihn Roland Girard von der Alphagruppe auf dem Hof vor der Villa. Seine Begrüßung fiel entschieden weniger freundlich aus.

»Sind Sie bewaffnet?«

»Machen Sie sich nicht lächerlich!«

»Heben Sie die Arme.«

Martel gehorchte widerstrebend. Bei der Leibesvisitation tastete Girard ihn vom Nacken bis zu den Knöcheln gründlich ab. Als der Agent sich dann wieder aufrichtete, starrten ihn dunkle, fast schwarze Augen wütend an.

»Möchten Sie mir etwas sagen, Jean-Luc?«

Martel schwieg, was eine Premiere war.

»Bitte mitkommen«, sagte Girard.

Er fasste Martel am Ellbogen und führte ihn in die Villa. In der Eingangshalle erwartete sie Christopher Keller.

»Jean-Luc! Ich bedaure die Umstände Ihrer Einladung, aber wir mussten Ihre Aufmerksamkeit wecken«, sagte er auf Französisch, um in britisch gefärbtem Englisch fortzufahren: »Hier geht's um Menschenleben, wissen Sie, und uns bleibt nicht viel Zeit. Bitte kommen Sie mit.«

Martel blieb wie angenagelt stehen.

»Irgendwas nicht in Ordnung, Jean-Luc?«

»Sie sind ...«

»... kein Franzose», ergänzte Keller. »Und ich bin auch kein Korse. Das habe ich Ihnen alles nur vorgespielt. Sie sind das Opfer eines recht komplizierten Täuschungsmanövers geworden, fürchte ich.«

Martel folgte Keller benommen in den größten Salon der Villa Soleil, in dem lange weiße Vorhänge im Nachtwind wie Großsegel killten. An einem Ende des Sofas saß Natalie, die einen Jogginganzug und ihre neongrünen Laufschuhe trug. Michail, der Jeans und einen Pullover mit V-Ausschnitt trug, saß am anderen Ende. Paul Rousseau betrachtete eines der vielen Gemälde an den Wänden des Salons. Und aus der hintersten Ecke des Raums beobachtete Gabriel wie von einer privaten Insel aus Jean-Luc Martel.

Rousseau, der sich umdrehte, sprach als Nächster.

»Ich wollte, wir könnten sagen, es sei ein Vergnügen, Sie kennenzulernen, aber das wäre gelogen. Wenn wir Sie ansehen, fragen wir uns, weshalb wir tun, was wir tun. Wozu wir die Opfer bringen. Wofür wir die Risiken eingehen. Ganz ehrlich gesagt ist Ihr Leben nicht schützenswert. Aber darum geht's hier nicht. Wir brauchen Ihre Hilfe, daher bleibt uns nichts anderes übrig, als Sie, wenn auch widerstrebend, in unserer Mitte willkommen zu heißen.«

Martels Blick ging von einem zum anderen – von dem Mann, den er als Nicolas Carnot kannte, zu den Antonows und zu der schweigenden Gestalt, die ihn aus einer Ecke des Salons musterte –, bevor er wieder Rousseau ansah.

»Wer sind Sie?«, fragte er.

»Mein Name spielt keine Rolle«, antwortete Rousseau. »Tatsächlich haben Namen in unserem Beruf nicht viel zu bedeuten, wie Sie sicher schon gemerkt haben.«

»Wo arbeiten Sie?«

»In einer Abteilung des Innenministeriums.«

»Der DGSI?«

»Unwichtig. Was mein Arbeitsverhältnis betrifft«, fuhr Rousseau fort, »ist für Sie nur wichtig, dass ich *kein* Polizeibeamter bin.«

»Und die anderen?«, fragte Martel mit einem Blick in die Runde.

»Die arbeiten mit mir zusammen.«

Er nickte zu Gabriel hinüber. »Was ist mit *ihm?*«

»Ein externer Beobachter.«

Martel runzelte die Stirn. »Wozu bin ich hier? Worum geht's überhaupt?«

»Drogen«, antwortete Rousseau.

»Ich habe Ihnen gesagt, dass ich nichts mit Drogen zu schaffen habe.«

Rousseau atmete langsam aus. »Überspringen wir diesen Teil, ja? Sie wissen, womit Sie Ihr Geld verdienen, und wir wissen es auch. In einer perfekten Welt stünden Sie jetzt in Handschellen vor uns. Aber unsere Welt ist natürlich keineswegs perfekt. Sie ist ein wirres, gefährliches Chaos. Aber wegen Ihrer *Arbeit*«, sagte Rousseau verächtlich, »sind Sie in einzigartiger Position, daran etwas zu verändern. Wir sind bereit, großzügig zu sein, wenn Sie uns helfen. Und ebenso unbarmherzig, wenn Sie sich weigern.«

Martel nahm die Schultern zurück, richtete sich etwas auf. »Dieses Video«, sagte er, »beweist gar nichts.«

»Sie haben nur einen kleinen Teil davon gesehen. Das Original ist fast zwei Stunden lang und äußerst detailliert. Es legt alle Ihre schmutzigen Geheimnisse offen. Sollte es in die Hände der Justiz gelangen, würden Sie den Rest Ihres Lebens garantiert hinter Gittern verbringen. Wohin Sie natürlich gehören«, fügte Rousseau nachdrücklich hinzu. »Und sollte das Video einem investigativen Journalisten zugespielt werden, der nie für das JLM-Märchen empfänglich war, wären die Folgen für Ihr Firmenimperium katastrophal. Alle Ihre mächtigen Freunde, die Sie mit Essen und Trinken und Luxusübernachtungen ködern, würden Sie verlassen wie Ratten das sinkende Schiff. Keiner würde Sie beschützen.«

Martel öffnete den Mund, um etwas zu sagen, aber Rousseau dozierte weiter.

»Und dazu kommt die Sache mit der Galerie Olivia Watson. Wir hatten Gelegenheit, einige ihrer Transaktionen unter die Lupe zu nehmen. Sie sind zweifelhaft, um das Mindeste zu sagen. Das gilt vor allem für die achtundvierzig leeren Leinwände, die Sie ins Zollfreilager Genf geschickt haben. Sie haben Madame Watson in eine unhaltbare Lage gebracht, denn ihre Galerie macht wie Ihr übriges Imperium illegale Geschäfte. Ihnen dürfte es wohl gelingen, den Hals aus der Schlinge zu ziehen, aber Ihre Frau …«

»Sie ist nicht meine Frau.«

»Ah, richtig, Entschuldigung«, sagte Rousseau. »Wie soll ich sie also nennen?«

Martel ignorierte die Frage. »Haben Sie sie in diese Sache hineingezogen?«

»Madame Watson weiß von nichts, und wir möchten, dass

das so bleibt. Unnötig, sie in diese Sache hineinzuziehen. Zumindest vorläufig.« Rousseau machte eine Pause, dann fragte er: »Wie haben Sie die Tatsache begründet, dass Sie noch einmal weggefahren sind?«

»Ich habe ihr erklärt, ich hätte eine geschäftliche Besprechung.«

»Und hat Sie Ihnen das abgenommen?«

»Wieso auch nicht?«

»Weil Sie eine ziemlich gemischte Bilanz aufzuweisen haben.« Rousseau lächelte vertraulich. »Was Sie in Ihrer Freizeit tun, geht mich nichts an. Wir sind Franzosen, Sie und ich. Männer von Welt. Ich wollte damit nur sagen, dass es uns nicht besonders stören würde, wenn Madame Watson den Verdacht hätte, Sie seien heute Abend mit einer anderen Frau zusammen.«

»Sie vielleicht nicht«, sagte Martel. »aber für mich wäre das ...«

»Ihnen fällt bestimmt wie immer eine gute Ausrede ein. Aber kommen wir wieder zur Sache«, sagte Rousseau. »Sie müssten inzwischen gemerkt haben, dass Sie das Objekt eines sorgfältig geplanten Unternehmens waren. Jetzt wird's Zeit, in die nächste Phase einzutreten.«

»Die nächste Phase?«

»Wir haben es auf einen bestimmten Mann abgesehen«, sagte Rousseau. »Sie werden uns helfen, ihn aufzuspüren. Tun Sie's nicht, verwende ich den Rest meines Lebens darauf, Sie zu vernichten. *Und* Madame Watson.« Nach kurzer Pause fügte Rousseau hinzu: »Oder vielleicht stört die Vorstellung, dass Madame Watson für Ihre Verbrechen büßen soll, Sie nicht sonderlich. Vielleicht finden Sie solche Gefühle altmodisch. Vielleicht sind Sie kein Mann, der solche zarten Rücksichten nimmt.«

Martel erwiderte Rousseaus Blick gelassen. Aber als er nochmals zu Gabriel hinübersah, schien sein Selbstbewusstsein ins Wanken zu geraten.

»Jedenfalls«, fuhr Rousseau fort, »sollten Sie nun den Rest von René Devereaux' Vernehmung hören. Nicht alles, das würde zu lange dauern. Nur den entscheidenden Teil.«

Er sah zu Michail hinüber, der eine Taste des vor ihm auf dem Couchtisch stehenden Laptops drückte. Im nächsten Augenblick waren die Stimmen zweier Männer zu hören, die Französisch sprachen – einer mit ausgeprägt korsischem Akzent, der andere mit matter Stimme, als habe er Schmerzen.

»Woher kommen die Drogen?«

»Wir beziehen sie von überall her: Türkei, Libanon, Afghanistan …«

»Und das Haschisch?«

»Das Haschisch kommt aus Marokko.«

»Wer ist euer Lieferant?«

»Früher hatten wir mehrere. Jetzt arbeiten wir nur noch mit einem Mann zusammen. Er ist dort der größte Produzent.«

»Sein Name?«

»Mohammad.«

»Mohammad wer?«

»Bakkar.«

Michail hielt die Aufnahme an. Rousseau sah Martel an und lächelte.

»Ich schlage vor, dass wir damit anfangen«, sagte er. »Mit Mohammad Bakkar.«

39

CÔTE D'AZUR, FRANKREICH

Es gibt viele Gründe dafür, dass jemand sich bereit erklärt, für einen Geheimdienst zu arbeiten, aber nur wenige davon sind ehrbar. Manche tun's aus Geldgier, andere aus Liebe oder politischer Überzeugung. Und manche tun's, weil sie sich langweilen oder enttäuscht und rachsüchtig sind, weil sie bei Beförderungen übergangen wurden, während Kollegen, die sie unweigerlich für weniger qualifiziert halten, an ihnen vorbeigezogen sind. Mit etwas Schmeichelei und reichlich Geld lassen solche verächtlichen Typen sich dazu gewinnen, die Geheimnisse zu verraten, die über ihren Schreibtisch gehen oder in den Computern stecken, die sie zu warten haben. Professionelle Agentenführer sind gern bereit, solche Männer auszunutzen, die sie jedoch insgeheim verachten, fast so sehr wie den Mann, der sein Vaterland aus Gewissensgründen verrät. Dies sind die nützlichen Idioten der Branche, die keine niedrigeren Lebensformen kennt.

Der Profi traut auch niemandem, der seine Dienste freiwillig anbietet, denn seine wahren Motive sind oft schwierig zu erkennen. Stattdessen zieht er es vor, potenzielle Informanten ausfindig zu machen und selbst die Initiative zu ergreifen. Im Allgemeinen bringt er Geschenke mit, aber manchmal erweist es sich als notwendig, zu weniger feinen Methoden zu greifen. Aus diesem Grund ist der Profi stets auf der Suche nach Fehlern oder Schwächen: eine außereheliche Affäre, Vorliebe für Pornografie, Spielsucht oder Überschuldung. Das sind die Generalschlüssel der Branche, die jede Tür aufsperren. Außerdem ist Zwang wundervoll dafür geeignet, Absichten zu erhellen. Er leuchtet die dunklen Ecken des menschlichen Herzens aus.

Ein Mann, der spioniert, weil ihm keine andere Wahl bleibt, ist weniger rätselhaft als einer, der mit einem Aktenkoffer voller gestohlener Dokumente in eine Botschaft kommt. Trotzdem kann man einem zwangsverpflichteten Informanten niemals völlig trauen. Er wird unweigerlich versuchen, sich für die Ungerechtigkeit, unter der er leidet, zu rächen, und ist nur unter Kontrolle, solange seine ursprüngliche Verfehlung wie ein Damoklesschwert über ihm hängt. Deshalb finden Agent und Agentenführer sich unweigerlich in einer Art Hassliebe vereint.

In diese Agentenkategorie fiel Jean-Luc Martel, Hotelier, Restaurateur, Modezar, Juwelier und internationaler Drogenhändler. Er hatte seine Dienste nicht freiwillig angeboten. Er war auch nicht durch geschickte Überredung an den Tisch gelockt worden. Stattdessen war er durch ein kompliziertes und kostspieliges Unternehmen identifiziert, beurteilt und ins Visier genommen worden. Seine Beziehung zu Olivia Watson war eingehend analysiert worden, sein Geschäftspartner Devereaux hatte ihn unter Kellers Hammerschlägen belastet, und ihm waren Ruin und Gefängnis angedroht worden. Trotzdem stand die eigentliche Anwerbung noch aus. Zwang konnte eine Tür öffnen, aber der Abschluss eines Deals erforderte Geschick und Verführungsqualitäten. Eine Übereinkunft musste erzielt werden. Das war unvermeidlich. Sie brauchten Jean-Luc Martel mehr, als er sie brauchte. Drogenhändler gab es zu Hunderten. Aber Saladin war einzigartig.

Martel ergab sich nicht leicht in sein Schicksal, aber das war zu erwarten gewesen; ein Mann, der seinen Vater und seinen Förderer umgebracht hat, ist schwer einzuschüchtern. Er wich aus, ging zum Gegenangriff über, stieß seinerseits Drohungen aus. Rousseau biss jedoch nicht an, wenn Martel ihn zu ködern versuchte. Er war der perfekte Verhandler: harmlos wirkend, nicht leicht aufzubringen, unendlich geduldig. Martel stellte

Rousseaus Geduld oft auf die Probe, etwa wenn er eine Bescheinigung auf dem Briefbogen des Innenministeriums verlangte, die ihm jetzt und in alle Zukunft Straffreiheit zusicherte. Darauf konnte Rousseau sich jedoch nicht einlassen, weil er nicht im Auftrag des Ministeriums handelte und auch die vorgesetzte DGSI nicht eingeweiht hatte. Daher lächelte er über Martels Unnachgiebigkeit, nickte zu Michail hinüber und führte einen kurzen Ausschnitt aus René Devereaux' Vernehmung auf See vor.

»Er lügt!«, knurrte Martel, als das Video abbrach. »Das fantasiert er sich zusammen.«

Dies war die Stelle, wie Gabriel sich später erinnerte – und was die versteckten Kameras bestätigten –, an der Martel der Wind aus den Segeln genommen wurde. Er setzte sich neben Michail, eine seltsame Wahl, und starrte Natalie an, die ihrerseits zu Boden sah. Dann entstand eine längere Pause, die Rousseau schließlich dazu veranlasste, nochmals den Teil des Videos vorzuführen, der Mohammad Bakkar, einen der größten marokkanischen Haschischproduzenten, betraf – den selbst ernannten König des Rifgebirges, in dem Haschisch für den Export nach Europa angebaut wurde. Den Mann, der nach Devereaux' Auskunft Martels einziger Lieferant war.

»Diesen Namen haben Sie bestimmt schon mal gehört«, sagte Rousseau ruhig.

Und Martel bestätigte mit kaum wahrnehmbarem Nicken, dass er ihn kannte. Er starrte nicht mehr Natalie an, sondern sah zu Keller auf, der beschützend hinter ihr stand. Keller hatte ihn betrogen, Keller hatte ihn verraten. Und trotzdem schien Jean-Luc Martel ihn in diesem Augenblick für seinen einzigen Freund in diesem Raum zu halten.

»Wollen Sie uns nicht ein paar Hintergrundinformationen geben?«, schlug Rousseau vor. »Wir sind schließlich alle Amateure – zumindest in Bezug auf den Drogenhandel. Helfen Sie uns verstehen, wie der funktioniert. Erklären Sie uns die üblen Methoden, mit denen Sie arbeiten.«

Rousseaus Aufforderung war nicht so harmlos, wie sie klang. René Devereaux hatte Keller bereits genau geschildert, welche Geschäftsbeziehungen zwischen Bakkar und Martel bestanden. Aber Rousseau wollte Martel zum Reden bringen, um den Wahrheitsgehalt seiner Aussagen überprüfen zu können. Natürlich würde er nicht immer die Wahrheit sagen. Rousseau war bereit, darüber hinwegzusehen und nur dort absolute Ehrlichkeit zu verlangen, wo sie unerlässlich war.

»Erzählen Sie uns ein bisschen über Mohammad Bakkar«, forderte er Martel auf. »Ist er groß oder klein? Hager oder rundlich wie ich? Hat er volles Haar oder eine Glatze? Hat er eine Ehefrau oder mehrere? Raucht er? Trinkt er Alkohol? Ist er gläubig?«

»Er ist eher klein«, sagte Martel nach kurzem Nachdenken. »Und nein, er trinkt keinen Alkohol. Mohammad ist gläubig. Sogar sehr gläubig.«

»Finden Sie das überraschend?«, fasste Rousseau sofort nach, um die Tatsache auszunützen, dass Martel endlich eine Frage beantwortet hatte. »Dass ein Haschproduzent strenggläubig ist?«

»Ich habe nicht gesagt, dass Mohammad Bakkar ein Haschproduzent ist. Er baut Orangen an.«

»Orangen?«

»Ja, Orangen. Deshalb überrascht mich nicht, dass der König ein gläubiger Mann ist. Orangen gehören im Rif zum Lebensstil. Der König versucht seit Jahren, die Bauern dazu zu bringen, von dieser Monokultur wegzukommen, aber Orangen sind weit lohnender als Soja oder Rettiche. Erheblich lukrativer«, fügte Martel lächelnd hinzu.

»Vielleicht sollte der König sich mehr anstrengen.«

»Dem König sind die jetzigen Verhältnisse gerade recht, wenn Sie mich fragen.«

»Wie das?«

»Weil der Orangenexport dem Land jedes Jahr einige Milliarden Dollar bringt. Die tragen dazu bei, den Frieden zu bewahren.« Etwas leiser fügte Martel hinzu: »Mohammad Bakkar ist nicht der einzige strenggläubige Marokkaner.«

»Gibt es in Marokko viele Extremisten?«

»Das wissen Sie bestimmt besser als ich«, antwortete Martel.

»Hat der IS viele Zellen in Marokko?«

»Das hört man manchmal. Aber über die redet der König nicht gern«, fügte er hinzu. »Der IS ist schlecht für den Tourismus.«

»Sie sind geschäftlich in Marokko engagiert, nicht wahr? Mit einem Hotel in Marrakesch, wenn ich mich nicht irre.«

»Mir gehören zwei«, sagte Martel stolz.

»Wie läuft das Geschäft?«

»Schlecht.«

»Das tut mir leid.«

»Wir kommen schon zurecht.«

»Davon bin ich überzeugt. Und worauf führen Sie die Flaute zurück?«, fragte Rousseau. »Auf den IS?«

»Die Anschläge auf tunesische Hotels haben unsere Reservierungen einbrechen lassen. Die Gäste fürchten, dass demnächst Marokko an der Reihe ist.«

»Sind Touristen dort sicher?«

»Das sind sie«, sagte Martel, »bis sie's eines Tages nicht mehr sind.«

Rousseau quittierte diese Feststellung mit einem Lächeln. Dann wies er darauf hin, wegen seiner geschäftlichen Interessen könne Martel beliebig oft nach Marokko reisen, das als Drogenproduzent berüchtigt sei, ohne Verdacht zu erwecken. Martel gab ihm schulterzuckend recht.

»Bewirten Sie Mohammad Bakkar in Ihren Hotels in Marrakesch?«

»Niemals.«

»Warum nicht?«

»Er verabscheut Marrakesch. Oder vielmehr das moderne Marrakesch.«

»Zu viele Ausländer?«

»Und Schwule«, fügte Martel hinzu.

»Er mag wegen seines Glaubens keine Homosexuellen?«

»Das stimmt wohl.«

»Wo treffen Sie sich im Allgemeinen mit ihm?«

»In Casa«, sagte Martel, indem er Casablanca wie die Einheimischen abkürzte, »oder in Fès. Dort besitzt er einen *Riad* im Herzen der Medina. Außerdem gehören ihm mehrere Villen um Rif und im Mittleren Atlas.«

»Er ist viel unterwegs?«

»Orangen sind ein gefährliches Geschäft.«

Rousseau lächelte erneut. Selbst er war gegen Martels ungeheuren Charme nicht immun.

»Und wenn Sie mit Monsieur Bakkar zusammentreffen? Worüber reden Sie dann?«

»Den Brexit. Den neuen US-Präsidenten. Den Friedensprozess im Nahen Osten. Das Übliche.«

»Soll das ein Scherz sein?«, fragte Rousseau unwillig.

»Durchaus nicht. Als intelligenter Mensch interessiert Mohammad sich für die Welt außerhalb des Rifs.«

»Wie würden Sie seine politische Einstellung beschreiben?«

»Er ist kein Bewunderer des Westens. Vor allem hasst er Frankreich und England. Und ich versuche im Allgemeinen, in seiner Gegenwart das Wort *Israel* zu vermeiden.«

»Es bringt ihn auf?«

»So könnte man's ausdrücken.«

»Und trotzdem machen Sie mit diesem Mann Geschäfte?«

»Seine Orangen sind erstklassig«, sagte Martel.

»Und wenn Sie mit Ihrer Tour d'Horizon fertig sind? Was dann?«

»Preise, Produktionsmengen, Liefertermine – solches Zeug.«

»Die Preise schwanken?«

»Angebot und Nachfrage«, sagte Martel nur.

»Vor fünf Jahren«, fuhr Rousseau fort, »ist uns aufgefallen, dass Orangen auf andere Weise als bisher von Nordafrika nach Europa gelangten. Statt mit kleinen Schiffen in kleinen Mengen übers Mittelmeer zu kommen, waren jetzt Tonnen von Orangen an Bord großer Frachter, die aus Häfen in Libyen kamen. Hat es eine plötzliche Schwemme bei den Produzenten gegeben? Oder gibt es irgendeine andere Erklärung für diesen Strategiewechsel?«

»Letzteres«, antwortete Martel.

»Und was war das?«

»Mohammad hat beschlossen, eine Partnerschaft einzugehen.«

»Vermutlich mit einem Mann, weil jemand wie Mohammad Bakkar sich nie mit einer Frau zusammentäte.«

Martel nickte.

»Er wollte am Markt offensiver agieren?«

»Viel aggressiver.«

»Wieso?«

»Um seine Gewinne schneller zu steigern.«

»Sie kennen seinen Partner?«

»Ich bin ihm zwei- oder dreimal begegnet.«

»Sein Name?«

»Khalil.«

»Khalil wer?«

»Einfach nur Khalil, sonst nichts.«

»Er ist Marokkaner?«

»Nein, bestimmt kein Marokkaner.«

»Woher sonst?«

»Das hat er nie gesagt.«

»Und wenn Sie raten sollten?«

Jean-Luc Martel zuckte mit den Schultern. »Dann würde ich auf einen Iraker tippen.«

40

CÔTE D'AZUR, FRANKREICH

Allen Anwesenden war klar – was die versteckten Kameras wiederum bestätigten –, dass Jean-Luc Martel nicht verstand, wie wichtig seine letzte Aussage war: *Dann würde ich auf einen Iraker tippen …* Ein Iraker, der sich Khalil nannte. Kein Familien- oder Vatersname, kein Ortsname, einfach nur Khalil. Khalil, der einen Partner in Mohammad Bakkar gefunden hatte, einem strenggläubigen Haschproduzenten, der Amerika und den Westen hasste und bei dem Wort Israel ausflippte, Khalil, der ihren Gewinn steigern wollte, indem er mehr Haschisch auf den europäischen Markt warf.

Als stummer Beobachter des Dramas, das er geschrieben und inszeniert hatte, ermahnte Gabriel sich, keine voreiligen Schlüsse zu ziehen. Dieser Mann, der sich Khalil nannte, brauchte nicht der Mann zu sein, nach dem sie fahndeten; er konnte ein ganz gewöhnlicher Krimineller sein, der nur möglichst rasch viel Geld verdienen wollte, sodass die Fahndung nach ihm kostbare Zeit und Ressourcen vergeuden würde. Trotzdem hatte Gabriel Mühe, sich nicht anmerken zu lassen, dass sein Herz jagte. Er hatte an losen Fäden gezupft und die Punkte durch Striche verbunden, und die Fährte hatte ihn hierher ins ehemalige Heim eines besiegten Feindes geführt.

Die übrigen Mitglieder seines Teams nahmen Martels Enthüllung jedoch bemerkenswert nüchtern auf. Natalie, Michail und Christopher Keller waren in privaten Sphären gefangen, und Paul Rousseau stopfte sich gerade jetzt eine neue Pfeife. Im nächsten Augenblick flammte sein Feuerzeug auf, und eine bläuliche Rauchwolke zog über die beiden venezianischen

Kanalszenen von Guardi hinweg. Gabriel, der Restaurator, zuckte unwillkürlich zusammen.

Falls Rousseau sich auch nur entfernt für den Iraker interessierte, der sich Khalil nannte, ließ er sich nichts davon anmerken. Khalil war nur ein Nebengeräusch; Khalil war nicht weiter wichtig. Rousseau schien sich mehr für die Details von Martels Beziehung zu Mohammad Bakkar zu interessieren. Wer gab den Ton an, wollte er wissen. Wer hatte die Oberhand? Martel, der französische Großhändler, oder Bakkar, der marokkanische Erzeuger?

»Sie verstehen nicht sehr viel von Geschäften, was?«

»Ich bin Wissenschaftler«, entschuldigte Rousseau sich.

»Alles ist Verhandlungssache«, erklärte Martel ihm. »Aber letztlich behält der Erzeuger die Oberhand.«

»Weil er den Händler jederzeit boykottieren kann.«

»Korrekt.«

»Könnten Sie nicht einen anderen Lieferanten für die Drogen finden?«

»Orangen«, sagte Martel nur.

»Ah, richtig, Orangen«, stimmte Rousseau zu.

»Das ist nicht so einfach.«

»Wegen der Qualität von Bakkars Orangen?«

»Weil Mohammad Bakkar ein mächtiger und höchst einflussreicher Mann ist.«

»Der auf andere Erzeuger einwirken würde, damit sie Ihnen nichts verkaufen?«

»Sehr energisch.«

»Und was haben Sie gesagt, als Bakkar Ihnen erklärt hat, er wolle den Orangenexport nach Europa stark ausweiten?«

»Ich habe ihm davon abgeraten.«

»Weshalb?«

»Aus verschiedenen Gründen.«

»Zum Beispiel?«

»Große Lieferungen sind an sich riskant.«

»Weil sie bei Kontrollen leichter zu finden sind?«

»Natürlich.«

»Was noch?«

»Meine Sorge war, wir könnten den Markt überschwemmen.«

»Und so den Orangenpreis in ganze Westeuropa in den Keller schicken?«

»Angebot und Nachfrage«, sagte Martel noch mal schulterzuckend.

»Und als Sie diese Bedenken geäußert haben?«

»Da hat er mich vor eine sehr einfache Wahl gestellt.«

»Mitmachen oder abhauen?«

»So ungefähr.«

»Und Sie haben mitgemacht«, stellte Rousseau fest.

Als Martel schwieg, wechselte Rousseau abrupt das Thema.

»Versand«, sagte er. »Wer ist zuständig für den Versand?«

»Mohammad. Er bringt die Lieferung auf den Weg, und wir nehmen sie am anderen Ende in Empfang.«

»Sie werden vermutlich benachrichtigt, wenn eine Lieferung unterwegs ist?«

»Versteht sich.«

»Wie liefert er bevorzugt?«

»Früher hat er die Ware mit kleinen Booten direkt aus Marokko nach Spanien bringen lassen. Als die Spanier dann angefangen haben, ihre Küste stärker zu bewachen, hat er eine neue Route quer durch Nordafrika und übers Meer zum Balkan eingerichtet. Nur sind auf dieser Route vor allem im Libanon und auf dem Balkan massenhaft Orangen verschwunden.«

»Von einheimischen Banden gestohlen?«

»Die serbische und die bulgarische Mafia waren scharf auf Zitrusfrüchte«, sagte Martel. »Mohammad hat jahrelang nach einer anderen Route für sein Produkt gesucht. Und dann ist ihm die Lösung in den Schoß gefallen.«

»Die Lösung«, sagte Rousseau, »war Libyen.«

Martel nickte langsam. »Dank des französischen Präsidenten und seiner Freunde in Washington und London, die Gaddafi stürzen wollten, war ein Traum Wirklichkeit geworden. Sobald das Regime beseitigt war, herrschten dort Zustände wie im Wilden Westen. Keine Zentralregierung, keine Polizei, keine Autorität irgendwelcher Art außer den Milizen und den islamischen Psychos. Trotzdem gab es noch ein Problem.«

»Nämlich?«

»Die Milizen und die islamischen Psychos«, antwortete Martel.

»Sie waren gegen den Orangenexport?«

»Nein. Sie wollten daran beteiligt werden. Sonst würden die Orangen nicht einmal die libyschen Häfen erreichen. Mohammad brauchte einen einheimischen Partner, der die Milizen und die Dschihadisten im Zaum halten konnte. Jemanden, der dafür garantieren konnte, dass die Orangen tatsächlich an Bord der Frachter gelangten.«

»Jemanden wie Khalil?«, fragte Rousseau.

Martel gab keine Antwort.

»Erinnern Sie sich an das Küstenmotorschiff *Apollo?*«, fragte Rousseau weiter. »Das haben die Italiener vor Sizilien mit siebzehn Tonnen Orangen im Laderaum aufgebracht.«

»Der Name«, sagte Martel verschmitzt, »kommt mir bekannt vor.«

»Das war wohl Ihre Fracht?«

Martels ausdrucksloser Blick bestätigte diese Vermutung.

»Hat es vor der *Apollo* andere Schiffe gegeben, die nicht aufgebracht wurden?«

»Mehrere.«

»Eines ist mir noch nicht klar«, sagte Rousseau scheinbar verständnislos. »Wer trägt die Kosten einer Beschlagnahme? Der Erzeuger oder der Großhändler?«

»Ich kann keine Orangen verkaufen, wenn ich sie nicht bekomme.«

»Das heißt also – Sie müssen entschuldigen, dass ich hier nachhake, Monsieur Martel –, dass Mohammad Bakkar persönlich einige Millionen Euro verloren hat, als die *Apollo* aufgebracht wurde?«

»Das ist korrekt.«

»Er war bestimmt wütend.«

»Mehr als das«, sagte Martel. »Er hat mich nach Marokko kommen lassen und mir vorgeworfen, ich hätte den Italienern einen Tipp gegeben.«

»Wozu sollten Sie das tun?«

»Weil ich von Anfang an gegen so große Lieferungen war. Und der Verlust eines oder mehrerer Schiffe hätte meine Argumentation unterstützt.«

»Ist der Tipp, der zum Verlust der *Apollo* geführt hat, von Ihnen gekommen?«

»Natürlich nicht. Ich habe Mohammad klipp und klar erklärt, dass das Problem anderswo liegt.«

»In Nordafrika, meinen Sie?«, fragte Rousseau.

»Libyen«, sagte Martel.

»Und als die Beschlagnahmen weitergingen?«

»Khalil hat die Lecks gestopft. Danach haben die Transporte wieder geklappt.«

Da war er wieder, der Name von Mohammad Bakkars aggressivem neuen Partner. Der Mann, von dem Paul Rousseau bisher absichtlich nicht gesprochen hatte. Nach einer längeren Pause, in der er sich eine Pfeife stopfte und anzündete, fragte er, wann Jean-Luc Martel diesen Iraker, der sich Khalil nannte, kennengelernt habe. Kein Familien- oder Vatersname. Kein Ortsname. Nur Khalil. Martel sagte, das müsse im Frühjahr 2012 gewesen sein. Vielleicht Ende März, aber er könne sich nicht genau erinnern. Das ließ Rousseau ihm jedoch nicht durchgehen. Martel herrsche über ein weitgespanntes kriminelles Imperium, dessen Details er im Kopf habe. Also müsse er sich an das Datum einer so wichtigen Begegnung erinnern können.

»Es war der neunundzwanzigste März.«

»Und unter welchen Umständen? Sind Sie einbestellt worden? Oder war das ein Routinetermin?«

Martel erklärte, er sei aufgefordert worden, nach Marokko zu kommen.

»Und wie geschieht das im Allgemeinen? Ich weiß, das ist nebensächlich, aber ich bin neugierig.«

»In meinem Hotel in Marrakesch geht eine Nachricht für mich ein.«

»Ein Anruf?«

»Ja.«

»Und die erste Besprechung, bei der Khalil anwesend war?«

»Die war in Casa. Ich bin mit meinem Flugzeug hingeflogen und ins Hotel gefahren. Ein paar Stunden später habe ich erfahren, wohin ich kommen sollte.«

»Mohammad hat Sie selbst angerufen?«

»Einer seiner Leute. Mohammad telefoniert nicht gern geschäftlich.«

»Und das Hotel? In welchem waren Sie?«

»Im Sofitel.«

»Waren Sie allein dort?«

»Olivia war mit dabei.«

Rousseau runzelte nachdenklich die Stirn. »Nehmen Sie sie überallhin mit?«

»Möglichst immer.«

»Weshalb?«

»Äußerlichkeiten sind wichtig.«

»War sie bei der Besprechung dabei?«

»Nein. Sie ist im Hotel geblieben, als ich nach Anfa gefahren bin.«

»Anfa?«

Anfa sei ein Villenviertel auf einem Hügel nordwestlich der Innenstadt, erklärte Martel, ein Arrondissement mit von Palmen gesäumten Avenuen und Quadratmeterpreisen wie in London oder Paris. Mohammad Bakkar besaß dort eine prächtige Villa. Martel musste sich wie üblich einer Leibesvisitation unterziehen, bevor er eintreten durfte. Sie sei gründlicher als sonst gewesen, erinnerte er sich jetzt. Martel hatte erwartet, Bakkar, wie von ihren bisherigen Treffen gewohnt, drinnen allein anzutreffen. Stattdessen war ein weiterer Mann anwesend.

»Bitte beschreiben Sie ihn.«

»Groß, breitschultrig, breites Gesicht, große Hände.«

»Hautfarbe?«

»Dunkel, aber nicht sehr.«

»Wie war er angezogen?«

»Westlich. Dunkler Anzug, weißes Oberhemd, keine Krawatte.«

»Narben oder sonstige Kennzeichen?«

»Keine.«

»Tätowierungen?«

»Ich konnte nur seine Hände sehen.«

»Und?«

Martel schüttelte den Kopf.

»Sind Sie mit ihm bekannt gemacht worden?«

»Kaum.«

»Hat er gesprochen?«

»Nicht mit mir, nur mit Mohammad.«

»Vermutlich auf Arabisch?«

»Ja.«

»Mohammad Bakkar spricht maghrebinisches Arabisch?«

»Daridscha«, sagte Martel.

»Und der andere Mann? Hat auch er Daridscha gesprochen?«

Martel schüttelte erneut den Kopf.

»Sie konnten den Unterschied erkennen?«

»Als Kind habe ich etwas Arabisch gelernt. Von meiner Mutter«, fügte er hinzu. »Daher konnte ich einen Unterschied feststellen. Er hat wie ein Iraker gesprochen.«

»Und Sie haben sich nicht gefragt, wie dieser Mann einzuordnen war, wenn man bedenkt, dass der IS große Teile des Iraks und Syriens besetzt hält und sogar eine Operationsbasis in Libyen aufgebaut hat? Oder vielleicht wollten Sie's lieber nicht wissen«, fuhr Rousseau verächtlich fort. »Vielleicht war es besser, in dieser Situation nicht zu viele Fragen zu stellen.«

»Allgemein kann man sagen«, bestätigte Martel, »dass Neugier schlecht fürs Geschäft ist.«

»Vor allem, wenn der IS involviert sein könnte.« Rousseau atmete tief durch, meisterte seinen Zorn. »Und die zweite Begegnung? Wann war die?«

»Im Dezember letzten Jahres.«

»*Nach* den Anschlägen in Washington?«

»Eindeutig.«

»Bitte das genaue Datum.«

»Am neunzehnten Dezember, glaube ich.«

»Und der Anlass?«

»Unser jährliches Wintertreffen.«

»Wo hat es stattgefunden?«

»Mohammad hat immer wieder andere Orte genannt. Letzten Endes haben wir uns in einem kleinen Dorf im Rifgebirge zusammengesetzt.«

»Was stand auf der Tagesordnung?«

»Die neuen Abgabepreise und die ungefähren Versanddaten fürs kommende Jahr. Mohammad und der Iraker wollten den Markt mit noch mehr Ware überschwemmen. Mit viel mehr Ware. Und das so schnell wie möglich.«

»Wie war er diesmal gekleidet?«

»Wie ein Marokkaner.«

»Nämlich?«

»Er hat eine Dschellaba getragen.«

»Das traditionelle marokkanische Gewand mit Kapuze.«

Martel nickte. »Und sein Gesicht war auffällig schmaler und kantiger.«

»Er hatte Gewicht verloren?«

»Plastische Chirurgie.«

»Hatte er sich sonst wie verändert?«

»Ja«, sagte Martel. »Er hat gehinkt.«

41

CÔTE D'AZUR, FRANKREICH

Innerlich widerstrebte einem Teil von Paul Rousseaus Charakter der Deal, der würde ausgehandelt werden müssen. Jean-Luc Martel, würde er später sagen, sei der klare Beweis dafür, dass Frankreich mit der Abschaffung der Guillotine einen Fehler gemacht habe. Aber Khalil der Iraker – Khalil, der ein neues Gesicht bekommen hatte, Khalil, der jetzt hinkte – war diesen Preis wert. Bloßer Zwang würde nicht ausreichen, um Martel ins Ziel zu tragen. Er würde mit allen Rechten und Pflichten in die Alphagruppe aufgenommen werden müssen – »als französischer Geheimagent, Gott steh mir bei«, klagte Rousseau –, und nur die Zusage, vor jeglicher Strafverfolgung sicher zu sein, konnte ihn zu verlässlicher Kooperation bewegen. Ein weiteres Dilemma für Rousseau, denn sein Minister wusste noch immer nichts von diesem Unternehmen. Dabei war er ein Mann, der dafür berüchtigt war, dass er Überraschungen hasste wie die Pest. Aber vielleicht würde er's über sich bringen, diesmal eine Ausnahme zu machen.

Vorläufig hielt Rousseau sich jedoch zurück und befragte Martel weiter. Sie gingen alles noch mal methodisch vor- und rückwärts durch, während Rousseau Ausschau nach Unstimmigkeiten hielt, die Zweifel an der Zuverlässigkeit dieses Informanten hätten wecken können. Sehr intensiv befasste er sich mit dem Wintertreffen, an dem Khalil der Iraker teilgenommen hatte, besonders mit der Planung für zukünftige Transporte. In den kommenden zehn Tagen sollten drei große Lieferungen eintreffen – alle an Bord großer Frachter, die aus Libyen kamen. Zwei waren für Marseille und das benachbarte Toulon bestimmt, aber das dritte Schiff würde den italienischen Hafen Genua anlaufen.

»Werden diese Drogen abgefangen«, sagte Martel, »ist der Teufel los.«

»Orangen«, sagte Rousseau. »Orangen.«

An dieser Stelle griff Gabriel erstmals in die Befragung ein. Das tat er nach einer knappen Vorstellung und mit mehreren Blatt Papier, einem Bleistift und einem Spitzer bewaffnet. Dann saß er fast eine Stunde lang neben dem Mann, dessen Leben er auf den Kopf gestellt hatte, und zeichnete mit seiner Hilfe die beiden Versionen von Khalil dem Iraker: die westlich gekleidete Version aus dem Jahr 2012 und die Version, die nach den Washingtoner Anschlägen in Marokko aufgekreuzt war: ein Mann, der eine traditionelle Dschellaba trug und deutlich sichtbar hinkte. Martel hatte ein bekannt gutes Auge für Details – das hatte er schon mehrfach in Interviews gesagt – und behauptete, niemals ein Gesicht zu vergessen. Er war auch sehr anspruchsvoll, was sich zeigte, als Gabriel das chirurgisch veränderte Kinn Khalils nicht gleich hinbekam. Erst den dritten Versuch lobte Martel unerwartet enthusiastisch.

»Das ist er! Das ist der Mann, den ich im Dezember gesehen habe!«

»Bestimmt?«, fragte Gabriel. »Wir haben es nicht eilig. Wenn Sie wollen, kann ich ihn noch mal zeichnen.«

»Das ist nicht nötig. Genauso hat er ausgesehen.«

»Und das Hinken?«, fragte Gabriel weiter. »Sie haben nie gesagt, welches Bein verletzt ist.«

»Sein rechtes Bein.«

»Ganz sicher?«

»Todsicher.«

»Hatte er irgendeine Erklärung dafür?«

»Er hat gesagt, er habe einen Verkehrsunfall gehabt. Wo, hat er nicht gesagt.«

Gabriel studierte die Skizzen einige Minuten lang, bevor er sie hochhielt, damit Natalie sie sehen konnte. Sie machte unwillkürlich große Augen. Dann gewann sie die Beherrschung zurück und nickte langsam. Gabriel legte die ersten Skizzen beiseite und betrachtete das letzte Porträt. Dies war das neue Gesicht des Terrors. Es war Saladins Gesicht.

Sie schleppten ihn nach oben in Madame Sophies Schlafzimmer, malten ihm mit Madame Sophies Lippenstift blutrote Flecke auf den Kragen und sprühten ihn so mit Madame Sophies Parfüm ein, dass er eine Duftspur hinter sich herzog, als er besiegt und deprimiert in der Morgendämmerung zu seiner Villa auf der anderen Seite der Baie de Cavalaire zurückfuhr. Er war nicht allein. Auf dem Beifahrersitz saß Nicolas Carnot, sonst als Christopher Keller bekannt, mit Martels Smartphone in einer Hand und einer Pistole in der anderen. In einem zweiten Wagen folgten ihnen vier Agenten der Alphagruppe. Bisher hatten sie für Dmitri Antonow in der Villa Soleil gearbeitet; jetzt arbeiteten sie wie Nicolas Carnot für Jean-Luc Martel. Die genauen Umstände ihres Wechsels von einem Arbeitgeber zum anderen blieben ungewiss, aber in der Sommersaison konnte so etwas in Saint-Tropez immer mal wieder vorkommen.

Es war genau 5.12 Uhr, als die beiden Autos in die Einfahrt von Martels Villa abbogen. Das wusste Olivia Watson, weil sie die ganze Nacht wach gelegen hatte und ans Schlafzimmerfenster gelaufen war, als unten Wagen vorfuhren und Autotüren knallten. Jetzt stellte sie sich schlafend, als die Matratze sich unter dem Gewicht ihres streunenden Geliebten bewegte. Als sie sich umdrehte, begegneten ihre Blicke sich im fahlen Dämmerlicht.

»Wo warst du, Jean-Luc?«

»Geschäft«, murmelte er. »Schlaf weiter.«

»Gibt's ein Problem?«

»Nicht mehr.«

»Ich hab versucht, dich anzurufen, aber mein Handy funktioniert nicht. Das Internet auch nicht, und das Festnetztelefon ist tot.«

»Irgendwas muss ausgefallen sein.« Seine Augen schlossen sich.

»Wieso ist Nicolas unten? Und wer sind diese anderen Männer?«

»Das erkläre ich dir morgens.«

»Aber es *ist* Morgen, Jean-Luc.«

Er äußerte sich nicht dazu. Olivia rückte näher an ihn heran.

»Du riechst nach einer anderen Frau.«

»Olivia, bitte!«

»Wer *ist* sie, Jean-Luc? Wo warst du?«

42

PARIS

Zu der von Paul Rousseau gefürchteten Abrechnung kam es früh an diesem Nachmittag im Pariser Innenministerium. Anders als Jean-Luc Martel brauchte er sich nicht allein zu rechtfertigen, denn Gabriel begleitete ihn. Sie überquerten den Innenhof Schulter an Schulter und stiegen die prächtige Treppe zum imposanten Büro des Ministers hinauf, in dem Rousseau, der kein Talent für höfliche Konversation besaß, sofort seine operativen Sünden bekannte. Der britische Geheimdienst, sagte er, habe als Lieferanten der bei den Londoner Anschlägen verwendeten Kalaschnikows den in Frankreich lebenden Marokkaner Nouredine Zakaria identifiziert, einen Berufsverbrecher mit Verbindungen zu dem größten Drogenschmugglerring Frankreichs. Ohne die Genehmigung seines Chefs oder des Innenministeriums einzuholen, hatten Rousseau und die Alphagruppe mit zwei befreundeten Diensten – dem britischen MI6 und offensichtlich den Israelis – zusammengearbeitet, um diese Organisation zu unterwandern und ihren Boss zur Mitarbeit zu erpressen. Ihr Unternehmen sei erfolgreich gewesen, schloss er. Die Alphagruppe und ihre Partner konnten jetzt berichten, der IS kontrolliere einen Großteil des Drogenschmuggels aus Nordafrika – und Saladin, der geheimnisvolle irakische Planer der Auslandseinsätze der Terrororganisation, halte sich offenbar in dem ehemaligen französischen Protektorat Marokko auf.

Der Minister reagierte darauf etwa so gut wie erwartet, was überhaupt nicht gut war. Sein Zorn entlud sich in einem mit Flüchen durchsetzten Donnerwetter. Rousseau bot seinen Rücktritt an – ein entsprechendes Gesuch hatte er auf der Fahrt nach Paris mit der Hand geschrieben –, und der Minister schien nicht übel Lust zu haben, ihn anzunehmen. Aber dann steckte er das Blatt in seinen Aktenvernichter. Die Verantwortung für den Schutz Frankreichs vor islamistischen oder anderen Terroranschlägen lag letztlich auf seinen schmalen Schultern. Da konnte er's sich nicht leisten, einen Mann wie Paul Rousseau gehen zu lassen.

»Wo ist Nouredine Zakaria jetzt?«

»Verschwunden«, sagte Rousseau.

»Ins Kalifat geflüchtet?«

Rousseau zögerte, bevor er antwortete. Er war bereit, zu beschönigen oder zu verschleiern, aber eine bewusste Lüge kam nicht infrage. Zakaria, sagte er ruhig, sei tot.

»Wie ist er gestorben?«, fragte der Minister.

»Meines Wissens bei einer geschäftlichen Transaktion.«

Der Minister sah Gabriel an. »Vermute ich richtig, dass Sie etwas damit zu tun hatten?«

»Zakarias Tod hat sich vor unserer Beteiligung an diesem Unternehmen ereignet«, antwortete Gabriel präzise wie ein Jurist.

Der Minister war noch immer nicht besänftigt. »Und der Boss des Netzwerks? Ihr neuer Agent?«

»Jean-Luc Martel«, sagte Rousseau nur.

Der Minister senkte den Kopf und ordnete einige Papiere auf seinem Schreibtisch. »Das würde erklären, weshalb Sie am Tag des Bombenanschlags die Akte Martel angefordert haben.«

»Ganz recht«, antwortete Rousseau, ohne sich dafür zu entschuldigen.

»Gegen Jean-Luc ist schon mehrfach ermittelt worden. Immer mit dem Ergebnis, dass ihm keine Verwicklung in Drogenhandel nachzuweisen ist.«

»Diese Schlussfolgerung«, sagte Rousseau vorsichtig, »ist nicht korrekt.«

»Sie wissen es besser?«

»Aus zuverlässiger Quelle.«

»Von wem?«

»Jean-Luc Martel.«

Der Minister winkte ab. »Wieso sollte er Ihnen das sagen?«

»Er hatte kaum eine andere Wahl.«

»Wieso nicht?«

»René Devereaux.«

»Der Name klingt bekannt.«

»Das sollte er«, sagte Rousseau.

»Wo ist Devereaux jetzt?«

»Am selben Ort wie Nouredine Zakaria.«

»Merde«, sagte der Minister halblaut.

Danach herrschte Schweigen. In dem durchs Fenster einfallenden Sonnenlicht schwebten Staubkörnchen wie Fische in einem Aquarium. Rousseau räusperte sich dezent, bevor er sich auf vermintes Gelände vorwagte.

»Ich weiß, dass Sie mit Jean-Luc befreundet sind«, sagte er zuletzt.

»Wir sind Bekannte«, korrigierte ihn der Minister rasch, »aber keine Freunde.«

»Diese Feststellung würde ihn sicher überraschen. Tatsächlich hat er Ihren Namen mehrmals erwähnt, bevor er zur Zusammenarbeit mit uns bereit war.«

Dem Minister war anzumerken, dass er sich darüber ärgerte, dass Rousseau in Anwesenheit eines Außenstehenden, noch dazu eines Israelis, schmutzige französische Wäsche wusch. »Worauf wollen Sie hinaus?«

»Darauf«, antwortete Rousseau, »dass ich auf Martels weitere Mitarbeit angewiesen bin, zu der er nur bereit ist, wenn ihm Immunität zugesichert wird. Das dürfte wegen Ihrer Beziehung zu ihm nicht einfach sein, aber die Zusage ist unerlässlich, damit das Unternehmen weitergehen kann.«

»Mit welchem Ziel?«

»Saladin zu liquidieren, versteht sich.«

»Und dazu wollen Sie Martel auch operativ einbinden?«

»Das ist unsere einzige Chance.«

Der Minister dachte angelegentlich nach. »Sie haben recht: Martel Immunität zuzusichern wäre schwierig. Aber wenn *Sie* sie beantragen würden …«

»Die nötigen Unterlagen bekommen Sie noch heute«, unterbrach Rousseau ihn. »Das ist vermutlich die beste Lösung. Sie sind nicht das einzige Mitglied dieser Regierung, das mit Martel *bekannt* ist.«

Der Minister kramte wieder in seinen Papieren. »Bei der Aufstellung der Alphagruppe haben wir Ihnen weiten Spielraum eingeräumt, aber dieses Mal haben Sie Ihre Befugnisse überschritten.«

Rousseau akzeptierte den Tadel bußfertig schweigend.

»In Zukunft will ich auf dem Laufenden gehalten werden. Ist das klar?«

»Glasklar, *Monsieur le Ministre*.«

»Wie wollen Sie weiter vorgehen?«

»In den nächsten zehn Tagen verschifft Martels marokkanischer Lieferant, ein gewisser Mohammad Bakkar, mehrere große Haschischsendungen von Libyen aus. Die müssen wir unbedingt abfangen.«

»Sie kennen die Namen der Schiffe?«

Rousseau nickte.

»Bakkar und Saladin werden sofort auf einen Verräter tippen.«

»Korrekt.«

»Sie werden zornig sein.«

Rousseau lächelte. »Genau darauf hoffen wir.«

Das erste Schiff, der maltesische Seelenverkäufer *Mediterranean Dream*, sollte erst in vier Tagen aus dem kleinen Hafen Choms südlich von Tripolis auslaufen. Nach einem kurzen Stopp in Tunis, wo sie landwirtschaftliche Produkte laden würde, würde sie direkt nach Genua laufen. Die beiden anderen Frachter, die auf den Bahamas beziehungsweise in Panama registriert waren, sollten erst in einer Woche auslaufen, was Rousseau und Gabriel in gewisse Verlegenheit brachte. Sie waren sich darüber einig, dass es falsch wäre, die *Mediterranean Dream* aufzubringen, solange die beiden anderen Schiffe noch im Hafen lagen, weil Bakkar und Saladin dann zwei Drittel ihrer Ware zurückhalten konnten. Stattdessen würden sie erst zuschlagen, wenn alle drei Frachter in internationalen Gewässern waren.

Die Verzögerung belastete sie beide, vor allem Gabriel, der hatte erleben müssen, wie Saladins chirurgisch verändertes Gesicht unter seinem eigenen Zeichenstift entstand. Er hatte diese Zeichnung stets bei sich – sogar zu Hause in Jerusalem, wo er vier rastlose Nächte neben seiner Frau verbrachte. Am King Saul Boulevard ließ er sich endlos über Dinge informieren, die er in Uzi Navots fähige Hände gelegt hatte, aber alle konnten sehen, dass er in Gedanken woanders war. An einer Kabinettssitzung nahm er geistesabwesend teil, während die Minister sich endlos stritten, und skizzierte in seinem Notizbuch ein Gesicht. Ein teilweise von einer Dschellaba verdecktes Gesicht.

Am folgenden Morgen weckte Rousseau ihn mit der Mitteilung, die *Mediterranean Dream* sei nachts aus Tunis ausgelaufen und stehe jetzt in internationalen Gewässern. Aber hatte sie eine versteckte Ladung Haschisch aus Marokko an Bord? Das behauptete nur ein Informant: der Mann von zweifelhaftem Ruf, der gegenüber von Dmitri und Sophie Antonow an der Baie de Cavalaire wohnte. Der Mann, dessen viele Sünden offiziell vergeben waren und der jetzt unter völliger Kontrolle einer Allianz aus drei Geheimdiensten stand.

Für Außenstehende schien sich sein Verhalten nicht geändert zu haben, wenn man davon absah, dass er jetzt auf Schritt und Tritt von Christopher Keller begleitet wurde. Auf Geschäftsreisen nach Monaco und Madrid. Nach Genf zu aufschlussreichen Verhandlungen mit einem Schweizer Banker von zweifelhaftem Ruf. Und zuletzt nach Marseille, aus dem der für Martels illegalen Drogenhandel Verantwortliche spurlos verschwunden war, während seine beiden Leibwächter tot in dem Elektronikmarkt an der Place Jean Jaurès zurückgeblieben waren. Die Marseiller Polizei schien anzunehmen, René Devereaux sei von einem Konkurrenten beseitigt worden. Das vermuteten offenbar auch Devereaux' Leute, in erster Linie sein Stellvertreter Henri Villard.

Bei einer Besprechung mit Martel und Keller in einer sicheren Wohnung am Gare Saint-Charles war Villard nervös wegen der geplanten Schiffstransporte. Er fürchtete zu Recht, es habe eine undichte Stelle gegeben. Martel beruhigte ihn und wies ihn an, die Ware wie gewohnt in Empfang zu nehmen. Die genaue Auswertung dieses Gesprächs, das Kellers Smartphone aufgezeichnet hatte, und die anschließende Überwachung von Villards Telefon lieferten keinen Hinweis darauf, dass Martel etwa versucht hatte, sein ehemaliges Netzwerk heimlich zu warnen. Das Haschisch war unterwegs, die Bezahlung in die Wege geleitet. Drogenschmuggler wie Geheimdienstler konnten annehmen, alles sei im grünen Bereich.

Die Mitteilung, die den nächsten Akt einleitete, erfolgte ohne übertriebene Hast von Innenminister zu Innenminister. Ein Informant aus einer französischen Schmugglerbande hatte berichtet, die maltesische *Mediterranean Dream* würde morgen mit einer größeren Ladung Haschisch aus Nordafrika in Genua anlegen, was die Italiener vielleicht interessieren würde. Das war allerdings der Fall. Die für die Bekämpfung des Drogenschmuggels zuständige Guardia di Finanza enterte den

Frachter sofort nach dem Anlegen und fing an, Container aufzubrechen. Beschlagnahmt wurden vier Tonnen Haschisch – kein Rekordfund, aber eine beachtliche Menge. Anschließend rief der italienische Innenminister seinen französischen Kollegen an und bedankte sich für den Tipp. Der Franzose sagte, er freue sich, ihm behilflich gewesen zu sein.

Während der Fund in Italien Schlagzeilen machte, schlug er in Frankreich kaum Wellen, am wenigsten in dem ehemaligen Fischerdorf Saint-Tropez. Aber als der französische Zoll am folgenden Tag zwei Frachter aufbrachte – die für Toulon bestimmte *Africa Star* und die nach Marseille fahrende *Caribbean Endeavor* –, war selbst das schläfrige Saint-Tropez beeindruckt. Auf der *Africa Star* wurden drei Tonnen Haschisch gefunden, auf der *Caribbean Endeavor* nur zwei. Aber sie hatte etwas an Bord, mit dem Paul Rousseau und Gabriel nicht gerechnet hatten: einen etwa vierzig Zentimeter hohen Bleizylinder mit zwanzig Zentimeter Durchmesser, der in einer Kabeltrommel versteckt war, die von einer Firma in einem Gewerbegebiet von Tripolis kam.

Der geschlossene Zylinder trug keine Beschriftung. Trotzdem dachte der französische Zoll, der im Umgang mit gefährlichen Stoffen ausgebildet war, nicht daran, ihn zu öffnen. Meldung wurde erstattet, Alarmsignale schrillten, und am frühen Abend traf der Behälter in einem staatlichen Labor außerhalb von Paris ein, wo Techniker das talkumartige Pulver analysierten, mit dem er gefüllt war. Schon bald stand fest, dass es sich dabei um das stark radioaktive Cäsium 137 oder Cäsiumchlorid handelte. Paul Rousseau und der Innenminister wurden gegen 20 Uhr darüber informiert und trafen eine Viertelstunde später mit Gabriel im Schlepp im Élysée-Palast ein, um dem Präsidenten Bericht zu erstatten. Saladin hatte es erneut auf sie abgesehen, dieses Mal mit einer schmutzigen Bombe.

TEIL DREI

DIE DUNKELSTE ECKE

43

SURREY, ENGLAND

Wie die Amerikaner genau von dem Cäsiumschmuggel erfuhren, ließ sich nie befriedigend aufklären, vor allem nicht aus französischer Sicht. Das gehörte zu den Rätseln, die auch lange nach Abschluss des Unternehmens ungelöst blieben. Trotzdem hörten sie davon – sogar schon am selben Abend – und verlangten noch vor Sonnenaufgang, alle Betroffenen sollten sich schnellstens zu einem Katastrophengipfel in Washington einfinden. Graham Seymour und Amanda Wallace, die britischen Cousins, lehnten höflich ab. Angesichts der Bedrohung durch eine Kernwaffe in den Händen von Saladins Netzwerk konnten sie es sich nicht leisten, Hilfe suchend zu einer ehemaligen Kolonie zu laufen. Sie waren sehr für transatlantische Zusammenarbeit – von der sie in Wirklichkeit gefährlich abhängig waren –, aber dies war eine Frage des Nationalstolzes. Und als Paul Rousseau und Gabriel ebenfalls Bedenken äußerten, kapitulierten die Amerikaner rasch. Dieses Ergebnis hatte Gabriel erwartet, denn er wusste recht gut, worauf sie's abgesehen hatten. Sie wollten Saladins Kopf auf einem Spieß und würden ihn nur bekommen, wenn sie Gabriels Unternehmen unter ihre Kontrolle brachten. Da war es ratsam, ihnen kein Heimspiel zu ermöglichen. Allein die sechs Stunden Zeitunterschied würden genügen, um sie aus dem Gleichgewicht zu bringen.

Auf eine kleine Delegation war natürlich nicht zu hoffen. Sie kamen in einer Boeing mit dem Wappen der Vereinigten Staaten und erreichten den Konferenzort – eine ehemalige Ausbildungseinrichtung des MI6 in einem weitläufigen viktorianischen Herrenhaus in Surrey – in einer langen Autokolonne, die übers Land röhrte, als versuche sie, im Sunnitischen Dreieck im besetzten

Irak Sprengfallen auszutricksen. Aus einem der ersten Wagen stieg Morris Payne, der neue CIA-Direktor. Payne war West-Point-Absolvent, hatte an einer Eliteuniversität Jura studiert und South Dakota als stockkonservativer Kongressabgeordneter vertreten. Er war groß und bullig mit einem Gesicht wie die Statuen auf der Osterinsel und einem Bariton, der die Deckenbalken in der Eingangshalle des alten Hauses erzittern ließ. Er begrüßte erst Graham Seymour und Amanda Wallace – schließlich waren sie die Gastgeber, sogar entfernte Verwandte –, bevor er seinen Wasserwerfer-Charme auf Gabriel richtete.

»Gabriel Allon! Freut mich, Sie endlich kennenzulernen. Einer der ganz Großen. Wirklich eine lebende Legende. Adrian hat mir erzählt, dass Sie heimlich abgereist sind, ohne mich zu besuchen. Aber das nehme ich Ihnen nicht übel. Ich weiß, dass Adrian und Sie alte Freunde sind. Gemeinsam haben Sie und er gute Arbeit geleistet. Ich hoffe, diese Tradition fortsetzen zu können.«

Gabriel zog seine Hand zurück und begutachtete die Männer, die den neuen Direktor des mächtigsten Geheimdienstes der Welt umgaben. Sie waren jung und schlank, ehemalige Offiziere wie ihr Boss, und alle in den bürokratischen Grabenkämpfen Washingtons erfahren. Der Unterschied zur vorigen Führungsriege war frappierend. Das einzig Positive war vermutlich, dass sie Sympathien für Israel hegten. Vielleicht zu große, dachte Gabriel. Sie bewiesen, dass man vorsichtig sein musste, wenn man sich etwas wünschte.

Bezeichnenderweise gehörte Adrian Carter nicht zum engeren Gefolge des Direktors. Er stieg in diesem Augenblick wie die übrigen Abteilungsleiter aus dem schwarzen SUV. Die meisten waren Gabriel unbekannt, aber einen erkannte er: Kyle Taylor, den Leiter der Abteilung Terrorismusbekämpfung der CIA. Taylors Anwesenheit war ein beunruhigendes Anzeichen für Langleys Absichten, denn ihm wurde nachgesagt, um Carters Job und dessen Dienstzimmer im sechsten Stock zu bekommen, würde er seine eigene Mutter von einer Drohne liquidieren lassen. Er stellte seinen rastlosen Ehrgeiz wie eine sorgfältig gebundene Krawatte zur Schau. An Gabriel ging er mit einem knappen Nicken vorbei.

»Halte dich von mir fern«, flüsterte Carter. »Ich bin ansteckend.«

»Was hast du?«

»Lepra.«

Morris Payne schüttelte jetzt Paul Rousseau die Hand, als versuche er, ihn als Wähler zu gewinnen. Auf Seymours Aufforderung begaben sie sich ins ehemalige Speisezimmer des Herrenhauses, das schon vor Jahren in einen abhörsicheren Konferenzraum umgebaut worden war. An der Tür stand ein Korb, in dem Handys abgelegt werden mussten, und auf dem alten Sideboard standen Erfrischungen bereit, die niemand anrührte. Morris Payne nahm auf einer Seite des rechteckigen Tisches Platz; dort flankierten ihn seine harten jungen Assistenten und Kyle Taylor, der Herr der Drohnen. Adrian Carter saß ganz links außen – wo er ungestört Strichmännchen zeichnen und von einem Job in der Privatwirtschaft träumen kann, dachte Gabriel.

Gabriel setzte sich an den zugewiesenen Platz und drehte als Erstes das Namensschild um, das irgendein eifriger MI6-Mitarbeiter dort aufgestellt hatte. Links von ihm saß Graham Seymour direkt Morris Payne gegenüber. Und links von Seymour saß Amanda Wallace, die den Amerikaner zurückhaltend musterte. Morris Paynes Ruf eilte ihm voraus. In seiner kurzen Amtszeit hatte er es beinahe geschafft, aus dem Geheimdienst CIA eine paramilitärische Organisation zu machen. Spionage langweilte ihn. Er war ein Mann der Tat.

»Ich weiß, dass Sie alle im Krisenmodus sind«, begann Payne, »daher will ich niemandes Zeit vergeuden. Sie haben alle ein Lob verdient. Sie haben eine Katastrophe verhindert. Oder sie zumindest verzögert. Aber das Weiße Haus besteht darauf – und wir sind derselben Meinung –, dass Langley die Führung übernehmen und diese Sache zu einem guten Ende bringen muss. Bei allem gebotenen Respekt ist das nur vernünftig. Wir haben die Reichweite und die Fähigkeiten, wir besitzen die Technologie.«

»Aber wir haben den Informanten«, erwiderte Gabriel, »den alle Reichweite, alle Fähigkeiten der Welt nicht ersetzen können. Wir haben ihn gefunden, wir haben ihn umgedreht und angeworben. Er gehört uns.«

»Und jetzt«, sagte Payne, »treten Sie ihn uns ab.«

»Sorry, Morris, aber dazu wird's leider nicht kommen.«

Gabriel sah zum Tischende hinüber, wo Adrian Carter sich bemühte, ein Lächeln zu verbergen. Das war kein verheißungsvoller Auftakt. Und leider ging es ab diesem Punkt rapide bergab.

Stimmen wurden lauter, Fäuste schlugen auf den Tisch, Drohungen wurden ausgesprochen. Drohungen, Vergeltung zu üben. Drohungen, die Zusammenarbeit einzustellen und wichtige Unterstützung vorzuenthalten. Vor nicht allzu langer Zeit hätte Gabriel es sich leisten können, den Bluff des Direktors aufzudecken. Jetzt musste er diplomatischer vorgehen. Nicht nur die Briten waren auf Langleys technologische Macht angewiesen. Israel brauchte die Amerikaner sogar noch mehr, und Gabriel konnte es sich unter keinen Umständen leisten, seinen wertvollsten strategischen und operativen Partner zu verprellen. Außerdem war der ungeduldig polternde Morris Payne ein Freund, dessen Weltsicht ungefähr der Gabriels entsprach. Sein Vorgänger, der fließend Arabisch gesprochen hatte, hatte sich einen Spaß daraus gemacht, Jerusalem als Al-Quds zu bezeichnen. Alles hätte viel schlimmer sein können.

Auf Seymours Vorschlag machten sie eine Pause, in der es Erfrischungen gab. Danach war die Stimmung spürbar besser. Morris Payne gestand ein, er habe die Zeit im Flugzeug dazu genutzt, Gabriels CIA-Akte zu studieren.

»Eine eindrucksvolle Lektüre, muss ich sagen.«

»Mich wundert, dass Sie sie an Bord schleppen konnten.«

Paynes Lächeln war echt. »Wir sind beide auf einer Farm aufgewachsen«, sagte er. Unsere war im hintersten Winkel von South Dakota, Ihre im Jesreel-Tal.«

»Neben einem arabischen Dorf.«

»Araber hatten wir keine. Nur Wölfe und Bären.«

Dieses Mal lächelte Gabriel. Payne zupfte am Rand eines trockenen Sandwichs.

»Sie waren schon in Nordafrika im Einsatz. Persönlich, meine ich. Sie waren achtundachtzig in Tunis an dem Unternehmen gegen Abu Dschihad beteiligt. Sie sind mit Ihrem Team am Strand gelandet und haben seine Villa gestürmt. Sie haben ihn vor seinen Kindern in seinem Arbeitszimmer erschossen, als er sich Intifada-Videos angesehen hat.«

»Das stimmt nicht«, sagte Gabriel sofort.

»Was denn?«

»Ich habe Abu Dschihad nicht vor seinen Kindern erschossen. Seine Tochter ist reingekommen, als er schon tot war.«

»Was haben Sie getan?«

»Ich habe sie aufgefordert, sich um ihre Mutter zu kümmern. Und dann bin ich gegangen.«

Morris Payne schwieg nachdenklich, bevor er fragte: »Glauben Sie, dass Sie das wiederholen können? In Marokko?«

»Sie wollen wissen, ob unsere operativen Fähigkeiten ausreichen?«

»Tun Sie mir den Gefallen«, sagte der CIA-Direktor.

Marokko, versicherte Gabriel ihm, liege im Bereich der operativen Fähigkeiten des Diensts.

»Ihre Beziehungen zu dem König sind leidlich gut«, stellte Payne fest. »Sie könnten leiden, falls irgendetwas schiefgeht.«

»Das gilt auch für Sie«, sagte Gabriel.

»Haben Sie vor, mit den marokkanischen Diensten zusammenzuarbeiten?«

»Haben Sie mit den Pakistanis zusammengearbeitet, als Sie Bin Laden liquidiert haben?«

»Also eher nicht.«

»Höchstwahrscheinlich«, sagte Gabriel, »hält Saladin sich unter ähnlichen Umständen versteckt, wie Bin Laden in Abbottabad gelebt hat. Außerdem steht er unter dem Schutz eines Drogenbarons, der bestimmt Freunde in höchsten Kreisen hat. Würde man die Marokkaner in das Unternehmen einweihen, könnte man's gleich Saladin erzählen.«

»Wie sicher wissen Sie, dass er dort ist?«

Gabriel legte zwei Phantombilder auf den Tisch. Er tippte auf das erste, das Saladin im Frühjahr 2012 zeigte. Nachdem der IS sich in Libyen eingenistet hatte.

»Er sieht dem Mann, den ich vor den Anschlägen in der Halle des Four Seasons in Georgetown gesehen habe, verdammt ähnlich. Sehen Sie sich die Überwachungsvideos aus dem Hotel an, dann gelangen Sie bestimmt zu demselben Schluss.« Gabriel tippte auf die zweite Skizze. »Und so sieht er heute aus.«

»Behauptet ein Dealer namens Jean-Luc Martel.«

»Wir können uns unsere Helfer nicht immer aussuchen, Morris. Manchmal suchen sie sich uns aus.«

»Trauen Sie ihm?«

»Kein bisschen.«

»Sind Sie bereit, mit ihm in den Kampf zu ziehen?«

»Haben Sie eine bessere Idee?

Er hatte offenbar keine. »Was ist, wenn Saladin nicht anbeißt?«

»Er hat gerade Haschisch für hundert Millionen Euro eingebüßt. Und das Cäsium.«

Der Amerikaner sah zu Paul Rousseau hinüber. »Haben Ihre Leute die Quelle identifizieren können?«

»Wir gehen davon aus«, sagte Rousseau, dass es aus Russland oder einer der ehemaligen Sowjetrepubliken stammt. Die Sowjets sind mit Cäsium ziemlich sorglos umgegangen und haben es in Behältern im ganzen Land zurückgelassen. Aber es könnte auch aus Libyen stammen. Beim Zusammenbruch des Regimes haben Aufständische und Milizen die libyschen Atomanlagen überrannt. Die IAEA hat sich vor allem Sorgen um den Forschungsreaktor Tajoura gemacht. Vielleicht haben Sie von dem schon mal gehört.«

Payne nickte zustimmend. »Wann will Ihre Regierung den Fund bekanntgeben?«

»Gar nicht.«

Der CIA-Direktor starrte ihn ungläubig an. Gabriel musste ihn aufklären.

»Eine Bekanntgabe würde die Öffentlichkeit unnötig alarmieren. Vor allem wüssten Saladin und sein Netzwerk dann, dass ihr spaltbares Material entdeckt worden ist.«

»Was ist, wenn eine andere Cäsiumlieferung durchgekommen ist? Was passiert, wenn mitten in Paris eine schmutzige Bombe hochgeht? Oder mitten in London? Oder vielleicht sogar in Manhattan?«

»Eine Bekanntgabe würde das nicht wahrscheinlicher oder unwahrscheinlicher machen. Geheimhaltung hat auch ihre Vorteile.« Gabriel legte Seymour eine Hand auf die Schulter. »Haben Sie Gelegenheit gehabt, seine Akte zu lesen, Direktor Payne? Grahams Vater war im Zweiten Weltkrieg beim britischen Geheimdienst. Im Doppelspiel-Ausschuss. Die Briten haben die Verhaftungen deutscher Spione geheim gehalten. Sie haben die geschnappten Spione weiter an ihre deutschen

Führungsoffiziere berichten lassen, um Hitler und seine Generäle durch Falschmeldungen zu täuschen. Und die Deutschen haben nie versucht, neue Spione einzuschleusen, weil sie geglaubt haben, die alten seien noch aktiv.«

»Glaubt Saladin also, die Lieferungen seien durchgekommen, versucht er keine neuen – wollen Sie darauf hinaus?«

Gabriel schwieg.

»Nicht übel«, sagte der Amerikaner lächelnd.

»Dies ist nicht unser erstes Rodeo.«

»Hatten Sie im Jesreel-Tal Rodeos?«

»Nein«, sagte Gabriel. »Wir hatten keine.«

Danach war nur noch ein letzter Punkt zu klären, der sich nicht dafür eignete, in einem Raum voller Spione verhandelt zu werden. Dabei handelte es sich um ein bilaterales Problem, das auf höchster Ebene von Direktor zu Direktor besprochen werden musste. Ein ruhiger Nebenraum genügte dafür nicht. Nur der von einer Mauer umgebene Park mit seinen zerbröckelnden Springbrunnen und verunkrauteten Wegen garantierte die nötige Vertraulichkeit.

Das Wetter war kühl und grau, obwohl es Hochsommer war, und die Hecken, die dringend geschnitten werden mussten, tropften nach einem Regenschauer. Morris Payne und Gabriel gingen nebeneinander her: langsam, nachdenklich, fast mit Schulterschluss. Durch die bleigefassten Scheiben des alten Herrenhauses betrachtet, bildeten sie ein höchst ungleiches Paar – der große, bullige Amerikaner aus South Dakota, der vergleichsweise fast schmächtige Israeli aus dem Jesreel-Tal. Morris Payne, der kein Jackett trug, trug seine Argumente mit weit ausholenden Gesten vor. Gabriel hörte zu, rieb sich seinen schmerzenden Rücken und nickte zustimmend, wo es angebracht war.

Nach fünfminütigem Gespräch blieben sie stehen und

wandten sich wie bei einer Konfrontation einander zu. Payne rammte seinen dicken Zeigefinger gegen Gabriels Brust, kein sonderlich ermutigendes Signal, aber Gabriel grinste nur und revanchierte sich auf gleiche Weise. Dann hob er seine linke Hand über den Kopf und bewegte sie kreisend, während die andere mit der Handfläche nach unten in Hüfthöhe waagerecht gehalten wurde. Diesmal nickte Morris Payne zustimmend. Die Beobachter im Haus verstanden die Bedeutung dieses Augenblicks. Eine operative Einigung war erzielt worden. Die Amerikaner würden für den Himmel und elektronische Aufklärung zuständig sein; die Israelis würden ihr Unternehmen fortführen und Saladin unauffällig beseitigen, sobald sich Gelegenheit dazu bot.

Damit machten sie kehrt und kamen zum Haus zurück. Für die Beobachter war klar, dass Gabriel etwas sagte, das Morris Payne sehr missfiel. Die beiden machten halt und nahmen ihre hitzige Diskussion wieder auf. Dann wandte Payne sein breites Osterinsel-Gesicht dem Himmel zu und atmete schnaubend aus, als kapituliere er. Auf dem Weg durch den Konferenzraum riss er sein Jackett von der Stuhllehne und stapfte vor seinen Assistenten, die ihm ohne zu lächeln folgten, aus dem Haus. Adrian Carter und Kyle Taylor blieben einige Schritte hinter ihnen. Graham Seymour und Gabriel winkten ihnen unter dem Säulenvordach stehend nach, als verabschiedeten sie unerwünschte Gäste.

»Hast du alles bekommen, was du wolltest?«, fragte Seymour starr lächelnd.

»Das wird sich gleich zeigen.«

Die amerikanische Horde teilte sich jetzt in kleinere Zellen auf, die jeweils einem SUV mit Fahrer zustrebten. Morris Payne machte abrupt halt und rief Carter zu, er solle bei ihm mitfahren. Carter löste sich aus der Menge und stieg von Kyle Taylor eifersüchtig beobachtet in den Wagen des Direktors.

»Wie hast du das geschafft?«, fragte Graham, als die Fahrer ihre Motoren anließen.

»Ich habe höflich darum gebeten.«

»Wie lange überlebt er, glaubst du?«

»Das«, antwortete Gabriel, »hängt allein von Saladin ab.«

44

KING SAUL BOULEVARD

Am folgenden Morgen zog der ganze King Saul Boulevard in den Krieg. Selbst Uzi Navot, der während Gabriels häufiger Abwesenheiten viele laufende Unternehmen geleitet hatte, wurde in die intensive Planung einbezogen. Dazu hieß es »Alle Mann an Deck!«, wie die Amerikaner gern sagten. Der Dienst hatte sich das Recht erkämpft, das Unternehmen weiter zu kontrollieren. Aber dieser Sieg brachte die enorme Verantwortung mit sich, alles richtig zu machen. Seit dem US-Kommandounternehmen gegen Osama bin Ladens Komplex in Abbottabad hatte es keinen Einsatz in dieser Größenordnung gegen eine Einzelperson mehr gegeben. Saladin stand an den Schalthebeln einer globalen Terrororganisation, die bewiesen hatte, dass sie zuschlagen konnte, wo sie wollte – einer Organisation, die sich radioaktives Material für eine schmutzige Bombe beschafft und fast nach Westeuropa eingeschmuggelt hatte. Der Einsatz, das war jedem bewusst, hätte kaum höher sein können. Hier ging es buchstäblich um die Sicherheit der zivilisierten Welt. Und natürlich um Gabriels Karriere. Ein Erfolg würde seinen Ruf noch weiter aufpolieren, aber ein Misserfolg würde alles auslöschen, was zuvor gewesen war, und seinen Namen auf die Liste der in Ungnade gefallenen Geheimdienstchefs setzen, die sich zu viel zugetraut hatten und dann gestolpert waren.

Falls Gabriel wegen der potenziellen Gefahr für sein persönliches Vermächtnis besorgt war, ließ er sich nichts davon anmerken. Nicht einmal Uzi Navot gegenüber, der unablässig zwischen seinem Dienstzimmer und der Bürosuite pendelte, die bis vor Kurzem noch seine gewesen war. Gerüchteweise meinte man zu wissen, er habe sogar versucht, Gabriel dieses Unternehmen auszureden, und seinem alten Konkurrenten geraten, Jean-Luc Martel und Saladin den Amerikanern zu schenken und sich auf Nahostprobleme zu beschränken, zu denen beispielsweise die Iraner gehörten. Das Unternehmen sei viel zu riskant, fand Navot sorgenvoll, der zu erwartende Gewinn zu gering. Zumindest war dies die Version ihres Gesprächs, die sich auf den Fluren und in den elektronisch gesicherten Büros am King Saul Boulevard wie Lauffeuer verbreitete. Dieser Darstellung nach hatte Gabriel jedoch eisern an seinem Unternehmen festgehalten. »Und wieso auch nicht?«, fragte ein kluger Kopf aus der Reisestelle. In jener Schreckensnacht in Washington hatte Saladin die Oberhand über Gabriel behalten. Und dazu kam natürlich die Sache mit Hannah Weinberg, Gabriels Freundin und gelegentliche Komplizin, die Saladin in Paris ermordet hatte. Nein, sagte der Weise, Gabriel würde Saladin niemals seinen Freunden in Washington überlassen. Er würde ihn aufspüren und liquidieren – am liebsten eigenhändig. Für Gabriel war das keine dienstliche Sache mehr, sondern ein persönliches Anliegen.

Aber persönliches Interesse an einem Unternehmen konnte gefährlich sein. Niemand wusste das besser als Gabriel, dessen Karriere für sich selbst sprach. Deshalb sorgte er dafür, dass Uzi Navot und die übrigen Angehörigen seines Stabes sämtliche Einzelheiten genau prüften. Was die Organisation betraf, lag die Hauptlast auf den Schultern von Jaakov Rossman, der als Chef der Abteilung Special Ops für Planung und Durchführung des Unternehmens zuständig war. Und während Gabriel ihm über die Schulter sah, setzte er hastig das Puzzle zusammen. Marokko war nicht der Libanon oder Syrien, aber trotzdem Feindesland. Es war über dreiundzwanzigmal größer als Israel: ein weites Land mit fruchtbaren Ebenen, schroffen Gebirgszügen, Teilen der Sahara und mehreren Großstädten, darunter Casablanca, Rabat, Tanger, Fès und Marrakesch. Selbst mit Jean-Luc Martels Hilfe würde es schwierig werden, Saladin dort aufzuspüren. Ihn ohne Kollateralschäden zu liquidieren – und danach sicher aus dem Land herauszukommen – würde eine der größten Bewährungsproben sein, die der Dienst jemals hatte bestehen müssen.

Die Küstenlinie würde ihnen genau wie im April 1988 in Tunis zu Hilfe kommen. In jener Nacht waren Gabriel und sein Team aus sechsundzwanzig Soldaten der Elitetruppe Sajeret Matkal unweit von Abu Dschihads Villa mit Schlauchbooten gelandet, mit denen sie später auch den Rückzug angetreten hatten. In den Wochen vor dem Unternehmen hatten sie die Landung unzählige Male an einem israelischen Strand geübt. Mitten im Negev war sogar Abu Dschihads Villa nachgebaut worden, damit Gabriel üben konnte, von der Haustür ins Arbeitszimmer im ersten Stock zu gelangen, in dem der zweite Mann der PLO im Allgemeinen seine Abende verbrachte. Solche eingehenden Vorbereitungen konnte es diesmal nicht geben, weil niemand wusste, wo er sich in Marokko versteckt hielt. Tatsächlich stand nicht einmal fest, ob er überhaupt dort war. Sie wussten nur, dass ein Mann, der wie er aussah, nach den Anschlägen in Washington vor einigen Monaten in Marokko gewesen war. Kurz gesagt hatten sie weit weniger Informationen, als die Amerikaner vor dem Überfall in Abbottabad gehabt hatten. Und viel mehr zu verlieren.

Das bedeutete, dass sie auf alle Eventualitäten vorbereitet sein mussten – oder zumindest auf so viele, wie vernünftigerweise zu erwarten waren. Ein großes Team würde benötigt werden – viel größer als bei früheren Unternehmen –, und jedes Mitglied würde einen Pass brauchen. Weil der Bestand der für Agentenlegenden zuständigen Stelle rasch erschöpft war, musste Gabriel seine Partner in Frankreich, Großbritannien und den USA bitten, ihm mit Reisepässen auszuhelfen. Alle drei sträubten sich zunächst, kapitulierten aber vor Gabriels unablässigem Druck. Die Amerikaner lieferten sogar einen auf den Namen Jonathan Albright ausgestellten US-Pass mit einem Foto, das vage wie Gabriel aussah.

»Du hast doch nicht vor, selbst hinzureisen?«, fragte Adrian Carter über eine sichere Videoverbindung.

»Im Sommer? O nein«, sagte Gabriel. »Das würde mir nicht im Traum einfallen. In Marokko ist's um diese Jahreszeit viel zu heiß.«

Autos und Motorräder mussten gemietet, beliebig umbuchbare Flugtickets gekauft und Unterkünfte reserviert werden. Die meisten Teammitglieder würden in Hotels wohnen – unter der Nase des marokkanischen Inlandsgeheimdienstes DST, der Direction de la Surveillance du Territoire. Als Gabriel ein sicheres Haus als Befehlsstand brauchte, war es Ari Schamron, der von seiner festungsartigen Villa in Tiberias aus eine Lösung wusste. Er hatte einen Freund – ein reicher marokkanischer Jude, der 1967 nach der Katastrophe des Sechstagekriegs nach Israel geflüchtet war –, der noch eine große Villa im alten Kolonialviertel von Casablanca besaß. Sie stand im Augenblick leer und wurde von zwei Männern bewacht, die in einem Gästehaus auf dem Grundstück wohnten. Schamron empfahl, die Villa zu kaufen, statt sie nur für kurze Zeit zu mieten, und Gabriel war sofort einverstanden. Zum Glück spielte Geld keine Rolle, denn obwohl Dmitri Antonow damit um sich geworfen hatte, besaß er noch reichlich. Er stellte einen Scheck über den Kaufpreis aus und entsandte einen französischen Anwalt – der in Wirklichkeit ein Agent der Alphagruppe war – nach Casablanca, um den Kauf abzuschließen. Am Ende dieses Tages besaß der Dienst einen Vorposten im Herzen der Großstadt. Nun fehlte nur noch Saladin.

Sein Netzwerk blieb in dieser langen Planungszeit untätig – es gab keine Anschläge von Gruppen oder Einzeltätern –, aber die vielen IS-Kanäle in den sozialen Medien verkündeten, irgendetwas ganz Großes stehe bevor. Etwas, das die Anschläge in Washington und London in den Schatten stellen würde. Das trug natürlich dazu bei, den Druck am King Saul Boulevard, in Langley und Vauxhall Cross zu erhöhen. Saladin musste so schnell wie möglich aus dem Verkehr gezogen werden.

Aber würde mit seinem Tod das Blutvergießen aufhören? Würde seine Organisation mit ihm sterben? »Unwahrscheinlich«, urteilte Dina Sarid. Tatsächlich fürchtete sie vor allem, Saladin habe in sein Netzwerk eine Art Totmannschalter eingebaut, der bei seinem Tod automatisch eine Serie mörderischer Anschläge auslösen würde. Außerdem hatte der IS schon eine bemerkenswerte Anpassungsfähigkeit bewiesen. Sollte das territoriale Kalifat im Irak und in Syrien verloren gehen, sagte Dina voraus, würde ein virtuelles Kalifat seinen Platz einnehmen. Ein »Cyberkalifat«, wie sie es nannte. Und dann würden die alten Regeln nicht mehr gelten. Zukünftige Märtyrer konnten in abgelegenen Winkeln des Dark Nets radikalisiert und von Drahtziehern, die sie nie gesehen hatten, auf Anschlagsziele angesetzt werden. Dies war die schöne neue Welt, die das Internet, die sozialen Medien und verschlüsselte Textnachrichten geschaffen hatten.

Aktueller gaben jedoch die dreihundert Gramm Cäsiumchlorid, die in einem staatlichen Labor außerhalb von Paris lagerten, Anlass zur Besorgnis. Das Cäsiumchlorid, das sich nach Saladins Kenntnisstand noch an Bord des in Toulon beschlagnahmten Frachters befand. Aber hatte er seinen gesamten Vorrat an spaltbarem Material einem einzigen geheimen Transport anvertraut? Oder befand sich ein Teil davon bereits in den Händen einer Angriffszelle? Würde die nächste Bombe, die in einer europäischen Großstadt detonierte, einen radioaktiven Kern haben? Als die Tage vergingen, ohne dass Jean-Luc Martels marokkanischer Lieferant sich bei ihm meldete, überlegten Paul Rousseau und sein Minister, ob es an der Zeit sei, ihre europäischen Partner vor der erhöhten Gefahr zu warnen. Mit Unterstützung von Graham Seymour und den Amerikanern schaffte Gabriel es jedoch, sie zum Schweigen zu verpflichten. Eine Warnung, selbst wenn sie als Routinemitteilung getarnt wurde, konnte das gesamte Unternehmen verraten. Irgendwo würde es unweigerlich ein Leck geben. Und wenn es eines gab, würde Saladin einen Zusammenhang zwischen der Beschlagnahme seines Haschischs und der Entdeckung des an Bord versteckten radioaktiven Pulvers herstellen.

»Vielleicht ist er schon zu diesem Schluss gelangt«, sagte Rousseau deprimiert. »Vielleicht hat er uns wieder mal geschlagen.«

Insgeheim fürchtete Gabriel das auch. Die Amerikaner ebenfalls. Und bei einer erregten Videokonferenz am zweiten Freitag im August forderten sie erneut, Gabriel solle Langley Jean-Luc Martel und damit sein Unternehmen abtreten. Gabriel weigerte sich, und als die Amerikaner nicht lockerließen, reagierte er auf die einzig mögliche Weise: Er wünschte ihnen ein schönes Wochenende. Dann rief er Chiara an und teilte ihr mit, sie würden nach Tiberias fahren, um dort das Sabbatmahl einzunehmen.

45

TIBERIAS, ISRAEL

Tiberias, eine der vier heiligen Städte des Judentums, liegt am Südwestufer des Gewässers, das alle Welt als See Genezareth kennt, während die Israelis ihn Jam Kinneret nennen. Gleich außerhalb der Stadtgrenze liegt der kleine Moschaw Kfar Hittim auf dem Schlachtfeld, auf dem der wirkliche Saladin an einem glühend heißen Sommernachmittag des Jahres 1187 das halb verdurstete Kreuzfahrerheer in einer Entscheidungsschlacht besiegte, durch die Jerusalem wieder an die Muslime fiel. Den besiegten Feinden gegenüber hatte er keine Gnade walten lassen. In seinem Zelt säbelte er Renauld de Châtillon eigenhändig einen Arm ab, als der Franzose sich weigerte, zum Islam zu konvertieren. Die anderen überlebenden Kreuzfahrer verurteilte er zum Tod durch Enthaupten – die für Ungläubige vorgeschriebene Strafe.

Ungefähr einen Kilometer nördlich von Kfar Hittim liegt ein felsiger Höhenzug mit Blick über den See und den glutheißen Schauplatz jener historischen Schlacht. Und Ari Schamron hatte beschlossen, sich ausgerechnet dort niederzulassen. Er behauptete, wenn der Wind richtig stehe, könne er Schwerterklirren und die Schreie der Sterbenden hören. Das führe ihm, so behauptete er, die Vergänglichkeit von politischer und militärischer Macht in diesem turbulenten Winkel des östlichen Mittelmeers vor Augen. Kanaaniter, Hethiter, Amalekiter, Moabiter, Griechen, Römer, Perser, Araber, Türken, Engländer: Sie alle waren gekommen und gegangen. Unter denkbar ungünstigen Umständen war den Juden eines der bemerkenswertesten Comebacks der Geschichte gelungen. Zweitausend Jahre nach der Zerstörung des zweiten Tempels waren sie zu einer Reprise zurückgekommen. Aber wenn das geschichtliche Muster sich wiederholte, lebten sie sozusagen schon auf Kredit.

Nur wenige Leute können von sich behaupten, beim Aufbau eines Landes mitgeholfen zu haben – und noch weniger haben einen Geheimdienst mit aufgebaut. Ari Schamron hatte jedoch beides geschafft. Er war 1937 vor der sich für die Juden Europas abzeichnenden Katastrophe aus Galizien in das britische Mandatsgebiet Palästina geflüchtet und hatte in den Kriegen nach der Gründung des Staates Israel im Jahr 1948 gekämpft. Als die arabische Welt anschließend schwor, den jungen jüdischen Staat im Anfangsstadium zu vernichten, ging Schamron zu einer kleinen Organisation, die für Insider nur »der Dienst« war. Zu seinen ersten Aufträgen gehörte die Identifizierung und Ermordung mehrerer deutscher NS-Wissenschaftler, die dem Ägypter Gamal Abdel Nasser halfen, eine Atombombe zu bauen. Aber die Krönung seiner Karriere als Feldagent sollte sich nicht im Nahen Osten ereignen, sondern an einer Straßenecke in San Fernando, einem Industrievorort von Buenos Aires. In einer Regennacht im Mai 1960 zerrte er Adolf Eichmann, den Transportchef der »Endlösung«, in ein wartendes Auto. So begann die erste Etappe von Eichmanns Reise, die an einem israelischen Galgen enden würde.

Für Schamron war dies jedoch erst der Anfang. Binnen weniger Jahre sollte er zum Chef des Geheimdiensts ernannt werden, den er mit aufgebaut hatte, und für den Schutz seines Landes zuständig sein. Aus seinem Schlupfwinkel am King Saul Boulevard mit seinen grauen Metallschränken und dem süßlichen Geruch türkischer Zigaretten spionierte er Königshöfe aus, stahl Tyrannen ihre Geheimnisse und liquidierte unzählige Feinde. Ari Schamron blieb länger im Amt als jeder seiner Vorgänger. Ende der neunziger Jahre wurde er nach einer Serie verpatzter Unternehmen sehr zu seiner Befriedigung aus dem

Ruhestand geholt, um den Dienst auf Vordermann zu bringen und wieder zu alter Größe zu führen. Einen Mitstreiter fand er in einem ehemaligen Agenten, der sich nach einer persönlichen Tragödie in ein Cottage an der Helford-Passage in Cornwall zurückgezogen hatte. Jetzt war dieser Agent endlich Direktor des Diensts, und die Last, die beiden Schöpfungen seines Mentors – ein Land und einen Geheimdienst – zu beschützen, lag jetzt auf seinen Schultern.

Für die Entführung Eichmanns war Schamron auch wegen seiner Hände ausgewählt worden, die für einen kleinen Mann ungewöhnlich groß und kräftig waren. Nun lagen sie auf seinem Krückstock aus Olivenholz, als Gabriel mit je einem Kind auf dem Arm das Haus betrat. Er vertraute sie Schamron an und ging wieder zu seinem gepanzerten SUV hinaus, um die drei belegten Platten zu holen, die Chiara nachmittags vorbereitet hatte. Bei Sonnenuntergang zündete Gilah, Schamrons langmütige Ehefrau, die Sabbatkerzen an, während er mit dem polnischen Akzent seiner Jugend den Kiddusch betete, um Brot und Wein zu segnen. Einige Augenblicke lang konnte Gabriel das Gefühl haben, es gebe kein Unternehmen und keinen Saladin, nur seine Familie und seinen Glauben.

Aber das hielt nicht lange an. Während die anderen beim Essen über Politik diskutierten und die *Matsav*, die Situation, beklagten, sah Gabriel wieder und wieder unauffällig auf sein Smartphone. Schamron, der ihn von seinem Platz am Kopfende des Tischs aus beobachtete, lächelte nur, ohne sich mitfühlend über Gabriels offensichtliches Unbehagen zu äußern. Für Schamron waren Unternehmen wie Sauerstoff. Selbst ein schlechtes Unternehmen war besser als gar keines.

Nach dem Essen folgte Gabriel dem Alten in den Raum hinunter, der ihm als Arbeitszimmer und Werkstatt zugleich diente. Auf seinem Arbeitstisch lagen die Innereien eines alten Radios wie Trümmer nach einem Bombenanschlag verstreut.

Schamron setzte sich, klappte sein altes Zippo auf und zündete sich eine seiner grässlichen türkischen Zigaretten an. Als Gabriel den Rauch wegwedelte, fiel sein Blick auf ein gerahmtes Foto, das Schamron mit Golda Meir an dem Tag zeigte, an dem sie ihn angewiesen hatte, »die Jungs auszusenden«, damit sie die bei den Olympischen Spielen in München ermordeten elf israelischen Sportler und Betreuer rächten. Neben dem Foto stand in dem Regal ein Acrylglaskasten von der Größe einer Zigarrenkiste, in dem auf schwarzem Samt elf Patronenhülsen Kaliber .22 lagen.

»Die habe ich für dich aufgehoben«, sagte der Alte.

»Ich will sie nicht.«

»Wieso nicht?«

»Sie sind makaber.«

»Du bist der Mann, der den Trick erfunden hat, elf Patronen in ein Zehnermagazin zu quetschen, nicht ich.«

»Vielleicht fürchte ich, eines Tages könnte jemand einen ähnlichen Kasten in seinem Regal stehen haben – nur mit meinem Namen.«

»Den hat schon jemand, mein Sohn.« Schamron schaltete seine Vergrößerungslampe ein.

»Du hast dich bemerkenswert zurückgehalten.«

»Wie das?«

»Du hast kein einziges Mal nach dem Unternehmen gefragt.«

»Wieso sollte ich das tun?«

»Weil du krankhaft außerstande bist, dich um deinen eigenen Kram zu kümmern.«

»Ich bin eben ein Spion.« Er verstellte die Lampe und nahm einen Röhrensteckplatz unter die Lupe.

»Was für ein Radio ist das?«

»Ein Designradio von RCA mit einem marmorierten Gehäuse aus Catalin, einem Kunstharz wie Bakelit. Mittel- und

Kurzwelle. Im Jahr 1946 hergestellt. Stell dir vor«, sagte Schamron und zeigte auf den Aufkleber im Gehäuse, »irgendwo in Amerika hat jemand dieses Radio montiert, während Leute wie deine Eltern versucht haben, ihr Leben neu zu ordnen.«

»Das hier ist ein Radio, Ari. Es hat nichts mit der Schoah zu tun.«

»War nur so eine Bemerkung.« Schamron lächelte. »Du wirkst angespannt. Macht dir irgendwas Sorgen?«

»Nein, nichts.«

Sie verfielen in Schweigen, während Schamron weiterbastelte. Alte Radios zu reparieren war sein einziges Hobby, außer sich in Gabriels Leben einzumischen.

»Uzi hat mir erzählt, dass du daran denkst, nach Marokko zu reisen.«

»Warum hat er das getan?«

»Weil er's dir nicht ausreden konnte und dachte, ich könnte's schaffen.«

»Die letzte Entscheidung ist noch nicht gefallen.«

»Aber du hast die Amerikaner gebeten, deinen Reisepass zu erneuern.«

»Reaktivieren«, sagte Gabriel.

»Erneuert, reaktiviert, was ist der Unterschied? Du hättest ihn nie annehmen dürfen. Er gehört in einen kleinen Glassarg wie diese Patronenhülsen.«

»Er hat sich schon mehrmals als nützlich erwiesen.«

»Blau und weiß«, sagte der Alte mahnend. »Wir arbeiten für uns selbst und helfen anderen nicht bei Problemen, die sie selbst verursacht haben.«

»Vielleicht früher«, antwortete Gabriel, »aber so können wir nicht mehr arbeiten. Wir brauchen Partner.«

»Partner sind immer potenziell enttäuschend. Und dieser Pass schützt dich nicht, wenn in Marokko irgendwas schiefgeht.« Gabriel griff nach dem kleinen Acrylkasten mit den

Patronenhülsen. »Wenn ich mich recht erinnere, hast du auf der Piazza Annibaliano hinten in einem Wagen gesessen, als ich Zwaiter in seinem Apartmenthaus liquidiert habe.«

»Ich war damals Chef der Abteilung Special Ops. Also war mein Platz am Einsatzort. Eine bessere Analogie wäre Abu Dschihad«, fuhr Schamron fort. »Als Direktor bin ich damals an Bord des Schnellboots geblieben, als du mit deinem Team an Land gegangen bist.«

»Mit dem Verteidigungsminister, nicht wahr?«

»Das war ein wichtiges Unternehmen. Fast so wichtig«, sagte Schamron, »wie dieses andere, das du jetzt planst. Es wird Zeit, dass Saladin endgültig abtritt. Aber sieh dich vor, damit du ihm nicht gibst, was er wirklich will.«

»Und das wäre?«

»Du.«

Gabriel stellte das Kästchen ins Regal zurück.

»Gestattest du ein paar Fragen?«, erkundigte Schamron sich.

»Wenn's dich glücklich macht.«

»Notausstiege?«

Gabriel erklärte ihm, es werde zwei geben. Einer war eine israelische Korvette. Die andere war die *Neptune*, ein unter der Flagge Liberias fahrender Frachter, der in Wirklichkeit ein schwimmender Radar- und Horchposten des israelischen Militärgeheimdiensts AMAN war. Die *Neptune* würde vor Agadir an der marokkanischen Atlantikküste stationiert werden.

»Und die Korvette?«, fragte der Alte.

»Vor dem kleinen Mittelmeerhafen El Jebha.«

»Dort geht vermutlich das Sajeret-Team an Land?«

»Falls es gebraucht wird«, sagte Gabriel. »Schließlich habe ich einen ehemaligen Sajeret-Offizier und einen britischen SAS-Veteran zur Verfügung.«

»Aber beide werden alle Hände voll damit zu tun haben, diesen Jean-Luc Martel unter Kontrolle zu halten.« Schamron schüttelte langsam den Kopf. »Das Schlimmste an einer erfolgreichen Anwerbung ist manchmal, dass man den Angeworbenen am Hals hat. Du darfst ihm unter keinen Umständen trauen, hörst du?«

»Natürlich nicht!«

Die Zigarette des Alten war ausgegangen. Er zündete sich eine neue an und arbeitete an dem Radio weiter, während Gabriel das gerahmte Foto anstarrte und sich bemühte, Schamron in seinen besten Jahren mit dem Greis vor ihm zu vereinbaren. Alles war viel zu schnell gegangen. Bald, dachte er, ist's auch bei dir so weit. Nicht einmal Raphael und Irene konnten diesen Prozess aufhalten.

»Willst du nicht rangehen?«, fragte Schamron plötzlich.

»Wo rangehen?«

»Dein Handy. Es treibt mich zum Wahnsinn.«

Gabriel sah aufs Display. Er war so abgelenkt gewesen, dass er die Nachricht aus dem sicheren Haus bei Ramatuelle nicht bemerkt hatte.

»Nun?«, fragte Schamron.

»Mohammad Bakkar will offenbar mit Jean-Luc Martel über die beschlagnahmten Drogen sprechen. Er hat angefragt, ob Martel ihn Anfang kommender Woche in Marokko besuchen könne.«

»Und kann er?«

»Martel? Ich bin sicher, dass er sich die Zeit für diesen Besuch nehmen kann.«

Der Alte lächelte. Er verband das Radio mit der Steckdosenleiste auf seinem Arbeitsplatz und schaltete es ein. Nach kurzem Suchen fand er einen Sender, der Musik brachte.

»Wer ist das?«, fragte Gabriel.

»Den kennst du nicht, dafür bist du zu jung. Das ist Artie Shaw. Als ich diesen Titel zum ersten Mal gehört habe, war ich …« Er führte den Gedanken nicht zu Ende.

»Wie heißt der Song?«, fragte Gabriel weiter.

»›You're a Lucky Guy‹.«

Im nächsten Augenblick verstummte das Radio, und die Musik brach ab.

Schamron runzelte die Stirn. »Vielleicht auch nicht.«

46

CASABLANCA, MAROKKO

Die Autobahn zwischen dem Mohammed V International Airport und Casablanca, der größten Stadt Marokkos, dem wirtschaftlichen Zentrum des Landes, hatte vier Fahrspuren aus neuem schwarzen Asphalt, auf dem Dina Sarid, sonst aus persönlicher Veranlagung und als Israelin eine rasante Autofahrerin, auffällig vorsichtig unterwegs war.

»Was macht dir solche Sorgen?«, fragte Gabriel.

»Du«, antwortete sie.

»Was habe ich jetzt wieder gemacht?«

»Nichts. Ich habe nur noch nie einen Direktor gefahren.«

»Nun«, sagte er aus seinem Fenster starrend. »Irgendwann passiert alles zum ersten Mal.«

Gabriels Reisetasche lag auf dem Rücksitz, seinen Aktenkoffer hatte er auf den Knien. Mit seinem amerikanischen Pass hatte er die marokkanischen Einreisekontrollen unbehelligt passieren können. Auch wenn sich in Washington manches verändert hatte, war es in vielen Teilen der Welt noch immer gut, ein Amerikaner zu sein.

Plötzlich kam der Verkehr zum Stillstand.

»Eine Kontrollstelle«, sagte Dina erklärend. »Die gibt es überall.«

»Nach wem fahnden sie, glaubst du?«

»Vielleicht nach dem Direktor des israelischen Geheimdienstes.«

Eine Reihe weiß-orangeroter Leitkegel lenkte den Verkehr auf die Standspur, auf der zwei Gendarmen die vorbeifahrenden Wagen und ihre Insassen kontrollierten, wobei sie von einem DST-Agenten im Anzug mit Pilotenbrille überwacht wurden. Als Dina ihr Fenster öffnete, sprach sie in akzentfreiem Deutsch mit Gabriel, weil sie ihrer Legende und ihrem gefälschten Reisepass nach eine Deutsche war. Die gelangweilten Gendarmen winkten sie durch, als scheuchten sie Fliegen weg. Und der DST-Mann war offenbar in Gedanken woanders.

Dina fuhr ihr Fenster rasch wieder hoch, um die erbarmungslose Hitze auszusperren, und stellte die Klimaanlage kälter. Sie kamen an einem Militärkomplex vorbei, dann lagen beiderseits der Autobahn wieder landwirtschaftlich genutzte Flächen: kleine rotbraune Felder mit rotbrauner Erde, die von den Bewohnern der umliegenden Dörfer bestellt wurden. Die Eukalyptushaine erinnerten Gabriel an Israel.

Schließlich erreichten sie den nicht eindeutig definierten Stadtrand von Casablanca, der nur vom Großraum Kairo übertroffenen zweitgrößten Stadt Afrikas. Die landwirtschaftliche Nutzung hörte nicht gleich auf; es gab noch Felder zwischen eleganten neuen Apartmentgebäuden und den Hütten aus Hohlblocksteinen und Wellblech, in denen Hunderttausende der ärmsten Einwohner Casablancas hausten.

»Sie werden Bidonvilles genannt«, sagte Dina und deutete auf eine der Siedlungen. »Weil das besser klingt als Slum, denke ich. Diese Leute haben nichts. Kein fließendes Wasser, keine Kanalisation, kaum genug zu essen. In unregelmäßigen Abständen versucht die Stadtverwaltung, die Bidonvilles mit Planierraupen einzuebnen, aber die Leute kommen zurück und bauen sie wieder auf. Was bleibt ihnen anderes übrig? Sie können sonst nirgends hingehen.«

Sie kamen an einer Weidefläche mit spärlichem Gras vorbei, auf der zwei barfüßige Jungen eine Herde magerer Ziegen hüteten.

»Das Einzige, was sie in den Bidonvilles haben«, fuhr Dina fort, »ist der Islam. Und durch wahhabitische und salafistische

Hassprediger wird er immer extremer. Erinnerst du dich an die Anschläge im Jahr 2003? All diese Jungs, die sich in die Luft gesprengt haben, waren aus den Bidonvilles von Sidi Moumen.«

Gabriel erinnerte sich natürlich an die Anschläge, auch wenn sie im Westen weitgehend in Vergessenheit geraten waren: vierzehn Bombenanschläge auf überwiegend westliche und jüdische Ziele, fünfundvierzig Tote, über hundert Verletzte. Sie waren das Werk eines al-Qaida-Ablegers namens Salafia Dschihadia gewesen, der wiederum Verbindungen zur Marokkanischen Islamischen Kampfgruppe hatte. Trotz seiner Naturschönheiten, die viele westliche Touristen anlockten, blieb Marokko eine Brutstätte des radikalen Islams, und dem IS war es gelungen, dort Wurzeln zu schlagen und zahlreiche Zellen aufzubauen. Über dreizehnhundert Marokkaner – und mehrere Hundert Marokkaner aus Frankreich, Belgien und den Niederlanden – waren ins Kalifat gereist, um für den IS zu kämpfen, und Marokkaner hatten bei den kürzlichen IS-Terroranschlägen in Westeuropa eine übergroße Rolle gespielt.

Und dazu kam Mohammed Bouyeri, der in Holland lebende Marokkaner, der den Autor und Filmemacher Theo van Gogh in Amsterdam auf offener Straße erschossen und erstochen hatte. Dieser Mord war nicht die spontane Tat eines verwirrten Einzeltäters; Bouyeri gehörte einer Zelle radikaler nordafrikanischer Muslime in Den Haag an, die als das Hofstad-Netzwerk bekannt war. Den marokkanischen Sicherheitsbehörden war es bisher gelungen, den im Land vorhandenen Extremismus nach außen abzulenken. Trotzdem gab es auch in Marokko zahlreiche Anschläge. Das marokkanische Innenministerium hatte erst vor Kurzem damit geprahlt, dreihundert geplante Anschläge vereitelt zu haben – darunter einen, bei dem Senfgas eingesetzt werden sollte. Manche Dinge blieben besser ungesagt, fand Gabriel.

Sie fuhren über einen Hügelrücken und hatten nun den blassblauen Atlantik vor sich. Die neue Morocco Mall mit ihrem futuristischen IMAX-Kino und westlichen Boutiquen erstreckte sich entlang der Küste. Dina folgte der Corniche in Richtung Zentrum, vorbei an Beach Clubs, Restaurants und leuchtend weißen Strandvillen. Eine fiel durch ihre ungewöhnliche Größe auf.

»Die gehört einem saudischen Prinzen. Und dort drüben«, sagte Dina, »steht das Four Seasons.«

Sie fuhr langsamer, damit Gabriel es sich ansehen konnte. Am Einfahrtstor suchten zwei Sicherheitsleute in dunklen Anzügen die Unterseite eines Autos mit Spiegeln nach Haftladungen ab. Erst nach dieser Inspektion würde es die Zufahrt entlang zur Hotelgarage weiterfahren dürfen.

»Gleich hinter der Drehtür steht ein Metalldetektor«, berichtete Dina. »Alle Gäste, alle Gepäckstücke, keine Ausnahme. Also müssen wir die Waffen vom Strand aus einschmuggeln. Aber das ist kein Problem.«

»Glaubst du, dass die Jungs von der Salafia Dschihadia das auch wissen?«

»Hoffentlich nicht«, sagte Dina und lächelte dabei, was selten genug vorkam.

Sie fuhren die Corniche entlang weiter, passierten die riesige Moschee Hassan II., die Mauer der alten Medina und den weitläufigen Hafen. Zuletzt erreichten sie den alten französischen Kolonialbezirk mit seinen breiten, in sanften Kurven verlaufenden Boulevards und seiner einzigartigen Mischung aus maurischer, Art-nouveau- und Art-déco-Architektur. Dies war einst ein Ort gewesen, an dem das kosmopolitische Casablanca sich unter eleganten Säulen erging und in einigen der besten Restaurants der Welt dinierte. Jetzt herrschten dort Verfall und Gefahr. Ruß schwärzte die floralen Stuckfassaden, Rost zerfraß die schmiedeeisernen Balustraden. Die elegante Welt von heute bevorzugte die schicken *Quartiers* Gauthier und Maarif und überließ das alte Casablanca den Dschellaba-Trägern, den Verschleierten und den Straßenhändlern, die schlechtes Obst und billige Kassetten mit Suren und Predigten verkauften.

Das einzige Anzeichen für gewisse Fortschritte war eine glänzend lackierte neue Straßenbahn, die sich zwischen mit Brettern verschalten Ladenfronten und Kolonnaden, unter denen Obdachlose auf Lagern aus Pappkarton dösten, über den Boulevard Mohammed V. schlängelte. Dina folgte der Tram einige Blocks weit, bog dann in eine schmale Seitenstraße ab und parkte. Auf einer Straßenseite stand ein siebenstöckiger Wohnblock, der aussah, als könnte er unter dem Gewicht der Satellitenschüsseln, die wie Pilze auf seinen Balkonen wucherten, jederzeit zusammenbrechen. Gegenüber stand eine verfallende, mit Efeu überwucherte Mauer mit einer ursprünglich reich geschnitzten Tür aus Zedernholz. Bewacht wurde sie von einem hechelnden scharfen Hund.

»Was machen wir hier?«, fragte Gabriel.

»Wir sind da.«

»Wo?«

»Am Befehlsstand.«

»Soll das ein Witz sein?

»Nein.«

Gabriel beobachtete den Hund misstrauisch. »Was ist mit ihm?«

»Er ist harmlos. Sorgen muss man sich hier wegen der Ratten machen.«

Im nächsten Augenblick lief eine vor ihnen über die Straße. Sie war fast so groß wie ein Waschbär. Der Hund wich erschrocken vor ihr zurück. Gabriel ebenfalls.

»Vielleicht sollten wir uns lieber im Four Seasons einquartieren.«

»Dort ist's nicht sicher.«

»Hier auch nicht.«

»Daran gewöhnt man sich.«

»Wie sieht's drinnen aus?«

Dina stellte den Motor ab. »Im Haus spukt es. Aber ansonsten ist's recht hübsch.

Sie machten einen Bogen um den hechelnden Hund und traten durch die alte Tür aus Zedernholz in ein geheimes Paradies. Vor ihnen lagen ein azurblauer Swimmingpool, ein ziegelroter Tennisplatz und ein parkartig angelegter Garten mit Bougainvilleen, Hibiskus, Bananenstauden und Dattelpalmen. Die in marokkanischer Tradition erbaute riesige Villa hatte einen gefliesten Innenhof, auf dem der ständige Großstadtlärm zu einem Murmeln im Hintergrund absank. In dem Labyrinth aus Wohn- und Schlafräumen schien die Zeit stillgestanden zu haben. Vielleicht seit dem Jahr 1967, in dem der Hausbesitzer hastig seine Koffer gepackt hatte und nach Israel geflüchtet war. Oder vielleicht seit einer vornehmeren Zeit, dachte Gabriel, in der die Bewohner dieses Viertels überwiegend Französisch gesprochen und sich sorgenvoll gefragt hatten, wie lange es dauern würde, bis die Deutschen die Champs-Élysées hinuntermarschierten.

Die beiden Hausbesorger hießen Tarek und Hamid. Ihren Posten hatten sie den früheren Hausbesorgern abgekauft, die ihn aus Altersgründen hatten aufgeben müssen. Sie mieden das Innere des Hauses, hielten den Garten in Ordnung und wohnten in dem kleinen Gästehaus. Ihre Frauen, Kinder und Enkel lebten in einer benachbarten Bidonville.

»Wir sind die neuen Besitzer«, sagte Gabriel. »Warum können wir sie nicht einfach rausschmeißen?«

»Schlechte Idee«, sagte Jaakov Rossman. Vor seinem Wechsel zum Dienst war er beim Inlandsgeheimdienst Schabak gewesen und hatte Agenten im Westjordanland und im Gazastreifen geführt. Er sprach fließend Arabisch und war ein Experte für arabische und islamische Kultur. »Versuchen wir, sie loszuwerden, gibt es einen Aufstand. Das wäre schlecht für unsere Tarnung.«

»Schön, zahlen wir ihnen eine großzügige Abfindung.«

»Eine noch schlechtere Idee. Dann fällt ihre ganze Verwandtschaft aus allen Teilen des Landes über uns her und fordert Geld.« Jaakov schüttelte vorwurfsvoll den Kopf. »Du weißt wirklich nicht viel über diese Leute, was?«

»Gut, wir behalten die beiden«, entschied Gabriel. »Aber was soll der Unsinn, dass es hier spukt?«

Sie standen in der kühlen Stille des Innenhofs. Jaakov sah nervös zu Dina hinüber, die wiederum Eli Lavon ansah. Es war Eli, Gabriels ältester Freund, der dann antwortete.

»Sie heißt Aischa.«

»Mohammeds dritte Frau?«

»Nicht diese Aischa. Eine andere Aischa.«

»Wie anders?«

»Aischa ist ein Dschinn.«

»Ein was?«

»Ein Dämon.«

Gabriel sah auf der Suche nach einer vollständigen Erklärung zu Jaakov hinüber.

»Muslime glauben, Allah habe den Menschen aus Ton erschaffen – die Dschinnen dagegen aus Feuer.«

»Ist das schlecht?«

»Sehr. Tagsüber leben die Dschinnen in toten Gegenständen, führen ein ruhiges Leben wie wir, aber nach Einbruch der Dunkelheit kommen sie heraus und nehmen jede Gestalt an, die ihnen gefällt.«

»Sie sind Gestaltwandler?«, fragte Gabriel zweifelnd.

»Und bösartig«, sagte Jaakov ernst nickend. »Nichts macht ihnen mehr Spaß, als Menschen zu schaden. Vor allem hier in Marokko ist der Glaube an Dschinnen weit verbreitet. Er stammt vermutlich aus religiösen Überlieferungen der Berber, die älter sind als der Islam.«

»Dass die Marokkaner an sie glauben, beweist nicht, dass sie existieren.«

»Sie stehen im Koran«, sagte Jaakov.

»Auch das beweist nichts.«

Die drei erfahrenen Agenten wechselten erneut einen nervösen Blick.

Gabriel runzelte die Stirn. »Ihr glaubt diesen Unsinn doch nicht etwa wirklich?«

»Letzte Nacht haben wir im Haus viele seltsame Geräusche gehört«, erklärte Dina ihm.

»Wahrscheinlich wimmelt es hier von Ratten.«

»Oder Dschinnen«, warf Jaakov ein. »Die erscheinen manchmal in Gestalt von Ratten.«

»Ich dachte, wir hätten nur einen Dschinn.«

»Aischa ist ihre Anführerin. Außer ihr scheint es viele andere zu geben.«

»Sagt wer?«

»Hamid. Er ist der große Experte.«

»Tatsächlich? Und was sollen wir seiner Meinung nach dagegen machen?«

»Er schlägt eine Teufelsaustreibung vor. Zu der mehrtägigen Zeremonie gehört, dass eine Ziege geopfert wird.«

»Das könnte das Unternehmen behindern«, sagte Gabriel, nachdem er darüber nachgedacht hatte.

»Richtig«, stimmte Jaakov zu.

»Gibt es keine Gegenmaßnahmen unterhalb eines Exorzismus, die wir ergreifen könnten?«

»Wir können nur versuchen, sie nicht zu ärgern.«

»Aischa?«

»Wen sonst?«

»Was ärgert sie?«

»Wir dürfen kein Fenster öffnen und nicht singen oder lachen. Und wir dürfen nicht laut sprechen.«

»Ist das alles?«

»Hamid hat alle Zimmerecken mit Salz, Blut und Milch besprengt.«

»Das erleichtert mich.«

»Und er hat uns aufgefordert, nachts nicht zu duschen oder das WC zu benutzen.«

»Wieso nicht?«

»Die Dschinnen leben dicht unter der Wasseroberfläche. Wenn wir sie stören ...«

»Was dann?«

»Hamid sagt, dass wir eine große Tragödie erleiden werden.«

»Das klingt nicht gut.« Gabriel sah sich auf dem schönen Innenhof um. »Hat die Villa einen Namen?«

»Den weiß niemand mehr«, sagte Dina.

»Wie sollen wir sie also nennen?«

»Dar al-Dschin«, schlug Lavon düster vor.

»Das könnte Aischa verärgern«, sagte Gabriel. »Einen anderen Namen.«

»Wie wär's mit Dar al-Dschawasis?«, fragte Jaakov.

Ja, das klingt besser, dachte Gabriel. Dar al-Dschawasis.

I Iaus dcr Spione.

Sie vereinbarten, dass Tareks und Hamids Ehefrauen und ihre ältesten Töchter ins Haus kommen und ein traditionelles marokkanisches Mahl zubereiten würden. Wenig später trafen sie ein: zwei füllige verschleierte Frauen und vier hübsche Mädchen, alle mit Strohkörben beladen, die von Lebensmitteln überquollen, die sie auf dem alten Markt in der Medina gekauft hatten. Sie brachten den ganzen Nachmittag damit zu, in der großen Küche zu kochen, wobei sie nur halblaut in maghrebinischem Arabisch miteinander schwatzten, um die Dschinnen nicht zu stören. Schon bald duftete es im ganzen Haus nach Kreuzkümmel und Ingwer und Koriander und Cayennepfeffer.

Als Gabriel gegen sieben Uhr den Kopf in die Küche steckte, sah er zahlreiche Teller mit marokkanischen Salaten und Horsd'œuvres, Berge von Couscous und Tajines mit Schmorgerichten. Es gab genügend Essen für ein ganzes Dorf, deshalb luden die Frauen auf Gabriels Aufforderung hin ihre übrigen Verwandten aus der Bidonville ein, an dem Festmahl teilzunehmen. So speisten sie auf dem großen Innenhof – die armen Marokkaner und die vier Fremden, die sie für Europäer hielten – unter einem Nachthimmel mit brillantweißen Sternen. Um sich nicht anmerken zu lassen, dass sie Arabisch konnten, sprachen Gabriel und die anderen nur Französisch. Sie redeten über Dschinnen, die uneingelösten Versprechen des Arabischen Frühlings und die Mörderbande, die sich Islamischer Staat nannte. Tarek erzählte, aus ihrer Nachbarschaft seien mehrere junge Männer, auch der Sohn eines entfernten Verwandten, ins Kalifat abgereist. Von Zeit zu Zeit veranstaltete die DST dort Razzien und verschleppte die Salafisten, um sie im Vernehmungszentrum Temara zu foltern.

»Sie haben viele Anschläge verhindert«, sagte er, »aber irgendwann gibt es wieder einen großen Anschlag wie 2003. Das ist nur eine Frage der Zeit.«

Mit dieser pessimistischen Note endete das Mahl. Die Frauen und ihre Verwandten kehrten mit dem übrig gebliebenen Essen in die Bidonville zurück, während Tarek und Hamid in den Garten hinausgingen, um Wache gegen die Dschinnen zu halten. Gabriel, Jaakov, Dina und Eli Lavon wünschten einander eine gute Nacht und gingen auf ihre Zimmer. Gabriel hatte ein Zimmer mit Meerblick. Einer der Hausbesorger hatte mit Kohlenstaub einen Kreis ums Bett gezogen, um es vor den Dämonen zu schützen, und in allen vier Zimmerecken waren Spuren von Blut, Milch und Salz zu erkennen. Gabriel schlief erschöpft sofort ein, wachte aber kurz vor Tagesanbruch auf, weil er dringend musste. Er blieb noch lange liegen und überlegte, was er tun sollte, bevor er schließlich auf die Uhr seines Handys sah. Es war wenige Minuten nach fünf. Sonnenaufgang war um 6.49 Uhr. Er schloss wieder die Augen. Bestimmt war es besser, Aischa und ihre Freunde unbehelligt zu lassen.

47

CASABLANCA

Später an diesem Morgen ging Jean-Luc Martel, Hotelier, Restaurateur, Modezar, Juwelier, internationaler Drogenhändler und Agent des französischen und israelischen Geheimdienstes, auf dem Flughafen Nizza an Bord seiner privaten Gulfstream *JLM II*, um nach Casablanca zu fliegen. Begleitet wurde er von seiner Lebensgefährtin, seinen »Freunden«, die in einer riesigen Villa auf der anderen Seite der Bucht lebten, und einem britischen Spion, der bis vor Kurzem ein erfolgreicher Berufskiller gewesen war. In den Annalen des weltweiten Krieges gegen den Terrorismus hatte noch kein Unternehmen so seltsam angefangen. Dies war eine Premiere, darüber waren sich alle einig. Entgegen jeglicher Vernunft, ohne wirkliche Rechtfertigung hofften sie, dass es zugleich das Letzte sein würde.

Martel hatte dafür gesorgt, dass zwei schwarze Mercedes mit Fahrer bereitstanden, um die Reisegruppe vom Flughafen ins Hotel Four Seasons zu bringen. Sie röhrten an den luxuriösen neuen Apartmentgebäuden und dem Elend der Bidonvilles vorbei, bevor sie auf die Corniche abbogen und in rascher Fahrt die schwer bewachte Hotelzufahrt erreichten. JLM und seine Begleitung waren angemeldet. Deshalb wurden die Limousinen nur flüchtig kontrolliert, bevor sie auf den überdachten Parkplatz weiterfahren durften, auf dem sie ein Bataillon von Pagen erwartete. Alles Gepäck und seine Besitzer mussten den Metalldetektor passieren, was anstandslos klappte – nur bei Christopher Keller nicht, der zweimal Alarm auslöste. Als der Sicherheitschef des Hotels keine verbotenen Gegenstände an seiner Person finden konnte, meinte er im Scherz, er müsse wohl aus Stahl gefertigt sein. Kellers knappes, unfreundliches Lächeln trug nicht dazu bei, sein Misstrauen zu zerstreuen.

In der Kühle der klimatisierten Hotelhalle herrschte Grabesstille, weil der marokkanische Hochsommer für Strandhotels die Nebensaison war. Von der Karawane mit ihrem Gepäck gefolgt, schwebten JLM und seine Gäste auf die Rezeption zu: Martel und Olivia in blendendem Weiß, Michail und Natalie scheinbar gelangweilt, Keller noch immer aufgebracht wegen der Sicherheitskontrolle. Der Hoteldirektor überreichte ihnen ihre Schlüssel – Monsieur Martel und seine Begleitung brauchten sich natürlich nicht selbst einzutragen – und fand ein paar ölige Worte zur Begrüßung.

»Und werden Sie heute Abend bei uns speisen?«, fragte er.

»Ja«, antwortete Keller rasch. »Bitte einen Fünfertisch.«

Das Four Seasons stand sozusagen auf dem Kopf: Hotelhalle in der obersten Etage, Gästezimmer darunter. JLM und seine Gäste waren im dritten Stock untergebracht: Martel und Olivia zwischen Michail und Natalie auf einer und Christopher Keller auf der anderen Seite. Als das Gepäck in den Zimmern war und die Pagen mit einem Trinkgeld abgezogen waren, öffneten Michail und Keller die Verbindungstüren, sodass praktisch eine Suite aus drei Räumen entstand.

»Schon besser«, sagte Keller. »Möchte jemand Lunch?«

Die Nachricht traf im Haus der Spione kurz nach Mittag ein, als Hamid und Tarek in Gabriels Bad vor der Toilette standen und Suren aufsagten, um die Dschinnen zu vertreiben. Sie besagte, JM und seine Begleitung seien im Four Seasons eingetroffen, Mohammad Bakkar oder seine Beauftragten hätten bisher nichts von sich hören lassen, die Gruppe sitze jetzt im Hotelrestaurant beim Lunch. Gabriel schickte die Nachricht verschlüsselt ans Operationszentrum am King Saul Boulevard, das sie wiederum nach Langley, Vauxhall Cross und der

DGSI-Zentrale in Levallois-Perret weiterleitete, wo sie mit weit mehr Aufmerksamkeit gelesen wurde, als ihre operative Wichtigkeit rechtfertigte.

Die Beschwörung des WCs endete wenige Minuten nach 13 Uhr, der Lunch um 13.30 Uhr. Kurze Zeit später fuhren Jaakov Rossman und Dina mit einem der Mietwagen weg. Dina, die eine bequeme Baumwollhose und eine weiße Bluse trug, hatte eine Umhängetasche einer französischen Luxusmarke über der Schulter. Jaakov sah aus, als sei er zu einem nächtlichen Überfall im Gazastreifen unterwegs. Um 14 Uhr machten die beiden es sich in einer privaten Cabana im Tahiti Beach Club an der Corniche bequem. Gabriel wies sie an, bis auf Weiteres dortzubleiben. Dann überzeugte er sich davon, dass die ständige Sprechverbindung zu der Suite aus drei Hotelzimmern funktionierte.

»Jemand muss die Tasche ins Hotel schmuggeln«, sagte Eli Lavon.

»Danke, Eli«, antwortete Gabriel. »Darauf wäre ich allein nie gekommen.«

»Ich wollte nur hilfreich sein.«

»Sorry, da haben die Dschinnen aus mir gesprochen.«

Lavon lächelte. »Was hast du vor?«

»Michail wäre natürlich am besten geeignet.«

»Bei Michail würde sogar ich misstrauisch.«

»Vielleicht ist's dann ein Job für eine Frau.«

»Oder zwei«, schlug Lavon vor. »Außerdem wird es Zeit, dass sie eine Waffenruhe erklären, findest du nicht auch?«

»Sie hatten einen schlechten Start, das ist alles.«

Lavon zuckte mit den Schultern. »Hätte jedem passieren können.«

An dem Tor, das vom bewachten Hotelgelände zur Plage Lalla Meriem, dem Hauptbadestrand Casablancas, hinausführte, war ein Sicherheitsmann postiert, der trotz der Nachmittagshitze einen dunklen Anzug trug. Er beobachtete, wie die beiden Frauen – die große Engländerin, die er schon einige Male gesehen hatte, und eine mürrisch wirkende Französin – über den flachen dunklen Sand zur Brandungslinie gingen. Die Engländerin hatte ein mit großen Blüten bedrucktes Wickeltuch um ihre schmale Taille geknotet und trug dazu ein Top aus durchsichtigem Material, die Französin war mit einem ärmellosen Strandkleid dezenter gekleidet. Die Beach Boys umschwärmten sie sofort und stellten unter Sonnenschirmen zwei Liegestühle am Wasser auf. Die Engländerin verlangte Drinks und gab viel zu viel Trinkgeld, als sie gebracht wurden. Trotz vieler Aufenthalte in diesem Land war ihr marokkanisches Geld nicht vertraut. Das war einer der Gründe dafür, dass die Boys darum wetteiferten, sie bedienen zu dürfen.

Der Sicherheitsmann konzentrierte sich wieder auf das Spiel, das er auf seinem Smartphone spielte; die Beach Boys zogen sich in den Schatten ihrer Hütte zurück. Natalie streifte ihr Baumwollkleid ab, unter dem sie einen einteiligen Badeanzug trug, und legte es in ihre geräumige Strandtasche von Vuitton. Olivia knotete ihr Wickeltuch auf und zog das Top aus. Dann streckte sie ihren langen Körper im Liegestuhl aus und wandte ihr makelloses Gesicht der Sonne zu.

»Du magst mich nicht besonders, nicht wahr?«

»Ich habe nur eine Rolle gespielt.«

»Die hast du sehr gut gespielt.«

Natalie streckte sich wie Olivia aus und schloss wegen der Sonne die Augen. »Tatsächlich«, sagte sie nach kurzer Pause, »lohnt es sich nicht wirklich, dich nicht zu mögen. Du bist nur ein Mittel zum Zweck.«

»Jean-Luc?«

»Auch er ist ein Mittel zum Zweck. Und falls es dich interessiert: Ihn mag ich sogar noch weniger als dich.«

»Du *magst* mich also?«, fragte Olivia neckend.

»Ein bisschen«, gab Natalie zu.

Zwei muskulöse Marokkaner Mitte zwanzig kamen in Daridscha schwatzend in der knöcheltiefen Brandung vorbei. Natalie lächelte, als sie hörte, was die beiden sagten.

»Sie reden über dich«, sagte sie.

»Woher weißt du das?«

Natalie öffnete die Augen und starrte Olivia ausdruckslos an.

»Du sprichst Marokkanisch?«

»Marokkanisch ist keine Sprache, Olivia. Hier werden drei verschiedene Sprachen gesprochen. Französisch, die Berbersprache und …«

»Vielleicht war alles ein Fehler«, unterbrach Olivia sie.

Natalie lächelte.

»Wie kommt's, dass du Arabisch sprichst?«

»Meine Eltern stammen aus Algerien.«

»Du bist also Araberin?«

»Nein«, sagte Natalie, »ich bin keine.«

»Dann hatte Jean-Luc also doch recht. Als ihr nach eurem ersten Besuch weggefahren seid, hat er gesagt …«

»Dass ich wie eine Jüdin aus Marseille aussehe.«

»Woher weißt du das?«

»Was glaubst du?«

»Ihr habt uns belauscht.«

»Das tun wir immer.«

Olivia cremte sich die Schultern ein. »Was haben diese Marokkaner über mich gesagt?«

»Es wäre schwierig zu übersetzen.«

»Ich kann's mir gut vorstellen.«

»Das musst du inzwischen gewöhnt sein.«

»Du aber auch. Du bist sehr schön.«

»Für eine Jüdin aus Marseille.«

»Bist du das?«

»Das war ich früher«, antwortete Natalie. »Aber jetzt nicht mehr.«

»War's so schlimm?«

»Als Jüdin in Frankreich zu leben?«, fragte Natalie. »Ja, es war so schlimm.

»Bist du deshalb eine Spionin geworden?«

»Ich bin keine Spionin. Ich bin Sophie Antonow, deine Freundin aus Saint-Tropez. Mein Mann hat geschäftlich mit deinem Freund zu tun. In Casablanca sind sie wegen irgendeiner Sache, über die sie nicht reden wollen.«

»Partner«, stellte Olivia richtig. »Jean-Luc mag es nicht, wenn er als mein Freund bezeichnet wird.«

»Irgendwelche Probleme?«

»Zwischen Jean-Luc und mir?«

Natalie nickte.

»Du hast doch gesagt, dass ihr uns belauscht.«

»Das tun wir. Aber du kennst ihn am besten.«

»Glaubst du? Aber nein«, sagte Olivia, »er scheint nicht zu ahnen, dass ich ihn verraten habe.«

»Du hast ihn nicht *verraten.*«

»Wie würdest du das nennen?«

»Du hast das Richtige getan.«

»Ausnahmsweise«, sagte Olivia.

Die beiden muskulösen Marokkaner kamen wieder vorbei. Einer starrte Olivia ungeniert an.

»Willst du mir nicht sagen, wozu wir hier sind?«, fragte sie.

»Je weniger du weißt«, antwortete Natalie, »desto besser für dich.«

»So funktioniert das in eurer Branche?«

»Ja.«

»Bin ich in Gefahr?«

»Das hängt davon ab, ob du dich noch mehr ausziehst.«

»Ich habe ein Recht darauf, das zu erfahren.«

Natalie gab keine Antwort.

»Ich vermute, dass unsere Reise mit den beschlagnahmten Haschischtransporten zusammenhängt.«

»Welches Haschisch.«

»Schon gut.«

»Genau«, sagte Natalie. »Alles, was ich dir erzähle, macht es dir nur schwerer, deine Rolle zu spielen.«

»Und die wäre?«

»Die liebevolle Gefährtin Jean-Luc Martels, die keine Ahnung hat, womit er sein Geld wirklich verdient.«

»Mit seinen Hotels und Restaurants.«

»Und mit seiner Galerie«, sagte Natalie.

»Die Galerie gehört mir.« Olivia kniff die Augen zusammen. »Da kommt übrigens Ihre Freundin.«

Natalie sah auf und beobachtete, wie Dina der Brandungslinie folgend auf sie zukam.

»Sie wirkt immer so traurig«, sagte Olivia.

»Sie hat allen Grund dazu.«

»Was ist mit ihrem Bein passiert?«

»Unwichtig«, wehrte Natalie ab.

»Es geht mich nichts an – das meinst du doch?«

»Ich wollte nur höflich sein.«

»Wie erfrischend.« Olivia legte eine Hand über die Augen, um weniger geblendet zu werden. »Komisch, aber sie scheint die gleiche Tasche wie du zu haben.«

»Wirklich?«, fragte Natalie lächelnd. »Was für ein Zufall.«

Der Wachmann war angewiesen, alle am Strand Vorbeigehenden zu beobachten, damit der unglückliche Vorfall, der sich 2015 in Tunis ereignet hatte, als ein salafistischer Terrorist eine AK-74 aus seinem Strandschirm gezogen und achtunddreißig zumeist britische Gäste eines Fünfsternehotels massakriert hatte, sich nicht wiederholte. Allerdings hätte er unter vergleichbaren Umständen nicht viel ausrichten können, denn er hatte keine Waffe, sondern nur ein Funkgerät. Bei einem Terroranschlag sollte er die Sicherheitskräfte alarmieren und dann »alles Menschenmögliche« tun, um den oder die Attentäter auszuschalten. Was vermutlich damit enden würde, dass er sein Leben verlor, während er versuchte, eine Horde halb nackter, reicher Ausländer zu beschützen. So wollte er eigentlich nicht sterben. Aber in Casablanca waren Jobs knapp, vor allem für Jungs aus den Bidonvilles. Und es war besser, die Plage Lalla Meriem im Auge zu behalten, als in der alten Medina Obst von einem Karren zu verkaufen. Auch das hatte er schon gemacht.

An diesem Nachmittag war selbst für August wenig los, deshalb konnte der Sicherheitsmann sich ganz auf die Frau konzentrieren, die aus Westen herankam, wo das Tahiti und weitere Beach Clubs lagen. Sie war klein und schwarzhaarig und anders als die meisten Ausländerinnen am Strand dezent gekleidet. Selbst aus der Ferne wirkte sie irgendwie traurig, als sei sie vor Kurzem Witwe geworden. Über ihrer rechten Schulter hing eine Strandtasche von Louis Vuitton, ein in diesem Sommer sehr beliebtes Modell. Der Wachmann fragte sich, ob der Frau bewusst war, dass ihre Tasche mehr kostete, als viele Marokkaner jemals besitzen würden.

Jetzt hob eine der Frauen in den Liegestühlen am Wasser – die unfreundliche Französin – grüßend den Arm. Die traurig wirkende Schwarzhaarige kam zu ihnen und setzte sich aufs Fußende der Liege der Französin. Die Beach Boys erboten sich, einen dritten Liegestuhl zu bringen, aber die Schwarzhaarige lehnte dankend ab; offenbar wollte sie nicht lange bleiben. Die große schöne Engländerin schien wegen der Störung ungehalten zu sein. Sie starrte gelangweilt aufs Meer hinaus, während die Französin und die traurig aussehende Schwarzhaarige sich angeregt unterhielten und dabei Zigaretten rauchten, die

die Französin aus ihrer Strandtasche – ebenfalls von Louis Vuitton, sogar dasselbe Modell – geholt hatte.

Nach einiger Zeit stand die Schwarzhaarige auf und ging. Die Französin, jetzt wieder in ihrem Strandkleid, begleitete sie ungefähr hundert Meter weit am Wasser entlang. Dann umarmten sie sich zum Abschied und gingen ihrer Wege: die traurig aussehende junge Frau zu den Beach Clubs, die Französin zurück zu ihrem Liegestuhl. Nachdem die Französin ein paar Worte gesagt hatte, stand die große schöne Engländerin auf und wickelte sich wieder in ihr Tuch, das sie um die Taille verknotete. Sehr zur Freude des Wachmanns machte sie sich nicht die Mühe, das durchsichtige Top überzustreifen. Und er war vom Anblick ihres perfekten Körpers so fasziniert, dass er nur einen flüchtigen Blick in ihre Strandtaschen warf, als sie gleich darauf durch sein Tor aufs Hotelgelände zurückkamen.

Die beiden Frauen fuhren mit dem Aufzug in den dritten Stock hinauf, wo sie in drei ineinander übergehende Zimmer eingelassen wurden. Die große schöne Engländerin betrat die Suite, die sie sich mit Monsieur Martel teilte. Er zog sie sofort an sich und flüsterte ihr etwas ins Ohr, das die Französin nicht ganz mitbekam. Aber das spielte keine Rolle; im Haus der Spione hörten sie mit. Sie hörten immer mit.

48

CASABLANCA

Mohammad Bakkar oder sein Stellvertreter meldete sich weder an diesem Abend noch am folgenden Morgen. Vom King Saul Boulevard bis nach Langley und an Orten dazwischen schlug die Stimmung in Düsternis um. Selbst Paul Rousseau in seinem Schlupfwinkel im Innersten der DGSI-Zentrale in Levallois-Perret begann Zweifel zu hegen. Er fürchtete, das Unternehmen sei irgendwo, irgendwie leckgeschlagen und laufe jetzt voll. Schuld daran konnte in erster Linie sein neuer Agent sein. Der Agent, den er ohne Wissen seines Chefs oder seines Ministers unter Druck gesetzt und angeworben hatte. Der neue Agent, dem er Immunität gegen Strafverfolgung zugesichert hatte.

Die harten jungen Männer, die CIA-Direktor Morris Payne umgaben, teilten Rousseaus Pessimismus. Im Gegensatz zu dem Franzosen waren sie jedoch nicht bereit, endlos lange darauf zu warten, dass das Telefon klingelte. Sie waren eher Soldaten als Spione und begierig, den Kampf in die Reihen des Feindes zu tragen. Dazu schien auch Payne zu tendieren. Er bestellte Adrian Carter zu sich und erläuterte ihm seine Auffassung. Carter gab sie seinerseits über eine abhörsichere Videoverbindung an Gabriel weiter. Carter saß dabei im CIA-Zentrum für Terrorismusabwehr, Gabriel in seinem provisorischen Befehlsstand im Haus der Spione.

»Aktionismus kann nur schaden.«

»Übersetzung?«

»Mohammad Bakkar ist der Star dieser Show. Und der Star darf Zeit und Ort seines Auftritts frei bestimmen.«

»Auch ein Star braucht manchmal einen guten Rat.«

»Aber das würde nicht zum bisherigen Rhythmus ihrer Beziehung passen. Weise ich Martel an, Kontakt mit ihm aufzunehmen, wird Bakkar sofort misstrauisch.«

»Vielleicht ist er's schon.«

»Daran würde ein Anruf nichts ändern.«

»Der sechste Stock glaubt, dadurch ließe sich eine Entscheidung erzwingen.«

»Ach, wirklich?«

»Und das Weiße Haus …«

»Seit wann ist das Weiße Haus mit dieser Sache befasst?«

»Schon von Anfang an. Der Präsident verfolgt die Entwicklung angeblich sehr aufmerksam.«

»Wie beruhigend. Wie viele Leute in Washington wissen davon, Adrian?«

»Schwer zu sagen.« Carter runzelte die Stirn. »Was ist das für ein Lärm?«

»Nichts weiter.«

»Betet dort jemand?«

»Richtig.«

»Wer?«

»Tarek und Hamid. Sie versuchen, einen Dschinn zu vertreiben.«

»Einen was?«

»Dschinn«, sagte Gabriel.

»Meinen trinke ich am liebsten mit Tonic und einem Spritzer Limone.«

Gabriel erkundigte sich nach dem Status der beiden Drohnen, die Morris Payne ihm für sein Unternehmen zugesagt hatte. Eine war eine Sentinel, eine Aufklärungsdrohne mit Stealth-Eigenschaften, die andere eine bewaffnete Predator. Carter versicherte ihm, die Sentinel sei in den Mittelmeerraum verlegt worden und könne über Marokko eingesetzt werden, sobald Gabriel ein Ziel benenne. Auch die Predator mit ihren zwei tödlichen Hellfire-Lenkraketen befand sich in Alarmbereitschaft. Aber die CIA war nicht berechtigt, sie in Marokko einzusetzen; das konnte nur der Präsident. Und selbst dann, sagte Carter, müsse es sich um einen absoluten Notfall handeln.

»Die Marokkaner«, sagte er voraus, »würden ausflippen.«

»Wie lange dauert es, bis die Predator in Position ist, um schießen zu können?«

»Hängt von der Position des Ziels ab. Auf jeden Fall mindestens zwei Stunden.«

»Zwei Stunden ist zu lang.«

»Die Predator ist nicht die schnellste Raubkatze im Dschungel. Aber alle Diskussionen sind überflüssig«, sagte Carter, »solange Mohammad Bakkar Ihren Mann nicht zu einem Treffen bestellt.«

»Er ruft an«, sagte Gabriel und trennte die Verbindung.

Insgeheim war er sich dessen nicht so sicher. Und als es Mittag wurde, ohne dass ein Anruf kam, erfasste ihn vorübergehend dieselbe Verzweiflung wie seine Partner in Paris und Washington. Um sich abzulenken, kümmerte er sich um seine Darsteller: die Antonows und ihre Freunde Jean-Luc Martel und Olivia Watson. Michail und Martel schickte er auf eine Tour durch Casablanca, auf der sie Bauplätze für ein neues Hotel besichtigten, das JLM Holdings niemals bauen würde. Natalie und Olivia schickte er in die riesige Morocco Mall, in der sie mit Martels Kreditkarten bewaffnet mehrere exklusive Boutiquen plünderten. Danach trafen sie sich im *Quartier* Gauthier mit Christopher Keller zu einem späten Mittagessen. Keller entdeckte kein Anzeichen für eine Überwachung durch die DST oder sonst wen. Eli Lavon, der Michail und Martel mit demselben Auftrag gefolgt war, berichtete das Gleiche.

Am Spätnachmittag, als Gabriels Laune sich einem Tiefpunkt näherte, kam es zu einer weiteren Krise wegen der Dschinnen. Hamid hatte in Dinas Schlafzimmer ein offenes Fenster entdeckt und fürchtete nun, mehrere weitere Dämonen könnten so ins Haus gelangt sein. Jaakov gegenüber regte er wieder einen Exorzismus an. Er kannte einen Mann, der ihnen einen fairen Preis dafür machen würde – einschließlich der zu opfernden Ziege. Gabriel legte jedoch sein Veto ein und entschied, sie würden sich mit Salz, Blut und Milch begnügen und aufs Beste hoffen. Hamid war nicht überzeugt. »Wie Sie wünschen«, sagte er ernst. »Aber ich fürchte, dass die Sache schlecht ausgeht. Für uns alle.«

Um 17 Uhr war selbst Gabriel davon überzeugt, im Haus der Spione spuke es und Aischa und ihre feurigen Freunde hätten sich gegen ihn verschworen. Er schickte Natalie und Olivia an den Strand, damit sie die letzte Nachmittagssonne genießen konnten, und machte allein – unbewaffnet und ohne Bodyguards – einen Spaziergang durch die bröckelnden, schmutzigen Arkaden des alten Casablanca. Er war einige Zeit ziellos auf belebten Plätzen und verkehrsreichen Boulevards unterwegs, bis er ein Café fand, in dem die meisten Gäste westliche Kleidung trugen. An einem Tisch in der dunkelsten Ecke des Raums saßen drei Amerikaner, zwei junge Männer und ein Mädchen.

Auf Französisch bestellte er einen Café noir. Zu spät fiel ihm ein, dass er keine marokkanischen Dirham hatte. Aber das schadete nichts, der Kellner nahm auch sehr gern Euro. Draußen schwoll der Verkehrslärm bedrückend an. Er übertönte den Fernseher über der Theke und die leise Unterhaltung der drei Amerikaner. Um 18.12 Uhr vibrierte Gabriels Smartphone. Im nächsten Augenblick las er die Nachricht und lächelte zufrieden. Mohammad Bakkar hatte Jean-Luc Martel für den nächsten Abend zu einem Gespräch nach Fès eingeladen.

Bevor Gabriel sein Handy wieder einsteckte, schickte er Adrian Carter in Langley eine kurze Textnachricht. Dann bestellte er sich noch einen Café noir und trank ihn wie ein Mann, der alle Zeit der Welt hat.

49

FÈS, MAROKKO

Am folgenden Tag stand Christopher Keller wenige Minuten vor Mittag vor dem Hoteleingang und beobachtete, wie Pagen ihr Gepäck in Autos luden. Wenig später trat Martel, von Michail, Natalie und Olivia gefolgt, ins Freie. Er brachte die quittierte Hotelrechnung mit, die er Keller übergab.

»Geben Sie die Ihren Leuten. Sagen Sie ihnen, dass ich eine volle Rückerstattung erwarte.«

»Ich kümmere mich gleich darum.«

Keller ließ die Rechnung in den nächsten Abfallkorb segeln und stieg hinten in den ersten Mercedes ein. Martel setzte sich neben ihn, während die anderen in der zweiten Limousine Platz nahmen. Sie fuhren die Küste entlang nach Rabat, wo sie ins Landesinnere abbogen und durch Haine aus Korkeichen zu den Ausläufern des Mittleren Atlas weiterfuhren. Im Frühjahr wären die Hügel nach einem regenreichen Winter grün gewesen, aber jetzt waren sie braun und trocken. An den Hängen gediehen Oliven, und in den Tälern lagen bewässerte Felder. Martel starrte missmutig aus seinem Fenster, während Keller die E-Mails, Textnachrichten und Anrufe kontrollierte, die auf dem Smartphone des Franzosen eingingen. Mit seiner Hilfe beantwortete er die Mitteilungen, die eine sofortige Antwort erforderten. Alle anderen ignorierte er. Sogar Jean-Luc Martel, fand er, brauchte gelegentlich eine Auszeit.

Auf Anweisung Gabriels machten sie in Meknès, der kleinsten der vier marokkanischen Königsstädte, eine Mittagspause. Dort stellte Eli Lavon eindeutig fest, dass sie von einem Marokkaner Ende dreißig mit Pilotenbrille und amerikanischer Basecap beobachtet wurden. Nach dem Lunch folgte dieser

Mann ihnen zu den römischen Ruinen von Volubilis, die sie in der größten Nachmittagshitze besichtigten. Während Lavon vorgab, den Caracalla-Bogen zu bewundern, machte er ein Handyfoto von dem Mann, und übermittelte es Gabriel in dem sicheren Haus in Casablanca. Gabriel schickte es seinerseits Christopher Keller, der es Martel zeigte, als sie wieder im Auto saßen.

»Erkennen Sie ihn?«

»Vielleicht.«

»Was soll das heißen?«

»Dass ich ihn vielleicht schon mal gesehen habe.«

»Wo?«

»Letzten Dezember bei dem Treffen im Rif-Gebirge. Nach den Anschlägen in Washington.«

»Mit wem war er dort? Bakkar?«

»Nein«, sagte Martel. »Er war mit Khalil zusammen.«

Es war schon kurz vor 18 Uhr, als sie die Ville Nouvelle von Fès erreichten: das von den Franzosen erbaute ehemalige Europäerviertel, das sich zu einer modernen arabischen Stadt entwickelt hatte. Ihr nächstes Hotel, das Palais Faraj, lag am Rand der alten Medina und war ein Labyrinth mit farbig gefliesten Fußböden und kühlen dunklen Korridoren. Der Hotelbesitzer hatte Martel und Olivia automatisch in der Suite Royale untergebracht. Keller bekam das kleinere Zimmer daneben; Michail und Natalie hatten eine Suite auf demselben Flur. Die beiden nahmen Olivia zu einem Besuch der Suks der Medina mit, während Martel und Keller auf der Privatterrasse der Suite Royale saßen und darauf warteten, dass das Telefon klingelte. Die Luft war still und heiß. Sie roch nach Holzrauch und schwach nach den synthetischen Gerbstoffen der Gerbereien in der Nähe.

»Wie lange wird er uns warten lassen?«, fragte Keller.

»Kommt darauf an.«

»Worauf?«

»Auf seine Laune, denke ich. Manchmal ruft er gleich an. Und manchmal …«

»Was?«

»Ändert er seine Meinung.«

»Weiß er, dass wir hier sind«

»Mohammad Bakkar«, antwortete Martel, »weiß alles.«

Als weitere zwanzig Minuten ohne einen Anruf verstrichen waren, stand Martel ruckartig auf. »Ich brauche einen Drink.«

»Lassen Sie sich einen vom Zimmerservice bringen.«

»Oben gibt es eine Bar«, sagte Martel und war zur Tür unterwegs, bevor Keller protestieren konnte. Auf dem Flur drückte er den Rufknopf des Aufzugs und nahm dann sofort die Treppe, als die Kabine nicht heraufkam. Die schummrige kleine Bar mit schöner Aussicht über die Dächer der Medina lag im obersten Stock. Martel bestellte die teuerste Flasche Chablis auf der Weinkarte.

»Wollen Sie wirklich keinen Schluck?«, fragte Martel und hielt sein Glas mit Kennermiene ins Licht.

Keller schüttelte dankend den Kopf und nahm einen Schluck von seinem Kaffee.

»Kein Alkohol im Dienst?«

»Oder so ähnlich.«

»Ich weiß nicht, wie Sie das durchhalten. Sie haben tagelang nicht mehr geschlafen. Aber daran gewöhnt man sich in Ihrem Beruf vermutlich«, fügte Martel nachdenklich hinzu. »Als Spion, meine ich.«

Keller sah kurz zu dem Barkeeper hinüber. Ansonsten war der Raum leer.

»Waren Sie schon immer ein Spion?«, fragte Martel.

»Waren Sie schon immer ein Drogenhändler?«

»Ich war *nie* ein Drogenhändler.«

»Ah, richtig«, sagte Keller. »Orangen.«

Martel betrachtete ihn über den Rand seines Weinglases hinweg. »Ich habe den Eindruck, dass Sie längere Zeit beim Militär waren.«

»Ich bin nicht der Soldatentyp. Blinder Gehorsam war nie mein Fall. Und ich bin kein guter Teamplayer.«

»Dann waren Sie vielleicht eine spezielle Art Soldat. Zum Beispiel beim SAS. Oder sollte ich ›im Regiment‹ sagen? Ist das nicht die Bezeichnung, die Ihre Kameraden und Sie benützen?«

»Keine Ahnung.«

»Bullshit«, sagte Martel gelassen.

Keller grinste, damit der Barkeeper glaubte, der Franzose habe einen Scherz gemacht, und sah aus dem Fenster. Die alte Medina lag in der Abenddämmerung, aber die Berggipfel waren noch rosig angehaucht.

»Sie sollten auf Ihre Ausdrucksweise achten, Jean-Luc. Der Junge hinter der Theke könnte Anstoß nehmen.«

»Ich kenne die Marokkaner besser als Sie. Und ich erkenne einen früheren SAS, wenn ich ihn sehe. In meine Hotels und Restaurants kommt jeden Abend irgendein reicher Brite mit einem privaten Leibwächter. Und die sind unweigerlich ehemalige SAS-Leute. Vermutlich ist's besser, ein Spion als ein Laufbursche für einen Londoner Börsenmakler zu sein, der bedeutend wirken möchte.«

In diesem Augenblick kamen Jossi Gavisch und Rimona Stern herein und setzten sich an einen der niedrigen Tische im Hintergrund des Raums.

»Ihre Freunde aus Saint-Tropez«, sagte Martell. »Sollen wir sie an unseren Tisch bitten?«

»Kommen Sie, wir nehmen die Flasche mit hinunter.«

»Noch nicht«, widersprach Martell. »Die Aussicht von hier oben bei Sonnenuntergang hat mir schon immer gefallen. Die

Stadt gehört zum Weltkulturerbe, wussten Sie das? Und trotzdem würden die meisten Leute, die hier unten wohnen, ihren zerfallenden *Riad* oder *Dar* liebend gern einem Ausländer andrehen, um in eine schöne moderne Wohnung in der Ville Nouvelle ziehen zu können. Eigentlich eine Schande. Sie wissen nicht, wie gut sie's haben. Manchmal ist das alte Leben besser als ein erträumtes neues.«

»Ersparen Sie mir Ihre Küchenphilosophie«, sagte Keller abwehrend.

Rimona lachte über etwas, das Jossi gesagt hatte. Keller checkte Martels eingehende E-Mails und Textnachrichten, während der Franzose weiter die in der Abenddämmerung versinkende Medina betrachtete.

»Sie sprechen sehr gut Französisch«, sagte Martel einige Augenblicke später.

»Ich kann Ihnen nicht sagen, wie viel mir Ihr Kompliment bedeutet, Jean-Luc.«

»Wo haben Sie's gelernt?«

»Meine Mutter war Französin. In den Schulferien war ich oft in Frankreich.«

»Wo denn?«

»Vor allem in der Normandie, aber auch in Paris und im Süden.«

»Überall, nur nicht auf Korsika.«

Danach herrschte Schweigen, bis Martel wieder das Wort ergriff.

»Vor vielen Jahren, als ich noch in Marseille war, hat es Gerüchte gegeben, ein Engländer arbeite als Berufskiller für die Orsatis. Angeblich ein früherer SAS-Angehöriger, der desertiert war.« Martel machte eine Pause, dann fügte er hinzu: »Ein Feigling.«

»Klingt nach einer Vorlage für einen Spionageroman.«

»Die Wahrheit ist oft seltsamer als jede Erfindung.« Martel

beobachtete Keller weiter scharf. »Woher haben Sie von René Devereaux gewusst?«

»Von Devereaux weiß jeder.«

»Auf dem Tonband war Ihre Stimme zu hören.«

»Glauben Sie?«

»Ich mag gar nicht daran denken, was Sie mit ihm angestellt haben, um ihn zum Reden zu bringen. Aber Sie müssen eine weitere Quelle haben«, fügte Martel hinzu. »Jemanden, der von meiner Verbindung mit René gewusst hat. Jemanden aus meiner nächsten Umgebung.«

»Wir haben keine Quelle gebraucht. Wir haben Ihre Telefongespräche abgehört und Ihre Mails mitgelesen.«

»Aus denen hätten Sie nicht viel erfahren.« Martel lächelte kalt. »Dazu war nur etwas Geld nötig, denke ich. So habe ich sie damals auch gekauft. Olivia liebt Geld.«

»Sie hat nichts mit alledem zu schaffen.«

Martel winkte ungläubig ab. »Darf sie sie behalten?«

»Was behalten?«

»Die fünfzig Millionen, die Sie ihr für diese Gemälde gezahlt haben. Die fünfzig Millionen, für die sie mich verraten hat.«

»Trinken Sie Ihren Wein, Jean-Luc. Genießen Sie die Aussicht.«

»Fünfzig Millionen sind viel Geld«, sagte Martel. »Er muss sehr wichtig für Sie sein, dieser Iraker, der sich Khalil nennt.«

»Stimmt.«

»Und wenn er sich blicken lässt? Was passiert dann?«

»Genau das«, sagte Keller ruhig, »was Ihnen passiert, wenn Sie's wagen, Olivia auch nur anzurühren.«

Martel schien von dieser Drohung nicht beeindruckt zu sein. »Vielleicht sollte mal jemand rangehen«, sagte er.

Keller sah auf das blinkende Smartphone hinunter, das auf dem niedrigen Tischchen zwischen ihnen lag. Er las die Anrufernummer auf dem Display, bevor er das Gerät Martel gab.

Das Gespräch in einer Mischung aus Französisch und marokkanischem Arabisch war kurz. Martel beendete es und gab sein Handy wieder ab.

»Nun?«, fragte Keller.

»Mohammad hat den Plan geändert.«

»Wann treffen Sie sich mit ihm?«

»Morgen Abend. Aber nicht nur ich«, sagte Martel. »Wir sind alle eingeladen.«

50

CASABLANCA, MAROKKO

Christopher Keller war nicht der Einzige, der Jean-Luc Martels Smartphone überwachte. In dem sicheren Haus in Casablanca hörte auch Gabriel jedes Gespräch ab, las alle Nachrichten mit. Er hatte den ganzen Nachmittag lang zugehört und die vielen Textnachrichten und E-Mails gelesen. Und um 19.15 an diesem Abend hatte er das kurze Gespräch zwischen Martel und einem Unbekannten mitgehört, der sich nicht die Mühe machte, seinen Namen zu nennen. Er hörte sich die Aufzeichnung des Gesprächs dreimal vom Anfang bis zum Ende an. Dann stellte er als Uhrzeit 19:16:13 ein und berührte das PLAY-Symbol.

»Mohammad und sein Partner möchten Ihre Freunde kennenlernen. Vor allem einen Freund.«

»Welchen?«

»Den großen Blassen. Den mit der schönen französischen Frau und dem vielen Geld. Er ist Russe, nicht wahr? Und handelt mit Waffen?«

»Woher haben Sie das?«

»Unwichtig.«

»Wieso wollen Sie ihn kennenlernen?«

»Um ihm ein Geschäft vorzuschlagen. Glauben Sie, dass Ihr Freund interessiert wäre? Sagen Sie ihm, dass der Deal garantiert lohnend wäre.«

Gabriel drückte auf PAUSE und sah zu Jaakov Rossman hinüber. »Wie können Mohammad Bakkar und sein Partner rausbekommen haben, womit Dmitri Antonow sein Geld wirklich verdient?«

»Vielleicht haben sie dieselben Gerüchte gehört wie Jean-Luc Martel. Die von uns ausgestreuten Gerüchte haben sich von London nach New York und bis nach Südfrankreich verbreitet.«

»Und das vorgeschlagene Geschäft?«

»Ich bezweifle, dass es dabei um Haschisch geht.«

»Oder Orangen«, sagte Gabriel. Dann sagte er: »Ich habe den Eindruck, dass vor allem Mohammads Partner scharf darauf ist, Dmitri kennenzulernen. Aber warum?«

»Können wir voraussetzen, dass Mohammads sogenannter Partner Saladin ist?«

»Von mir aus.«

»Vielleicht will er Waffen kaufen. Oder vielleicht interessiert er sich für radioaktives Material aus Russland als Ersatz für das in Genua beschlagnahmte Cäsiumchlorid.«

»Oder vielleicht will er ihn umlegen.« Gabriel machte eine kleine Pause, bevor er hinzufügte: »Und seine schöne französische Frau.«

Er berührte das PLAY-Symbol.

»Wo?«

»Sie fahren nach Süden, nach Erfoud …«

»Erfoud? Das ist …«

»In dieser Jahreszeit eine ungefähr siebenstündige Fahrt. Mohammad stellt Ihnen für das letzte Teilstück zwei Geländewagen. Mit Ihren Mercedes-Limousinen kommen Sie dort unten nicht weit.«

»Und unser Ziel?«

»Ein Lager in der Sahara. Ziemlich luxuriös. Sie treffen gegen Sonnenuntergang ein. Das Personal bereitet ein traditionelles marokkanisches Mahl für Sie zu. Sehr nett. Mohammad kommt nach Einbruch der Dunkelheit.«

Gabriel hielt die Aufnahme erneut an.

»Ein Camp am Rand der Wüste. Sehr traditionell, sehr nett.«

»Und sehr einsam«, sagte Jaakov.

»Vielleicht hat Saladin sich das auch überlegt.«

»Glaubst du, dass wir enttarnt sind?«

»Ich werde dafür bezahlt, dass ich mir Sorgen mache, Jaakov.«»

»Verdächtigst du jemanden?«

»Nur eine Person.«

Gabriel rief eine neue Audiodatei auf, gab eine andere Zeit ein und berührte das PLAY-Symbol.

»Sie sprechen sehr gut Französisch.«

»Ich kann Ihnen nicht sagen, wie viel mir Ihr Kompliment bedeutet, Jean-Luc.«

»Wo haben Sie's gelernt?«

»Meine Mutter war Französin. In den Schulferien war ich oft in Frankreich.«

»Wo denn?«

»Vor allem in der Normandie, aber auch in Paris und im Süden.«

»Überall, nur nicht auf Korsika.«

Gabriel hielt die Aufzeichnung an.

»Dass er diese Verbindung irgendwann herstellen würde, war unvermeidlich«, stellte Jaakov fest. »Die beiden stammen aus derselben Welt. Sie sind zwei Seiten einer Medaille.«

»Keller hat nie etwas mit Drogenhandel zu tun gehabt.«

»Nein«, sagte Jaakov naserümpfend. »Er war nur ein Berufskiller.«

»Ich glaube, dass ein Mensch sich ändern kann.«

»Wir wollen's hoffen.«

Gabriel berührte stirnrunzelnd das PLAY-Symbol.

»Aber Sie müssen eine weitere Quelle haben. Jemanden, der von meiner Verbindung mit René gewusst hat. Jemanden aus meiner nächsten Umgebung.«

»Wir haben keine Quelle gebraucht. Wir haben Ihre Telefongespräche abgehört und Ihre Mails mitgelesen.«

»Aus denen hätten Sie nicht viel erfahren. Dazu war nur etwas Geld nötig, denke ich. So habe ich sie damals auch gekauft. Olivia liebt Geld.«

Gabriel hielt die Aufnahme nochmals an.

»Auch diese Verbindung hat er irgendwann herstellen müssen«, sagte Jaakov.

Im Haus der Spione herrschte Schweigen, aber in der Suite Royale im Palais Faraj stritten Gabriels Leute jetzt darüber, ob sie im Hotel zu Abend essen oder in ein Restaurant in der Medina gehen sollten. Das taten sie wie gelangweilte, sehr reiche Leute. Ihre Vorstellung war so überzeugend, dass selbst ihr Schöpfer Gabriel nicht sagen konnte, ob dieser Streit echt oder für die marokkanische DST inszeniert war, die bestimmt auch mithörte.

»Vielleicht haben wir Martel verloren«, sagte Gabriel zuletzt. »Wer weiß? Vielleicht haben wir ihn nie richtig in der Hand gehabt.«

»Sprechen da wieder die Dschinnen aus dir?«

Gabriel sagte nichts.

»Wir haben ihn seit seiner Zwangsverpflichtung unter strikter Kontrolle. Er wird Tag und Nacht überwacht. Körperlich, elektronisch, virtuell. Keller schläft praktisch in seinem Zimmer. Er gehört uns mit Leib und Seele.«

»Vielleicht haben wir irgendwas übersehen.«

»Zum Beispiel?«

»Ein vereinbartes Schlüsselwort am Telefon oder irgendein anderes Signal.«

»Zeitung, keine Zeitung? Schirm, kein Schirm?«

»Genau.«

»Kein Mensch liest mehr Zeitung, und in Marokko regnet es um diese Jahreszeit nicht. Außerdem«, sagte Jaakov, »hätte Mohammad Bakkar Martel niemals herkommen lassen, wenn er ihn in Verdacht hätte, die Seiten gewechselt zu haben.«

In Fès war die Diskussion wegen des Abendessens zu einem richtigen Streit ausgeartet. Gabriel reagierte genervt und entschied die Frage mit einer knappen Textnachricht an Michail. JLM und seine Begleiter würden an diesem Abend im Hotel essen.

»Kluge Entscheidung«, sagte Jaakov. »Sie sollten lieber früh ins Bett gehen. Morgen wird bestimmt ein langer Tag.«

Gabriel äußerte sich nicht dazu.

»Du denkst nicht etwa daran, das Unternehmen abzubrechen?«

»Natürlich tue ich das.«

»Dafür ist die Sache schon zu weit gediehen«, wandte Jaakov ein. »Schick sie zu dieser Besprechung in das Lager in der Wüste. Sie sollen Saladin identifizieren, ihn als Ziel deklarieren. Und wenn er wegfährt, können die Amerikaner ihn mit einer Lenkwaffe in seinem SUV in Rauch aufgehen lassen.«

»Klingt alles sehr einfach.«

»Es *ist* einfach. Die Amerikaner tun's jeden Tag.«

Gabriel sagte nichts.

»Was hast du also vor?«, fragte Jaakov.

Gabriel streckte eine Hand aus, berührte wieder das PLAY-Symbol.

»Sie treffen gegen Sonnenuntergang ein. Das Personal bereitet ein traditionelles marokkanisches Mahl für Sie zu. Sehr nett. Mohammad kommt nach Einbruch der Dunkelheit …«

51

FÈS, MAROKKO

Natalie wachte schweißgebadet in grellem Sonnenlicht auf. Als sie mit zusammengekniffenen Augen den durchs Fenster sichtbaren Himmelsausschnitt betrachtete, wusste sie nicht gleich, wo sie war. War sie in Fès, Casablanca oder Saint-Tropez? Oder wieder in dem großen Haus außerhalb von Mossul mit den vielen Zimmern und Innenhöfen? *Sie sind mein Maimonides …* Sie drehte sich um und streckte eine Hand nach der Schnur der Lamellenjalousie aus, die aber knapp außerhalb ihrer Reichweite hing. Michails Betthälfte lag noch im Schatten, und weil er nur seine Pyjamahose trug, schlief er weiter ungestört, ohne zu schwitzen.

Sie kniff die Augen zusammen, um das Sonnenlicht auszusperren, und versuchte, die Fragmente des letzten Traums dieser Nacht zusammenzusetzen. Sie war durch einen Park mit Ruinen gegangen – mit römischen Ruinen, dessen war sie sich sicher. Nicht die Ruinen von Volubilis, die sie gestern besichtigt hatten, sondern von Palmyra in Syrien. Auch dessen war Natalie sich sicher. Sie gehörte zu den wenigen westlichen Ausländern, die Palmyra nach seiner Eroberung durch den Islamischen Staat betreten und die dort von IS-Kämpfern angerichteten Verwüstungen mit eigenen Augen gesehen hatten. In Begleitung eines ägyptischen Dschihadisten namens Ismail, der im selben Lager ausgebildet wurde, hatte sie die Ruinen im Mondschein besichtigt. Aber in ihrem Traum war ein anderer Mann an ihrer Seite gewesen. Er war groß, athletisch gebaut und hinkte leicht. Von seiner rechten Hand hing irgendein übel zugerichteter, tropfender Gegenstand herab. Erst jetzt in der Morgenhitze begriff Natalie, dass das ihr abgetrennter Kopf war.

Sie setzte sich langsam im Bett auf, um Michail nicht zu wecken, und stellte ihre Füße auf den nackten Fußboden. Die Fliesen waren heiß, als kämen sie aus dem Brennofen. Plötzlich wurde ihr übel. Sie vermutete, das komme von dem Albtraum. Oder vielleicht hatte sie gestern Abend irgendetwas, irgendeine marokkanische Spezialität gegessen, die ihr nicht bekommen war.

Jedenfalls hastete sie ins Bad hinüber, um sich zu übergeben. Danach pochte ihr Kopf von einer einsetzenden Migräne. Ausgerechnet heute! dachte Natalie resigniert. Sie nahm zwei Schmerztabletten mit einem Glas Wasser ein und duschte mehrere Minuten lang nur lauwarm. Danach ging sie in ihrem dünnen Frotteebademantel ins Wohnzimmer und ließ sich von dem Nespresso-Automaten einen starken Kaffee machen. Madame Sophies Zigaretten lagen verlockend auf einem niedrigen Beistelltisch. Sie rauchte eine, weil das zu ihrer Legende gehörte, wie sie sich einredete. Die Migräne wurde davon nicht besser.

Sie sind sehr tapfer, Maimonides. Tapferer, als gut für Sie ist …

Wenn's nur so wäre, dachte sie. Wie viele Menschen könnten noch leben, wenn sie den Mut gehabt hätte, ihn sterben zu lassen? Washington, London, Paris, Amsterdam, Antwerpen, Berlin und anderswo. Ja, die Amerikaner wollten ihn. Aber Natalie wollte ihn ebenfalls.

Sie betrat den begehbaren Kleiderschrank. Ihre Sachen für diesen Tag lagen sorgfältig zusammengelegt in einem Regalfach. Ansonsten waren Michails Koffer und ihre gepackt. Ihr angebliches Luxusgepäck war ebenso eine Fälschung wie Dmitri Antonow. Der kleinste Koffer hatte einen doppelten Boden. In diesem Geheimfach lagen eine Beretta 92FS, zwei volle 9-mm-Magazine und ein Schalldämpfer.

Nachdem Natalie in den Dienst eingetreten war, hatte

Michail ihre Schießausbildung übernommen. Auf dem Boden des Kleiderschranks kauernd schraubte sie jetzt rasch den Schalldämpfer aus Aluminium auf die Pistole, schob eines der Magazine in den Griff und lud die Waffe durch. Dann hob sie die Beretta mit beiden Händen, wie sie es von Michail gelernt hatte, und zielte auf den Mann, der ihren abgetrennten Kopf in der Hand hielt.

Nur zu, Maimonides, mach mich zum Lügner …

»Was machst du?«, fragte eine Stimme hinter ihr.

Natalie warf sich erschrocken herum, zielte mit der Pistole auf Michails Brust. Sie atmete schwer, und der Griff der Beretta in ihren zitternden Händen war feucht. Michail trat auf sie zu und drückte den Lauf der 92FS langsam sanft nach unten. Natalie ließ die Waffe los und sah dann zu, wie er die Pistole rasch wieder in dem Geheimfach des gefälschten Koffers verstaute.

»Wer bist du?«, flüsterte er ihr auf Englisch mit russischem Akzent ins Ohr.

»Sophie Antonow«, antwortete sie ausdruckslos.

»Was hat dich nach Marokko geführt?«

»Mein Mann verhandelt hier mit Jean-Luc Martel wegen eines Geschäfts.«

»In welcher Branche ist dein Mann tätig?«

»Früher hat er mit Rohstoffen gehandelt. Heute ist er Investor.«

»Und Jean-Luc Martel?«

Natalie gab keine Antwort. Sie fröstelte auf einmal.

»Willst du mir nicht erklären, was das alles zu bedeuten hatte?«

»Albträume.«

»Was für Albträume?«

Sie schilderte sie ihm.

»Das war nur ein Traum.«

»Einmal wär's fast so weit gewesen.«

»Das passiert nicht wieder.«

»Das weißt du nicht«, sagte sie. »Du weißt nicht, wie gut er ist.«

»Wir sind besser.«

»Sind wir das wirklich?«

Danach entstand eine Pause.

»Schick Gabriel eine Nachricht«, verlangte Natalie flüsternd. »Melde ihm, dass ich's nicht schaffe. Sag ihm, dass ich seine Nähe nicht ertragen kann. Dass ich fürchte, ich könnte das ganze Unternehmen zu Fall bringen.«

»Nein«, sagte Michail, »ich denke nicht daran, das zu melden.«

»Warum nicht?«

»Weil du die Einzige bist, die ihn identifizieren kann.«

»Du hast ihn auch gesehen – in diesem Restaurant in Georgetown.«

»Tatsächlich«, antwortete Michail, »habe ich versucht, ihn möglichst nicht zu sehen. Ich kann mich kaum an sein Gesicht erinnern.«

»Was ist mit dem Überwachungsvideo aus dem Hotel Four Seasons?«

»Nicht gut genug.«

»Ich darf mich nicht in seine Nähe wagen«, sagte sie nach kurzer Pause. »Er würde mich sofort erkennen. Wie denn auch nicht? Schließlich habe ich ihm das Leben gerettet.«

»Ja«, bestätigte Michail. »Und jetzt hilfst du uns, ihn zu liquidieren.«

Er zog sie mit sich ins Bett und tat sein Bestes, um sie den Albtraum vergessen zu machen. Anschließend duschten sie und zogen sich an. Natalie verbrachte ungewöhnlich viel Zeit vor dem Spiegel, bis sie mit ihrer Frisur zufrieden war.

»Wie sehe ich aus?«, fragte sie.

»Wie eine Jüdin aus Marseille«, sagte Michail lächelnd.

Oben war das Personal schon dabei, das Frühstücksbüfett abzubauen. Bei Toast und Kaffee las Michail die Tageszeitungen, während Natalie scheinbar gelangweilt das Chaos der Medina unter ihnen betrachtete. Kurz vor elf Uhr gingen sie in die Hotelhalle hinunter, wo Martel und Christopher Keller gerade zahlten. Olivia sah zu, wie zwei Pagen das Gepäck der Reisegruppe in den beiden Mercedes verstauten.

»Gut geschlafen?«, fragte sie.

»Niemals besser«, behauptete Natalie.

Sie stieg hinten rechts in den zweiten Wagen ein. Vor ihr im Glas spiegelte sich ein ihr unbekanntes Gesicht.

Maimonides … Wie schön, dich wiederzusehen …

52

LANGLEY, VIRGINIA

Das Zentrum für Terrorismusabwehr war früher in einem einzigen Raum an Korridor F im fünften Stock der CIA-Zentrale untergebracht gewesen. Mit seinen Bildschirmen und klingelnden Telefonen und Aktenstapeln hatte es wie die Nachrichtenredaktion einer konkursverdächtigen großen Tageszeitung ausgesehen. Sein Personal arbeitete in kleinen Teams, die auf spezifische Ziele angesetzt wurden: die Rote-Armee-Fraktion, die Irisch-Republikanische Armee, die PLO, Abu Nidal, Hisbollah. Außerdem konzentrierte ein im Jahr 1996 aufgestelltes Team sich auf einen wenig bekannten saudischen Extremisten namens Osama bin Laden und seine im Aufbau begriffene islamische Terrororganisation.

Logischerweise war das Zentrum für Terrorismusabwehr nach dem 11. September stark gewachsen. Jetzt beanspruchte es über zweitausend Quadratmeter in bester Lage im Erdgeschoss des New Headquarter Buildings mit eigenem Zugang und gesonderten Personenkontrollen. Aus Sicherheitsgründen wurde der Name seines Direktors nicht mehr bekannt gegeben, sodass die Öffentlichkeit und die übrige CIA ihn nur als »Roger« kannten. Kyle Taylor gefiel dieser Name. Kein Mensch fürchtete einen Mann namens Kyle, rechnete er sich aus. Aber Roger war eine Angst einflößende Gestalt – vor allem wenn er eine Flotte bewaffneter Drohnen kommandierte und jeden Mann ausradieren konnte, der sich zur falschen Zeit am falschen Ort aufhielt.

Uzi Navot hatte Kyle Taylor vor zehn Jahren kennengelernt, als der Amerikaner zum Personal der CIA-Station London gehört hatte. Die beiden hatten sich augenblicklich nicht leiden können. Für Navot war Taylor, der keine einzige Fremdsprache beherrschte und deshalb nicht als Feldagent eingesetzt werden konnte, kaum mehr als ein Indoor-Spion und ein Schreibtischkrieger. Und Taylor, der für den Dienst und Israel die traditionelle CIA-Antipathie empfand, schätzte Navot als intrigant und nicht vertrauenswürdig ein. Ansonsten kamen sie bestens miteinander aus.

»Ihr erster Besuch im Zentrum?«, fragte Taylor, als er Navot durch die Sicherheitskontrolle lotste.

»Nein. Aber ich war schon länger nicht mehr hier.«

»Seit Ihrem letzten Besuch sind wir vermutlich gewachsen. Das mussten wir. An jedem beliebigen Tag sind wir in Afghanistan, Pakistan, dem Jemen, Syrien, Somalia und Libyen im Einsatz.«

Er redete wie ein Vertreter, der das beispiellose Wachstum seines Unternehmens im dritten Quartal anpreist. »Und jetzt auch in Marokko«, sagte Navot ruhig, um Taylor etwas anzustacheln.

»Weil des Unternehmen politisch so sensibel ist, wissen nur sehr wenige Leute in diesem Gebäude davon. Selbst hier im Zentrum«, fügte Taylor hinzu. »Zugang haben nur handverlesene Mitarbeiter. Wir benutzen eine unserer kleinen Kommandozentralen. So bleibt das Unternehmen völlig unsichtbar.«

Er führte Navot einen Flur mit nummerierten Türen entlang, hinter denen gesichtslose Analysten und Operatoren Terroristen und Verschwörer in aller Welt verfolgten. An seinem Ende führte eine kurze Wendeltreppe aus Stahl zu einer weiteren Kontrollstelle hinauf, die Taylor und Navot unbehelligt passieren durften. Vor sich hatten sie ein schlecht beleuchtetes Foyer mit einer elektronisch gesicherten Tür. Taylor gab fingerfertig den Zugangscode ein und starrte dann ins Objektiv der biometrischen Gesichtserkennung. Nach einigen Sekunden sprang die Tür mit einem Klicken auf.

»Willkommen im Schwarzen Loch«, sagte er und führte den Besucher hinein. »Die anderen sind schon da.« Taylor stellte Navot Graham Seymour vor, als habe er vergessen, dass die beiden sich gut kannten, was aber auch Absicht sein konnte, und machte ihn mit Paul Rousseau bekannt. »Und Adrian kennen Sie natürlich.«

»Sogar sehr gut«, sagte Navot, während er Carter die Hand schüttelte. »Wie unsere Narben beweisen, sind Adrian und ich alte Kriegskameraden.«

Navots Augen brauchten einige Sekunden, um sich an das hier herrschende Halbdunkel zu gewöhnen. Draußen zog ein bestimmt wieder drückend heißer Sommertag auf, aber in diesem geheimen Operationsraum tief im Inneren der CIA-Zentrale herrschte ewige Nacht. An Konsolen entlang der Wände saßen einige Techniker, deren jugendliche Gesichter von ihren Bildschirmen erhellt wurden. Zwei von ihnen trugen Pilotenoveralls und »flogen« die beiden Drohnen, die jetzt ohne Wissen der dortigen Regierung über dem Osten Marokkos schwebten. Über die Videowand flimmerten Aufnahmen der hochauflösenden Drohnenkameras. Die Predator mit ihren beiden Luft-Boden-Raketen vom Typ Hellfire stand bereits über Erfoud. Aber die Stealth-Drohne Sentinel befand sich südöstlich von Fès, damit ihre Kamera das Palais Faraj ungehindert erfassen konnte. Navot beobachtete, wie Christopher Keller und Jean-Luc Martel das Hotel verließen. Sekunden später rollten die Mercedes-Limousinen aus dem Tor und bogen in Richtung Gebirge nach Süden ab.

Navot setzte sich neben Graham Seymour. Kyle Taylor hatte Adrian Carter in eine Ecke gezogen, um sich flüsternd mit ihm zu beraten. Wie nervös die beiden waren, war unübersehbar.

»Irgendeine Idee, wer die Show leitet?«, fragte Navot.

»Vorerst«, antwortete Seymour, »würde ich sagen, dass Gabriel alle Trümpfe in der Hand hält.«

»Wie lange noch?«

»Bis Saladin sich sehen lässt. Wenn's dazu kommt«, fügte Seymour hinzu, »werden die Karten neu gemischt.«

Der Verkehr in der Ville Nouvelle war ein Albtraum. Selbst im alten Fès schien es kein Entkommen vor diesem Chaos zu geben. Zuletzt blieben die Gewerbegebiete auf beiden Seiten der Straße zurück und wurden durch kleine Felder und neue Apartmentgebäude ersetzt. Die vorzeitig gealtert wirkenden Neubauten waren unweigerlich dreigeschossig mit Einbaugaragen im Erdgeschoss. Die meisten Garagen waren in winzige Läden oder Lokale umgewandelt worden oder dienten als Viehställe. Schafe und Ziegen weideten zwischen frisch gepflanzten Olivenbäumen. Überall im Schatten hockten Familien, die sich Lunchpakete teilten.

Zum Mittleren Atlas hin stieg das Land allmählich an, und die Olivenhaine wichen dichten Beständen von Johannisbrotbäumen, einzeln wachsenden Arganbäumen und Aleppo-Pinien. Hoch im Himmelsblau kreisten Adler, die Ausschau nach Schakalen hielten. Und über den Adlern, sagte Keller sich, kreisen die Drohnen auf der Suche nach Saladin.

Der erste größere Ort auf ihrer Route war Imouzzer des Ida-Outanane. In dieser von den Franzosen erbauten Stadt lebten etwa dreizehntausend Berber des prominenten Stammes der *Ida Ou Tanane*, die ihren einheimischen Dialekt sprachen. Hier war die Luft merklich kühler – sie befanden sich in über zwölfhundert Metern Höhe –, und in den Suks und den nur von Männern bevölkerten Cafés herrschte reges Treiben. Keller betrachtete die Gesichter der Jungen und Alten eindringlich. Sie unterschieden sich merklich von den Gesichtern, die er aus Casablanca und Fès kannte. Europäische Züge, helleres Haar, hellerer Teint und hellere Augen. Als hätte man eine unsichtbare Grenze überquert.

Im nächsten Augenblick vibrierte Kellers Smartphone, als eine Nachricht einging. Nachdem er sie gelesen hatte, sah er zu Martel hinüber.

»Unsere Freunde haben den Eindruck, dass wir wieder beschattet werden. Vermutlich von dem Mann, der uns schon gestern durch Meknès und Volubilis verfolgt hat. Sie möchten, dass wir ihn besser fotografieren.

»Was haben Sie also vor?«

Keller wies ihren Fahrer an, bei einem Kiosk am jenseitigen Stadtrand zu halten. Der zweite Mercedes mit Michail, Natalie und Olivia Watson hielt hinter ihnen. Das tat auch ein staubiger Renault. Im Außenspiegel konnte Keller den Beifahrer sehen – kurz geschnittenes schwarzes Haar, breites Gesicht, Sonnenbrille, amerikanisches Baseballcap –, aber der Fahrer blieb für ihn verdeckt.

»Holen Sie uns ein paar Flaschen Wasser«, forderte er Martel auf.

»Dies ist das berüchtigtste Viertel der Stadt.«

»Ich bin sicher, dass Sie sich notfalls selbst verteidigen können.«

Martel stieg aus und ging zu dem Kiosk hinüber. Im Außenspiegel beobachtete Keller, dass der Beifahrer des Renaults ebenfalls ausstieg. Er fotografierte den Mann durch die dunkel getönte Heckscheibe, als er hinter dem Mercedes vorbeiging. Das Ergebnis war ein wertloses unscharfes Profilbild. Aber als der Mann wenig später zu dem Renault zurückging, machte Keller durch das einen Spaltbreit geöffnete Seitenfenster eine bessere Aufnahme von seinem Gesicht. Die zeigte er Martel, als der Franzose mit zwei mit Wassertropfen bedeckten kalten Flaschen Mineralwasser der Marke Sidi ali zurückkam.

»Ja, das ist er«, sagte Martel. »Das ist der Mann, den ich letztes Jahr im Rif-Gebirge mit Khalil gesehen habe.«

Als der Wagen wieder anfuhr, schickte Keller die Aufnahme

ins Operationszentrum Casablanca. Dann sah er nochmals in den Außenspiegel. Der zweite Mercedes war direkt hinter ihnen. Und in einigem Abstand folgte ihm der mit zwei Männern besetzte staubige Renault.

Der langjährigen und manchmal kontrovers beurteilten Zusammenarbeit zwischen CIA und marokkanischer DST verdankte Langley den Zugang zu Marokkos langer Liste von bekannten Dschihadisten und Mitläufern. Deshalb brauchten die Analysten des Zentrums für Terrorabwehr nur wenige Minuten, um den von Keller fotografierten Mann zu identifizieren. Er war Nazir Bensaïd, der als Mitglied der marokkanischen Salafia Dschihadia nach den Selbstmordanschlägen des Jahres 2003 in Casablanca inhaftiert worden war. Nach seiner Freilassung im Jahr 2012 war Bensaïd über die Türkei ins IS-Kalifat gelangt. Die marokkanischen Behörden vermuteten ihn weiterhin dort. Das war offenbar ein Irrtum.

Auf den Bildschirmen des Schwarzen Lochs im CTC erschienen bald ein im Gefängnis gemachtes Foto von Bensaïd und eine im Jahr 2012 bei seiner Ankunft auf dem Istanbuler Atatürk Airport gemachte Aufnahme. Beide Fotos erhielt auch Gabriel, der sie an Keller weiterschickte. Und Keller bestätigte, Nazir Bensaïd sei der Mann, den er gesehen habe.

Aber was machte Nazir Bensaïd in einer von dreizehntausend Berbern bewohnten Kleinstadt im Mittleren Atlas? Und wieso folgte er jetzt Keller und den anderen in Richtung Erfoud? Denkbar war natürlich, dass er heimlich nach Marokko zurückgekehrt war, um in Mohammad Bakkars Schmuggelorganisation zu arbeiten. Wahrscheinlicher war jedoch, dass er die Interessen von Bakkars Partner wahrnahm – des hochgewachsenen Irakers, der sich Khalil nannte und deutlich hinkte.

Im Schwarzen Loch markierten Techniker den Renault und seine beiden Insassen elektronisch, während die NSA in Fort

Meade, Maryland, die von ihren Mobiltelefonen abgestrahlten Signale analysierte. Adrian Carter rief im sechsten Stock an, um CIA-Direktor Morris Payne zu informieren, der die Nachricht rasch ans Weiße Haus weitergab. Um 7.30 Uhr Ortszeit traten der Präsident und sein National Security Team im dortigen Lageraum zusammen, um die Videoaufnahmen der beiden Drohnen zu verfolgen.

Im Haus der Spione in Casablanca beobachteten Gabriel und Jaakov Rossman die Videoaufnahmen ebenfalls, während einige Zimmer weiter die beiden Hausbesorger um Erlösung vor aus Feuer geborenen Dämonen beteten. Aus den Lautsprechern von Gabriels Laptop drang das aufgeregte Stimmengewirr im CTC in Langley. Er wünschte sich, er könnte den dortigen Optimismus teilen, aber das konnte er nicht. Das gesamte Unternehmen lag jetzt in den Händen eines Mannes, den er getäuscht und dazu erpresst hatte, seine Anweisungen auszuführen. Wir können uns unsere Agenten nicht immer aussuchen, sagte er sich selbst. Manchmal suchen sie sich uns aus.

53

ERFOUD, MAROKKO

Die zugesagten Geländewagen standen auf dem heißen, staubigen Platz vor dem Café Dakar in Erfoud bereit: zwei frisch gewaschene Toyota Land Cruiser in blendendem Weiß. Die beiden Fahrer trugen Jeans und Khakiwesten und strahlten die lächelnde Effizienz berufsmäßiger Reiseführer aus. Aber das waren sie nicht. Sie waren Mohammad Bakkars Handlanger.

Südlich von Erfoud lag die riesige Oasengruppe Tafilalet mit ihren endlosen Hainen aus Dattelpalmen – insgesamt achthunderttausend, wenn der französische Guide Michelin, den Natalie mit einer Hand umklammerte, recht hatte. Aus dem Fenster starrend erinnerte sie sich wieder an jene Nacht in Palmyra – und ihren morgendlichen Traum: *Saladin mit ihrem Kopf in der Hand in hellem Mondschein neben ihr hergehend …* Sie sah weg und merkte nun, dass Olivia, mit der sie sich den Rücksitz eines Toyotas teilte, sie aufmerksam beobachtete.

»Alles in Ordnung mit dir?«, fragte sie.

Natalie sah schweigend nach vorn. Michail saß auf dem Beifahrersitz neben dem Fahrer. Der zweite Toyota, der Keller und Jean-Luc Martel beförderte, fuhr ungefähr hundert Meter vor ihnen. Hinter ihnen war die Straße leer. Selbst der Renault, der ihnen seit Fès gefolgt war, war nirgends mehr zu sehen.

Die Palmenhaine blieben zurück, die Landschaft wurde kahl und felsig. In Rissani endete die befestigte Straße, und wenig später wurde das große Sandmeer des Erg Chebbi sichtbar. Am Südrand der Dünen lag das Dorf Chamlia, eine kleine Ansammlung aus lehmfarbenen Hütten. Natalie verfolgte ihre Fahrt auf ihrem Smartphone: Sie waren der blaue Punkt, der sich durch unbewohntes Land nach Osten in Richtung algerische Grenze bewegte. Dann fror der blaue Punkt plötzlich ein, als sie in ein Gebiet einfuhren, in dem es keinen Handyempfang mehr gab. Für genau diesen Notfall hatte Michail ein Satellitentelefon gekauft. Es lag hinter Natalie in dem Koffer mit der Beretta.

Sie fuhren noch eine halbe Stunde weiter, während die vom Wind geformten Dünen um sie herum sich bei herabsinkender Abenddämmerung ziegelrot verfärbten. Dann kamen sie an einem kleinen Lager nomadischer Berber vorbei, die am Eingang ihres schwarzen Kamelhaarzelts saßen und Teewasser kochten. Ansonsten war nirgends eine Menschenseele zu sehen. Nur die gewaltigen Dünenberge unter dem dunkler werdenden Abendhimmel. Die Leere war fast unerträglich; trotz ihrer räumlichen Nähe zu Michail und Olivia fühlte Natalie sich schmerzlich einsam. Sie scrollte durch die Fotos auf ihrem Handy, aber das waren Madame Sophies Erinnerungen, nicht ihre. Sie konnte sich kaum mehr an die Farm in Nahalal erinnern. Das Hadassah Medical Center, in dem sie früher gearbeitet hatte, war nur noch eine verblasste Erinnerung.

Endlich tauchte das Camp auf, eine Gruppe bunter Beduinenzelte in einem Einschnitt zwischen Dünen. Ein weiterer Land Cruiser war vor ihnen angekommen; er hatte das Personal gebracht, vermutete Natalie. Sie ließ zu, dass ein Träger in einer Dschellaba ihr Gepäck nahm, aber Michail, der wieder den hochmütig misstrauischen Dmitri Antonow spielte, schaffte es, sein Gepäck allein ins Lager zu tragen. Drei Zelte umstanden einen zentralen kleinen Platz; ein etwas entfernt aufgestelltes viertes Zeit enthielt Duschen und Toiletten. Auf dem mit Teppichen ausgelegten Platz gab es große Sitzkissen und lange Sofas auf beiden Seiten eines niedrigen Tisches. Auch die Zelte waren mit Teppichen ausgelegt und mit Schreibtischen und richtigen Betten möbliert. Elektrizität schien es hier nicht zu geben, nur Kerzen und ein in der Platzmitte loderndes

Feuer, das Licht und Schatten über die Flanken der Dünen laufen ließ. Natalie zählte insgesamt sechs dienstbare Geister, von denen zwei Sturmgewehre umgehängt hatten. Sie vermutete, dass auch die anderen bewaffnet waren.

Bei Sonnenuntergang kühlte die Luft merklich ab. Natalie zog in ihrem Zelt ein Sweatshirt an und ging ins Sanitärzelt hinüber, um sich vor dem Essen die Hände zu waschen. Dort gesellte Olivia sich zu ihr.

Halblaut fragte sie: »Wozu sind wir hier?«

»Um ein traditionelles marokkanisches Mahl zu genießen«, antwortete Natalie.

Olivias Blick begegnete ihrem im Spiegel. »Erzähl mir bitte, dass uns jemand beobachtet.«

»Natürlich tun sie das. Und sie hören auch mit.«

Natalie ging ohne ein weiteres Wort hinaus und fand den Tisch mit einem üppigen marokkanischen Mahl gedeckt vor. Das Personal wahrte Abstand und erschien nur gelegentlich, um ihre Gläser von hoch oben mit stark gesüßtem Minztee zu füllen. Trotzdem hielten Natalie, Michail und Christopher Keller sich weiter an ihre Legende. Sie waren Sophie und Dmitri Antonow mit ihrem Freund und Mitarbeiter Nicolas Carnot. Sie waren in diesem Sommer in Saint-Tropez sesshaft geworden und hatten nach einigen missglückten falschen Anläufen Jean-Luc Martel und seine glamouröse Lebensgefährtin Olivia Watson kennengelernt. Und jetzt, dachte Natalie, sind wir zu fünft am Ende der Welt und warten darauf, dass aus der Nacht ein Ungeheuer auftaucht.

Maimonides … Wie schön, dich wiederzusehen …

Kurz nach 21 Uhr trug das Personal das Geschirr ab. Natalie hatte kaum etwas gegessen. Sie stand auf und trat an den Rand des Platzes, um eine von Madame Sophies Gitanes zu rauchen. Sie stand genau auf der Grenze zwischen Feuerschein und Nachtdunkel. Am Rand der Welt, dachte sie. Vierzig bis fünfzig Meter von ihr entfernt hielt einer der Bewaffneten Wache in der Wüste. Er trug das weiße Gewand und den Turban eines Berbers aus dem Süden. Natalie, die vorgab, ihn nicht bemerkt zu haben, trat ihre Zigarette aus und ging in die Wüste hinaus. Der Wachposten schreckte hoch, vertrat ihr den Weg und bedeutete ihr, sie müsse ins Lager zurück.

»Aber ich möchte die Dünen sehen«, sagte sie auf Französisch.

»Das ist nicht gestattet. Sie können sie morgen früh besichtigen.«

»Nein, lieber jetzt«, antwortete sie. »Bei Nacht.«

»Das ist gefährlich.«

»Begleiten Sie mich. Dann ist's ungefährlich.«

Damit setzte sie sich erneut in Bewegung, und der Berber folgte ihr mit einigen Schritten Abstand. Sein weißes Gewand schien zu leuchten, aber das dunkle Gesicht darüber hob sich kaum von der Nacht ab. Als sie nach seinem Namen fragte, antwortete er, er heiße Azûlay – »der Mann mit den hübschen Augen«.

»Stimmt«, bestätigte sie.

Er sah verlegen weg.

»Entschuldigung«, murmelte Natalie.

Sie gingen weiter. Über ihnen leuchtete das Band der Milchstraße in nie gesehener Pracht, und die schmale Mondsichel schien weiß zu glühen. Vor ihnen erhoben sich weitere Dünen, die von Nord nach Süd gewaltiger wurden. Natalie streifte ihre Schuhe ab und erstieg, von Azûlay dem Berber begleitet, die nächste Düne. Sie brauchte mehrere Minuten, um den Kamm zu erreichen. Oben sank sie in dem weichen, warmen Sand auf die Knie, bis sie wieder zu Atem gekommen war.

Ihre Augen suchten das Land ab. Im Westen erstreckte sich eine mehrfach unterbrochene dünne Lichterkette von Erfoud durch die Palmenhaine der Oase Tafilalet bis nach Rissani und

Chamlia. Im Osten und Süden lag nur leere Wüste. Aber im Norden erkannte Natalie ein Scheinwerferpaar, das schwankend und wippend durch die Dünen auf sie zukam. Im nächsten Augenblick verschwand es. Vielleicht eine Fata Morgana, ein weiterer Traum? Dann tauchten die Lichter jedoch wieder auf.

Natalie wandte sich ab und joggte die Düne hinunter zu der Stelle, an der sie ihre Schuhe zurückgelassen hatte. *Du bist die Einzige, die ihn identifizieren kann …* Aber auch er würde sich an sie erinnern. Und wieso auch nicht? Schließlich, dachte sie, bist du diejenige, die ihm sein elendes Leben gerettet hat.

54

LANGLEY, VIRGINIA

Die Drohnen entdeckten das Fahrzeug lange vor Natalie um 21.04 Uhr Ortszeit, als es im Erg Chebbi aus der Südostecke des Sandmeers auftauchte. Ein Toyota Land Cruiser, weiß, sieben Insassen. Dann hielt er am Rand des Lagers; sechs Männer stiegen aus und ließen den Fahrer im Wagen zurück. Auf den aus großer Höhe gemachten Infrarotaufnahmen schien keiner der Männer zu hinken. Fünf, die sichtbar bewaffnet waren, blieben außerhalb des Camps, während der sechste Mann den zentralen Platz zwischen den Zelten betrat. Dort begrüßte er Jean-Luc Martel und einige Sekunden später Michail Abramow. Erwartungsgemäß gab es keinen Ton zu den Bildern, weil draußen in der Wüste kein Mobiltelefon funktionierte. Aus dem Hintergrund des Raums lieferte Kyle Taylor eine mögliche Version des Soundtracks dieser Begegnung.

»Mohammad, ich möchte dir meinen Freund Dmitri Antonow vorstellen. Dmitri, dies ist Mohammad Bakkar.«

»Vielleicht«, sagte Adrian Carter. »Oder vielleicht hat Saladin sich nicht nur das Gesicht, sondern auch das Bein operieren lassen.«

»In Washington hat er das Hinken nicht verbergen können«, stellte Uzi Navot fest. »Und vor Jean-Luc Martel Anfang dieses Jahres auch nicht. Sieht Michail außerdem so aus, als spräche er mit dem schlimmsten Terroristen seit Osama bin Laden?«

»Er ist mir immer wie ein ziemlich cooler Typ vorgekommen«, sagte Carter.

»Nicht *so* cool.«

Sie beobachteten die Szene durch die Kamera der Aufklärungsdrohne Sentinel. Michail, grünlich und von Körperwärme leuchtend, stand mit in die Hüften gestemmten Armen in der Nähe des Lagerfeuers und sprach sichtbar gelassen mit dem eben eingetroffenen Mann. Keller und Olivia hatten sich bereits von dem zentralen Platz in eines der Zelte zurückgezogen. Natalie hatte sich nach ihrer Rückkehr aus den Dünen zu ihnen gesellt. Die Predator suchte die Wüste im Umkreis von einigen Kilometern ab, ohne weitere Wärmesignaturen zu entdecken.

Navot drehte sich um, sah zu Kyle Taylor hinüber. »Hat die NSA im Lager neue Telefone festgestellt?«

»Sie arbeitet noch daran.«

»Merkwürdig, finden Sie nicht auch?«

»Wie das?«

»Die Dinger sind nicht schwer zu finden. Wir können das recht gut, aber ihr seid noch besser.«

»Außer das Telefon ist ausgeschaltet und die SIM-Karte herausgenommen.«

»Was ist mit Satellitentelefonen?«

»Kinderleicht.«

»Warum hat Mohammad Bakkar dann keines? Ziemlich gefährlich, ohne Satphone in der Wüste unterwegs zu sein, finden Sie nicht auch?«

»Saladin weiß, dass Telefone den Tod bringen können.«

»Gewiss«, stimmte Navot zu. »Aber wie will Bakkar ihn auffordern, ins Camp zu kommen? Per Brieftaube? Durch Rauchsignale?«

»Worauf wollen Sie hinaus, Uzi?«

»Ich behaupte«, sagte Navot, »dass Mohammad Bakkar kein Satphone hat, weil er keines braucht, um Saladin zu verständigen.«

»Warum nicht?«

»Weil Saladin schon dort ist.« Navot zeigte auf die Videowand. »Er sitzt am Steuer des Land Cruisers.«

55

MAROKKANISCHE SAHARA

Jean-Lucs Personenbeschreibung von Mohammad Bakkar erwies sich als zumindest in einem Punkt zutreffend: der Marokkaner aus dem Rif-Gebirge war klein, nur wenig über einen Meter sechzig groß, und stämmig gebaut. Sein religiöser Eifer war nicht auf den ersten Blick sichtbar. Er trug weder Kufi noch wild wuchernden Bart und rauchte eine Zigarette, obwohl der Islamische Staat ein Rauchverbot erlassen hatte. Gekleidet war er europäisch und teuer: Kaschmirpullover mit Reißverschluss, gut gebügelte Twillhose, dazu für die Wüste völlig ungeeignete Wildleder-Mokassins. Die Kristallglaslünette seiner goldenen Schweizer Armbanduhr reflektierte den Feuerschein. Er sprach Französisch ebenso gut wie Englisch, das er benutzte, um sich an Michail zu wenden.

»Freut mich, Sie endlich kennenzulernen, Mr. Antonow. Ich habe schon viel von Ihnen gehört.«

»Von Jean-Luc?«

»Jean-Luc ist nicht mein einziger Freund in Frankreich«, sagte er vertraulich. »Sie haben diesen Sommer in der Provence ziemlich Furore gemacht.«

»Das war nicht meine Absicht.«

»Wirklich nicht?« Er lächelte jovial. »Ihre Partys haben hohe Wellen geschlagen. Berichte darüber sind bis nach Marrakesch gelangt. Echt skandalös.«

»Man muss sein Leben leben.«

»Ja, natürlich. Aber es gibt Grenzen, finden Sie nicht auch?«

»So habe ich noch nie gedacht.«

Darüber lächelte Muhammad Bakkar. »Das Essen hat Ihnen hoffentlich geschmeckt?«

»Es war köstlich.«

»Sie mögen unsere Küche?«

»Sehr sogar.«

»Sie waren schon mal hier? In Marokko?«

»Nein, noch nie.«

»Wie kommt das? Mein Land ist bei kultivierten Europäern sehr beliebt.«

»Nicht bei uns Russen.«

»Ja, das stimmt. Die Russen ziehen aus irgendeinem Grund die Türkei vor. Aber Sie sind eigentlich kein richtiger Russe, nicht wahr, Mr. Antonow? Heute nicht mehr.«

Michails Herz schien einen Schlag auszusetzen. »Ich habe noch immer meinen russischen Pass«, sagte er.

»Aber Frankreich ist jetzt Ihre Heimat.«

»Zumindest vorläufig.«

Mohammad Bakkar winkte ab, als halte er diesen Punkt für unwichtig. »Und das Lager?«, fragte er, indem er sich umsah. »Gefällt es Ihnen?«

»Oh, sogar sehr.«

»Ich habe versucht, es so authentisch wie möglich auszugestalten. Hoffentlich stört es Sie nicht, dass es hier keinen Strom gibt. Die Touristen kommen in die Sahara und erwarten hier den gewohnten westlichen Komfort. Elektrizität, Mobilfunk, Internet …«

»Hier gibt's kein Internet.« Michail hielt sein Smartphone hoch. »Wertlos.«

»Ja, ich weiß. Deshalb habe ich diesen Ort gewählt.«

Michail wandte sich wie zum Gehen ab.

»Wohin wollen Sie?«, fragte Mohammad Bakkar.

»Jean-Luc und Sie haben geschäftliche Dinge zu besprechen.«

»Aber die betreffen auch Sie. Zumindest teilweise.« Bakkar deutete auf die langen Sofas. »Bitte nehmen Sie Platz, Mr. Antonow.« Er lächelte wieder. »Ich bestehe darauf.«

Im Operationszentrum Casablanca beobachtete Gabriel, wie Michail sich auf eines der Sofas setzte. Jemand vom Personal servierte Tee, schenkte allen ein. Auf der rechten Bildschirmhälfte waren in einem Zelt drei menschliche Wärmesignaturen zu erkennen. Zwei davon waren unverkennbar weiblich; die dritte gehörte Christopher Keller. Erst vor wenigen Augenblicken hatte Gabriel eine verschlüsselte Mitteilung über die mutmaßliche Identität des Fahrers des neu eingetroffenen Toyotas an Kellers Satellitentelefon geschickt. Kellers Hände waren jetzt auffällig geschäftig, aber Gabriel konnte nicht erkennen, was sie taten. Kalter Stahl war auf Infrarotaufnahmen nicht sichtbar.

Keller steckte den Gegenstand hinten in seinen Hosenbund und ging rasch zum Zelteingang, an dem er einige Sekunden lang verharrte, während er das Einsatzgebiet in Augenschein nahm. Dann griff er nach dem Satellitentelefon und gab eine kurze Nachricht ein. Wenige Sekunden später erschien sie auf Gabriels Bildschirm.

VON MIR AUS KANN'S LOSGEHEN ...

Durch die Kameras der Drohnen begutachtete auch Gabriel das Einsatzgebiet. Am Rand des Wüstencamps hielten vier Männer Wache – im Norden, Süden, Osten und Westen, genau den Himmelsrichtungen entsprechend. Alle trugen Waffen. Die Männer, die Mohammad Bakkar mitgebracht hatte, waren ebenfalls bewaffnet. Vielleicht auch Bakkar selbst. Michail, der befürchtet hatte, sich einer Leibesvisitation unterziehen zu müssen, trug keine Waffe. Das bedeutete, dass hier mindestens zehn gegen einen standen. Noch weit schlechter standen die Chancen, dass Keller und das übrige Team einen Nahkampf überleben würden, selbst wenn hier ein Mann kämpfte, der im berüchtigten Killing House des SAS die höchste jemals erzielte Punktezahl erreicht hatte. Außerdem war es denkbar, dass Uzi Navot und Langley sich in Bezug auf die Identität des Toyotafahrers irrten. Da war es besser, den Dingen ihren Lauf zu lassen. Lieber abwarten, bis er sich zeigte, und ihn dann mit einem einzelnen Schuss erledigen, ohne Kollateralschäden befürchten zu müssen. Im Augenblick war dieser einsame Ort im dunkelsten Winkel Südostmarokkos ihr Feind. Aber nicht mehr lang. Bald, sagte Gabriel sich, würde die Wüste ihr Verbündeter sein.

Gabriel wies Keller an, vorerst in Bereitschaft zu bleiben, und bat Langley, eine der Drohnenkameras auf den Land Cruiser am Rand des Wüstencamps zu richten. Im nächsten Augenblick erschien die von der Predator gesendete Aufnahme auf seinem Bildschirm. Ein Mann in einer Dschellaba mit Kapuze, beide Hände auf dem Lenkrad, keine Zigarette. Gabriel vermutete, dass er irgendwann zu den anderen stoßen würde. Dazu würde er aus dem SUV steigen und zwanzig Schritte weit gehen müssen. Und dann würde Gabriel wissen, ob er's war. Die äußere Erscheinung eines Mannes ließ sich vielfältig verändern, das wusste er. Haare konnten geschnitten oder gefärbt werden, ein Gesicht ließ sich durch plastische Chirurgie ummodeln. Aber ein Hinken wie Saladins blieb einem für immer.

56

MAROKKANISCHE SAHARA

Anfangs sprach Mohammad Bakkar nur Daridscha, das maghrebinische Arabisch, und wandte sich einzig an Jean-Luc Martel. Seine Haltung und sein Tonfall verrieten, dass er zornig war. In seiner Zeit bei den Sajeret Matkal hatte Michail genug palästinensisches Arabisch gelernt, um bei nächtlichen Kommandounternehmen im Gazastreifen, im Westjordanland und im Südlibanon nicht ganz hilflos zu sein. Aber er sprach es keineswegs gut oder gar fließend. Trotzdem bekam er in groben Zügen mit, worüber der Marokkaner aus dem Rif-Gebirge sich beklagte.

Offenbar waren in letzter Zeit mehrere große Haschischtransporte unter ungeklärten Umständen verloren gegangen. Die Verluste von Bakkars Organisation waren erheblich – Hunderte von Millionen Dollar. Irgendwo, sagte er, müsse es eine undichte Stelle geben. Bestimmt nicht an seinem Ende, denn er hatte seine Leute im Griff. Folglich müsse der Fehler bei Martel liegen. Bakkar deutete sogar an, dahinter könnte Absicht stecken. Schließlich habe Martel die schnelle Expansion des gemeinsamen Geschäfts nie überzeugt mitgetragen. Dafür sei jetzt Schadensersatz fällig. Sonst würde Bakkar einen anderen Vertriebsweg für sein Produkt finden und die Beziehungen zu Martel abbrechen.

Daraus entstand ein heftiger Streit. Martel, der rasch und fließend Daridscha sprach, behauptete seinerseits, Mohammad Bakkar, nicht er, sei schuld an den Beschlagnahmen in letzter Zeit. Er erinnerte Bakkar daran, dass er sich aus eben diesem Grund gegen eine Steigerung der nach Europa geschmuggelten Mengen ausgesprochen hatte. Nach seiner Rechnung verloren sie statt der bisherigen zehn Prozent über ein Viertel ihres Produkts durch Beschlagnahmen – ein auf Dauer unhaltbarer Prozentsatz. Vorsicht sei die einzige Lösung. Kleinere Frachter, keine Containerschiffe.

Michail war von Martels Auftritt schwer beeindruckt. Selbst ein ausgebildeter Agent hätte nicht besser argumentieren können. Zuletzt schien sogar Mohammad Bakkar zu glauben, seine Organisation und er seien irgendwie für die Lecks verantwortlich. Er war entschlossen, der Sache auf den Grund zu gehen. Bis dahin warteten in seinen geheimen Produktionsstätten im Rif-Gebirge zwanzig Tonnen bester Ware auf ihren Versand. Bakkar hatte es eilig damit. Offenbar brauchte er frisches Geld.

»Ich will die Kosten des letzten Desasters aber nicht allein tragen müssen. Das wäre nicht fair.«

»Einverstanden«, sagte Martel. »Woran hast du gedacht?«

»Fünfzig Prozent Preiserhöhung. Nur dieses eine Mal.«

»*Fünfzig* Prozent?« Martel winkte geringschätzig ab. »Ausgeschlossen.«

»Das ist mein letztes Angebot. Willst du weiter von mir beliefert werden, solltest du's annehmen.«

Das war keineswegs Mohammad Bakkars letztes Wort, bei Weitem nicht. Das wusste Martel, aber auch Bakkar selbst. Schließlich war man hier in Marokko. Selbst die Bitte um Brot beim Abendessen war eine getarnte Verhandlung.

Und so ging es mehrere Minuten lang weiter, während fünfzig Prozent zu fünfundvierzig, dann zu vierzig und zuletzt mit einem aufgebrachten Blick gen Himmel zu dreißig schrumpften. Und in dieser ganzen Zeit beobachtete Michail den Mann, der ihn beobachtete. Den Mann, der am Steuer des weißen Toyotas saß, der so geparkt war, dass er das Lager gut überblicken konnte. Er trug eine Dschellaba mit hochgeschlagener spitzer Kapuze, und sein Gesicht lag in tiefem Schatten. Trotzdem glaubte Michail, das bleierne Gewicht seines Blicks zu spüren.

Er spürte vor allem auch, dass er hinten im Hosenbund keine Pistole stecken hatte.

»Chalas«, sagte Bakkar schließlich und rieb sich die Hände. »Fünfundzwanzig Prozent, zahlbar bei Erhalt der Ware. Das ist viel zu wenig, aber was bleibt mir anderes übrig? Möchtest du vielleicht auch noch mein Hemd, Jean-Luc? Ich kann bestimmt ein anderes finden.«

Martel lächelte nur. Mohammad Bakkar besiegelte den Handel mit einem Händedruck, dann wandte er sich an Michail.

»Sie müssen entschuldigen, aber Jean-Luc und ich hatten etwas sehr Wichtiges zu besprechen.«

»Den Eindruck hatte ich auch.«

»Sie sprechen kein Arabisch, Mr. Antonow?«

»Nein.«

»Nicht mal ein bisschen?«

»Ich habe Schwierigkeiten, einen Kaffee zu bestellen.«

Bakkar nickte mitfühlend. »Noch dazu hat jedes Land seine eigene Aussprache. Ein Ägypter spricht das Wort anders aus als ein Marokkaner oder Jordanier oder beispielsweise ein Palästinenser.«

»Oder ein Russe«, sagte Michail lachend.

»Der in Frankreich lebt.«

»Ich spreche fast so schlecht Französisch wie Arabisch.«

»Dann reden wir also weiter Englisch.«

Danach entstand eine Pause.

»Wie viel hat Jean-Luc Ihnen über unsere Geschäfte erzählt?«, fragte Bakkar schließlich.

»Sehr wenig.«

»Aber Sie haben doch bestimmt eine Vorstellung davon?«

»Orangen«, sagte Michail. »Sie liefern die Orangen, die Jean-Luc für seine Restaurants und Hotels braucht.«

»Und Granatäpfel«, bestätigte Bakkar freundlich. »Marokko produziert ausgezeichnete Granatäpfel. Die besten der

Welt, wenn Sie mich fragen. Aber die europäischen Behörden wollen unsere Orangen und Granatäpfel nicht. In letzter Zeit haben wir mehrere große Sendungen eingebüßt. Jean-Luc und ich haben besprochen, was passiert ist und wie wir weiter vorgehen wollen.«

Michail hörte mit ausdrucksloser Miene zu.

»Leider haben wir bei den letzten Beschlagnahmen viel mehr als nur Südfrüchte eingebüßt. Etwas Unersetzliches.« Bakkar musterte Michail fragend. »Oder vielleicht nicht.«

Der Gastgeber ließ frischen Tee kommen. Während ihre Gläser gefüllt wurden, beobachtete Michail den Mann im Toyota.

»In welcher Branche sind Sie tätig, Mr. Antonow?«

»Wie bitte?«

»Ihre Branche«, wiederholte der Marokkaner. »Womit verdienen Sie Ihr Geld?«

»Orangen«, antwortete Michail. »Und Granatäpfel.«

Mohammad Bakkar lächelte nur. »Soviel ich weiß«, sagte er, »handeln Sie mit Waffen.«

Michail äußerte sich nicht dazu.

»Sie sind ein vorsichtiger Mann, Mr. Antonow. Das gefällt mir.«

»Vorsicht zahlt sich aus. So gehen weniger Ladungen verloren.«

»Dann ist's also wahr!«

»Ich bin ein Investor, Monsieur Bakkar. Und ich bin dafür bekannt, dass ich gelegentlich Geschäfte vermittle, bei denen es um Exporte aus Osteuropa und den ehemaligen Sowjetrepubliken in Krisengebiete weltweit geht.«

»Um was für Exporte?«

»Benutzen Sie Ihre Fantasie.«

»Gewehre?«

»Kriegsmaterial«, sagte Michail. »Schusswaffen sind nur ein kleiner Teil meines breit gefächerten Angebots.«

»Wovon reden wir also?«

»Über alles Mögliche, von Kalaschnikows bis zu Hubschraubern und Kampfflugzeugen.«

»Flugzeuge?«, fragte Bakkar ungläubig.

»Möchten Sie eines? Wie wär's mit einem Panzer oder einer Scud-B-Rakete. Die haben wir diesen Monat im Angebot. Ich würde Ihnen raten, bald zu bestellen, solange der Vorrat reicht.«

»Nicht für mich«, sagte Bakkar mit abwehrend erhobenen Händen, »aber mein Partner wäre vielleicht daran interessiert.«

»An Scuds?«

»Er hat sehr spezielle Wünsche. Am besten erläutert er sie Ihnen selbst.«

»Nicht so schnell«, wehrte Michail ab. »Erzählen Sie mir erst etwas mehr über ihn. Dann entscheide ich, ob ich mit ihm reden will.«

»Er ist ein Revolutionär«, sagte Mohammad Bakkar. »Und ich versichere Ihnen, dass er für eine gerechte Sache kämpft.«

»Das tun sie alle«, sagte Michail skeptisch. »Wo stammt er her?«

»Aus keinem Land, nicht im westlichen Sinn des Worts. Grenzen bedeuten ihm nichts.«

»Interessant. Aber wohin soll ich seine Waffen liefern?«

Bakkars Miene wurde plötzlich ernst. »Wie Sie bestimmt wissen, haben die politischen Wirren der jüngsten Zeit viele der von Diplomaten in Paris und London festgelegten alten Grenzen eliminiert. Mein Partner stammt aus einer dieser Regionen – aus einem Gebiet, in dem gewaltige Umwälzungen stattfinden.«

»Umwälzungen sind gut fürs Geschäft, sage ich immer.«

»Das glaube ich«, stimmte Bakkar zu.

»Wie heißt Ihr Partner?«

»Sie können ihn Khalil nennen.«

»Und *vor* den Umwälzungen?«, fragte Michail rasch, als sage ihm dieser Name nichts. »Woher stammt er?«

»Als Kind hat er an den Ufern eines der Flüsse gelebt, die im Garten Eden entspringen.«

»Das waren vier«, sagte Michail.

»Korrekt, nämlich Pischon, Gihon, Euphrat und Tigris. Mein Partner ist am Tigris aufgewachsen.«

»Also ist er Iraker.«

»Das war er früher. Aber heute nicht mehr. Mein Partner ist Bürger des Islamischen Kalifats.«

»Aber er hält sich wohl nicht dort auf?«

»Nein. Er ist gleich dort drüben.« Der Marokkaner nickte zu dem Toyota hinüber. Dann sah er wieder Michail an und fragte: »Sind Sie bewaffnet, Mr. Antonow?«

»Natürlich nicht.«

»Hätten Sie schrecklich viel dagegen, dass einer meiner Leute Sie abtastet?« Bakkar lächelte liebenswürdig. »Schließlich sind Sie Waffenhändler, nicht wahr?«

An der Fahrertür des Toyotas fand eine Zusammenkunft statt – nach Gabriels Zählung versammelten sich dort fünf Männer, alle bewaffnet. Schließlich wurde die Tür aufgestoßen, und der Mann am Steuer stieg mit einiger Mühe aus. Er blieb von seinen Leibwächtern schützend umringt zunächst neben dem SUV stehen, während Michail einer gründlichen Leibesvisitation unterzogen wurde. Erst als sie abgeschlossen war, setzte er sich in Richtung Platzmitte in Bewegung. Obwohl die bewaffneten Bodyguards ihn weiter eng umgaben, konnte Gabriel erkennen, dass er sein rechtes Bein schonte. Damit war die erste Stufe der zweistufigen Identifizierung abgeschlossen. Die zweite Stufe konnte jedoch nicht mithilfe amerikanischer Drohnen aus großer Höhe erfolgen. Dazu war eine Konfrontation von Angesicht zu Angesicht unerlässlich.

»Dmitri Antonow«, sagte Gabriel halblaut, als sei er Mohammad Bakkar, »ich möchte Sie mit meinem Freund Saladin bekannt machen. Saladin, dies ist Dmitri Antonow.«

In dem einsamen Wüstencamp gab es zwei israelische Agenten, die potenziell in der Lage waren, die zweite Stufe der Identifizierung abzuschließen, was Voraussetzung für die Liquidierung einer Zielperson auf dem Gebiet eines gelegentlichen Verbündeten im Kampf gegen den Terrorismus war. Der Erste saß der Zielperson gegenüber – ohne Waffe, ohne irgendein Kommunikationsmittel. Der Zweite saß nur wenige Meter entfernt in einem behaglich ausgestatteten Zelt. Der Agent im Freien hatte die Zielperson nur einmal flüchtig in einem bekannten Restaurant in Georgetown gesehen. Ganz anders die Agentin in dem Zelt. Sie hatte in einem Haus bei Mossul mit vielen Zimmern und Innenhöfen mehrere Wochen mit der Zielperson verbracht und stundenlang mit ihr gesprochen. Und sie hatte in einem Ferienhaus am Shenandoah River in Virginia gehört, wie die Zielperson sie zum Tod verurteilte. Den Klang ihrer Stimme würde sie nie vergessen. Sie brauchte die Zielperson nicht zu sehen, um zu wissen, dass dort Saladin saß. Seine Stimme bestätigte ihren Verdacht.

Es gab noch einen dritten Angehörigen des Diensts, der die Zielperson mit eigenen Augen gesehen hatte – den Mann mit den grünen Augen, der sorgenvoll in einem Spukhaus im alten Kolonialviertel von Casablanca wartete. Als die Bestätigung der Identität des Verdächtigen auf seinem Bildschirm erschien, leitete er sie sofort ans Schwarze Loch in Langley weiter.

»Wir haben ihn!«, rief Kyle Taylor aus.

»Noch nicht«, warnte Uzi Navot, ohne den Blick von der Videowand zu nehmen. »Noch längst nicht. Nicht im Entferntesten.«

57

MAROKKANISCHE SAHARA

Er war größer, als Michail ihn in Erinnerung hatte, um Brust und Schultern breiter. Das mochte daher kommen, dass er inzwischen Zeit gehabt hatte, sich von seinen Verletzungen zu erholen. Oder vielleicht, dachte Michail, lag es an seiner Kleidung. An jenem Abend hatte er einen dunklen Geschäftsanzug mit Krawatte getragen und einer schönen jungen Frau mit blond gefärbtem Haar gegenübergesessen. Er hatte immer mal wieder zu dem Fernseher über der Bar hinübergesehen, um seiner Hände Arbeit zu begutachten. Im Lincoln Memorial und im National Counterterrorism Center in Virginia waren Bomben detoniert. Aber noch viel mehr hatte bevorgestanden. Weitaus mehr.

Michail Abramows erster Eindruck von Saladins neuem Gesicht war, dass es nicht zu ihm passte. Es war um Nase und Wangenknochen herum zu schmal, und sein Filmstarkinn sah wie etwas aus, das ein eitler Mann im Wartezimmer eines plastischen Chirurgen in einem Hochglanzmagazin entdeckt hatte. Auch die Augen waren erheblich verändert worden, aber die Iris waren genau wie früher: groß und dunkel und unergründlich, voll wacher Intelligenz. Dies waren nicht die Augen eines wahnsinnigen Fanatikers, sondern die eines eiskalten Profis. Einem Mann mit solchen Augen würde man niemals am Spieltisch oder gar in einem Vernehmungsraum gegenübersitzen wollen. Oder in einem Lager am Rand der Sahara, dachte Michail, von einem halben Dutzend kampferprobter Dschihadis mit Sturmgewehren umringt. Er beschloss, die Verhandlungen rasch zu führen und den Terroristen bald weiterzuschicken. Aber nicht überstürzt. Saladin war im Begriff, ihm seine

Waffenwunschliste vorzulegen, die unbezahlbare Informationen enthalten würde. Diese noch nie dagewesene Gelegenheit durfte nicht vergeudet werden.

Die gegenseitige Vorstellung war geschäftsmäßig knapp abgelaufen. Michail hatte die hingestreckte Hand ohne Zögern ergriffen. Diese Hand, die so viele zum Tod verurteilt hatte. Die Hand eines Mörders. Sie war dick und kräftig und sehr warm. Und trocken, stellte Michail fest. Keine Spur von Nervosität. Saladin war nicht besorgt, fühlte sich nicht unbehaglich, sondern war hier in seinem Element. Wie sein großer Namensvetter war er ein Mann der Wüste. Nur der marokkanische Minztee schmeckte ihm offenbar gar nicht.

»Zu süß«, sagte er und machte ein Gesicht. »Ein Wunder, dass die Marokkaner überhaupt noch Zähne haben.«

»Haben wir nicht«, behauptete Mohammad Bakkar.

Das wurde mit zurückhaltendem Lachen quittiert. Saladin hob sein Gesicht den Sternen entgegen und suchte den Nachthimmel ab.

»Hören Sie das?«, fragte er nach einer halben Minute.

»Was?«, fragte Michail.

»Bienen«, sagte Saladin. »Es klingt wie Bienen.«

»Nicht hier. Vielleicht Fliegen, aber niemals Bienen.«

»Bestimmt haben Sie recht.« Er sprach fließend Englisch – aber mit starkem Akzent. Jetzt senkte er den Kopf und starrte wieder durchdringend Michail an. »Haben wir die anfänglichen Ungereimtheiten in Bezug auf Ihren Beruf ausgeräumt?«

»Das haben wir.«

»Und Sie sind wirklich Russe?«

»Das muss ich leider zugeben.«

»Ich nehme Ihnen das nicht übel«, sagte Saladin. »Auch wenn Ihre Regierung bei dem Versuch, das syrische Regime zu stützen, schreckliche Grausamkeiten verübt hat.«

»Was Syrien angeht«, antwortete Michail, »besitzt Russland

kein Monopol auf Grausamkeiten. Auch der Islamische Staat hat reichlich Blut an den Händen.«

»Man kann kein Omelett machen«, sagte Saladin, »ohne Eier zu zerschlagen.«

»Oder unbeteiligte Zivilisten abzuschlachten?«

»In diesem Krieg ist niemand unbeteiligt. Solange die Ungläubigen unsere Frauen und Kinder morden, bringen wir sie um.« Er zuckte mit seinen breiten Schultern. »So einfach ist das. Außerdem hat ein Mann mit Ihrem Beruf kein Recht, mich wegen Kollateralschäden zu belehren.«

»Es gibt einen Unterschied zwischen Kollateralschäden und bewussten Angriffen auf Zivilisten.«

»Der ist unwesentlich.« Er trank einen Schluck Tee. »Sagen Sie, Mr. Antonow, sind Sie ein Spion?«

»Ich lebe in Südfrankreich in einer Villa voller Kunstwerke, Ich bin kein Spion.«

»In Russland«, behauptete Saladin wissend, »gibt es Spione in vielerlei Gestalt.«

»Ich bin kein russischer Geheimdienstler, bin nie einer gewesen.«

»Aber Sie haben gute Verbindungen zum Kreml.«

»Tatsächlich tue ich mein Bestes, ihn zu meiden.«

»Kommen Sie, Mr. Antonow! Jeder weiß, dass in Russland der Kreml über Gewinner und Verlierer entscheidet. Ohne Erlaubnis des Zaren darf niemand reich werden.«

»Sie kennen unser Land gut.«

»In meinem früheren Leben hatte ich oft genug mit Russen zu tun. Ich weiß, wie ihr System funktioniert. Und ich weiß, dass in Ihrer Branche niemand ohne die Protektion von FSB und Kreml florieren kann.«

»Alles wahr«, bestätigte Michail. »Und ich wäre meine Freunde rasch los, wenn sie jemals erführen, dass ich daran denke, mit jemandem wie Ihnen Geschäfte zu machen.«

»Das klingt nicht wie ein Kompliment.«

»Es sollte auch keines sein.«

»Ich bewundere Ihre Ehrlichkeit.«

»Und ich Ihre«, sagte Michail.

»Haben Sie aus Prinzip etwas dagegen, mit mir ins Geschäft zu kommen?«

»Ich habe nur wenige … Prinzipien, meine ich.«

»Sie tun mir leid.«

»Danke, nicht nötig.«

Saladin lächelte. »Ich möchte Material für zukünftige Unternehmen kaufen.«

»Waffen?«

»Keine Waffen«, antwortete Saladin. »Material.«

»Welche Art Material?«

»Von der Art«, sagte Saladin, »die die frühere Sowjetunion im Kalten Krieg in großen Mengen produziert hat.«

Michail machte eine kurze Pause, bevor er antwortete. »Das ist ein schmutziges Geschäft«, sagte er ruhig.

»Sehr schmutzig«, bestätigte Saladin. »Und lukrativ.«

»Was wollen Sie genau?«

»Cäsiumchlorid.«

»Zur Verwendung für medizinische Zwecke, nehme ich an.«

»Genauer gesagt für landwirtschaftliche Zwecke.«

»Ich hatte den Eindruck, Ihre Organisation hätte solches Material in Syrien und Libyen erbeutet.«

»Wo haben Sie so was gehört?«

»Wo Sie gehört haben, dass ich Waffenhändler bin.«

»Das stimmt, aber ein Teil unseres Vorrats ist vor Kurzem verloren gegangen.« Dabei sah er rasch zu Jean-Luc Martel hinüber.

»Und der Rest?«, fragte Michail.

»Das geht Sie nichts an.«

»Entschuldigung, ich wollte nicht …«

Saladin hob eine Hand, um anzudeuten, er sei keineswegs beleidigt. »Könnten Sie solches Material beschaffen?«, fragte er.

»Das könnte ich«, sagte Michail vorsichtig, «aber das wäre extrem riskant.«

»Was sich zu tun lohnt, ist nie ohne Risiko.«

»Tut mir leid«, sagte Michail nach kurzer Pause, »aber daran kann ich mich nicht beteiligen.«

»Woran?«

Michail sagte nichts.

»Wollen Sie sich wenigstens mein Angebot anhören?«

»Hier geht's nicht um Geld.«

»Es geht immer um Geld«, stellte Saladin fest. »Nennen Sie Ihren Preis, dann zahle ich ihn.«

Michail dachte angelegentlich nach. »Ich könnte Erkundigungen einziehen««, schlug er vor.

»Wie lange?«

»So lange wie nötig. Dies ist nichts, was sich beschleunigen lässt.«

»Ja, ich verstehe.«

»Brauchen Sie auch technische Unterstützung?«

Saladin schüttelte den Kopf. »Nur das Material selbst.«

»Und wenn ich welches auftreibe? Wie kann ich Sie dann erreichen?«

»Gar nicht«, antwortete Saladin. »Sie wenden sich an Ihren Freund Martel. Und Monsieur Martel verständigt Mohammad.« Er stand abrupt auf und streckte eine Hand aus. »Ich freue mich darauf, von Ihnen zu hören.«

»Ich melde mich«, versprach Michail und schüttelte ihm kräftig die Hand.

Saladin ließ seine Hand los und sah erneut zum Himmel auf. »Hören Sie das?«

»Die Bienen sind wieder da?«

Der Iraker gab keine Antwort.

»Ihr Gehör muss sehr gut sein«, sagte Michail, »aber ich höre überhaupt nichts.«

Saladin suchte weiter den Sternenhimmel ab. Dann sah er wieder Michail an. Seine dunklen Augen verengten sich nachdenklich.

»Ihr Gesicht kommt mir bekannt vor, Mr. Antonow. Sind wir uns vielleicht schon mal begegnet?«

»Nein«, sagte Michail, »bestimmt nicht.«

Saladin sah nacheinander Jean-Luc Martel und Mohammad Bakkar an, bevor er sich wieder an Michail Abramow wandte.

»Ihre Frau ist keine Russin«, sagte er.

»Nein, sie ist Französin.«

»Aber ihr Teint ist sehr dunkel. Fast wie der einer Araberin.« Saladin erklärte lächelnd, woher er das wusste. »Zwei meiner Männer haben sie in Casablanca am Strand gesehen. Und gestern wieder in der Medina von Fès. Sie hatte ihr Haar bedeckt. Meine Männer waren beeindruckt.«

»Sie hat große Achtung vor der islamischen Kultur.«

»Aber sie ist keine Muslimin.«

»Nein.«

»Vielleicht eine Jüdin?«

»Meine Frau«, sagte Michail kalt, »geht Sie nichts an.«

»Vielleicht aber doch. Könnte ich sie bitte kennenlernen?«

»Ich halte Geschäft und Privates strikt auseinander.«

»Kluge Politik«, sagte Saladin. »Aber ich würde sie trotzdem gern sehen.«

»Sie hat keinen Gesichtsschleier.«

»Marokko ist nicht das Kalifat, Mr. Antonow. *Inschallah* wird es bald dazugehören, aber vorerst sehe ich noch überall unverschleierte Gesichter.«

»Und wie würden Sie reagieren, wenn ich darauf bestünde, Ihre Frau unverschleiert zu sehen?«

»Ich würde Sie wahrscheinlich umbringen.«

Er ließ Michail ohne ein weiteres Wort stehen und hinkte zu dem Wohnzelt hinüber.

58

MAROKKANISCHE SAHARA

Er schob die Zeltklappe zur Seite und trat ein. Auf dem Schreibtisch, an dem Keller ein abgenütztes Taschenbuch las, und neben dem Bett, auf dem Natalie und Olivia mit einem Backgammonbrett zwischen sich ausgestreckt lagen, brannten ein Dutzend Kerzen. Die Frauen sprachen halblaut miteinander – in der Art von Leuten, die alle Zeit der Welt für alles Mögliche haben.

Keller sah als Erster auf. »Genau der Mann, auf den ich gewartet habe«, sagte er jovial auf Französisch. »Könnten Sie uns noch etwas Tee bringen? Und ein paar Süßigkeiten – die mit Honig getränkte Sorte. Das wäre nett.«

Keller blätterte in seinem Buch um. Die Kerzen flackerten, als Saladin das Zelt mit drei, vier raschen Schritten durchquerte und am Fußende des Betts stehen blieb. Natalie ließ die Würfel übers Spielbrett rollen, war mit dem Ergebnis zufrieden und dachte über ihren nächsten Zug nach. Olivia funkelte Saladin missbilligend an.

»Was tun Sie hier drinnen?«

Saladin, der weiter schwieg, musterte Natalie prüfend. Ihr Blick war gesenkt, aufs Spielbrett gerichtet, ihr Gesicht nur im Profil zu sehen und zum Teil von einer blonden Locke verdeckt. Als Saladin ihr Haar wegstrich, wich sie empört vor ihm zurück.

»Was fällt Ihnen ein, mich anzufassen?«, fauchte sie auf Französisch. »Verschwinden Sie, sonst rufe ich meinen Mann!«

Saladin blieb, wo er war. Natalie erwiderte seinen Blick, ohne zu blinzeln.

Maimonides … Wie schön, dich wiederzusehen …

Ruhig erkundigte sie sich: »Möchten Sie mich vielleicht etwas fragen?«

Saladin sah kurz zu Keller hinüber, bevor er sich wieder Natalie zuwandte.

»Bitte entschuldigen Sie«, sagte er nach einigen Sekunden. »Ich habe mich geirrt.«

Er wandte sich ab und hinkte in die Nacht hinaus.

Natalie funkelte Keller an. »Du hättest ihn erschießen sollen, als du Gelegenheit dazu hattest.«

Im Schwarzen Loch in Langley war ein kollektiver Seufzer der Erleichterung zu hören, als Saladin endlich wieder aus dem Zelt kam. Die Drohnen beobachteten, wie er ein paar Worte direkt in Mohammad Bakkars Ohr sprach. Dann gingen die beiden zum Rand des Lagers, wo sie sich von Leibwächtern umgeben lange berieten. Dabei zeigte Saladin mehrmals in den Nachthimmel. Einmal schien er direkt ins Kameraobjektiv der Predator zu starren.

»Game over«, sagte Kyle Taylor. »Danke fürs Spielen.«

»Dass er nach so vielen Jahren noch lebt, muss einen Grund haben«, sagte Uzi Navot. »Er beherrscht dieses Spiel verdammt gut.«

Navot beobachtete, wie Michail ins Zelt schlüpfte und etwas von Christopher Keller entgegennahm. Auf den IR-Aufnahmen war der Gegenstand nicht zu erkennen. Trotzdem vermutete Navot, dass jetzt beide Männer – beide Veteranen von Eliteeinheiten – bewaffnet waren. Und er wusste, dass sie weit in der Unterzahl waren.

»Wie weit ist Saladin von dem Zelt entfernt?«

»Zwanzig Meter«, antwortete Taylor. »Vielleicht etwas weniger.«

»Wie groß ist der Wirkungsradius einer Hellfire?«

»Daran dürfen Sie nicht mal denken.«

Mohammad Bakkar war auf den zentralen Platz des Camps zurückgekehrt und sprach dort mit Martel. Sogar aus sechstausend Metern Höhe war klar zu erkennen, dass dort eine hitzige Auseinandersetzung stattfand. Um sie herum herrschte hektisches Treiben. Bewaffnete stiegen in Land Cruiser, Motoren wurden angelassen, Scheinwerfer flammten auf.

»Scheiße, was geht dort vor?«, fragte Taylor.

»Er mischt die Karten neu, glaube ich«, sagte Navot.

»Bakkar?«

»Nein«, antwortete Navot. »Saladin.«

Der Iraker starrte wieder in den Nachthimmel, ins gläserne Kameraauge der Drohne. Und er lächelte dabei, stellte Navot fest. Ganz eindeutig. Als er plötzlich einen Arm in die Luft reckte, umkreisten ihn vier identische SUVs in einer Wolke aus Staub und Sand entgegen dem Uhrzeigersinn.

»Vier Fahrzeuge, zwei Hellfire«, sagte Navot. »Wie hoch sind die Chancen, den richtigen Wagen zu treffen?«

»Statistisch gesehen fifty-fifty«, antwortete Taylor.

»Vielleicht sollten Sie doch jetzt schießen.«

»Das würde Ihr Team nicht überleben.«

»Bestimmt nicht?«

»Ich mache das nicht zum ersten Mal, Uzi.«

»Ja, ich weiß«, sagte Navot. »Aber Saladin auch nicht.«

Im Haus der Spione in Casablanca beobachteten Gabriel und Jaakov Rossman dasselbe Bild: vier SUVs, die einen Mann umkreisten, dessen Wärmesignatur sich allmählich in Staub- und Sandschleiern auflöste. Schließlich hielten die Fahrzeuge kurz an, eben lange genug, damit der Mann in eines steigen konnte – in welches, ließ sich unmöglich feststellen. Dann fuhren die vier mit solchen Abständen durch die Wüste davon, dass kein dreiundzwanzig Kilo schwerer Gefechtskopf zwei auf einmal vernichten konnte.

Die Predator verfolgte die SUVs auf ihrer Fahrt nach Norden durch die Wüste, während die Sentinel zurückblieb, um weiter das Lager zu überwachen. Die vier hatten sich auf den zentralen Platz zurückgezogen, auf dem Mohammad Bakkar jetzt wieder auf Jean-Luc Martel einredete. Dabei wechselte ein Gegenstand den Besitzer, wanderte von Bakkars Hand in die von Gabriels zweifelhaften Agenten. Etwas, das die IR-Sensoren der Drohne nicht erfassen konnten. Etwas, das Martel in seine rechte Jackentasche steckte.

»Scheiße«, sagte Jaakov.

»Ganz deiner Meinung.«

»Glaubst du, dass er übergelaufen ist?«

»Das werden wir bald erfahren.«

»Wozu noch warten?«

»Hast du eine bessere Idee?«

»Schick Michail und Christopher eine Nachricht. Sie sollen den Platz stürmen und das Feuer eröffnen.«

»Und was ist, wenn Bakkars Männer mit ihren Kalaschnikows zurückschießen?«

»Die kriegen sie nicht mal von der Schulter weg.«

»Und Martel?«, fragte Gabriel. »Was ist, wenn er ins Kreuzfeuer gerät?«

»Er ist bloß ein Drogenhändler.«

»Ohne ihn wären wir nicht hier, Jaakov.«

»Du bezweifelst, dass er uns verraten würde, um seinen Hals zu retten? Was tut er deiner Meinung nach gerade? Schick die Nachricht«, sagte Jaakov. »Sie sollen alle erledigen, damit wir unsere Leute abziehen können, bevor die Amerikaner mit ihren Lenkwaffen die Wüste in Brand setzen.«

Gabriel sandte rasch *zwei* Nachrichten: eine an Dina Sarid, die andere an Kellers Satellitentelefon. Dina antwortete sofort. Keller machte sich nicht die Mühe, den Empfang zu bestätigen.

»Da bin ich leider anderer Meinung«, sagte Jaakov.

»Zur Kenntnis genommen.«

Gabriel sah sich wieder die Aufnahmen der Predator an. Vier identische Toyotas rasten durch die Wüste nach Norden.

»In welchem sitzt er, glaubst du?«

»Im zweiten«, antwortete Jaakov. »Bestimmt im zweiten.«

»Da bin ich leider anderer Meinung.«

»In welchem sonst?«

Gabriel starrte auf den Bildschirm. »Ich habe keinen blassen Schimmer.«

Das Hotel Kasbah stand am Westrand des Sandmeers des Erg Chebbi. Eli Lavon und Dina tranken auf der Terrasse Tee, als die Nachricht von Gabriel kam; Jossi Gavisch und Rimona Stern waren am Pool. Nachdem sie ihre Zimmer »desinfiziert« hatten, standen alle vier in der beengten Hotelhalle an der Rezeption und fragten den Nachtportier nach dem nächsten angesagten Club. Er nannte ihnen einen in Erfoud, das im Norden lag. Stattdessen fuhren die vier nach Süden. Jossi und Rimona in einem gemieteten Jeep Cherokee, Dina und Eli in einem Nissan Pathfinder. In Chamila bogen sie von der Straße in die Wüste ab und warteten auf den Feuerschein am Horizont.

59

LANGLEY, VIRGINIA

Aber in welchem Toyota Land Cruiser fuhr die Zielperson mit? Nachdem monatelang verhandelt, geplant, diskutiert und angeworben worden war, lief es letztlich nur darauf hinaus. Vier Fahrzeuge, zwei Lenkwaffen. Erfolgschancen: fünfzig Prozent. Der Preis des Misserfolgs würde die Zerrüttung der Beziehungen zu einem wichtigen arabischen Verbündeten sein – oder noch Schlimmeres. Saladins Leichnam konnte alle möglichen geheimen Sünden vergessen lassen. Aber Saladin nach einem verpfuschten Angriff in Marokko auf freiem Fuß wäre eine Katastrophe für Diplomaten und Sicherheitsdienste. Viele Karrieren standen auf dem Spiel. Auch viele Menschenleben.

Meinungen dazu gab es reichlich. Graham Seymour schwor auf den dritten Land Cruiser, Paul Rousseau auf den vierten. Adrian Carter tendierte zu dem ersten Toyota, war aber auch bereit, den zweiten in Erwägung zu ziehen. Im Lageraum des Weißen Hauses waren der Präsident und seine hochrangigen Berater ähnlich unterschiedlicher Meinung. CIA-Direktor Morris Payne wollte ziemlich sicher gesehen haben, wie Saladin in das dritte SUV gestiegen war. Aber der Präsident bestand wie Paul Rousseau auf dem vierten Toyota. Im Schwarzen Loch in Langley war das Grund genug, die Nummer vier praktisch auszuschließen.

Auch die Experten waren uneins. Die Drohnenteams analysierten ihre Aufnahmen von Saladins Flucht aus dem Lager und glichen sie mit den aktuellen Sensorendaten ab. Alles deutete mit hoher Wahrscheinlichkeit auf die Nummer drei hin, auch wenn ein Junior-Analyst davon überzeugt war, Saladin sitze in keinem der vier SUVs, sondern sei zu Fuß aus dem

Lager geflüchtet und nun allein durch die Wüste unterwegs.

»Leider hinkt er«, bemerkte Uzi Navot sarkastisch. »Da wird er länger brauchen als Moses und das Volk Israel beim Auszug aus Ägypten.«

Letztlich lag die Entscheidung bei dem Veteranen Kyle Taylor, der über zweihundert erfolgreiche Drohnenangriffe in Pakistan, Afghanistan, dem Irak, Syrien, Libyen, dem Jemen und Somalia befehligt hatte. Er handelte rasch und entschlossen, ohne sich auch nur die Mühe zu machen, Adrian Carter zu konsultieren. Um 17.47 Uhr Ortszeit, 22.47 Uhr in Marokko, erhielt das Predator-Team den Befehl, Feuerbereitschaft herzustellen. Vierundsiebzig Sekunden später explodierten zwei der Land Cruiser, der erste und der dritte Toyota, mit grellweißen Lichtblitzen. Im Schwarzen Loch und im Weißen Haus war Uzi Navot der Einzige, der diese Szene nicht beobachtete.

Das Grollen der Detonationen erreichte das Lager zwanzig Sekunden nach dem Aufblitzen des Lichts am Horizont. Keller und Michail hatten ihre Berettas schon gezogen, als Jean-Luc Martel das Zelt betrat.

»Was habt ihr vor? Mich zu erschießen?«

»Schon möglich«, antwortete Keller.

»Das würde euch schlecht bekommen.« Martel deutete nach Norden und fragte: »Was ist dort draußen passiert?«

»Das muss Donner gewesen sein.«

»Ich bezweifle, dass Mohammad das glaubt. Nicht nach dem, was sein irakischer Freund ihm vor der Abfahrt zugeflüstert hat.«

»Und das wäre?«

»Dass Dmitri und Sophie Antonow israelische Agenten sind, die den Auftrag haben, ihn zu ermorden.«

»Das haben Sie ihm hoffentlich ausgeredet.«

»Ich hab's versucht«, sagte Martel.

»Hat er Ihnen deswegen die Pistole gegeben?«

»Welche Pistole?«

»Die in Ihrer rechten Jackentasche.« Keller lächelte humorlos. »Die Drohnen blinzeln nie.«

Martel zog die Waffe langsam heraus.

»Eine FN fünf-sieben«, sagte Keller.

»Die Standardwaffe des SAS.«

»Wir sagen immer nur Regiment.« Keller hielt seine Beretta mit beiden Händen. Jetzt streckte er die Linke nach Martels Pistole aus. »Geben Sie mir die Waffe.«

Der Franzose grinste nur.

»Sie denken nicht etwa daran, Dummheiten zu machen, Jean-Luc?«

»Die habe ich schon einmal gemacht. Jetzt sorge ich für mich selbst.« Er sah zu Olivia hinüber, die neben Natalie auf dem Bett saß. »Und natürlich für sie.«

Keller ließ seine Pistole sinken. »Sagen Sie Mohammad, dass ich mit ihm reden möchte.«

»Wieso sollte ich das tun?«

»Damit er sich mein Angebot anhören kann.«

»*Ihr* Angebot? Wie könnte das aussehen?«

»Freier Abzug für uns im Tausch gegen das Leben Mohammads und seiner Männer.«

Martel ließ ein leises, bitteres Lachen hören. »Sie scheinen die Situation misszuverstehen. Auf *Sie* zielen im Augenblick mehrere Kalaschnikows, nicht auf mich.«

»Aber ich habe eine Drohne«, sagte Keller. »Sollte uns etwas zustoßen, verwandelt sie Mohammad in Asche. Sie natürlich auch.«

»Eine Predator ist mit zwei Lenkwaffen Hellfire bewaffnet. Und ich bin mir ziemlich sicher, vorhin zwei Detonationen gehört zu haben.«

»Über uns kreist eine weitere Drohne.«

»Ach, tatsächlich?«

»Woher hätte ich sonst gewusst, dass Sie eine Pistole in der Tasche haben?«

»Gut geraten.«

»Das können Sie nur hoffen.«

Martel trat langsam auf Keller zu und starrte ihm in die Augen. »Lassen Sie mich Ihnen erklären, was passieren wird«, sagte er ruhig. »Ich verlasse dieses Zelt mit Olivia. Und dann durchsieben Mohammads Männer Ihre Freunde und Sie mit Feuerstößen aus ihren AK-74.«

Keller sagte nichts.

»Ohne die Protektion des Dons sind Sie nicht mehr so taff, was?«

»Und Sie sind ein toter Mann.«

»Wie Sie meinen.«

Martel wandte sich von Keller ab und streckte Olivia eine Hand hin. Sie blieb unbeweglich neben Natalie sitzen.

Martel kniff wütend die Augen zusammen. »Wie viel haben sie dir gezahlt, damit du mich verrätst, meine Liebe? Ich weiß, dass du's nicht aus der Güte deines Herzens getan hast. Du hast nämlich keines.«

Er packte Olivia am Arm, aber sie riss sich los.

»Wie edel von dir«, sagte Martel sarkastisch. Er setzte Olivia die FN an die Schläfe. »Los, steh auf!«

Keller hob die Pistole, zielte damit auf Martels Brust.

»Was haben Sie vor? Mich erschießen? Tun Sie das, sterben wir alle.«

Keller sagte nichts.

»Sie glauben mir nicht? Dann drücken Sie ab«, sagte Martel. »Wir werden ja sehen, was dann passiert.«

Im Schwarzen Loch in Langley verfolgte nur Uzi Navot die von der Sentinel übertragenen Bilder von der Entwicklung in dem

Lager. Alle übrigen Anwesenden starrten wie gebannt auf den Monitor daneben, auf dem die Wracks zweier Land Cruiser im Wüstensand in hellen Flammen standen. Aber das waren nicht die einzigen bei dem Angriff beschädigten Fahrzeuge. Der Fahrer des zweiten SUVs hatte, von den Detonationen geblendet, die Kontrolle über den Wagen verloren und in hohem Tempo einen Felsblock gerammt. Der schwer beschädigt umgekippte Toyota, dessen Scheinwerfer noch brannten, lag auf der rechten Seite. Er schien mit zwei Männern besetzt zu sein, die sich in den drei, vier Minuten seit dem Unfall noch nicht bewegt hatten.

»Drei zum Preis von zweien«, sagte Kyle Taylor, aber niemand äußerte sich dazu. Alle beobachteten gespannt den einzigen noch fahrtüchtigen Land Cruiser, die Nummer vier, der jetzt den umgekippten zweiten Toyota erreichte. Im nächsten Augenblick zogen die beiden Insassen in größter Eile einen dritten Mann aus dem Fahrzeugwrack.

»Wie hoch sind die Chancen«, fragte Kyle Taylor, »dass das Saladin ist?«

Adrian Carter beobachtete, wie der dritte Mann hastig auf den Rücksitz des Land Cruisers gebettet wurde.

»Ich tippe auf ungefähr hundert Prozent. Die Frage ist nur: Lebt er noch?«

Das unbeschädigte SUV raste jetzt ohne Licht nach Norden, wobei ihm die jetzt waffenlose Predator folgte. Die Drohne meldete, das Fahrzeug erreiche Geschwindigkeiten bis zu neunzig Meilen in der Stunde.

»Ohne Licht durchs Gelände«, sagte Carter.

»Sieht so aus, als hätten wir ihn verfehlt«, meinte Taylor.

»Ja«, bestätigte Carter. »Und er lebt noch.«

In Casablanca hatte Gabriel nur Augen für die Videoaufnahmen der Sentinel. Geisterhaft grünliche Versionen von Keller und Michail bedrohten Jean-Luc Martel mit Waffen, und

Martel hielt einer der beiden Frauen eine Pistole an den Kopf – Natalie oder Olivia, das konnte Gabriel nicht feststellen. Mohammad Bakkar und vier seiner Männer waren vor dem Zelt versammelt, zielten mit ihren Waffen auf den Zelteingang. Weil der zentrale Platz beengt war, standen sie verhältnismäßig dicht beieinander. Gabriel versuchte, die Chancen zu berechnen. Sie waren besser, fand er, als gar keine. Er wollte eine Nachricht schreiben, überlegte sich die Sache anders und wählte stattdessen eine Nummer. Einige Sekunden später war zu sehen, wie der grünliche Christopher Keller in seine Jackentasche griff.

»Melde dich«, forderte Gabriel ihn mit zusammengebissenen Zähnen auf. »Melde dich, verdammt noch mal!«

Keller hielt seine Beretta in der rechten Hand, das vibrierende Satphone in der Linken. Sein Daumen schwebte über dem Display.

»Nicht«, sagte Martel heiser.

»Was wollen Sie dagegen tun, Jean-Luc?«

Martel packte eine Handvoll von Olivias Haaren und bohrte die Mündung der FB in ihre Schläfe. Keller berührte den Touchscreen und hob rasch das Telefon ans Ohr.

Gabriel bemühte sich darum, ruhig zu sprechen.

»Sie stehen direkt vor dem Zelteingang – Bakkar und vier andere. Sie sind dicht zusammengedrängt; ihre Waffen sind geladen und gesichert.«

»Weitere gute Nachrichten?«

»Saladin lebt noch.«

Keller ließ das Satphone sinken, ohne die Verbindung zu trennen, und sah zu Michail hinüber. »Sie stehen draußen und warten darauf, uns umlegen zu können. Fünf Männer, alle bewaffnet. Direkt vor dem Eingang«, fügte Keller nachdrücklich hinzu.

»Alle?«, fragte Michail.

Keller nickte, dann sah er wieder Martel an. »Khalil der Iraker ist nur noch ein Stück verschmortes Fleisch. Sagen Sie Mohammad, dass er uns gehen lassen soll, sonst ist er als Nächster dran.«

Martel zerrte Olivia zum Zeltausgang, ohne die Pistole von ihrer Schläfe zu nehmen. Keller ließ das Satphone aus seiner linken Hand zu Boden fallen, während er die Rechte hochriss. Er gab zwei Schüsse ab, den Doppelschlag eines Profis, die Martel im Gesicht trafen. Dann machte er eine halbe Drehung nach rechts und überschüttete gemeinsam mit Michail die fünf Männer vor dem Zelt mit einem Feuerhagel.

Als Gewehrschüsse die Zeltplane zerfetzten, zog Natalie Olivia mit sich zu Boden. Martel lag neben ihnen, hatte die FN noch in seiner leblosen Hand. Natalie schnappte sich die Pistole, zielte durch den Zeltausgang nach draußen und drückte ab. Und im Haus der Spione in Casablanca beobachtete Gabriel die Szene und hörte zu. Er beobachtete, wie die Mitglieder seines Teams um ihr Leben kämpften. Und er hörte Dauerfeuer und die Schreie Olivia Watsons.

60

MAROKKANISCHE SAHARA

Aus Gabriels Perspektive schien der Feuerkampf endlos lange zu dauern; aus Kellers Sicht nur wenige Sekunden. Als von draußen keine Schüsse mehr kamen, zog er wie Michail das leere Magazin aus dem Griff seiner Beretta und rammte ein neues hinein. Dann sah er nach unten und stellte überrascht fest, dass Natalie Martels Pistole in beiden ausgestreckten Händen hielt. Olivia kreischte hysterisch.

»Ist sie verletzt?«

Eine Seite von Olivias Gesicht war mit Blut und Gehirnmasse bedeckt. Natalie untersuchte sie rasch, konnte aber keine Schusswunde finden. Das Blut und die Gehirnmasse stammten von Martel.

»Ihr geht's gut.«

Vielleicht irgendwann wieder, dachte Keller, aber nicht in nächster Zeit. Er bückte sich und hob sein Satellitentelefon auf. »Was passiert dort draußen?«

»Nicht viel«, antwortete Gabriel.

»Bewegt sich noch jemand?«

»Der Mann in der Mitte. Die anderen sind tot, glaube ich.«

»Pech«, sagte Keller. »Was nun?«

Zwanzig Kilometer nördlich des Camps raste der letzte Toyota Land Cruiser, von der Predator verfolgt, weiter durch die Wüste.

»Wie lange kann diese Drohne noch im Einsatz bleiben?«, erkundigte Navot sich.

»Etwas über acht Stunden«, sagte Adrian Carter. »Außer die

Marokkaner bekommen heraus, dass wir auf ihrem Gebiet einen heimlichen Angriff geflogen haben. Dann müssen wir sie verdammt viel früher abziehen.«

»Und die andere?«, fragte Navot und nickte zu den Bildern aus dem Lager in der Wüste hinüber.

»Vierzehn Stunden.«

»Wie gut sind ihre Stealth-Eigenschaften?«

»Jedenfalls so gut, dass die Marokkaner sie nie entdecken werden.«

Eines der Telefone vor Carter signalisierte blinkend einen Anruf. Er hob den Hörer ans Ohr, hörte zu und fluchte dann leise.

»Was gibt's?«, fragte Navot.

»Die NSA meldet ein jähes Anschwellen des Funk- und Telefonverkehrs in Marokko.«

»Was für Verkehr?«

»Offenbar ist die Kacke am Dampfen.«

Das nächste Telefon blinkte. Diesmal rief Morris Payne aus dem Lageraum an.

»Verstanden«, sagte Carter, nachdem er kurz zugehört hatte, und legte auf. »Der marokkanische Botschafter hat im Weißen Haus angerufen, um zu fragen, ob die Vereinigten Staaten sein Land angegriffen haben.«

»Was haben Sie jetzt vor?«

»Die Verweildauer dieser Drohnen ist gerade erheblich kürzer geworden.

»Auch die der Stealth-Drohne?«

»Welcher Stealth-Drohne?«

Carter erteilte den Drohnenteams neue Befehle. Die Predator kurvte sofort nach Osten in Richtung algerische Grenze weg. Ihre IR-Kamera verfolgte das letzte SUV noch ungefähr zwei Minuten lang, bis seine Wärmesignatur von den Bildschirmen im Schwarzen Loch verschwand. Die Sentinel folgte wenig später. Das letzte Bild, das Navot sah, zeigte zwei Männer, die mit Pistolen in ihren ausgestreckten Händen vorsichtig das Zelt in der Wüste verließen.

Tatsächlich waren alle fünf Männer auf dem zentralen Platz des Camps getroffen, aber zwei von ihnen lebten noch schwer verletzt: Mohammad Bakkar und einer seiner Männer. Während Michail den Wachmann mit einem Kopfschuss erledigte, untersuchte Keller Bakkar im Sternenschein. Der marokkanische Drogenbaron war zweimal in die Brust getroffen worden. Sein Pullover war mit Blut getränkt, und er hustete Blut. Er hatte offensichtlich nicht mehr lange zu leben.

Keller ging bei ihm in die Hocke. »Wohin will er, Mohammad?«

»Wer?«, fragte Bakkar Blut spuckend.

»Saladin.«

»Ich kenne niemanden, der so heißt.«

»Vielleicht hilft das Ihrem Gedächtnis auf die Sprünge.«

Keller setzte die Mündung seiner Pistole auf Bakkars Knöchel und drückte ab. Die Schreie des Marokkaners erfüllten die Nacht.

»Wohin will er?«

»Das weiß ich nicht!«

»Natürlich wissen Sie das, Mohammad. Sie haben ihm nach den Anschlägen in Washington Zuflucht gewährt. Sie haben ihm das Geld gegeben, das er brauchte, um mein Land anzugreifen.«

»Und welches Land ist das? Sind Sie Franzose? Oder ein Scheißjude wie er?«

Dabei sah Bakkar zu Michail auf, der hinter Keller stand. Keller setzte die Mündung seiner Pistole auf die Wade des Marokkaners und drückte ab.

»Nein, ich bin Brite.«

»Ich scheiße auch auf Ihr Land«, sagte Bakkar vor Schmerzen stöhnend.

Keller schoss ihn seitlich ins Knie.

»Allahu Akbar!«

»Von mir aus«, sagte Keller gelassen. »Wo ist Saladin?«

»Ich habe Ihnen gesagt, dass ich …«

Ein weiterer Schuss in das zertrümmerte Knie. Bakkar war kurz davor, ohnmächtig zu werden. Keller schlug ihm kräftig ins Gesicht.

»Hat er Ihnen befohlen, uns zu erschießen?«

Der Marokkaner nickte.

»Und was sollten Sie danach tun?«

Bakkars Augen begannen sich zu schließen. Keller spürte ihn entgleiten.

»Wohin, Mohammad? Wohin will er?«

»Eines meiner … Häuser.«

»Wo? Im Rif-Gebirge? Im Atlas?«

Bakkar hustete Blut.

»Wo, Mohammad?«, fragte Keller und schüttelte den Marokkaner heftig. »Sagen Sie mir, wohin er will, damit ich Ihnen helfen kann.«

»Fès«, keuchte Bakkar. »Er will … nach Fès.«

Die Augen des Marokkaners wurden glanzlos. Trotz des Bluts, trotz aller Schmerzen wirkte er zutiefst befriedigt.

»Sie belügen mich, nicht wahr, Mohammad?«

»Ja.«

»Wohin will er?«

»Wer?«

»Saladin.«

»Paradies«, sagte Bakkar. »Ich gehe ins Paradies ein.«

»Das glaube ich eher nicht«, widersprach Keller.

Er setzte ihm die Mündung seiner Beretta auf die Stirn und drückte ein letztes Mal ab.

Von den fünf Toten auf dem zentralen Platz des Lagers besaß nur Bakkar ein Mobiltelefon. Das Samsung Galaxy steckte mit herausgenommenem Akku und SIM-Karte in seiner Hosentasche. Keller baute es zusammen und schaltete es ein, während Michail und Natalie sich um Olivia kümmerten. Hier gab es keine Fahrzeuge mehr – für seinen verzweifelten Fluchtversuch hatte Saladin alle vier beschlagnahmt –, sodass ihnen nichts anderes übrig blieb, als den Rückweg zu Fuß anzutreten. Sie nahmen nur mit, was sie leicht tragen konnten: warme Kleidung, Smartphones, Reisepässe, Geldbeutel und zwei Kalaschnikows mit vollen Magazinen. Sie machten sich nicht die Mühe, im Lager Stablampen zu suchen. Der Mond war hell genug, um ihren Weg zu beleuchten.

Sie verließen das Camp um 23.05 Uhr Ortszeit und marschierten nach Westen ins Sandmeer hinein; Keller an der Spitze, dann die beiden Frauen, zum Schluss Michail. In der rechten Hand hielt Keller Mohammad Bakkars Smartphone. Er kontrollierte den Ladezustand. Zwölf Prozent.

»Scheiße«, sagte er. »Hat zufällig jemand ein Ladegerät?«

Darüber musste sogar Olivia lachen.

In Casablanca zogen Gabriel und Jaakov Rossman eine nüchterne Bilanz ihres Unternehmens. Seine Trümmer lagen über der südmarokkanischen Wüste von der algerischen Grenze bis zu den Sanddünen des Ergs Chebbi verstreut. Zwei Toyota Land Cruiser waren rauchende Wracks, das dritte SUV lag demoliert auf der Seite. Und der vierte Toyota, der vermutlich Saladin beförderte, der ausgesehen hatte, als bräuchte er eine Notoperation, war zuletzt nach Nordwesten in Richtung Mittlerer Atlas gerast. Jean-Luc Martel, ein prominenter, aber auch zutiefst korrupter französischer Geschäftsmann, lag wie der marokkanische Drogenbaron Mohammad Bakkar und vier seiner Männer tot in einem abgelegenen Wüstencamp. Bakkars

Smartphone befand sich im Besitz eines britischen Geheimdienstoffiziers. Die Ladeanzeige stand bei zehn Prozent und ging rasch weiter zurück.

»Abgesehen davon«, sagte Gabriel, »ist alles genau nach Plan gelaufen.«

»Saladin wäre tot, wenn die Amerikaner das richtige SUV erraten hätten.«

Gabriel sagte nichts.

»Du denkst doch wohl nicht daran …«

»Natürlich tue ich das.«

Gabriel sah auf den Bildschirm seines Laptops. Er hatte eine Landkarte von Südmarokko aufgerufen, auf der zwei blaue Lichtpunkte sich von Chamlia aus nach Osten durch die Wüste bewegten, während ein roter Lichtpunkt langsam nach Westen kroch. Die farbigen Punkte waren nur drei bis vier Kilometer voneinander entfernt.

»Demnächst«, sagte Jaakov, »wimmelt es in der Südostecke Marokkos von Soldaten und Gendarmen. Sie werden nicht lange brauchen, um zwei brennende Toyotas und ein Wüstencamp voller Leichen zu finden. Und dann ist dort die Hölle los.«

»So weit ist's längst.«

»Deshalb musst du das Team anweisen, die Waffen zu vergraben und schleunigst den Notausstieg in Agadir zu benutzen. Mit etwas Glück können sie vor Sonnenaufgang dort sein, und wir bringen sie sofort in Sicherheit. Andernfalls können sie sich in einem Strandhotel verkriechen und morgen nach Einbruch der Dunkelheit am Treffpunkt sein.«

»Das ist die sichere Methode.«

»Von ›sicher‹ kann keine Rede sein.«

»Und wir?«, fragte Gabriel.

»Die Gendarmerie wird das Land bald mit Straßensperren überziehen. Am besten übernachten wir hier und nehmen morgen ein Flugzeug. Wir fliegen nach Paris oder London und von dort aus nach Hause.«

»Was ist mit Saladin?«

»Der trifft seine Reisearrangements selbst.«

»Genau das befürchte ich.«

Auf dem Bildschirm hatten die blauen Lichtpunkte den roten erreicht, und kurze Zeit später bewegten die drei sich durch die Wüste nach Westen auf das Dorf Chamlia zu.

»Was teilst du ihnen mit?«, fragte Jaakov.

Gabriel tippte rasch einen kurzen Text und drückte auf *Senden*. Die Nachricht war nur vier Worte lang.

HANDY LADEN UND EINSCHALTEN …

61

MAROKKANISCHE SAHARA

Ein gesicherter Upload war nicht möglich – nicht in einem Wüstengebiet ohne Handyempfang –, deshalb durchsuchten sie das Samsung auf altmodische Weise: Anruf für Anruf, SMS für SMS, die gesamte Chronik. Natalie, die am besten Arabisch sprach, war für die Auswertung zuständig, während Keller die Informationen übers Satellitentelefon nach Casablanca übermittelte. Sie saßen auf dem Rücksitz des Nissan Pathfinders, der von Dina gefahren wurde, während Eli Lavon als ihr Navigator fungierte. Michail und Olivia fuhren in dem Jeep Cherokee.

»Wie geht es ihr?«, fragte Gabriel.

»Sie hält sich einigermaßen. Aber wir müssen sie außer Landes schaffen. Möglichst noch heute Abend.«

»Ich bin dabei, das zu arrangieren. Gib mir die nächste Nummer.«

Mohammad Bakkar hatte das Samsung anscheinend noch nicht lange besessen. Laut Anruferliste war der erste Anruf gestern Abend um 19.19 Uhr eingegangen. Die Zeit passte zu dem Anruf, den Jean-Luc Martel bekommen hatte, als er mit Keller in der Bar des Palais Faraj in Fès gesessen hatte. Auch die Rufnummer stimmte. Der Mann, der Martel angerufen hatte, um den Termin für die Besprechung im Wüstencamp zu vereinbaren, hatte Mohammad Bakkar sofort mitgeteilt, das Treffen könne stattfinden. Daraufhin hatte Bakkar um 19.21 Uhr seinerseits telefoniert

»Sag mir die Nummer!«, verlangte Gabriel.

Keller gab sie durch.

»Bitte noch mal!«

Keller wiederholte sie.

»Das ist Nazir Bensaïd.«

Bensaïd war der marokkanische Dschihadist und IS-Angehörige, der Martel und dem Team von Casablanca nach Fès und von Fès in den Mittleren Atlas gefolgt war.

»Wenige Minuten später hat Bakkar mit noch jemandem telefoniert«, sagte Keller.

»Mit welcher Nummer?«

Keller diktierte sie ihm.

»Erscheint die sonst noch irgendwo?«

Keller gab die Frage an Natalie weiter, die rasch die Verzeichnisse durchsuchte. Bakkar hatte diese Nummer schon um 17.16 Uhr angerufen – und war um 17.23 Uhr zurückgerufen worden.

Keller gab die Informationen an Gabriel weiter.

»Wer ist das wohl?«

»Vielleicht der Ehrengast?«

Gabriel beendete das Gespräch und rief Adrian Carter in Langley an.

»Wo steckt Nazir Bensaïd?«, fragte er.

»Sein Handy ist wieder in Fès. Ob Nazir es noch in der Tasche hat, ist unklar.«

Gabriel diktierte Carter die Nummer, die Mohammad Bakkar dreimal angerufen hatte – einmal am Vortag um 19.21 Uhr, zweimal an diesem Nachmittag vor dem Treffen in der Wüste.

»Irgendeine Idee, wem sie gehören könnte?«, fragte Carter.

»Ich tippe auf Saladin«, antwortete Gabriel.

»Wo hast du sie her?«

»Nummernspeicher.«

»Wieso sind wir darauf nicht selbst gekommen? Ich gebe sie gleich der NSA. Und du sagst deinem Team«, fügte Carter hinzu, »dass es gut auf dieses Handy aufpassen soll.«

Zwanzig Minuten, nachdem sie das Lager der Berber-Nomaden passiert hatten, wählte Mohammad Bakkars Smartphone sich wieder in das marokkanische Mobilfunknetz ein. Es empfing keine alten Textnachrichten, keine auf den Anrufbeantworter gesprochenen Nachrichten, keine Mitteilungen irgendwelcher Art. Das meldete Keller Gabriel und verlangte weitere Anweisungen. Gabriel wies das Team an, auf der Nationalstraße N13 bis zu der Wüstenstadt Rissani am Rand der Oase Tafilalet zu fahren. Dort sollten sie auf die N13 wechseln, die nach Westen, nach Agadir am Atlantik führte.

»Und dort erwartet uns Saladin?«

»Das bezweifle ich«, sagte Gabriel.

»Wieso fahren wir dann hin?«

»Weil Agadir viel schöner ist als das Vernehmungszentrum Temara.«

»Was ist mit den Waffen?«

»Die lasst ihr in der Wüste. Unterwegs müsst ihr mit Straßensperren rechnen.«

»Und was machen wir dann?«

»Improvisieren.«

Die Verbindung brach ab.

»Wie lauten seine Anweisungen?«, fragte Eli Lavon.

»Wir sollen improvisieren.«

»Was ist mit den Waffen?«

»Die sollen wir vorerst behalten«, sagte Keller. »Für alle Fälle.«

Das Wüstendorf Chamlia erreichten sie erst nach Mitternacht. Als Dina auf die N13 nach Norden abbog, donnerten zwei Hubschrauber auf Ostkurs über sie hinweg.

»Könnte eine Routinepatrouille sein«, sagte Keller.

»Vielleicht«, meinte Eli Lavon skeptisch.

Die Kalaschnikow, die Keller aus dem Lager mitgenommen

hatte, steckte in einem im Laderaum liegenden Seesack; seine Beretta hatte er hinten im Hosenbund. Er sah sich kurz um und stellte fest, dass der Jeep Cherokee ihnen mit ungefähr hundert Metern Abstand folgte. Er fragte sich, wie Olivia eine längere Vernehmung durch marokkanische Gendarmen überstehen würde. Vermutlich nicht gut.

Als er wieder nach vorn sah, kamen ihnen mehrere Fahrzeuge mit eingeschalteten Einsatzleuchten entgegen. Die Wagen rasten an ihnen vorbei.

»Das hat nicht gut ausgesehen«, sagte Lavon. »Weißt du bestimmt, dass wir die Waffen nicht entsorgen sollen?«

Keller gab keine Antwort. Er starrte Mohammad Bakkars Smartphone an, das in seiner Hand vibrierte. Auf dem Display erschien eine Textnachricht in arabischer Schrift – von der Nummer, die Bakkar nachmittags angerufen hatte. Keller hielt das Mobiltelefon Natalie hin. Sie bekam große Augen, als sie die Nachricht las.

»Wie lautet sie?«, fragte Keller.

»Er will wissen, ob wir tot sind.«

»Echt? Von wem die wohl kommt?«

Keller nahm das Satellitentelefon in die Hand und begann zu wählen, hörte aber auf, als er mitten auf der Straße einen Gendarmen mit einer roten Leuchtkelle stehen sah.

»Was soll ich tun?«, fragte Dina.

»Du solltest unbedingt halten«, antwortete Keller.

Dina bremste und hielt am Straßenrand. Hinter ihr brachte Jossi Gavisch den Cherokee zum Stehen.

»Was soll ich sagen?«, fragte Dina.

»Improvisiere«, schlug Keller vor.

»Was ist, wenn sie mir nicht glauben?«

Keller sah auf die Textnachricht auf Bakkars Smartphone hinunter.

»Wenn sie dir nicht glauben«, sagte er, »sterben sie.«

62

RISSANI, MAROKKO

Dina sprach den Gendarmen auf Deutsch an: sehr schnell und hörbar verängstigt. Sie erklärte ihm, ihre Freunde und sie hätten in der Wüste gecampt und seien durch Explosionen und Schüsse aufgeschreckt worden. Aus Angst um ihr Leben hätten sie alles zurückgelassen und seien in Panik geflüchtet.

»*En français*, Madame! Bitte auf Französisch.«

»Ich spreche kein Französisch«, antwortete Dina auf Deutsch.

»Englisch?«

»Ja, ich spreche Englisch.«

Aber sie sprach mit so starkem Akzent, dass sie nicht besser zu verstehen war als zuvor. Der Gendarm blätterte frustriert in ihrem Reisepass, während sein Partner langsam um das SUV herumging. Der Lichtstrahl seiner Stablampe erfasste sekundenlang Kellers Gesicht, sodass Keller schon überlegte, ob er nach seiner Beretta greifen sollte. Schließlich trat der Uniformierte an die Heckklappe des Nissans und klopfte mit einem Fingerknöchel aufs Glas.

»Aufmachen«, verlangte er auf Arabisch, aber sein Partner winkte ab. Er gab Dinas Pass zurück und fragte nach ihrem Fahrtziel. Und als Dina auf Deutsch antwortete, winkte er sie mit seiner beleuchteten Kelle durch. Den Jeep Cherokee auch.

Keller drückte Natalie Bakkars Mobiltelefon in die Hand. »Antworte ihm.«

»Was soll ich schreiben?«

»Dass wir tot sind, versteht sich.«

»Aber …«

»Beeil dich!«, drängte Keller. »Wir haben ihn schon lange genug warten lassen.«

Natalies Antwort bestand aus einem einzigen Wort: AIWA, Ja auf Arabisch. Am anderen Ende schrieb jemand sofort zurück. Wieder nur ein einziges Wort in arabischer Schrift.

»Was schreibt er?«, wollte Keller wissen.

»*Al-Hamdulillar.* Das bedeutet …«

»Gott sei Dank.«

»Mehr oder weniger.«

»In Wirklichkeit bedeutet es«, sagte Keller, »dass wir ihn haben.«

»Oder einen engen Vertrauten.«

»Auch nicht schlecht.«

Keller rief Gabriel übers Satphone an und berichtete, was sich ereignet hatte.

»Du hättest mich fragen können, bevor du ihm geantwortet hast.«

»Dafür war keine Zeit.«

»Bleibt in Verbindung mit ihm.«

»Wie?«

»Fragt ihn, ob er verletzt ist.«

Keller forderte Natalie auf, diese Frage zu stellen. Eine Minute später war die Antwort da.

»Er ist verletzt«, sagte sie.

»Fragt ihn, ob die anderen bei dem Drohnenangriff umgekommen sind«, verlangte Gabriel.

»Übertreib's nicht«, warnte Keller.

»Fragt ihn, verdammt noch mal!«

Natalie stellte die Frage. Wieder kam die Antwort sofort.

»Viele Brüder sind umgekommen«, erschien auf dem Display.

»Frag ihn, wie viele Brüder jetzt bei ihm sind.«

Natalie schrieb die Frage und sendete sie.

»Zwei«, sagte sie einen Augenblick später.

»Sind sie auch verletzt?«

Eine kurze Frage, eine kurze Antwort.

»Nein.«

»Braucht er einen Arzt?«

»Vorsicht«, mahnte Keller.

»Fragt ihn«, knurrte Gabriel.

Diesmal mussten sie fast zehn Minuten auf seine Antwort warten.

»Ja«, sagte Natalie. »Er braucht einen.«

Danach herrschte zunächst nachdenkliches Schweigen.

»Wir müssen wissen, wohin er unterwegs ist«, sagte Gabriel schließlich.

»Ortet sein Telefon«, empfahl Keller.

»Sobald er's ausschaltet, verlieren wir ihn. Du musst ihn nach seinem Ziel fragen.«

Natalie tippte die Frage und sendete sie. Die Antwort war bewusst vage.

AL RIAD. Das Haus.

»Das genügt nicht. Wir brauchen mehr«, sagte Gabriel.

»Wir können ihn schlecht fragen, welches Haus er meint.«

»Schreib ihm, dass du Nazir schickst, der sich um ihn kümmern soll, bis der Arzt kommt.«

»Du weißt hoffentlich, was du tust«, sagte Keller.

»Schreibt, was ich sage.«

Das tat Natalie. Dann schrieb sie eine weitere Nachricht, die an Nazir Bensaïd ging. Bis die Antwort kam, vergingen fünf lange Minuten.

»Wir haben ihn!«, sagte Natalie. »Er ist unterwegs.«

Keller hob das Satphone ans Ohr. »Sollen wir weiter nach Agadir fahren?«

»Nicht alle«, antwortete Gabriel.

»Schade, dass die Waffen weg sind.«

»Glaubst du, dass du sie wiederfinden kannst?«

»Ja«, sagte Keller. »Ich weiß, wo ich nachsehen muss, denke ich.«

Der nächste Anruf, der im Haus der Spione in Casablanca einging, kam von Adrian Carter.

»Wir hatten sein Telefon drei bis vier Minuten lang, aber er hat's wieder ausgeschaltet.«

»Ja, ich weiß.«

»Woher?«

»Er hat mit uns gesprochen.«

»Was?«

Gabriel erklärte es ihm.

»Irgendeine Idee, wo das Haus stehen könnte?«

»Ich wollte ihn lieber nicht danach fragen. Außerdem haben wir Nazir Bensaïd, der uns hinführen wird.«

»Er ist bereits unterwegs«, sagte Carter.

»Wohin?«

»Er verlässt Fès, will offenbar in den Mittleren Atlas.«

»Wo er sich um den verletzten Saladin kümmern soll«, sagte Gabriel, »bis der Arzt kommt.«

»Denken Sie an einen Hausbesuch?«

»Nach Art des Diensts.«

»Dabei können Sie nicht mit Unterstützung rechnen, fürchte ich.«

»Könnten wir uns eine Ihrer Drohnen zur Überwachung ausleihen?«

»Ausgeschlossen!«

»Wann überfliegt Ihr nächster Satellit Marokko?«

Carter rief die Frage in den Raum und bekam sofort eine Antwort.

»Um vier Uhr morgens haben wir einen über dem Osten Marokkos.«

»Viel Spaß bei der Show«, sagte Gabriel.

»Du denkst nicht etwa daran, selbst hinzufahren?«

»Ich verlasse Marokko nicht ohne ihn, Adrian.«

»Sorgen macht mir der erste Teil dieses Satzes.«

Gabriel legte wortlos auf und sah zu Jaakov hinüber. »Wir müssen hier aufräumen und schleunigst losfahren.«

Jaakov stand stocksteif da.

»Bist du mit meiner Entscheidung nicht einverstanden?«

»Doch, aber ...«

»Machen die verdammten Dschinnen dir etwa Sorgen?«

»Wir sollen nachts keinen Lärm machen.«

Gabriel klappte seinen Laptop zu. »Schön, dann verschwinden wir unauffällig. Das ist sowieso besser.«

Fünf Minuten später wurden die marokkanischen Streitkräfte und Sicherheitsdienste in höchste Alarmbereitschaft versetzt. In dem allgemeinen Durcheinander übersahen sie jedoch zwei kleine, aber bedeutsame Verschiebungen von Personen und Material. Die erste ereignete sich in den Außenbezirken von Rissani, wo ein Jeep Cherokee und ein Nissan Pathfinder vor der Kreuzung zweier Fernstraßen kurz hielten. Dort tauschten zwei Männer die Plätze: ein kleiner, gelehrt wirkender Mann gegen einen schlaksigen großen. Dann trennten die beiden Wagen sich. Der Jeep fuhr nach Westen in Richtung Atlantik, der Nissan nach Norden in Richtung Mittlerer Atlas. Die Insassen des Cherokees wussten, was sie erwartete, aber auf die des Pathfinders wartete ein ungewisseres Schicksal. Sie besaßen zwei Beretta-Pistolen, zwei Kalaschnikows, Pässe, Kreditkarten, Bargeld, Handys und ein Satellitentelefon. Vor allem besaßen sie ein Smartphone, das der prominenteste Drogenbaron Marokkos kurz benutzt hatte. Ein Mobiltelefon, das sie hoffentlich zu Saladin führen würde.

Die zweite Verschiebung fand über sechshundert Kilometer nordöstlicher in Casablanca statt, wo zwei Männer sich aus einer alten Villa schlichen, um die Dämonen nicht zu wecken, und ihr Gepäck in einem gemieteten Peugeot verstauten. Sie fuhren über die leeren Boulevards des alten Kolonialviertels und passierten verfallende Art-nouveau-Bauten, die modernen Apartmentblocks der Neureichen und die Bidonvilles der ganz Armen, bis sie endlich die Autobahn erreichten. Während der jüngere der beiden Männer schnell und sicher fuhr, sah der ältere seine Beretta durch und lud sie neu. Er hatte hier nichts verloren, das stimmte. Er war jetzt der Direktor und musste als solcher seinen Platz kennen. Andererseits gab es für alles ein erstes Mal.

Er steckte die geladene Pistole hinten in seinen Hosenbund und sah auf sein Mobiltelefon. Dann starrte er wieder aus dem Seitenfenster in die Nacht hinaus.

»Was denkst du?«, fragte der Jüngere.

»Ich denke, dass du schneller fahren musst.«

»Ich habe noch nie einen Direktor gefahren.«

Der ältere Mann lächelte.

»Ist das alles, was du gedacht hast?«

»Warum fragst du das?«

»Weil's so ausgesehen hat, als würdest du einen Abzug betätigen.«

»Mit welcher Hand?«

»Links«, sagte der Jüngere. »Eindeutig mit links.«

Der Ältere sah wieder aus seinem Fenster. »Wie oft?«

63

MITTLERER ATLAS, MAROKKO

Das Mobiltelefon bewegte sich stetig nach Süden, über die Ebene um Fès, auf die Ausläufer des Mittleren Atlas zu. Allerdings war nicht sicher, ob es sich tatsächlich im Besitz von Nazir Bensaïd befand. Seit dem Abzug der Drohnen konnten sie Zielpersonen nicht mehr überwachen, und weder die NSA noch die Einheit 8200 hatten es geschafft, das Mikrofon oder die Kamera des Smartphones zu aktivieren. Theoretisch konnte das Gerät auf der Ladefläche eines alten Pick-ups liegen, während Bensaïd sich irgendwo im Labyrinth der alten Medina von Fès herumtrieb.

Es war 1.30 Uhr morgens, als das Smartphone die Berberstadt Imouzzer erreichte. Auf der Fahrt die Hauptstraße entlang verringerte sich sein Tempo. Gabriel, der von Adrian Carter auf dem Laufenden gehalten wurde, fragte sich, ob der Erfolg vielleicht schon greifbar nahe war. Einem Mann auf der Flucht hatte ein Ort wie Imouzzer viel zu bieten, dachte er. Er war klein genug, sodass westliche Ausländer sofort auffielen, aber auch belebt genug, dass ein Mann in traditioneller Kleidung sich frei bewegen konnte. Der Mittlere Atlas bot notfalls Zuflucht im Bergland, und die Freuden von Fès waren nur eine Autostunde entfernt. Vor Gabriels innerem Auge erschien ein Bild: ein großer, kräftig gebauter Mann, der in einer Dschellaba mit Kapuze durch die engen Gassen der Medina hinkte.

Um 1.35 Uhr verließ das Mobiltelefon jedoch Imouzzer und bewegte sich schneller werdend nach Ifrane, einem Ski-Resort, das aussah wie aus den Alpen nach Nordafrika verpflanzt. Gabriel gestattete sich erneut, an einen baldigen Erfolg zu glauben. Diesmal stellte er sich die Zielperson anders gekleidet vor – Après-Ski-Kleidung statt Dschellaba –, als verbringe sie den Winter nach den Washingtoner Anschlägen im Komfort eines Hotels im Schweizer Stil. Aber als das Handy auch Ifrane verließ, löschte Gabriel auch dieses Bild und wartete auf neue Informationen von Adrian Carter im Schwarzen Loch in Langley.

»Schneller«, sagte er. »Du musst schneller fahren.«

»Ich fahre, so schnell ich kann«, antwortete Jaakov.

»Nicht du«, sagte Gabriel. *»Er.«*

Die nächste Kleinstadt auf der Route des Mobiltelefons war Azrou. Dort bog es auf die N13 ab, die den Mittleren Atlas mit der Sahara verband – dieselbe Fernstraße, auf der Keller, Michail, Natalie und Dina jetzt nach Norden unterwegs waren. Es durchquerte eine Kette von Berberdörfern – Timahdite, Aït Oufella, Boulajoul –, bevor es einige Hundert Meter vor der Kleinstadt Zaïda haltmachte. Dort konnte sich alles Mögliche befinden: ein Haus, eine Burg, ein Kamelhaarzelt auf steinigem Grund. Fast zehn endlos lange Minuten verstrichen, bevor auf Mohammad Bakkars Handy eine Textnachricht einging. Keller las sie Gabriel laut vor.

»Der Bruder ist sehr schwer verletzt, sagt Nazar.«

»Wie schade.«

»Er braucht schnell einen Arzt, sagt Nazar. Sonst kommt er vielleicht nicht durch.«

»Gut, sehr gut!«

»Denkst du etwa daran, der Natur ihren Lauf zu lassen?«

»Natürlich nicht«, sagte Gabriel. »Sag ihm, dass ein Arzt unterwegs ist. Dass er aus Fès kommt.«

Danach herrschte Schweigen, während Natalie die Mitteilung auf Arabisch schrieb und übermittelte. Einige Sekunden später hörte Gabriel das *Ping*, das eine Antwort meldete.

»Alhamdulillah«, sagte Keller.

»Ganz deiner Meinung.«

Gabriel hörte ein weiteres Ping. »Was schreibt er?«

»Er will wissen, wo ich bin.«

»Seit wann seid ihr Freunde?«

»Er hält mich für …«

»Ja, ich weiß«, sagte Gabriel. »Schreib ihm, dass es unerwartet lange gedauert hat, den Transport zu organisieren. Und dass du in spätestens zwei Stunden eintriffst.«

Wieder Schweigen, während Natalie die Nachricht schrieb und sendete.

»Keine Antwort?«

»Nein.«

»Arbeitet er an einer?«

»Anscheinend nicht.«

»Teil ihm mit, dass du dir Sorgen wegen der Sicherheit des Bruders machst.«

Einige Sekunden verstrichen, dann berichtete Keller: »Gesendet.«

»Frag ihn, wie viele Brüder mit ihm in dem Riad sind.«

Textnachrichten gingen hin und her, dann meldete Keller: »Vier.«

»Jetzt frag ihn, ob sie Waffen haben, um sich vor den Ungläubigen zu schützen.«

Die Antwort kam wieder prompt.

»Sie scheinen gut bewaffnet zu sein«, sagte Keller. »Sonst noch Fragen?«

»Nein, keine mehr. Alles Weitere erfahren wir von dem Satelliten.«

»Wo bist du jetzt?«

Gabriel blickte über die dunkle Landschaft hinaus. »Auf dem Mars«, sagte er düster. »Ihr?«

»In einem Kaff namens Kerrandou. Hundert bis hundertzehn Kilometer von Zaïda entfernt. Wenn's keine weiteren Straßensperren gibt, sind wir in eineinhalb Stunden da.«

»Wir sind dann dicht hinter euch.«

Gabriel beendete die Verbindung und rief das Schwarze Loch in Langley an.

»Wir haben ihn«, teilte er Adrian Carter mit.

»Der Satellit ist um vier Uhr eurer Zeit über euch.«

»Garantiert?«

»Keine Sorge, es ist ein Spionagesatellit«, sagte Carter. »Und dort oben herrscht nicht viel unerwarteter Verkehr.«

64

ZAÏDA, MAROKKO

Zaïda war eine triste, staubige Kleinstadt aus graubraunen Gebäuden. Die Cafés und Geschäfte an der breiten Hauptstraße waren mit eisernen Rollläden gesichert, und die einzigen Lebewesen waren drei Männer, die an einer verfallenden Bushaltestelle warteten. Ein Jeep Cherokee voller Touristen zog ihre ungeteilte Aufmerksamkeit auf sich. Ihre säuerlichen Mienen zeigten, dass Fremde hier nicht willkommen wären – vor allem nicht um halb vier Uhr morgens.

»Hier fühlt Saladin sich bestimmt wohl«, meinte Keller.

»Glaubst du, dass sie einen großen Iraker kennen, der im Osten von Zaïda lebt?«, fragte Michail.

»Das bezweifle ich.«

»Ich würde mir seinen Besitz gern im Vorbeifahren ansehen.«

»Zu riskant. Wir warten lieber auf den Satelliten.«

Dina fuhr durch die Kleinstadt, ohne langsamer zu werden, und erreichte wieder eine kahle, baumlose Landschaft. Nach ungefähr zweieinhalb Kilometern zweigte eine unbefestigte Straße zu einem kleinen See von der Art ab, an dem eine marokkanische Familie an einem kühlen Herbsttag eine Decke ausbreiten und für ein paar Stunden ihre Sorgen vergessen konnte. Dina parkte an der Einmündung und stellte den Motor ab, während Keller ihren Standort an Gabriel durchgab. Wenige Minuten später kam die nächste Textnachricht von Nazir Bensaïd. Der Zustand des Bruders verschlechterte sich offenbar. Wann würde der Arzt eintreffen? Bald, versicherte Natalie ihm. Inschallah.

»Da kommen sie!«, sagte Dina.

Als sie kurz aufblendete, bog der Pathfinder ebenfalls ab und hielt bei ihnen. Keller und Natalie gingen hinüber und stiegen hinten ein. Keller las die Uhrzeit von Mohammad Bakkars Handy ab. Es war gleich 3.45 Uhr.

»Komischer Zufall, dass wir uns hier treffen. Wie war die Fahrt?«

Weder Gabriel noch Jaakov antwortete.

Keller starrte aus dem Fenster. »Wo bleiben Mohammad und dieser Arzt bloß?«

»Vielleicht hat er eine Autopanne«, schlug Gabriel vor.

»Oder eine Gehbehinderung«, meinte Keller. »Oder er kann nicht mehr vernünftig denken.«

Er sah nochmals auf das Smartphone: *3.46 …*

»Glaubst du, dass die Marokkaner das Lager schon gefunden haben?«

»Ziemlich sicher.«

»Eine tolle Story, was? Ein marokkanischer Drogenbaron und ein schillernder französischer Geschäftsmann gemeinsam tot aufgefunden.«

»Fast so sensationell wie die von dem fehlgeschlagenen US-Drohnenangriff auf marokkanischem Boden.«

»Ich bin gespannt, wie lange es dauert, bis der bekannt wird. Ich wette, dass …«

Keller brachte den Satz nicht zu Ende.

3.47 …

Um Punkt vier Uhr rief Gabriel Carter an. Weitere zehn Minuten vergingen, während die Kameras und Sensoren des Satelliten das Ziel erfassten.

»Es handelt sich um einen von einer Mauer umgebenen Komplex. Ein großes Hauptgebäude, zwei kleinere Nebengebäude.«

»Wie hoch ist die Mauer?«

»Schwer zu beurteilen, vor allem nachts. Ihr müsst dran vorbeifahren oder eure Fantasie benutzen.«

»Ist das Tor offen oder geschlossen?«

»Geschlossen«, sagte Carter. »Und Nazir Bensaïds Renault steht eindeutig auf dem Hof.«

»Wie viele Männer?«

»Zwei draußen, drei drinnen. Vor und im Hauptgebäude. Ziemlich eng beieinander.«

»Sie bewachen einen Verletzten.«

»Sieht so aus.«

»Wo sind sie im Haus?«

»Obergeschoss, Südostecke.«

»Richtung Mekka.«

»In diesem Raum gibt's noch weitere Wärmequellen«, sagte Carter. »Kyle tippt auf mehrere Computer.«

»Und Gott weiß, dass Kyle sich niemals irrt.«

»Möglicherweise habt ihr den Komplex gefunden, von dem aus er die Anschläge koordiniert hat. Auf diesen Computern müssten wertvolle Informationen über sein Netzwerk gespeichert sein.«

»Schlägst du vor, dass wir zusammenraffen sollen, was wir tragen können?«

»Wäre vielleicht keine schlechte Idee.«

»Kannst du uns sonst noch irgendwas sagen?«

»Auf dem Hof scheint er zwei Hunde zu halten. Große Köter«, fügte Carter hinzu.

Gabriel fluchte halblaut. Seine Angst vor Hunden war in der Welt der Geheimdienste wohlbekannt.

»Tut mir leid, dass ich dir diese Hiobsbotschaft überbringen musste«, sagte Carter mitfühlend.

»Welcher islamische Extremist mit einem Funken Selbstachtung würde in seinem Haus Hunde halten?«

»Einer, der sich nicht darauf verlassen will, dass Katzen ihn vor Eindringlingen warnen. Und noch was«, sagte Carter. »Die NSA hat Polizei und Militär in Marokko abgehört.«

»Und?«

»Diese Jungs wissen genau, dass wir letzte Nacht einen Drohnenangriff über ihrem Gebiet geflogen haben. Und sie wissen, dass Mohammad Bakkar und Jean-Luc Martel tot sind.«

»Wann gehen sie damit voraussichtlich an die Öffentlichkeit?«

»Ich vermute mal, dass die Marokkaner davon beim Frühstück erfahren werden.«

»Dann sollten wir vielleicht dafür sorgen, dass ein anderes Thema wichtiger wird.«

»Wir?«

»Ruf mich an, wenn sich irgendwas verändert.«

Gabriel beendete das Gespräch.

»Probleme?«, fragte Keller.

»Zwei Hunde und ein abgesperrtes Tor.«

»Gegen die Hunde kann ich nicht viel machen, aber das Tor dürfte kein Problem sein.«

Keller gab Bakkars Smartphone Natalie, die eine Nachricht schrieb und Nazir Bensaïd schickte. Diesmal war die Antwort binnen Sekunden da.

»Wird gemacht.«

Aus dem Haus der Spione in Casablanca hatten Gabriel und Jaakov mehr als nur ihre Computer und abhörsicheren Handys mitgebracht. Außerdem hatten sie zwei Pistolen Jericho 941 Kaliber .45 und zwei Maschinenpistolen Uzi Pro. Gabriel gab Jaakov eine Pistole und eine MP, während Natalie eine Uzi Pro bekam. Er selbst behielt nur eine Jericho 941.

»Die perfekte Selbstverteidigungswaffe«, sagte Keller.

»Auch perfekt, um Leute abzuknallen, die unerwünschte Ratschläge erteilen.«

»Ich will mich nicht in Familiendinge einmischen, aber …«

»Dann tu's nicht«, sagte Gabriel.

Keller dachte angelegentlich nach. »Wie viele Hunde sind dort auf dem Hof? Einer oder zwei?«

Gabriel sagte nichts.

»Überlass die Sache Michail und mir. Oder noch besser«, fuhr Keller fort, »schick Jaakov allein rein. Ich wette, dass er so was schon öfter gemacht hat.«

Jaakov, der gerade seine MP lud, nickte Gabriel zu. »Er hat recht, Boss.«

»Nicht auch noch du!«

»Die Aufklärungsergebnisse des Satelliten sind nur beschränkt nutzbar. *Nicht* sagen kann er uns, ob der Komplex mit Sprengfallen gespickt ist oder die Männer Sprengstoffwesten tragen.«

»Dann sollten wir annehmen, dass sie welche tragen.«

Jaakov legte Gabriel eine Hand auf die Schulter. »Du bist kein junger Mann mehr. Du bist jetzt der Direktor. Überlass diese Sache uns dreien. Bleib einfach bei …«

»Bei den Frauen?«

»So war's nicht gemeint«, beteuerte Jaakov verlegen. »Aber irgendjemand muss sich um sie kümmern.«

»Dina war beim Militär genau wie wir alle. Sie braucht keinen männlichen Schutz«.«

»Aber …«

»Zur Kenntnis genommen, Jaakov. Fährst du oder soll ich lieber selbst fahren?«

Jaakov zögerte noch, dann setzte er sich kopfschüttelnd ans Steuer. Michail stieg vorn rechts ein; Gabriel und Keller bekamen den Rücksitz. Natalie sah ihnen nach, als sie in Richtung Zaïda davonfuhren. Dann ging sie zu dem Cherokee zurück, an dessen Steuer Dina saß. Sie stieg rechts ein, legte die Uzi Pro vor sich in den Fußraum und las die Uhrzeit von Mohammad Bakkars Handy ab. Es war 4.11 Uhr.

»Vielleicht sollten wir die Nachrichten hören.«

Dina stellte das Radio ein und suchte den Äther nach etwas ab, das wie die Morgennachrichten klang. Als eine Männerstimme aus den Lautsprechern kam, sah sie fragend zu Natalie hinüber.

»Er rezitiert Suren aus dem Koran.«

Dina suchte weiter. »Besser?«

»Worüber redet er?«

»Übers Wetter.«

»Wie soll's werden?«

»Heiß.«

»Was du nicht sagst.«

Natalie lachte leise. »Erinnerst du dich an unsere erste Begegnung in Nahalal?«, fragte sie einige Augenblicke später. »An den Tag, an dem ich versucht habe, zu dem hier Nein zu sagen?«

Dina lächelte bei der Erinnerung daran. »Und jetzt bist du tatsächlich eine von uns!«

Auf der Fernstraße donnerte ein Sattelschlepper vorbei. Dann noch einer. Die Sterne am östlichen Himmel begannen unsichtbar zu werden.

»Wie war er?«, fragte Dina.

»Wer?«

»Saladin.«

»Unwichtig.« Natalie sah erneut nach der Uhrzeit. »In ein paar Minuten ist er tot.«

65

ZAÏDA

Wie alle Kleinstädte der Welt war Zaïda von Natur aus eine Frühaufsteherin. Eines der Cafés am Hauptplatz hatte schon geöffnet, und an der Haltestelle gegenüber ließ ein qualmender Bus Fahrgäste nach Fès einsteigen. Der Gestank von Dieselabgasen drang in den Wagen, als Jaakov, der dabei einer Ziege ausweichen musste, an dem Bus vorbeifuhr. Sein Tempo war perfekt. Nicht zu schnell. Und vor allem nicht zu langsam, was aus Gabriels Sicht ebenso wichtig war. Er lenkte mit der linken Hand, und seine Rechte lag locker auf dem Schaltknüppel. Im Gegensatz zu ihm trommelte Michail mit den Fingern seiner Linken auf der Mittelkonsole. Keller dagegen schien von den kommenden Ereignissen völlig unbeeindruckt zu sein. Hätte er nicht eine AK-74 quer über den Knien liegen gehabt, hätte er ein Tourist auf einem Tagesausflug in einem exotischen Land sein können.

»Kannst du nicht wenigstens so tun, als seist du etwas besorgt?«, fragte Gabriel ihn.

»Weswegen?«

»Zum Beispiel wegen deines Gewehrs. Die Knarre sieht aus wie ein Museumsstück!«

»Eine verdammt gute Waffe, die Kalaschnikow. Außerdem hat sie heute Nacht im Lager einwandfrei funktioniert. Du brauchst nur deinen Freund Dmitri Antonow zu fragen. Er kann es dir bestätigen.«

Aber Michail hörte nicht zu. Seine Finger trommelten weiter auf der Mittelkonsole herum.

»Kannst du das nicht irgendwie abstellen?«, fragte Keller.

»Ich hab's versucht.«

»Versuch's energischer.«

Jaakov nahm die rechte Hand vom Schaltknüppel und legte sie auf Michails Linke. Das Trommeln hörte auf.

»Besten Dank«, sagte Keller.

Wenige Hundert Meter nach dem Hauptplatz franste die Kleinstadt bereits aus. Sie überquerten ein trockenes Bachbett und fuhren durch ein Schattenreich zwischen schwindender Zivilisation und beginnender Wildnis. Auf beiden Straßenseiten standen teils baufällige Gebäude auf brauner Erde, und weiter im Osten lag wie eine Insel in einem Meer aus Steinen der Komplex, der ihr Ziel war. Aus der Ferne ließ sich unmöglich erkennen, was dort stand: ein Wohnhaus, eine Fabrik, eine geheime staatliche Einrichtung, der Schlupfwinkel des gefährlichsten Terroristen der Welt ... Die Grundstücksmauer schien drei bis dreieinhalb Meter hoch zu sein und war mit Rollen von Bandstacheldraht gekrönt. Der Privatweg von der Fernstraße aus war unbefestigt, sodass jedes ankommende Fahrzeug viel Lärm machen und eine Staubfahne hinter sich herziehen musste.

Gabriel hob ihr Satellitentelefon ans Ohr. Er war mit Adrian Carter in Langley verbunden.

»Könnt ihr uns sehen?«

»Ihr seid schwer zu übersehen.«

»Irgendwas verändert?«

»Zwei drinnen, drei draußen. Die beiden sind im selben Raum. Einer von ihnen hat sich längere Zeit nicht mehr bewegt.«

Gabriel ließ das Satphone sinken. Jaakov starrte ihn im Innenspiegel an.

»Sobald wir abbiegen«, sagte er, »ist unser Überraschungsmoment futsch.«

»Aber wir können sie ohnehin nicht überraschen, Jaakov. Wir werden erwartet.«

Jaakov bog von der Straße auf den zu dem Komplex führenden Privatweg ab.

»Aufblenden«, wies Gabriel ihn an.

Jaakov tat wie geheißen und strahlte das kahle, steinige Gelände grellweiß an. »Jetzt können sie uns sehen.«

Gabriel hob ein Smartphone ans Ohr und forderte Natalie auf, an der Haustür zu klingeln.

Natalie hatte den Text bereits in Mohammad Bakkars Samsung eingegeben. Auf Gabriels Anweisung sendete sie ihn jetzt.

»Nun?«, fragte er.

»Er antwortet bestimmt gleich.«

Endlich erschien die Antwort.

»Er schreibt, dass sie das Tor öffnen.«

»Wie nett von ihnen. Aber sie sollen sich beeilen! Der Arzt will den Verletzten dringend sehen.«

Natalie benutzte noch mal Bakkars Smartphone. Dann schaltete sie den Lautsprecher ihres Mobiltelefons ein und wartete auf die ersten Schüsse.

Inzwischen sprach Gabriel wieder mit Adrian Carter in Langley.

»Irgendwas verändert?«

»Zwei Männer sind dabei, das Tor zu öffnen, einer kommt die Treppe herunter. Er scheint ein Gewehr zu haben.«

»So viel zu arabischer Gastfreundlichkeit«, murmelte Gabriel und ließ das Telefon sinken.

Sie waren noch etwa fünfzig Meter von dem Komplex entfernt, auf den sie langsam zurollten. Ihre wieder abgeblendeten Scheinwerfer beleuchteten das zweiflüglige massive Stahltor. Als Jaakov anhielt, umgab sie eine Staubwolke wie leichter Nebel. Einige Sekunden lang passierte nichts.

»Was ist drinnen los?«, fragte Gabriel in Langley nach.

»Sie sind anscheinend dabei, das Tor zu öffnen.«

»Wo ist der dritte Mann?«

»Der wartet vor dem Hauseingang.«

»Und wo liegt der Eingang von uns aus gesehen?«

»Bei zwei Uhr.«

Gabriel ließ das Satphone wieder sinken, als zwischen den Torflügeln ein Spalt erschien. Er teilte den drei anderen mit, was er von Carter erfahren hatte, und erteilte knappe letzte Anweisungen.

Keller runzelte die Stirn. »Kannst du das in einer Sprache wiederholen, die auch ich verstehe?«

Gabriel hatte nicht gemerkt, dass er Hebräisch sprach.

Die von zwei Paar Händen gezogenen Torflügel begannen plötzlich, sich nach innen zu öffnen. Jaakov stützte die Uzi Pro aufs Lenkrad und zielte damit auf das rechte Händepaar. Michail zielte mit seiner Kalaschnikow auf die linken Hände.

»Schon gut«, sagte Keller. »Keine Übersetzung nötig.«

Endlich war das Tor so weit geöffnet, dass ein PKW hindurchpasste. Zwei Männer, beide mit Sturmgewehren bewaffnet, traten in die Lücke und bedeuteten Jaakov, auf den Hof zu fahren. Stattdessen gab er durch die Frontscheibe einen langen Feuerstoß auf den rechten Mann ab. Gleichzeitig traf Michail vom Beifahrersitz aus den linken Mann mit mehreren Schüssen. Keiner der beiden Wachposten konnte noch zurückschießen, aber als Jaakov durchs Tor beschleunigte, wurden sie vom Hauseingang her beschossen. Michail erwiderte das Feuer durch das offene rechte Seitenfenster, und auch Gabriel hinter ihm gab mehrere Schüsse aus seiner Jericho Kaliber .45 ab. Das Feuer vom Hauseingang her verstummte binnen weniger Sekunden.

Jaakov bremste scharf und zog die Handbremse an, während Michail und Gabriel aus dem Nissan sprangen und über den Hof zum Hauseingang rannten. Michail hatte bald einen

Vorsprung vor Gabriel, der nun auch von Keller überholt wurde. Bei dem am Eingang liegenden dritten Schützen machten die beiden Elitesoldaten kurz halt. Gabriel warf einen Blick auf die leblose Gestalt und erkannte Nazir Bensaïd.

Hinter dem Hauseingang lag im Morgengrauen ein luxuriöser maurischer Innenhof mit reich geschnitzten Zedernholztüren auf allen vier Seiten. Keller und Michail stürmten durch die rechte Tür und durchquerten ein Foyer, um zu einer Steintreppe zu gelangen. Sie wurden sofort von oben beschossen. Während die beiden Agenten sich links und rechts in Deckung warfen, blieb Gabriel draußen auf dem Hof festgenagelt. Als keine Schüsse mehr fielen, schlüpfte er ins Foyer und ging neben Michail in Deckung. Ihnen gegenüber zielte Keller mit seiner AK-74 ins Treppenhaus und schoss mehrmals blind ins Dunkel. Michail folgte seinem Beispiel.

In der Pause, als die beiden nachluden, war von oben kein Laut zu hören. Gabriel streckte seinen Kopf hinter der Ecke hervor. Der obere Treppenabsatz schien frei zu sein, aber in dem hier herrschenden Dämmerlicht war es schwierig, sich Gewissheit zu verschaffen. Keller und Michail wollten geduckt die Treppe hinaufschleichen, aber als sie die unterste Stufe betraten, war ein gellender Schrei zu hören. Eine Frauenstimme, dachte Gabriel, die zwei religiös bedeutsame arabische Worte kreischte, die kaum Zweifel daran ließen, was als Nächstes passieren würde. Er packte Michail hinten an der Jacke und riss ihn rücklings mit sich zu Boden, während Keller sich mit einem Sprung selbst in Sicherheit brachte. Dann detonierte die Bombe – eine Sekunde zu spät. Saladin schien sein Gefühl für Timing eingebüßt zu haben.

Gabriel hatte zwei Mobiltelefone in den Jackentaschen: eines für die Verbindung zu Adrian Carter, das andere für den Kontakt zu Dina und Natalie. Carter und die anderen im Schwarzen Loch hatten den Vorteil, dass die Kameras und Sensoren des Satelliten ihnen Informationen lieferten, aber Dina und Natalie waren auf akustische Signale in schlechter Qualität beschränkt. Trotzdem konnten sie sich gut vorstellen, was in dem Komplex ablief: ein kurzer, aber heftiger Schusswechsel, eine Frau, die gellend laut »Allahu akbar« kreischte, der unverkennbare Knall eines detonierenden Sprengsatzes … Danach herrschte Stille. Dina ließ rasch den Motor an. Wenig später rasten sie auf der Hauptstraße durch Zaïda. Die kleine Stadt im Schatten des Mittleren Atlas war jetzt hellwach.

Die Stufen waren mit den zerfetzten Überresten einer Frau übersät: zierlich, Anfang oder Mitte zwanzig, einst hübsch. Hier ein Bein, dort ein Stück Rumpf, hier eine Hand, die rechte, die noch den Zündknopf umklammerte. Der Kopf war die Stufen hinabgerollt und lag nun vor Gabriels Füßen. Er zog den schwarzen Schleier weg und sah ein von religiösem Wahn verzerrtes zartes Gesicht. Die Augen waren blau wie ein klarer Bergsee. Saladins Frau oder seine Geliebte? Vielleicht seine Tochter? Oder nur eine weitere Schwarze Witwe, eine Trauernde, die sich von Saladin zum Selbstmord hatte anstiften lassen?

Gabriel schloss ihre Augen und bedeckte ihr Gesicht, bevor er Keller und Michail folgte, die jetzt die Treppe hinaufschlichen. Auf dem oberen Treppenabsatz lag die leergeschossene AK-74, die der jungen Frau aus der Hand gefallen war, zwischen ausgeworfenen Patronenhülsen. Nach rechts führte ein Korridor ins Halbdunkel. Er endete an einer Tür – und dahinter, dachte Gabriel, liegt ein Zimmer in der Südostecke des Hauses. Nach Mekka hin ausgerichtet. Ein Zimmer, in dem nun ein Schwerverletzter lag, den niemand mehr beschützte.

Sie stiegen über die Patronenhülsen hinweg, damit sie nicht klirrten, und schlichen den Korridor entlang weiter. Keller erreichte die Tür als Erster und drückte die Klinke hinunter. Die Tür war abgesperrt. Er nickte Michail kurz zu und bedeutete Gabriel, er solle ihnen Platz machen, aber Gabriel schüttelte energisch den Kopf. Als aktiver Direktor kämpfte er lieber aus einem Meter als aus einer Meile Abstand gegen seine Feinde.

Keller widersprach nicht, denn dazu war keine Zeit. Stattdessen brach er die Tür mit einem gewaltigen Tritt auf und folgte dann Gabriel und Michail hinein. Saladin, dessen Gesicht vom bläulichen Schein eines Smartphone-Displays erhellt wurde, lag in der dunkelsten Ecke auf einer nackten Matratze. Er tastete erschrocken nach der Kalaschnikow, die neben ihm lag. Gabriel, der seine Jericho mit ausgestreckten Händen hielt, war mit wenigen raschen Schritten bei ihm und durchsiebte Saladins Herz mit elf Schüssen. Dann bückte er sich nach dem zu Boden gefallenen Smartphone, das vibrierend eine eingegangene Nachricht anzeigte.

INSCHALLAH ES WIRD GESCHEHEN …

66

MAROKKO – LONDON

In seinem letzten Gefecht hatte Saladin nicht mit einer Schusswaffe, sondern mit einem Android-Smartphone Nokia 5 gekämpft. Weitere Handys, auch von Samsung und Apple, lagen ebenso um ihn verstreut wie acht Laptops und Dutzende von USB-Sticks. Während Michail und Keller alle elektronischen Geräte zusammenrafften und in mehreren Laptoptaschen verstauten, fotografierte Gabriel das leblose Gesicht Saladins. Aber nicht als Trophäe. Er wollte unwiderlegbar beweisen, dass das Ungeheuer tot war, und so nicht nur dem Islamischen Staat, sondern der gesamten Dschihadisten-Bewegung einen schweren Schlag versetzen.

Dina und Natalie fuhren durchs offene Tor des Komplexes auf den Hof, als Gabriel, Michail und Keller eben das Haus verließen. Jaakov angelte ein weiteres Nokia 5 aus Nazir Bensaïds Jackentasche. Der gemietete Peugeot war nicht mehr fahrtüchtig, nicht mit zerschossener Frontscheibe und zahlreichen Einschusslöchern, deshalb quetschten sie sich alle in den Jeep Cherokee. Von ihrem gewaltsamen Eindringen bis zu dem hastigen Rückzug waren sie keine fünf Minuten in dem Komplex gewesen.

Die Schießerei und die Bombendetonation waren offenbar auch in Zaïda gehört worden. Als sie in flottem Tempo die Hauptstraße entlangfuhren, wurden sie von vielen teils neugierig, teils offen feindselig angestarrt, aber niemand versuchte, sie aufzuhalten. Erst als sie nach etwa fünfzehn Kilometern das von Berbern bewohnte Dorf Aït Oufella erreichten, sahen sie die ersten mit Gendarmen besetzten Fahrzeuge das Tal heraufkommen.

Die Wagen fuhren in Richtung Zaïda weiter, ohne langsamer zu werden. In zwanzig Minuten, vielleicht schon früher, würden die Gendarmen den Komplex betreten. Und in einem Raum im Obergeschoss des Hauses würden sie einen großen, kräftig gebauten Araber mit elf Einschusslöchern in seiner Dschellaba auffinden. Hätte er sprechen können, hätte er mit irakischem Akzent geredet; hätte er gehen können, hätte er sichtbar gehinkt. Er hatte das Schwert geführt und war durchs Schwert umgekommen. Aber hatte er in seinen letzten Sekunden einen weiteren Anschlag befohlen? Um mit einem Paukenschlag aus dem Leben zu scheiden?

Inschallah es wird geschehen …

Vermutlich steckte die Antwort – ebenso wie viele weitere wichtige Informationen – irgendwo in den Smartphones, Laptops und USB-Sticks, die sie aus Saladins Zimmer mitgenommen hatten. Deshalb durften die Geräte nicht in die Hände der Marokkaner fallen, die mehr daran interessiert sein würden, die Ereignisse dieser langen, gewalttätigen Nacht aufzuklären, als den nächsten Anschlag zu verhindern. Trotzdem entschied Gabriel sich für einen möglichst unauffälligen Rückzug. Es hatte schon genug Blutvergießen gegeben. Und weil Saladin jetzt tot war, würden die Marokkaner weniger zu diplomatischen Wutanfällen neigen oder gar auf die dumme Idee kommen, den Direktor des israelischen Geheimdiensts wegen Mordes anzuklagen.

Es war schon fast sieben Uhr, als sie Fès erreichten. Sie fuhren durchs Rif-Gebirge nach Norden in Richtung Mittelmeer weiter. Ihr Notausgang befand sich in El Jebha, war aber erst nachts nutzbar, wenn die Schlauchboote den Strand anlaufen konnten. Das hätte bedeutet, dass mindestens ein weiterer Tag verstrich, bevor ihre Techniker die Speicher der erbeuteten Geräte auslesen konnten. Deshalb beschloss Gabriel, Marokko auf einer Fähre zu verlassen. Die Hafenstadt Tanger mit häufigen Fährverbindungen nach Spanien, Frankreich und sogar Italien bot sich dafür an. Östlich davon gab es jedoch einen kleineren Hafen mit Direktverbindungen zur britischen Kronkolonie Gibraltar. Die Fähre um Viertel nach zwölf erreichten sie zehn Minuten vor der Abfahrt. Als der berühmte Felsen von Gibraltar vor ihnen auftauchte, standen Gabriel und Keller in der Sonne an der Reling. Keller rauchte eine Zigarette, Gabriel hielt sein Smartphone in der Hand.

»Endlich daheim«, sagte Keller.

Gabriel hörte jedoch nicht zu; er starrte das Foto an, das er von Saladins leblosem Gesicht gemacht hatte.

»Das beste Foto deines Lebens«, behauptete Keller.

Gabriel gestattete sich ein flüchtiges Lächeln. Dann schickte er das Foto über eine sichere Verbindung Adrian Carter in Langley. Carters Antwort kam sofort.

»Was schreibt er?«, fragte Keller.

»Alhamdulillah.«

Keller schnippte seine Zigarettenkippe ins Meer. »Das wird sich zeigen«, sagte er.

In Gibraltar war es vom Fährhafen aus nur ein kurzer Spaziergang auf der Winston Churchill Avenue zum Flughafen, auf dem ein von Her Majesty's Secret Intelligence Service gechartertes Geschäftsreiseflugzeug Falcon 2000 für sie bereitstand. Seymour hatte veranlasst, dass mehrere Flaschen Champagner an Bord waren, aber keiner der Fluggäste war in Feierlaune. Sobald die Maschine in der Luft war, fingen sie an, die erbeuteten Laptops und Smartphones einzuschalten. Wie die USB-Sticks waren jedoch alle mit Kennwörtern gesichert.

Es war Spätnachmittag, als sie auf dem London City Airport in den Docklands landeten. Dort warteten zwei Fahrzeuge auf sie: ein dunkelblauer Van und eine schwarze Limousine, ein Jaguar. Der Van brachte Michail, Jaakov, Dina und Natalie nach Heathrow, wo sie den Abendflug nach Tel Aviv nehmen würden. Gabriel und Keller fuhren mit den erbeuteten elektronischen Geräten im Kofferraum in dem Jaguar nach Vauxhall Cross.

Sie betraten das MI6-Gebäude aus der Tiefgarage und nahmen die Taschen mit ihrer Beute in Graham Seymours Bürosuite mit. Seymour war erst vor wenigen Stunden aus Washington zurückgekommen. Er sah nur wenig besser aus als Gabriel und Keller.

»Amanda Wallace und ich haben uns auf die Verteilung der Smartphones und der sonstigen Geräte geeinigt. Der SIS bekommt die Hälfte, Fünf den Rest. Unsere jeweiligen Labors sind gut ausgestattet und können sofort loslegen.«

»Mich wundert, dass du's geschafft hast, die Amerikaner da rauszuhalten.«

»Der Eindruck täuscht. Agency und FBI entsenden Verbindungsleute, die uns über die Schulter sehen sollen. Falls du dich übrigens fragst«, fuhr Seymour fort, »er war's tatsächlich. Das hat die Agency nach einer Acht-Punkte-Gesichtsanalyse bestätigt.« Er streckte Gabriel die Rechte hin. »Ehre, wem Ehre gebührt. Glückwunsch und vielen Dank!«

Gabriel akzeptierte den Glückwunsch widerstrebend. »Bedank dich nicht bei mir, Graham, bedank dich bei *ihm*.« Er nickte zu Keller hinüber. »Und natürlich bei Olivia Watson. Ohne sie wären wir niemals so nah an Saladin herangekommen.«

»Die Royal Navy hat sie vor ungefähr einer Stunde von eurem schäbigen alten Frachter übernommen«, berichtete Seymour. »Natürlich ist es unerlässlich, ihre Rolle streng geheim zu halten.«

»Das dürfte schwierig werden.«

»Ganz recht«, sagte Seymour. »Im Internet kursieren bereits wilde Gerüchte über Saladins Tod. Das Weiße Haus will unbedingt eine offizielle Erklärung abgeben, bevor die Marokkaner dem Präsidenten zuvorkommen.«

»Wann?«

»Rechtzeitig vor den Abendnachrichten. Die Amerikaner fragen sich, ob der Dienst lobend erwähnt werden möchte.«

»Großer Gott, nein!«

»Sie haben gehofft, dass Ihr das sagen würdet. Die Marokkaner werden die Verletzung ihrer Souveränität durch die Amerikaner irgendwann überwinden, aber die Israelis wären etwas ganz anderes.«

»Was ist mit den Briten?«

»Uns ist die Beteiligung an gezielten Tötungen gesetzlich verboten. Deshalb werden wir gar nichts sagen.« Seymour wandte sich an Keller. »Trotzdem wollen unsere Befrager unbedingt eine Nachbesprechung ansetzen. Und die Juristen sind auch scharf darauf, mit dir zu reden.«

»Das wäre eine sehr schlechte Idee«, sagte Keller.

»Hast du ihn …«

»Nein«, sagte Keller. »Leider nicht.«

Gegen 18 Uhr machten die Fachleute sich an die Arbeit, um die erbeuteten Geräte auszulesen. Der MI5 schaffte es als Erster, ein Smartphone zu knacken; der MI6 war bei einem Laptop erfolgreich. Wie erwartet waren die Dokumente einzeln verschlüsselt. Noch vor 19 Uhr entschlüsselten die Techniker beider Dienste jedoch ein Dokument nach dem anderen und leiteten es zur Auswertung an die Analysten weiter. Die erste Charge bestand aus unbedeutendem Zeug. Aber Gabriel und Keller, die die Auswertung von Seymours Büro aus überwachten, warnten vor vorschneller Selbstzufriedenheit. Sie hatten den Blick gesehen, mit dem Saladin seinen letzten Befehl verschickt hatte.

Um 21 Uhr Londoner Zeit marschierte der US-Präsident mit CIA-Direktor Morris Payne in den Pressesaal des Weißen

Hauses, um bekannt zu geben, der unter dem Namen Saladin bekannte IS-Terrorplaner sei vergangene Nacht durch eine amerikanische Geheimoperation im marokkanischen Mittleren Atlas zur Strecke gebracht worden. Seiner Darstellung nach war Saladins Tod das Ergebnis hartnäckiger amerikanischer Bemühungen, den Urheber der Anschläge in Washington zur Rechenschaft zu ziehen, und demonstrierte die Entschlossenheit der neuen Regierung, mit dem radikalen islamischen Terror ein für alle Mal aufzuräumen. Die Marokkaner waren frühzeitig informiert worden und hatten wertvolle Unterstützung geleistet, aber ansonsten war dies ein hundertprozentig amerikanisches Unternehmen gewesen. »Und das Ergebnis«, prahlte der Präsident, »spricht für sich selbst.«

»Tut's dir jetzt doch leid?«, fragte Seymour.

»Nein«, antwortete Gabriel. »Ich komme und gehe lieber ungesehen.«

Als der Präsident und sein CIA-Direktor fertig waren, machten Journalisten und gegen Honorar arbeitende Terrorismusexperten sich rasch daran, die vielen Lücken in der amtlichen Verlautbarung auszufüllen. Zu ihrem Pech kamen die meisten ihrer Informationen direkt von Adrian Carter und seinem Stab, was bedeutete, dass ihr Wahrheitsgehalt gegen null tendierte. Um halb zehn hatten Gabriel und Keller genug. Sie stiegen erschöpft in den schwarzen Jaguar und ließen sich über die Themse nach West London fahren. Keller verschwand in seinem opulenten Stadthaus in Kensington, und Gabriel ließ sich zu der sicheren Wohnung des Diensts in der Bayswater Road mit Blick auf den Hyde Park bringen. Als er aufsperrte, hörte er eine Frauenstimme einen italienischen Schlager trällern. Er schloss die Tür und lächelte. Chiara sang immer, wenn sie glücklich war.

67

BAYSWATER ROAD

»Wo sind die Kinder?«

»Wer?«

»Die Kinder«, wiederholte Gabriel nachdrücklich. »Irene und Raphael. *Unsere* Kinder.«

»Die habe ich bei den Schamrons gelassen.«

»Bei Gilah, meinst du. Ari kann kaum für sich selbst sorgen.«

»Dort sind sie gut aufgehoben.«

Gabriel akzeptierte ein Glas gut gekühlten Gavi und setzte sich auf einen Hocker an der Küchentheke. Chiara wusch eine Packung Champignons, trocknete sie und schnitt sie mit einem Messer blitzschnell in Scheiben.

»Du brauchst nicht zu kochen«, sagte er. »Zum Essen ist's viel zu spät.«

»Zum Essen ist's *nie* zu spät. Außerdem siehst du wie jemand aus, der eine Mahlzeit brauchen kann.« Sie rümpfte die Nase. »Und eine Dusche.«

»Hamid und Tarek haben gesagt, Duschen würde die Dschinnen stören.«

»Wer sind Hamid und Tarek?«

»Mitarbeiter des israelischen Geheimdiensts, ohne es zu wissen.«

»Und die Dschinnen?«

Gabriel erklärte es ihr.

»Ich wollte, ich hätte dort bei dir sein können.«

»Ich bin froh, dass du nicht dabei warst.«

Chiara kippte die Champignons in eine Pfanne, aus der im nächsten Augenblick der Duft heißen Olivenöls aufstieg. Gabriel trank einen Schluck Gavi.

»Woher wusstest du, dass wir nach London wollten?«

»Von einem Kontaktmann im Dienst.«

»Hat dein Kontaktmann einen Namen?«

»Er zieht es vor, anonym zu bleiben.«

»Natürlich.«

»Er ist ein ehemaliger Direktor. Sehr wichtig.« Als sie die Pfanne schüttelte, begannen die Champignons zu brutzeln. »Als ich gehört habe, dass du mit dem Team nach Gibraltar unterwegs bist, bin ich nach London geflogen. Die Hausverwaltung war so freundlich, uns ein paar Sachen in den Kühlschrank zu legen.«

»Wieso hat niemand den jetzigen Direktor über das alles informiert?«

»Weil ich darum gebeten habe. Sonst wär's keine Überraschung gewesen.« Chiara lächelte. »Hast du meine Leibwächter unten auf der Bayswater Road nicht gesehen?«

»Ich war zu müde, um auf sie zu achten.«

»Vielleicht lassen deine Fertigkeiten nach, Liebster. Das kann bei Leuten passieren, die zu viel am Schreibtisch sitzen.«

»Ich bezweifle, dass Saladin dir zustimmen würde.«

»Wirklich?« Chiara sah zu dem ohne Ton laufenden Fernseher hinüber. »Die BBC berichtet, das sei ein rein amerikanisches Unternehmen gewesen.«

»Die Amerikaner«, sagte Gabriel, »waren sehr hilfsbereit. Aber *wir* haben ihn erledigt – auch dank Christopher Kellers Mithilfe.«

»Wenn man bedenkt, dass er dich mal umbringen wollte …« Sie trank einen Schluck von Gabriels Wein.

»Wie viel hat Uzi dir von dem Unternehmen erzählt?«

»Eigentlich sehr wenig. Ich weiß, dass der Drohnenangriff nicht wie geplant geklappt hat – und dass du's geschafft hast, Saladin in seinem Schlupfwinkel in den Bergen aufzuspüren. Danach verschwimmt alles etwas.«

»Für mich auch«, sagte Gabriel.

»Warst du dabei?«

Er zögerte, dann nickte er langsam.

»Hast du ihn ...«

»Spielt das eine Rolle?«

Sie antwortete nicht.

»Ja«, sagte Gabriel, »ich bin's gewesen. Ich habe ihn erschossen.«

Und dann erzählte er ihr den Rest. Von der jungen Frau, die sich auf der Treppe in die Luft gesprengt hatte. Von dem Raum voller Smartphones und Computer, in dem Saladin seine letzten Stunden verbracht hatte. Von seiner letzten Textnachricht und der Antwort darauf.

Inschallah es wird geschehen ...

»Das war vielleicht nur eine Redewendung, eine Floskel«, meinte Chiara.

»Als Antwort an einen Mann, dem es fast gelungen wäre, eine Ladung Cäsiumchlorid nach Frankreich zu schmuggeln. Genügend Cäsiumchlorid für mehrere schmutzige Bomben, die das Zentrum einer Großstadt für viele Jahre unbewohnbar machen würden.« Er machte eine Pause, dann fügte er hinzu: »Du siehst, was mir Sorgen macht.«

Chiara wartete, bis die Champignons ihr Wasser verloren hatten, bevor sie sie mit Salz und Pfeffer und frisch gehacktem Thymian würzte. Dann warf sie mehrere Hände voll Fettuccine in einen Topf mit kochendem Salzwasser.

»Wie lange willst du in London bleiben?«, fragte sie.

»Bis die Briten die von uns bei Saladin erbeuteten Smartphones und Computer ausgelesen haben.«

»Du fürchtest, dass er's auf uns abgesehen hatte?«

»Sein erstes Ziel war das Weinberg-Zentrum zum Studium des Antisemitismus in Frankreich. Für mich ist's besser, hier zu warten, bis alle Daten ausgewertet sind. Dabei wird nicht so leicht eine Kleinigkeit übersehen.«

»Aber kein Heroismus mehr«, warnte sie ihn.

»Nein«, sagte Gabriel, »ich bin jetzt der Direktor.«

»Der warst du in Marokko auch schon.« Chiara kostete eine Nudel. Dann sah sie sich in der Küche um und lächelte. »Dieses Apartment hat mir schon immer gefallen, weißt du. Wir haben hier schöne Zeiten erlebt, Gabriel.«

»Und auch schlechte.«

»Wir haben hier geheiratet. Weißt du noch?«

»Das war keine richtige Hochzeit.«

»Für mich schon.« Ihr Gesichtsausdruck wurde ernst. »Mir steht alles noch ganz deutlich vor Augen. Es war in der Nacht vor …«

Chiara brachte den Satz nicht zu Ende. In die Pfanne goss sie Weißwein und etwas Sahne. Diese Sauce kam auf die Fettuccine, die sie mit frisch geriebenem Parmesan bestreute. Sie richtete nur eine Portion an, die sie Gabriel hinstellte. Er spießte eine Nudel auf.

»Nichts für dich?«, fragte er.

»O nein.« Chiara sah auf ihre Armbanduhr. »Zum Essen ist's schon viel zu spät.«

Gabriel hatte die sichere Wohnung schon so oft benutzt, dass seine Sachen im Kleiderschrank hingen und seine Toilettenartikel den Spiegelschrank im Bad füllten. Nach der zweiten Portion Pasta duschte er, rasierte sich und sank erschöpft neben Chiara ins Bett. Er hatte gehofft, traumlos schlafen zu können, aber das sollte nicht sein. Stattdessen stieg er endlose Treppen hinauf, die voller Blut und mit den sterblichen Überresten einer Frau übersät waren. Und als er den Kopf fand und den Schleier wegschob, kam darunter Chiaras Gesicht zum Vorschein.

Inschallah es wird geschehen.

Kurz vor fünf Uhr schrak er wie von einer Bombendetonation erschreckt hoch. Aber das war nur sein Mobiltelefon, das vibrierend über die Nachttischplatte ratterte. Er hob es hastig ans Ohr, hörte schweigend zu. Dann stand er auf und zog sich bei Dunkelheit an. Und kehrte ins Dunkel zurück.

68

THAMES HOUSE, LONDON

Der schwarze Jaguar wartete unten auf der Bayswater Road. Er brachte Gabriel nicht nach Vauxhall Cross, sondern in die MI5-Zentrale Thames House. Miles Kent, der stellvertretende Direktor, begleitete ihn rasch nach oben in Amanda Wallace' Büro. Sie wirkte erschöpft und übermüdet, stand offenbar unter großem Stress. Auch Graham Seymour war da – im selben Anzug wie am Vorabend, jedoch ohne die Clubkrawatte. Mitarbeiter kamen und gingen eilig, und auf zwei Bildschirmen liefen Videokonferenzen mit Scotland Yard und der Downing Street. Die Tatsache, dass sie nicht auf dem anderen Themseufer, sondern hier versammelt waren, konnte nur eines bedeuten: Irgendjemand hatte in Saladins Smartphones oder auf seinen Laptops Beweise dafür gefunden, dass ein Anschlag unmittelbar bevorstand. Und dass London ein weiteres Mal das Ziel sein sollte.

»Wie lange wisst ihr das schon?«, fragte Gabriel.

»Auf den ersten Hinweis sind wir gegen zwei Uhr morgens gestoßen«, antwortete Seymour.

»Wieso bin ich nicht benachrichtigt worden?«

»Wir dachten, du könntest etwas Schlaf brauchen. Außerdem ist das unser Problem, nicht deines.«

»Wo?«

»Westminster.«

»Wann?«

»Später heute Morgen«, sagte Seymour. »Gegen neun Uhr, vermuten wir.«

»Mit welcher Methode?«

»Selbstmordattentäter.«

»Kennt ihr seine Identität?«

»Daran arbeiten wir noch.«

»Nur einer? Steht das fest?«

»Ziemlich sicher.«

»Warum nur einer?«

Seymour drückte Gabriel einen Stapel Ausdrucke in die Hand. »Weil nur einer nötig ist.«

Die Textnachricht war am Vortag um 3.18 Uhr marokkanischer Zeit abgeschickt worden, als der mutmaßliche Verfasser emotional gestresst gewesen war und unter körperlichen Schmerzen gelitten hatte. Daher war die sonst in diesem Netzwerk übliche sekundäre und tertiäre Verschlüsselung unterblieben, sodass ein MI5-Techniker die Nachricht aus einem der in Zaïda erbeuteten Smartphones hatte auslesen können. Der Text war kodiert, aber unmissverständlich ein Befehl, einen Märtyreranschlag durchzuführen. Ein Ziel wurde nicht genannt, aber dem Techniker gelang es, relevante Dokumente und Nachrichten aufzuspüren, aus denen Ort und Zeitpunkt des geplanten Anschlags sehr deutlich hervorgingen. Ebenfalls gefunden wurden zahlreiche Erkundungsfotos und sogar eine Ausarbeitung über die vorherrschenden Winde und die zu erwartende Verteilung des radioaktiven Materials. Die Planer hofften, *inschallah!*, das kontaminierte Gebiet werde vom Trafalgar Square bis zum Thames House reichen. MI5-Experten, die ähnliche Szenarios bereits durchgerechnet hatten, sagten voraus, das britische Machtzentrum werde dann monate- oder sogar jahrelang unbewohnbar sein. Der wirtschaftliche Schaden, von der psychologischen Belastung ganz zu schweigen, würde katastrophal sein.

Der Empfänger der Nachricht war vorsichtiger gewesen als ihr Verfasser, dessen anfänglicher Fehler jedoch seine Sicherheitsvorkehrungen wirkungslos machte. Daher hatte der MI5-Techniker die gesamte Serie von Textnachrichten und sogar ein Märtyrervideo aufspüren können. Vor der Kamera sprach der vermummte zukünftige Märtyrer mit Londoner Akzent. MI5-Linguisten vermuteten, er stamme aus North London, und tippten auf einen Einheimischen ägyptischer Abstammung. Mithilfe des Abhördiensts GCHQ verglich der MI5 die Stimme des Mannes in verzweifelter Hast mit dem Stimmen bekannter islamischer Extremisten. Außerdem überwachten das MI5 und die für Terroristenabwehr zuständige Hauptverwaltung SO13 der Metropolitan Police alle bekannten Gefährder und mutmaßlichen IS-Angehörigen. Kurz gesagt: Der gesamte britische Sicherheitsapparat befand sich in einem stillen, aber effizienten Panikmodus.

Kurz nach sechs Uhr, als der Himmel vor Amandas Fenstern sich rosa zu färben begann, hatten alle Versuche, den mutmaßlichen Selbstmordattentäter zu identifizieren und aufzuspüren, sich als fruchtlos erwiesen. Um halb sieben berief Premierminister Jonathan Lancaster im Cabinet Room der Number 10 eine Videokonferenz ein. Er eröffnete sie mit einer Frage, die kein Terrorismusbekämpfer jemals hören wollte: »Sollen wir Westminster absperren und die umliegenden Bezirke räumen lassen?« Die zuständigen Minister, Spitzenbeamten, Geheimdienstchefs und Polizeichefs beantworteten sie nacheinander. Ihre Empfehlungen lauteten einstimmig: Westminster absperren. Den gesamten Verkehr in die Innenstadt abriegeln. Eine geordnete allgemeine Evakuierung beginnen.

»Und wenn alles ein schlechter Scherz ist? Ein Bluff? Oder wenn die Informationen falsch waren? Dann stehen wir da wie begossene Pudel. Und wenn wir nächstes Mal davor warnen, der Himmel stürze ein, glaubt uns kein Mensch.«

Die Informationen, darüber waren sich alle einig, waren

so gut und aktuell wie nur möglich. Und ihnen blieben nicht mehr viele andere Möglichkeiten, eine ungeheure Katastrophe zu verhindern.

Der Premierminister kniff die Augen zusammen. »Sehe ich da Sie, Mr. Allon?«

»Ganz recht, Premierminister.«

»Wollen Sie sich nicht dazu äußern?«

»Das steht mir nicht zu, Sir.«

»Lassen wir das Zeremonielle mal weg. Dafür kennen Sie und ich uns zu gut. Außerdem drängt die Zeit.«

»Meiner Ansicht nach«, sagte Gabriel vorsichtig, »wäre es ein Fehler, Absperrungen und Evakuierungen anzuordnen.«

»Warum?«

»Weil Sie das um die einzige Chance bringt, den Anschlag zu verhindern.«

»Sie denken, es gäbe eine Chance?«

»Sie kennen Ort und Zeitpunkt des geplanten Anschlags. Und sobald Sie versuchen, das Stadtzentrum abzusperren, erzeugen Sie eine Massenpanik – und der Selbstmordattentäter nimmt einfach ein Sekundärziel ins Visier.«

»Bitte weiter«, verlangte der Premierminister.

»Ich würde die Zufahrten nach Westminster weit geöffnet lassen. Und ich würde an strategischen Punkten um Parlament und Whitehall herum ABC-Schutzteams und getarnte Scharfschützen der Met Police postieren.«

»Um den Attentäter in eine Falle tappen zu lassen? Wollen Sie das vorschlagen?«

»Genau, Premierminister. Er ist bestimmt nicht leicht zu übersehen. Er ist garantiert für die Jahreszeit zu dick angezogen und hält in einer Hand einen Zündknopf. Wahrscheinlich schwitzt er vor Nervosität und murmelt Gebete. Vielleicht ist er auch strahlenkrank. Und wenn er an einem Geigerzähler vorbeigeht«, schloss Gabriel, »lässt er ihn wild ticken. Sie müssen bloß dafür sorgen, dass der Bewaffnete, der ihn ausschalten soll, die Nerven und die Erfahrung hat, um das Notwendige zu tun.«

»Irgendwelche Kandidaten?«, fragte der Premierminister.

»Nur zwei«, sagte Gabriel.

69

PARLIAMENT SQUARE, LONDON

»Ich denke, dies ist der Beginn einer wunderbaren Freundschaft.«

»Oder ihr Ende.«

»Warum bist du immer so fatalistisch?«, fragte Keller. »Wir sind nicht mehr in der Sahara. Wir sind mitten in London.«

»Ja«, stimmte Gabriel zu und sah sich um. »Was könnte hier schiefgehen?«

Die beiden saßen auf einer Bank am Westrand des Parliament Square. An diesem schönen Sommermorgen war die Luft kühl und lau, was für den Nachmittag etwas Regen versprach. Direkt hinter ihnen lag der Oberste Gerichtshof des Vereinigten Königreichs. Rechts von ihnen erhoben sich die Westminster Abbey und die mittelalterliche St Margaret's Church. Und genau vor ihnen, jenseits der grünen Rasenfläche des Platzes, stand der Westminster Palace, der Sitz des britischen Parlaments. Die Uhr des berühmten Glockenturms zeigte 8.54 Uhr an. Der morgendliche Berufsverkehr floss über die Westminster Bridge und die Whitehall entlang, vorbei an der Abgaben- und Zollbehörde, dem Außen- und Commonwealth-Ministerium, dem Verteidigungsministerium und zuletzt der Einmündung der Downing Street mit dem Dienstsitz des Premierministers.

Ja, dachte Gabriel erneut. Was könnte hier schiefgehen?

Er trug einen Ohrhörer im rechten Ohr und hatte hinten im Hosenbund eine 9-mm-Pistole stecken. Die Waffe war eine Glock 17, die Standardwaffe des SCO19, einer bewaffneten Spezialeinheit der Londoner Metropolitan Police. Über Funk stand er in Verbindung mit dem abhörsicheren Nachrichtennetz der Met Police. Geleitet wurde der Einsatz von dem Chef der Terrorismusabwehr SO15, der sich mit Amanda Wallace vom MI5 abstimmte. Bisher gab es zwei Verdächtige, die anscheinend nach Westminster unterwegs waren. Einer kam von Lambeth aus auf der Westminster Bridge über die Themse. Der andere war auf der Victoria Street in ihre Richtung unterwegs. Tatsächlich passierte er in diesem Augenblick den New Scotland Yard. Beide Männer trugen Rucksäcke, in London keineswegs unüblich, und schienen aus dem Nahen Osten zu stammen, was ebenfalls nicht ungewöhnlich war. Der Mann, der über die Brücke kam, hatte seinen Marsch im Bezirk Tower Hamlets in East London begonnen. Der Mann vor New Scotland Yard kam aus der Edgware Road in North London. Er war warm angezogen und sah aus, als habe er eine schwere Grippe.

»Klingt wie unser Mann«, sagte Gabriel. »Ich setze auf Edgware und Grippe.«

»Das werden wir bald wissen.« Keller blätterte in der Morgenausgabe der *Times*. Die Nachricht des Tages war die Meldung von Saladins Tod.

»Könntest du nicht wenigstens …«

»Was?«

»Schon gut.«

Der Mann aus Tower Hamlets hatte inzwischen Westminster erreicht. Er kam an einem Shop der Kette Caffè Nero und dem Eingang zur U-Bahn-Station Westminster vorbei – und an einem getarnten ABC-Messtrupp und zwei bewaffneten Polizeibeamten in Zivil. Keine Spur von Radioaktivität, kein Zündknopf in der Hand, kein Anzeichen für emotionalen Stress. Der falsche Mann. Er überquerte die Straße zum Parliament Square und schloss sich einem traurigen Häuflein an, das gegen irgendwas im Zusammenhang mit dem Afghanistankrieg demonstrierte. Herrschte dort noch immer Krieg?

Selbst Gabriel fiel es schwer, sich das vorzustellen.

Er drehte den Kopf leicht nach rechts, um den zweiten Mann aus dem Bezirk Edgware Road in North London zu beobachten, der jetzt auf der Straße Broad Sanctuary am Nordturm der Westminster Abbey vorbeiging. Keller gab inzwischen vor, den Sportteil zu lesen.

»Wie sieht er aus?«

»Elend krank.«

»Hat er was Schlechtes gegessen?«

»Oder es liegt an dem, was er trägt. Er sieht aus, als würde er im Dunkeln leuchten.«

Auf dem Rasen nördlich der Westminster Abbey posierten ein ABC-Messtrupp und zwei bewaffnete SCO19-Beamten wie Touristen für Erinnerungsfotos. Das Team hatte bereits erhöhte Strahlungswerte gemessen, aber als der Mann aus North London näherkam, stiegen sie dramatisch an.

»Scheiß Tschernobyl«, sagte Keller. »Wir haben ihn!«

Im Funk herrschte sofort aufgeregtes Durcheinander, als mehrere Stimmen sich Gehör verschaffen wollten. Gabriel zwang sich dazu, wegzusehen.

»Wie hoch sind die Chancen?«, fragte er ruhig.

»Wofür?«

»Dass er an uns vorbeigeht.«

»Mit jeder Minute besser.«

Der Mann überquerte die Broad Sanctuary in Richtung Oberster Gerichtshof und betrat den Parliament Square im Südwesten. Wenige Sekunden später näherte er sich – schwitzend, tonlos etwas murmelnd und leichenblass – der Bank, auf der Gabriel und Keller saßen.

»Jemand sollte den armen Kerl von seinen Qualen erlösen«, sagte Keller.

»Nur auf Befehl des Premierministers.«

Der Mann ging an ihrer Bank vorbei.

»Welche Strahlendosis haben wir abbekommen?«, fragte Keller.

»Zehntausend Röntgenaufnahmen.«

»Wie viele hast du schon machen lassen?«

»Elftausend«, antwortete Gabriel. Dann sagte er leise: »Sieh dir die linke Hand an.«

Das tat Keller. Sie umklammerte einen Zündknopf.

»Achte auf den Daumen«, sagte Gabriel. »Er bringt schon Druck auf den Knopf. Weißt du, was das bedeutet?«

»Ja«, sagte Keller. »Er hat eine schmutzige Bombe mit Totmannschalter.«

Der Big Ben schlug neun Uhr, als der potenzielle Märtyrer den Ostrand des Platzes erreichte. Er blieb kurz stehen, um die Demonstration zu beobachten – und vermutlich, um seine Optionen zu erwägen: den Westminster Palace, den er vor sich hatte, oder die Whitehall links von ihm. Auch der Premierminister und seine Berater erwogen ihre Optionen. Zu diesem Zeitpunkt gab es nur noch eine. Irgendjemand musste dem Mann seinen Todeswunsch erfüllen, während ein anderer seinen Daumen eisern am Zündknopf festhielt. Sonst würde es mehrere Tote geben, und das Zentrum britischer Macht und Geschichte würde für unabsehbare Zeit eine radioaktive Wüste sein.

Zuletzt wandte sich der potenzielle Märtyrer, dem Gabriel und Keller mit einigen Schritten Abstand folgten, nach links in Richtung Whitehall. Eine sanfte nördliche Brise wehte ihnen genau entgegen – ein leichter Wind, der die Radioaktivität einer detonierenden Bombe über ganz Westminster und Victoria verteilt hätte. Der ABC-Messtrupp, der am Caffè Nero gestanden hatte, war jetzt vor der Abgaben- und Zollbehörde postiert; seine Anzeigen standen am Anschlag, als der Mann an ihm vorbeiging. Mehr als diesen letzten Beweis brauchte der Premierminister nicht. »Macht ihn unschädlich«, befahl er. Der Chef der Terrorismusabwehr wiederholte den Befehl für Gabriel und Keller, dann fügte er leise hinzu: »Und Gott sei mit euch beiden.«

Aber auf wessen Seite steht Gott heute morgen? fragte Gabriel sich. Auf der Seite des Fanatikers, der eine Massenvernichtungswaffe umgeschnallt trägt, oder auf der zweier Männer, die versuchen würden, ihn daran zu hindern? Den Anfang würde Keller machen müssen. Er musste die linke Hand des potenziellen Märtyrers mit eisernem Griff umklammern, um den Zündknopf zu fixieren, bevor Gabriel den tödlichen Schuss abgab. Sonst würde der Druck des Daumens nachlassen, sodass der Zündkreis geschlossen wurde und die Bombe detonierte.

Sie passierten den Bogen an der King Charles Street und den Eingang des Außen- und Commonwealth-Ministeriums. Der Verkehr auf der Whitehall wurde schwächer. Offenbar blockierte die Polizei ihn am Parliament Square in Richtung Süden und am Trafalgar Square in Richtung Norden. Der potenzielle Märtyrer schien das nicht wahrzunehmen. Er ging wie in Trance seinen Schicksalsweg, seinen Weg in den Tod. Gabriel zog die Glock hinten aus dem Hosenbund und ging rascher, während Keller, den er am Rand seines Gesichtsfelds nur schemenhaft wahrnahm, mehrmals tief durchatmete.

Vor ihnen bahnte sich der schwitzende, strahlenkranke Märtyrer seinen Weg durch eine Touristengruppe, die er kaum zu sehen schien, und wankte auf das Sicherheitstor zu, das die Downing Street absperrte. Er blieb jedoch ruckartig stehen, als er die Polizeibeamten in schwarzer Uniform sah, die eine Absperrung bildeten. Im selben Augenblick fiel ihm offenbar auf, wie unbelebt die sonst so verkehrsreiche Straße war. Und als er sich herumwarf, sah er zwei Männer auf sich zukommen, von denen einer eine Pistole in der Hand hielt. Seine Augen weiteten sich, und er streckte seine Arme in Schulterhöhe aus.

Keller stürzte sich auf ihn, während Gabriel die Glock hochriss. Er wartete bis zu dem Augenblick, in dem Keller die linke Hand des Selbstmordattentäters packte und dabei den Zündknopf gedrückt hielt. Die beiden ersten Schüsse zerstörten das Gesicht des Attentäters. Die restlichen Schüsse gab er auf den vor ihm Liegenden ab. Er schoss das Magazin leer. Er schoss, als wolle er den Mann tief in den Untergrund und bis zum Höllentor befördern.

Plötzlich kamen von allen Seiten Polizeibeamte und die Männer eines Bombenräumkommandos auf sie zugerannt. Auf der Straße neben ihnen hielt ein Auto. Die hintere Tür wurde aufgestoßen, und Gabriel warf sich auf den Rücksitz – in Chiaras Arme. Als Letztes sah er noch, wie Christopher Keller den Daumen des Toten auf den Zündknopf gedrückt hielt.

TEIL VIER

GALERIE DER ERINNERUNGEN

70

LONDON

Westminster und Whitehall blieben bei Weitem nicht so lange geräumt, wie Saladin sich vielleicht erhofft hatte, aber die Erfahrung war trotzdem traumatisch. Neun endlose Tage lang verharrte das Herz der britischen Politik, das religiöse und politische Zentrum eines ehemals weltumspannenden Imperiums, vom restlichen Vereinigten Königreich isoliert in einem ungewissen Schwebezustand. Die Sperrzone reichte vom Trafalgar Square im Norden bis nach Millbank im Süden und nach Osten bis zum New Scotland Yard nach Victoria hinein. Die großen Ministerien standen ebenso leer wie das Ober- und Unterhaus und die Westminster Abbey. Premierminister Lancaster und sein Stab verließen die Nummer 10 Downing Street und wurden auf einem ungenannten Landsitz einquartiert. Die Königin musste entgegen ihren Wünschen in ihr schottisches Schloss Balmoral umziehen. Außer ABC-Messtrupps durfte niemand das Sperrgebiet betreten – und auch sie nur für begrenzte Zeit. Sie zogen in ihren lindgrünen Schutzanzügen durch die verlassenen Straßen, über menschenleere Plätze und suchten die Luft nach etwa vorhandenen Spuren von Radioaktivität ab, während der sonore Glockenschlag des Big Ben den Lauf der Zeit verkündete.

Die Wiedereröffnung verlief freudlos. Der Premierminister und seine Frau Diana kehrten in die Nummer 10 Downing Street zurück, als brächen sie in ihr eigenes Haus ein, während entlang der Whitehall die Mitarbeiter aller Ministerien still an ihre Schreibtische zurückkehrten. Im Unterhaus gab es eine Schweigeminute, in der Westminster Abbey einen Gebetsgottesdienst. Ohne seine Überzeugung näher zu begründen, behauptete der Lord Mayor von London, die Stadt werde aus dieser Beinahe-Katastrophe gestärkt hervorgehen. Eine große konservative Boulevardzeitung erschien mit der Schlagzeile: WILLKOMMEN IN DER NEUEN NORMALITÄT.

Es war Mittwoch, was bedeutete, dass der Premierminister mittags im Unterhaus erscheinen und sich den Fragen von Oppositionspolitikern stellen musste. Die ersten Fragen klangen noch ehrerbietig, aber das blieb nicht lange so. Vor allem verlangte die Opposition Auskunft, wie es dem IS nur ein halbes Jahr nach der Anschlagserie im West End gelungen war, das Material für eine schmutzige Bombe ins Land zu schmuggeln. Und wieso die Sicherheitsbehörden den Selbstmordattentäter trotz erhöhter Sicherheitswarnstufe erst in letzter Minute vor dem Anschlag hatten identifizieren können. Der Premierminister war versucht, zu antworten, die jetzige prekäre Sicherheitslage sei das Ergebnis von Fehlern einer ganzen Politikergeneration, die das Land Shakespeares, Lockes, Humes und Burkes in einen Hort des radikalen Salafismus verwandelt habe. Aber er widerstand dieser Versuchung. »Der Feind ist entschlossen«, sagte er, »aber das sind wir auch.«

»Und die Art und Weise, wie der Verdächtige ausgeschaltet wurde?«, fragte der Abgeordnete für Birmingham in den West Midlands – einer Stadt mit hohem muslimischen Bevölkerungsanteil, die zahlreiche Anschlagpläne und Terroristen hervorgebracht hatte.

»Er war kein Verdächtiger«, wehrte der Premierminister ab. »Er war ein Terrorist mit einer Sprengladung und mehreren Gramm hoch radioaktivem Cäsiumchlorid.«

»Aber konnte er wirklich nicht anders ausgeschaltet werden als durch eine eiskalte Hinrichtung?«

»Von einer Hinrichtung kann keine Rede sein.«

Nach übereinstimmender Darstellung von Ihrer Majestät Regierung und New Scotland Yard waren die beiden Männer, die den Terroristen daran gehindert hatten, seine schmutzige Bombe zu zünden, Angehörige der bewaffneten Spezialeinheit SCO19 der Met. Aus Datenschutzgründen weigerte die Metropolitan Police sich, ihre Namen zu nennen. Sie war auch nicht bereit, den Medien Aufnahmen von Überwachungskameras zur Verfügung zu stellen. So gab es von dem Vorfall nur das Video eines amerikanischen Touristen, der um neun Uhr zufällig am Sicherheitstor zur Downing Street gestanden hatte. Das unscharfe, verwackelte Video zeigte, wie ein Mann den Attentäter in den Kopf schoss, während ein anderer die Hand des Terroristen mit dem Zündknopf umklammerte. Der Schütze verließ den Tatort sofort in einer aus dem Nichts auftauchenden Limousine. Als sie mit ihm davonraste, war eben noch zu sehen, wie er auf dem Rücksitz eine Frau umarmte. Sein Gesicht war nicht zu erkennen, nur ein grauer Fleck wie eine Aschespur an seiner linken Schläfe.

Von den Medien groß herausgestellt wurde jedoch sein Partner, der den Zündknopf in der Hand des Terroristen drei Stunden lang gedrückt gehalten hatte, während Experten die schmutzige Bombe entschärften. Als der Mann, der sein Leben für Königin und Vaterland riskiert hatte, wurde er über Nacht zu einem Nationalhelden. Aber weil solche Storys selten lange Bestand haben – nicht im unromantischen Zeitalter der sozialen Medien –, erschienen bald zahlreiche Berichte, die seine Identität und Zugehörigkeit anzweifelten. Der *Independent* berichtete, er sei ein ehemaliger Angehöriger des Special Air Service, der sich in Nordirland und im ersten Golfkrieg ausgezeichnet habe. Der *Guardian* stellte die unbewiesene Behauptung auf, er sei in Wirklichkeit ein MI6-Agent. Möglicherweise seien damit rote Linien erreicht oder sogar überschritten worden, schrieb die Zeitung. Graham Seymour reagierte darauf mit einem offiziellen Dementi, was ungewöhnlich war. Agenten des Secret Intelligence Service, sagte er, betätigten sich nie als Exekutivorgane, und nur wenige trügen jemals Schusswaffen. »Diese Unterstellung«, schloss er, »ist auf den ersten Blick lachhaft.«

Bei diesen gegenseitigen Schuldzuweisungen ging die Tatsache fast unter, dass Saladin, der Verantwortliche für blutige Terroranschläge auf beiden Seiten des Atlantiks, nicht mehr lebte. Seine Legion von Gefolgsleuten, von denen einige auf Londoner Straßen demonstrierten, weigerte sich anfangs, die Nachricht von seinem Tod zu glauben. Das sei, behaupteten sie, nur ein weiteres Beispiel für amerikanische Desinformation mit dem Ziel, den Einfluss des IS auf eine Generation junger islamischer Radikaler zu beschränken. Das Foto des operierten Gesichts des toten Saladin war wenig überzeugend, weil es kaum Ähnlichkeit mit dem Original hatte. Aber als der IS die Todesmeldung in seinen bevorzugten sozialen Medien bestätigte, schienen selbst seine eifrigsten Gefolgsleute einzusehen, dass er wirklich tot war. Seine engsten Getreuen hatten keine Zeit, um ihn zu trauern; sie waren zu sehr damit beschäftigt, amerikanischen Bomben und Lenkwaffen auszuweichen. London hatte das Fass zum Überlaufen gebracht. Die Entscheidungsschlacht – von der der IS sich die Rückkehr des Mahdis und den Beginn des Countdowns zum Jüngsten Tag erhoffte – hatte begonnen.

Aber wie waren die Ereignisse, die zu Saladins Tod in seinem Komplex im marokkanischen Mittleren Atlas geführt hatten, tatsächlich abgelaufen? Das Weiße Haus – und der Präsident selbst – verbreiteten mehrere widersprüchliche Versionen. Noch komplizierter wurde die Angelegenheit durch eine Meldung einer unabhängigen marokkanischen Nachrichtenagentur, die von drei Toyota Land Cruisern berichtete, die im Südosten des Landes unweit des Erg Chebbi aufgefunden worden waren. Eines dieser SUVs schien verunglückt zu sein, aber die beiden anderen waren ausgebrannte Wracks. Die Webseite behauptete, sie seien von einer US-Drohne Predator mit zwei Lenkwaffen vernichtet worden, was durch Aufnahmen von Hellfire-Fragmenten belegt wurde. Das Weiße Haus dementierte diese Meldung mit den denkbar stärksten Ausdrücken. Das tat auch die marokkanische Regierung. Obendrein verbot sie die Webseite, die die Fotos veröffentlicht hatte, und steckte den Redakteur ins Gefängnis.

Der angebliche US-Drohnenangriff auf marokkanischem Boden löste im ganzen Land Proteste aus, vor allem in den Bidonvilles, in denen die IS-Berber ihr tödliches Gewerbe ausübten. Die Unruhen überschatteten fast den brutalen Mord an dem marokkanischen Drogenbaron Mohammad Bakkar, dem ungekrönten König des Rif-Gebirges. Sein übel zugerichteter Leichnam, meldete die Gendarmerie, ließ darauf schließen, Bakkar sei von Konkurrenten im Drogenhandel ermordet worden. Schwieriger zu erklären war die Tatsache, dass Jean-Luc Martel, der ungemein erfolgreiche französische Hotel- und Restaurantbesitzer, ganz in seiner Nähe mit zwei Einschusswunden im Gesicht aufgefunden worden war. Die Marokkaner waren nicht sonderlich daran interessiert, festzustellen, wie und warum Martel den Tod gefunden hatte; sie wollten den Fall nur möglichst rasch abgeben. Also übergaben sie den Leichnam der französischen Botschaft, erledigten den notwendigen Papierkram und verabschiedeten sich erleichtert von JLM.

In Frankreich war Jean-Luc Martels gewaltsamer Tod jedoch Anlass für ernsthafte Ermittlungen durch die Medien und die zuständigen Behörden und nicht wenig Gewissenserforschung. Die Umstände seines Todes ließen vermuten, die Gerüchte, die sich um ihn gerankt hatten, seien doch wahr gewesen: Martel sei kein Unternehmer mit einem goldenen Händchen, sondern ein geschickt getarnter internationaler Drogenhändler gewesen. Als den Pariser Zeitungen *Matin* und *Figaro* Details zugespielt wurden, gerieten einst vielversprechende politische Karrieren ins Stocken. Der französische Staatspräsident, aber auch sein Innenminister und zahlreiche Mitglieder der Nationalversammlung mussten eine Erklärung veröffentlichen, in der sie ihre Freundschaft mit Martel bedauerten. Wie gewöhnlich nahm die französische Presse die Sache philosophisch. Jean-Luc Martel wurde als Metapher dafür gesehen, woran das moderne Frankreich krankte. Sein Fall zeigte beispielhaft, dass mit der Fünften Republik irgendetwas nicht stimmte.

Wenig später folgte eine Verhaftungswelle, die von der JLM-Zentrale in Genf ausgehend bis zu den Straßen von Marseille reichte. Seine Hotels, Restaurants und Boutiquen wurden geschlossen, seine Immobilien und Bankguthaben beschlagnahmt und eingefroren. Tatsächlich war das Einzige, worauf der französische Staat keinen Anspruch erhob, Martels Leiche, die mehrere Tage lang in einem Pariser Leichenhaus lag, bis ein entfernter Verwandter aus der Provence sie schließlich überführen und bestatten ließ. Zu dem Trauergottesdienst mit anschließender Beerdigung kamen nur wenige Leute. Vor allem fehlte Olivia Watson, das schöne ehemalige Model, das Martels Lebensgefährtin und Geschäftspartnerin gewesen war. Alle Versuche der französischen Behörden und der Medien, Miss Watson aufzuspüren, blieben erfolglos. Ihre Galerie in Saint-Tropez blieb geschlossen, das Schaufenster zur Place de l'Ormeau leer. Das galt auch für ihre Boutique in der Rue Gambetta. Die Villa, in der Martel und sie gelebt hatten, wirkte verlassen. Das traf seltsamerweise auch auf die Villa Soleil am anderen Ende der Bucht zu.

Aber existierte ein Zusammenhang zwischen Jean-Luc Martels Tod und der Liquidierung des als Saladin bekannten Topterroristen und IS-Meisterplaners? Ein Zusammenhang, der über räumliche und zeitliche Nähe hinausging? Selbst die am häufigsten zu Verschwörungstheorien neigenden Journalisten hielten das für unwahrscheinlich. Trotzdem gab es genügend Verdachtsmomente, die einen zweiten Blick rechtfertigten, und so suchten sie überall – vom Londoner West End bis zum 7. Arrondissement in Paris, von einer leeren Galerie in Saint-Tropez bis zu der Stelle, an der beinahe eine schmutzige Bombe detoniert wäre. Auf Sicherheits- und Geheimdienste spezialisierte Journalisten glaubten, ein bestimmtes Muster zu entdecken. Außerdem sahen sie Rauch. Und wo es Rauch gab, war der Fürst des Feuers meistens nicht weit.

Im Lauf der Zeit döseln sich selbst akribisch gesponnene Lügennetze auf. Dazu braucht es nur einen losen Faden. Oder einen Mann, der sich vielleicht aus Ehrgefühl, vielleicht aus einer moralischen Verpflichtung veranlasst fühlt, die Wahrheit ans Licht zu bringen. Natürlich nicht die ganze Wahrheit, denn das wäre gefährlich gewesen. Nur ein kleines Stück davon, um ein Versprechen zu halten. Er gab die Story Samantha Cooke vom Londoner *Telegraph*, der damit seine Sonntagsausgabe aufmachte. Binnen Stunden standen vier weit voneinander entfernte Hauptstädte in Flammen. Die Amerikaner verspotteten den Artikel als reines Fantasieprodukt, und die Briten und Franzosen reagierten kaum weniger sarkastisch. Nur die Israelis verweigerten jeglichen Kommentar, aber das war ihr Standardverfahren bei Geheimdienstdingen. Sie hatten aus leidvoller Erfahrung gelernt, dass es besser war, nichts zu sagen, als ein Dementi zu verbreiten, das ohnehin niemand glauben würde. Zumindest in diesem Punkt war ihr Ruf wohlverdient.

Der Geheimdienstler im Mittelpunkt der Story wurde bei der wöchentlichen Sitzung des zänkischen Kabinetts des Ministerpräsidenten und später am selben Abend mit seiner Frau und ihren beiden Kleinkindern im Restaurant Focaccia in der Jerusalemer Rabbi Akiva Street gesehen. Was Olivia Watson –

Ex-Model, Galeristin und Lebensgefährtin Jean-Luc Martels – betraf, blieb ihr Aufenthaltsort ein Rätsel. Ein prominenter französischer Kriminalreporter fragte sich, ob sie tot sei. Und obwohl der Reporter das nicht wissen konnte, stellte Olivia sich genau dieselbe Frage.

71

WORMWOOD COTTAGE, DARTMOOR

Man hatte sie im Wormwood Cottage weggesperrt, wo ihre einzige Gesellschaft Miss Coventry, die Haushälterin, und zwei Bodyguards waren, die über sie wachten. Und natürlich der alte Parish, der Hausbesorger, aber Parish hielt Abstand. In den vielen Jahren, die er nun schon hier arbeitete, hatte er sich schon um alle möglichen Leute gekümmert – Überläufer, Verräter, enttarnte Agenten, manchmal sogar Israelis –, aber dieser Neuzugang hatte etwas an sich, das ihm widerstrebte. Wie üblich hielt Vauxhall Cross den Gästenamen aus Sicherheitsgründen geheim. Trotzdem wusste Parish genau, wer diese Blondine war. Schließlich war ihr Gesicht in allen Zeitungen im ganzen Land abgebildet gewesen. Ihr Körper auch – aber nur in den Boulevardblättern. Sie war die Schönheit aus Norfolk, die nach Amerika gegangen war, um als Model Karriere zu machen. Die Gefährtin von Formel-1-Fahrern, Rockstars und diesem grässlichen Drogenhändler in Südfrankreich. Die Frau, nach der die französische Polizei angeblich überall fahndete. Sie war JLMs Mädchen.

Sie war ein Wrack, als sie eines Nachts ankam, und blieb das noch lange. Ihr langes blondes Haar hing strähnig herab, und in ihren nordisch blauen Augen stand ein gequälter Ausdruck, der Parish ahnen ließ, dass sie Schreckliches gesehen haben musste. Obwohl sie schon gertenschlank war, hatte sie Gewicht verloren. Miss Coventry versuchte, für sie zu kochen – herzhafte englische Kost –, aber darüber rümpfte sie nur die Nase. Die meiste Zeit saß sie oben in ihrem Zimmer, rauchte eine Zigarette nach der anderen und starrte übers kahle Moor hinaus. Jeden Morgen legte Miss Coventry ihr als Erstes einen Stapel Zeitungen vor die Tür. Holte sie sie später wieder ab, waren unweigerlich ein paar Seiten herausgerissen. Und an dem Tag, an dem die *Sun* mehrere Fotos von ihr unter einer hässlichen Schlagzeile brachte, war die gesamte Zeitung zerfetzt. Nur ein vor dem Sturz gemachtes, viele Jahre altes Foto war unbeschädigt geblieben. Quer über ihrer Stirn stand in blutroten Lettern: *JLMs Girl*.

»Geschieht ihr recht, wenn sie sich mit 'nem Drogenhändler einlässt«, meinte Parish missbilligend. »Und dazu noch mit 'nem *französischen* Dealer.«

Außer dem, was sie auf ihrem schlanken Leib trug, hatte sie kaum Kleidung mitgebracht, sodass Miss Coventry ihr anbot, ihr bei M&S ein paar Sachen zum Wechseln zu kaufen. Die waren vielleicht nicht das, was sie gewöhnt war – schließlich war sie selbst Modeproduzentin –, aber sie waren besser als nichts. Sogar viel besser. Tatsächlich saß alles, was Miss Coventry ausgesucht hatte, auf ihrem langen, schlanken Körper wie angemessen.

»Was würde ich nicht dafür geben, einmal fünf Minuten lang diese Figur zu haben«, seufzte Miss Coventry.

»Aber sieh dir an, was sie ihr gebracht hat«, murmelte Parish.

»Ja, allerdings.«

Am Ende der ersten Woche begann sie, das Gefühl zu haben, die Wände engten sie immer mehr ein. Auf Miss Coventrys Vorschlag machte sie mit ihren Leibwächtern, die sie nur allzu gern begleiteten, einen Spaziergang übers Moor. Anschließend sonnte sie sich ein bisschen im Garten. Auch hier musste sie Abstriche machen, weil die hiesige Sonne nicht mit der in Saint-Tropez zu vergleichen war, aber das Sonnenbad bewirkte Wunder für ihr Aussehen. Abends aß sie die leckere Geflügelpastete, die Miss Coventry ihr hinstellte, fast ganz auf und saß danach noch zwei Stunden im Wohnzimmer vor dem

Fernseher. Dies war der Abend, an dem CNN das Handyvideo des amerikanischen Touristen zeigte. Als auf dem Bildschirm eine körnige Nahaufnahme des Mannes erschien, der die linke Hand des Terroristen umklammerte, sprang sie impulsiv auf.

»Mein Gott, das ist er!«

»Wer?«, fragte Miss Coventry.

»Der Mann, den ich in Frankreich kennengelernt habe. Er hat sich Nicolas Carnot genannt. Aber er ist kein Polizeibeamter. Er ist …«

»Über solche Dinge reden wir nicht«, unterbrach Miss Coventry sie. »Nicht mal in diesem Haus.«

Die schönen blauen Augen musterten Miss Coventry forschend.

»Sie kennen ihn auch?«, fragte sie.

»Den Mann in dem Video. Du lieber Himmel, nein. Woher denn auch? Ich bin nur die Köchin.«

Am Tag darauf war sie etwas länger unterwegs und verlangte bei ihrer Rückkehr, jemanden zu sprechen, mit dem sie ihren Status diskutieren konnte. Ihr seien Versprechungen gemacht, Zusicherungen gegeben worden, sagte sie. Sie bestand darauf, alles direkt mit »C« vereinbart zu haben – eine Behauptung, die Parish lächerlich fand. *Als ob »C« sich mit jemandem wie ihr abgeben würde!* Miss Coventry verwarf diese Idee jedoch nicht sofort. Wie Parish hatte sie hier schon viele seltsame Dinge erlebt, zum Beispiel den Abend, an dem einem berühmt-berüchtigten israelischen Geheimagenten eine Zeitung mit der Nachricht von seinem Tod vorgelegt worden war. Einem Agenten, der dem Mann, der den Terroristen in dem Video in den Kopf geschossen hatte, täuschend ähnlich gesehen hatte, wenn sie's sich recht überlegte. Nein, dachte Miss Coventry, das ist nicht möglich.

Aber selbst Miss Coventry, die auf der Leiter der westlichen Geheimdienste auf der untersten Sprosse stand, wusste, dass das möglich war. Und deshalb war sie keineswegs überrascht, auf der Titelseite der Sonntagsausgabe des *Telegraph* einen langen Insiderbericht über das Unternehmen zur Liquidierung des internationalen Terroristen namens Saladin zu finden. Offenbar war Jean-Luc Martel, der verstorbene französische Drogenhändler und Lebensgefährte der Blondine, die jetzt im Wormwood Cottage zu Gast war, doch in den Fall verwickelt gewesen. Tatsächlich war er nach Samantha Cookes Überzeugung der heimliche Held dieses Unternehmens gewesen.

Miss Coventry legte den *Telegraph* zu dem Morgenkaffee, den sie auf das Tischchen neben der Schlafzimmertür der Frau stellte. Und als sie später das Zimmer aufräumte, sah sie den Zeitungsartikel fein säuberlich ausgeschnitten auf dem Nachttisch liegen. Am selben Abend, während ein Sturm übers Dartmoor heulte, kletterte ein Mann geräuschlos über das Sicherheitstor und kam die mit Kies bestreute Einfahrt herauf zur Haustür. Er trat ein, putzte sich die Stiefel ab und hängte seine durchweichte Jacke auf.

»Was gibt's zum Abendessen?«, fragte er.

»Cottage Pie«, sagte Miss Coventry lächelnd. »Eine schöne Tasse Tee, Mr. Marlowe? Oder möchten Sie lieber etwas Stärkeres?«

Sie servierte ihnen das Abendessen an dem kleinen Tisch in der Fensternische, zog dann ihren Regenmantel an und verknotete ihr Kopftuch unter dem Kinn. »Sie sind so nett und waschen ab, Mr. Marlowe? Und nehmen Sie diesmal etwas Spülmittel, mein Lieber. Das hilft.« Im nächsten Augenblick fiel die Haustür mit einem dumpfen kleinen Geräusch ins Schloss, und sie waren endlich allein. Olivia lächelte erstmals seit Tagen.

»Mr. Marlowe?«, fragte sie ungläubig.

»Der gefällt mir inzwischen ganz gut.«

»Und dein Vorname?«

»Anscheinend Peter.«

»Das ist nicht dein richtiger Vorname?«

Er schüttelte den Kopf.

»Und Nicolas Carnot?«, fragte sie.

»Er war nur Teil einer Rolle, die ich mit bescheidenem Erfolg gespielt habe.«

»Du hast ihn gut gespielt. Sogar sehr gut.«

»Du hast viele Männer wie ihn gekannt, vermute ich.«

»Jean-Luc hat sie angezogen wie Fliegen.« Sie studierte Keller sorgfältig. »Wie hast du das geschafft? Wie konntest du deine Rolle so überzeugend spielen?«

»Das liegt oft nur an Kleinigkeiten.« Er zuckte mit den Schultern. »Frisur, Klamotten, solches Zeug.«

»Oder vielleicht war das eine Rolle, die du schon mal gespielt hattest«, vermutete Olivia. »Vielleicht hast du sie einfach nur nachgespielt.«

»Dein Essen wird kalt«, sagte Keller ruhig.

»Cottage Pie habe ich noch nie gemocht. Er erinnert mich an zu Hause«, sagte Olivia stirnrunzelnd. »An kalte, stürmische Nächte wie diese.«

»So schlimm sind sie auch wieder nicht.«

Sie kostete vorsichtig etwas von dem Auflauf.

»Nun?«, fragte Keller.

»Nicht so gut, als äße man in Südfrankreich, aber damit muss ich mich wohl abfinden.«

»Vielleicht geht's damit leichter.« Keller schenkte ihr ein Glas Bordeaux ein.

Sie hob es an die Lippen. »Dies ist eindeutig eine Premiere.«

»Was denn?«

»Ein Abendessen mit dem Mörder meines …«

Sie brachte den Satz nicht zu Ende. Sogar jetzt schien sie sich unsicher zu sein, wie sie Jean-Luc Martel bezeichnen sollte.

»Anfangs hat er sich von dir täuschen lassen. Aber nachdem du ihm erzählt hattest, dass du Engländer bist, hat er nicht lange gebraucht, um herauszubekommen, wer du wirklich bist. Er hat gesagt, du seist ein ehemaliger SAS-Offizier, der einige Jahre lang im korsischen Exil gelebt hat. Er hat gesagt, du seist ein professioneller …«

»Danke, das genügt«, unterbrach Keller sie.

»Freut mich, dass das geklärt ist.« Nach kurzem Schweigen fügte sie hinzu: »Wir sind gar nicht so unähnlich, du und ich.«

»Du bist viel anständiger als ich.«

Sie lächelte. »Du hast mich nie verurteilt?«

»Niemals.«

»Und dein israelischer Freund?«

»Wer im Glashaus sitzt …«

»Ich habe ihn auf diesem Video gesehen«, sagte Olivia. »Dich auch. Er war der Mann, der den Attentäter erschossen hat. Und du warst derjenige, der den Zündknopf gedrückt gehalten hat. Drei Stunden lang«, fügte sie leise hinzu. »Das muss schrecklich gewesen sein.«

Keller sagte nichts.

»Kein Leugnen?«

»Nein.«

»Warum nicht?«

Warum eigentlich nicht? dachte Keller. Er beobachtete die vom Sturm gepeitschten Regentropfen, die am Fenster ihrer gemütlichen kleine Nische herabliefen.

Olivia trank einen Schluck Wein. »Hast du heute schon die Zeitungen gelesen?«

»Konntest du die Story über Victoria Beckham in der *Daily Mail* glauben?«

»Wie steht's mit der im *Telegraph* über die Liquidierung Saladins? Die ausführlich darlegt, wie Jean-Luc Martel dem britischen und dem israelischen Geheimdienst geholfen hat, in Saladins Organisation einzudringen und ihn in Marokko aufzuspüren.«

»Interessante Lektüre«, sagte Keller. »Und zur Abwechslung mal wahr.«

»Nicht hundertprozentig.«

»Journalisten«, sagte Keller mit einer wegwerfenden Handbewegung.

»Vermute ich richtig, dass dahinter dein israelischer Freund steckt?«

»Das ist meistens der Fall.«

»Wieso hat er das getan? Wieso Jean-Luc nachträglich rehabilitieren, nachdem er euch im Camp in der Sahara verraten wollte?«

»Anscheinend hast du den Rest des Artikels nicht gelesen«, sagte Keller. »Ich meine den Teil, in dem steht, dass Jean-Lucs schöne englische Freundin nicht wusste, womit er sein Geld verdient hat. Und den Teil, in dem steht, dass die französischen Behörden kein Interesse daran haben, im Licht von Jean-Lucs Rolle bei der Liquidierung des gefährlichsten Terroristen der Welt gegen sie zu ermitteln.«

»Doch, das habe ich gelesen«, sagte sie.

»Dann muss dir klar sein, dass er das nicht um Jean-Lucs willen, sondern für dich getan hat. Dir kann niemand mehr etwas anhaben, Olivia.« Keller machte eine Pause. »Du bist rehabilitiert.«

»Genau wie du?«

»Sogar viel besser. Du hast deinen gesamten Lagerbestand an Gemälden und die fünfzig Millionen, die wir dir für den Basquiat und den Guston gegeben haben. Von dem Bargeld, das wir in der Galerie gefunden haben, ganz zu schweigen. Und allein das Gebäude ist ein paar Millionen wert. Summa summarum«, sagte Keller, «bist du eine sehr reiche Frau.«

»Mit einem befleckten Namen.«

»Das scheint der *Telegraph* nicht zu finden. Und der Londoner Kunsthandel wird nicht anders denken. Außerdem ist der nichts als eine Diebesbande. Da passt du sehr gut rein.«

»Eine Galerie?«

»Die hat mein Freund dir an diesem Nachmittag in Ramatuelle versprochen«, sagte Keller. »Eine weiße Leinwand, auf die du jedes Bild malen kannst, das dir gefällt. Ein Leben ohne Jean-Luc.«

»Ohne jemanden«, sagte sie.

»Irgendetwas sagt mir, dass du reichlich Verehrer haben wirst.«

»Wer würde sich mit einer Frau wie mir einlassen wollen? Ich bin JLMs …«

»Iss«, unterbrach Keller sie erneut.

Sie versuchte einen weiteren Bissen Cottage Pie. »Wie lange muss ich hierbleiben?«

»Bis Ihrer Majestät Geheimdienst findet, dass du gefahrlos in den Alltag zurückkehren kannst. Selbst dann wärst du gut beraten, die Dienste einer professionellen Sicherheitsfirma in Anspruch zu nehmen. Die teilt dir ein paar nette Ex-SAS-Leute von der Art zu, die Jean-Luc immer gehasst hat.«

»Könntest du vielleicht einer davon sein?«

»Ich habe andere Verpflichtungen, fürchte ich.«

»Ich sehe dich also nie wieder?«

»Das ist vermutlich am besten. Es hilft dir zu vergessen, was du in dieser Nacht in Marokko gesehen hast.«

»Ich will es aber nicht vergessen. Noch nicht.« Sie schob ihren Teller weg und zündete sich eine Zigarette an. »Wie heißt du?«, fragte sie.

»Marlowe.« Im Nachhinein fügte Keller hinzu: »Peter Marlowe.«

»Das klingt, als hätte ihn sich jemand ausgedacht.«

»Ja, aber nicht ich.«

»Sag mir deinen richtigen Namen, Peter Marlowe. Den Namen, mit dem du geboren bist.«

»Das darf ich nicht.«

Sie griff über den Tisch und legte eine Hand auf Kellers Rechte. Dabei fragte sie leise: »Und darfst du hierbleiben, damit ich in dieser kalten und trostlosen englischen Nacht nicht ganz allein sein muss?«

Keller wich Olivias blauen Augen aus und beobachtete wieder die übers Glas laufenden Regentropfen.

»Nein«, sagte er, »leider nicht.«

72

KING STREET, LONDON

Sie hatte keine protzige Eröffnung geplant, aber durch unerwartete Hilfe aus dem Hintergrund oder vielleicht ein Wunder gab es doch einen Plan. Tatsächlich war die Sonne an diesem zweiten Samstag im November kaum untergegangen, als die Kunstwelt samt allen Mitläufern durch ihre Tür zu strömen begann. Es kamen Händler und Künstler und Sammler und Kuratoren und Kritiker. Und es kamen Schauspieler und Regisseure, Schriftsteller, Bühnenautoren, Dichter, Politiker. Popstars, ein Marquis, der eben von seiner Jacht zu kommen schien, und mehr Models, als irgendjemand zählen konnte. Oliver Dimbleby drückte jedem weiblichen Wesen, das sich länger als drei Sekunden in seiner Nähe aufhielt, seine vergoldete Geschäftskarte in die Hand. Jeremy Crabbe, Londons letzter treuer Ehemann, beobachtete ihn sprachlos. Nur Julian Isherwood schaffte es, sich manierlich zu benehmen. Er bezog neben Amelia March von *ARTnews* Posten am Ende der eigens aufgebauten langen Bar. Amelia beobachtete missbilligend, wie Olivia Watson, von zwei Bodyguards beschützt, vor ihrem Pollock für Fotos posierte.

»Sie ist zuletzt recht gut davongekommen, findest du nicht auch?«

»Wie meinst du das?«, fragte Isherwood.

»Lässt sich mit dem größten französischen Drogendealer ein, verdient Millionen mit einer zweifelhaften Galerie in Saint-Tropez und etabliert sich jetzt, von dir und Oliver und den übrigen Alte-Meister-Fossilen umgeben, in St. James's.«

»Und wir sind ihr dafür aufrichtig dankbar«, sagte Isherwood, während er beobachtete, wie eine graziöse Schönheit an ihm vorbeischwebte.

»Du findest das nicht merkwürdig?«

»Im Gegensatz zu dir, Schätzchen, liebe ich Happy Ends.«

»Mir ist's lieber, wenn sie eine Prise Wahrheit enthalten. Irgendetwas an dieser Sache stimmt nicht. Und verlass dich darauf, dass ich ihr auf den Grund gehe!«

»Lass dir lieber einen Drink geben. Oder noch besser«, sagte Isherwood, »geh mit mir zum Abendessen.«

»Oh, Julian.« Sie zeigte über die Köpfe der Menge hinweg auf einen großen, blassen Mann, der in Olivias Nähe stand. »Da ist dein alter Klient Dmitri Antonow.«

»Ah, ja.«

»Ist das seine Frau?«

»Sophie«, sagte Isherwood nickend. »Bezaubernde Frau.«

»Ich habe schon andere Stimmen gehört. Und wer ist das neben ihr?«, fragte sie. »Und der schöne Mann neben ihr, der auch ein Bodyguard sein könnte?«

»Er heißt Peter Marlowe.«

»Was ist er von Beruf?«

»Keine Ahnung.«

Um 20.30 Uhr nahm Olivia sich ein Mikrofon und sprach ein paar Begrüßungsworte. Sie freue sich, ein Teil der großen Londoner Kunstszene zu sein; sie sei glücklich, wieder zu Hause zu sein. Jean-Luc Martel, den heimlichen Helden der Jagd auf den IS-Terrorplaner Saladin, erwähnte sie mit keinem Wort, und keiner der anwesenden Journalisten, auch Amelia March nicht, sprach sie auf JLM an. Endlich war sie frei von ihm. Das hätte ebenso gut auf ihrer Stirn geschrieben sein können.

Punkt neun Uhr wurde die Beleuchtung gedimmt, Musik erklang, und eine weitere Welle von Gästen drängte herein.

Viele von ihnen waren Veteranen der wilden Feten in der Villa Soleil. Leute, deren einzige Tätigkeit darin bestand, reich zu sein. Reiche, die üppig Zeit für fast alles hatten. Die Antonows schüttelten einigen der besseren Leute die Hand, bevor sie in ihren Maybach stiegen, um nie wieder gesehen zu werden. Keller ging einige Minuten später, aber zuvor nahm er Olivia beiseite, um sie zu beglückwünschen und ihr eine gute Nacht zu wünschen. Sie war ihm noch nie so schön erschienen wie an diesem Abend.

»Gefällt es dir?«, fragte sie strahlend.

»Was? Die Galerie?«

»Nein. Mein Gemälde auf der leeren Leinwand, die ich deinem Freund verdanke.« Sie zog ihn an sich. »Ich will dich wiedersehen«, flüsterte sie ihm ins Ohr. »Was auch in deinem früheren Leben passiert sein mag … ich verspreche dir, dass ich's heilen kann.«

Draußen begann es zu regnen. Keller hielt auf der Pall Mall ein Taxi an und ließ sich zu seinem Stadthaus an der Queen's Gate Terrace fahren. Nachdem er den Taxifahrer bezahlt hatte, blieb er einige Sekunden lang auf der Straße stehen und suchte seine vielen Fenster ab. Sein Instinkt sagte ihm, dass Gefahr drohte. Er setzte sich in Bewegung, schlich zum unteren Eingang hinunter und zog seine Walther PPK hinten aus dem Hosenbund, bevor er die Tür aufsperrte. Dann stürmte er wie ein Wirbelwind in sein eigenes Haus, wie er vor einigen Wochen das Südostzimmer des Hauses in Zaïda gestürmt hatte, und zielte mit seiner Pistole auf den Mann, der ruhig an der Küchentheke saß.

»Scheißkerl«, sagte er und ließ die Waffe sinken. »Das war knapp!«

»Dieser Scheiß muss wirklich aufhören.«

»Dass ich unangemeldet vorbeikomme?«

»Dass du bei mir einbrichst. Was würden Mr. Marlowes feine Nachbarn in Kensington sagen, wenn hier geschossen würde?«

Keller warf seinen Mantel von Crombie auf die Marmorplatte, an der Gabriel, von dezenter indirekter Beleuchtung erhellt, auf einem Barhocker saß. »Du konntest in meinem Kühlschrank nichts Trinkbares finden?«

»Tee wäre nett, danke.«

Keller runzelte die Stirn, dann füllte er den Wasserkocher. »Was hat dich nach London geführt?«

»Eine Besprechung in Vauxhall Cross.«

»Wieso war ich nicht eingeladen?«

»Kenntnis nur wenn nötig.«

»Und worum ging's?«

»Welchen Teil von ›Kenntnis nur wenn nötig‹ hast du nicht verstanden?«

»Willst du Tee oder nicht?«

»Bei der Besprechung ging's um bestimmte verdächtige Aktivitäten im Zusammenhang mit dem iranischen Atomprogramm.«

»Was du nicht sagst!«

»Schwer zu glauben, ich weiß.«

»Und was für Aktivitäten sind das?«

»Der Dienst vermutet, dass die Iraner in Nordkorea Waffenforschung betreiben. Der MI6 ist derselben Meinung. Kein Wunder«, fuhr Gabriel fort, »denn wir haben denselben Informanten.«

»Wer ist das?«

»Das erfährst du bald, glaube ich.«

Keller öffnete eine Schranktür. »Darjeeling oder Prince of Wales?«

»Kein Earl Grey?«

»Also Darjeeling.« Keller hängte einen Teebeutel in einen

Becher und wartete darauf, dass das Wasser kochte. »Du hast heute Abend eine tolle Party versäumt.«

»Das habe ich gehört.«

»Du warst wohl zu beschäftigt, um zu kommen?«

»Ich wollte mein Gesicht lieber nicht in einem Teil Londons zeigen, in dem es ziemlich bekannt ist. Außerdem habe ich mir große Mühe gegeben, Olivia zu restaurieren. Ich wollte meine Arbeit nicht verderben.«

»Du hast den trüben Firnis abgetragen«, sagte Keller. »Die Fehlstellen ausgebessert.«

»Gewissermaßen.«

»Den Artikel im *Telegraph* hast du erstklassig hingekriegt. Bis auf einen Punkt«, fügte Keller hinzu.

»Und der wäre?«

»Das heroische Porträt von Jean-Luc Martel.«

»Das war unvermeidbar.«

»Hast du vergessen, dass er Olivia eine Pistole an den Kopf gehalten hat?«

»Ich habe alles gesehen.«

»Sogar aus der ersten Reihe.«

Keller stellte den Tee auf die Granitplatte. Gabriel rührte ihn nicht an.

»Offensichtlich«, sagte er nach kurzer Pause, »trüben deine Gefühle für Olivia dein Urteilsvermögen.«

»Ich hege keine Gefühle für sie.«

»Bitte, Mr. Marlowe. Ich weiß zufällig, dass du das Wormwood Cottage oft besucht hast, solange Olivia dort war.«

»Hat Graham dir das erzählt?«

»Tatsächlich Miss Coventry. Außerdem«, fuhr Gabriel rasch fort, »bin ich darauf aufmerksam gemacht worden, dass es heute Abend bei der Galerieeröffnung zwischen Olivia und dir einen intimen Augenblick gegeben hat.«

»Der war nicht intim.«

»Möchtest du das Foto sehen?«

Keller goss sich wortlos zwei Fingerbreit Whiskey in einen Tumbler aus Kristallglas. Gabriel blies auf seinen Tee.

»Bin ich dir nicht ein guter Freund gewesen, obwohl unsere Beziehung unter sehr ungünstigen Umständen begonnen hat? Habe ich dir nicht oft gute Ratschläge gegeben? Wäre ich nicht gewesen, wärst du noch …«

»Worauf willst du hinaus?«, unterbrach Keller ihn.

»Mach nicht den gleichen Fehler wie ich«, sagte Gabriel. »Olivia weiß mehr über dich als jede andere Frau der Welt, wenn man von dieser seltsamen alten Wahrsagerin auf Korsika absieht, und sie ist viel zu alt für dich. Außerdem hat Vauxhall Cross sich schon durch ihre ganze schmutzige Wäsche gewühlt, was bedeutet, dass der MI6 eurer Beziehung nicht im Weg stehen wird. Ihr seid füreinander geschaffen, Christopher. Schnapp sie dir und lass sie nie mehr los.«

»Ihre Vergangenheit ist …«

»Harmlos im Vergleich zu deiner«, sagte Gabriel. »Und sieh dir an, wie gut du dich gemacht hast.«

Keller streckte eine Hand aus.

»Was?«, fragte Gabriel.

»Lass mich das Foto sehen.«

Gabriel reichte ihm sein Smartphone über die Theke. »Das glückliche Paar«, sagte er.

Keller betrachtete das Foto. Es war quer durch den Raum gemacht worden, als Olivia ihm etwas ins Ohr geflüstert hatte.

Was auch in deinem früheren Leben passiert sein mag … Ich verspreche dir, dass ich's heilen kann.

»Wer hat es gemacht?«

»Julian«, antwortete Gabriel. »Der wahre Held des Unternehmens.«

»Vergiss die Antonows nicht«, sagte Keller.

»Wie könnte ich das?«

»Übrigens haben sie sich heute Abend kurz sehen lassen. Zur Abwechslung haben sie echt glücklich gewirkt.«

»Was du nicht sagst.«

»Glaubst du, dass sie's schaffen?«

»Ja«, sagte Gabriel. »Das traue ich ihnen zu.«

73

KING SAUL BOULEVARD, TEL AVIV

Womit ein letzter loser Faden übrig blieb. In Wirklichkeit nicht nur einer, sondern mehrere Hundert Millionen. Ganz zu schweigen von einem Spukhaus im ältesten Viertel von Casablanca, einer Luxusvilla an der französischen Côte d'Azur und einer Gemäldesammlung, an deren Aufbau Julian Isherwood als Experte mitgewirkt hatte. Die Immobilien wurden unauffällig und mit ziemlichem Verlust verkauft – mitsamt Einrichtung, Hausbesorgern und Dschinnen. Die Gemälde gelangten wie zugesichert nach Jerusalem und an die Wände im Israel Museum. Sein Direktor wollte sie als Sammlung »Dmitri und Sophie Antonow« ausstellen. Gabriel bestand jedoch auf einer anonymen Spende.

»Aber warum?«

»Weil es Dmitri und Sophie nicht wirklich gibt.«

Aber die Wohltätigkeit der Antonows endete nicht schon damit, denn sie besaßen noch Unmengen Geld, das irgendwo untergebracht werden musste. Geld, das sie sich zinslos von dem Schlächter von Damaskus geliehen hatten. Geld, das der Schlächter seinem Volk abgepresst hatte, bevor er es mit Bomben und Gasangriffen zur Flucht in türkische, jordanische und libanesische Flüchtlingslager zwang. Über Mittelsmänner spendeten die Antonows unzählige Millionen, um Flüchtlinge zu ernähren, zu kleiden, unterzubringen und medizinisch zu versorgen. Außerdem spendeten sie Millionen für den Bau von Schulen in den Palästinensergebieten – Schulen, in denen die Kinder nicht nur hassen lernten – und ein Pflegeheim in der Negev für schwerbehinderte Kinder, Juden wie Araber. Das Hadassah Medical Center erhielt zwanzig Millionen Dollar als Zuschuss für den Bau mehrerer unterirdischer Operationsräume. Weitere zwanzig Millionen gingen an die Bezalel Academy of Arts and Design für neue Ateliers und Stipendien für vielversprechende israelische Künstler aus armen Familien.

Der größte Teil des Vermögens der Antonows landete jedoch auf einem Konto bei der Bank of Israel, auf das eine staatliche Dienststelle Zugriff hatte, die in einem anonymen Verwaltungsgebäude am King Saul Boulevard residierte. Der Betrag war hoch genug, um für allerlei kleine Extras zu reichen: Auftragsmorde, bezahlte Spitzel, Überläufer, gefälschte Papiere, sichere Häuser, Reisekosten, sogar eine Verlobungsparty. Die letzten Dokumente unterschrieb Michail in Gabriels Büro, womit er auch Dmitri Antonow offiziell beerdigte.

»Er wird mir fehlen. Er war kein ganz schlechter Kerl, weißt du.«

»Für einen russischen Waffenhändler«, sagte Gabriel. »Hast du den Ring mitgebracht?«

Michail gab ihm das kleine mit Samt überzogene Etui. Gabriel klappte den Deckel auf, dann runzelte er die Stirn.

»Was ist los?«

»Hat der Ring auch einen Brillanten?«

»Einen Halbkaräter«, protestierte Michail.

»Er ist nicht so schön wie der, den sie in Saint-Tropez getragen hat.«

»Ja, das stimmt. Aber ich habe nicht Dmitris Geld.«

Nein, dachte Gabriel, der die Papiere in seinen Aktenkoffer legte, jetzt nicht mehr.

Chiara und die Kinder warteten unten in der Tiefgarage, auf dem Rücksitz von Gabriels gepanzertem SUV. Als sie in Richtung Galiläa nach Osten fuhren, folgten ihnen ein weiteres SUV, in dem Uzi und Bella Navot saßen, und eine Autokolonne mit über zweihundert Angehörigen des Diensts aus den

Abteilungen Analyse und Operationen. Als sie Tiberias erreichten, war es schon dunkel, aber Schamrons Villa auf ihrer Felsterrasse mit Blick auf den See Genezareth und das alte Schlachtfeld erstrahlte in festlicher Beleuchtung. Michail und Natalie trafen als Letzte ein. An Natalies linker Hand glitzerte der Verlobungsring. Auch ihre Augen blitzten.

»Er ist viel hübscher als Sophies, findest du nicht auch?«

»O ja«, sagte Gabriel hastig. »Viel.«

»Hattest du irgendetwas mit dieser Sache zu tun?«

»Nur indem ich dir einen Job angeboten habe, den keine klar denkende Frau angenommen hätte.«

»Und jetzt bin ich eine von euch«, sagte sie und hielt den Ring hoch. »Bis der Tod uns scheidet.«

Der Feier fehlte die Zügellosigkeit der berüchtigten Partys der Antonows in der Villa Soleil, und dafür waren alle Anwesenden dankbar. Tatsächlich gab es hier auch keine wirklichen Trinker. Im Gegensatz zu ihren britischen Verbündeten setzten sie nicht auf hohen Alkoholkonsum als Bestandteil ihrer Berufsarbeit. Außerdem würden die meisten von ihnen am kommenden Morgen wieder am Schreibtisch sitzen – nur Michail nicht, der wegen eines Unternehmens in Budapest bei Tagesanbruch abreisen würde. Laut Dienstvorschrift hätte er die Nacht davor an einem Absprungpunkt in Tel Aviv verbringen müssen, aber Gabriel und Jaakov Rossman, der ihn begleiten würde, hatten ihn davon freigestellt.

Trotzdem gab es Musik und Gelächter und viel mehr Essen, als nötig gewesen wäre. Saladin war jedoch nie weit außerhalb ihrer Gedanken. Sie sprachen mit Respekt von ihm und selbst im Tod mit leicht düsterer Vorahnung. Dina Sarids zutiefst pessimistische Zukunftsprognose – eine Zukunft mit unaufhörlichem Cyber-Dschihad – begann sich vor ihren Augen zu bewahrheiten. Das IS-Kalifat befand sich in voller Auflösung. Zu langsam, das stimmte, aber es würde trotzdem zerfallen.

Aber das hieß nicht, dass das Ende des Islamischen Staats bevorstand. Aller Wahrscheinlichkeit nach würde er sich lediglich in eine salafistisch-dschihadistische Terrorgruppe verwandeln: die Erste unter Gleichen, mit Anhängern in aller Welt, die bereit waren, im Namen des Hasses Attentate mit Messern oder Bomben oder Autos auszuführen. Saladin war jetzt ihr Schutzpatron. Und dank der Story im Telegraph, die Gabriel selbst lanciert hatte, würden Israel und die Juden in der Diaspora ihre Hauptziele sein.

»Das war ein großer Fehler von dir«, urteilte Schamron.

»Das war nicht mein Erster«, antwortete er. »Und bestimmt nicht mein Letzter.«

»Hoffentlich war sie's wert.«

»Olivia Watson? Aber sicher.«

Schamron wirkte nicht überzeugt.

»Vielleicht hast du sie nur als Ausrede benutzt, um diese leichtsinnige Weitergabe von Informationen an deine britische Journalistenfreundin zu rechtfertigen.«

»Wozu hätte ich das tun sollen?«

»Vielleicht wolltest du Saladins Anhänger wissen lassen, dass *du* ihn erschossen hast. Vielleicht«, meinte Schamron, »sollte das sozusagen deine Signatur sein.«

Sie hatten sich aus dem Partylärm an den Lieblingsplatz des Alten auf der Terrasse zurückgezogen. Der See schimmerte im Mondschein silbern; der Himmel über den Golanhöhen leuchtete von amerikanischen Bomben und Lenkwaffen gelb und weiß auf. Die U.S. Air Force griff Ziele in ganz Syrien an.

Schamron zündete sich mit seinem alten Zippo-Feuerzeug eine Zigarette an. »Wissen sie, was sie tun?«

»Die Amerikaner?«

Schamron nickte langsam.

»Bleibt abzuwarten«, sagte Gabriel.

»Das klingt nicht sehr hoffnungsvoll.«

»Dieses Wort hat mir noch nie gefallen.«

»Optimistisch«, schlug Schamron vor.

»Dafür gibt's wenig Grund«, sagte Gabriel. »Nehmen wir mal an, die Amerikaner und ihre Verbündeten besiegen irgendwann den IS und machen dem Kalifat ein Ende. Was dann? Wird Syrien wiedervereinigt? Und der Irak? Bleiben die Amerikaner diesmal, um den Frieden zu garantieren? Eher nicht, was bedeutet, dass zwischen Tigris und Euphrat mehrere Millionen enttäuschte und entrechtete sunnitische Muslime zurückbleiben. So ist regionale Instabilität viele Generationen lang garantiert.«

»Staaten wie Syrien und der Irak waren von Anfang an artifizielle Konstrukte. Vielleicht wird's Zeit, neue Linien im Sand zu ziehen.«

»Damit ein neuer zum Scheitern verurteilter arabischer Staat entsteht?«, fragte Gabriel. »Genau das, was der Nahe Osten braucht.«

»Nachdem Saladin jetzt tot ist, hätte er vielleicht sogar eine Chance.« Schamron musterte Gabriel von der Seite her. »Ich muss sagen, mein Sohn, dass du die Idee der Führung von oben etwas überstrapaziert hast.«

»Dabei hast du mir damals einen Vortrag darüber gehalten, wie man gleichzeitig gehen und einen Kaugummi kauen können muss.«

»Das heißt aber nicht, dass ich wollte, dass du ein Zimmer stürmst und Saladin persönlich umlegst. Was wäre gewesen, wenn er statt eines Smartphones eine Waffe in der Hand gehalten hätte?«

»Das Ergebnis wäre das Gleiche gewesen.«

»Hoffentlich!«

»Schon wieder dieses Wort.«

Der Alte lächelte. »Ich *hoffe*, dass du etwas von dem Geld beiseitegelegt hast.«

»Der Schlächter von Damaskus«, sagte Gabriel, »wird noch über viele Jahre hinweg Geheimunternehmen des Diensts finanzieren.«

»Du hast schrecklich viel gespendet, um seinen Opfern zu helfen.«

»Das wird sich auf lange Sicht bezahlt machen.«

»Wohltätigkeit beginnt daheim«, sagte Schamron missbilligend.

»Ist das ein korsisches Sprichwort?«

»Tatsächlich«, sagte Schamron, »bin ich mir ziemlich sicher, dass es von mir stammt.«

»Ein Viertel der syrischen Bevölkerung lebt außerhalb des Landes«, erläuterte Gabriel. »Und die meisten sind sunnitische Muslime. Mitzuhelfen, sie zu versorgen, ist kluge Politik.«

»Ein Viertel«, wiederholte Schamron, »und weitere Hunderttausende sind tot. Und trotzdem macht die Weltöffentlichkeit *uns* für die Leiden der Araber verantwortlich. Als ob die Schaffung eines Palästinenserstaats die vielen Probleme der arabischen Welt wie durch ein Wunder lösen würde. Der Mangel an Bildung und Arbeitsplätzen, die brutalen Diktatoren, die Unterdrückung der Frauen.«

»Dies ist eine Party, Ari. Versuch wenigstens, dich zu amüsieren.«

»Dafür ist keine Zeit. Zumindest nicht für mich.« Schamron drückte langsam seine Zigarette aus. »Dieser schreckliche Krieg in Syrien sollte uns überdeutlich vor Augen führen, was wir zu erwarten hätten, wenn unsere Verteidigungslinien jemals durchbrochen würden. Was würde der Schlächter von Damaskus uns antun, wenn er schon nicht davor zurückschreckt, das eigene Volk zu massakrieren? Was würde der IS, der bereit ist, andere Muslime zu ermorden, mit Juden tun, die ihm in die Hände fielen? « Er tätschelte väterlich Gabriels Knie. »Aber das sind jetzt deine Probleme, mein Sohn. Nicht mehr meine.«

Sie beobachteten die Lichtershow am Himmel, der ehemalige Direktor und der jetzige Direktor, während hinter ihnen ihre Freunde und Kollegen und Angehörigen für einige Augenblicke das weltweite Chaos vergaßen, das sie umgab.

»In meiner Kindheit«, sagte Schamron zuletzt, »hatte ich Träume.«

»Ich auch«, sagte Gabriel. »Ich habe sie noch immer.«

Der leichte Wind kam aus Westen, von dem alten Schlachtfeld bei Hittim herüber.

»Hörst du das?«, fragte Schamron.

»Was denn?«

»Das Schwerterklirren, die Schreie der Sterbenden.«

»Nein, Ari. Ich höre nur Musik.«

»Du bist ein Glückspilz.«

»Ja«, sagte Gabriel. »Das bin ich wohl.«

ANMERKUNGEN DES VERFASSERS

Der Drahtzieher ist ein Unterhaltungsroman und sollte als solcher gelesen werden. Die in diesem Werk vorkommenden Namen, Personen, Orte und Ereignisse sind das Produkt der Fantasie des Autors oder von ihm fiktionalisiert worden. Jede Ähnlichkeit mit lebenden oder verstorbenen Personen, Firmen, Unternehmen, Ereignissen oder Schauplätzen wäre rein zufällig.

In der Rue Grenelle in Paris stehen viele elegante alte Gebäude, sämtlich intakt, aber keines davon ist die Zentrale einer als Alphagruppe bezeichneten DGSI-Eliteeinheit zur Terrorismusbekämpfung, weil diese Einheit nicht existiert. Ebenso vergeblich würde man die Zentrale des israelischen Geheimdiensts am King Saul Boulevard in Tel Aviv suchen; sie ist schon vor Langem an den Nordrand der Stadt verlegt worden. Der Liberty Crossing Intelligence Campus in McLean, Virginia – mit dem National Counterterrorism Center und das Büro des Director of National Intelligence – ist in *Die Attentäterin* durch einen Terroranschlag zerstört worden, im richtigen Leben jedoch glücklicherweise nicht. Das Personal beider Dienststellen arbeitet Tag und Nacht dafür, dass das amerikanische Heimatland sicher bleibt.

Gabriel Allon und seine Familie wohnen nicht im Haus Nr. 16 Narkiss Street in Jerusalem, sind aber gelegentlich im Focaccia oder Mona – zwei ihrer Lieblingsrestaurants in der näheren Umgebung – anzutreffen. In der Ortsmitte von Saint-Tropez gibt es mehrere Galerien, manche besser als andere, aber keine von ihnen ist nach Olivia Watson benannt. Ebenso wenig werden Besucher des Londoners Viertels St. James's Galerien für alte Meister finden, die Leuten wie Julian Isherwood, Oliver Dimbleby oder Ruddy Hutchinson gehören. Dass die in *Der Drahtzieher* genannten Gemälde fiktionalisiert sind, liegt auf der Hand. Der Verfasser möchte die Art und Weise ihres Erwerbs nicht kommentieren. Er möchte auch nicht andeuten, dass der mörderische syrische Herrscher ein Konto bei der geschätzten Bank of Panama besitzt.

Der Titel für Teil drei von *Der Drahtzieher* verdankt sich einer Zeile aus *Himmel über der Wüste*, Paul Bowles' Meisterwerk. Mit einem Teil des anschließenden Satzes und einem von Bowles' Untertiteln erscheint diese Zeile auch im Text meines Romans. Außerdem habe ich mir für meine Beschreibung von Natalie Mizrahis kurzem Mondscheinspaziergang in die Sahara Bilder von Bowles ausgeliehen – und Poesie von Sting, ebenfalls ein Bewunderer von *Himmel über der Wüste*. Bei der Planung seines Unternehmens, das dadurch eleganter wurde, hat Gabriel natürlich F. Scott Fitzgeralds *Der große Gatsby* und *Zärtlich ist die Nacht* geplündert. Freunde des Kinofilms *Dr. No* werden zweifellos erkennen, worauf Christopher Keller anspielt, als er die Durchschlagskraft seiner Pistole Walther PPK beschreibt.

Die erste Fassung von *Der Drahtzieher* mit ihrer Beschreibung von zwei IS-Terroranschlägen in London, einer erfolgreich, der andere verhindert, war am 15. März 2017 beendet. Am 22. März um 14.40 Uhr bog Khalid Masood, ein 52-jähriger Konvertit zum Islam, in einem gemieteten Hyundai auf die Westminster Bridge ab. Während er die Themse mit Geschwindigkeiten bis zu 76 Meilen in der Stunde überquerte, mähte er auf dem südlichen Gehsteig mehrere wehrlose Passanten nieder und krachte dann mit seinem Wagen in eine Absperrung vor dem Parlamentsgebäude. Dort erstach er den 48-jährigen Polizeibeamten Keith Palmer, bevor er von einem bewaffneten Beamten der Parlamentswache der Metropolitan Police erschossen wurde. Insgesamt dauerte der Anschlag nur zweiundachtzig Sekunden. Sechs Menschen, darunter auch der

Attentäter, fanden den Tod, über fünfzig wurden verletzt, einige mit katastrophalen Folgen.

Zu diesem Zeitpunkt herrschte die Terrorwarnstufe »hoch«, was bedeutete, dass ein Anschlag »sehr wahrscheinlich« war. Vor vier Monaten hatte MI5-Generaldirektor Andrew Parker seine Einschätzung noch unverblümter geäußert. »In Großbritannien wird es Terroranschläge geben«, hatte er der Zeitung *Guardian* erklärt. »Das ist eine anhaltende Bedrohung, und wir werden mindestens eine Generation lang vor der Herausforderung stehen, mit ihr fertigzuwerden.« Die Taktik des IS ist anders als die der al-Qaida. Eine Sprengstoffweste, eine Schusswaffe, ein Messer, ein Auto, ein Lastwagen – das sind die Waffen des neuen Dschihadi-Terroristen. Aber der IS verfolgt ehrgeizigere Ziele. Seine Operationsabteilung versucht fieberhaft, eine Bombe zu bauen, die sich unentdeckt an Bord von Verkehrsflugzeugen schmuggeln lässt. Und es gibt reichlich Beweise dafür, dass der IS versucht hat, an radioaktives Material für den Bau einer »schmutzigen Bombe« heranzukommen.

Seit das Kalifat des IS von den Vereinigten Staaten und ihren Verbündeten belagert wird, ist der Zufluss von Kämpfern aus Europa und Staaten des Nahen Ostens auf ein Rinnsal zurückgegangen, trotzdem hat der IS es verstanden, seine Reihen durch neu Angeworbene aufzufüllen. Viele von ihnen haben eine kriminelle Vergangenheit, aber der IS weist sie nicht ab. Ganz im Gegenteil: Er rekrutiert bewusst Vorbestrafte, vor allem in Westeuropa. »Manchmal erschaffen Leute mit der schlimmsten Vergangenheit die beste Zukunft.« Das schrieb die Rajad al-Tawheed, eine Londoner Gruppe von IS-Kämpfern, in einem Post. Die Botschaft war eindeutig: Der IS ist bereit, Verbrecher aufzunehmen, um sich seinen Traum von einem weltweiten islamischen Kalifat zu erfüllen.

Die Verknüpfung zwischen Verbrechen und radikalem Islam gehört zu den beunruhigendsten Trends, mit denen sich die Terrorismusabwehr in den USA und Westeuropa konfrontiert sieht. Nehmen wir als Beispiel Abdelhamid Abaaoud, den mutmaßlichen Planer des IS-Anschlags im November 2015 in Paris.

DANKSAGUNG

Unendlich dankbar bin ich für die Liebe und die Unterstützung meiner Frau Jamie Grangel, die mir beim Entwurf zu *Der Drahtzieher* geholfen, zahlreiche Einzelheiten des Plots beigetragen und mein Manuskript, das nur wenige Minuten vor dem Abgabetermin fertig wurde, fachkundig redigiert hat. Meine Kinder Lily und Nicholas waren ein ständiger Quell von Liebe und Inspiration, besonders bei meinen Recherchen in Marokko, wo sie mir halfen, durch die Irrungen und Wirrungen der langen, entscheidenden Sequenz des Romans zu navigieren.

Ich habe mit zahlreichen Spionen, Terrorismusbekämpfern und um die Sicherheit Amerikas besorgten Politikern gesprochen, denen ich hier anonym danke, weil ich weiß, dass sie das so wollen würden. Louis Toscano, meinem lieben Freund und langjährigen Lektor, verdankt der Roman viele große und kleine Verbesserungen. Kathy Crosby, meine scharfsichtige persönliche Korrektorin, hat sichergestellt, dass der Text keine Tipp- oder Grammatikfehler mehr enthielt. Etwaige Fehler, die diesen bewährten Mitstreitern entgangen sind, sind meine, nicht ihre.

Bei der Arbeit an diesem Manuskript habe ich Hunderte von Büchern, Zeitungs- und Zeitschriftenartikel und Webseiten konsultiert, viel zu viele, als dass ich sie hier aufführen könnte. Aber es wäre nachlässig von mir, *Im Haus des Kalifen* von Tahir Shah und *A House in Fez* von Suzanna Clarke nicht zu erwähnen. Mein besonderer Dank gilt Michael Gendler, Linda Rappaport, Michael Rudell und Eric Brown für ihre Unterstützung und guten Ratschläge.

Das Personal der Hotels Four Seasons in Casablanca und Palais Faraj in Fès hat uns während unseres Aufenthalts in Marokko wundervoll umsorgt, und unsere Führer M. und S.

ermöglichten uns einen Blick auf ihr wundervolles Land, den wir nie vergessen werden. Geschichten von ihrem mühseligen Umgang mit Dschinnen, die wir auf einem Tagesausflug in die verschneiten Zedernwälder des Mittleren Atlas hörten, sind in mein Manuskript eingeflossen. Das gilt auch für ihre Großzügigkeit und Freundlichkeit.

Zu ewigem Dank verpflichtet bin ich David Bull für seinen fachmännischen Rat in Bezug auf alles, was mit Kunst und Restaurierung zusammenhängt. David schenkt mir jedes Jahr ein paar Stunden seiner kostbaren Zeit, um sicherzustellen, dass meine Romane frei von Fehlern sind. Und zur Strafe dafür ist er jetzt in der Kunstwelt als »der wahre Gabriel Allon« bekannt. Und last, not least hat der unvergleichliche Paul Matthiesen sich vor Kurzem auf einer Amerikareise die Zeit genommen, mich mit Storys über seine Erlebnisse auf dem sich wandelnden Kunstmarkt zu unterhalten. Patricks außergewöhnliche Altmeistergalerie teilt sich eine Adresse mit dem ständig pleitegefährdeten Etablissement, das dem fiktiven Julian Isherwood gehört. Ansonsten haben sie nur ihre Liebe zur Malerei, ihr Kunstverständnis, ihren Sinn für Humor und ihre menschliche Wärme gemeinsam.

Daniel Silva
Die Attentäterin
€ 10,99, Taschenbuch
ISBN 978-3-95967-222-1

Ein verheerender Bombenanschlag des IS im Pariser Marais-Viertel zwingt Gabriel Allon ein letztes Mal ins Feld: Anstatt seinen Posten als Chef des israelischen Geheimdienstes anzutreten, hilft der legendäre Agent den französischen Behörden, den Drahtzieher des blutigen Terroraktes zu suchen. Außer dessen Namen – Saladin – weiß man nichts über ihn. Allon sieht die einzige Möglichkeit an ihn heranzukommen darin, jemanden in das Terrornetzwerk des IS einzuschleusen. Eine junge Ärztin scheint die perfekte Rekrutin für das gefährliche Unterfangen zu sein ...